JOHN MARRS

THE WATCHERS

Wissen kann tödlich sein

Roman

Aus dem Englischen übersetzt
von Felix Mayer

WILHELM HEYNE VERLAG
MÜNCHEN

Titel der Originalausgabe
THE MINDERS

Sollte diese Publikation Links auf Webseiten Dritter enthalten,
so übernehmen wir für deren Inhalte keine Haftung,
da wir uns diese nicht zu eigen machen, sondern lediglich auf deren
Stand zum Zeitpunkt der Erstveröffentlichung verweisen.

Penguin Random House Verlagsgruppe FSC® N001967

Deutsche Erstausgabe 09/2021
Redaktion: Joern Rauser
Copyright © 2020 by John Marrs
Copyright © 2021 der deutschsprachigen Ausgabe
und der Übersetzung by Wilhelm Heyne Verlag, München,
in der Penguin Random House Verlagsgruppe GmbH,
Neumarkter Straße 28, 81673 München
Printed in Germany
Umschlaggestaltung: Das Illustrat GbR, München,
unter Verwendung eines Motivs von Shutterstock
Satz: Schaber Datentechnik, Austria
Druck und Bindung: CPI books GmbH, Leck

ISBN 978-3-453-32137-3

www.diezukunft.de

»Wenn es um etwas wirklich Wichtiges geht, schreiben Sie es auf und verschicken Sie es ganz altmodisch mit der Post. Denn glauben Sie mir: Kein Computer ist sicher.«

– Donald Trump

»Wenn du ein Geheimnis bewahren willst, musst du es auch vor dir selbst verbergen.«

– George Orwell

PROLOG

Während er das schwach erleuchtete Treppenhaus hinaufstieg, kniff er sich in die Nase und verzog das Gesicht. Die muffigen Büroräume, die Lee Dalgleish gleich betreten würde, lagen im Zentrum Londons in der Nähe der Themse, nur einen Steinwurf von der ehemaligen Battersea Power Station entfernt. Die drückende Hitze machte den fauligen Gestank von stehendem Wasser und von Feuchtigkeit, die die Mauern hinaufkroch, noch unerträglicher als sonst.

Zwei leere Tische und ein Stuhl mit gebrochener Lehne waren die einzigen Möbelstücke in diesem Teil des Gebäudes, abgesehen von einer Leiste mit Telefondosen, die über den Boden verlief, und zwei kaputten Monitoren, die schief an einer Wand hingen. Ein ungeübtes Auge hätte keine Hinweise darauf gefunden, was sich in den Räumen dieses Hauses verbarg.

»Der größte Teil der wirklich wichtigen Regierungsarbeit wird nicht hinter den Mauern von Westminster oder Downing Street erledigt«, hatte Dalgleish mehrere Monate zuvor am Tag seiner Einweisung erfahren. »Sondern an Orten wie diesem. Sich in aller Öffentlichkeit verstecken – das ist die Devise.«

Er gab seine Umhängetasche aus Segeltuch, sein Handy, sein Portemonnaie, sein Tablet und seine Jacke einem der Security-Mitarbeiter und ging durch den Ganzkörperscanner. Wie die vier Wachleute am Eingang des Gebäudes waren auch diese drei hier bewaffnet.

Noch immer hatte er ein mulmiges Gefühl, wenn er gescannt wurde. Dafür gab es eigentlich keinen Grund, denn er musste diese Prozedur vor jeder Schicht über sich ergehen lassen und hatte außerdem nichts getan, was den zahllosen Regeln widersprochen hätte, denen er unterworfen war. Dabei fühlte er sich so, wie wenn er am Flughafen Heathrow zum Ticketschalter ging oder den Ausgang nahm, über dem NICHTS ZU VERZOLLEN stand: wie jemand, den eine schwere Schuld bedrückt. Er öffnete den Mund, ein elektronischer Abstrich-Sensor fuhr über seine Zunge, und kurz darauf blinkte ein grünes Licht.

»Alles in Ordnung«, sagte die Wachfrau, ohne eine Miene zu verziehen. Sie musste hier neu sein, jedenfalls konnte sich Dalgleish nicht an sie erinnern. Ihre sanften Gesichtszüge, ihre großen blauen Augen und ihre langen Wimpern bildeten einen krassen Gegensatz zu ihrem muskulösen Körper, der sich unter dem weißen Hemd und der kugelsicheren Weste abzeichnete.

»Danke«, murmelte er und wandte den Blick hastig ab, als er bemerkte, dass er ihr etwas zu lange in die Augen gesehen hatte. Starke Frauen, ob körperlich oder intellektuell, ängstigten und erregten ihn in gleichem Maße.

Er streckte die Arme aus, drückte die Fingerkuppen auf einen Bildschirm und sagte ein paar Worte, während die biometrischen Systeme seine Augen abtasteten und seine Stimme analysierten. Kurz darauf öffnete sich vor ihm die letzte der Metalltüren, die er passieren musste.

Die Erderwärmung – die neuerdings Erderhitzung genannt wurde – sorgte für einen weiteren heißen und stickigen Märzmorgen, der Dalgleish in eine gereizte Stimmung versetzte. In der Nacht hatte er die Fenster seiner Wohnung im zweiten Stock offen gelassen, doch anscheinend hatte der Nachtclub im Nebenhaus seine Soundanlage aufpoliert, denn das Wummern der elektronischen Beats hatte den ganzen Abend alle anderen Geräusche überlagert. Nachdem er sich Kügelchen aus Toilettenpapier in die Ohren gestopft hatte, war er irgendwann eingeschlafen, hatte dann jedoch am Morgen das Wecksignal seines Handys überhört. Jedes Mal, wenn er den Besuch im Fitnessstudio ausfallen ließ – was nur selten passierte –, kam ihm wieder der übergewichtige und von den anderen gemobbte Teenager in den Sinn, der er früher gewesen war, und eine leichte Angst befiel ihn. Er beruhigte sich mit dem Gedanken, dass ein einzelner ausgefallener Workout nicht gleich wieder den Lee Dalgleish von damals aus ihm machen würde. Und doch nahm er sich vor, nach der Arbeit, egal, wie spät es dann schon war, noch zum Spinning zu gehen, um das am Morgen Versäumte nachzuholen.

Auf dem Weg zu dem Unisex-Umkleideraum ließ er die Schultern kreisen, um die aufkommende Anspannung zu lösen. Unter den aufmerksamen Blicken eines weiteren Wachmanns zog er sich aus und legte seine Kleidung in einen Metallcontainer. Erst danach erhielt er seine Uniform für den heutigen Tag, alles neue Stücke, die noch nie zuvor getragen worden waren. Sie bestanden aus einem unbestimmbaren Material und besaßen weder Taschen noch Säume, in denen man etwas hinein oder hinaus hätte schmuggeln können. Weder Unterwäsche noch Socken waren erlaubt, nur die einheitliche Kluft aus T-Shirt, Hose und Sandalen.

Nachdem er sich umgezogen hatte, betrat er ein fensterloses Großraumbüro und ging dort zu seinem Arbeitsplatz. In dem Raum befanden sich etwa vierzig Menschen, die alle Ohrhörer oder VR-Brillen trugen und Tablets in der Hand hielten oder darauf herumtippten. An die Wände wurden Dutzende Monitorbilder projiziert, von denen jedes einen anderen Ort zeigte, keines aber Gebäude oder Menschen, sondern ausnahmslos Straßen, Autobahnbrücken, Wasserflächen und Himmel.

Dalgleish tippte einem Mann, der in einem Sessel saß und auf ein Monitorbild starrte, auf die Schulter. »Hey, Lee«, sagte der Mann und gähnte. »Ist es schon so weit?«

Dalgleish nickte. »Allerdings. Hab ich was verpasst?«

»Nein, alles wie immer«, antwortete Irvine. »Keine Umleitungen, die Batterien sind noch bei rund achtzig Prozent, und der Reifendruck ist konstant.«

»Und wo geht's heute hin?«

»In gut einer Stunde sollten wir die M90 und die Queensferry Crossing Bridge erreicht haben. Dann geht's rauf nach Perth und Dundee, danach durch Schottland zurück Richtung Süden. Wenn deine Schicht vorbei ist, müssten wir irgendwo in der Gegend von Newcastle sein.«

Irvine stand auf, zog sich den Ohrhörer heraus, nahm die Smart Glasses ab und warf beides in einen Schredder für Elektrogeräte, der unter dem Schreibtisch stand. »Bis morgen«, sagte er und tippte sich an einen imaginären Hut.

Dalgleish setzte sich und tippte einen siebenstelligen Code in das Nummernfeld einer Security-Box aus Aluminium, die er am Eingang mitgenommen hatte. Der Deckel der Box sprang auf, und Dalgleish holte unbenutzte Smart Glasses und einen neuen Ohrhörer heraus. Dann nahm er einen

Proteinriegel aus seiner Schublade und machte es sich bequem. Das Bild, das er für den Rest des Tages betrachten würde, war dasselbe, das er bis jetzt an jedem Tag betrachtet hatte, seitdem er diesen Job machte: das leere Führerhaus eines autonomen Sattelschleppers. Eine Anzeige in einer Ecke des Bildes verriet, dass das Fahrzeug seit sechsundsiebzig Tagen ununterbrochen unterwegs war. Seine Batterien bezogen ihren Strom durch kabellose Übertragung aus Drahtspulen, die unter dem Asphalt lagen, und die Reifen gaben wie sich häutende Reptilien ihren Belag ab, sodass regelmäßig ein neuer zum Vorschein kam. Der Lastwagen fuhr konstant mit fünfundfünfzig Meilen pro Stunde, legte seine Route selbstständig fest und berechnete die Fahrtzeiten. Dalgleishs Aufgabe bestand darin, das Fahrzeug auf mögliche Bedrohungen hin zu überwachen.

Während er den Riegel aß, überflog er die Statusberichte, die die Zentralkonsole im Führerhaus an seinen Computer geschickt hatte und die bestätigten, was Irvine gesagt hatte. Dann überprüfte er die Außenseiten des Fahrzeugs sowie die nähere Umgebung, indem er die Bilder einer Vielzahl von Kameras aufrief, die an den Seiten, am Heck und am Unterboden angebracht waren. Der einzige Ort, für den er keine Sicherheitsfreigabe hatte, war der Frachtraum des Anhängers.

Für andere Verkehrsteilnehmer sah dieser Sattelschlepper so aus, wie jeder andere auf Großbritanniens Straßen, ein fahrerloser Lastwagen ohne Aufschrift, wie es sie zu Tausenden gab. Der einzige Unterschied bestand in der Fracht, die er geladen hatte. Sie war von größerer Bedeutung, als irgendjemand sich je hätte vorstellen können. Nur wenige Leute, unter ihnen Dalgleish, hatten eine ungefähre Vorstellung davon, was sich in diesem Laderaum befand. Und noch weniger Leute kannten die genauen Einzelheiten. Er hatte unzählige Verschwiegenheitserklärungen und Dokumente mit Bezug auf das Gesetz zur Wahrung von Staatsgeheimnissen unterschreiben müssen, in denen er sich verpflichtet hatte, niemandem von den Inhalten seiner Tätigkeit zu erzählen.

Ab und zu ließ er den Blick über seine Kollegen schweifen, die über den Raum verteilt an ihren Arbeitsplätzen saßen. Die meisten hatten eine ähnliche Aufgabe wie er und beobachteten jeweils einen Lastwagen. Zwei von ihnen verfolgten ein solargetriebenes Flugzeug, und ein kleines Team behielt gemeinsam das Deck eines Frachtschiffes im Blick. Es hatte Container geladen und kreuzte in einer Endlosschleife durch die Nordsee, wobei es seinen Kurs immer wieder änderte, um Stürmen und Luftdruckschwankungen auszuweichen.

Mit dem rechten Auge nahm Dalgleish wieder seinen eigenen Lastwagen ins Visier, und mit dem anderen verfolgte er die aktuellen Nachrichten, die über eines der Gläser seiner Smart Glasses liefen. Er hatte ein paar Wochen gebraucht, um diese Form des Multitasking in aller Stille einzuüben, doch noch immer taten ihm am Ende jeder Schicht die Augen weh. Tag für Tag dasselbe Bild zu betrachten, war – wie er einmal zu Irvine gesagt hatte – einfach »sterbenslangweilig«. Und insgeheim fragte er sich, wie lange er es noch aushalten würde, bevor er darum bat, von dieser Überwachungseinheit weg auf eine andere Stelle versetzt zu werden, die ihn mehr herausforderte.

Eine Stunde war vergangen, und Dalgleish nahm gerade sein drittes Sudoku in Angriff, als ihm auf dem Monitor etwas auffiel. Irgendetwas war an dem Lastwagen vorübergeflogen. Jetzt war es schon wieder verschwunden, und vermutlich war es auch nur ein großer Raubvogel gewesen, weshalb er sich fast nicht die Mühe machen wollte, die Aufnahme zurückzuspulen. Doch er war verpflichtet, auch der kleinsten Kleinigkeit nachzugehen.

Er nahm die Brille ab und sah sich die Stelle noch einmal in Zeitlupe an, um die Details besser zu erkennen. Das Ding war kein Vogel gewesen, sondern eine Drohne. Am Himmel über Großbritannien flogen ständig Drohnen herum, und auch an Lees Lastwagen waren schon öfter welche vorübergezogen. Doch nachdem er sich diese hier durch ein Dutzend verschiedener Kameras angesehen hatte, musste er feststellen, dass sie hartnäckiger als andere war. Es schien, als verfolge sie den Lastwagen und lasse ihn nicht aus dem Blick. Lees Magen verkrampfte sich. Bei dem, was er da sah, war ihm unwohl.

Er sah sich nach Dominique um, seiner Teamleiterin, die in ihrem Büro in einer Ecke des Raumes an ihrem Schreibtisch saß. Unruhig ging er zu ihr hinüber und klopfte an die Tür.

»Dom«, sagte er, »tut mir leid, wenn ich dich störe, aber ich habe da möglicherweise einen Vorfall für Alarmstufe Gelb.«

Sie klappte ihren Laptop zu. »Wieso, was ist denn los?«

Als sie zu seinem Arbeitsplatz kamen und auf den Monitor blickten, waren durch die Kameras in der Frontscheibe zwei weitere Drohnen zu sehen. Die Kameras am Heck und an den Seiten zeigten, dass noch zahlreiche weitere das Fahrzeug umschwirrten.

Dominique tippte auf ihren Ohrhörer, sagte ein paar Worte, und kurz darauf standen ihre drei Vorgesetzten neben ihr.

Dalgleish kannte die drei – zwei Männer und eine Frau – vom Sehen, er hatte manchmal mitbekommen, wie sie in anderen Büroräumen des Gebäudes verschwanden, hatte aber nie ein Wort mit ihnen gewechselt. Er fühlte sich unwohl, als sie sich jetzt hinter ihm versammelten.

»Hat sonst noch jemand was Auffälliges?«, fragte Dominique durch den Raum. Die Antwort war ein vielstimmiges Nein.

»Ach du Scheiße, was ist das denn?«, stieß Lee hervor. Er war so perplex, dass er vergessen hatte, wer neben ihm stand.

Die Kamera im Führerhaus zeigte, wie sich ein Schatten über das Fahrzeug senkte. Lee schaltete auf ein anderes Gerät um, das auf dem Dach montiert war, und drehte die Linse nach oben. Jetzt war die Unterseite eines Hubschraubers zu sehen, darüber die kreisenden Rotorblätter.

»Das ist ein Angriff«, sagte einer von Dominiques Vorgesetzten, als sich drei Gestalten auf das Dach des Lasters abseilten. Dann verzog sich der Schatten, der Hubschrauber stieg auf und verschwand in der Ferne. »Sie wissen, was wir transportieren.«

»Woher wissen die das?«, fragte Dalgleish, aber niemand ging darauf ein. »Was soll ich jetzt tun?«, fragte er weiter.

»Nichts, bis ich Ihnen weitere Anweisungen gebe.«

Auf einmal herrschte im ganzen Raum Stille. Einer der Eindringlinge zog einen zylinderförmigen Gegenstand aus seinem Rucksack und befestigte ihn auf dem Dach des Anhängers. Alle bewegten sich, als befänden sie sich auf dem Mond. Dalgleish vermutete, dass sie Schuhe mit Magnetsohlen trugen, um das Gleichgewicht nicht zu verlieren.

»Sie wollen ihn gar nicht entführen!«, rief Dominique. »Sie wollen ihn während der Fahrt ausräumen!« Im nächsten Moment stieg eine Rauchwolke auf, und im Dach klaffte ein Loch, so groß wie ein Gullydeckel.

»Welche Straße ist das?«, fragte ein anderer der namenlosen Vorgesetzten.

»Das Fahrzeug befindet sich auf der M90 und fährt gleich auf die Queensferry Crossing Bridge. Bald erreicht es den ersten der drei Pylonen«, sagte Dalgleish.

»Verkehrslage?«

Er überflog die Bilder der Kameras zur automatischen Kennzeichenerfassung. »Mäßiges Verkehrsaufkommen, keine Verzögerungen.«

»Kollateralschaden?«

Dominique sah auf ihr Tablet. »Gering, wenn wir sofort handeln.«

Dalgleish roch eine Mischung aus Schweiß und Aftershave, als sich der Mann über den Schreibtisch beugte und hastig auf der Tastatur herumtippte. Auf dem Bildschirm öffnete sich ein neues Fenster und darin ein Feld, in das er einen langen Code eingab. Dann drückte er eine Fingerkuppe an den Bildschirm, und auf der Oberfläche des Schreibtisches erschien die Projektion eines Schaltknopfs. Er wandte sich an Dominique.

»Sind wir uns einig?«, fragte er. Dominique sah auf den Bildschirm, wo der erste Angreifer durch das Loch im Dach verschwand.

»Ja«, sagte sie. »Alarmstufe Rot.«

Als die dritte Gestalt im Inneren des Frachtraums verschwunden war, drückte er den Knopf.

Aus dem Loch im Dach schossen Flammen und Rauch, und dann driftete der Lastwagen nach links. Er beschleunigte, hielt sich aber weiter auf der Fahrbahn, bis er den ersten Stützpfeiler passiert hatte, durchbrach danach mit achtundsiebzig Meilen pro Stunde den Sicherheitszaun aus Metall und stürzte über den Rand der Brücke. Zweihundert Meter weiter flussabwärts versank er in den Tiefen des Forth.

ERSTER TEIL

VERSCHLUSSSACHE

TOP SECRET: NUR BRITEN ZUR KENNTNIS, GEHEIMHALTUNGSSTUFE »A«

DIESES DOKUMENT IST EIGENTUM DER REGIERUNG IHRER MAJESTÄT

PROTOKOLL DER ASSESSMENT-SITZUNG 11.6
DES GEMEINSAMEN KOMITEES
FÜR CYBERSPIONAGE UND GEHEIMDIENST

»EIN ALTERNATIVER ANSATZ ZUR SPEICHERUNG VERTRAULICHER DOKUMENTE«

Hinweis: Der folgende Text gibt das Protokoll der o. g. Sitzung wieder. Um Sicherheitsrisiken zu vermeiden, wurden einige Abschnitte sowie die Namen einiger Teilnehmer unkenntlich gemacht.

ORT:
████████, ████████

TEILNEHMER (MITGLIEDER):
Edward Karczewski, Leiter Operative Abwicklung, ████████
████████

Dr. Sadie Mann, Leiterin Psychiatrische Begutachtung
Dr. M. J. Porter, Abteilungsleiter Neurowissenschaft
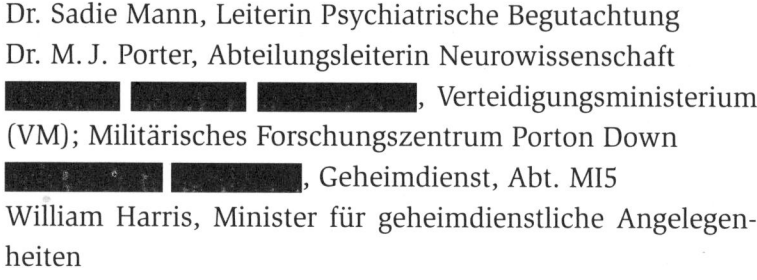, Verteidigungsministerium (VM); Militärisches Forschungszentrum Porton Down
██████████ ██████████, Geheimdienst, Abt. MI5
William Harris, Minister für geheimdienstliche Angelegenheiten

TEILNEHMER (NICHTMITGLIEDER):
Premierministerin Diane Cline

EDWARD KARCZEWSKI: Weil die Premierministerin an unseren bisherigen Sitzungen nicht teilgenommen hat, würde ich gerne zu Beginn kurz den aktuellen Stand der Dinge zusammenfassen.

PREMIERMINISTERIN: Danke, Edward, aber zuvor würde ich noch gern fürs Protokoll festhalten, dass ich ausgesprochen ungehalten darüber bin, dass ich erst vor vierundzwanzig Stunden von der Existenz dieses Programms erfahren habe. Bis dahin hat man es mir absichtlich verheimlicht. Daher werde ich eine interne Untersuchung auf den Weg bringen, die herausfinden soll, wie das möglich war.

EDWARD KARCZEWSKI: Dabei können Sie auf unsere volle Unterstützung zählen. Ich hoffe jedoch, dass Sie nach diesem Meeting verstehen, weshalb ein solches Programm unter Verschluss gehalten wurde. Also, um es kurz zusammenzufassen: Vor zweieinhalb Jahren hat eine cyberkriminelle

Organisation, die als das Hackerkollektiv bekannt geworden ist, unser Netzwerk autonomer Fahrzeuge, das damals stark expandierte, unterwandert und Tausende Fahrzeuge umprogrammiert und dadurch massenhaft Unfälle verursacht. Dieser heimtückische terroristische Akt forderte 5120 Todesopfer und Verletzte. Seit der Corona–Pandemie 2020 hat kein Ereignis auf britischem Boden mehr Menschenleben gekostet.

Das Kollektiv bezeichnete den Angriff als einen Akt von »moralischem Hacktivismus« und behauptete, es hätte die moralische Verpflichtung, die Welt darauf aufmerksam zu machen, dass die damalige Regierung auf gesetzeswidrige Weise darauf Einfluss genommen hatte, wie autonome Fahrzeuge bei Unfällen Entscheidungen über Leben und Tod treffen. Entgegen den Behauptungen der Verantwortlichen hatten diese Entscheidungen nicht zum Ziel, möglichst viele Menschenleben zu retten, vielmehr wurden sie anhand sozialer und ökonomischer Faktoren getroffen. Je höher der ermittelte Wert einer Person für unsere Gesellschaft war, desto höher waren auch ihre Überlebenschancen.

WILLIAM HARRIS: Ich darf bei dieser Gelegenheit klarstellen, dass die Schuld nicht bei der gesamten Regierung lag, sondern nur bei einzelnen Mitgliedern. ▮▮▮▮▮▮▮▮▮▮▮▮▮▮▮▮▮▮▮▮▮▮▮▮▮▮▮▮▮ wurden alle zur Rechenschaft gezogen, mit Ausnahme des verstorbenen Abgeordneten Jack Larson.

PREMIERMINISTERIN: Seine Ermordung durch das Hackerkollektiv mag bedauerlich gewesen sein, kam aber nicht gänzlich unerwartet, wenn man bedenkt, dass er an den Manipulationen maßgeblich beteiligt war. Doch kein Mensch hat es verdient, bei einem Attentat mit einer Autobombe hingerichtet zu werden, das weltweit live gestreamt wird.

EDWARD KARCZEWSKI: In der Tat. Rückblickend betrachtet, war der Angriff auf die Fahrzeuge allerdings nur die Spitze des Eisbergs. Vor Kurzem hat das Kollektiv eine neue Angriffswelle gestartet und mithilfe von Schadsoftware die IT-Systeme einzelner Staaten gehackt. Albanien und die Türkei hat es als Erste getroffen. Die Hacker sind in die 5G-Mobilfunknetze eingedrungen, haben die Hardware der Behörden funktionsunfähig gemacht und so einen allgemeinen Stillstand verursacht – bei Datenüberwachungszentren, Verkehrsampeln, Rettungsdiensten und Bezahlsystemen für Einzelhandel und Industrie. Darüber hinaus haben sie Überspannungen in den intelligenten Stromnetzen verursacht, was zu landesweiten Blackouts führte, sowie Satelliten vom Kurs abgebracht und in der Erdatmosphäre verglühen lassen. Erst nachdem die beiden Länder jeweils Dutzende Millionen Bitcoins Lösegeld gezahlt hatten, konnten sie den Betrieb wieder normalisieren und beschädigte Daten rekonstruieren. Aber das Ausmaß dieser Angriffe war geradezu lächerlich im Vergleich zu dem, was das Kollektiv mit Estland und Rumänien vorhatte. Diese beiden Länder mussten erleben, wie die Hacker vertrauliche Informationen in ihren Besitz brachten: über Verwahrungsorte von Waffen, Depots der Zentralbanken etc. Und das Kollektiv drohte damit, diese Staatsgeheimnisse preiszugeben, sollten die Länder nicht auf die Lösegeldforderungen eingehen.

PREMIERMINISTERIN: Wie sind sie an diese Informationen gekommen?

███████ ██████, MI5: Die betroffenen Länder hatten ihre sensiblen Daten in Datenzentren und Bunkern gespeichert, die physisch durch strengste Sicherheitsvorkehrungen geschützt sind, so wie unsere. Diese Speicherorte sind jedoch an ihren geografischen Standort gebunden, weshalb die Angreifer sie irgendwann ausfindig machen konnten. Dem Kollektiv gelang es, die Verschlüsselungscodes zu knacken und in die biometrischen Systeme, Sperranlagen und Videoüberwachungssysteme einzudringen, und zwar jeweils durch die Online-Kühlsysteme, die weniger stark gesichert waren. Und als sie einmal drin waren, konnten sie sämtliche vertraulichen Informationen abgreifen.

PREMIERMINISTERIN: Wie ist derzeit die Lage in den beiden Ländern?

██████ ██████ ███████, VM: Satellitenaufnahmen von heute Morgen zeigen, dass sich der Norden Estlands schon unter russischer Kontrolle befindet, und Erkenntnisse des Geheimdienstes lassen darauf schließen, dass sich der Süden auch bald ergeben wird. Rumänien ist den Forderungen in voller Höhe nachgekommen, weil man dort ohne Codes für die Aktivierung von Waffen einer Invasion machtlos gegenübergestanden hätte. Jetzt sind Grenzschutz und Sicherheitssysteme zwar wieder intakt, aber der Staat ist bankrott. Heute Morgen wurde Saudi-Arabien angegriffen. Vermutlich wird sich das Ganze zu einer globalen Pandemie ausweiten.

PREMIERMINISTERIN: In welchem Ausmaß ist das Vereinigte Königreich bedroht?

████████ ████████, MI5: Ernsthaft. Das ist eine Stufe vor Unmittelbar.

WILLIAM HARRIS: Wir haben Milliarden investiert, um dieses Land zu schützen, sowohl physisch als auch vor Hackerangriffen. Soll das heißen, dass das alles umsonst war?

████████ ████████, MI5: Nein, aber das Risiko nimmt deutlich zu. Alle verfügbaren Programmierer, sowohl interne als auch externe, kämpfen mit allen Mitteln dafür, dass unsere Server uneinnehmbar bleiben. Aber wir stehen auf verlorenem Posten, Frau Premierministerin. Die Angreifer verfügen über Quantentechnologie, weshalb ihre Computer Zehntausende Millionen Mal schneller sind als die meisten von unseren. Dadurch haben sie leichtes Spiel, wenn sie unsere Verschlüsselungscodes knacken wollen. Die Technologien, mit denen wir uns schützen, entwickeln sich nicht so schnell wie diejenigen, mit denen wir angegriffen werden. Wir laufen vor einem Maschinengewehr davon, dessen Magazin unerschöpflich ist. Irgendwann erwischt es uns.

PREMIERMINISTERIN: Wollen Sie damit sagen, dass die anderthalb Millionen Männer und Frauen, die in zwei Weltkriegen für unsere Freiheit gekämpft und dabei ihr Leben gelassen haben, umsonst gestorben sind? Denn in meinen Ohren klingt das, als wollte uns jetzt, hundert Jahre später, ein unsichtbarer, nicht zu greifender Feind all dessen berauben, was uns groß gemacht hat.

EDWARD KARCZEWSKI: Das wird ihm nicht gelingen, wenn es keine Informationen gibt, die er stehlen kann.

PREMIERMINISTERIN: Was soll das heißen?

EDWARD KARCZEWSKI: Vor sechs Monaten wurde beschlossen, die Nationalarchive, sowohl das historische als auch das aktuelle, offline zu schalten.

PREMIERMINISTERIN: Wer hat das beschlossen?

EDWARD KARCZEWSKI: Diese Maßnahme gehörte zu einem Projekt, das begonnen wurde, noch bevor Sie Ihr Amt angetreten haben. Der letzte Schritt dieses Projekts bestand darin, alle sensiblen Informationen vom Netz zu nehmen und auf die Straße zu verfrachten. Sämtliche Informationen, die nicht an die Öffentlichkeit gelangen sollen, wurden ausgedruckt und in sieben Sattelschlepper, ein Flugzeug und ein Frachtschiff verladen, die ununterbrochen über unsere Straßen fahren beziehungsweise im Luftraum kreisen und im Meer kreuzen. Das ist mehrere Monate lang gut gegangen. Bis gestern, als einer der Lastwagen zu Schaden kam und wir das Programm abbrechen mussten.

PREMIERMINISTERIN: Welche Arten von Informationen sind da auf Reisen gewesen?

EDWARD KARCZEWSKI: Solche Daten, die wir nicht täglich brauchen, und solche, die unveränderlich sind. Vor der Einführung von Computern wurden sie an geheimen Orten aufbewahrt, die über ganz London verteilt waren. Dann wurden sie elektronisch in Datenzentren gespeichert, die sich überall im Land befanden und mit Festplatten und Prozessoren vollgestopft waren. Und dort befinden sie sich auch jetzt wieder, seitdem die Lastwagen von den Straßen abgezogen wurden. Diese Standorte sind zwar so gut geschützt wie Militäranlagen und nach höchsten kalifornischen Normen erdbebensicher, aber die Hacker werden trotzdem irgendwann eindringen. Und aus diesem Grund plädiere ich für einen neuen Ansatz, um unsere Daten offline zu sichern.

PREMIERMINISTERIN: Wieder mit Lastwagen? Ich bin wirklich fassungslos, dass ein so aberwitziges Vorhaben jemals genehmigt wurde!

EDWARD KARCZEWSKI: Nein, diesmal nicht mit Lastwagen. Das sollte auch nur eine vorübergehende Maßnahme sein. Sie hat uns die Zeit zur Entwicklung eines alternativen Verfahrens verschafft, das vertrauliche Informationen sicher speichert und es Außenstehenden unmöglich macht, sie aufzufinden. Dieses Verfahren möchte ich Ihnen jetzt vorstellen, und ich bitte Sie, nicht voreilig zu urteilen. Wenn Sie Ihre Aufmerksamkeit nun bitte auf den Bildschirm an der Wand lenken wollen.

** **EDWARD KARCZEWSKI schaltet mit einer elektronischen Tastatur einen Bildschirm ein.** **

PREMIERMINISTERIN: Was soll denn dieses Durcheinander von Figuren, Buchstaben und Zahlen, die da über den Bildschirm jagen?

EDWARD KARCZEWSKI: Damit finden wir die Menschen, die wir brauchen, um unser Land zu schützen.

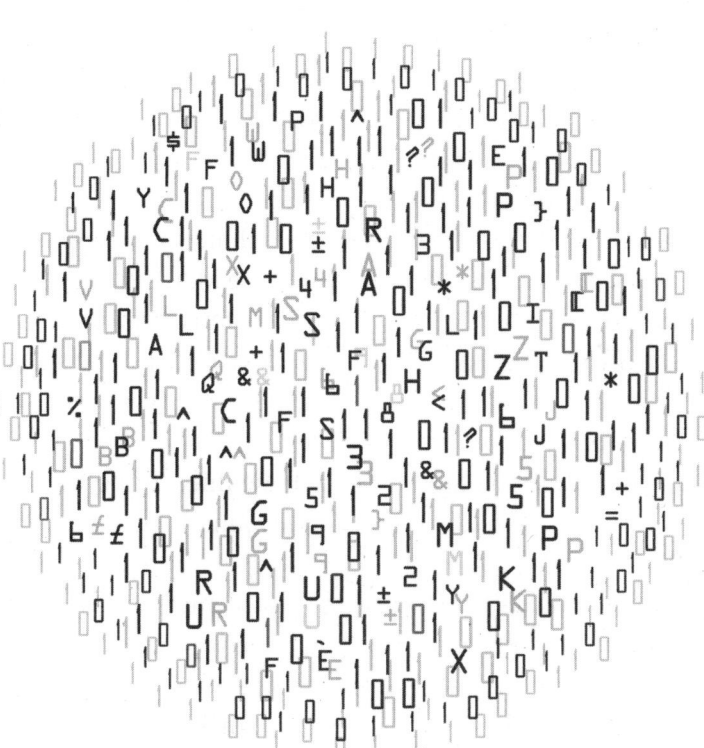

1

Flick, London

»Ach nee!«, rief Flick empört. »Das glaubt ihr doch selbst nicht, dass ihr so viel dafür kriegt.« Sie schüttelte den Kopf, als der Schätzpreis von 445 000 Pfund auf dem Bildschirm erschien. Das junge Paar, das den baufälligen Bungalow renoviert hatte, war hellauf begeistert. Nicht so Flick. Sie sah tagsüber regelmäßig fern und war daher mittlerweile Expertin in allen Fragen rund um Immobilien.

Sie fischte eine Zigarette aus der Packung auf dem Couchtisch und zündete sie mit einem Wegwerffeuerzeug an. Das Geräusch der Flamme und der Zigarette, die knisternd zum Leben erwachte, ließ sie leicht zusammenzucken. Dann nahm sie einen langen, tiefen Zug, bis ihr der heiße Rauch in der Kehle brannte. Weil Zigaretten mittlerweile astronomisch teuer waren, hatte sie sich vorgenommen, täglich nur eine Handvoll zu rauchen. Doch jetzt war es erst später Vormittag, und das war schon ihre vierte.

Zu ihrer Überraschung teilte sich plötzlich der Fernsehbildschirm, und die eine Hälfte zeigte den Bereich vor ihrer Haustür. Obwohl die Person, die dort stand, den Kopf gesenkt hielt, erkannte die Gesichtserkennungssoftware darin Flicks Bruder Theo. Flick nahm einen weiteren langen Zug und beschloss, ihn zu ignorieren. Er drückte noch zweimal auf die Klingel und rief dann durch den Briefkasten:

»Ich weiß, dass du da bist. Ich kann den Rauch riechen, der unter der Tür durchzieht.«

Flick verdrehte die Augen. Sie hatte keine Lust, sich heute von Theo oder irgendeinem anderen Mitglied ihrer Familie stören zu lassen. Heute nicht und auch sonst nicht. Aber es hatte keinen Sinn, so zu tun, als sei sie nicht zu Hause. Sie war *immer* zu Hause. Sie rollte die Spitze der Zigarette an der Innenseite des Aschenbechers entlang, um den Rest für später aufzuheben, nahm eine Dose Raumspray und versprühte etwas von dem Duft im Zimmer. Dann schob sie drei Querriegel zur Seite, öffnete zwei Schlösser und tippte einen Code in einen Nummernblock. Als die Tür offen war, musterte sie der jüngste ihrer vier Brüder von oben bis unten.

»Du siehst echt scheiße aus«, blaffte er.

»Du hast dir einen Bart wachsen lassen«, entgegnete Flick. »Siehst aus wie Grandad.«

»Den hatte ich schon, als wir uns das letzte Mal gesehen haben.«

Flick zuckte mit den Schultern.

»Damals, als du deinen faulen Arsch das letzte Mal hochgekriegt und dir die Mühe gemacht hast, uns zu besuchen.«

»Wenn du mir mal wieder liebevoll die Leviten lesen willst – das kannst du dir sparen ...«

»Nein, das ist nur eine nett gemeinte Dosis Realität.«

Der Streifen Tageslicht, der durch einen Spalt zwischen den zugezogenen Vorhängen fiel, erhellte einen feinen, rauchigen Schleier. Theo betrat die Wohnung, riss die Vorhänge auf, strich mit den Fingern über den Couchtisch und hinterließ dabei drei helle Streifen in der Staubschicht, in denen die Maserung des Holzes zu sehen war. Auch ohne diese Geste wusste Flick, dass er sie insgeheim tadelte, wegen des dreckigen Geschirrs, wegen der schmutzigen Wäsche, die in einem Haufen auf dem Küchenboden lag, wegen der zwei berstenden Mülltüten, des Kartons mit den leeren Weinflaschen und des überquellenden Aschenbechers. Sie konnte es ihm nicht verübeln, dass er sie für all das kritisierte. Wie für viele ihrer Schwächen gab sie auch für dieses Chaos jemand anderem die Schuld. *Ihm.* Erst nach einer Weile, nachdem sie zum ersten Mal Bilder von seiner Wohnung gesehen hatte, die im Netz hochgeladen worden waren, hatte sie sich gefragt, wie sie mit so einem Ordnungsfimmel klargekommen wäre. Vielleicht hatte er bei sich zu Hause so penibel darauf geachtet, dass alles aufgeräumt war, weil der Rest seines Lebens ein entsetzliches Durcheinander gewesen war. Ein Teil von ihr musste eingestehen, dass sie von Glück sagen konnte, sein wahres Wesen nicht kennengelernt zu haben. Ein anderer, kleinerer Teil hielt weiter an der Vorstellung fest, dass es ihr vielleicht gelungen wäre, ihn zu ändern.

»Ich hab im Restaurant angerufen«, fuhr Theo fort. »An dein Handy gehst du ja nicht, und auf Nachrichten reagierst du auch nicht.« Flick antwortete nicht. Sie ahnte, was jetzt kam. »Ich hab nicht schlecht gestaunt, als sie mir gesagt haben, dass du einen Restaurantleiter eingestellt hast, der sich um alles kümmert, weil du aus persönlichen Gründen eine Auszeit nehmen wolltest. *Vor einem Jahr.*«

Flick zuckte mit den Schultern. »Ich bin einfach eine Zeit lang nicht da. Was macht das schon?«

»Was sind das für persönliche Gründe?«

»Es heißt ja nicht umsonst ›persönlich‹. Ich bin nicht die Einzige, die sich mal eine Auszeit nimmt.«

»Aber du hast eine Auszeit von deinem ganzen Leben genommen. Du hängst ihm noch immer nach, stimmt's?«
»Wem?«, fragte sie zurück, aber sie wussten beide, wen Theo gemeint hatte.
»Das kann so nicht weitergehen, Felicity. Nur weil es mit ihm nicht geklappt hat, heißt das nicht, dass es nicht noch mit einem anderen klappen kann.«
»Er war mein Match«, entgegnete Flick.
»Aber vielleicht waren eure Testergebnisse manipuliert. Das ist doch Tausenden von Paaren passiert.«
»Das Ergebnis ist erst nach den Manipulationen gekommen«, sagte Flick entschieden. Theo hakte nicht weiter nach.

Sie konnte sich noch genau daran erinnern, wie sie eine E-Mail mit der Nachricht bekommen hatte, dass Match Your DNA ihren Partner gefunden hatte. Einige Jahre zuvor hatten Wissenschaftler festgestellt, dass jeder Mensch ein Gen besaß, das er mit genau einem anderen Menschen auf der Welt teilte. Dieser andere konnte buchstäblich jeder sein, unabhängig von Geschlecht, Religion, Alter oder Wohnort, und er war derjenige, der für einen selbst aufgrund der DNA-Verbindung bestimmt war. Ein Seelenverwandter. Innerhalb weniger Jahre war dieses Verfahren zur beliebtesten Methode der Partnerfindung geworden, und 1,7 Milliarden Menschen hatten eine Speichelprobe abgegeben und sich mit ihrer DNA registriert.

Etliche Monate nach einer Sicherheitspanne, bei der Tausende Paare fälschlicherweise gematcht worden waren, hatte Flick die E-Mail mit der Bestätigung erhalten, doch sie hatte ihr Match nicht mehr kennenlernen können. Er war ermordet worden.

Während sie noch versucht hatte, damit klarzukommen, hatte sie erfahren, wer er gewesen war. Seitdem fühlte sie sich wie ausgehöhlt.

Theo machte sich im Wohnzimmer zu schaffen, räumte herumliegende Zeitschriften auf, warf leere Chipstüten und Bonbonpapiere in den Müll und sammelte weggeworfene Kleidungsstücke ein. »Ich möchte dir helfen, Flick«, sagte er. »Wir machen uns Sorgen um dich, ich und Mum und Dad und alle anderen. Nicht mal bei dem sechzigsten Jahrestag unserer Großeltern hast du dich blicken lassen.«
Flick lachte höhnisch. »Ja, genau das hätte ich gebraucht! Einen ganzen Abend unter Leuten, die mich daran erinnern, dass ich niemanden habe, der mich so sehr liebt, dass er auch in sechzig Jahren noch bei mir ist.«
Theo murmelte etwas und stopfte Kleidungsstücke in die Waschmaschine. »Nein, lass das!«, protestierte Flick. »Die müssen nach Farben getrennt werden.«
»Schon klar. Weil die Wäsche nach Farben zu trennen jetzt das Wichtigste in diesem Saustall ist.«
»Ich hab gesagt, du sollst das lassen«, schnauzte sie ihn an, aber Theo ließ sich nicht beirren und zog die Schublade der Maschine heraus.
»Wo ist das Waschmittel?«
»Ich sag's dir nochmal, Theo: Finger weg von meinen Sachen.«
Als Theo die Küchenschränke durchwühlte, hielt Flick es nicht mehr aus. Obwohl sie kleiner und schmächtiger war als ihr Bruder, drehte sie ihm einen Arm auf den Rücken, sodass er sich nach vorn krümmte, und schob ihn zur Tür.
»Verdammt noch mal!«, schrie Theo. »Ich will dir doch nur helfen!«

»Aber ich hab dich nicht um deine Hilfe gebeten, und ich will sie auch nicht«, blaffte sie zurück, öffnete die Tür und ließ ihn erst wieder los, als er draußen stand.

»Ich sag dir das als Bruder und als Freund«, erwiderte er und schüttelte seinen Arm aus. »Auch wenn er dein Match war, er ist es sicher nicht wert, dass du für ihn dein Leben wegwirfst.«

Flick wischte sich mit dem Ärmel ihres Pullovers die Augen trocken und schloss, so traurig lächelnd wie noch nie, die Tür.

Zurück im Wohnzimmer, ließ sie sich aufs Sofa fallen. Alles, was Theo gesagt hatte, traf zu, nur nicht, dass sie sich vielleicht noch einmal verlieben könnte. Das war ausgeschlossen. Die eine Gelegenheit, die sich ihr geboten hatte, war ihr wieder entrissen worden. Sie hätte alles dafür gegeben, in die Zeit zurückzukehren, in der sie jeden Morgen aufgewacht war und sich gefragt hatte, ob wohl heute die E-Mail mit der Mitteilung kommen würde, dass ihr Match gefunden war. Damals hatte sie noch hoffen können. Doch damit war es jetzt vorbei.

Flick klopfte die Reste des verbrannten Tabaks ab, zündete die Zigarette erneut an und schaltete den Fernseher auf einen Nachrichtenkanal. »Die Ausstellung eines anonymen Künstlers verursacht schon vor der für heute Abend geplanten Eröffnung kontroverse Diskussionen«, verkündete der Sprecher. »Die Installation nimmt Bezug auf eine Mordserie, bei der vor drei Jahren in London neunundzwanzig Frauen einem Serienmörder zum Opfer gefallen waren und die zu einer der größten Fahndungen in der Geschichte des Landes geführt hatte.«

»Fernseher Pause«, rief Flick. Ihr Herz raste. Sie brauchte einen Moment, um sich innerlich zu wappnen. Das Treiben des Mörders, der die Hauptstadt heimgesucht und dort wahllos Frauen ermordet hatte, bevor dann alles mit einem Schlag vorbei gewesen war, hatte die Öffentlichkeit monatelang in Atem gehalten.

»Fernseher weiter«, sagte sie, und das Bild des Nachrichtenkanals schaltete vom Studio in eine Galerie, in der Gemälde aller neunundzwanzig Leichen hingen. Manche waren blutüberströmt und boten einen grausigen Anblick. Flick drehte sich der Magen um.

»Nach Aussage des Künstlers, dessen Identität nicht bekannt ist, haben die Porträts nicht die Absicht, aus der Mordserie Kapital zu schlagen, sondern dienen dem Gedenken an die Opfer. Die Angehörigen der Opfer widersprechen dem jedoch und kritisieren die Ausstellung aufs Schärfste. Ihrer Ansicht nach sind die Bilder ›geschmacklos‹, und sie fordern, dass die Ausstellung untersagt wird.«

»Fernseher aus«, sagte Flick, und es wurde still im Raum. Sie ging zu der Tür, die auf den schmalen Balkon führte, und öffnete sie. Tagelang war sie nicht aus dem Haus gegangen, und als jetzt die frische Luft über ihre Haut strich, nahm ihr das fast den Atem.

Sie wollte diesen schrecklichen Abschnitt ihres Lebens einfach nur vergessen. Aber das war leichter gesagt als getan. Erst in der Nacht zuvor war ihr Opfer Nummer dreizehn im Traum erschienen, Kelly, die junge Bedienung mit dem Nasenpiercing, die Flick einen Monat vor ihrem Tod in ihrem Restaurant eingestellt hatte.

Erst mehrere Monate nach dem Mord an Kelly hatte Flick Kennedy erfahren, dass es sich bei dem Mann, der aufgrund ihrer gemeinsamen DNA unweigerlich die Liebe ihres Lebens war, um den Serienmörder Christopher Bailey gehandelt hatte.

2

Charlie, Portsmouth

In der einen Hand ein Bier, in der anderen ein paar Tüten Grünkohlchips und Nüsse, ging Charlie durch den Garten des Pubs. Vorsichtig, um nichts zu verschütten, schob er sich durch die ständig anwachsende Menge bis zu dem Holztisch mit zwei Bänken, auf dem in der Mitte ein »Reserviert«-Schild stand.

Weil England heute im Rahmen der Qualifikation für die Fußballweltmeisterschaft gegen den Erzrivalen Deutschland spielte, war im Garten hinter dem Lokal deutlich mehr los als an einem normalen Wochentag. Bei dem Spiel ging es um alles; wenn England jetzt verlor, wären sie bei dem Turnier im nächsten Jahr nicht dabei. Charlie kannte den Pub bestens. Seitdem sie in Kneipen gehen durften, waren er und seine Freunde zu allen wichtigen Spielen ins Wig & Pen gekommen, und heute Abend sollte diese Tradition fortgesetzt werden.

Charlie setzte sich, nahm einen Schluck Bier und sah auf die Uhr. Noch eine Viertelstunde bis zum Anstoß. Sein Blick wanderte zu der riesigen Videowand hinüber. Berühmte Fußballexperten gaben ihre Prognosen ab, waren aber im Stimmengewirr der Gäste kaum zu verstehen.

»Ist da noch frei?«, fragte jemand schroff. Vor Charlie stand ein sichtlich genervter Mann, umgeben von einer Gruppe von Freunden. Charlie errötete, als er ihre Blicke auf sich spürte.

»Nein, leider nicht«, sagte er leise und wie zur Entschuldigung. Der Mann sah ihn an, als wolle er einen Streit anfangen, schien es sich dann aber anders zu überlegen, murmelte etwas Unverständliches und wandte sich ab.

Insgeheim gab Charlie zu, dass er genauso verärgert gewesen wäre, wenn er hätte stehen müssen, während jemand anders sieben leere Plätze für sich beanspruchte. Obwohl er den Tisch schon vor Wochen gegen eine Gebühr reserviert hatte, war ihm das jetzt unangenehm.

Der heutige Abend bedeutete Charlie mehr, als irgendjemand in dem Pub ahnen konnte. Es war jetzt zweieinhalb Jahre her, dass die sieben Freunde zuletzt zusammen gewesen waren. Er dachte an die Hochzeit von Terry Stelfox zurück und daran, dass sie den Anfang vom Ende einer Freundschaft markiert hatte, die seit dem Kindergarten bestanden hatte. Wenn das Studium an verschiedenen Universitäten sie nicht hatte trennen können, so hatte Charlie in seiner Naivität geglaubt, dann würde nichts und niemand auf der Welt sie trennen können. Aber er hatte die Rechnung ohne Match Your DNA gemacht. Nach und nach fand jeder seiner Freunde die Frau – einer von ihnen den Mann –, die die Biologie für sie bestimmt hatte. Nur Charlie nicht. Sein Match hatte sich bis jetzt noch nicht gezeigt. Nie hätte er geglaubt, dass er sich mit Mitte zwanzig so einsam fühlen würde.

Er sah wieder auf die Videowand. Noch vier Minuten bis zum Anstoß. Er hatte die Snacks verputzt und kaute jetzt an den Fingernägeln. Weil er dabei zu viel abbiss, spürte er ab und zu ein Pulsieren in den Fingerkuppen. Er zog ein angstlösendes transdermales Pflaster aus der Tasche, kaum größer als eine Erbse, und klebte es sich auf den Unterarm.

Um sich abzulenken, bis das Mittel in seinen Körper drang und sein Gehirn erreichte, steckte er sich einen Ohrhörer ein und hörte die Nachrichten auf seinem Handy ab. Die erste kam von Travis. »Sorry, Alter, ich schaff's heute nicht. Die Zwillinge führen sich schon den ganzen Tag unmöglich auf, und Lisa ist völlig am Ende und hat sich hingelegt. Mach's gut, bis bald.« Die nächste war von Stelfox. »Ist das heute? Oh verdammt! Tut mir echt leid, Charlie, aber wir sind heute bei den Schwiegereltern zum Essen eingeladen.« Die Entschuldigungen der anderen fielen alle ähnlich aus.

Als der ganze Garten beim Einlauf der englischen Mannschaft aufjohlte und lauthals *God Save the King* mitsang, blieb Charlie sitzen. Die Teams brachten sich in Stellung, und mit einem Pfiff gab der Schiedsrichter die Partie frei. Doch schon nach wenigen Minuten wusste Charlie, dass es ihm keine Freude machen würde, das Spiel allein anzuschauen. Er trank sein Bier aus und machte sich auf den Weg zum Ausgang.

»Ist da jetzt frei? Hast wohl keine Kumpels mehr, oder was?«, höhnte der Mann, der ihn vorhin angesprochen hatte. Charlie fühlte sich gedemütigt und wollte schon kontern, aber die leeren Bänke sprachen eine eindeutige Sprache. Der Typ hatte es brutal und exakt auf den Punkt gebracht.

Als er auf der Straße stand, bestellte Charlie über eine App bei seinem Lieblingschinesen wahllos irgendein Gericht zur Lieferung. Dann sperrte er sein Fahrradschloss auf und radelte die fünfzehn Minuten nach Hause. Als er dort ankam, war die Drohne, die ihm die Single-Portion vor die Tür geliefert hatte, schon wieder auf dem Weg zurück ins Restaurant.

In der Küche nahm er die Deckel von den Aluschalen und stellte sie auf den Tisch, ohne das Essen auf Tellern anzurichten. Dann lockerte er den Gürtel um ein paar Löcher. Seit sie sonntagvormittags nicht mehr gemeinsam kickten, hatte er langsam, aber beständig zugenommen. Er vermisste das Zusammensein mit seinen Freunden, wenn sie samstagabends um die Häuser gezogen, am nächsten Morgen in aller Frühe mit einem höllischen Kater aufgewacht waren, eine Partie gespielt und sich dann im Pub einen Sonntagsbraten gegönnt hatten. Diese Stunden hatten ihm das Gefühl gegeben, Teil einer Gruppe zu sein.

Während er aß, kam ihm wieder ein Gespräch in den Sinn, das ihm klargemacht hatte, dass sich die Beziehungen in ihrem Freundeskreis allmählich verschoben. Stelfox war herausgerutscht, dass sich einige der Jungs mit ihren Frauen oder Freundinnen regelmäßig zum Abendessen oder zu Spieletreffen mit den Kindern verabredeten. Charlie wurde dazu nicht eingeladen, weil die anderen der Meinung waren, »Familienkram« sei nicht so seins. Er hatte genickt und geschwiegen. Nach nichts sehnte er sich mehr als nach »Familienkram«.

Heute Abend kehrte dieses Gefühl des Ausgeschlossenseins mit voller Wucht zurück. Charlie fragte sich, was wohl geschehen wäre, wenn er sich absichtlich aus der Gruppe zurückgezogen und sich einfach nicht mehr bei den anderen gemeldet hätte. Wie lange hätte es gedauert, bis ihnen aufgefallen wäre, dass sie ihn schon seit einer Weile nicht mehr gesehen hatten? Tage, Wochen, Monate? Oder wäre die Erinnerung an ihn allmählich verblasst, bis sie ihn ganz vergessen hätten?

Nichts wünschte er sich sehnlicher, als dass er genau das getan hätte, anstatt sich jetzt verzweifelt an früheren Zeiten festzuhalten, wie gerade eben, als er im Pub zwei Jahre alte Nachrichten abgehört hatte. Seine Freunde würden sich nie wieder mit ihm treffen, ganz einfach, weil er durch sein Verhalten alles kaputt gemacht hatte. Er klebte sich noch ein Anti-Angst-Pflaster auf den Arm und dann noch eines.

Er nahm sein Tablet zur Hand und surfte durch Seiten und Foren, die sich mit Verschwörungstheorien beschäftigten und die er schon seit Längerem intensiv verfolgte. Früher hatte er keiner dieser abstrusen Theorien Glauben geschenkt, die sich um UFOs, die Ermordung von Staatschefs oder nicht mehr auffindbare Massenvernichtungswaffen drehten. Er hatte das alles für Hirngespinste von Spinnern gehalten, die nichts Besseres zu tun hatten, als abwegige Theorien zu formulieren und sie dann mit fadenscheinigen Argumenten zu untermauern.

Doch als er sich einmal, auf der Suche nach einer Erklärung für die Ereignisse, die sein Leben verändert hatten, näher darin vertieft hatte, war ihm klar geworden, dass er dasselbe Ziel wie diese »Spinner« hatte. Sie alle suchten nach der Wahrheit, und zwar in einer Welt, in der das Eigentliche Tag für Tag unter einer Flut von Falschinformationen und Irreführungen begraben wurde. Schon bald warf er mehrmals täglich einen Blick auf die Websites und setzte die Erzählungen, die er dort vorfand, anhand eigener Ansichten fort.

Er weigerte sich, die amtliche Darstellung der Ereignisse anzuerkennen, und gab sich auch nicht damit zufrieden, dass die anschließenden Untersuchungen unter Verschluss gehalten wurden. Die Schuldgefühle wegen der Rolle, die er selbst dabei gespielt hatte, schlangen sich wie wilder Efeu immer weiter um sein Inneres und drohten, ihn zu ersticken. Daher die pausenlose Angst, die Entfremdung von seiner Familie und die dunkle Wolke, die ständig über ihm schwebte. Gerade als er eines der einschlägigen Foren aufrufen wollte, fiel sein Blick auf eine Anzeige.

> Klicken Sie **hier**, um ein neues Leben zu beginnen. Weniger als ein Prozent der britischen Bevölkerung kann dieses Puzzle lösen. Schaffen Sie es auch?

In dem scheinbaren Durcheinander aus Buchstaben, Schattierungen und Schemen erkannte er auf Anhieb eine Form und einzelne Wörter. Vielleicht lag es an den Grundkenntnissen im Programmieren, die er besaß, oder an seiner Zahlen-Raum-Synästhesie, dass sich in seiner Vorstellung Ziffern zu Strukturen zusammenfügten. »Das kann doch unmöglich so leicht sein«, murmelte er, machte sich aber dennoch an die Arbeit und schob mit den Fingerspitzen einzelne Figuren und Elemente auf dem Bildschirm hin und her, bis das Gefüge einen Sinn ergab.

Dank des Puzzles sah er wenigstens für kurze Zeit nicht mehr die Gesichter der Menschen vor sich, für deren Tod er mitverantwortlich war.

3

Sinéad, Bristol

»Das willst du heute Abend anziehen?«, fragte Daniel. Sinéad erschrak, als sie seine Stimme hörte. Sie war ganz in Gedanken versunken gewesen, während sie eine zweite Reihe künstlicher Wimpern über die erste geklebt hatte, und hatte nicht gesehen, wie Daniels Bild im Schlafzimmerspiegel aufgetaucht war.

»Ja«, antwortete sie und strich eine kurze Falte im Ärmel ihres gelben Kleides glatt. »Warum?«

Ihr Ehemann stand in der Tür. Er trug ein tailliertes Dinnerjacket, ein weißes Hemd und eine schwarze Fliege, und die Spitzen seiner polierten Oxford-Schuhe glänzten. Er war noch immer so attraktiv wie damals, als sie das Foto in seinem Online-Profil zum ersten Mal gesehen hatte. Allein sein Anblick verursachte ihr ein Kribbeln auf der Haut.

»Ich dachte, wir hätten uns darauf geeinigt, dass du das lilafarbene trägst«, sagte Daniel. Er klang enttäuscht.

»Haben wir das?«

Sinéad hatte Tage damit zugebracht, für die Feier von Daniels Firma – einer Agentur für digitale Medien – ein passendes Kleid auszuwählen, und sich schließlich für eines entschieden, von dem sie glaubte, dass es ihnen beiden gefiel. Als sie ihre Kleidung noch gekauft hatte, ohne dafür jeweils Daniels Zustimmung einzuholen, wäre dieses Kleid niemals in ihrem Online-Einkaufskorb gelandet. Es reichte ihr fast bis zu den Knöcheln, und die Ärmel bedeckten ihre Handgelenke, wodurch sie sich unförmig fühlte und ohne jeden Schick. Aber als Daniel ihr das Kleid geschenkt hatte, war er so begeistert gewesen, dass sie ihn nicht hatte verärgern wollen, indem sie ihm gestand, dass es ihr nicht gefiel.

»Findest du nicht, dass das gelbe hier besser zu einer Osterparty passt?«, fragte Sinéad.

»Als du es gekauft hast, hätte es vielleicht gepasst. Jetzt nicht mehr.«

Sie drehte sich zu ihm um. »Warum?«

»Na ja, es ist ein bisschen ... also ...«

»Also was?«

»Treib mich nicht in die Enge, Schatz. Das ist unfair.«

»Sag schon.«

Daniel seufzte. »Es ... liegt ein bisschen eng an. An den falschen Stellen.«

»Findest du, dass ich zugenommen habe?«

»Nein, nein, ganz und gar nicht. Aber ich kenne dich. Du wirst dich heute Abend bestimmt mit den anderen Ehefrauen und Partnerinnen vergleichen.«

»Du denkst, ich habe mich gehen lassen«, sagte sie leise.

Daniel verdrehte die Augen. »Nein, das habe ich nicht gesagt. Ich meine nur ... ich weiß auch nicht ... Wie oft warst du in letzter Zeit im Fitnessstudio? Ich habe ein Jahres-Abo für dich abgeschlossen und im Voraus Stunden bei einem Personal Trainer gebucht, aber du bist nur zweimal dort gewesen.«

»Lässt du mich etwa beschatten?«

»Ich habe Miguel in der Umkleide getroffen, und er hat gesagt, nach der zweiten Stunde habe er nichts mehr von dir gehört.«

»Ich hatte eben viel zu tun.«

»Und warum hast du mich dann gebeten, ihn zu engagieren?«

»Ich ... ich habe dich gar nicht darum gebeten«, brachte Sinéad hervor. »Du hast gesagt, mir würde Krafttraining guttun.«

»Nein, du hast mich gefragt, ob du nicht etwas tun solltest, um deine Muskeln zu straffen. Und warum solltest du mich etwas zu deinem Äußeren fragen, wenn du nicht wollen würdest, dass ich dir mit deinen Gewichtsproblemen helfe? Du weißt, dass ich dir bei allem helfen kann. Ich würde alles für dich tun. Und wenn du mir sagst, dass du dich unattraktiv fühlst, dann kann ich natürlich zwischen den Zeilen lesen und helfe dir.« Er schüttelte den Kopf. »Manchmal macht es mir Sorgen, wenn du dich so falsch an unsere Gespräche erinnerst.«

Sinéad konnte sich tatsächlich nicht daran erinnern, gesagt zu haben, sie würde sich unattraktiv fühlen. Aber Daniel hatte recht damit, dass er ihr bei allem helfen konnte. Er löste ihre Probleme, auch solche, von denen sie gar nichts wusste.

»Also, zieh lieber etwas an, das dir besser steht, zum Beispiel das lila Kleid. Soll ich dir auch gleich den passenden Schmuck aussuchen?«

»Einverstanden«, antwortete Sinéad. Sie fühlte sich geschlagen. Sie betrachtete sich im Spiegel. Vielleicht hatte Daniel recht. Wie er ihr schon oft gesagt hatte, gab es an ihr immer noch etwas zu verbessern, und er wollte aus tiefstem Herzen immer nur ihr Bestes.

Während sie überprüfte, ob die künstlichen Augenbrauen richtig saßen, küsste er sie auf den Hals. *Ich kann von Glück sagen, dass ich ihn habe*, dachte sie. *Nach dem, was passiert ist, hätten mich die meisten anderen Männer wohl verlassen.* Doch etwas anderes schnürte ihr ganz leicht die Kehle zu. Es war kaum zu spüren, aber es war da.

Von den frei liegenden Deckenbalken der umgebauten Scheune hingen weiße Lichterketten herab, eine Wand war mit einem Teppich aus weißen Rosen bedeckt, und auf den runden Tischen standen meterhohe Blumenvasen.

Als ein Heer von Servicekräften zeitgleich an jeden der zwei Dutzend Tische, die um die Tanzfläche herum gruppiert waren, das Dessert brachte, warf Sinéad einen Blick auf den in bunten Farben schillernden Teller, der ihr gereicht wurde, sah dann zu Daniel und lehnte höflich ab. Die ersten vier Gänge waren köstlich gewesen, und hätte Daniel nicht neben ihr gesessen, hätte sie jeden einzelnen bis zum letzten Bissen genossen. So aber hatte sie jedes Mal ein Drittel übrig gelassen, für den Fall, dass Daniel die Kalorien mitzählte.

Während der Fahrt von ihrer Wohnung zu dem Landhotel hatte sie kaum ein Wort gesagt. Erst als Daniel darauf zu sprechen gekommen war, hatte sie sich ausgemalt, wie bezaubernd die Partnerinnen seiner Kollegen aussehen würden. Vor einiger Zeit hatte er, nach einer ähnlichen Veranstaltung, beiläufig angemerkt, dass sie doch einmal Hautfüller verwenden solle, da ihr Gesicht, das früher so ausdrucksstark gewesen sei, jetzt nur noch müde wirke. Er hatte auch die Termine in der Praxis für sie vereinbart.

Auf jedem Tisch lag ein elektronisches Gerät, mit dem die Gäste aus einer endlosen Songliste Stücke auswählen konnten, die das automatisierte DJ-System dann spielte. Joanna, die Frau eines von Daniels Kollegen, die Sinéad schon ein paar Mal getroffen hatte und die heute neben ihr saß, reichte ihr das kleine Gerät.

»Kann ich dir helfen?«, fragte Daniel.

»Warum?«, erwiderte Sinéad. Sein Blick schien zu sagen: *Du weißt ganz genau, warum.* »Ich wollte gerade etwas von Ed Sheeran suchen«, sagte sie. »Den habe ich während des Studiums rauf und runter gehört.«

»Wirklich?«, fragte Daniel amüsiert. »Ich glaube, du bist die Einzige hier, die *den* noch hören will.«

»Damals war er einer der ganz Großen«, warf Joanna ein.

»Du musst entschuldigen«, sagte Daniel Verständnis heischend. »Meine Frau hat kein besonders gutes Gespür für die Stimmung in einem Raum.« Sinéad schlug die Augen nieder, wie ein Hund, der gescholten wird. »Sie hört nur Musik, deren Verfallsdatum längst abgelaufen ist. Und wer will schon etwas haben, dessen Verfallsdatum abgelaufen ist?«

Er legte ihr den Arm um die Schultern, zog sie an sich und umarmte sie. Sinéad konnte die gitarrenlastige Musik, die er am liebsten hörte, meist nicht leiden, aber er besaß ein schier unerschöpfliches Wissen über Musik und daher, so versicherte er ihr immer wieder, einen besseren Geschmack. Doch seine Musik brachte dunkle Farben mit sich, und von solchen war Sinéad früher oft genug umhüllt gewesen.

Mehrmals hatte sie ihm zu erklären versucht, was sie sah, wenn sie Musik hörte, und wie einzelne Töne vor ihrem geistigen Auge als bestimmte Farben erschienen. Sie hatte ihm erklärt, dass das so ähnlich war, wie wenn er einen vertrauten Song hörte, der ihn an ein bestimmtes Ereignis in seinem Leben erinnerte. »Früher hätten sie dich in eine Anstalt gesteckt, wenn du so etwas erzählt hättest«, hatte er barsch geantwortet. Sinéad hatte es dann nie wieder erwähnt.

»Wie kommt ihr mit eurer Wohnung voran?«, fragte Joanna. »Als wir uns das letzte Mal gesehen haben, wart ihr gerade dabei, sie zu renovieren.«

»Wir machen da nur ein paar Schönheitsreparaturen. Streichen, Tapezieren, solche Sachen.« Während sie das sagte, stand Sinéad ein bestimmtes Zimmer vor Augen. Eines, das zu betreten ihr unmöglich war, unabhängig von seiner Ausstattung.

»Ich tue nichts lieber, als umzuziehen und von vorn anzufangen«, sagte Joanna. »Tim macht das wahnsinnig, aber ich bin nie so glücklich, wie wenn ich eine Wohnung oder ein Haus komplett neu gestalte.«

»Bei uns entscheidet Daniel über die Einrichtung. Er weiß immer ganz genau, was er will.«

»Ach ja?« Joanna kräuselte die Oberlippe, als stoße ihr etwas buchstäblich sauer auf. Diese Mimik und Joannas Tonfall überraschten Sinéad. Alle, die Daniel kannten, schienen ihn zu bewundern und waren von seinem Enthusiasmus und seiner Tatkraft fasziniert. Er besaß die Gabe, andere Menschen von seinen Ansichten zu überzeugen. Unter anderem dieses Talent hatte ihn am Anfang ihrer gemeinsamen Zeit so attraktiv für Sinéad gemacht. Es gab kaum jemanden, der Daniel nicht mochte.

Als einer der Kellner in ihre Nähe kam, winkte Daniel ihn an den Tisch.

»Für mich bitte einen Rum Cola, Joanna?«
»Ich nehme ein Glas Rotwein.«
»Einen Gin Tonic, bitte«, sagte Sinéad.
»Glaubst du nicht, du solltest jetzt nichts mehr trinken?«
»Das ist mein Song«, sagte Joanna, als die ersten Takte eines Liedes von Amy Winehouse erklangen. »Kannst du dich noch an sie erinnern?« Sinéad nickte; ihre verstorbene Mutter hatte Amy geliebt. »Dann komm«, sagte Joanna. »Kleines Revival unserer Jugend.« Sie nahm Sinéad beim Arm, und als sie aufstanden, sah Sinéad aus den Augenwinkeln zu Daniel hinüber. Seine missbilligende Miene verdarb ihr die Freude an dem schönen Moment. Beim Tanzen fühlte sie sich gehemmt, bei jedem Schritt, bei jedem Schwung mit den Armen. Noch bevor der Song zu Ende war, ging sie zu Daniel zurück, der sie jedoch ignorierte und in Richtung Toiletten verschwand. Als Joanna ebenfalls an den Tisch zurückkam, fasste sie Sinéad erneut am Arm.

»Diesen Mist musst du dir nicht bieten lassen«, sagte sie bissig.

»Was meinst du?«

»Du weißt genau, was ich meine. Du bist nicht die Idiotin, als die er dich andauernd hinstellt. Tut mir leid, wenn ich übergriffig bin, aber ich kann da einfach nicht länger zuschauen und den Mund halten. Jedes Mal, wenn ich euch bei solchen Veranstaltungen sehe, verhält er sich auf diese bevormundende Art. Das kotzt mich an, ehrlich. Er putzt dich bei jeder Gelegenheit vor allen Leuten runter. Früher bist du eine warmherzige und selbstsichere Frau gewesen, und heute denkst du über jedes Wort nach, das du sagst, damit dir ja nichts rausrutscht, was deinem Mann missfallen könnte. Er schikaniert dich, und wenn er neben dir sitzt, bist du nicht du selbst. Aber du willst mehr, das seh ich dir doch an. Du weißt nur nicht, wie du es dir holen sollst. Du bist so viel mehr als das, was er zulässt.«

Sinéad setzte schon dazu an, sich und ihren Mann zu verteidigen, Joanna zu erklären, dass sie nicht wusste, wie Daniel wirklich war, und ihr davon zu erzählen, wie er im schlimmsten Moment ihres Lebens zu ihr gestanden hatte. Sie verdankte ihm alles. Zugegeben, manchmal drückte er sich etwas schroff aus, aber das war einfach seine Art. Er meinte es nicht so. Er wollte nur ihr Bestes. Aber zum ersten Mal, seitdem sie zusammen waren, gelang es ihr nicht, ihn zu verteidigen.

»Auf dich wartet ein Leben ohne deinen Ehemann«, fügte Joanna hinzu. »Und du solltest es dir holen, denn glaub mir, wenn du das nicht tust, zermahlt er dich zu Staub. Es ist nicht zu spät, nochmal von vorn anzufangen.«

4

Emilia

Emilia zuckte am ganzen Körper, als hätte ihr jemand einen elektrisierten spitzen Gegenstand in den Schädel gestoßen. Ihre Augenhöhlen pochten, sie drückte den Rücken durch, warf den Kopf zur Seite und wollte schreien. Aber ihre Kehle war so rau, dass kein Laut hinausdrang.

Sie versuchte, die Arme zu heben, um sich gegen den unbekannten Angreifer zu schützen, aber weil ihr die Kraft fehlte, fielen sie wieder schlaff neben ihren Körper. Mit den Fingern ertastete sie etwas, das sich wie Bettwäsche anfühlte. Sie zog die Augenlider hoch. Ihre Augen waren staubtrocken, und das grelle Licht blendete sie und ließ sie alles verschwommen sehen. Erst nachdem sie sie mehrmals hintereinander rasch geöffnet und wieder geschlossen hatte, sammelte sich darin etwas Feuchtigkeit.

Als sich der Raum um sie herum immer deutlicher abzeichnete, erkannte Emilia, dass sie allein war. Der unerträgliche Schmerz, der sie durchfahren hatte, war ihr nicht von außen zugefügt worden. Weil ihre Arme geschwächt waren, brauchte sie mehrere Anläufe, bis es ihr gelang, die Hände an die Stelle ihres Kopfes zu führen, wo sie den Schlag gespürt hatte. An ihrem Kopf war nichts angebracht, keine Kabel, keine Schläuche. Hatte sie sich den

Stromstoß nur eingebildet? Aber er hatte sich so echt angefühlt.

Plötzlich verspürte sie den Drang, sich aufzurichten. Sie drückte sich Zentimeter für Zentimeter nach oben, was in ihren kraftlosen Handgelenken ein stechendes Kribbeln auslöste. Als sie fast aufrecht saß, ballte sie die Hände zu Fäusten und löste sie wieder, um den Blutfluss anzuregen und ein Gefühl in den Händen zu bekommen. Mit zitternden Fingern griff sie nach der durchsichtigen Flasche, die auf dem Nachttisch stand. Sie führte sie an die Nase, roch daran und trank von dem Wasser, bis sie ihren Durst gelöscht hatte und anstatt eines Krächzens wieder menschliche Laute aus ihrer Kehle kamen.

Während sie den Blick über die fremde Umgebung schweifen ließ, dachte sie fieberhaft nach. *Wo zum Teufel bin ich? Wie bin ich hierhergekommen? Was ist das hier für ein Ort? Weiß ich überhaupt, wie ich heiße?* »Emilia«, sagte sie mit rauer Stimme.

Als ihr klar wurde, dass ihr Name das Einzige war, was sie mit Sicherheit über sich selbst wusste, durchfuhr sie eine ungekannte, allumfassende Angst.

Sie hielt eine Hand unter das Bett. Dort war ausreichend Platz, wo sie sich bei Bedarf verstecken konnte. Mit einem Mal wollte sie nach etwas suchen, das sie als Waffe und zur Verteidigung verwenden konnte. *Warum fühle ich mich bedroht?* Sie wusste es nicht. Nur ihre Intuition sagte ihr, dass sie in Schwierigkeiten steckte.

Der Raum sah wie ein Zimmer in einer Privatklinik aus, allerdings ohne die Ausstattung, die Emilia an einem solchen Ort erwartet hätte. So fehlten etwa Stühle für Besucher. Auf einem Tisch in einer Ecke stand, mit dem Bildschirm zur Wand, ein vereinzelter Monitor. Unter ihrer Kleidung – einem grauen Kapuzenpulli und einer Jogginghose – klebten überall auf ihren Armen, Beinen und dem Oberkörper transparente Pflaster. Sie tastete ihren Körper nach Wunden ab, nach Verbänden oder Schnitten, die auf eine Laparoskopie hingedeutet hätten, fand jedoch nichts. Also hatte man sie keinem Eingriff unterzogen.

Habe ich im Koma gelegen? Dutzende mögliche Erklärungen schossen ihr durch den Sinn, doch nur eines wusste sie mit Sicherheit: Irgendetwas an diesem Ort stellte eine Bedrohung für sie dar, weshalb sie ihn so schnell wie möglich verlassen musste. Doch als sie versuchte, sich daran zu erinnern, wo sie wohnte, fiel es ihr nicht ein. Ebenso wenig wollte ihr in den Sinn kommen, wie ihre Wohnung aussah, mit wem sie sie teilte oder was sie beruflich machte, wer ihre Familie und Freunde waren und welche Hobbys sie hatte. Diese Leere ängstigte sie noch mehr als der Raum, in dem sie sich befand.

Sie überschlug, dass es bis zur Tür etwa zwölf Schritte waren. Langsam hob sie die Beine über die Bettkante und stellte die bloßen Füße auf den gefliesten Boden. Plötzlich hörte sie ein Flüstern. Sie sah sich um, doch außer ihr war eindeutig niemand im Raum. Sie musste es sich eingebildet haben.

Als sie mit der Ferse gegen etwas stieß, sah sie hinunter. Vor dem Bett stand ein Paar schwarzer Turnschuhe. Sie nahm sie in die Hand. Die Sohlen hatten ihre Farbe verloren, also waren sie schon öfter getragen worden. *Wozu braucht eine Komapatientin Schuhe?* Sie schlüpfte hinein. Sie hatten ihre Größe, und Emilia stellte fest, dass sie, wenn auch noch unsicher, gehen konnte. Sie ging zu dem Tisch mit dem Monitor. Vielleicht war dort mehr über ihre Lage zu erfahren.

Es gab keine Tastatur, doch indem sie ein paar Icons auf dem Bildschirm berührte, brachte sie ihn zum Laufen. Er zeigte in einer Liveaufnahme das leere Bett. Instinktiv wusste Emilia, wie sie ihn bedienen musste, und nachdem sie ein paar weitere Schaltflächen gedrückt hatte, erschien eine Zeitachse. Sie spulte zurück, bis kurz vor dem Moment, als sie aufgewacht war. Sie sah sich selbst, wie sie auf dem Bett lag, Augen und Mund weit aufgerissen, regungslos, wie ein Zombie. Emilia schauderte. *Was ist mit mir passiert, und wer hat mich beobachtet?*

Sie spulte rund zwölf Stunden zurück, bis die Aufnahmen zeigten, wie ihr zwei Männer in weißen Pfleger-Uniformen beim Aufstehen halfen. Sie sah sich dabei zu, wie sie, gestützt von den beiden Männern, wie eine Schlafwandlerin zur Tür schlurfte. Sie betrachtete ihr Gesicht, die ausdruckslose Miene, die leeren Augen. Als die beiden sie nach einer Weile zurückbrachten, setzten sie sie aufs Bett, und der eine der beiden fütterte sie mit einer Mahlzeit aus einer Plastikschüssel, während der andere die zerknüllte Bettdecke glatt strich. Dann legten sie sie ins Bett und verließen den Raum. Ihre Gesichtszüge waren so apathisch wie zuvor.

Emilia tippte weiter auf den Icons herum, bis sich der Bildschirm in vier Fenster teilte, von denen jedes eine Person zeigte. Die zwei Männer und zwei Frauen saßen jeweils in einem karg eingerichteten Raum auf einem Stuhl neben einem Schreibtisch und wussten offenbar nicht, dass sie gefilmt wurden.

Emilias Drang, den Raum zu verlassen, wurde immer stärker. Sie trat vor eine Tür aus Milchglas, die keine Klinke hatte und neben der an der Wand ein Touchpad angebracht war. Sie zögerte erst, hielt dann die Hand davor und zögerte wieder. Nun öffnete sie instinktiv die Klappe. Dahinter verbarg sich eine Tastatur. Sie tippte eine Abfolge aus Zahlen und Buchstaben ein, wobei sie an bestimmten Stellen gezielte Pausen machte. Dann wartete sie angespannt, bis ein grünes Licht aufleuchtete und sich, zu ihrer Erleichterung, die Tür öffnete. Sie ballte die Fäuste und stürzte hinaus.

Vor ihr erstreckte sich ein Netz von Korridoren, deren Beleuchtung durch Bewegungssensoren gesteuert wurde. Emilia schlich so leise wie möglich von einem Korridor in den nächsten, beherrscht von der Angst, jemand könnte sie hören und sich ihr in den Weg stellen. Sie fragte sich nicht, woher sie den Weg kannte, sie spürte nur, dass etwas sie in eine bestimmte Richtung zog. Ihr blieb nichts anderes übrig, als ihrem Instinkt zu vertrauen. Hinter den verschlossenen Türen der Gänge waren immer wieder Flüstergeräusche und gedämpfte Stimmen zu hören, doch nirgendwo waren Menschen zu sehen.

Mit derselben Folge von Ziffern und Buchstaben öffnete sie acht weitere Türen, die sie in acht weitere Korridore führten, bis sie an eine Tür kam, die nur angelehnt war. Dahinter lag ein Raum mit Dutzenden Schließfächern aus Metall. Zahlreiche davon standen offen, und in einigen lagen Kleidungsstücke. Emilia suchte herum, bis sie eine dunkelblaue Jeans und eine Jacke fand, die ihr passten. Dann ging sie zurück in den Korridor und weiter in einen anderen Raum, von dem aus eine Metalltreppe in das Erdgeschoss des Gebäudes führte. Die zehnte Tür öffnete sich auf einen dunklen, halbkreisförmigen Tunnel mit Ziegelwänden. Emilia zögerte. Sie sah nicht viel weiter, als ihre Arme reichten. Aber sie war sicher, dass dies der einzig mögliche Ausweg war.

Mit klopfendem Herzen schritt sie voran, indem sie sich an den Ziegelwänden entlangtastete. Als die Tür hinter ihr zuschlug, fuhr sie hoch. Jetzt war der Tunnel stockfinster. Schritt für Schritt bewegte sie sich vorwärts, bis sie auf einmal durch kaltes Wasser watete. Es roch abgestanden, stank jedoch zum Glück nicht nach Kanalisation. Nach einer gefühlten Ewigkeit sah sie weit vor sich einen kleinen hellen Punkt. Es war Tageslicht. Sie beschleunigte ihre Schritte und stapfte eilig durch das Wasser. Die Beine ihrer Jeans waren mittlerweile triefend nass, doch das kümmerte sie nicht. Schließlich erreichte sie ein Metallgitter am Ende des Tunnels. Sie drückte dagegen, doch es war verschlossen. Sie ließ die Hände über die Wände gleiten, erspürte unter einem Moosklumpen eine Tastatur und tippte zum letzten Mal den Code ein, woraufhin die Tür sich entriegelte, Emilia sie aufdrückte und hinaustrat. Sie war frei.

Sie blieb stehen und sah sich um. Sie stand in einem öffentlichen Park mit gemähten Rasenflächen, Baumgruppen und Teichen, der von hoch aufragenden Wolkenkratzern sowie historischen Gebäuden umringt war. Vermutlich befand sie sich in London. Doch die neu gewonnene Freiheit verschaffte ihr keine Erleichterung, vielmehr hatte sie noch immer so viel Angst wie nach ihrem Erwachen. Sie war nach wie vor eine Gefangene ihrer Unwissenheit.

Als sie den Park verließ, drohte die Überflutung ihrer Sinne sie für einen Augenblick zu überwältigen. Sie hielt sich die Ohren zu, um sich vor dem Lärm des Verkehrs und der Baustellen zu schützen, und kniff die Augen zusammen, um sich an das Tageslicht, die blinkenden Werbetafeln und die Neonschilder der Geschäfte zu gewöhnen. Als sie sich einer viel befahrenen Straße näherte, hörte sie wieder Stimmen. Anfangs flüsterten sie nur, wurden dann jedoch immer schriller. Emilia verstand nicht, was sie sagten, doch ihr Klang beunruhigte sie. War das Krankenhaus, in dem sie aufgewacht war, eine psychiatrische Klinik? War sie vielleicht geisteskrank? Aber wenn ja, wie hatte sie dann so leicht entkommen können?

Plötzlich durchfuhr sie ein beängstigender Gedanke. Wurde sie verfolgt, seitdem sie sich ihren Weg in die Freiheit gebahnt hatte? War man ihr auf den Fersen? Sie sah sich um, konnte aber niemanden entdecken. Dennoch beschleunigte sie ihren Schritt. Sie schlug sich durch Fußgängerzonen, in denen die Menschen sich drängten, und drehte sich alle paar Meter um, um herauszufinden, woher das Flüstern kam, während sie weiterhin bemüht war, sich zu sammeln. Dann sah sie sie. Vier Gestalten, die hinter einer Baumreihe hervortraten. Sie waren zu verschwommen, als dass Emilia sie hätte identifizieren können, boten aber dennoch eine unheilvolle Erscheinung.

Das Flüstern der Gestalten wurde lauter und brachte Emilia um die Orientierung. Ihr wurde schwindlig, und das Blut pochte in ihren Schläfen, ihre Knie wurden weich und sie drohte, wie ein nasses Stück Pappe zusammenzuklappen. Sie nahm all ihre Kräfte zusammen und lief los, doch auch die vier Gestalten erhöhten das Tempo.

Dann plötzlich machte ihr Körper nicht mehr mit. Sie knickte ein, stolperte und taumelte über das Gehsteigpflaster und fand nichts und niemanden, an dem sie sich hätte festhalten können, um nicht auf die Fahrbahn zu stürzen.

Das Letzte, was sie hörte, war das Hupen eines Autos. Dann wurde sie wie schwerelos durch die Luft geschleudert und fiel mit einem dumpfen Aufschlag auf den Asphalt.

5

Bruno, Exeter

Bruno sah sich um. Er hatte holzgetäfelte Wände erwartet, einen Tisch, an dem ein Dutzend Menschen Platz hatte, Ledersessel und den leicht muffigen Geruch abgegriffener juristischer Wälzer. Die Räume der renommierten Anwaltskanzlei waren jedoch modern eingerichtet, mit schalldichten Glaswänden, Fenstern, die vom Boden bis zur Decke reichten, ausladenden Sofas und sanfter Beleuchtung in Spektralfarben. Er rutschte auf dem Sofa hin und her, zu nervös, um zur Ruhe zu kommen. Und je mehr er sich bemühte stillzuhalten, desto stärker wurde sein Drang, sich zu bewegen. Er wünschte, er hätte sich für leichtere, legere Kleidung entschieden und nicht seinen einzigen Anzug angezogen. Unter dem Anzug und dem dicken Baumwollhemd schwitzte er in den Achselhöhlen. Doch er zog das Jackett nicht aus, weil er fürchtete, dass dann die feuchten Flecken zu sehen wären.

Bruno wandte sich zu seiner Anwältin, die auf einem Tablet durch ein Dokument blätterte. »Was glauben Sie, wann die endlich kommen?«, fragte er.

»Keine Ahnung«, antwortete Emily Laghari, ohne Bruno anzusehen. »Sie lassen uns warten, um uns nervös zu machen. Lassen Sie sich davon nicht rausbringen.«

»Ist schon passiert.«

»Und denken Sie daran: Auch wenn Sie unbedingt etwas sagen wollen, überlassen Sie das Reden mir. Dafür bezahlen Sie mich schließlich.«

Bruno nickte und sah sich noch einmal in dem Raum um. Dabei entdeckte er in einem der Fenster sein Spiegelbild. Es zeigte ihm deutlich, wie sehr er in den letzten zweieinhalb Jahren gealtert war. Er sah weitaus älter aus als Mitte dreißig, und sein dunkelbraunes Haar war von weißen Strähnen durchzogen, die wie Straßenmarkierungen wirkten. Die Bräune, die seine Haut angenommen hatte, als er mit Anfang zwanzig durch Südamerika gereist war, und von der sich seitdem immer ein Rest erhalten hatte, war nun gänzlich verschwunden und hatte ein paar sonnenverbrannte Flecken um seine blauen Augen hinterlassen, die schon seit Langem ihren Glanz verloren hatten. Derjenige, der ihm prophezeit hatte, dass nichts einen Menschen so sehr altern lässt wie Kummer, hatte recht gehabt.

Als sich endlich die Tür öffnete, zuckte er zusammen. Sechs Anwälte betraten nacheinander den Raum, Männer und Frauen, ältere und jüngere, und alle von unterschiedlichem Aussehen. Und doch wirkten sie allesamt im selben Maße zuversichtlich.

»Da kommt das Sturmkommando«, flüsterte Bruno und wollte aufstehen, doch Emily legte ihm eine Hand auf den Arm und bedeutete ihm, sitzen zu bleiben. Ein Schweißtropfen rann ihm vom Hals den Rücken hinunter und wurde erst von dem Bund seiner Unterhose aufgehalten. Die Gegenseite nahm jeweils paarweise auf den Sofas Platz, die im Halbkreis um Bruno und Emily herum angeordnet waren, als wollten sie die beiden wie den Feind in einer Schlacht in die Enge treiben.

»Also, Mr. Yorke«, sagte derjenige der sechs, der am jüngsten wirkte. »Entschuldigen Sie bitte vielmals, dass wir Sie haben warten lassen.«

»Schon in Or...« Emily berührte ihn am Arm, und er unterbrach sich mitten im Satz.

»Können Sie uns nun endlich einen Betrag nennen, Mr. O'Sullivan?«, fragte Emily. »Die ganze Angelegenheit dauert schon viel zu lange. Mr. Yorke war außerordentlich geduldig.«

»Genau darüber möchten wir heute mit Ihnen sprechen«, antwortete O'Sullivan. Dann schwieg er. In seinen Augen sah Bruno ein Funkeln, das ihn nervös machte.

»Und?«, sagte Emily. »Muss ich die Frage wiederholen?«

»Sie kennen nun unser Angebot für eine Einigung«, entgegnete O'Sullivan. Bruno bemerkte, wie sich der Mund des Anwalts zu einem Grinsen verziehen wollte.

»Ich würde vorschlagen, wir verzichten auf solche Spielchen«, sagte Emily kämpferisch. »Sie haben überhaupt nichts gesagt.«

»Und genau das ist unser Angebot. Unsere Mandantin wird Mr. Yorke für seinen Verlust keine finanzielle Entschädigung anbieten.«

Bruno wandte sich zu Emily. Sein ganzer Körper spannte sich an. »Was meint er damit?«

Sie ignorierte ihn. »Und warum haben Sie uns dann hierhergebeten, wenn Sie noch keine Entscheidung getroffen haben?«

»Sie haben mich nicht verstanden, Ms. Laghari. Auf Anweisung unserer Mandantin werden wir Ihnen kein Angebot vorlegen. Punkt.«

»Und der Grund dafür ist ...?«

»Alle Arbeitsverträge enthalten eine Ethikklausel, die sexuelle Beziehungen mit Kollegen verbietet.«

»Das ist ein alter Hut, Mr. O'Sullivan. Aus diesem Grund hat Mr. Yorke die Firma verlassen, nachdem die beiden ein Paar geworden waren.«

»Ich habe nicht von Mr. Yorke gesprochen.« Verständnislos sah Bruno erst den Anwalt an, dann Emily. Sie hatte die Anspielung offenbar verstanden. Sie wandte sich an Bruno, mit ausdrucksloser Miene und einem süßlichen Ton in der Stimme. »Es wäre vielleicht besser, wenn Sie uns für ein paar Minuten allein lassen«, sagte sie. Bruno wurde flau im Magen.

»Nein, ich möchte das hören«, sagte er und sah zu O'Sullivan hinüber, der sich jetzt kaum noch zurückhalten konnte.

»Was meinen Sie damit?«

Mit einer Handbewegung bedeutete O'Sullivan einem seiner Kollegen weiterzusprechen, einem schmächtigen, bleichen Mann mit pechschwarzem, zurückgekämmtem Haar. »Mr. Graph, wenn Sie bitte weitermachen würden.«

»An dem Tag, an dem das Hackerkollektiv auf den Straßen unseres Landes Tausende Autos gekapert hat, befand sich Zoe Yorke, die Ehefrau Ihres Mandanten, in einem autonomen Fahrzeug, das auf ihren Arbeitgeber zugelassen war, Howles Technologies. Ebenfalls in diesem Auto befand sich ihr Kollege Mr. Mark Bancroft, der für diese Fahrt nicht als Passagier registriert war, obwohl die firmeninternen Regularien das verlangt hätten.«

»Das wissen wir doch schon alles. Auch wenn er sich hätte registrieren müssen, hätte man doch ein Auge zudrücken und es bei einer Ermahnung belassen können.«

»Während der Fahrt führten die beiden in dem Auto mehrfach sexuelle Handlungen aus.«

»Blödsinn«, schnaubte Bruno. »So etwas hätte Zoe nie gemacht.«

»Ist das Ihr einziges Argument dafür, dass Sie sich weigern, zu zahlen?«, fragte Emily. »Spekulationen und Anschuldigungen gegen eine Tote, für die Sie keine Beweise haben?« Sie stand auf und knöpfte ihren Blazer zu. »Wir sehen uns vor Gericht.«

»Vielleicht sollten Sie sich wieder setzen und zumindest noch den nächsten Teil abwarten«, sagte Graph. »Wir haben Videoaufnahmen von dem Vorfall.«

Emily schüttelte den Kopf. »Sie wissen ganz genau, dass nach den Bestimmungen des Gesetzes zum Schutz der Privatsphäre Videoaufnahmen aus dem Inneren eines autonomen Fahrzeugs bei Rechtsverfahren sowie der Regulierung von Versicherungsschäden nicht als Beweismaterial herangezogen und daher auch nicht für oder gegen jemanden verwendet werden dürfen, der in einen tödlichen Unfall verwickelt war.«

Ein tödlicher Unfall, wiederholte Bruno in Gedanken. Der Ausdruck kam zwar nicht überraschend, ließ aber dennoch das Gefühl eiskalter Regentropfen auf seiner Haut entstehen. Als O'Sullivan sich vorbeugte, fiel Bruno auf, wie klein und dunkel seine Augen waren. Sie wirkten fast unmenschlich.

»Wir haben nicht behauptet, das Material sei *im Inneren* des Fahrzeugs aufgenommen worden«, erwiderte O'Sullivan. »Es zeigt Handlungen, die innerhalb des Fahrzeugs ausgeführt wurden, und zwar unmittelbar vor dem Unfall.« Jetzt endlich zeigte er sein verschwörerisches Lächeln. »Ich weiß nicht, ob Sie das wirklich sehen wollen, Mr. Yorke.«

Bruno ignorierte die Bemerkung. Ein anderer der Anwälte projizierte Filmaufnahmen an die Wand, die Zoes Auto von oben zeigten.

»Diese Aufnahmen stammen von dem Passagier eines Doppeldeckerbusses«, erläuterte Graph. »Er gehörte zu einer Rugbymannschaft, die gerade auf dem Weg zu einem Auswärtsspiel war. Wie Sie sehen, sind die Fenster von Mrs. Yorkes autonomem Fahrzeug auf Sichtschutz geschaltet, sodass das Innere des Fahrzeugs von der Straße aus nicht einsehbar ist. Sie hatte jedoch vergessen, auch das Panoramafenster im Dach zu verdunkeln, sodass man von oben ungehindert Einblick hatte.«

Bruno blieb fast der Atem weg, als die Kamera auf seine Frau zoomte. Sie räkelte sich auf dem Schoß eines Mannes, den er nicht erkennen konnte. Sie trug eine Bluse, aber keinen Rock, und die Hose des Mannes war bis zu den Knöcheln hinuntergezogen.

»Das will sie doch gar nicht«, protestierte Bruno kaum hörbar. »Er zwingt sie dazu.«

Ein Gefühl von Übelkeit stieg ihm die Kehle hinauf, während er verzweifelt hoffte, dass Aufnahmen aus einem anderen Blickwinkel zeigen würden, wie Zoe sich ihrem Kollegen widersetzte. Als ihm klar wurde, dass das bedeutet hätte, der Sex sei nicht einvernehmlich gewesen, fragte er sich in einem kurzen egoistischen Moment, welches das kleinere Übel wäre. Das Video lief unerbittlich weiter und zeigte jetzt Zoes Gesicht in Nahaufnahme. Die Mannschaftskollegen des Kameramannes johlten, als Zoe zum Höhepunkt zu kommen schien, nicht ahnend, dass sie beobachtet wurde. Als kurz darauf auch ihr Partner gekommen war, zog sie seinen Kopf zu sich und küsste ihn mit einer Leidenschaft, die sie Bruno gegenüber kaum je gezeigt hatte.

Er riss den Blick von den Aufnahmen los und sah in die selbstzufriedenen Gesichter der gegnerischen Anwälte. Als Emily keinen Versuch unternahm, ihm Mut zuzusprechen, wusste er, dass die Schlacht und auch der Krieg verloren waren.

»Darüber hinaus konnten wir in Erfahrung bringen, dass Mrs. Yorke mit zahlreichen Mitgliedern des Teams, das ihr direkt unterstellt war, sexuelle Beziehungen unterhielt und diese auch aktiv zu initiieren versucht hat«, fuhr Graph fort. »Die Betroffenen haben ausgesagt, dass sie sie teilweise zu sexuellen Handlungen gezwungen und dies zur Bedingung für Beförderungen gemacht hat. Der tödliche Unfall war die Folge eines Hackerangriffs auf autonome Fahrzeuge, doch das ändert nichts an den Fakten. Ihre Frau, Mr. Yorke, war sexsüchtig. Und gemäß den Bestimmungen ihres Arbeitsvertrages kann das Arbeitsverhältnis bei Vorliegen entsprechender Gründe mit sofortiger Wirkung und auch rückwirkend, das heißt auch nach ihrem Tod, beendet werden. Unsere Mandantin sieht sich zu diesem Vorgehen gezwungen.«

Bruno versank im Sofa. Plötzlich kam ihm jemand anderes in den Sinn. »Und unser Sohn?«, brachte er mit gepresster Stimme hervor. »Was soll jetzt aus ihm werden?«

6

Flick, London

Flick stöberte in ihrem Handy herum und löschte mehrere hundert Lesezeichen, die sie in den letzten drei Jahren erstellt hatte. Das meiste waren Websites und Newsfeeds, die sich um ihr Match Christopher und seine Verbrechen drehten. Einmal jedoch tippte sie versehentlich auf einen Link und öffnete ihn, anstatt ihn zu löschen.

SERIENKILLER ERMORDET SCHWANGERE

Wie die Polizei heute bekannt gab, war das siebenundzwanzigste Opfer des Londoner Serienmörders schwanger.

Die gebürtige Syrerin Dominika Bosko wurde gestern tot in ihrer Küche aufgefunden. Sie war im fünften Monat mit einem Jungen schwanger und wurde mit Käsedraht erdrosselt. Entdeckt hat die Leiche eine Kollegin des Opfers, die sich Sorgen gemacht hatte, weil Bosko nicht zur Arbeit in dem Buchmacherbüro erschienen war.

Detective Sergeant Sean O'Brien sagte: »Wir können bestätigen, dass die Leiche des Kindes bei der Mutter gefunden wurde. Zur Todesursache werden wir uns jedoch erst nach einer vollumfänglichen Autopsie äußern.«

Flick schloss die Augen. Auch nach so langer Zeit konnte sie alles, was mit ihrem Match zu tun hatte, aus der Bahn werfen. Sie löschte auch die restlichen Favoriten, bis keine mehr da waren. Als Nächstes nahm sie sich vor, in den sozialen Netzwerken die Leute auszusortieren, mit denen sie verbunden war und die ein erfüllteres Leben führten als sie. Das Fernsehen und die sozialen Medien waren ihre einzigen Fenster zur Welt. Schon vor Langem hatte sie aufgehört, online zu verfolgen, was die anderen trieben, ihre Brüder, ihre Freunde, die Leute aus dem Club für Thaiboxen und die Angestellten in dem Restaurant, dessen Mitbesitzerin sie war. Sie hatte es nicht mehr ertragen, andauernd von ihren perfekten Lebensläufen, ihren perfekten Familien und ihren perfekten Wohnungen zu lesen. All das war für sie unerreichbar geworden, nachdem sie erfahren hatte, dass ihre DNA sie mit einem Psychopathen verband.

Vor Christopher war sie eine lebenslustige Person gewesen. Ihr Glas war meistens halb voll gewesen, und als sie erfahren hatte, dass sie ein Match hatte, war es schier übergelaufen. Jetzt dagegen hasste sie nicht nur ihn dafür, dass ihre Träume seinetwegen in Trümmern lagen, sondern sie verabscheute auch ihren verfluchten Körper, weil er sie auf so unverbrüchliche Weise an Christopher band. Weil sie für das Blatt, das sie am Kartentisch des Lebens erhalten hatte, niemand anderen bestrafen konnte, ließ sie ihren Unmut an sich selbst aus, indem sie sich ruinierte. Zigaretten, Alkohol und übermäßig angereicherte Fertiggerichte waren ihre Waffen, um einen langsamen, qualvollen Selbstmord herbeizuführen.

Während sie weiter ehemalige Freunde ausradierte, die sie früher auf Instagram bewundert hatte, fiel ihr Blick auf eine Anzeige. Sie kam ihr bekannt vor; offenbar war sie ihr über die Websites gefolgt, die sie heute besucht hatte. *Personalisierte Werbung*, dachte sie.

> Klicken Sie hier, um ein neues Leben zu beginnen.

Der Gedanke war verführerisch. Wer träumte nicht davon, noch einmal von vorn anzufangen? Flicks Fantasien gingen immer wieder in diese Richtung. Aber wenn etwas als zu schön erschien, um wahr zu sein, dann war es wahrscheinlich genau das. Ein Klick auf einen Link konnte nicht bedeuten, dass man auch wirklich auf »Neu starten« drückte. Oder doch? Sie zögerte kurz, schlug dann aber jede Vorsicht in den Wind, klickte auf den Link und landete im selben Moment auf einer Website. Um sie besser erkennen zu können, projizierte sie sie auf ihren Fernseher.

> Weniger als ein Prozent der britischen Bevölkerung kann dieses Puzzle lösen. Schaffen Sie es auch?

Der Bildschirm wurde von Dutzenden dreidimensionaler Grafiken überflutet, dazu kamen noch Buchstaben, Ziffern und geometrische Formen, alle in grellen Farben, die scheinbar zufällig in alle möglichen Richtungen schossen. Flick setzte sich auf, um einen Überblick zu bekommen, und schaltete dann am Fernseher den Sensor ein, der ihre Blickrichtung verfolgte, sodass sie den Bildschirm durch die Bewegungen ihrer Augen steuern konnte.

Buchstaben und Zahlen, aber auch die Namen der Monate hatten sich in ihrem Kopf schon immer zu geordneten Abfolgen zusammengefügt, die ein ganz bestimmtes Aussehen annehmen konnten und ihren je eigenen Charakter hatten. »Es handelt sich dabei um eine Form der Synästhesie namens Ordinal-linguistische Personifikation«, hatte ein Psychiater Flicks verunsicherten Eltern erklärt, als sie neun Jahre alt gewesen war. Er versicherte ihnen, dass es sich keineswegs um eine geistige Störung handelte, wenn Flick erzählte, dass sie bei dem Gedanken an die Zahl Neun eine rothaarige Frau vor sich sah oder dass der März für sie ein introvertierter Teenager mit einer Wollmütze war. »Duke Ellington, Marilyn Monroe, Kanye West oder auch Stevie Wonder, das sind alles Synästhetiker gewesen«, hatte der Psychiater noch hinzugefügt.

In weniger als einer Minute hatte sie alle Elemente in eine Ordnung gebracht, sodass sie eine Kugel bildeten, auf der nun einzelne Worte zu lesen waren und die von bestimmten Mustern überzogen war. Jetzt wartete Flick auf ihre »Belohnung«, die wahrscheinlich in der Weiterleitung auf eine Website bestand, auf der man ihr irgendetwas andrehen wollte, was sie überhaupt nicht interessierte. Doch der Bildschirm wurde einfach nur weiß und zeigte kurz darauf wieder den Fernsehkanal, dem sie zuvor mit einem Auge zugesehen hatte. *War das jetzt alles?*, dachte sie enttäuscht.

Sie nahm eine Zigarettenschachtel vom Tisch und trat vor die offen stehende Balkontür. Während sie den Blick über den öffentlichen Park vor ihrem Haus schweifen ließ, klappte sie den Deckel der Packung auf. Sie war leer. Flick ging zurück in die Küche und durchsuchte die Schränke, fand aber keine einzige Zigarettenschachtel mehr. Weil Online-

Lebensmittelhändler keine Zigaretten im Angebot haben durften, blieb ihr nichts anderes übrig, als zum ersten Mal seit Wochen das Haus zu verlassen und sich einen neuen üppigen Vorrat zu besorgen.

Der nächste Supermarkt lag eine Viertelstunde zu Fuß von ihrer Wohnung im Londoner Osten entfernt. Als sie vor der Eingangstür stand, fühlte es sich an, als beträte sie die Welt zum ersten Mal. Alles war ungewohnt, von den Passanten, die hautnah an ihr vorüberhasteten, bis zu den grellfarbigen rollierenden Werbeplakaten an den Wänden der Gebäude. Diese Welt drehte sich für ihr Empfinden zu schnell. Das machte ihr Angst.

Als sie durch eine kleine Parkanlage ging, fiel ihr Blick auf ein Beet mit bunten Blumen. Es wirkte wie eine Oase inmitten einer Wüste aus Asphalt und Beton. Früher war London für Flick eine aufregende, lebhafte und vibrierende Stadt gewesen, der ideale Ort, wenn man jung und ungebunden war. Doch jetzt, mit Mitte dreißig, empfand sie es nur noch als übertreuert und überfüllt, ein Biotop für eine junge, zeitkritische Generation. Ihr Bedürfnis nach Weite war so groß wie nie zuvor. *Wenn ich nochmal von vorn anfangen könnte, würde ich ans Meer ziehen,* dachte sie. *In ein Haus mit Blick auf den endlosen Ozean.*

In der Mitte des Parks kam sie an einer Reihe Foodtrucks vorbei. In ihrer ausgeleierten Jogginghose und dem Sweatshirt – ihren Standardklamotten – fühlte sie sich neben den schick gekleideten Büroleuten, die hier ihre Mittagspause verbrachten, fehl am Platz. Sie bildeten Schlangen vor den Ständen und zogen dann mit dampfenden Schachteln voller frisch zubereiteter exotischer Gerichte wieder davon. Flick konnte sich nicht erinnern, wann sie das letzte Mal etwas gegessen hatte, ohne zuvor eine transparente Plastikabdeckung durchlöchert zu haben. Sie stellte sich an einem Stand an, der thailändische Speisen anbot. »Einmal das Rindfleisch mit Klebreis, bitte.« Der Koch schüttete den Inhalt von zwei Plastikdosen in eine Pfanne mit heißem Öl. Als es zischte und dampfte, brachten das Geräusch und der Geruch Flicks Fantasie zum Rotieren. Sie hielt sich die Hand vor Mund und Nase, aber dennoch beschworen das Prasseln und das Aroma von angebratenem Fleisch in ihren Gedanken die Nacht von Christophers Tod herauf.

Er war in der Wohnung der Frau überrascht worden, die sein dreißigstes Opfer hatte werden sollen. Dort wurde er mit Käsedraht erdrosselt, der Mordwaffe, die er auch selbst verwendet hatte, und anschließend in den Garten hinter dem Haus geschleift. Die Leiche wurde mit einer Bettdecke umwickelt, mit Spiritus übergossen und in Brand gesetzt. Er konnte erst anhand von DNA-Spuren identifiziert werden, und auf den Leichen einer der Frauen sowie deren Baby wurden Spuren seiner Tränen gefunden, weshalb er zumindest in diesen beiden Fällen als Täter feststand. Mit der Zeit fanden sich noch weitere Beweise, die ihn mit elf weiteren Morden in Verbindung brachten. Man nahm jedoch an, dass er alle neunundzwanzig Verbrechen begangen hatte. Allerdings wusste man bis heute nicht, wer ihm Einhalt geboten und ihn umgebracht hatte.

Als Flick mehrere Monate später den Test von Match Your DNA gemacht und erfahren hatte, dass Christopher ihr Match war, hatte sein Name nichts bei ihr ausgelöst, auch nicht, als sie seine Mailadresse tippte, um ihm zu schreiben. Die Polizei hatte seinen Account weiterbestehen lassen, für den Fall, dass jemand, den sie noch nicht befragt hatten und der nichts von der Mordserie wusste, sich bei ihm melden würde. Der Polizist, der den Account beobachtete, hatte Flick daraufhin in ihrem Restaurant aufgesucht und sie gefragt, in welchem Verhältnis sie zu Christopher stand. Erst dann hatte sie erfahren, dass ihr Match der Mann war, der den schlimmsten Serienmord der letzten vierzig Jahre verübt hatte. Weil sie das anfangs nicht hatte wahrhaben wollen, hatte sie den Test noch zweimal gemacht, doch beide Male mit demselben Ergebnis.

In den folgenden drei Jahren hatte sich ihr Drang, alles über ihn zu erfahren, zu einer regelrechten Obsession ausgewachsen. Sie hatte die Schauplätze der Morde aufgesucht, die Angehörigen der Opfer ausfindig gemacht und dafür gesorgt, dass sie ihnen scheinbar zufällig begegnete, um mehr über die geliebten Menschen zu erfahren, die sie verloren hatten. Sie war sogar um das Haus im Londoner Westen geschlichen, in dem Christopher gewohnt hatte und das jetzt mit Brettern vernagelt war, und hatte überlegt, wie sie die Metallabsperrungen durchbrechen könnte, die die Eingänge blockierten.

Als jetzt ihr Mittagessen brutzelte und zischte, sah sie darin das Fleisch von Christophers Leiche, das von den Flammen verzehrt wurde. Sie hielt es keinen Moment länger aus. Sie schob sich an den anderen Wartenden vorbei, rannte in eine Ecke des Parks und suchte an einem Geländer Halt. Dann atmete sie tief durch, damit die Luft ihre Lungen reinigte und sie von dem Gestank nach gebratenem Rindfleisch befreite.

Zurück in ihrer Wohnung verschloss sie die Tür und schob die Riegel vor, lehnte sich sogar mit dem Rücken dagegen und sank zu Boden. Erst als sie sich eine Zigarette anzünden wollte, fiel ihr auf, dass sie es nicht bis zum Supermarkt geschafft hatte. Also musste sie den Rest des Tages ohne auskommen, denn heute würde sie nicht mehr vor die Tür gehen.

Sie stützte den Kopf in die Hände und weinte so heftig und so lange wie damals, als sie im Darknet eine Seite entdeckt hatte, auf der jemand Aufnahmen von den Polaroids anbot, die Christopher von seinen Opfern gemacht und als Erinnerung an sie behalten hatte. Sie hatte einen Monatsverdienst in Bitcoins bezahlt und die Fotos heruntergeladen, zum einen, um sich ein Bild davon zu machen, wie moralisch verwahrlost der Mann war, den ihr die Natur als Partner zugewiesen hatte, zum anderen, um die quälende Frage auszuräumen, die sich immer wieder in ihre Gedanken schlich, nämlich, wozu sie selbst fähig wäre. Vielleicht hatten sie nicht nur die DNA gemeinsam, sondern auch bestimmte verborgene Begierden, verborgene Neigungen?

Als sie sich nach dem Bild der vierten erdrosselten und aufgeblähten Leiche übergeben hatte, hatte sie keine Zweifel mehr, dass Christopher und sie grundverschieden waren. Die Natur hatte ihr einfach nur äußerst übel mitgespielt. Für die anderen Menschen mochte sich die Welt seit diesem Tag weitergedreht haben, für Flick war sie stehen geblieben. Und sie hatte nicht die geringste Ahnung, wie sich das jemals wieder ändern sollte.

Sie wischte sich die Augen trocken, zog die Vorhänge zu und ging in die Küche, um sich einen Rum Cola zu mixen. Als sie eine Handvoll Eiswürfel aus dem Kühlschrank holte, leuchtete auf ihrem Handy das Symbol für eine neue Nachricht auf.

> AN: FLICK KENNEDY
>
> Persönlich/Vertraulich
>
> Sehr geehrte Miss Kennedy, nachdem Sie unser Puzzle erfolgreich gelöst haben, bieten wir Ihnen die einmalige Gelegenheit, ein neues Leben zu beginnen. Im Anhang finden Sie eine Adresse, Angaben zu Datum und Uhrzeit sowie Verschwiegenheitserklärungen und Hinweise dazu, was wir von Ihnen erwarten. Für den zeitlichen Aufwand werden Sie eine entsprechende Entschädigung erhalten.

»»Ein neues Leben zu beginnen««, murmelte Flick vor sich hin, während sie die Anhänge überflog. Für einen Betrugsversuch wirkte das alles zu gut ausgearbeitet. Sie tippte auf einen Button, um das Angebot anzunehmen, und hoffte, dass das, was sie nun erwartete, besser sein würde als das, was hinter ihr lag.

7

Charlie, Portsmouth

Als der Bus vor der Waterloo Station in London in eine freie Haltebucht einfuhr, hatte Charlie seine Fingernägel so weit abgekaut, dass kaum noch etwas davon übrig war. Um seine immer wieder aufwallende Angst zu bekämpfen, klebte er sich das letzte transdermale Pflaster auf, das er dabeihatte, und tippte auf das kupferfarbene Band, das er ums Handgelenk trug. Sein Arzt hatte behauptet, ein solches tragbares Hilfsmittel, das Temperatur und Geruchsstoffe maß und entsprechende elektrische und mechanische Reize aussandte, könne ihm helfen, sein Unwohlsein in den Griff zu bekommen. Heute aber blieb es wirkungslos.

Charlie fragte sich, ob er gerade in eine sorgfältig vorbereitete Betrugsfalle lief. Aber das Angebot, ein neues Leben anzufangen, war einfach zu verlockend. Nur wenige Minuten, nachdem er das Puzzle gelöst hatte, war die Mail mit der Einladung nach London eingetroffen. Durch seine Geschwindigkeit und seine Treffsicherheit, so hatte es darin geheißen, war er in die nächste Runde eines Wettbewerbs vorgerückt, dessen Sieger die Gelegenheit bekämen, an einem Programm teilzunehmen, das ihnen ermöglichen würde, im Leben noch einmal von vorn anzufangen. Natürlich war

Charlie skeptisch. Aber der Reiz des Unerreichbaren war zu groß, um sich nicht darauf einzulassen.

Während die anderen Reisenden ihre Sachen aus den Gepäckfächern über den Sitzen holten, blieb Charlie sitzen, wägte noch einmal das Für und Wider ab und fragte sich, ob er wirklich das Richtige tat.

In der Nacht zuvor hatte er bis in die frühen Morgenstunden das Internet nach Hinweisen darauf durchforstet, wer oder was hinter der Sache stand und welche Erfahrungen andere Probanden gemacht hatten. Doch die meisten der Communitys, die sich mit Verschwörungstheorien beschäftigten, hatten offenbar gar keine Notiz davon genommen. Einige User hatten das Puzzle zwar bemerkt, es aber nicht lösen können. In wissenschaftlichen Foren behaupteten Senior-Mitglieder, es könne nur von Leuten gelöst werden, deren Gehirn ein besonderes Entwicklungsstadium erreicht habe oder anders verschaltet sei als bei der Mehrheit der Menschen. Charlie fragte sich, ob sein synästhetisches Empfinden auch in diese Kategorie fiel. Andere User behaupteten, es gehe bei dem Puzzle nur darum, Klicks zu generieren. Aber wer Klicks generieren wollte, lockte die Leute nicht aus der virtuellen Welt in die echte.

Charlie verließ als Letzter den Bus, schulterte seinen Rucksack und schüttelte sich die Beine aus. Erst wollte er ein Taxi zu der Adresse nehmen, die in der E-Mail gestanden hatte, doch als er kein nicht-autonomes fand, beschloss er, zu Fuß zu gehen. Er steckte sich die Ohrhörer ein und orientierte sich mithilfe des Stadtplans, der auf das linke Glas seiner Brille projiziert wurde.

Nachdem er seine Gedanken eine Zeit lang hatte schweifen lassen, forderte er das System auf, ihm die jüngsten

Schlagzeilen über das Hackerkollektiv vorzulesen. In den Foren, die er verfolgte, war in den letzten Tagen oft die Rede davon gewesen. Als er die Westminster Bridge überquerte, malte er sich aus, was passieren würde, wenn das Vereinigte Königreich demnächst erpresst werden würde. Er war noch ein Kind gewesen, als die Unruhen infolge des Brexit das Land gespalten hatten, doch noch heute, viele Jahre später, war die Kluft zwischen Befürwortern und Gegnern unüberbrückbar. Möglicherweise würde sich die Geschichte wiederholen, und es gäbe geteilte Meinungen darüber, ob man den Forderungen nachgeben oder standhaft bleiben sollte.

Was das Kollektiv auf der Welt anrichtete, war in Charlies Augen zwar unverzeihlich, aber durch die intensive Auseinandersetzung mit Verschwörungstheorien hatte er gelernt, dass die Regierungen diese Gefahren selbst heraufbeschworen hatten. Wenn sie ihre Arbeit transparenter machen würden, bestünde keine Notwendigkeit, so vieles geheim zu halten.

Er sah auf den Stadtplan. Nur noch wenige Minuten trennten ihn von seinem Ziel, einer Seitenstraße in der Nähe des Victoria Embankment. Er spürte, wie seine Angst wieder zunahm.

Und wenn das alles doch kein Betrug ist?, dachte er. *Wenn das Angebot ernst gemeint ist? Was, wenn ich wirklich die Möglichkeit bekomme, noch mal von vorn anzufangen?* Vielleicht würde er es beim zweiten Mal ja besser hinkriegen.

Was würde ich aufgeben, wenn ich mitmachen würde? Ich habe kaum Familie, selbst meine Eltern haben sich getrennt und sind weggezogen, um mit ihren DNA-Matches zu leben. Wer würde mich vermissen?

Immer wieder fragte er sich, ob auch er inzwischen ein DNA-Match hatte. Er zog sein Handy aus der Tasche und forderte es auf, sich auf der Website von Match Your DNA einzuloggen. Er hatte sich schon vor fünf Jahren registriert, aber sein Pendant ließ noch immer auf sich warten. Mittlerweile war es ihm egal, ob sein Match ein paar Jahrzehnte älter war als er, ob sie am anderen Ende der Welt lebte oder ob diese *Sie* in Wirklichkeit ein *Er* war. Er wünschte sich einfach nichts sehnlicher als das Gefühl, gebraucht zu werden. *Keine neuen Nachrichten* stand über seinem Postfach auf der Website. Charlie fühlte sich so leer wie zuvor, doch diese Leere bestärkte ihn in seiner Entscheidung. Was auch immer heute geschehen würde – er hatte nichts zu verlieren.

»Sie haben Ihr Ziel erreicht«, sagte die automatisierte Stimme in seinen Ohrhörern. Von der zweispurigen Straße, die am Fluss entlang verlief, führte eine Treppe aus Beton durch eine Passage zu einer schmalen Seitenstraße. Charlie stieg hinauf und stand in einem langgestreckten Hof, der von sechsstöckigen Bürogebäuden umgeben war.

Er suchte die Fassaden nach Gebäudenummern ab, fand jedoch keine. Die Türen hatten weder Tastenfelder noch Griffe, Schlösser oder Gegensprechanlagen, und die Fenster waren getönt und daher undurchsichtig. Charlie ging im Hof auf und ab, überprüfte die Anschrift, wie sie in der E-Mail stand, und suchte noch einmal die Gebäude ab, um sicher zu sein, dass er nicht doch einen Eingang übersehen hatte. Aber da war nichts.

Was bin ich nur für ein Idiot, dachte er. *Wär ja auch zu schön gewesen. Das ist doch die reine Verarsche.*

Aber was sollte das alles? Warum hätte sich jemand die Mühe machen sollen, ihn hierherzulotsen? Außerdem hatten sie ihm die Fahrt bezahlt und ihm den Verdienstausfall großzügig ersetzt.

Gerade als er sich umwandte und wieder zurück in Richtung Treppe ging, öffnete sich zu seiner Rechten eine zweiflügelige Tür. Er blieb stehen und wartete darauf, dass jemand herauskam und ihn begrüßte, aber nichts geschah. Er hatte genug Thriller gesehen, um zu wissen, dass er sich von so einem pechschwarzen Foyer besser fernhielt. Doch plötzlich war er zuversichtlich. Anstatt wegzulaufen, tippte er auf einen der Bügel seiner Brille und zoomte in das Innere der Eingangshalle. Der Raum war so dunkel, dass darin nichts zu erkennen war. Nur an der Wand zeichnete sich ein Muster ab. Es war bloß schemenhaft zu sehen, aber Charlie erkannte es sofort. Es war die Lösung des Puzzles, das ihn hierhergeführt hatte.

Unbewusst tastete er nach dem Pflaster auf seinem Arm und rieb darauf herum. »Du empfindest einfach zu viel«, hatte eine Bekannte einmal zu ihm gesagt. Er hatte widersprechen wollen, doch sie hatte natürlich recht gehabt. Vielleicht war es sogar gut, wenn er angesichts dessen, was ihn in dem Gebäude erwartete, jetzt unruhig wurde.

Er schaffte es nicht, wieder kehrtzumachen. Die Aussicht auf eine zweite Chance war zu verlockend.

8

Sinéad, Bristol

Er wird dich zu Staub zermahlen.
Joannas Worte folgten Sinéad wie ihre eigenen Fußspuren im Schnee. Sie kannte Joanna nicht besonders gut, sie waren sich im Laufe der Jahre nur ein paar Mal begegnet. Aber Joanna hatte die Beziehung zwischen ihr und Daniel durchschaut. Und sie hatte in Sinéad etwas gesehen, vor dem sie – Sinéad – die Augen verschloss. Mit jedem Tag, den sie mit Daniel verbrachte, verschwand ein kleines Stück von ihr selbst.

Auch noch etliche Tage nach der Firmenfeier ging ihr Joannas Bemerkung durch den Kopf, dass sie mehr wollte als das Leben, das Daniel ihr zugestand. Doch aus einer falsch verstandenen Loyalität heraus versuchte ein Teil von ihr noch immer, ihn zu verteidigen. Lange hatte sie geglaubt, er hielte sie in einem goldenen Käfig gefangen, weil er sie schützen und ihr helfen wollte, eine bessere Version ihrer selbst zu werden. Aber durch Joannas Warnung ermutigt, sah sie ihre Beziehung zu Daniel jetzt aus einer anderen Perspektive, die weitaus weniger beschränkt war als ihre eigene.

»Auf dich wartet ein Leben ohne deinen Ehemann«, hatte Joanna gesagt. Doch stimmte das? Ein solches Leben hatte sie ja gehabt, bevor sie Daniel kennengelernt hatte. Es war belanglos gewesen. Von Daniel hatte sie sich die Erfüllung ihrer Träume erhofft. Aber vielleicht gab es ja tatsächlich etwas Besseres für sie, jenseits ihrer Ehe. Etwas, das sie bis jetzt einfach übersehen hatte.

Mit den Fingerspitzen strich sie über die zwei Reihen künstlicher Wimpern und überprüfte, ob sie noch richtig saßen. Daniel regte sich furchtbar auf, wenn sie sie nicht trug, obwohl er mitverantwortlich dafür war, dass sie sie tragen musste. Dann holte sie, allein im Aufenthaltsraum der Firma, die Tupperdose mit dem Mittagessen hervor, das er für sie vorbereitet hatte. Heute waren ein Apfel, weißer Joghurt, ein Hähnchensandwich und ein kalorienarmer Müsliriegel darin. Auf dem Deckel klebte ein blaues Post-it: »Nicht schummeln – keine Schokolade!« Den Punkt des Ausrufezeichens bildete ein kleines Herz. So erinnerte er sie daran, dass er sie so sehr liebte, dass er sich sogar um ihre Ernährung kümmerte. So war es doch, oder?

Auf ihrem Handy poppte eine Anzeige auf:

> Klicken Sie hier, um ein neues Leben zu beginnen. Weniger als ein Prozent der britischen Bevölkerung kann dieses Puzzle lösen. Schaffen Sie es auch?

Sinéad biss von ihrem Sandwich ab und schob, ohne so richtig bei der Sache zu sein, die Wörter, Zahlen und geometrischen Figuren hin und her, bis sie ein sinnvolles Muster ergaben.

Sie dachte daran, dass sie immer gehofft hatte, eine ebenso glückliche und liebevolle Ehe zu führen wie ihre verstorbenen Eltern. Kurz nachdem sie Daniel kennengelernt hatte, hatte er sie überzeugt, dass er sie vor der lebenslangen Traurigkeit bewahren könnte, die ihr nach jeder Menge gescheiterter Beziehungen drohte. Sie hatte so sehr an die Liebe glauben wollen, dass sie nicht erkannt hatte, dass sie zum Glücklichsein niemand anderen brauchte.

Sie hatten sich vom ersten Moment an zueinander hingezogen gefühlt. Seine Augen waren von einem bezaubernden hellen Braun und seine Lippen voller als ihre. Er war braungebrannt und schlank, und schon damals hatte sich Sinéad neben ihm bleich und ungestalt gefühlt. Doch aus irgendeinem Grund hatte sich dieser attraktive, intelligente Mann für sie entschieden. Es war ein Rätsel gewesen, warum er noch allein lebte. Und obwohl Sinéads Freundinnen ihr dringend geraten hatten, nichts zu überstürzen, waren sie nach zwei Monaten verheiratet gewesen.

Sie betrachtete das Hochzeitsfoto, das Daniel auf ihrem Handy als Hintergrundbild eingerichtet hatte, und dachte daran zurück, wie sie zwischen den Bankreihen auf den Altar zugegangen war, wo Daniel auf sie gewartet hatte. Seitdem sie das Kleid gekauft hatte, war sie fast vergangen, so gespannt war sie gewesen, wie ihr Zukünftiger darauf reagieren würde. Doch als er sich nach ihr umgedreht hatte, hatte sie nicht das Lächeln gesehen, das sie sich erhofft hatte. Vielmehr hatte Daniel ein wenig enttäuscht gewirkt. Später hatte er ihr gesagt, dass er für sie ein Kleid ausgesucht hätte, das ihr besser stand.

Das Symbol für einen leeren Akku erschien, und das Display wurde schwarz. Sinéad lud das Handy nicht sofort wieder auf; jetzt war sie in Gedanken ganz bei den ersten Monaten ihrer Ehe. Anfangs hatte Daniel noch davon gesprochen, wie sie beide als Paar zusammenwachsen könnten, doch schon bald hatte er nur noch Vorschläge gemacht, die ausschließlich an Sinéad gerichtet waren. Es ging um die Art, wie sie sich kleidete, um ihr Make-up, die Sorgfalt, mit der sie den Haushalt führte, um die Bücher, die sie las, die Musik, die sie hörte, und die Freunde, mit denen sie sich umgab. »Das ist in Paarbeziehungen so üblich«, hatte Daniel behauptet. »Man versucht, den anderen zu verbessern.« Sie hörte in ihrem Kopf wieder Joannas Worte. *Diesen Mist musst du dir nicht bieten lassen.*

Sinéad kam Daniels Wünschen nach, weil es für sie das Wichtigste war, ihn glücklich zu machen. Und wenn er die Kontrolle übernehmen konnte, war er glücklich. Bisweilen überraschte er sie mit unverhofftem Lob, wenn ihr etwa ein Gericht besonders gut gelungen war oder ihm ein neues Kleidungsstück gefiel. Aber nun wurde ihr klar, dass er sie nur dann lobte, wenn sie etwas tat, das seinen Absichten entgegenkam.

Das größte Opfer, das sie für ihre Liebe gebracht hatte, war ihre Karriere. Als Koordinatorin für Weltraumreinigung hatte sie Weltraummüll lokalisiert, wie alte Raketenteile und Bruchstücke von Satelliten, die mit noch aktiven, im Orbit kreisenden Geräten zu kollidieren drohten. Sie hatte auch darüber entschieden, welche Objekte in Weltraumschmelzöfen recycelt und welche in die Erdatmosphäre gelenkt wurden, damit sie dort verglühten. Der Job war anspruchsvoll gewesen, und sie hatte dabei ständig unter Druck gestanden, aber sie hatte ihre Arbeit auch geliebt. Doch die tägliche Fahrt nach London und zurück – die insgesamt drei Stunden dauerte – hatte ihr kaum noch Zeit für Daniel gelassen. Erst jetzt erkannte sie, was für ein Fehler es gewesen war, dass sie diese Stelle auf sein Drängen hin aufgegeben und einen weniger anspruchsvollen Job in der Nähe ihres Wohnorts angenommen hatte, nur damit sie mehr gemeinsame Zeit hatten.

Du bist so viel mehr als das, was er zulässt.

Nur in einer Hinsicht hatte sie auf ihrem Willen beharrt und durchgesetzt, dass sie versuchten, eine Familie zu gründen. Kurz darauf war sie schwanger geworden, hatte das Kind jedoch nach einem Monat verloren. Zwei weitere Male hatte ihr die Natur noch einen solchen schweren Schlag versetzt, bis Daniel darauf bestanden hatte, dass sie es vorerst nicht weiter versuchten. Möglicherweise, so meinte er, widersetze sich Sinéads Körper und sei nicht dazu geeignet, neues Leben zu schenken. »Vielleicht ist das ein Hinweis darauf, dass du nicht für die Mutterschaft gemacht bist«, hatte er gesagt.

Plötzlich spürte Sinéad einen stechenden Schmerz in der linken Brust. Sie umschloss sie mit der Hand und hielt sie eine Minute lang. Eine ganze Flut von Bildern schoss ihr sofort durch den Kopf, und sie hielt die Augen fest geschlossen, bis sie wieder verschwunden waren. Der Appetit war ihr gründlich vergangen. Sie kippte die Reste ihres Mittagessens in die Recyclingtonne und ging zu ihrem Schreibtisch zurück.

»Verdammt ... Daniel«, murmelte sie, als sie feststellte, dass sie vergessen hatte, ihn zu der Uhrzeit anzurufen, die er festgelegt hatte. Sie legte ihr Handy auf die Lademusing und warf einen Blick auf die Uhr an der Wand. Sie war eine Viertelstunde zu spät dran. Als das Handy wieder lief, bemerkte sie mit Entsetzen sechs entgangene Anrufe ... von Daniel.

Als sie in die Toiletten hastete, um ihn ungestört anzurufen, summte ihre Smart Watch und zeigte einen steigenden Pulsschlag an. Wenn sie ihm keine glaubwürdige Entschuldigung für die Verspätung lieferte und ihm versicherte, dass es ihr unendlich leid tat, wäre er tagelang schlecht gelaunt. Er ging nach dem ersten Läuten ran, sagte jedoch kein Wort. Sinéad öffnete schon den Mund, doch gerade als sie ansetzen wollte zu sprechen, hörte sie wieder Joannas Stimme.
Auf dich wartet ein Leben ohne deinen Ehemann.
Auf dich wartet ein Leben.
Ohne deinen Ehemann.
Ohne ihn.
Und zum ersten Mal in ihrer Ehe beschloss Sinéad, sich nicht um des lieben Friedens willen zu entschuldigen, und legte auf. Nur Sekunden später leuchtete sein Name auf dem Display auf, aber sie drückte ihn weg. Dann verließ sie die Toiletten, ging zurück an ihren Platz und ergriff ihre Handtasche.
»Alles okay, Sinéad?«, fragte Richard, ihr Teamleiter, der an seinem Schreibtisch in einer Ecke des Raumes saß. Er war ein alter Freund von Daniel und einer der Typen, die ihrem Ehemann andauernd Honig ums Maul schmierten.
»Mir ging's nie besser«, erwiderte sie. »Und ich gehe jetzt nach Hause.« Ohne Richards Antwort abzuwarten, verließ sie das Büro und kurz darauf das Gebäude. Es würde nicht lange dauern, bis Richard Daniel anrufen und ihm von ihrem ungewöhnlichen Verhalten erzählen würde. Doch das war ihr egal. Sie würde ohnehin nicht zurückkehren. Als sie zehn Minuten später zu Hause ankam, hatte Daniel weitere sieben Mal angerufen.
Auf dich wartet ein Leben ohne deinen Ehemann.

Aber so was von, dachte Sinéad. Jemand anders hatte ihr die Tür zeigen müssen, doch jetzt brauchte sie nur noch hindurchzugehen. Aufgewühlt von Vorfreude und Verdruss, packte sie Kleidung und Waschzeug in einen Koffer und überlegte, wohin sie gehen könnte. Zu ihren Freundinnen, die sie vor Daniels Kontrollwahn gewarnt hatten, hatte sie schon lange keinen Kontakt mehr. Und jetzt schämte sie sich zu sehr für ihr Verhalten, um einfach wieder bei ihnen aufzutauchen, sich zu entschuldigen und um Asyl für die Nacht zu bitten.

Ihr Handy vibrierte, und weil sie glaubte, es sei wieder ein Anruf von Daniel, wollte sie es erst ignorieren. Doch es war eine SMS.

AN: SINÉAD KELLY

Persönlich/Vertraulich

Sehr geehrte Mrs. Kelly, nachdem Sie unser Puzzle erfolgreich gelöst haben, bieten wir Ihnen die einmalige Gelegenheit, ein neues Leben anzufangen. Bitte kontaktieren Sie uns so bald wie möglich, damit wir das weitere Vorgehen besprechen können.

Das ist doch ein Hoax, dachte sie und schüttelte den Kopf. Doch im selben Augenblick hielt sie den Finger schon über die angezeigte Telefonnummer.

9

Emilia

Zum zweiten Mal innerhalb weniger Tage wachte Emilia in einem unbekannten Bett auf. Doch anders als beim ersten Mal verfiel sie diesmal nicht in Panik. Die schmutzig-weißen, gelblichen Wände, die steifen Bettlaken und die blauen Plastikstühle ließen keinen Zweifel daran, dass sie sich in einem öffentlichen Krankenhaus befand und nicht in einer privaten Einrichtung. Sie drehte den Kopf zur Seite und blickte auf ein Fenster, das auf den Korridor hinausging. Durch die Lamellen des Vorhangs waren Schwestern und Patienten zu sehen und zu hören, das Alltagsleben eines Krankenhauses.

Mit schmerzendem und heftig pochendem Kopf versuchte sie, die Ereignisse zu ordnen, die sie hierhergebracht hatten. Sie konnte sich erinnern, dass sie in der anderen Einrichtung durch lange Flure gelaufen war, bis sie den Ausgang gefunden hatte, und dann war sie durch einen Tunnel gegangen, bis sie irgendwo in London herausgekommen war. Sie wusste auch noch, dass ihre Beine nachgegeben hatten und sie von einem vorüberfahrenden Auto erfasst worden war. Weiter zurück reichten ihre Erinnerungen jedoch nicht, trotz aller Bemühungen. Ihre Vergangenheit lag komplett im Dunkeln, nur ihren Namen wusste sie noch.

Sie tastete ihren Kopf ab und stieß dabei am Scheitel auf eine kleine, nur wenige Millimeter große Beule und am Haaransatz auf eine Verdickung von der Größe einer Murmel. Ihre linke Körperseite und ihr linkes Bein taten weh, als sie sie berührte. Vermutlich hatte sie dort Prellungen abbekommen. Erleichtert stellte sie fest, dass sie nirgendwo einen Gips trug. Also war sie glimpflich davongekommen. Im Rücken ihrer linken Hand steckte eine Kanüle, an die ein Infusionsbeutel angeschlossen war, und ein kabelloses Herzüberwachungsgerät zeigte lautlos ihren Herzschlag. Emilia entspannte sich, doch schon nach wenigen Augenblicken durchfuhr sie ein Schaudern, denn ihr fiel wieder ein, was zu dem Unfall geführt hatte: Sie hatte versucht, vier schemenhaften Gestalten zu entkommen, die sie verfolgt hatten.

Wer waren diese Leute, und was wollten sie von mir? Hatten sie mich schon seit dem ersten Gebäude verfolgt? Und wenn ja, was habe ich getan, dass sie mich dorthin zurückbringen wollten? Und wer bin ich überhaupt?

Dass sie auf diese Fragen keine Antworten hatte, frustrierte sie. Sie sah sich im Zimmer um. Durch ein Fenster fiel ihr Blick auf die Dächer des Krankenhauskomplexes, auf denen vereinzelt Klimaanlagen und Antennen montiert waren. Auf dem Fensterbrett standen frische rosa Blumen in einer Vase, an der eine Karte lehnte. *Also weiß jemand, dass ich hier bin,* dachte sie. *Diese Person kann mir bestimmt helfen, das alles zu verstehen.*

Doch bevor sie Gelegenheit bekam nachzusehen, von wem die Karte stammte, öffnete sich die Zimmertür. Zwei leger gekleidete Frauen kamen herein, die an den Schlüsselbändern um den Hals als Ärztinnen zu erkennen waren, und mit ihnen ein Krankenpfleger sowie ein Mann, der die Daten einer digitalen Anzeige über Emilias Bett in ein Tablet tippte.

»Guten Tag, Emilia. Ich darf Sie doch so nennen?«, sagte der Mann, auf dessen Namensschild »Dr. Fazul Choudary, Chefarzt« stand.

»Woher wissen Sie, wie ich heiße?«, fragte Emilia zurück.

»Sie haben diesen Namen angegeben, als Sie vor drei Tagen zu uns in die Notaufnahme gebracht wurden.«

»Und wo bin ich?«

»Im King William Hospital in Dulwich, Süd-London.«

»Was habe ich bei der Aufnahme noch gesagt?«

»Dass Sie nicht wissen, wer Sie sind, sich aber daran erinnern können, dass jemand Sie verfolgt hat.«

Emilia nickte. Irgendetwas musste sie davon abgehalten haben zu erwähnen, dass sie gerade aus einer anderen Einrichtung entkommen war. Aber auch jetzt behielt sie es für sich. »Was ist los mit mir?«

Dr. Choudary warf einen Blick in seine Notizen, bevor er antwortete. »Körperlich ist alles in Ordnung, bis auf ein paar kleinere Schnittwunden und Prellungen. Weil die Gefahr eines Hirnödems bestand, haben wir Sie bis heute Morgen sediert. Sie können von Glück sagen, dass die Karosserien autonomer Autos so konstruiert sind, dass sie bei einem Unfall so wenig Schaden anrichten wie möglich. In psychischer Hinsicht jedoch – das beruht allerdings erst auf einer vorläufigen psychologischen Einschätzung sowie auf dem, was Sie uns bei der Aufnahme gesagt haben – gibt es eine Auffälligkeit. Möglicherweise leiden Sie an einer Schädigung des episodischen Gedächtnisses. Das heißt, dass

Sie zwar noch sprechen und gehen können und Ihr Körper voll funktionsfähig ist, Ihr Gehirn aber nicht mehr in der Lage ist, die Erinnerungen an das abzurufen, was Sie in Ihrem Leben alles gemacht haben. Sie können, bildlich gesprochen, nicht zu einem konkreten Ereignis zurückgehen und sich daran erinnern.«

Die Diagnose beruhigte Emilia. Also musste sie doch nicht fürchten, sie hätte den Verstand verloren. Aber damit wusste sie noch immer nicht, wie sie zu ihrer Identität zurückfinden konnte.

»Werden die Erinnerungen wiederkommen?«

»Die meisten Patienten können sich mit der Zeit wieder an ihr früheres Leben erinnern. Trotzdem würden wir gerne ein MRT von Ihrem Gehirn machen, um eine organische Schädigung als Ursache auszuschließen.«

»Nein«, sagte Emilia hastig. Diese prompte Ablehnung überraschte Dr. Choudary und sein Team. Irgendetwas tief in ihrem Inneren warnte Emilia davor, anderen Einblicke in ihr Gehirn zu erlauben.

»Ein MRT ist ein nicht-invasives Verfahren, und ich würde Ihnen dringend dazu raten, dass Sie …«, fuhr Dr. Choudary fort, aber Emilia blieb hartnäckig und schüttelte den Kopf. »In Ordnung, doch ich wäre ein schlechter Arzt, wenn ich das auf sich beruhen ließe. Wir sprechen noch einmal darüber.«

»Ich möchte nicht unhöflich sein, aber das steht nicht zur Diskussion. Sagen Sie mir einfach nur, was ich tun muss, damit meine Erinnerung zurückkommt, sodass ich wieder weiß, wer ich bin.«

»Es gibt da kein Standardverfahren, denn die Schädigung fällt von Patient zu Patient unterschiedlich aus. Wir werden ein paar Tests machen, und dann können wir etwas genauer sagen, was bei Ihnen funktionieren könnte: Hypnose, Akupunktur, Neurofeedback, Bilaterale Audiostimulation … Es gibt eine Menge Therapieansätze, exakte Wissenschaft ist das aber alles nicht.«

Als das Ärzteteam wieder aus dem Zimmer gegangen war, kamen Emilia fast die Tränen. Entsetzen packte sie bei der Vorstellung, vielleicht nie wieder zu wissen, wer sie war. Sie drehte sich auf die Seite, doch ein stechender Schmerz fuhr ihr durch den Brustkorb und raubte ihr den Atem. Sie rutschte an das untere Ende der Matratze und zog die Knie an die Brust.

Wahrscheinlich hatten ihr die Schmerzmittel beim Einschlafen geholfen, denn sie erwachte ruckartig aus einem tiefen Schlaf, mit dem Gefühl, dass noch jemand im Raum war. Intuitiv ballte sie die Fäuste, bereit zuzuschlagen, solange sie den Besucher nicht deutlich ausmachen konnte. Er war groß, hatte dunkle, buschige Augenbrauen und schmale Lippen, hohe Wangenknochen und mandelförmige Augen und trug eine Hornbrille. Er trug kein Schlüsselband um den Hals und hielt auch kein medizinisches Gerät in der Hand. Also gehörte er nicht zum Personal.

Er atmete hörbar erleichtert durch, trat an Emilias Bett und beugte sich über sie.

»Gott sei Dank«, sagte er. Dann strich er ihr sanft das Haar zur Seite und küsste sie zärtlich auf die Wange. Emilia wich zurück.

»Was soll denn das?«, sagte sie. Seine verwirrte Miene verriet, dass er nicht mit so einer Reaktion gerechnet hatte.

»Ich … Entschuldigung«, sagte er und trat einen Schritt zurück.

»Wer sind Sie?«, fragte Emilia.
»Kannst du dich nicht an mich erinnern?«
»Würde ich sonst fragen?«
»Ich bin Ted«, sagte er mit einem unsicheren Lächeln. »Ich bin dein Mann.«

10

Bruno, Exeter

In dem Raum herrschte vollkommene Stille, als existiere keine andere Welt außer ihrer. Bruno hatte jedes Zeitgefühl verloren. Er wünschte, sie könnten für immer in ihrem privaten Universum bleiben.

Er konnte den Blick nicht von seinem Sohn wenden, der in der Mitte des schwach erleuchteten Raumes auf dem Boden saß. Es war gerade hell genug, dass er imstande war, Louies weit geöffnete Augen zu erkennen, mit denen er wie hypnotisiert auf die blinkenden Lichter starrte, die über die Wände und die Decke tanzten. Louie hatte die Lippen zu einem Kreis geformt, was erkennen ließ, dass er ruhig und entspannt war. Ganz anders als sein Vater.

Für das Halbdunkel war Bruno dankbar. Er zeigte seine Gefühle nicht gern, auch nicht vor einem Jungen, der Emotionen bei anderen Menschen nicht erkannte. Als er in den Flur hinausschlüpfte, kam ihm die Familienpflegerin entgegen, begleitet von einer jungen Auszubildenden.

»Guten Morgen«, sagte Cally. »Wir wollten mal sehen, wie's euch so geht.« Weil sie Brunos Anspannung offenbar spürte, bat sie ihre Kollegin, in dem multisensorischen Raum ein Auge auf Louie zu haben, nahm Bruno zur Seite und führte ihn in einen Schulungsraum. Auf dem Whiteboard, das dort an der Wand hing, stand »Umgang mit autistischen Anfällen«, darunter Begriffe wie »Kollaps« und »Selbstverletzung«. Alles Dinge, die Bruno vertraut waren.

»Sie haben das Gefühl, ihn im Stich zu lassen, nicht wahr?« Bruno nickte.

»Glauben Sie mir, das geht allen Eltern so, die zu uns kommen.«

»Ich habe mir geschworen, meinen Sohn niemals aufzugeben, egal was passiert. Ihn niemals zu verlassen. Aber genau das tue ich jetzt.«

»Nein, das tun Sie nicht. Sie stellen seine Bedürfnisse sogar über Ihre eigenen. Aufgrund Ihrer Lebensumstände sind Sie nicht in der Lage, sich um ihn zu kümmern, aber das heißt nicht, dass Sie ihn verlassen. Unser Haus ist die beste Einrichtung für junge Menschen aus dem autistischen Spektrum in ganz Exeter. Louie wird hier rund um die Uhr versorgt und überwacht, von Fachleuten, die speziell dafür ausgebildet sind, Kindern wie ihm zu helfen. Er wird hier geradezu aufblühen, das verspreche ich Ihnen.«

»Aber was ist, wenn mir das Geld ausgeht? Sie wissen, dass ich mir nur sechs Monate leisten kann.«

»Ich würde vorschlagen, dass wir darüber nachdenken, wenn es so weit ist. Und jetzt bringen wir ihn erst einmal in den Wohnbereich, damit er sich dort eingewöhnen kann. Einverstanden?«

Als Bruno zurück bei Louie war, legte er ihm einen Arm um die Schultern, führte ihn aus dem Raum hinaus und in eines der zwölf Module, aus denen das Zentrum bestand. Louie würde mit zwei anderen Minderjährigen zusammen wohnen, betreut von drei Pflegekräften, die in 24-Stunden-Schichten arbeiteten. Mit zwölf Jahren war Louie der jüngste Bewohner und derjenige mit den meisten Bedürfnissen.

Nacheinander betraten sie das Schlafzimmer, Louie voraus, dann sein Vater. Louie würde hier allein schlafen, aber Kameras und Bewegungsmelder würden ihn in der Nacht überwachen und bei Bedarf das Personal alarmieren. Weil Louie non-verbal war, trug er am Handgelenk einen gewöhnlichen Sensor unter der Haut, der die körperlichen Zustände maß, die er selbst nicht mitteilen konnte. Zuvor hatte Bruno Louies Kleidungsstücke und sein Spielzeug an bestimmten Stellen im ganzen Raum verteilt, sodass er sie sofort entdecken würde und sich leichter eingewöhnen konnte. Sein Lieblingsstofftier, ein grüner Tyrannosaurus Rex, stand aufrecht auf dem Kopfkissen.

Aufmerksam sahen Bruno und Cally zu, wie Louie sich einen Reim darauf zu machen versuchte, warum seine Sachen jetzt hier waren und nicht mehr zu Hause. Als er anfing, sich mit den Fingerspitzen an die Schläfen zu tippen, erkannte Bruno, dass er nervös wurde. Er zog sein Handy aus der Tasche und gab es Louie, damit er etwas zu spielen hatte. Das war ein erprobtes Beruhigungsmittel, das schon oft Ausbrüche negativer Emotionen verhindert hatte.

»Dass Sie ihn in den letzten Wochen jeden Tag ein paar Minuten hier allein gelassen haben, hat ihm geholfen, sich an den neuen Ort zu gewöhnen«, sagte Cally. »Kommen Sie einfach ins Foyer runter, wenn Sie so weit sind.«

Schweigend sah Bruno Louie dabei zu, wie er auf dem Handy herumwischte und sich dabei weitaus geschickter anstellte als sein Vater. Er machte irgendein kompliziertes Puzzle aus Wörtern und Symbolen, das für einen Jungen seines Alters eigentlich zu schwierig schien. Es war nicht das erste Mal, dass er Bruno überraschte.

»Was machst du denn da?«, fragte Bruno und sah Louie über die Schulter. Er erkannte in dem Wirrwarr auf dem Display das eine oder andere Muster, aber Louie war schneller als er und hatte alle Elemente im Handumdrehen in eine Ordnung gebracht. Brunos Form der Synästhesie hieß Personifikation; sie war die am weitesten verbreitete Art und äußerte sich darin, dass er mit Zahlen, Buchstaben und Wochentagen menschliche Eigenschaften verband. Bruno würde nie erfahren, ob Louie dieses synästhetische Empfinden von ihm geerbt hatte, er vermutete jedoch, dass dem so war, nur dass es bei ihm sehr viel stärker ausgeprägt war und er deshalb Puzzles wie dieses in Sekundenschnelle löste.

Louie wandte sich zu Bruno und zeigte ihm das gelöste Puzzle. Dann stand er auf und ging zu einer Kiste mit Legosteinen, die unter dem Fenster stand. Oft verlor er sich stundenlang in der Welt der kleinen bunten Bausteine. Für Bruno war das ein Zeichen, dass er ihn allein lassen konnte. Nur eines hätte er sich von seinem Sohn gewünscht: ein Wort des Abschieds.

Bruno saß auf der Bettkante und sah sich in seinem Zimmer um. Links befand sich die Kochnische, mit einem Herd, einer Spüle und drei Schränken. An der gegenüberliegenden Wand standen ein Schlafsofa, ein Fernseher, ein Kleiderschrank und eine Kommode. Der gesamte Raum war kleiner als das Wohnzimmer des Hauses, in dem er mit Zoe gelebt hatte. Das Bad lag auf dem Gang, und Bruno teilte es sich mit den Inhabern des Thai-Restaurants im

Erdgeschoss. Noch nie war er von allem, was er liebte, weiter entfernt gewesen. Das Haus und fast die gesamte Einrichtung hatte er verkaufen oder versteigern lassen müssen, um die ausstehenden Raten für die Hypothek zu bezahlen und die Anwaltskosten sowie die Kosten für die private Pflegeeinrichtung zu bestreiten, in der Louie betreut wurde. Er hatte seine Frau und seinen Sohn verloren, und mit ihnen seine Tatkraft und die Hoffnung auf eine bessere Zukunft. Der einzige Lichtblick in dem gegenwärtigen Dunkel war die Gewissheit, dass Louie bis auf Weiteres bestmöglich versorgt wurde.

Aus dem Haus, das er hatte verlassen müssen, hatte Bruno kaum etwas mitgenommen. Die Familienfotos hatte er in der Cloud abgelegt, und sie liefen jetzt in einer Endlosschleife auf einem digitalen Bilderrahmen in Louies Zimmer. Er selbst wollte dagegen nicht auf diese Art an Zoe erinnert werden. Die Anschuldigungen waren in seinen Augen haltlos. Zoe war kein Raubtier gewesen, das auf der Pirsch durch die Bürokorridore geschlichen war, Kollegen belästigt und Beförderungen als Gegenleistung für Sex versprochen hatte. Aber sie hatte eine Affäre gehabt. Wenn er jetzt an sie dachte, sah er sie vor sich, wie sie mit dem Mann, mit dem sie ums Leben gekommen war, Sex gehabt hatte, und dieses Bild löschte fünfzehn Jahre Ehe aus. Er würde ihr nie vergeben.

Sein Smart Speaker piepte und erinnerte ihn daran, wie spät es war. Er ging ins Badezimmer und holte ein Töpfchen Vaseline. Weil er erst seit Kurzem beim Online-Händler 1-STOPSHOP arbeitete, stand er in seinem Team in der Lagerhalle noch ganz unten in der Hierarchie. Daher durfte er beim Anheben der Paletten nur die einfachsten Tragesysteme verwenden. Sie sollten Gelenk- und Rückenschmerzen vermeiden, waren aber nicht auf Bequemlichkeit ausgelegt. Obwohl Bruno Schultern und Handgelenke mit Vaseline schützte, scheuerte er sie sich fast täglich an dem Metallrahmen wund.

Plötzlich vibrierte seine Uhr. Es war der Hinweis auf eine E-Mail, in der er zur Lösung eines Puzzles beglückwünscht und aufgefordert wurde, sich umgehend zu melden. Das war schon die dritte derartige Nachricht in dieser Woche, außerdem hatte er einige entgangene Anrufe gehabt. Er konnte sich nicht erinnern, überhaupt an einem Wettbewerb teilgenommen zu haben, doch dann fiel ihm wieder ein, wie Louie auf seinem Handy gespielt hatte. Das musste das Puzzle gewesen sein, von dem hier die Rede war. Bruno fragte sich, ob er dafür vielleicht einen Geldpreis bekommen würde, mit dem er das Pflegeheim einen weiteren Monat bezahlen könnte. Diese Aussicht war es wert, sich die Sache zumindest einmal anzusehen. Er öffnete die Mail.

> Was würden Sie dazu sagen, wenn wir Ihnen die Möglichkeit geben, im Leben noch einmal von vorn anzufangen?

Noch einmal sah er sich in seiner Einzimmerwohnung um. Und ohne weiter nachzudenken, drückte er auf »Weiterlesen«.

VERSCHLUSSSACHE

TOP SECRET: NUR BRITEN ZUR KENNTNIS, GEHEIMHALTUNGSSTUFE »A«

DIESES DOKUMENT IST EIGENTUM DER REGIERUNG IHRER MAJESTÄT

PROTOKOLL DER ASSESSMENT-SITZUNG 11.6
DES GEMEINSAMEN KOMITEES
FÜR CYBERSPIONAGE UND GEHEIMDIENST

»EIN ALTERNATIVER ANSATZ ZUR SPEICHERUNG VERTRAULICHER DOKUMENTE«

Hinweis: Der folgende Text gibt das Protokoll der o.g. Sitzung wieder. Um Sicherheitsrisiken zu vermeiden, wurden einige Abschnitte sowie die Namen einiger Teilnehmer unkenntlich gemacht.

ORT:
███████████, ███████████

TEILNEHMER (MITGLIEDER):
Edward Karczewski, Leiter Operative Abwicklung,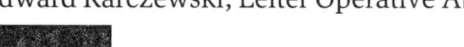

Dr. Sadie Mann, Leiterin Psychiatrische Begutachtung
Dr. M. J. Porter, Abteilungsleiterin Neurowissenschaft
███████ ███████ ███████, Verteidigungsministerium (VM); Porton Down
███████ ███████, MI5
William Harris, Minister für geheimdienstliche Angelegenheiten

TEILNEHMER (NICHTMITGLIEDER):
Premierministerin Diane Cline

PREMIERMINISTERIN: Haben Sie jetzt alle völlig den Verstand verloren?

EDWARD KARCZEWSKI: Ich gebe zu, auf den ersten Blick könnte es so scheinen. Und ja, es handelt sich um eine ziemlich radikale und revolutionäre Lösung.

PREMIERMINISTERIN: Es könnte? Es *könnte* so scheinen? Erst packen Sie sämtliche vertraulichen Informationen in Lastwagen, Schiffe und was weiß ich noch alles und lassen sie durch die Weltgeschichte gondeln, und jetzt wollen Sie mir erzählen, dass das Schicksal unseres Landes in den Händen von Leuten liegen soll, die sich einzig und allein dadurch auszeichnen, dass sie so ein dämliches Puzzle lösen können? ███████, bitte sagen Sie mir, dass ich hier irgendetwas falsch verstanden habe.

███████ ███████, MI5: Ich habe zuerst genauso reagiert wie Sie, Diane. Aber ich rate Ihnen, weiter zuzuhören.

EDWARD KARCZEWSKI: Die Sache ist wesentlich komplexer, Frau Premierministerin. Ich darf Ihnen an dieser Stelle Dr. Porter vorstellen, die Leiterin der Abteilung Neurowissenschaft im Forschungszentrum Dunston. Sie hat das Verfahren federführend mitentwickelt und kann es Ihnen näher erklären.

DR. PORTER: Was Sie hier auf diesem Bildschirm sehen, Frau Premierministerin, ist nicht einfach nur ein Puzzle. Es ist ein hochkomplexes Feld aus dreidimensionalen Bildern und Buchstaben, Farben, geometrischen Formen und Zahlen, die sich schnell und auf zufälligen Bahnen durch den Raum bewegen. Mit dieser Versuchsanordnung werden bestimmte Funktionen des Gehirns getestet: Erinnerungsvermögen, problemlösendes Denken sowie Identifikation und Einordnung von Informationen durch die Hirnregionen, in denen visuelle und auditive Reize verarbeitet werden. Sogenannte Synästhetiker sehen in diesem vermeintlichen Durcheinander auf Anhieb eine Ordnung. Unser Gehirn bräuchte Stunden oder Tage, um sich darin zurechtzufinden – falls wir das überhaupt schaffen würden. Solche Leute dagegen benötigen dafür nur Sekunden.

PREMIERMINISTERIN: Meine Zimmergenossin im Studentenheim hatte das auch. Diese Leute sehen Farben, wenn sie Musik hören, oder die Zeit hat für sie eine bestimmte Form, nicht wahr? Meine Freundin hat felsenfest geschworen, dass sie etwas geschmeckt hat, wenn sie ein Foto gesehen oder etwas Bestimmtes gehört hat.

DR. PORTER: Genau so ist es. Unter etwa 280.000 Menschen kommt einer mit einer Form von Synästhesie auf die Welt.

Wir vermuten, dass dabei aufgrund bestimmter Verschaltungen im Gehirn die Sinne miteinander verschmelzen. Das menschliche Gehirn teilt sich in vier Regionen. Bei manchen Synästhetikern überschneiden sich die Verbindungen zwischen diesen vier Regionen auf ganz besondere Weise. Durch eine solche Anomalie sind sie in der Lage, unser Puzzle zu lösen, das bis jetzt kein computergenerierter Algorithmus entschlüsseln kann.

PREMIERMINISTERIN: Ich finde es nicht besonders beruhigend, dass Sie hier von einer »Anomalie« sprechen.

DR. PORTER: Keine Sorge, in diesem Zusammenhang ist der Begriff positiv besetzt. Die Fähigkeiten dieser Menschen belegen, dass ihre Gehirne in der Lage sind, gewaltige Mengen an Daten zu speichern, vor allem, wenn diese Daten codiert sind. Wie Sie wissen, ist unsere DNA ein einziges Molekül, in dem sämtliche Daten gespeichert sind, die uns als Individuen ausmachen. Heutzutage können wir jedoch alles in Codes umwandeln, selbst Stimmen und Bilder. Auf einem einzigen DNA-Strang kann eine riesige Menge an Informationen gespeichert werden, so viel, wie sonst auf siebzig Milliarden Disketten Platz hat. In den letzten vier Jahren hat ein Team von Wissenschaftlern unter meiner Leitung alles, was unzugänglich für die Öffentlichkeit in den Staatsarchiven lagert, in binären Code umgewandelt. Diese Daten können jetzt in Form von DNA gespeichert und in den Teil des Gehirns eingebracht werden, in dem Erinnerungsvermögen und Lernen angesiedelt sind.

PREMIERMINISTERIN: Können die Leute, die dafür ausgewählt werden, auf diese sensiblen Informationen zugreifen?

DR. PORTER: Ja, wenn sie es wollen. Aber sie werden dahingehend ausgebildet, es nicht zu tun. Die DNA wird in eine Plastikkapsel gegeben, die dann in eine schwächer genutzte Region des Gehirns eingebracht wird. Dort setzt sie ihren Inhalt frei, der nur durch ein spezielles Laborverfahren wieder zurückgeholt werden kann, bei dem die DNA zurück zu der Kapsel wandert. Die Kapsel selbst kann nicht von einer Person auf eine andere übertragen werden und überlebt außerhalb des menschlichen Körpers nur in unserem Speziallabor. Sie ist biologisch abbaubar, und nach Ablauf von fünf Jahren löst sie sich auf und wird vom Organismus absorbiert. Mit ihr verschwindet somit das gesamte Wissen, das die betroffene Person in sich getragen hat.

EDWARD KARCZEWSKI: Und bis dahin verfügen wir über ein Sicherheitssystem, das dauerhaft unangreifbar ist.

PREMIERMINISTERIN: Wenn diese Kapsel so klein ist, warum bewahren wir sie dann nicht irgendwo anders auf? Irgendwo, wo niemand sie vermutet. Nicht in einem menschlichen Körper, sondern ... in einem Tier?

EDWARD KARCZEWSKI: Diese Option haben wir eingehend geprüft, aber nur das menschliche Gehirn hat sich als geeigneter Aufbewahrungsort erwiesen. Und außerdem: Wenn sie an einem anderen Ort aufbewahrt wird, dann müsste das irgendwo dokumentiert werden, und damit wären wir wieder der Gefahr eines Hackerangriffs und der Erpressung ausgesetzt.

DR. PORTER: Ein Mensch dagegen kann nicht gehackt werden. Und wer kommt schon auf die Idee, im Inneren eines menschlichen Körpers zu suchen?

PREMIERMINISTERIN: Aber Menschen machen Fehler. Sie können manipuliert werden.

EDWARD KARCZEWSKI: Nicht, wenn sie die richtige Einstellung haben. Wir haben berechnet, wie hoch die Wahrscheinlichkeit ist, dass die Kandidaten abtrünnig werden, nachdem wir sie neu modelliert haben. Das Risiko ist zu vernachlässigen. Sie alle wollen mit einer neuen Identität im Leben noch einmal von vorn anfangen, und wir werden ihnen die dazu notwendigen finanziellen Mittel bereitstellen. Zuvor durchlaufen sie jedoch ein mehrmonatiges intensives Training, in dem ihr Bewusstsein abgetragen und entsprechend den Anforderungen eines erfolgreichen Einsatzes neu zusammengefügt wird. Sie lernen dabei, alle potenziellen Risikoquellen zu bewerten und entsprechend zu reagieren, niemandem zu vertrauen und, falls erforderlich, für ihr Land zu sterben und zu töten. Sie werden nur ein einziges Ziel verfolgen: sich selbst und das Wissen, das sie in sich tragen, zu schützen. Nach Ablauf der fünf Jahre werden wir sie dabei unterstützen, sich an einem Ort ihrer Wahl niederzulassen, und ihnen eine finanzielle Entschädigung zukommen lassen.

PREMIERMINISTERIN: Aber was, wenn jemand ihr Geheimnis herausfindet und sie zum Beispiel gefoltert werden, damit sie ihr Wissen preisgeben?

EDWARD KARCZEWSKI: Wir haben ein medizinisches Verfahren entwickelt, infolgedessen der somatosensorische Kortex und der Thalamus kein Schmerzempfinden mehr entwickeln. Wenn sich ein Kandidat etwa ein Bein bricht, spürt er nichts. In dem Arbeitsvertrag, den Sie in den Unterlagen finden, steht Näheres dazu.

PREMIERMINISTERIN: Und wenn sie versuchen, unsere Staatsgeheimnisse zu verkaufen oder zu verraten?

███████ ███████, MI5: Die Kandidaten werden sich schriftlich dazu verpflichten, das Gesetz zur Wahrung von Staatsgeheimnissen zu befolgen, und ihnen wird unmissverständlich klargemacht, welche Auswirkungen es für ihre Freunde und Familien hätte, wenn sie das Programm in Gefahr bringen. Für diese Fälle ist vorgesehen, dass wir nicht nur die Kandidaten, sondern auch alle in ihrem näheren Umfeld durch ███████ ███████ ███████ bestrafen, und dass wir, falls erforderlich, ███████ ███████ ███████ ███████ ███████. Und sie werden zu Staatsfeinden erklärt.

PREMIERMINISTERIN: Wie wollen Sie denn überhaupt geeignete Kandidaten finden?

DR. SADIE MANN: Über die Massenmedien und durch personalisierte Onlinewerbung. Diejenigen, die das Puzzle innerhalb einer festgelegten Zeit lösen, beweisen damit ein bestimmtes Maß an Fähigkeiten zur Speicherung und Verarbeitung von Daten. Die Anti-Terror-Gesetze erlauben uns Zugriff auf sämtliche Internetaktivitäten aller britischen Staatsbürgerinnen und Staatsbürger. Unsere Analytiker werden aus allen verfügbaren privaten und öffentlichen Quellen, wie etwa Smartphones und WLAN-Netzwerken in Firmen und Privatwohnungen, die persönlichen Daten der Kandidaten zusammenführen und auf dieser Grundlage ihre Persönlichkeiten sowie ihr wahrscheinliches Verhalten in bestimmten Situationen einschätzen. Aus der Gruppe derjenigen, die das Puzzle lösen, werden die geeignetsten ausgewählt und zu einem Gespräch eingeladen. In diesem Dossier finden Sie eine ausführliche Beschreibung des gesamten Trainings.

** **EDWARD KARCZEWSKI händigt allen Anwesenden Unterlagen aus** **

PREMIERMINISTERIN: Wo werden Sie diese Leute nach dem Training verstecken?

███████████ ███████, MI5: Sie können sich aufhalten, wo sie möchten, solange sie die Britischen Inseln nicht verlassen.

PREMIERMINISTERIN: Und wie wissen wir, wo sie sind? Bekommen sie wie Kinder Sonden ins Handgelenk eingesetzt?

EDWARD KARCZEWSKI: Es wird nicht möglich sein, sie zu verfolgen, weder durch GPS noch durch andere Satellitensysteme. Aber wenn wir sie nicht ausfindig machen können, können auch unsere Feinde sie nicht ausfindig machen. Ich bin der Einzige, der ihre wahren Identitäten kennt und zumindest ungefähr weiß, wo sie sich aufhalten.

███████████ ███████, MI5: Einige Mitarbeiter des Programms werden mit ihnen kommunizieren können. ReadWell ist die größte Online-Buchcommunity der Welt, mit zwanzig Millionen Mitgliedern. Die »Wächter«, wie wir sie nennen, werden im öffentlichen Forum dieser Website regelmäßig nachsehen, ob es etwas Neues gibt, und nur, wenn die weitere

Durchführung des Programms gefährdet ist, beordern wir sie zurück. Dann suchen sie eines der geschützten Verstecke auf, die wir vor Beginn des Programms einrichten werden.

PREMIERMINISTERIN: William, nur für den Fall, dass es jemals so weit kommen sollte: Haben Sie berechnet, was es uns kosten würde, wenn wir den Forderungen des Hackerkollektivs nachgeben?

WILLIAM HARRIS: Da unsere Wirtschaft in den letzten Jahren gewachsen ist und wir mittlerweile zu den fünfzehn wohlhabendsten Ländern der Welt gehören, schätzen wir die möglichen Forderungen auf eine bis zwei Billionen.

PREMIERMINISTERIN: Ich muss über all das eine Weile nachdenken.

EDWARD KARCZEWSKI: Das werden wir uns leider nicht leisten können. Nach dem Angriff auf den Lastwagen sind unsere Daten nicht mehr sicher.

PREMIERMINISTERIN: Sie alle wissen ganz genau: Wenn dieses durchgeknallte Vorhaben nach hinten losgeht, wird mein Name bis in alle Ewigkeit mit dem Bankrott unseres Landes verbunden sein. Und das ist ein Vermächtnis, das noch viel schlimmer ist, als ohne Beweise für Massenvernichtungswaffen in den Krieg zu ziehen, das Brexit-Referendum oder die Art, wie wir damals mit der Covid-19-Pandemie umgegangen sind.

EDWARD KARCZEWSKI: Ich verstehe Ihre Position, Frau Premierministerin. Aber unsere Programmierer und Ingenieure brauchen Zeit, um dem Treiben des Hackerkollektivs ein Ende zu setzen, die kritische Infrastruktur zu sichern, Mittel zur Abschreckung zu finden und ein absolut sicheres System zu entwickeln, das allen Arten von Hackerangriffen standhält. Ein solches System von Grund auf neu zu errichten, dauert unseren Schätzungen zufolge mindestens vier bis fünf Jahre. Die Wächter werden uns die Sicherheit und die Atempause verschaffen, die wir dafür benötigen.

PREMIERMINISTERIN: Und wann können Sie mit dem Programm starten?

EDWARD KARCZEWSKI: Sehr bald schon. Wir müssen nur noch ein paar kleinere Probleme beheben.

DR. PORTER: Das sind aber wirklich nur noch Bagatellen. Ich bin zuversichtlich, dass wir in etwa zwei Monaten starten können.

EDWARD KARCZEWSKI: Bist du dir da sicher?

DR. PORTER: Ja, das bin ich. Bei meiner Ehre als Wissenschaftlerin.

WILLIAM HARRIS: Wir müssen unseren Feinden einen Schritt voraus sein, Frau Premierministerin. Wir sollten uns hier und heute schützen und sicherstellen, dass wir auch in Zukunft geschützt sind. Die Freiheit unseres Landes steht auf dem Spiel.

ZWEITER TEIL

ARBEITSVERTRAG

Ich, [NAME EINFÜGEN], wurde aufgrund meiner Eignung ausgewählt, an der Operation ▮▮▮▮▮▮▮ ▮▮▮▮▮▮▮ teilzunehmen. Hiermit erkläre ich mich damit einverstanden, als Datenspeicher für vertrauliche Informationen mit Bezug auf das Vereinigte Königreich, seine Überseegebiete sowie seine Verbündeten und Feinde zu dienen.

Mir ist bewusst, dass meine Teilnahme an dem Programm streng vertraulich ist und den Regelungen des Gesetzes zum Schutz von Staatsgeheimnissen unterliegt.

Hiermit erkläre ich mich ausdrücklich mit den medizinischen und chirurgischen Maßnahmen einverstanden, die im Rahmen des Programms von fachlich entsprechend ausgebildeten Vertretern der Regierung Seiner Majestät durchgeführt werden.

Zu diesen Maßnahmen gehören:
- das Einbringen genetisch veränderter DNA mit vertraulichen Informationen in die Pyramidenzellen des limbischen Systems des Gehirns;
- invasive Neurostimulation zur Steigerung der Lernfähigkeit und zur Erhöhung der Stressresistenz;

- Manipulation des Thalamus zum Zweck der signifikanten Reduktion körperlichen und emotionalen Schmerzes bzw. des Schmerzbewusstseins;
- laufende psychologische Überprüfung und Umerziehung.

Die genannten Maßnahmen wurden mir auf verständliche Weise erläutert; insbesondere wurde ich aufgeklärt über: 1) die genaue Durchführung der Maßnahmen; 2) damit verbundene Risiken und mögliche Folgen, darunter Schlaganfall, Depression, Angststörungen, Paranoia, Schizophrenie, Verringerung der Schmerzempfindlichkeit und des Empathievermögens, infolgedessen Selbstverletzung und Verletzung anderer, Unfruchtbarkeit (Aufzählung nicht abschließend).

Als Ausgleich für meinen Dienst an König und Vaterland erhalte ich eine Entschädigung, die mir ermöglicht, in den fünf Jahren, in denen ich als Wächter diene, an einem Ort meiner Wahl innerhalb des Vereinigten Königreichs ein auskömmliches Leben zu führen. Ich werde alle Vorgaben und Anweisungen befolgen. Hierzu gehören:
- der Abbruch sämtlicher Verbindungen zu meinem alten Leben, insbesondere der Beziehungen zu Familienmitgliedern, Freunden, Arbeitgebern etc.;
- das Führen eines unauffälligen Lebens, um keine unnötige Aufmerksamkeit auf mich zu lenken;
- das Vermeiden jeglicher Internetnutzung, die möglicherweise Spuren hinterlässt;
- absolute Verschwiegenheit über die vertraulichen Informationen, die ich in mir trage.

OBERSTE PRIORITÄT HAT DER SCHUTZ DER MIR ANVERTRAUTEN INFORMATIONEN. JEDE VERLETZUNG DER REGELN, MIT

DENEN ICH WÄHREND DES TRAININGS VERTRAUT GEMACHT WURDE, FÜHRT ZUR ENTFERNUNG AUS DEM PROGRAMM SOWIE, FALLS ERFORDERLICH, ZU STRAFVERFOLGUNG, VERFOLGUNG MEINER FAMILIE ODER, FALLS GERECHTFERTIGT, MEINER TÖTUNG.

UNTERSCHRIFT ....

DATUM ....

ZEUGE ....

DATUM ....

11

Flick, Aldeburgh, Suffolk

Name: Flick Kennedy
Früherer Name: ████████ ████████
Alter: 36
Vorherige Tätigkeit: Gastronomin
Angehörige: keine
Stärken: schnelle Auffassungsgabe; anpassungsfähig; loyal
Schwächen: moralisches Empfinden; nachdenklich; selbstkritisch

Als sich das fahrerlose Robotaxi dem Küstenstädtchen näherte, zog unvermittelt eine Wolke auf und brachte einen sommerlichen Regenschauer. Kleine Tröpfchen nieselten sanft gegen die Frontscheibe, während Flick die Landschaft betrachtete, die an ihr vorüberzog.

Die Wanderer in ihren wasserabweisenden Jacken hielt auch der plötzliche Wetterumschwung nicht davon ab, weiter den ausgetretenen Pfaden durch die flache Moorlandschaft zu folgen. Der Anblick der Schweine, die sich vor dem Regen in einen Unterstand mit Wellblechdach geflüchtet hatten, brachte Flick zum Lächeln. Das hier war eine andere Welt als London, von wo sie heute Morgen aufgebrochen war. Hier würde sie Raum zum Atmen haben.

Das an der Küste von Suffolk gelegene Tudorstädtchen Aldeburgh war Flick nicht ganz unbekannt. Vor drei Jahren hatte sie dort ein verlängertes Wochenende verbracht, als Heidi, eine Freundin ihres Bruders Theo, ihren dreißigsten Geburtstag gefeiert hatte. Das Wochenende war weitaus geruhsamer verlaufen, als sie erwartet hatte. Statt sich drei Tage lang zu betrinken, waren sie am Strand entlangspaziert, hatten in Cafés gesessen, sich durch die Speisekarten der Pubs gefuttert und die Meeresfrüchte genossen, auf die die Stadt so stolz war.

Ausgestattet mit einer rundum neuen Identität und einer neuen Lebensgeschichte, durfte Flick sich überall auf den Britischen Inseln niederlassen, außer in ihrer Heimatstadt London. Aldeburgh war ihr als Erstes in den Sinn gekommen. Ein so geruhsamer Ort war vielleicht genau das richtige Kontrastprogramm zu den wiederkehrenden Depressionen, denen sie in London ausgesetzt gewesen war.

Die vier Monate des intensiven körperlichen und geistigen Trainings und der Umerziehung, die hinter ihr lagen, hatten ihr geholfen, sich selbst, ihre Vergangenheit und die Entscheidungen, die sie getroffen hatte, in einem neuen Licht zu sehen. Es war wie ein seelischer Frühjahrsputz gewesen. Von nun an würde Christopher Bailey weder ihre Vergangenheit noch ihre Gegenwart oder ihre Zukunft bestimmen.

»Taxi, anhalten«, sagte sie laut und deutlich. Der Wagen wurde langsamer, suchte sich eine Haltebucht am Strand und blieb dort stehen. Flick zog eine schwarze Kreditkarte ohne Nummer oder Aufschrift aus der Tasche und hielt sie vor den Bezahlsensor, bis sich die Tür öffnete. Die Karte sah wie eine gewöhnliche Kreditkarte aus, allerdings waren die Transaktionen mit ihr nicht nachzuvollziehen, und Flick verfügte durch sie über fast unbegrenzte finanzielle Reserven, die es ihr ermöglichten, tatsächlich ein neues Leben zu beginnen. Alles, was sie bei sich hatte, passte in einen blauen Segeltuchrucksack, den sie über der Schulter tragen konnte. Der Rest ihrer Habseligkeiten war in einer anonymen Lagerhalle irgendwo in Wales verstaut.

In vergleichbarer Weise hatte sie ihre Familie und Freunde in den Tiefen der Vergangenheit verstaut. Bevor sie aus dem Leben der anderen verschwunden war, hatte sie ihnen nicht erklären können, wohin sie ging oder was sie vorhatte. Das Team, das ihre neue Identität entworfen hatte, hatte ihren Kontaktpersonen unter ihrem Namen per E-Mail mitgeteilt, dass sie London verlassen würde, um eine Weile um die Welt zu reisen, und dass man ihr dabei in den sozialen Medien folgen konnte. Mittlerweile waren auf Instagram und Facebook schon die ersten sorgfältig ausgewählten und bearbeiteten Fotos erschienen, und die Berichte wurden auch regelmäßig aktualisiert. Ein Algorithmus generierte falsche Meldungen über neue Aufenthaltsorte und antwortete auf persönliche Nachrichten. Alle Spuren der alten Flick Kennedy – Bankkonten, Hypothek, Geburtsurkunde, Führerschein, Sozialversicherungsnummer, Personalausweis und dergleichen – waren getilgt.

Im Training hatte sie gelernt, sämtliche alten Angewohnheiten abzulegen und durch neue zu ersetzen. Das betraf etwa ihre Lieblingsmarken in Sachen Kleidung, ihr Parfüm, die Supermärkte, in denen sie einkaufte, die Farbe ihres Nagellacks und die Getränke, die sie in Lokalen bestellte.

Von ihrer Vergangenheit würde nur das übrig bleiben, woran sie sich erinnern wollte.

Ohne auf den Regen zu achten, stieg Flick aus dem Taxi und suchte in der Innentasche ihrer Jacke nach einer Zigarettenschachtel, griff jedoch ins Leere. *Alte Gewohnheiten sind hartnäckig,* dachte sie. Dann ging sie über den Kiesstrand zum Wasser. Die Nordsee war ruhig, und am Himmel spannte sich ein Regenbogen von den abgeernteten Feldern bis in die Weiten des Meeres. Aufgewühlt von freudiger Erregung und der Aussicht auf grenzenlose Möglichkeiten, hätte sie sich am liebsten in die Fluten gestürzt, um bis zum Horizont zu schwimmen. Doch sie setzte nur ihren Rucksack ab, zog Schuhe und Socken aus, krempelte die Jeans hoch und watete durch das flache Wasser.

Schon bei den ersten Schritten lächelte sie. Sie konnte sich nicht erinnern, wann irgendjemand oder irgendetwas sie zuletzt zum Lächeln gebracht hatte.

Zu Flicks Erleichterung hatte sich die Hauptstraße von Aldeburgh seit ihrem letzten Besuch kaum verändert. Die Stadt hatte den Einzug großer Handelsketten abgewehrt, die Ansiedlung kleiner, unabhängiger Läden gefördert und litt daher nicht wie vergleichbare Orte unter den nachteiligen Folgen des anhaltenden Booms im Onlinehandel. Bekleidungsgeschäfte, Galerien und Buchhandlungen drängten sich zwischen Cafés, Pubs und zahllosen Fish-and-Chips-Läden, vom E-Commerce schien alles unberührt geblieben zu sein.

Flick betrat eines der Cafés, bestellte einen indischen Gewürztee, setzte sich in einer Ecke an einen Tisch und zog ihr Handy hervor. Es war ein einfaches Modell und das einzige elektronische Gerät, das sie besitzen durfte. Damit konnte sie nur eine einzige Website aufrufen, ReadWell, das weltweit größte Forum für Bücherwürmer. Millionen von Nutzern sprachen hier regelmäßig über Romane, tauschten ihre Ansichten aus und veröffentlichten Rezensionen. Flick durchsuchte die Seite, bis sie den Thread fand, der den Titel eines Dramas von Shakespeare trug: *Die beiden edlen Vettern*. Unter der Überschrift befand sich kein Eintrag. Das war ein gutes Zeichen. Eine Nachricht an dieser Stelle hätte bedeutet, dass etwas passiert war und ihr Kontaktmann Karczewski sie in ein sicheres Versteck zurückbeorderte. Man hatte ihr jedoch versichert, dass das so gut wie ausgeschlossen war.

Als Nächstes musste sie eine Unterkunft finden. Sie ging dorthin zurück, wo die Hauptstraße begann und eine digitale Infotafel eine Übersicht über das im Ortsgebiet ansässige Gewerbe anzeigte. Weil sie keine Daten an ihr Handy schicken konnte, musste sie sich merken, wo die Hotels und Bed-and-Breakfast-Unterkünfte lagen. Das kleinste davon weckte ihr Interesse, und zwei Minuten später hatte sie es erreicht.

Soweit sie von außen erkennen konnte, besaß das zweistöckige Gebäude mit dem »Zimmer frei«-Schild im Fenster zwei Ein- und Ausgänge. Über der modernen Sicherheitstür an der Vorderseite war eine Kamera befestigt, und an der Grenze zum Nachbargrundstück stand ein Telefonschaltkasten. Darüber hinaus besaß das Anwesen vermutlich keine weitere technologische Ausstattung. Das kam Flick gelegen.

Im Vorgarten standen Skulpturen aus Treibholz, umgeben von gelben Rosensträuchern und Hochbeeten mit Gemüse. Das Haus war ozeanblau gestrichen, und von den Stühlen auf dem Balkon im ersten Stock hatte man vermutlich einen herrlichen Ausblick aufs Meer. Eine solche Unterkunft – das genaue Gegenteil ihres modernen Londoner Apartments – war exakt das, was Flick gesucht hatte.

Als sie an die Haustür klopfte, fiel ihr Blick auf ihr Spiegelbild im Fenster. Sie wirkte so fit und kräftig wie zuletzt in ihren Zwanzigern, als sie regelmäßig beim Thaiboxen gewesen war. Durch den Selbstverteidigungskurs im Rahmen des Programms und ein entsprechendes Training im Fitnessstudio hatte sie knapp drei Kilo verloren. Ihre Wangenknochen, die sie seit Jahren nicht mehr gesehen hatte, traten deutlich hervor, und ihre braunen Augen funkelten wieder.

Kurz darauf erschien eine junge Frau in der Tür. Mit ihrer Schlabberkleidung und den locker hochgebundenen Haaren passte sie bestens zu dem kuriosen Anwesen.

»Hallo. Habt ihr noch was frei?«, fragte Flick.

»Ja, haben wir, komm rein«, entgegnete die Frau erfreut und bat Flick ins Wohnzimmer. »Willst du die Zimmer mal sehen?«

Flick sah sich in dem Wohnzimmer um, das mit einer kitschigen Tapete, ebensolchen Vorhängen und einem dazu passenden Sofaüberzug ausgestattet war. »Nein. Die sind bestimmt alle in Ordnung«, sagte sie.

»Ich weiß, was du jetzt denkst. Das sieht aus, als hätten sich Laura Ashley und Cath Kidston nach Lust und Laune ausgetobt.«

»Es hat aber schon seinen Reiz, finde ich.«

»Das Haus hat meiner Mutter gehört. Sie ist letztes Jahr gestorben. Alzheimer. Zwei Wochen, bevor ein Medikament auf den Markt kam, das ihr hätte helfen können.«

»Das tut mir leid.«

»Danke.« Die junge Frau sah einen Moment lang zu Boden, und Flick erkannte, dass ihr Schmerz noch immer tief saß. »Jetzt führe ich das hier weiter, bis ich weiß, was ich damit machen will, oder bis mich diese Hölle aus Chintz verschluckt und wieder ausspeit. Ich heiße übrigens Grace.«

Sie gaben sich die Hand, und Grace erklärte Flick die Ausstattung des Hauses und nannte ihr den Preis. »Wie lange willst du denn bleiben?«

Flick zuckte mit den Schultern. »Keine Ahnung.«

»Erst mal eine Woche?«

»Das klingt gut.«

Als sie später allein in ihrem Zimmer war, holte Flick ihre wenigen Besitztümer aus dem Rucksack und räumte sie in den alten Eichenschrank. Dann öffnete sie das Fenster, legte sich auf die bestickte Bettdecke und streckte Arme und Beine von sich.

Sie schloss die Augen und atmete ein paar Mal tief durch die Nase ein und durch den Mund wieder aus. Selbst hier in dem Zimmer spürte sie die salzige Seeluft, die ihr angenehm über die Haut strich. *Das ist der Geruch von Glück,* dachte sie.

12

Charlie, Manchester

Name: Charlie Nicholls
Früherer Name: ███████ ███████
Alter: 25
Vorherige Tätigkeit: Grafikdesigner
Angehörige: keine
Stärken: entschlossen; gesellig; spontan; konzentriert
Schwächen: eigensinnig; sprunghaft

Charlie zog die Vorhänge zur Seite, die sich über die ganze Breite seines Hotelzimmers im fünfzigsten Stock erstreckten.

Er knipste das Licht aus, nachdem er zuvor schon das WLAN und das Computersystem des Zimmers deaktiviert hatte, und sah auf Manchester hinaus, das in der Dämmerung unter ihm lag. Dann löste er das dicke weiße Handtuch um seine Hüften und ließ es auf den Boden fallen. Er stellte sich nackt vors Fenster, lehnte die Stirn gegen die Scheibe, strich mit den Händen über seinen durchtrainierten Oberkörper und streckte die Arme zur Seite. Er schloss die Augen und stellte sich vor, wie er erst nach unten stürzte, dann aber von der Luft getragen wurde und flog.

»Wenn Ihnen alles zu viel wird oder Sie nicht mehr klar denken können, dann können Sie sich auf diese Weise Erleichterung verschaffen«, hatte ihm der Psychologe gesagt, der ihn während des Trainings begleitet hatte. »Das wird anfangs hin und wieder vorkommen. Diese Übung ist eine Art Selbsthypnose. Sie kann Ihnen helfen, die Spannungen zu lösen.«

Charlie stellte sich vor, wie der Wind ihn auffing und nach oben zog. Dort, über der Stadt, drehte er seine Kreise, stürzte hinab und tauchte durch die Lüfte, den Blicken der anderen entzogen, in der Gewissheit, dass er sich frei bewegen konnte, solange er nicht nachließ.

Er öffnete die Augen und stellte sich wieder aufrecht hin. Früher hatte er sich geschämt, wenn er nackt war, doch jetzt machte ihm das nichts aus. Hier oben im höchsten Gebäude des Stadtzentrums konnte ihn niemand sehen, es sei denn, jemand hätte eine Drohne losgeschickt. Wie er reagieren musste, falls er auf diese Weise verfolgt würde, hatte er gelernt. Doch dass das je geschehen würde, war unwahrscheinlich.

Er besaß jetzt ein neues Äußeres und eine neue Vorgeschichte, und nichts verband ihn mehr mit seinem alten Leben. Gleichzeitig fühlte er sich einsamer, als er es in seiner Heimatstadt Portsmouth je gewesen war. Damals hatte er darauf gewartet, dass jemand anders seinem Leben einen Sinn gab. Mit solchen Hoffnungen war es jetzt vorbei.

Manchester war anders, als er es sich vor seiner Ankunft heute Nachmittag vorgestellt hatte. Seitdem es zur zweitgrößten Stadt Großbritanniens aufgestiegen war, versteckte es den Großteil der Gebäude, die von historischer Bedeutung waren, hinter Neonreklamen, rollierenden Werbetafeln und riesigen Bildschirmen. Eine Stadt, in der Geld das Triebmittel war, konnte es sich nicht leisten, sich auf ihrer Vergangenheit auszuruhen. Die Straßen quollen vor bewegten Bildern geradezu über. Selbst die fahrerlosen Straßenbahnen und Busse waren mit Monitoren ausgestattet, die ihre Werbung auf das Onlinekaufverhalten der Passanten abstimmten, das sie aus deren Smartphones auslasen. An Charlies Gerät, einem Klapphandy von der Stange mit so gut wie keinen Features, scheiterten die Algorithmen jedoch. Als er aus der Piccadilly Station getreten war, hatten die Monitore eines vorüberfahrenden Busses immer wieder nur personalisierte Werbung für die Frau, die vor ihm stand, angezeigt und ihm Damenbinden angepriesen.

Das *La Maison du Court* war das erste Hotel gewesen, auf das er, all seinen weltlichen Besitz in einem Rucksack tragend, bei seinem Gang durch die Stadt gestoßen war. Das hohe Foyer des Wolkenkratzers war mit Marmor ausgekleidet und von Aquarien gesäumt, die vom Boden bis zur Decke reichten. In hoch aufragenden Vasen steckten frische Blumen, und hinter der Rezeption plätscherte ein Wasserfall. Das war eine andere Welt als die einfachen Travelodge-Hotels, die Charlie sonst gewöhnt war. Doch weil ihm als Teilnehmer des Programms fast unbegrenzte Mittel zur Verfügung standen, konnte er sich das Beste vom Besten leisten. Und er war fest entschlossen, dieses Abenteuer stilgerecht zu beginnen.

Während des Trainings war ihm jeder Kontakt zur Außenwelt untersagt gewesen. Als er jetzt in einem warmen, schaumigen Bad lag, schaltete er im Fernsehen einen Nachrichtenkanal ein. Sich auf diese Weise zu informieren, kam ihm ziemlich altmodisch vor. Sein ganzes Leben lang hatte er

Nachrichten immer nur auf digitalen Geräten abgerufen, wann und wo er wollte. Er würde eine Weile brauchen, um sich an das Fernsehen zu gewöhnen, so wie an andere längst überholte Tätigkeiten wie die Printausgabe einer Zeitung zu lesen oder eine Tür mit einem Schlüssel aufzusperren.

Gerade als sein Magen zu knurren anfing, summte die Zimmertür und öffnete sich. Charlie wickelte sich ein Handtuch um, was sich jedoch als überflüssig erwies, denn der Zimmerservice war ein automatischer Serviertisch, der selbstständig hereingerollt kam. Auf der Karte hatte Fleisch vom Bauernhof oder FabLab zur Auswahl gestanden, wobei Letzteres preisgünstiges Fleisch war, das im Labor aus tierischen Zellen hergestellt wurde. Charlie hatte beschlossen, sich etwas Gutes zu gönnen, und Fleisch vom Bauernhof bestellt, das teuerste Kalbssteak auf der Karte. Jetzt sah er auf den freien Platz neben sich am Tisch, und kurz ging ihm der Gedanke durch den Kopf, wie es wäre, all dies mit jemandem teilen zu können.

Auf seinem Telefon rief er das Forum von ReadWell auf, die einzige Website, zu der er mit dem Gerät Zugang hatte. Nach kurzer Suche stellte er erleichtert fest, dass sich unter dem Thread *Die beiden edlen Vettern* kein Eintrag fand.

Während er den letzten Bissen des zarten Steaks verzehrte, dachte er an Stelfox und Travis, seine alten Freunde, und fragte sich, was sie wohl sagen würden, wenn sie ihn jetzt sehen könnten, wie er ein teures Abendessen verspeiste, in einem Hotel, in dem eine Nacht so viel kostete, wie sie in einer Woche verdienten. Schweigend hob er sein Glas mit Mineralwasser und trank auf die beiden.

Als sein Bauch schon fast zu platzen drohte, schickte er das Wägelchen zurück in die Küche und betrachtete sich im Badezimmerspiegel. Mit dem, was er sah, war er zufrieden. Der Bart, unter dem er früher seine vernarbten und von der Akne zerfurchten Wangen versteckt hatte, war jetzt, nach der Erneuerung der Gesichtshaut, überflüssig geworden. Er ließ die Fingerspitzen über Brust und Bauch gleiten. Seitdem er zwanzig Kilo abgenommen hatte, fühlte sich alles kräftiger und straffer an. Er hatte intensiv mit Personal Trainern gearbeitet und von ehemaligen Soldaten von Spezialeinheiten Nahkampf, Selbstverteidigung und den Umgang mit Schusswaffen gelernt. Und nicht zuletzt hatte er jede Form von Junk Food aus seiner Ernährung gestrichen, um zu dieser neuen, schlankeren Version seiner selbst zu gelangen.

Er fragte sich, wie viele andere Wächter es noch geben mochte und ob sie ebenfalls die Möglichkeit zu kosmetischen Veränderungen genutzt hatten. Er selbst hatte seine schiefen Zähne mit strahlend weißen Verblendungen aufgehübscht und sich die krumme Nase begradigen lassen, die er sich beim Fußballspielen zwei Mal gebrochen hatte. Auch die drei Tattoos, die er seit seiner Jugend auf der Brust, einem Arm und der linken Pobacke getragen hatte, waren weggelasert worden. Er rieb die Fingerspitzen gegeneinander und staunte wieder einmal darüber, wie glatt sie waren, seit die Rillen abgeschliffen worden waren. Er fühlte sich wie ein neuer Mensch – und genau das war er auch.

Er gähnte, schaltete das Licht wieder aus und trat ans Fenster. Er lehnte den Kopf gegen die Scheibe, schloss die Augen und stellte sich noch einmal vor, wie er durch die Lüfte flog.

13

Sinéad, Sunderland

Name: Sinéad Kelly
Früherer Name: ▮▮▮▮▮▮▮▮ ▮▮▮▮▮▮▮▮
Alter: 33
Vorherige Tätigkeit: Koordinatorin für die Entsorgung von Weltraummüll/Teamassistentin
Angehörige: keine
Stärken: kann Situationen genau einschätzen; methodisch; gut organisiert
Schwächen: zeigt viel Mitgefühl; neigt zu Schuldgefühlen und Introspektion

Nach etwa zwanzig Minuten hatte Sinéad den Gipfel der Tunstall Hills bei Sunderland erreicht.

Diesen Weg war sie zuletzt zwei Jahrzehnte zuvor mit ihren Schulfreundinnen Imani und Cally gegangen. Die beiden hatten sie die zweihundertachtundachtzig Meilen von ihrer Heimatstadt Bristol hierher begleitet, um ihr beizustehen, während sie die kleinen Urnen aus Mahagoni mit der Asche ihrer Eltern im Gepäck hatte. Heute hatte Sinéad nur einen kleinen Strauß roter und weißer Nelken dabei.

Nachdem ihre Eltern aus Irland ausgewandert waren, hatten sie zunächst eine Zeit lang in Sunderland gelebt. Als sie dann in dem Tsunami von Mumbai ums Leben gekommen waren, der zweitausend Todesopfer gefordert hatte, war es Sinéad passend erschienen, ihre Asche hier oben auf dem Hügel mit Aussicht auf den südöstlichen Teil der Stadt in den Wind zu streuen. Sinéad war einer der wenigen Menschen, die wussten, was an jenem Morgen in der indischen Metropole wirklich geschehen war. Und nichts von all dem, was sie jetzt wusste, beschäftigte sie so sehr und so häufig.

Der Wind strich ihr übers Gesicht und verfing sich in den Extensions, die ihr bis auf die Schultern reichten. Jahrelang hatte sie Daniel zuliebe ihr Haar kurz getragen, und die Verlängerung war das Erste gewesen, worum sie das Imageverbesserungsteam des Programms gebeten hatte. Außerdem hatten ihre Haare jetzt nicht mehr diese undefinierbare, matte Farbe, sondern waren von einem kräftigen Braun, in das sich unauffällige Strähnchen mischten. Sinéad konnte oft gar nicht mehr die Finger von ihnen lassen. Doch das war nicht die einzige Veränderung an ihrem Äußeren. Nach einer Laserbehandlung der Augen brauchte sie keine Brille mehr, und durch Pilates und das Nahkampftraining war sie körperlich deutlich fitter geworden. Sanft strich sie mit einer Fingerspitze über ihre Augenlider und zupfte leicht an den frischen Wimpernimplantaten, wie um zu prüfen, ob sie hielten. Früher hatte sie oft so fest an ihren Wimpern gezogen, bis sie jeweils zwei oder drei mitsamt der Wurzel ausgerissen hatte, und erst aufgehört, wenn ihr die Tränen in den Augen standen. Doch das war nun vorbei.

Ich wünschte, Daniel könnte mich jetzt sehen, dachte sie. Doch sie ahnte, dass er immer noch etwas an ihr auszusetzen hätte.

Im Lauf des Trainings hatte sie unter anderem gelernt, sich den Atem zunutze zu machen. Anstatt wie früher in kurzen, flachen Stößen zu atmen, sog sie jetzt die Luft in tiefen Zügen ein, drückte dabei den Bauch nach vorn und zog ihn beim Ausatmen wieder ein. Das war eine einfache Übung, die ihr jedoch verlässlich dabei half, sich wieder zu sammeln.

Während der Vorbereitungsphase war in ihren Gedanken kaum Platz für etwas anderes als das Programm gewesen. Jetzt war sie zum ersten Mal auf sich allein gestellt und wusste nicht, wie sie damit umgehen sollte. Sie konnte sich nicht daran erinnern, wann sie zum letzten Mal so uneingeschränkt über ihr Leben hatte bestimmen können. Sie würde Zeit brauchen, um sich daran zu gewöhnen.

Ebenso würde sie sich an den Gedanken gewöhnen müssen, dass sie Daniel nie wiedersehen würde. Sie hatte ihn schon längst aus ihrem Leben gestrichen, sich aber noch nicht restlos verziehen, dass sie sich so lange Zeit von ihm hatte verrückt machen lassen.

Warum habe ich andauernd klein beigegeben?, fragte sie sich immer wieder. *Wäre unsere Ehe besser verlaufen, wenn ich mir von Anfang an nichts hätte bieten lassen?* Ihre Therapeuten hatten diese Frage verneint und waren der Meinung gewesen, dass ihre Beziehung zu Daniel vom ersten Tag an zum Scheitern verurteilt war. Weil Sinéad nach dem Verlust ihrer Eltern verzweifelt auf der Suche nach Liebe und Fürsorge gewesen war, und Daniel von Kontrollzwang getrieben, hatte ihre Beziehung die Form von Co-Abhängigkeit angenommen. Und ohne das Eingreifen Joannas wäre es vermutlich bis in alle Ewigkeit so geblieben.

Karczewski, Sinéads Kontaktmann, hatte ihr mitgeteilt, dass Daniel sie fünf Tage nach ihrem Verschwinden bei der Polizei als vermisst gemeldet hatte. Sinéad fragte sich, warum er damit so lange gewartet hatte. Vermutlich hatte er damit gerechnet, dass sie schon bald wieder reumütig vor der Tür stünde. Doch nun hatte sie sich seinem Zugriff entzogen, und eher würde die Hölle zufrieren, als dass sie zu ihm zurückkehrte.

»Was passiert, wenn Daniel versucht, mich zu finden?«

»Das wird ihm nicht gelingen«, hatte Karczewski gesagt.

»Ich kenne meinen Mann. Er wird sich nicht kampflos geschlagen geben.«

»Wir beobachten ihn auf Schritt und Tritt und werden jeden derartigen Versuch sofort vereiteln. Der Privatdetektiv, den er engagiert hat, glaubt aufgrund unserer Einflussnahme, dass Sie sich jetzt irgendwo in Europa aufhalten. Eine Suche nach Ihnen wäre daher völlig sinnlos. Und mit dem Tag, an dem das Training beendet ist, sind Sie von der Bildfläche verschwunden. Wenn wir Sie nicht finden können, kann auch er Sie nicht finden. Sie werden ihn also nur wiedersehen, wenn Sie es selbst wollen.«

Vermutlich hatte Joanna inzwischen davon gehört, dass Sinéad und Daniel nicht mehr zusammen waren, wobei Daniel garantiert nicht zugab, dass seine Frau ihn verlassen hatte. Wahrscheinlich verbreitete er Lügengeschichten über ihr Verschwinden. »Von mir aus kann er mich eine Hure nennen und überall herumerzählen, dass ich mit halb Bristol geschlafen habe«, hatte sie zu einem der Psychologen gesagt.

»Lieber glauben die Leute, dass ich einen eigenen Willen habe, als dass sie mich als so unterwürfig in Erinnerung behalten, wie ich in Wirklichkeit gewesen bin.«

Nachdem sie heute Morgen den Trainingskomplex verlassen hatte, hatte sie ein nicht-autonomes Auto gekauft und den Kofferraum mit Vorräten für die bevorstehende lange Reise gefüllt. Doch bevor sie aufgebrochen war, hatte sie Joanna eine Dankeskarte geschickt. Das Innere der Karte hatte sie allerdings leer gelassen, in der Hoffnung, dass Joanna wusste, von wem sie stammte.

Nun kam alles in eine Ordnung, wie die Elemente des Online-Puzzles, das sie gelöst hatte, bevor sie aus ihrer Ehe entflohen war. Noch am selben Nachmittag hatte sie all ihren Mut zusammengenommen und die Nummer aus der Nachricht angerufen, in der sie zu einem Gespräch darüber eingeladen wurde, wie sie ein neues Leben beginnen könnte. Eine Stunde später hatte sie bereits ein Zugticket nach London abgeholt, das für sie in Bristol am Bahnhof Temple Meads hinterlegt gewesen war. Sie hatte ein Hotelzimmer bezogen, das für sie reserviert war, und am nächsten Morgen aufgeregt einem Gespräch mit einer Kommission entgegengesehen. Der Zeitpunkt war ideal. Sinéad hatte nichts und niemanden zu verlieren, und nach einer Reihe von Überprüfungen, Tests und medizinischen Untersuchungen war sie in die nächste Runde gekommen. An den Rest des Tages konnte sie sich nur noch verschwommen erinnern.

Sie lehnte den Nelkenstrauß gegen einen Stein und blickte von der grasüberwachsenen Anhöhe der Tunstall Hills noch einmal über die Stadtlandschaft. In wenigen Stunden würde sie Schottland erreichen. Dann konnte sie endgültig damit beginnen, sich neu zu erfinden.

Sie schwor sich, ihre Vergangenheit hinter sich zu lassen. Geister sollten in ihrem künftigen Leben keinen Platz mehr haben. Und sie würde sich für ihre Fehler nicht mehr bestrafen, sondern aus ihnen lernen. Den Menschen, die sie ausgenutzt hatten, wie etwa Daniel, wollte sie vergeben, und jene, die sie verloren hatte, in Frieden ruhen lassen. Mit einer Ausnahme. *Sie* wollte Sinéad niemals vergessen.

14

Emilia

»Was weiß ich über mich?«, sagte Emilia laut. Sie tippte in Großbuchstaben ihren Vornamen in das Tablet, das Ted ihr dagelassen hatte. Dann hielt sie inne, und ihre Finger schwebten über der virtuellen Tastatur. Sie wusste nicht einmal mehr, wie man ihren gemeinsamen Nachnamen schrieb. Eine Woche zuvor war sie in einem Krankenhaus im Süden Londons wieder zu Bewusstsein gekommen, doch auch nach einer Flut von Tests und Untersuchungen wusste sie keinen Deut mehr darüber, wer sie war.

Einiges hatte sie inzwischen jedoch herausfinden können. Filme interessierten sie so gut wie gar nicht, ebenso wenig das Fernsehen, aber sie hörte gern klassische Musik. Sie trug lieber Kleidung, die alles verdeckte, als solche, die der Fantasie wenig Raum ließ. Sie verstand, wie die Geräte in ihrem Krankenhauszimmer funktionierten. Und sie war mit einem Mann verheiratet, den sie nicht wiedererkannte.

Mithilfe des Tablets suchte sie im Internet nach Hinweisen darauf, wer sie war. Doch offenbar war sie weder in den sozialen Netzwerken vertreten, noch besaß sie ein Konto bei Amazon oder ein Profil bei LinkedIn. Sie hatte keine Online-Zeitschriften abonniert, und auch die Bildsuche mit einem Selfie, das sie von sich aufgenommen hatte, blieb ergebnislos.

Durch die offene Tür ihres Zimmers sah sie ihren Mann kommen, in Begleitung von zwei breitschultrigen Typen. Gestern hatte Ted ihr erklärt, dass sie zu seinem Securityteam gehörten. Doch als Emilia nachgefragt hatte, hatte er das Thema gewechselt. Sie hatte auch seinen Namen gegoogelt, doch die Suche hatte keine Treffer ergeben.

Wenn sie verheiratet war, gab es auf der Welt zumindest einen Menschen, der sie so gut kannte, wie sie selbst sich früher gekannt hatte. Doch dieser Gedanke beruhigte sie keineswegs. Ted war für sie ein Fremder, sie fühlte sich ihm nicht verbunden. Sie fand ihn nicht attraktiv, und es nervte sie, dass er ihr andauernd Fragen stellte, zumal er selbst kaum Antworten geben wollte. Sie konnte nur vermuten, dass er irgendwann einmal eine Saite in ihr zum Klingen gebracht hatte, denn jetzt war alles in ihr verstummt.

Als Ted gestern nach dem Mittagessen zu ihr gekommen war, hatte sie sich schlafend gestellt und zugehört, wie er vor dem Zimmer mit Dr. Choudary darüber sprach, welche Fortschritte sie machte. Sie fühlte sich nicht wohl bei der Vorstellung, in die Obhut eines Mannes entlassen zu werden, an den sie sich nicht erinnern konnte, auch wenn dieser Mann ihr Ehemann war. Hier im Krankenhaus fühlte sie sich sicher, ganz anders als in dem Gebäude, in dem sie das erste Mal aufgewacht war. Sie blickte durch das Fenster über die Dächer und das Gelände des Krankenhauses. Dass sie die Welt da draußen nicht kannte, machte ihr Angst.

»Ist dir irgendetwas Neues eingefallen?«, fragte Ted mit einem aufmunternden Lächeln, als er zu ihr ins Zimmer trat. Emilia schüttelte den Kopf und fühlte sich plötzlich schuldig, weil sie ihn enttäuschen musste. »Nein, tut mir leid.«

»Du brauchst dich nicht zu entschuldigen.« Er streichelte ihr den Arm, wie um ihr zu versichern, dass das nicht wichtig war. Doch für Emilia war es durchaus wichtig. Es war überhaupt das einzig Wichtige.

Ted kam von der Selbstbedienungstheke der Krankenhauscafeteria zurück an ihren Tisch. Auf dem Tablett standen ein Toast, ein Blaubeermuffin und schwarzer Kaffee für Emilia – alles Sachen, die sie besonders gern mochte, wie er sagte – und eine Banane und frisch gepresster Orangensaft für ihn. Er stellte das Tablett ab und griff nach Emilias Hand. Gestern hatte er sie mit dieser Geste der Intimität überrumpelt. Heute rechnete sie schon damit, zog die Hand zurück, bevor er sie ergreifen konnte, und legte sie in den Schoß.

»Was ist das Erste, woran du dich erinnern kannst?«, fragte er.

»Wie schon gesagt: wie ich an diesem anderen Ort wieder zu Bewusstsein gekommen bin.«

»Und du weißt nicht, wie du dorthin gekommen bist?«

»Nein. Ich weiß nur noch, dass ich das Gefühl hatte, dringend von dort wegzumüssen, aber ich weiß nicht, warum. Und eine Sache hat mich dabei irritiert. Ich muss irgendeine Verbindung zu diesem Gebäude haben, denn ich kannte den Code für die elektronischen Türschlösser.« Bei dem Gedanken daran wurde ihr eng um die Brust. »Du musst mir helfen, Ted. Du musst mir sagen, was du über mich weißt.«

»Schatz, der behandelnde Arzt hat uns davor gewarnt, dir zu schnell zu viel zu sagen, weil du das unter Umständen nicht alles auf Anhieb verstehst. Du musst dich jetzt erst einmal an mich gewöhnen, und dann kommt die Erinnerung hoffentlich von selbst zurück, ohne dass man sie provozieren muss.«

»Versetz dich doch mal in meine Lage. Stell dir vor, wie das ist, wenn du nicht die geringste Ahnung hast, wer du bist. Du bist angeblich mit jemandem verheiratet, erkennst diesen Menschen aber nicht wieder, und dieser eine Mensch, von dem du eigentlich erwarten würdest, dass er dich unterstützt, erzählt dir nicht das Geringste. Was glaubst du, wie man sich da vorkommt?«

»Ich verstehe das. Ich verstehe das wirklich.«

»Ja? Manchmal wirkt es aber überhaupt nicht so.«

»Für mich ist es auch nicht leicht, meine Frau in diesem Zustand zu sehen. Aber Dr. Choudary hat uns gesagt, dass ...«

»Augenblick. Das hat er nicht uns gesagt, sondern nur *dir*. Ich habe geschlafen, als du mit ihm gesprochen hast. Also kannst du mir erzählen, was du willst.«

»Warum sollte ich dich anlügen? Glaubst du nicht, ich wünsche mir, dass es dir besser geht?«

Emilia atmete tief und lang aus. Sie war erschöpft. Sie umfasste ihren Kaffeebecher und ließ den Kopf hängen.

»Natürlich möchtest du das. Entschuldige bitte, so war das nicht gemeint. Aber wir drehen uns jetzt schon seit Tagen im Kreis, und meine Erinnerung kommt einfach nicht zurück. Ich weiß nichts mehr, einfach gar nichts mehr.«

Sie schluckte, doch das löste den Kloß in ihrem Hals nicht, und sie fing an zu weinen. Sie wollte sich vor einem Unbekannten nicht so dünnhäutig zeigen, konnte sich aber nicht zusammenreißen. Als Ted jetzt unter dem Tisch ihre Hände ergriff, zog sie sie nicht zurück. Seine Hände waren weich und warm und wirkten beruhigend. Emilia fragte sich, wie nahe sie sich als Paar gewesen waren.

»Hast du mal darüber nachgedacht, dass das auch eine tolle Chance sein könnte?«, fragte er leise. »Es gibt Menschen, die alles dafür tun würden, um ein neues Leben anfangen zu können, frei von sämtlichen Altlasten. Das ist doch eine einmalige Gelegenheit: Du kannst aus dir die Frau machen, die du sein willst. Ist das nicht zumindest ein bisschen verlockend?«

Das war eine merkwürdige Frage, denn Ted ging damit ein Risiko ein. Wenn Emilia sich dazu entschließen würde, noch einmal von vorn anzufangen – wer sagte denn, dass sie in ihrem neuen Leben auch Ted dabeihaben wollte? Ohne lange über seine Worte nachzudenken, antwortete sie entschieden: »Nein.«

Ted ließ die Schultern sinken und zog seine Hände zurück. Er schien nachzudenken, als suche er die passenden Worte. »Okay«, sagte er schließlich. »Wenn du dir sicher bist, dass du es hören möchtest.« Emilia hielt den Atem an. »Du bist in St. Neots bei Cambrigde zur Welt gekommen und wirst am vierten November siebenunddreißig. Deine Eltern hießen Alison und Richard. Als du Ende zwanzig warst, sind sie innerhalb von zwei Jahren beide verstorben, dein Vater an Bauchspeicheldrüsenkrebs, deine Mutter infolge von Komplikationen nach einer Herzoperation. Wir beide haben uns vor zwölf Jahren kennengelernt, bei einem Blind Date, das gemeinsame Freunde von uns arrangiert hatten. Und auch wenn das etwas dämlich klingt, aber die Anziehung zwischen uns war vom ersten Moment an wie magnetisch. Zwei Jahre später haben wir geheiratet, in der City Hall von New York. Im ganz kleinen Kreis; außer uns war nur noch ein Fotograf dabei. Wir haben keine Kinder, weil wir gemeinsam entschieden haben, dass Elternschaft nichts für uns ist. Ich bin beruflich viel in Europa unterwegs, und du hast in London im Bankwesen gearbeitet, bei Barnett-Vincent Brothers. Wir haben zwei Hunde, Riley Blue und Peggy, und wohnen in einem Haus, das wir selbst entworfen haben.«

Emilia hatte sich aufgerichtet und jedes Wort begierig aufgenommen. Doch es schien ihr, als spräche Ted über jemand anderen, denn nichts von dem, was er sagte, rief irgendetwas in ihr hervor. Er musste das an ihrem Gesichtsausdruck bemerkt haben, denn er zog ein Handy aus der Tasche und klappte es auf. In seiner Cloud hatte er Fotos von ihrer Hochzeit gespeichert, Bilder im Stil einer Fotoreportage, die vor bunten Graffitis in Brooklyn aufgenommen worden waren, und dazu jede Menge weitere Fotos und Videos aus vielen Jahren, auf denen sie gemeinsam oder allein zu sehen waren. Fotos von Emilias Abschlussfeier an der Uni, von ihr als Kind zusammen mit ihren Eltern, und Bilder, die auf Stränden in allen möglichen Weltgegenden gemacht worden waren. Sie musste ein aufregendes und ereignisreiches Leben geführt haben. Aber sie konnte sich an keine einzige Sekunde davon erinnern.

Mit einem Mal wurde ihr das alles zu viel. Sie schob Teds Handy weg, stand auf und lief in die Unisex-Toiletten. Am Waschbecken drehte sie den Hahn auf, schüttete sich kaltes Wasser in ihr erhitztes Gesicht, trocknete sich mit einem Papierhandtuch ab und betrachtete sich im Spiegel. Ihre ungekämmten, langen blonden Haare, die mit einem

Bleistift und einem Gummiband hochgesteckt waren, sahen wie ein Vogelnest aus. Sie trug eine Jogginghose und ein viel zu großes Sweatshirt, das Ted ihr zusammen mit Unterwäsche und Waschzeug von zu Hause mitgebracht hatte. In diesem schäbigen Aufzug fühlte sie sich unwohl, wusste aber nicht, weshalb. *Laufe ich etwa immer so rum?* Die Frage mochte nebensächlich sein, zeigte aber, wie wenig sie über sich wusste.

»Du hast gesagt, dass du beruflich viel in Europa unterwegs bist, aber von mir hast du in der Vergangenheit gesprochen«, sagte sie, als sie wieder bei Ted am Tisch saß. Er schien erleichtert, sie wiederzusehen, als hätte er durchaus damit gerechnet, dass sie wieder verschwand. »Du hast gesagt: ›Du hast im Bankwesen gearbeitet.‹ Was soll das heißen?«

Ted zögerte kurz, bevor er antwortete, und wich ihrem Blick aus, als wisse er nicht, was er sagen sollte. »Du hattest dich entschieden, dich beruflich zu verändern. Deswegen hattest du eine Auszeit genommen.« Teds Pupillen weiteten sich. Emilia ahnte, dass er ihr nicht die Wahrheit sagte.

»Du verschweigst mir doch etwas«, sagte sie und rutschte auf ihrem Stuhl hin und her.

»Ich glaube, das ist für heute genug. Meinst du nicht auch?«

Jetzt war es Emilia, die nach seiner Hand griff, gerade als er sein Handy zusammenklappte und in die Tasche stecken wollte.

»Was ist passiert?«, fragte sie. Erst als Ted zusammenzuckte, bemerkte sie, wie fest sie ihn gepackt hatte. Sie ließ ihn los. »Bitte. Ich muss das wissen.«

»Es war nicht deine Schuld. Du hast wie eine Verrückte gearbeitet, manchmal bis zu zwanzig Stunden am Tag. Das konnte einfach nicht gutgehen. Du hast nicht mehr geschlafen, nicht mehr ordentlich gegessen, und der Druck, den du dir selbst und deinem Team gemacht hast, war nicht länger auszuhalten. Früher oder später musste etwas passieren.«

»Das heißt, es ist etwas *mit mir* passiert?«

»Ja. Du bist zusammengebrochen.«

»Gab es dafür einen konkreten Auslöser?«

Wieder sah Ted sie an, als wolle er sie bitten, nicht weiter nachzubohren. Aber Emilia wollte jetzt nicht aufgeben.

»Sag's mir. Ich halte das schon aus«, sagte sie. »Was ist passiert?«

»Eine deiner Mitarbeiterinnen ist durchgedreht. Eines Morgens kam sie ins Büro und hat vier ihrer Kollegen erstochen. Dann ist sie auf dich losgegangen.«

15

Flick, Aldeburgh, Suffolk

Flick betrachtete ihr Telefon von allen Seiten. Sie konnte sich dunkel daran erinnern, dass ihr Vater auch so ein altes Klapphandy besessen hatte. Als Kind hatte sie manchmal damit gespielt. Das einzig Interessante an dem hässlichen, klobigen, uralten Silberding war die Art, wie sich das Glitzern des Meeres im Gehäuse spiegelte. Seine Kamera funktionierte nicht, man konnte auf ihm keine Spiele spielen, mit ihm keine Textnachrichten, Sprachnachrichten oder E-Mails verschicken oder sich in die Cloud einloggen, und auch ein Navi hatte es nicht. Man konnte damit keine Apps oder Landkarten herunterladen, und mit dem Internetbrowser war es ausschließlich möglich, die Website von ReadWell aufzurufen. Es war mit keinem Netzwerk verbunden, sondern loggte sich in die Hotspots anderer mobiler Geräte oder in WLAN-Netze ein, um eine Verbindung herzustellen. Es war unmöglich zu identifizieren und hinterließ keine digitalen Spuren, die zu Flick geführt hätten.

»Alle Wächter bekommen exakt dasselbe Modell«, hatte Karczewski erklärt.

»Ich dachte, wir sollen möglichst unauffällig bleiben. So ein Telefon bewirkt aber so ziemlich das Gegenteil.«

»Dann sagen Sie einfach, Sie gehören zu diesen Neo-Ludditen, die gegen die Übermacht der Technologie kämpfen, wie sie etwa in Smartphones verwendet wird. Von denen gibt es ja immer mehr.«

»Das glaubt mir doch niemand, wenn ich im selben Moment eine Kreditkarte benutze.«

»Aber was das angeht, haben Sie keine Wahl. Bargeld ist kein gesetzliches Zahlungsmittel mehr.«

Schon bald hatte Flick es als befreiend empfunden, außerhalb des Systems zu leben und keine Form von Technologie nutzen zu müssen. Das Programm untersagte den Wächtern kategorisch alle Handlungen, die mit ihnen als Person in Verbindung gebracht werden konnten. Sie durften weder E-Mail-Adressen noch Accounts in den sozialen Netzwerken haben und durften online weder Einkäufe noch Bankgeschäfte tätigen. Flick musste jeden Bezahlvorgang persönlich mit der Kreditkarte durchführen, die ihr ausgehändigt worden war und die von einer Kette nicht identifizierbarer ausländischer Konten gedeckt wurde. Niemand wusste, wo Flick sich aufhielt, nur Karczewski hatte eine ungefähre Ahnung.

Jetzt saß sie in Aldeburgh auf einer Bank neben dem Bassin am Crag Path und beobachtete, wie ein Vater mit seinen beiden kleinen Kindern Papierschiffchen übers Wasser gleiten ließ. Sie hoffte, hier Freunde zu finden, auch wenn das nicht leicht werden würde. Das Wissen, das sie in sich trug, musste um jeden Preis geschützt werden. Sie war dazu ausgebildet worden, niemandem zu vertrauen; weil Freundschaften aber keine Einbahnstraßen waren, würde es für sie, die nur in eine Richtung fuhr, schwierig werden, mit anderen in Verbindung zu treten.

Als sie sich entspannte, entschlüsselte ihr Gehirn zufällige Fragmente der Daten, die ihr injiziert worden waren. Das war zwar gegen die Vorschriften, kam jedoch immer wieder vor. Jetzt sah sie das Gesicht eines äußerst beliebten Politikers vor sich, der in einen Sexskandal verwickelt worden war, der ihn seine Karriere hätte kosten können und daher vertuscht worden war. Als Nächstes kam ein Dokument, in dem sämtliche Schwärzungen rückgängig gemacht worden waren. Es berichtete von geheimen Militäroperationen und enthielt verschlüsselte Landkarten, die verzeichneten, wo überall auf der Welt britische Waffen stationiert waren. Dann erfuhr sie, warum das nahe gelegene Atomkraftwerk Sizewell tatsächlich geschlossen worden war und welche massiven Umweltschäden es verursacht hatte. Es war beängstigend, welche Macht die Verantwortlichen in diesem Land über die Wahrheit hatten und wie rücksichtslos sie diese Macht missbrauchten.

Wenige Tage nach der Implantation waren zum ersten Mal solche Details in Flicks Bewusstsein gesickert. Es war faszinierend, denn es fühlte sich an, als erlebe sie die Erinnerungen einer anderen Person. Karczewski hatte ihr erklärt, dass es völlig normal war und sogar zum Heilungsprozess gehörte, wenn solche Informationen entwichen – so wie heute.

Um sie zurückzudrängen, setzte Flick verschiedene Achtsamkeitsübungen ein. Wie auch jetzt. Sie schloss die Augen und richtete ihre Aufmerksamkeit auf das, was sie hörte: die Stimmen der plappernden Kinder vor ihr, das dumpfe Geräusch, mit dem die Boulekugeln auf dem Schotter aufschlugen, und das Kreischen der Möwen, die um die hölzernen Fischerhütten kreisten. Schon bald wanderten die

Erkenntnisse, die nun ein Teil von ihr waren, wieder zurück in die Schachtel, aus der sie ausgebrochen waren.

Nach einer Weile stand sie auf und ging am Wasser entlang in Richtung Thorpeness, des nächstgelegenen Ortes. Sie stellte sich vor, wie Rupert, der Hund ihres Bruders Theo, hier mit Freuden herumgetollt wäre, und überlegte, ob sie sich ein Haustier zulegen sollte, um Gesellschaft zu haben. *Keine Angehörigen, Begleitpersonen oder Partner,* rief sie sich in Erinnerung. Wenn sie von jetzt auf gleich von der Bildfläche verschwinden musste, durfte ihr dabei nichts im Weg stehen, auch kein vierbeiniger Gefährte.

In der knappen Woche, die sie jetzt bereits hier war, hatte sie die fünf Meilen hin und zurück nach Thorpeness schon öfter zurückgelegt. Auch heute betrachtete sie die Landschaft aufmerksam, merkte sich, wo Reitwege verliefen, achtete darauf, wohin die Straßen führten, behielt diejenigen im Gedächtnis, die im Nichts endeten, und prägte sich ein, welche Felder verschlossene Tore hatten und von niedrigen Hecken begrenzt waren, und welche von Wasserläufen oder Feuchtgebieten umgeben waren. Mittlerweile kannte sie die Gegend schon fast auswendig und hatte sich in Gedanken ein Dutzend möglicher Fluchtwege zurechtgelegt. Sie hoffte, dass sie nie einen davon nutzen müsste.

Auf dem Rückweg folgte sie einer aufgelassenen Bahntrasse, die jetzt als öffentlicher Fußweg diente. Hier waren hauptsächlich Wanderer und Hundebesitzer unterwegs, und alle lächelten sie im Vorübergehen an oder grüßten. Flick musste erst noch lernen, das grundsätzliche Misstrauen gegenüber Fremden abzulegen, das ihr als typischer Londonerin im Blut lag. Ihr neues Leben besaß viele Aspekte, an die sie sich erst noch gewöhnen musste, und das würde seine Zeit brauchen.

Doch trotz aller Zuversicht, die sie erfüllte, nagte etwas an ihr, wie ein Geier, der sich an einem Kadaver zu schaffen macht. *Es ist einfach zu schön, um wahr zu sein,* sagte eine warnende Stimme. *Du wirst nicht ewig hier sein. Halt dich lieber an deinen Verstand, denn wenn du deinem Herzen folgst, überlebst du das nicht lange.*

16

Charlie, Manchester

Den Plan des Stadtzentrums im Langzeitgedächtnis zu verankern, war keine Kleinigkeit gewesen. Während seiner ersten Woche in Manchester war er mit einem faltbaren Stadtplan herumgelaufen, und das zum ersten Mal in seinem Leben. Denn wie alle Angehörigen seiner Generation hatte er sich von Kindesbeinen an, wenn er den Weg nicht wusste, auf Smart Glasses und Smartphones verlassen. Aber er durfte auf keinen Fall Spuren hinterlassen, die Hinweise auf seinen Aufenthaltsort hätten geben können. Mithilfe des Stadtplans war er sämtliche Straßen, Sackgassen und Verkehrsadern abgelaufen und hatte sich Bahnstrecken, Taxistände und Straßenbahnlinien eingeprägt, bis er Manchester auswendig kannte.

Die Stadt war eine ständig wachsende Metropole und erstreckte sich so weit ins Umland, dass es Monate gedauert hätte, auch die Gebiete außerhalb der inneren Ringstraße auswendig zu lernen. In den letzten zwei Jahrzehnten waren im Zuge der Stadtentwicklung zahlreiche Menschen zugezogen, die hier Arbeit gefunden hatten, vor allem aus Südengland. Der Bedarf an Wohnraum war immer weiter gestiegen, sodass sich jetzt historische Gebäude, Bürohochhäuser und Wohnanlagen auch in großen Höhen aneinanderdrängten. Es gab auch Slumviertel, in denen vor der Schließung der Landesgrenzen Zeltstädte entstanden waren, wo sich Einwanderer mit geringem Einkommen ein Zuhause geschaffen hatten. Im Hochgeschwindigkeitszug fuhr man mittlerweile genauso schnell von London nach Manchester, wie man für eine Fahrt quer durch die Hauptstadt brauchte. Tagsüber drängten sich nicht nur die Einwohner in den Straßen, sondern auch Touristen, Menschen, die zum Einkaufen gingen, Büroangestellte sowie die Mitarbeiter der Geschäfte. Und nachts brummten die Bars, Restaurants und Veranstaltungsorte. Manchester war, ähnlich wie New York, eine Stadt, die niemals schlief.

Charlie war inzwischen schon recht geschickt im Umgang mit einer Technik, die einer seiner Trainer »Trockenreinigung« genannt hatte. Es war eine Art Gegenüberwachung, um sicherzustellen, dass er nicht verfolgt wurde. Er merkte sich alle Personen, die er innerhalb kurzer Zeit öfter als einmal sah, und Autos, die, wenn sie an ihm vorüberfuhren, ohne erkennbaren Grund langsamer wurden. Er machte einen Bogen um Polizeistreifen und um Verkehrspolizisten, die Bodycams trugen. Zum Essen ging er in einer zufälligen Abfolge in verschiedene Lokale, und er kleidete sich immer wieder anders, um keine einheitliche Erscheinung abzugeben. In den Schaufenstern von Geschäften, in den Scheiben von Autofenstern und im Lack dunkler Fahrzeuge überprüfte er, wer hinter ihm ging. Und in seinem Rucksack hatte er immer eine Ersatzgarnitur aus Jeans, Sweatshirt und Turnschuhen dabei, für den Fall, dass er sein Äußeres rasch verändern musste. In den Nächten zwischen seinen Erkundungsgängen schlief er tief und fest, weil er wusste, dass er in Sicherheit war, ebenso wie die Geheimnisse, die er in sich trug.

In einem Luxushotel zu wohnen, hatte seinen Reiz noch nicht verloren, aber Charlie wusste, dass ihm eine solche Umgebung allein kein sinnerfülltes zweites Leben bescheren würde. Zwar konnte er es sich leisten, die fünf Jahre, für die er sich verpflichtet hatte, dort zu verbringen, aber er brauchte eine Beschäftigung, sonst wäre er in dieser Zeit genauso wenig existent wie zuvor. Er wusste, dass es ihm guttat, wenn er ein Alltagsleben hatte und unter Menschen kam. Mit einem Job hätte er beides.

Weil er kein Gerät besaß, mit dem er ins Internet kam, nutzte er die öffentlichen Computer in der Manchester Central Library, um die Stellenanzeigen zu durchsuchen. Dabei stieß er auf ein Berufsfeld, in dem er alles anwenden konnte, was er im Training gelernt hatte. Beim sogenannten Commercial Coaching engagierten Einzelpersonen oder Firmen persönliche Mentoren und Trainer für einen bestimmten Lebensbereich wie etwa die grundlegende Orientierung im Alltag, Fitnesstraining oder Aus- und Weiterbildung. Die Klienten mussten dazu ihre Wohnungen oder Büros nicht verlassen. »Die virtuelle Realität bringt die Welt ins Haus«, lautete die Überschrift der Anzeige. »Wenn Sie unseren Klienten dabei helfen können, ihr Leben zu ändern, dann sind Sie bei uns richtig.«

Am nächsten Tag hatte Charlie ein Skype-Gespräch mit einem KI-Chatbot und bekam daraufhin einen befristeten Vertrag als »Positivitätsmentor« angeboten. Zwei Tage später sollte er die Stelle antreten und zu Beginn auch ein entsprechendes Training erhalten. Zur Feier des Tages gönnte er sich, entgegen den medizinischen Regularien, in der Bar des La Maison du Court ein Glas Apfelwein.

Um sie vom Trinken abzuhalten, war allen Wächtern ein kleines Gerät eingepflanzt worden, das beim Kontakt mit Alkohol Disulfiram abgab. Die ersten Schlucke, die Charlie jetzt nahm, schmeckten köstlich. Doch er hatte noch nicht einmal ein Viertel seines Glases geleert, als ihn die Übelkeit packte. Er hastete in seine Suite, erbrach sich zweimal in die Toilette und schwor sich, die Regeln künftig zu befolgen. Er spülte sich den Mund aus, und gerade als er das Glas, das er dazu benutzt hatte, zurückstellen wollte, rutschte es ihm aus der Hand, fiel in das Waschbecken aus Porzellan und zersplitterte.

»Scheiße«, murmelte er, eher aus Gewohnheit als aus echtem Ärger. Er sammelte die Scherben ein und hielt eine davon gegen das Licht. Die Abstoßreaktion gegen Alkohol hatte tatsächlich funktioniert, und das brachte ihn auf den Gedanken, noch etwas anderes auszuprobieren. Langsam knöpfte er seine Jeans auf, schob sie bis zu den Knien hinunter und strich sich mit der Scherbe über den Oberschenkel. Beim ersten Mal hinterließ er dabei nur eine leichte Kratzwunde. Dann wiederholte er die Bewegung, diesmal mit mehr Druck. Beim dritten Mal drückte er die Scherbe mehrere Millimeter tief in die Haut. Blut trat aus der Wunde und rann seinen Oberschenkel hinab, bis es vom Stoff der Hose aufgesaugt wurde.

Er hielt inne, ließ die Scherbe stecken und wartete darauf, dass er sie spürte. Doch aufgrund der Operation, bei der seine Schmerzrezeptoren betäubt worden waren, hatte er keine körperlichen Empfindungen mehr. Falls sein Geheimnis je entdeckt würde, könnte er gefoltert werden, ohne dabei das Geringste zu spüren und dadurch sein Wissen preisgeben zu müssen.

Mit einer Sache hatte er jedoch nicht gerechnet: dass er jetzt auch emotional nichts mehr empfand. Als er sich die Schnittwunde zugefügt hatte, hatte er nicht gezögert, hatte keinen Adrenalinstoß verspürt, war auch nicht in Panik verfallen und hatte es keineswegs bereut. In den zurückliegenden Jahren hatten ihn Angst, Bedauern und Beklemmung fest in der Hand gehabt. Er war diesen Gefühlen ausgeliefert gewesen, und sie hatten sein gesamtes Handeln bestimmt. Oft hatte er sich gewünscht, nicht mehr von seinen Emotionen getrieben zu werden. Und nun schien es genau so zu sein.

Um noch etwas anderes auszuprobieren, dachte er an seine Freunde, an das letzte Mal, als er sie gesehen hatte, daran, wie sie aus seinem Leben verschwunden waren, und dass dies allein seine Schuld gewesen war. Normalerweise war das eine todsichere Methode, um schlecht draufzukommen. Doch anstelle des Selbstmitleids, das ihn früher dabei erfasst hatte, war da jetzt nur eine große Leere.

Er versuchte es noch einmal und ging nun noch weiter, führte sich all das vor Augen, was er über sein Land wusste, über die politisch Verantwortlichen, über die Tatsachen, die sie unter Verschluss hielten, und die Unwahrheiten, die sie verbreiteten. Seine Erinnerung raste zwischen selbst gesponnenen Lügen und internationalen Vertuschungsmanövern hin und her, von den wahren Drahtziehern eines Bombenanschlages während einer Sommerolympiade über die Explosion eines unbemannten indischen Raumschiffs auf einem Flug zum Mars bis zu den manipulierten Entscheidungen bei einer Ausgabe des Eurovision Song Contest.

Er hätte einen gewissen Dünkel empfinden können, jetzt, da er alle Antworten kannte, nachdem er jahrelang die Websites von Verschwörungstheoretikern studiert hatte. Auch Bestürzung hätte er empfinden können, angesichts der Welt, in der er lebte, und dessen, wozu die Herrschenden fähig waren. Doch wieder schien es da nichts in seinem Inneren zu geben. Er verspürte nicht einmal den Drang, all diese Antworten in den Onlineforen zu verbreiten, die er früher regelmäßig besucht hatte. Stattdessen war da nur eine große Leere.

Charlie zog die Scherbe aus der Haut und drückte ein Handtuch auf die Wunde, um die Blutung zu stoppen. Wenn er weder körperlichen noch seelischen Schmerz empfand, so fragte er sich in aller Ruhe: Wie viel von seinem früheren Selbst war dann noch übrig? Wer war er denn jetzt überhaupt?

17

Bruno

Name: Bruno Yorke
Früherer Name: ███████ ███████
Alter: 39
Vorherige Tätigkeit: Hausmann
Angehörige: einer
Stärken: analytisches Denken; methodisches Vorgehen; konzentriert
Schwächen: skrupellos; leidenschaftlich; loyal

»Du wirst es verbocken«, sagte die Stimme höhnisch.
»Sei still, bitte«, antwortete Bruno seufzend und schüttelte den Kopf. »Lass mich mal fünf Minuten in Ruhe, ohne mir reinzuquatschen.« Er ballte die Fäuste, als würde er ein nasses Handtuch auswringen.
In dem Restaurant der Autobahnraststätte saßen mehrere Dutzend Gäste. Bruno versuchte, seine Aufmerksamkeit auf das Stimmengewirr zu lenken, das durch den weitläufigen Raum hallte. Aber die Stimme ließ nicht locker.
»Du hättest ihnen sagen sollen, dass du Probleme hast, und dann aus dem Programm aussteigen sollen«, fuhr sie fort.

»Aber du hast den Mund gehalten. Und jetzt, *mi parri*, hast du es mit mir zu tun. Mit uns allen.« Die Stimme lachte los, fiel aber kurz darauf in einen trockenen Husten.

Bruno presste die Zähne aufeinander, drehte sich langsam um und sah zu einem älteren Jamaikaner hinüber, der seine grauen Dreadlocks in einem lockeren Zopf auf den Schultern trug. Er erwiderte Brunos Blick allerdings nicht, sondern starrte, den Kopf zur Seite geneigt, auf sein Handy. Die Stimme, die Bruno so verwirrte, lachte erneut auf, und diesmal beobachtete er den Mann ganz genau. Er hielt den Mund geschlossen. Der Mann mochte wirklich sein, nicht aber seine vermeintliche Stimme. Wieder einmal hatte Bruno eine Stimme in seinem Kopf einem beliebigen Menschen in seiner Umgebung zugeordnet.

Er sah wieder nach vorn, zog sich die Baseballmütze tiefer ins Gesicht und schob die Brille, die er eigentlich gar nicht brauchte, nach oben. Er wusste nicht, was ihn mehr ärgerte: dass ihn jemand verspottete, der überhaupt nicht existierte, oder dass die Stimme recht hatte. Bruno hatte in der Tat Probleme, und wenn er nicht aufpasste, würde er es tatsächlich verbocken.

Er ballte die Fäuste, spannte die Zehen an und versuchte, die Stimme des Fremden und auch all die anderen Stimmen zu ignorieren, die im Hintergrund seines Bewusstseins diskutierten und ihn kritisierten. Karczewski hatte diese Stimmen »Echos« genannt. »Diese Echos stammen aus der DNA, die Ihnen injiziert wurde«, hatte er Bruno erklärt. »Ihr Gehirn personifiziert sie, indem es sie mit Bildern und Stimmen verbindet, auch wenn der Code keine entsprechenden Bilder und Stimmen enthält. Die Echos nutzen Sie also als eine Art Sprachrohr. Aber sie sind ganz harmlos. Unsere Studien haben gezeigt, dass sie sich in fast allen Fällen im Unbewussten des Wächters auflösen.« Bruno war jedoch kein gewöhnlicher Wächter. Er war anders als die anderen.

Denk an etwas Positives, ermahnte er sich. *Das wird sie zum Schweigen bringen.* Er rief sich in Erinnerung, wie er als Junge mit seiner Mutter zu Familienbesuchen nach Wales gefahren war. Das Schönste an diesen Besuchen waren die langen Autofahrten gewesen, während derer er auf dem Bildschirm in der Kopfstütze des Vordersitzes stundenlang Zeichentrickfilme angeschaut hatte. Unterbrochen worden waren sie nur von kurzen Pausen an Raststätten – wie der, in der er jetzt saß. Nur war er nicht hierhergekommen, um sich mit Snacks einzudecken.

Er verfolgte die Unterhaltungen der realen Menschen um ihn herum, schnappte einzelne Wörter und Satzteile auf, bis sich sein Geist allmählich wieder beruhigte und zur Ordnung fand. Währenddessen fixierte er einen Mann, der fünf Tische entfernt saß.

Nach einer Weile stand der Mann auf, ließ sein Tablett mit dem nur halb geleerten Teller stehen und ging zu den Toiletten. Bruno folgte ihm. Obwohl die Räume relativ leer waren, betrat der Mann eine der Behindertentoiletten, die in einem eigenen Abschnitt lagen. Bruno wartete vor der Tür und horchte. Ein leises Rascheln war zu hören, als würde irgendetwas aufgerissen, danach zweimal ein langes Schniefen. Es war nicht schwer zu erraten, was der Mann da tat.

Bruno atmete tief durch, zog ein Tuch aus der Tasche und schlang es sich um die Fingerknöchel. Als sich die Tür öffnete, stieß er sie mit ganzer Kraft wieder nach innen, sodass der Mann rücklings zu Boden fiel. Bruno schloss die Tür hinter sich, und als der Mann, der noch ganz benommen war, sich aufzurappeln versuchte, warf er ihn erneut um. Der Mann sackte auf die Toilette zurück und streckte die Hand aus, um sich zu schützen, doch Bruno packte seinen Arm und riss ihn im rechten Winkel herum, sodass der Knochen brach.

Der Mann setzte zu einem Schrei an, doch Bruno war schneller. Er richtete ihn auf, zog einen Hammer aus dem Hosenbund und schlug ihm damit ins Gesicht und auf den Kopf. Er hörte, wie die Zähne seines Opfers brachen und ihm wie Dominosteine den Hals hinunterrutschten. Während der Mann noch hustete und röchelte, nahm Bruno seinen Kopf und hämmerte ihn gegen einen Wandgriff aus Metall. Viermal wuchtete er ihn mit einem dumpfen Aufprall dagegen, bis er wie eine Kastanienschale aufplatzte. Kurz darauf tat der Mann, bewusstlos und blutüberströmt, seinen letzten Atemzug.

Bruno hielt einen Moment inne, um sich zu sammeln, bevor er die Leiche in eine sitzende Position hievte. Dann holte er zwei alte Ein-Pfund-Münzen hervor und schob sie dem Opfer in die Augenhöhlen. Er drückte die Augäpfel nach innen, bis sie wie Weintrauben platzten und die Münzen fest saßen. Dann trat er einen Schritt zurück, wickelte sich das Tuch von der Hand und schnippte zwei Zähne weg, die sich darin verfangen hatten.

»Dem hast du's gezeigt!«, sagte die Stimme des Jamaikaners. »Schade, dass er nie erfahren wird, warum.« Bruno fuhr herum. Der Mann mit den Dreadlocks stand hinter ihm in der Kabine. Er streckte die Hand nach ihm aus, griff jedoch ins Leere.

»Er wusste, warum«, sagte Bruno entschieden. »Und wenn Geld das Einzige ist, was diesen Leuten wichtig ist, dann sorge ich dafür, dass Geld auch das Letzte ist, was sie auf dieser Welt zu sehen bekommen.«

Er dachte kurz über seine Tat nach. Den ersten Namen auf seiner Todesliste konnte er jetzt streichen. Monatelang hatte er sich darauf vorbereitet. Und es würde nicht mehr lange dauern, bis er den zweiten ins Visier nahm.

18

Sinéad, Edzell, Schottland

Ruckartig erwachte Sinéad aus dem Schlaf. Kein Geräusch hatte sie aus ihrem tiefen Schlummer gerissen, sondern die Stille. Sie stützte sich auf die Ellbogen und atmete ein paar Mal tief durch. »Hallo?«, sagte sie, nur um ihre Stimme zu hören.

Sie konnte sich nicht erinnern, wann sie zuletzt so tief geschlafen hatte. Die saubere Luft auf dem schottischen Land war eine Wohltat. Nun hatte sie schon acht Nächte in dem Dorf Edzell in der Region Angus hinter sich, und jede einzelne war unendlich friedlicher gewesen als die unruhigen Nächte, die sie an der Seite ihres Mannes Daniel verbracht hatte. Früher war sie nachts regelmäßig mit einem flauen Gefühl im Magen aufgewacht und hatte mit Sorge daran gedacht, dass Daniel sich am nächsten Morgen darüber aufregen würde, dass sie etwas Bestimmtes gesagt oder irgendetwas nicht erledigt hatte. Jetzt aber hatte sie sich aus seinem Bann befreit.

Sinéad schlüpfte aus dem Schlafsack, reckte die Arme nach oben und zog den Reißverschluss des Zelts auf. Vor ihr erstreckte sich meilenweit eine grüne Hügellandschaft, überwölbt von einem endlosen blauen Himmel mit bauschigen Wolken. Die Baumkronen hatten sie gestern Abend vor dem Regen geschützt, und das Geräusch der Tropfen, die von Blättern und Ästen auf die Zeltplane fielen, hatte sie in den Schlaf gewiegt. Sie konnte die Ziegeldächer der Häuser sehen, und an manchen Stellen auch die gewundene Straße, die durch das Dorf führte. Nur die Reihen von weißen Windrädern, die quer über die Hügel bis zu den nächsten Ortschaften verliefen, erinnerten daran, dass es außerhalb von Edzell noch eine Welt gab.

Wenn sie genau hinhörte, konnte sie das leise Geräusch eines Flusses ausmachen. Das war die Esk, die rund zehn Meilen weiter östlich in die Nordsee mündete. Dort am Wasser, unterhalb der Gannochy Bridge, hatte Sinéad gestern zwischen losen Steinen einen Notfallrucksack versteckt.

Weil sie außer Haus bis jetzt immer nur in Hotels übernachtet hatte, war das Schlafen im Zelt ein Schock gewesen, allerdings ein durchaus wohltuender. So wie sie im Grunde alles, was im Gegensatz zu ihrem früheren Leben stand, glücklich machte. Wie ihre Trainer ihr geraten hatten, hatte sie die erste Woche hauptsächlich damit zugebracht, sich mit der Gegend vertraut zu machen. Weil sie zum ersten Mal in Schottland war, war ihr vieles neu, und weil sie sich für ein kleines Dorf entschieden hatte und nicht für eine Großstadt wie Edinburgh oder Glasgow, würde sie sich kaum mit Gegenüberwachung beschäftigen müssen. Wenn ihr jemand nachspionierte, würde das nicht lange unentdeckt bleiben.

Manche Nächte verbrachte sie in dem in Tarnfarben gehaltenen Zelt, doch sie hatte auch ein Zimmer in einem Hotel im Ort gemietet. Am späten Vormittag kehrte sie dorthin zurück, duschte, zog sich um und genoss das Frühstück.

Das Hotel war um die vorletzte Jahrhundertwende herum gebaut worden. Sinéad mochte es, mit seinen rustikalen, freiliegenden Ziegelwänden, den ungleichmäßig verputzten Mauern und den Eichenbalken an der Decke. Es bildete den größtmöglichen Gegensatz zu ihrer modernen Wohnung, für die Daniel auf Markenmöbel und teurer Ausstattung bestanden hatte, in der alle Oberflächen kahl waren und die weder Charakter noch eine persönliche Note besaß. Die Einzelstücke, die Sinéad auf Flohmärkten gekauft hatte, um dem entgegenzuwirken, hatte Daniel immer missbilligt. Irgendwann hatte sie schließlich damit aufgehört.

Als sie mit dem Frühstück fertig war, betrat ein Ehepaar mittleren Alters den Raum. Gestern hatten sie Sinéad während des Frühstücks an ihren Tisch gebeten und erzählt, dass sie anlässlich ihres dreißigsten Hochzeitstages in Schottland Urlaub machten. Sinéad hatte ihre Zwillingsringe aus Rotgold betrachtet und sie einen kurzen Moment lang beneidet, bis ihr wieder eingefallen war, dass eine Beziehung nicht der einzige Weg zum Glück war.

Heute blieb ihr jedoch keine Zeit für ein Gespräch. Sie und die Frau wünschten einander einen guten Morgen, und Sinéad ging in ihr Zimmer und loggte sich im Forum von ReadWell ein. Sie sollte dort zwar nur einmal in der Woche nachsehen, aber sie war so vorsichtig, dass sie es jeden Tag tat.

Sie fragte sich, wie viele Wächter es außer ihr noch gab. Hatten auch sie in ihrem Leben vor einem Scherbenhaufen gestanden? Hatten auch sie ihre Persönlichkeit neu aufbauen müssen? Vermutlich waren sie alle aufgrund von Anomalien im Gehirn in der Lage, große Datenmengen zu speichern und zu verarbeiten. Hatten auch sie synästhetische

Fähigkeiten, und wenn ja, welche? Als Kind war Sinéad von den anderen gehänselt worden, wenn sie gesagt hatte, dass sie Farben sah, sobald sie Musik hörte. Jetzt war sie sogar stolz darauf. Sie konnte diese Fähigkeit einsetzen, um ihr Land zu beschützen.

Manchmal stürzte es sie in Gewissenskonflikte, dass sie Geheimnisse dieses Landes für sich behalten musste. Im Lauf der Jahrhunderte waren entsetzliche und grauenhafte Dinge geschehen: Großbritannien hatte die Sklaverei unterstützt, Massenmorde begangen, Bürgerkriege angezettelt und weniger entwickelte Nationen ausgeraubt, um sich die eigenen Taschen zu füllen. Am schwersten fiel es ihr jedoch, die wahre Ursache des Tsunamis von Mumbai zu verschweigen, der ihre Eltern und Tausende andere in den Tod gerissen hatte. Aus den Daten, die sie jetzt schützte, ging hervor, dass dieses Unglück eine der größten von Menschen verursachten Katastrophen aller Zeiten war. Fracking im Meeresboden, betrieben von einer britischen Gesellschaft, hatte ein Seebeben ausgelöst. Anschließend hatten nennenswerte Investitionen in die indische Wirtschaft dabei geholfen, den Vorfall zu vertuschen. Damit so etwas nicht wieder geschah, musste die Welt wissen, was Großbritannien getan hatte. Aber Sinéad war auf Geheimhaltung verpflichtet worden. Das war der Preis dafür gewesen, im Leben noch einmal von vorn anfangen zu können.

Obwohl Karczewski versucht hatte, ihre Bedenken auszuräumen, fragte sie sich manchmal noch immer, warum gerade sie ausgewählt worden war. »Ich habe so viele falsche Entscheidungen getroffen und so oft den falschen Leuten vertraut«, hatte sie schon zu Beginn des Trainings gesagt. »Woher wollen Sie wissen, dass das nicht wieder passiert und ich die Sache hier vermassle?«

»Weil Sie ausgesprochen zielstrebig sind und eine starke Persönlichkeit besitzen«, hatte Karczewski erwidert. »Vermutlich sind Sie sogar zielstrebiger und stärker als die anderen Kandidaten. Im Training werden Sie lernen, sich diese Eigenschaften zunutze zu machen. Ihre unklugen Entscheidungen von früher spielen keine Rolle mehr. Jetzt zählen nur Ihr Mut, Ihre Entschlossenheit und Ihre Fähigkeit, noch einmal von vorn anzufangen. In Ihnen steckt mehr, als die anderen Sie glauben machen wollten.«

Sinéad öffnete den Rucksack, der neben ihr auf dem Boden lag, und stellte sicher, dass alles darin war, was sie heute brauchen würde: Kompass, Militärlandkarte, Taschenlampe, Energieriegel und Regenkleidung. Exakt dieselbe Ausrüstung befand sich auch im Kofferraum ihres Autos, in ihrem Zelt und unter der Gannochy Bridge. Dazu gehörte außerdem jeweils ein Jagdmesser mit einer zehn Zentimeter langen, zweischneidigen, gezackten Klinge aus rostfreiem Stahl. Sie hatte noch nie einen anderen Menschen verletzt, doch jetzt würde sie, um ihr Wissen zu schützen, nicht davor zurückschrecken, sogar jemanden zu töten. Niemand würde ihr ihr Wissen, ihr neues Leben oder ihr Selbstvertrauen rauben.

19

Emilia

Emilia hatte die Fäuste geballt und die Arme nach oben gereckt, wie um sich zu verteidigen. Sie sah sich in dem Krankenhauszimmer um. Falls sich ein Angreifer in diesem Raum befand, war er unsichtbar. Wahrscheinlich hatte sie wieder einmal fantasiert.

Kurz zuvor hatte sie eine gesichtslose Frau vor sich gesehen, die mit einem Messer in der Hand auf sie zugekommen war. Die Klinge war durch die Luft gezischt und hätte mühelos jeden aufgeschlitzt, der sich ihr in den Weg stellte. Emilia hatte den kühlen Stahl auf ihrer warmen Haut gespürt, und dann ihr warmes Blut, das aus einer horizontal über ihren Bauch verlaufenden Wunde troff.

Solche Tagträume, die von der Wirklichkeit ganz und gar losgelöst waren, traten immer häufiger auf. Und alle wirkten sie absolut real. Emilia atmete ein paar Mal tief durch und versuchte, die Bilder aus ihrem Kopf zu verscheuchen. Entweder bahnte sich hier eine Erinnerung ihren Weg an die Oberfläche, vermischt mit Emilias Interpretation dessen, was Ted ihr erzählt hatte, nämlich dass eine ihrer Mitarbeiterinnen ausgerastet war, weil sie sie zu sehr unter Druck gesetzt hatte. Die Frau hatte vier ihrer Kollegen umgebracht und anschließend auch Emilia verletzt. Oder diese Fantasie war Ausdruck der Angst, die sich in Emilia aufgestaut hatte, weil sie heute Nachmittag entlassen werden sollte.

Es lag nun eine Woche zurück, dass sie von einem Auto überfahren worden war, und die körperlichen Verletzungen waren schon fast verheilt. Die Verletzungen durch das, was sie über ihren Zusammenbruch und dessen Ursache erfahren hatte, waren jedoch noch immer frisch. Ted hatte versucht, sie auf ihre Rückkehr nach Hause vorzubereiten, indem er ihr über FaceTime alle Räume ihres Hauses gezeigt hatte, teils, um ihr die Nervosität zu nehmen, teils, um ihre Erinnerung anzuregen. Sie musste zugeben, dass er sich bemühte.

Sie hatte Ted gebeten, sie heute Vormittag nicht im Krankenhaus zu besuchen, da, wie sie behauptet hatte, vor der Entlassung noch abschließende CTs vom Gehirn und eine psychologische Untersuchung durchgeführt werden sollten. In Wirklichkeit hatte sie jedoch Zeit für sich haben wollen, um etwas über den Vorfall herauszufinden, der sie aus ihrem alten Leben herauskatapultiert hatte.

Sie hatte das Internet mit allen möglichen Suchbegriffen durchforstet, bis sie schließlich fündig geworden war.

FAMILIE DER BANKERIN, DIE BEI MESSERATTACKE VIER KOLLEGEN ERSTOCHEN HAT, SIEHT »STRESS AM ARBEITSPLATZ« ALS AUSLÖSER

Von Laura Mulley

Bei der hochrangigen Account Managerin einer Investmentgesellschaft, die bei einem Messerangriff vier Kollegen ermordet und ihre Vorgesetzte verletzt hat, handelt es sich um die 27-jährige Emily Shinkin.

Am Montagmorgen hatte die Oxford-Absolventin Shinkin die Geschäftsräume von Barnett-Vincent Brothers im Londoner Finanzdistrikt betreten und dort mit einem Jagdmesser drei Männer und eine Frau erstochen, als diese ihre Büros betraten.

In einer Stellungnahme von gestern Abend spricht Shinkins Familie davon, dass die Tat in einem »Zustand des Wahns« begangen worden sei, und behauptet, ihre Tochter sei von ihren geldgierigen Chefs, denen das Wohlergehen der Belegschaft egal sei, an den Rand der Verzweiflung getrieben worden.

Hugo Shinkin, der Vater der Täterin, sagte: »Wir sind angesichts der Tat unserer Tochter am Boden zerstört und zutiefst beschämt, und unsere Gebete gelten den Familien der Opfer. Wir sind jedoch der Ansicht, dass die Schuld für das, was passiert ist, nicht allein bei Emily liegt.

Obwohl Emily wiederholt sowohl gegenüber ihrer Chefin als auch der Personalabteilung angesprochen hat, welch extremem Druck sie in ihrer Arbeit ausgesetzt war, hat diese Bedenken nie jemand ernst genommen. Daher trifft die Genannten eine Teilschuld an dieser schrecklichen Tragödie.«

Ich war ihre Chefin, dachte Emilia. *Ich war diejenige, die sie nicht ernst genommen hat.* Immerhin wurde ihr Name nicht genannt. Zwar war es äußerst selten, dass jemand, der unter Stress stand, so extrem reagierte wie Shinkin, aber dennoch wurde Emilia von Schuldgefühlen für das geplagt, was sie ausgelöst hatte, woran sie sich aber nicht mehr erinnern konnte.

Sie zog den Bund ihrer Jogginghose nach unten und strich über die kaum noch spürbare Wunde in der Bauchdecke, die Emily ihr mit dem Messer zugefügt hatte. Ted hatte gemeint, sie könne von Glück sagen, dass sie überhaupt noch lebe. Außerdem hatte er ihr erzählt, dass sie nach dem Vorfall bis auf Weiteres freigestellt worden war, weil eine interne Ermittlung ihr Führungsverhalten untersuchen sollte. Auf den Verlust ihrer Kollegen hatte sie mit einer schweren Depression reagiert. Als sich nach einer Weile abgezeichnet hatte, dass sie zum Sündenbock der Firma gemacht werden sollte, hatte sie lieber einen Auflösungsvertrag und eine stattliche Abfindung akzeptiert, als sich den Platz an ihrem Schreibtisch erneut zu erkämpfen.

Doch alles Geld der Welt würde nicht ausreichen, um ihre Schuldgefühle zu zerstreuen. Ted hatte berichtet, dass er sich in den folgenden Wochen immer mehr Sorgen um sie gemacht und schließlich einen Psychiater engagiert hatte, der zur Behandlung ins Haus kam, nachdem sie sich geweigert hatte, sich selbst Hilfe zu holen. Und dann war sie kurz darauf eines Nachmittags einfach verschwunden. Er hatte sie bei der Polizei als vermisst gemeldet, und nach zwei angsterfüllten Monaten war sie vor wenigen Tagen schließlich in einem Londoner Krankenhaus aufgetaucht, nachdem sie von einem Auto überfahren worden war.

Emilia ließ den Hosenbund wieder los und überlegte, dass Ted vielleicht recht gehabt hatte, als er sie vor der Wahrheit hatte schützen wollen. Vielleicht sollte sie ihre Situation wirklich lieber als Chance für einen Neuanfang begreifen, als zu versuchen, die Erinnerungen einer Person wiederaufleben zu lassen, die dazu beigetragen hatte, dass so viele Leben zerstört worden waren.

Auch das Bild, das sie von ihrem Ehemann hatte, veränderte sich allmählich. Solange sie sich nicht an die Vergangenheit erinnern konnte, war er mit der Erinnerung an ihr gemeinsames Leben ganz allein. Offenbar war es ihm lieber, sie würde ihr Leben vor dem Unfall vergessen, als die Ereignisse, die sie zerstört hatten, noch einmal zu durchleben. Das war in höchstem Maße selbstlos. Vielleicht könnte sie mit der Zeit lernen, ihn wieder zu lieben, auch wenn ihre Erinnerung sie weiterhin im Stich ließ. In seiner Gegenwart fühlte sie sich zunehmend sicherer. Das musste etwas zu bedeuten haben.

Am meisten machte ihr auf ihrem neuen Weg die Einsamkeit zu schaffen. In der Cafeteria beobachtete sie manchmal Grüppchen von Krankenhausmitarbeitern oder Besuchern, die gemeinsam aßen und sich unterhielten. Sie sehnte sich danach, irgendwo dazuzugehören. Ted zufolge hatte es in den Monaten vor ihrem Verschwinden nur wenige Menschen gegeben, bei denen das so gewesen war. Sie hatte alles ihrer Karriere untergeordnet, auch Ted.

Ich bin eine furchtbare Chefin und eine furchtbare Ehefrau gewesen, dachte Emilia. *Aber sobald ich wieder zu Hause sein werde, mache ich das gut. Ich habe eine zweite Chance bekommen und kann jetzt endlich die Frau werden, die ich sein will.*

Mit einem Mal wurde ihr das Zimmer zu eng. Sie war schon viel zu lange darin eingesperrt. Sie ging ins Parterre, holte sich an einem Automaten einen Becher Kaffee, ging in den menschenleeren Park des Krankenhauses und setzte sich dort auf eine freie Bank.

»Darf ich mich zu dir setzen?«, war plötzlich eine Frauenstimme zu hören. Emilia erschrak.

»Ja, gern«, antwortete sie und rückte zur Seite. Die Frau legte sich eine Hand auf den Rücken und setzte sich mit ihrem dicken Bauch langsam auf die Bank.

»Ein herrlicher Nachmittag, nicht wahr? Bist du Patientin oder besuchst du jemanden?«

»Patientin«, antwortete Emilia, zog den Ärmel ihres Oberteils hoch und zeigte ihr das Plastikarmbändchen.

»Ich auch. Präeklampsie. Meine Kleine entwickelt sich nicht so, wie sie sollte.«

»Das tut mir leid.«

»Die Ärzte sagen, dass ich sie wahrscheinlich nicht ganz austragen kann. Wenn mein Blutdruck weiterhin so hoch bleibt, muss in den nächsten Tagen möglicherweise ein Kaiserschnitt gemacht werden.«

Die beiden Frauen sprachen noch eine Weile über ihre Erfahrungen im Krankenhaus, über das fade Essen, die unbequemen Betten und auch den Geruch nach Desinfektionsmittel, der nicht mehr aus der Kleidung zu bekommen war.

»Dann wünsche ich dir, dass alles gut geht«, sagte Emilia. »Mein Mann holt mich gleich ab, und vorher muss ich noch meine Sachen zusammenpacken.«

»Freut mich, dich kennengelernt zu haben«, sagte die Frau, als Emilia aufstand. »Darf ich dir noch einen kleinen Rat geben, Emilia? Trau deinem Mann nicht.«

»Wie bitte?«, fragte Emilia. Sie glaubte, sich verhört zu haben.

»Ted, dein Ehemann. Er ist nicht der, der er zu sein behauptet. Du bist gar nicht verheiratet. Vor deiner Einlieferung ins Krankenhaus hast du ihn noch nie gesehen.«

20

Bruno, Oundle, Northamptonshire

»Es ist einfach nur so ... so *weiß*, findest du nicht?«, sagte ein weibliches Echo in Brunos Kopf. »Wie in einem Zuckerwürfel, der in einer Schneekugel liegt, die in einem Iglu steht.« Dem konnte Bruno nicht widersprechen. Jede Wand in dem Haus, das er gemietet hatte, war im selben Weißton gestrichen, von der Küche bis zum Badezimmer, sogar der Schrank unter der Treppe. Der Vorbesitzer hatte garantiert keine kleinen Kinder mit schmutzigen Händen gehabt.

»Dein Louie hätte diese Bude hier bestimmt ordentlich versaut«, sprach das Echo weiter. Es hatte den gedehnten Tonfall der Südstaaten, und Bruno hörte es zum ersten Mal. »Das fand er klasse, seine Sachen gegen die Wand zu donnern, oder?«

Bruno nickte. »Wenn er nervös war, hat ihn das beruhigt«, sagte er. »Das Geräusch, wenn seine Spielsachen gegen eine Ziegelwand, gegen Gipsplatten oder Fußbodenleisten geflogen sind. Ich habe andauernd Löcher verstopft und Wände neu gestrichen.«

Bruno wollte sie fragen, woher sie das wusste, hielt sich aber zurück. Die Daten, die er in sich trug, sickerten wieder einmal in seine eigenen Erinnerungen und vermischten sich mit ihnen. Das Echo blieb still, und Bruno dachte wieder ungestört an seinen Sohn. Sie waren seit vier Monaten getrennt, doch es fühlte sich an wie eine Ewigkeit. Ein beklemmendes Gefühl erfasste ihn, als er sich vorstellte, wie sehr er den Jungen verwirrt haben musste, als er aus seinem Leben verschwunden war.

»Louie wird rundum versorgt sein, doch der Preis, den Sie dafür zahlen, besteht darin, dass Sie ihn fünf Jahre lang nicht sehen werden«, hatte Karczewski ihn gewarnt. »Sie dürfen nicht versuchen, mit ihm oder dem Personal der Einrichtung Kontakt aufzunehmen. Sie dürfen ihn nicht einmal anderen gegenüber erwähnen.«

»Und wenn mir in dieser Zeit etwas passiert?«

»Falls Sie während der Laufzeit des Programms oder danach versterben, wird für Louie bis an sein Lebensende gesorgt sein.«

Diese Zusage hielt sich Bruno immer wieder vor Augen, als die Tage zu Wochen wurden und ihm das Bedürfnis, Louie zu sehen, immer größer erschien. Er tat das alles für seinen Sohn.

Er ging von der ersten Etage des zweistöckigen Reihenhauses ins Parterre hinunter. Drei Tage zuvor hatte er von dem Makler den Schlüssel bekommen. Das Haus lag in Oundle, einem Marktflecken in der Nähe von Peterborough. Fürs Erste wollte er hier wohnen. Ein rigides Planungsrecht sorgte dafür, dass der Ort kaum wuchs und wie aus der Zeit gefallen wirkte. Die engen, von Kalksteingebäuden aus georgianischer Zeit gesäumten Straßen boten eine einzige Ansammlung von Postkartenmotiven. Es gab ein paar Pubs und Bistros, Modeläden und Galerien sowie einen nahe gelegenen Supermarkt, in dem Bruno alles bekam, was er brauchte. Für Vater und Sohn wäre es der ideale Ort gewesen.

Das Haus war möbliert, aber schon kurz nach seinem Einzug hatte Bruno das Zimmer neben seinem Schlafzimmer umgestaltet. Er hatte Poster aufgehängt, Spielsachen auf dem Fußboden verteilt und die Bettdecke zerrauft, sodass es aussah, als hätte jemand darin geschlafen. Danach hatte er in der Tür gestanden und sich vorgestellt, wie Louie hier spielte, in diesem Zimmer, das ein bisschen so aussah wie das in ihrem alten Haus.

Wehmütig dachte er an das Haus zurück, in dem er mit Louie und Zoe gelebt hatte. Als sie in das denkmalgeschützte Landhaus eingezogen waren, das in einer sehr begehrten Ortschaft lag, war es stark heruntergekommen gewesen. Weil so viel zu renovieren gewesen war, hatten sie zusätzlich zur Hypothek noch einen Kredit aufnehmen müssen. Als Zoe auf der Karriereleiter weiter nach oben kletterte und immer mehr zum Familieneinkommen beitrug, hatten sie beschlossen, dass Bruno sich tagsüber um Louie kümmerte. Abends hatte er Kurse in Holzverarbeitung, Verputzen, Elektroinstallation und Klempnern besucht. Sie waren oft knapp bei Kasse gewesen, aber sie waren über die Runden gekommen und hatten nie geklagt. Zoe hatte einmal gesagt, das Haus sei ein »Zuhause für die Ewigkeit«, und weder sie noch Bruno hätten sich vorstellen können, jemals wieder von dort wegzuwollen. Und dann hatte sie alles zerstört.

»Glaubst du, du hättest sie auch ausgeknipst? Jetzt, wo du weißt, wie leicht es ist, jemanden zu töten?«, fragte ein anderes Echo. »Ich an deiner Stelle hätt's jedenfalls getan.«

Bruno kannte die Stimme aus verschlüsselten Videointerviews mit Harry Crooke, einem Soldaten, der Anfang der 2000er-Jahre im Irak junge Zivilisten abgeschlachtet hatte. Wäre Crooke vor Gericht gestellt worden, hätte er vermut-

lich die Namen von vier hochrangigen Militärs preisgegeben, die ebenso mordlustig gewesen waren wie er selbst. Daher hatten Spezialeinheiten dafür gesorgt, dass der Armee ein Skandal erspart blieb, indem sie Crookes »Selbstmord« organisierten, während er sich in Untersuchungshaft befand.
»Natürlich hätte ich sie *nicht* umgebracht«, antwortete Bruno. »Sie ist die Mutter meines Sohnes.«
»Das glaub ich dir nicht«, erwiderte Crooke. »Ich hab dich doch gesehen. Du bist genauso wie ich, du stehst drauf, wenn ihre Augen stumpf werden. Und nichts wird dich davon abhalten, weiter Leute umzubringen, denn du musst dich vor niemandem rechtfertigen. So wie ich. Dich gibt's überhaupt nicht.«
Crooke hatte ganz recht, letztlich war Bruno auch nichts anderes als ein Geist. Das einzig Wirkliche an ihm waren ironischerweise die Echos. Es gab Hunderte von ihnen, jeden Tag kamen neue Stimmen hinzu, und alle wollten sich Gehör verschaffen. Sie bedrängten ihn mit den Koordinaten von Notfallbunkern für den Kriegsfall, den Standorten von Nationalbanken oder mit DNA-Sequenzen, anhand derer biologische Kampfstoffe hergestellt werden konnten. Sie wollten über Heilmethoden für bestimmte Krankheiten sprechen, über unterschwellige Nachrichten in Werbeanzeigen, über Chemikalien, die illegal in Trinkwassersysteme eingebracht wurden, und über versunkene Schätze. Gleichgültig, welches Thema – Bruno hatte ein Echo, das sich darin auskannte.
Doch so war das alles nicht geplant gewesen. All die Fakten und Lügen in Bezug auf sein Land, all die Schrecken und Gräueltaten sollten in einer anomal ausgebildeten Region seines Gehirns gespeichert bleiben. Jetzt aber verbreiteten sie sich wie Wasser aus einer überlaufenden Bade-

wanne. Und Bruno hatte nicht gelernt, damit umzugehen. Sein Gehirn kam ihm wie ein sich selbst aufblasender Autoreifen vor, der sich immer weiter ausdehnte. Dass er irgendwann platzte, konnte Bruno nur verhindern, indem er regelmäßig das Ventil aufdrehte und eine Handvoll Stimmen entweichen ließ. Wenn sich die Stimmen einmal ausgetobt hatten, beruhigten sie sich wieder. Doch schon nach einer Weile wurde der Druck wieder größer.

»Die Verantwortung trägst du ganz allein. Nichts von dem, was du weißt, dürftest du wissen«, flüsterte ein drittes Echo. Diesmal war es die Stimme einer jungen Frau, und die kalte Hand, die sich in seine legte, ließ Bruno hochschrecken. Er drehte sich um und sah ein blutverschmiertes Gesicht vor sich. Die Frau war Escort-Dame in London gewesen und von einem dort ansässigen berüchtigten Scheich vergewaltigt und verstümmelt worden. Die Leiche hatte man zwar gefunden, doch der Vorfall war vertuscht worden.

»Du hättest nie ein Wächter werden dürfen. Dein Sohn hat das Puzzle gelöst; *er* hat die Fähigkeit, so viele Daten zu speichern, nicht du«, fuhr die Frau fort.

»Ich habe noch eine Menge anderer Tests gemacht, und die habe ich alle bestanden«, erwiderte Bruno. »Die haben mir doch nicht aufgrund eines einzigen Experiments ein neues Leben geschenkt.«

»Du hast sie betrogen, und jetzt rächt sich das Programm in deinem Kopf. Und wenn du nicht sehr gut aufpasst, droht dir bald dasselbe Schicksal wie den Leuten auf deiner Liste.«

Vor seinem geistigen Auge sah Bruno die sechs Gesichter auf seiner Todesliste. Und er stellte sich vor, wie er dem zweiten von ihnen schon bald einen Besuch abstatten würde.

21

Flick, Aldeburgh, Suffolk

»Noch ein Mineralwasser?«, fragte Grace. Flick nickte, und sie warteten darauf, dass sich der Barmann ihnen zuwandte. »Trinkst du nie irgendwas anderes?«
»Ich vertrage keinen Alkohol«, erklärte Flick. »Meinem Körper fehlen die Enzyme, um die Giftstoffe in alkoholischen Getränken abzubauen. Ich kriege dann ziemlich scheußlichen roten Ausschlag, und das nervt wahnsinnig.«
»Ich glaube ja, ich könnte ohne Wein nicht leben«, entgegnete Grace.
Die Behauptung mit den Enzymen war eine von vielen Halbwahrheiten, mit denen Flick auftrat. Es lag schon etliche Monate zurück, dass ein kräftiger, würziger Rum Cola durch ihre Kehle geflossen war. Nachdem sie die Wahrheit über ihr DNA-Match Christopher herausgefunden hatte, hatte sie sich mehr an diesen Drink gehalten, als ihr gutgetan hatte, um die brennenden Wunden nicht zu spüren. Doch im Rahmen des Programms galt ein striktes Verbot von Alkohol, Nikotin, Koffein, Drogen und der meisten rezeptfrei erhältlichen Medikamente. Flick durfte ihrem Körper nichts zuführen, was das empfindliche Gleichgewicht ihrer Gehirnaktivität verändert oder möglicherweise ihr Denkvermögen beeinträchtigt hätte. Auf Alkohol zu verzichten,

war ihr bis jetzt nicht schwergefallen. Nur heute Abend beneidete sie die anderen aus ihrem Pub-Quiz-Team, die eine Runde nach der anderen tranken, während sie selbst sich an kohlensäurehaltigen Getränken festhielt. Zu einer Zigarette hätte sie auch nicht Nein gesagt, doch selbst da hielt sie sich zurück.

Seit fast einem Monat wohnte Flick nun bei Grace in dem Bed and Breakfast am Meer. Mittlerweile waren sie Freundinnen geworden, frühstückten oft zu zweit oder verbrachten die Abende miteinander, führten lange Gespräche, gingen gemeinsam aus oder kochten zusammen. Grace war in Aldeburgh aufgewachsen und kannte darum viele Leute im Ort. Und mit ihrer Hilfe fand auch Flick Anschluss.

Grace war erst vor Kurzem nach Aldeburgh zurückgekehrt, nachdem ihre Mutter gestorben war.

Flick wusste, wie es sich anfühlte, wenn andere über die eigene Zukunft bestimmten.

»Ich hab nie vorgehabt, ein B&B zu führen«, hatte Grace gesagt. »Aber ich habe auch nie vorgehabt, meine Mutter mit einundzwanzig zu verlieren. Wenn dir das Leben Zitronen gibt, musst du dir manchmal etwas Gin nachschenken.« Dem konnte Flick inzwischen nur zustimmen. Auch wenn sie sich jetzt Mineralwasser nachschenkte, und keinen Gin.

Grace erzählte viel von sich selbst, was Flick jedoch nicht mit derselben Offenheit erwidern konnte. Kein Wort über das Restaurant, das sie mit ihren Partnern im Lauf von sieben Jahren zum Erfolg geführt hatte, oder über ihre Familie, zu der sie den Kontakt so gut wie abgebrochen hatte. Sie erwähnte weder den Mann, dem sie nie begegnet war und der ihr das Herz gebrochen hatte, noch das Programm, das ihr die Chance gegeben hatte, wieder ins Leben zurückzukehren. Und am allerwenigsten sprach sie darüber, was sie in ihrem Kopf trug.

Stattdessen spielte sie ihre Rolle. Sie berichtete, dass sie sich kürzlich von ihrem langjährigen Partner getrennt hatte und dass es eine unschöne Trennung gewesen war, und ließ durchblicken, dass auch Gewalt dazu beigetragen hatte. Karczewski hatte ihr erklärt, dass die Leute kaum noch Fragen stellten, wenn sie wussten, dass häusliche Gewalt im Spiel war. Außerdem erzählte sie, dass sie dann keinen Grund mehr gehabt hatte, in ihrem Heimatort Stratford-upon-Avon zu bleiben, und daher ihre Wohnung und ihren Job im Telefonmarketing gekündigt hatte und mit ihrem Ersparten losgezogen war, um quer durchs Land zu reisen. Grace hatte keinen Grund, ihr nicht zu glauben.

Heute hatte Grace vorgeschlagen, zum wöchentlichen Quiz-Abend ins *Fox & Hounds* im Zentrum von Aldeburgh zu gehen. Flick sah sich in dem gut gefüllten Raum um, ermittelte mögliche Fluchtwege und achtete darauf, ob jemand sie beobachtete. Jedem Unbekannten argwöhnisch zu begegnen, bis er seine Vertrauenswürdigkeit bewiesen hatte, war kein normales Verhalten. Aber ein normales Leben führte Flick schon lange nicht mehr.

Nachdem sie endlich ihre Getränke bekommen hatten, gingen sie zu ihrem Team zurück, den »Fischräucherern«. Der Quiz-Master eröffnete die nächste Runde.

»Dritte Runde, erste Frage«, begann er in schwerfälligem Ostküstenakzent. »Wo liegt Diana, Princess of Wales, begraben?«

Das Team steckte flüsternd die Köpfe zusammen.

»Auf einer Insel im Park von Althorp House. Da, wo sie aufgewachsen ist«, sagte jemand. »Ich bin da mal mit meiner Mutter gewesen, als ich klein war.«

Flick schüttelte den Kopf. »Nein, das stimmt nicht. Sie liegt ...«, sagte sie und sah die Kirche vor sich, in der sich Dianas Grab befand. Denn es lag nicht auf dieser flachen Insel in der Mitte eines Teichs, wie man die Öffentlichkeit glauben machen wollte. Doch sie hielt sich zurück. Das konnten die anderen ja nicht wissen. Es war eines der zahlreichen Geheimnisse über die königliche Familie, die sie in sich trug und zu denen auch die weitaus brisantere Wahrheit über Dianas Tod gehörte.

Flick spürte, wie sie rot wurde. »Entschuldige, du hast recht«, sagte sie. »Es ist in Althorp. Ich hab sie mit jemandem verwechselt.«

Sie biss sich auf die Unterlippe und sank auf ihren Stuhl zurück. Sie ärgerte sich über ihre Unbedachtheit. Ihr fiel wieder ein, wie Karczewski sie gewarnt und darauf hingewiesen hatte, dass das menschliche Gehirn nicht unfehlbar war, auch ihres nicht, trotz der Veränderungen, die es erfahren hatte. »Fehler sind dann am wahrscheinlichsten, wenn Sie entspannt sind und am wenigsten damit rechnen«, hatte er prophezeit. »Dann vergessen Sie, dass es Dinge gibt, die nur Sie wissen können. Entscheidend ist jedoch, wie Sie damit umgehen. Schließlich sind Sie ausgewählt worden, weil Sie anpassungsfähig sind, aus Ihren Fehlern lernen und die Sachen wieder in Ordnung bringen können.«

Den Rest des Abends hielt Flick sich bewusst zurück und machte keine Lösungsvorschläge mehr, obwohl sie auf fast alle Fragen die Antwort wusste. Das würde das letzte Mal sein, dass sie an so einem Quiz teilnahm. »Kann ich noch jemandem was zu trinken mitbringen?«, fragte sie, sammelte dann mit Grace die Bestellungen ein und ging mit ihr zur Bar.

Als sie ihre Kreditkarte vor den Scanner hielt, fiel ihr Blick auf einen Zettel, auf dem stand, dass die Bar eine Bedienung suchte.

»Brauchst du Arbeit?«, fragte Mick, der korpulente Wirt.

»Nicht unbedingt.«

»Hast du schon mal in 'nem Pub gearbeitet?«

»Das letzte Mal in der Azubi-Bar in der Hotelfachschule.«

»Das ist doch schon mal was. Sollen wir's ausprobieren? So zwei oder drei Mal die Woche?«

Flick zögerte. Eigentlich brauchte sie nicht zu arbeiten. Mit dem Geld, das ihr zur Verfügung stand, hätte sie den Pub kaufen können, und dazu auch noch alle anderen im Ort. Andererseits konnte sie nicht immer nur herumstromern und Fluchtwege erkunden. »Wenn Sie sich verstecken wollen, dann am besten in aller Öffentlichkeit«, hatte Karczewski ihr geraten. »Dann müssen Sie zwar mehr Leute im Blick behalten, aber wenn Sie in der Klemme sitzen, haben Sie auch mehr Richtungen, in die Sie laufen können.«

Und welcher Ort könnte öffentlicher sein als ein Pub?, überlegte Flick.

»Okay«, sagte sie. »Probieren wir's aus.«

Grace lächelte. »Also bleibst du noch ein bisschen?«

»Ja, sieht so aus«, antwortete Flick. Sie hoffte, sie würde diesen Entschluss nicht bereuen.

22

Charlie, Manchester

»Guten Morgen, Individuelles Coaching ›Einen Schritt weiter‹, mein Name ist Charlie. Sagen Sie mir bitte Ihren Benutzernamen und die erste und die letzte Zeile Ihrer Anschrift?«

In seinem Ohrhörer hörte Charlie, wie eine Frauenstimme antwortete, und tippte ihre Angaben in die Tastatur, die auf seinen Schreibtisch projiziert wurde. Kurz darauf sah er in der Brille seines Virtual-Reality-Headsets ihren Avatar, umgeben von den Details ihres Benutzerkontos. Er überflog die knappen Notizen zu ihren bisherigen Gesprächen, einschließlich seiner Ratschläge, der bisherigen Erfolge und der Ziele, die sie noch erreichen wollte. Zur gleichen Zeit hatte die Anruferin eine synthetische Version von ihm vor sich.

»Freut mich, Sie wiederzusehen, Steph. Was kann ich heute für Sie tun?«, fragte er.

»Bei uns in der Firma ist eine Stelle ausgeschrieben, auf die ich mich gern bewerben würde«, sagte sie angespannt. »Aber ich bin mir nicht sicher, ob ich dafür geeignet bin.«

»Verstehe. Haben Sie denn die erforderlichen Qualifikationen beziehungsweise die nötige Erfahrung?«

»Ja. Ich habe einmal fünf Monate lang meine Chefin vertreten, als sie im Mutterschutz war.«

»Dann geht es heute also eher darum, wie Sie ausreichend Selbstvertrauen gewinnen, um sich zu bewerben, und wie Sie sich am besten auf das Bewerbungsgespräch vorbereiten?« Der Avatar nickte. »Dafür kann ich Ihnen sicher ein paar Tipps geben.«

In den folgenden dreißig Minuten nutzte Charlie die Fähigkeiten, die er in der Schulung für den Job gelernt hatte, und die Erfahrungen aus dem Programm, um der Klientin dabei zu helfen, sich ihre Stärken bewusst zu machen, ihre Selbstzweifel zu überwinden und Zuversicht zu gewinnen. Für jemanden wie Charlie, der nichts mehr empfand, am allerwenigsten Mitgefühl mit seinen Klienten, war das keine kleine Herausforderung.

Er machte diesen Job jetzt erst seit zwei Wochen, hatte sich aber schon daran gewöhnt, den größten Teil seines Arbeitstages in einer Welt zu verbringen, in der dreidimensionale Bilder und Avatare die Regel waren. Obwohl diese Branche noch relativ jung war und beständig größer wurde, war ihr Ende in dieser Form schon abzusehen. Alles, von den Inhalten der Ratschläge bis hin zum Tonfall jedes Mitarbeiters, wurde aufgezeichnet und von den neuralen Netzwerken der Künstlichen Intelligenz analysiert, mit dem Ziel, Menschen irgendwann ganz zu ersetzen.

Als Charlie das Headset abgenommen hatte, kniff er mehrmals die Augen zusammen, um sich wieder an das Tageslicht in dem Großraumbüro zu gewöhnen. Etwa achtzig Mitarbeiter saßen in dem Raum, jeder in seiner halboffenen Kabine, und alle führten Gespräche, in denen sie ihre Kenntnisse auf den unterschiedlichsten Gebieten weitergaben. Charlie stand auf und ging zu dem Arbeitsplatz am anderen Ende des Raumes, wo Milo saß. Er tippte zweimal auf die Bügel von Milos Brille, und Milo antwortete mit nach oben gestrecktem Daumen. Charlie ging voraus in die Kantine, und als er sich gesetzt und zwei Tassen Tee eingeschenkt hatte, war sein Kollege auch nachgekommen.

»Was macht dein Schädel?«, fragte Charlie und schob Milo eine Tasse hin.

»Presslufthammer«, antwortete Milo. »Mann, was für ein Abend gestern. Und deiner?«

»Dito«, behauptete Charlie. Als sie gestern mit ihrer Fußballtruppe etwas trinken gewesen waren, hatten seine Wodka Cola immer nur aus Cola bestanden. Und wenn jemand anders eine Runde geholt hatte, hatte er seinen Drink heimlich weggeschüttet. »War aber trotzdem ein schöner Abend. Danke, dass ihr mich mitgenommen habt. Und was machst du heute Abend? Ruhige Kugel?«

»Aber so was von.«

Milo hatte sich seiner angenommen, als er am ersten Tag der Schulung sein Retro-Pearl-Jam-T-Shirt gesehen hatte. Er hatte sich anerkennend über Charlies guten Musikgeschmack geäußert, und Charlie hatte nicht zugeben wollen, dass er von der Band noch nie etwas gehört hatte und dass ein Personal Shopper vom La Maison du Court das T-Shirt für ihn ausgesucht hatte.

Sie arbeiteten in derselben Abteilung und hatten es sich schon bald angewöhnt, die Pausen miteinander zu verbringen und gemeinsam zu Mittag zu essen. Oft saßen sie zusammen in der Kantine und redeten über Fußball oder alte Verfilmungen von Marvel Comics, oder sie zockten an Spielautomaten mit Konsolenspielen längst vergessene Spiele wie Grand Theft Auto oder Call of Duty.

Charlie hatte rasch erkannt, dass Milo ein geselliger Typ war, und sich gezielt so verhalten, dass sie einander näherkamen. Mithilfe seines neuen Freundes versuchte er, das soziale Leben nachzuahmen, in das er damals in Portsmouth so viel Zeit investiert hatte. Wenn Kollegen zum Quatschen zu Milo kamen, stellte er ihnen Charlie vor, und nach erst zwei Wochen war er schon bei einem Geburtstagsessen und einer Hausparty dabei gewesen und hatte Anschluss an eine Fußballtruppe gefunden. Er richtete sich ein neues Leben ein und tat dabei all das, was er sich vorgenommen hatte, als er sich von seinem alten verabschiedet hatte. Zumindest theoretisch.

Denn in Wirklichkeit kam er damit nicht klar. Das Glück, das er mit seinem neuen Freundeskreis hätte erleben können, blieb aus. Das lag nicht an den anderen – sie machten alles richtig. Es waren anständige, nette Kerle, und im Grunde waren sie sogar viel herzlicher, als Charlies alte Freunde gegen Ende gewesen waren. Aber trotzdem fühlte er sich ihnen nicht so eng verbunden, wie er gehofft hatte. Und das lag nicht daran, dass sie sich erst seit kurzer Zeit kannten. Vielmehr verschaffte ihm nichts in seinem neuen Leben Zufriedenheit oder ein Gefühl der Erfüllung, weder diese Gruppe Menschen noch irgendetwas sonst. Er fügte sich in seine neuen Lebensumstände, das war aber auch schon alles.

Er versuchte, etwas zu empfinden, Angst, Reue, Zuneigung, Sehnsucht, Beklemmung oder auch Schuld, und er fragte sich, ob die Unfähigkeit, sich mit anderen wirklich verbunden zu fühlen, nur eine vorübergehende Erscheinung war und mit der Betäubung seiner Schmerzrezeptoren zusammenhing. Die Prozedur der Betäubung, die Operation, bei der das codierte Material in seinen Kopf eingebracht worden war, eine in die Tiefen der Seele greifende psychologische Analyse sowie Hypnose – vielleicht war sein Gehirn einfach durch all das überlastet und brauchte Zeit, um sich neu zu ordnen und wieder so zu funktionieren, wie es funktionieren sollte.

Vielleicht war die Erklärung aber auch viel simpler und sein Unbewusstes wollte einfach nur die Dunkelheit zurücklassen, die seine letzten Jahre beherrscht hatte. Wenn er keine Gefühle mehr hatte, hieß das auch, dass er keinen Schmerz mehr empfinden konnte.

Eigentlich ist das doch toll, dachte er. *Jahrelang habe ich in Schuldgefühlen geschmort, und jetzt sind sie weg. Da sollte ich mich doch freuen, oder?*

Er suchte eine Antwort auf diese Frage, fand aber keine. Und im Grunde war ihm das alles auch egal.

23

Sinéad, Edzell, Schottland

An der Kirchentür klebte ein gelber Bogen Papier, auf dem mit rotem Filzstift »Willkommen« stand. Sinéad ging hinein. Aus einem Nebenraum waren Stimmen zu hören. In ihrer ersten Woche in Edzell hatte Sinéad die Gegend erkundet und mögliche Fluchtrouten identifiziert. In der zweiten Woche hatte sie das Zelten aufgegeben und auch das Hotel verlassen und für sechs Monate ein ehemaliges Bauernhaus gemietet. Sie nahm sich Zeit, sich an das Alleinleben zu gewöhnen und wieder Freude an einfachen Dingen zu finden, wie langen Spaziergängen in der Natur, Meditation, Lesen und Tai-Chi, das sie auch schon während des Trainings geübt hatte. In der dritten Woche hatte sie einige der 1586 Einwohner des Ortes kennengelernt. Nach und nach hatte sie ihre Selbstsicherheit zurückgewonnen, und jetzt konnte sie es kaum erwarten, endlich wieder Bekanntschaften zu schließen, wie sie ihre Ehe ihr nicht erlaubt hatte.

»Freiwillige gesucht«, hatte der Aushang am Schwarzen Brett der Kirche gelautet. »Wer bei der Vorbereitung des Dorffests mitmachen möchte, ist zum nächsten Treffen des Organisationskomitees herzlich eingeladen: Donnerstag, 18:45 Uhr.«

Als Sinéad den Raum betrat und ihre Turnschuhe auf dem Parkett quietschten, drehten sich alle Anwesenden zu ihr um. An Tischen, die in Form eines L zusammengerückt waren, saßen etwa zehn Männer und Frauen aller Altersstufen. Einige hatten in Ordnern und Unterlagen geblättert, andere auf Tablets herumgetippt. Als die Runde sie musterte, spürte Sinéad, wie ihre Wangen rot anliefen. Unwillkürlich führte sie eine Hand in Richtung Wimpern, doch dann gewann sie die Kontrolle über sich zurück und hielt inne, die Hand in Brusthöhe.

»Der Pilateskurs ist morgen früh, junge Frau«, sagte ein älterer Mann mit einem dicken Brillengestell.

»Ich wollte eigentlich bei der Vorbereitung des Dorffests mitmachen«, sagte Sinéad. »Also, falls Sie noch jemanden brauchen. Ich habe den Aushang gesehen.«

»Entschuldigung. Kommen Sie doch rein und setzen Sie sich. Wie heißen Sie denn?«

Sinéad stellte sich vor und setzte sich auf einen freien Plastikstuhl. Als Erste der anderen stellte sich eine Frau vor, die etwa zwanzig Jahre älter als Sinéad war. »Ich bin Doon«, sagte sie, und ihre Hand war ebenso warm wie ihr Lächeln. Mit ihr fühlte sich Sinéad sofort wohl. Während Doon um den Tisch herumging und nacheinander alle Anwesenden vorstellte, taxierte Sinéad sie einzeln, so wie sie es gelernt hatte, durch eine kurze Charakteranalyse anhand von Auffälligkeiten im Verhalten und kleinsten Veränderungen in der Mimik. So konnte sie einschätzen, wem sie wahrscheinlich trauen durfte und vor wem sie sich eher hüten musste.

»Keine Sorge, wir erwarten nicht, dass Sie sich alle Namen auf Anhieb merken«, scherzte Doon, doch zu Sinéads synästhetischer Wahrnehmung gehörte auch eine besondere Aufmerksamkeit für Details. Wenn sich ihr jemand vorstellte, wiederholte sie im Stillen in einer Art Singsang den Namen, und jedes Mal, wenn sie die Person wiedersah, leuchtete er hell über dem Kopf ihres Gegenübers.

»Sind Sie neu im Dorf?«, fragte Doon.

»Ja«, antwortete Sinéad und erzählte die Geschichte, die sie zuvor eingeübt hatte: dass sie beschlossen hatte, von ihrem stressigen Job in London eine Auszeit zu nehmen und sich an einen möglichst weit entfernten Ort zurückzuziehen.

»Und warum hat es Sie ausgerechnet nach Edzell verschlagen?«, fragte ein Mann, den Doon als Anthony vorgestellt hatte. Er hatte eine angenehme Stimme, doch seine Körpersprache ließ auf etwas anderes schließen. Er tippelte mit dem Fuß gegen ein Stuhlbein, zog die Nase kraus, und wenn er sprach, hoben sich seine Wangen ganz leicht. All das wies darauf hin, dass er Sinéad insgeheim feindselig gegenüberstand.

»Es ist einfach wunderschön hier«, antwortete sie. »Schon als ich durch den steinernen Torbogen am Ortseingang gefahren bin, war ich mir sicher, dass ich hierbleiben wollte. London ist eine großartige Stadt, aber das Leben dort macht einen einfach fertig.« Sie wollte nicht zugeben, dass sie auf Edzell verfallen war, indem sie den Finger wahllos irgendwo auf die Landkarte Schottlands gesetzt und dabei im Nordosten gelandet war.

»Solche wie Sie waren schon viele hier«, sagte Anthony. »Leute, die da unten eine Menge Geld angehäuft haben, dann hier auftauchen und einen auf dicke Hose machen, die schönsten Häuser aufkaufen und die Einheimischen vom Immobilienmarkt verdrängen. Touristen sind hier nicht immer gern gesehen.«

»Aber gerade Sie als Restaurantbesitzer müssten sich doch über Touristen freuen«, gab Sinéad zurück. Tags zuvor hatte sie ihn beobachtet, wie er aus dem Kofferraum seines Autos Supermarkttüten gehoben und in die *Edzell Tavern* getragen hatte. Dass die Konzession auf seinen Namen lautete, stand auf einem Messingschild über der Tür.

»Eins zu null für Sinéad«, warf Doon ein. »Und wenn sie sich nicht in die Gemeinschaft einbringen wollte, wäre sie jetzt nicht hier, oder?«

»War doch nur ein Scherz«, erwiderte Anthony. Sinéad antwortete mit einem Lächeln, das genauso aufgesetzt war wie seines.

Am Ende des Treffens hatte Sinéad die Aufgabe, beim Gemeinderat wegen der Speisen und Getränke und der erforderlichen Genehmigungen anzufragen. Auf dem Kirchvorplatz sprach Doon sie noch einmal an.

»Ich hoffe, Anthony hat Sie nicht abgeschreckt«, sagte sie.

»Nein, keine Sorge. Ich kenne solche Männer.« Sinéad musste an Daniel denken. »Meistens versuchen sie damit, irgendeine Schwäche zu kaschieren.«

»Ja, wahrscheinlich. Wo wohnen Sie eigentlich?«

»Ich wollte Anthony nicht den Triumph gönnen, dass er recht hat, aber ich habe ein Haus in der Mulberry Avenue gemietet, und die Eigentümer sind, glaube ich, tatsächlich keine Einheimischen.«

Doon lachte. »Ja, das behalten Sie am besten für sich. Aber jetzt noch etwas anderes: Ich habe heute Abend ein paar von den Mädels zum Weintrinken und Filmegucken eingeladen. Wenn Sie noch nichts vorhaben, kommen Sie doch auch. Ich würde mich freuen!«

»Sehr gern, vielen Dank. Aber nur, wenn es Ihnen wirklich nichts ausmacht.«

Um neun Uhr abends saß Sinéad in Doons Wohnzimmer im Schneidersitz auf dem Boden, in der Hand ein Glas alkoholfreien Weißwein. Neben ihr saß Gail, die etwa in ihrem Alter war und makellose blasse Haut hatte, wodurch ihr dunkelrotes Haar noch stärker ins Auge fiel. Sie beide waren die einzigen unter den rund ein Dutzend Frauen, denen während des Films nicht die Tränen kamen.

»Warum habe ich eigentlich bis heute noch nie etwas von *Tatsächlich Liebe* gehört?«, fragte Sinéad, als der Abspann lief.

»Als der rauskam, warst du wahrscheinlich gerade mal auf der Welt«, sagte Doon.

»Und wegen genau solcher Filme lieben wir unsere Filmklassiker-Abende«, sagte eine andere Frau. »Und wegen des Weins.«

»Eigentlich nur wegen des Weins«, ergänzte Gail und lachte, ohne jedoch eine Miene zu verziehen. Dann stand sie auf. »Willst du noch ein Glas?«

»Ja, gern. Warte, ich helf dir«, sagte Sinéad und begleitete sie in die Küche.

»Wieso trinkst du eigentlich nichts?«, fragte Gail.

»Ich nehme gerade Antibiotika, wegen einer Zahnfleischentzündung. Und du?«

»Ich stille.«

Ein Schauer lief Sinéad über den Rücken, ein Überbleibsel aus früheren Zeiten. Sie glaubte, einen leichten Widerwillen in Gails Stimme gehört zu haben. »Das ist ja schön. Junge oder Mädchen?«

»Taylor, sie ist jetzt fünf Monate alt. Sie schläft oben. Hast du Kinder?«

Sinéad schüttelte den Kopf. »Was hast du denn vorher gemacht?«

»Alte Möbel restauriert. Ich habe sie bei Online-Auktionshäusern gekauft – gebrauchte Kommoden, Tische, Schränke, alles Mögliche –, wieder hergerichtet und dann weiterverkauft. Aber wenn man Kinder hat, kommt man zu nichts mehr. Seit Taylor da ist, habe ich kaum noch Zeit, und in der Garage stapelt sich die Arbeit.«

»Also, wenn du Hilfe brauchst, ich kenne mich mit Kalkfarbe und Schmirgelpapier aus. Mein Vater hat auch Möbel restauriert. Er war auf Schellackpolituren spezialisiert.«

Ein Klopfen an der Haustür unterbrach sie. Doon öffnete und kam kurz darauf in die Küche. »Gail«, sagte sie und verdrehte die Augen. »*Er* ist da.«

Gails Miene versteinerte. Sie warf Sinéad einen entschuldigenden Blick zu und ging nach oben, um ihre Tochter zu holen. Erst jetzt bemerkte Sinéad, dass Anthony mit einem Kinderwagen im Flur wartete. Er schien über das Wiedersehen ebenso überrascht wie sie. Sinéad spürte, wie die Temperatur im Raum schlagartig fiel.

»Schön, dich wiederzusehen«, sagte er schmallippig.

»Ganz meinerseits.«

»Aber Taylor war nicht den ganzen Abend allein, oder?«, fragte er, als Gail mit ihrer Tochter auf dem Arm wieder herabkam.

»Keine Sorge, wir haben alle regelmäßig nach ihr gesehen«, warf Doon ein.

»Wenn ihr sie andauernd geweckt habt, hat sie wahrscheinlich nicht besonders viel geschlafen«, murmelte Anthony und schnallte Taylor im Kinderwagen fest. »Dann steht uns ja eine wunderbare Nacht bevor.«

Er sah Gail an und ging voraus, während sie mit rotem Gesicht zum Abschied in die Runde winkte. Dann bedankte sie sich bei Doon und wandte sich noch einmal an Sinéad: »War das vorhin ernst gemeint, dass du mir helfen könntest? Dann würde ich mich bei dir melden.«

»Gail?«, rief Anthony vom Gartentor aus. »Kommst du?«

»Tut mir leid«, flüsterte Gail und schloss die Tür hinter sich.

»Ich hätte die auch nicht miteinander verkuppelt«, sagte Doon diplomatisch, als könne sie Sinéads Gedanken lesen. »Aber über Geschmack lässt sich nun mal nicht streiten.«

Sinéad wollte nachfragen, hielt sich aber zurück. Als sie die Weinflasche in den Kühlschrank stellte, fiel ihr Blick auf ein gerahmtes Foto an der Wand. Es zeigte Doon mit einer jungen Frau, die dieselben Lippen und dieselben stahlblauen Augen hatte. Sinéads Herz fing an zu rasen. Sie hatte die Frau sofort erkannt, verkniff sich aber gerade noch eine Bemerkung.

»Ist das deine Tochter?«, fragte sie Doon, ohne sich etwas anmerken zu lassen.

»Isla«, antwortete Doon mit ruhiger Stimme.

Sinéad wusste, dass sie das Thema hätte wechseln sollen. Aber sie fragte weiter, wenn auch behutsam. »Lebt sie noch in Edzell?«

»Nein, sie ist vor acht Jahren gestorben.«

»Das ist ja furchtbar. Was ist denn passiert?«, fragte Sinéad. Doch als sie sah, wie Doon mit der Antwort zögerte, fügte sie hinzu: »Entschuldige bitte. Ich hätte nicht fragen sollen.«

»Nein, schon in Ordnung. Sie hat in London studiert, und während der Vorbereitung auf die Abschlussprüfung ist der Stress so groß geworden, dass ... dass sie sich umgebracht hat.«

»Oh mein Gott, Doon.«

»Eine Überdosis ... von den Antidepressiva. Sie hatte seit Jahren schon unter Depressionen gelitten, aber ihr Vater und ich, wir hatten immer geglaubt, sie hätte es im Griff. Ein Kind zu verlieren, ist ohnehin schlimm, aber wenn sie vor ihrer Zeit gehen wollen, dann ist der Schmerz nochmal stechender. Und als Mutter musst du lernen, mit den Schuldgefühlen zu leben ...« Doon unterbrach sich. »Entschuldige. Der Wein bringt mich zum Reden. Du möchtest das alles bestimmt gar nicht hören.«

Sinéad schüttelte voller Mitgefühl den Kopf und tätschelte ihr den Arm. Doon sah sie mit einem schwachen Lächeln an, und als sie zurück zu den anderen Gästen ging, blieb Sinéad in der Küche. Während sie noch einmal das Foto der hübschen, lebensfrohen Studentin betrachtete, erschienen in ihren Gedanken zwei Berichte von ein und demselben Pathologen. Der erste beschrieb im Detail, wie Isla zu Tode gekommen war, der zweite schilderte einen anderen Verlauf der Ereignisse. Dieser zweite war dem Gerichtsmediziner vorgelegt worden, der ihn dann auch als wahrheitsgemäßen Bericht angenommen hatte.

Sinéad wusste, warum der brutale Mord an Isla vertuscht worden war. Doch sie musste es für sich behalten.

24

Emilia

Während der Fahrt vom Krankenhaus nach Hause sagte Emilia fast kein Wort. Ted hatte mehrmals versucht, ein Gespräch zu beginnen, doch Emilia hatte sich überwiegend verschlossen gezeigt. Er hatte das Auto auf autonomen Fahrmodus geschaltet, Emilias Hand ergriffen und so versucht, ihr beim Entspannen zu helfen, was sie jedoch kaum beruhigt hatte. Hin und wieder hatte er ihr beim Vorüberfahren Pubs und Restaurants gezeigt, in die sie gern gegangen waren, bevor Emilia sich vollständig ihrer Karriere verschrieben hatte.

Doch Emilia war mit den Gedanken ganz woanders. Sie sah zum Fenster hinaus und versteckte dabei ihre linke Hand, mit der sie etwas umschloss, das ihr die Fremde im Park des Krankenhauses gegeben hatte.

»Trau deinem Mann nicht«, hatte die schwangere Frau sie gewarnt, sehr zu Emilias Verwirrung.

»Wer ... was ... was soll das heißen?«, hatte sie gefragt. Die Frau hatte ganz unauffällig gewirkt. Ihr fahles braunes Haar war locker zu einem Pferdeschwanz gebunden gewesen, sie hatte kaum Make-up getragen, und ihr gewölbter Bauch hatte ihre Behauptung bestätigt, dass sie hochschwanger war.

»Wer ich bin, spielt keine Rolle«, hatte sie nüchtern geantwortet. »Du musst im Augenblick nur eines wissen, nämlich dass dich mit Ted genauso wenig verbindet wie mit mir. Ich erwarte nicht, dass du mir das jetzt schon glaubst, aber irgendwann wirst du es mir glauben. Verwende die hier, wenn du so weit bist. Wir werden auf dich warten.« Mit diesen Worten hatte sie Emilia eine Visitenkarte in die Hand gedrückt, in deren glatte Oberfläche eine Telefonnummer gestanzt war.

»›Wir‹? Wer ist ›wir‹?«

»Pass auf dich auf, Emilia.« Emilia hatte die Frau fragend angesehen, doch die hatte ihr nur wie einer alten Freundin auf die Schulter geklopft, war dann leicht schwankend aufgestanden und langsam zum Eingang des Krankenhauses gegangen.

»Wir sind fast da«, sagte Ted. »Kommt dir das irgendwie bekannt vor? Entschuldige, ich sollte aufhören, dich das andauernd zu fragen. Das bringt dich bestimmt ganz durcheinander.«

So war es, aber Emilia sagte dazu nichts.

Das Auto wurde langsamer und machte schließlich vor einem weißen Holztor halt, das mindestens zwei Meter hoch war. Weiß verputzte Mauern versperrten die Sicht auf das, was dahinterlag. Ted drückte einen Button auf dem Bildschirm des Armaturenbretts, woraufhin sich das Tor auf einen gepflasterten Fahrweg öffnete. Das Auto fuhr hangabwärts, bis die Straße außer Sichtweite war, und hielt vor einem ausgedehnten modernen Gebäude, das aus drei würfelförmigen Teilen bestand, die alle von Glaswänden umschlossen waren.

Emilia war überrascht. Bei den Gesprächen über FaceTime hatte Ted ihr zwar das Innere des Hauses gezeigt, aber nie das weitläufige Anwesen erwähnt. Er parkte das Auto unter einem vorspringenden Würfel, und Emilia erschrak, als ihr plötzlich jemand die Tür öffnete.

»Keine Sorge, das ist Josef. Er arbeitet für uns«, sagte Ted, der ihre Panik offenbar bemerkt hatte.

»Soll das heißen, wir haben Hauspersonal?«

»Nur Josef und ein paar Sicherheitsleute.«

»Willkommen zu Hause«, sagte Josef mit schroffem ausländischem Akzent. Er war zwar unauffällig gekleidet, aber eine kleine Ausbuchtung in seiner Jacke ließ ahnen, dass er bewaffnet war. Emilia wurde mulmig, und sie fragte sich, warum Ted bewaffnetes Sicherheitspersonal brauchte. Sie folgte ihm durch eine Ecktür aus getöntem Glas und weiter durch einen Flur mit Parkettboden und grauen Betonwänden in ein Wohnzimmer. Die Fenster dort boten freie Sicht auf die umliegende Landschaft. Geradeaus lag ein Wald, zur Rechten ein Tennisplatz und ein Swimmingpool mitsamt Poolhaus.

»Und das gehört alles uns«, murmelte Emilia. Angesichts dieses exklusiven Anwesens war sie sprachlos. Doch sie konnte sich an kein einziges Detail erinnern.

»Wir haben das Grundstück von dem Nachlassverwalter von Sofia Bradbury gekauft, das ist diese Schauspielerin gewesen«, sagte Ted. »Wahrscheinlich kannst du dich nicht an sie erinnern. Sie ist bei dem Hackerangriff auf die Autos ums Leben gekommen, von dem ich dir erzählt habe. Nach ihrem Tod sollte das Anwesen schnell verkauft werden. Wir haben es zu einem günstigen Preis bekommen, die alten Gebäude abgerissen und dann alles nach unseren Vorstellungen neu gestaltet.«

Emilia ließ geschehen, dass sich eine fiktive Erinnerung einstellte. Sie sah, wie ihr ein Architekt dreidimensionale

Baupläne erläuterte und sie dann in einem Hologramm zum Leben erweckte. Dann sah sie, wie Bagger das Erdreich aushoben, um Raum für die Fundamente der neuen Gebäude zu schaffen.

Trau deinem Ehemann nicht, hallte eine Stimme in ihrem Kopf und holte sie aus ihrer Fantasie. *Mit Ted verbindet dich genauso wenig wie mit mir.*

Ein Schauer lief Emilia über den Rücken, wie sie ihn schon mehrfach erlebt hatte. Entweder hatte die Frau sie angelogen – oder Ted. Warum sollte sie der Frau eher trauen als Ted, der sich offensichtlich so viel Mühe gab, ihr dabei zu helfen, sich an die Vergangenheit zu erinnern? Er hatte es nicht verdient, dass sie an ihm zweifelte. Aber woher wusste die Frau, wer Emilia und Ted waren? Und warum sollte sie etwas behaupten, das nicht stimmte? Emilia griff in ihre Tasche und ließ die Finger wieder über die Visitenkarte gleiten.

Sie folgte Ted in die offene Küche. Die Arbeitsflächen waren leer und picobello aufgeräumt, weder Schubladengriffe noch Steckdosen waren zu sehen. Nur an der Kühlschranktür hingen zahlreiche Magnete in den unterschiedlichsten Farben. Sie trugen die Namen von Städten, Ländern und Hotels, von Las Vegas über Dubai bis zu den Seychellen. Darunter waren auch ein paar knallbunte Souvenirs von britischen Orten, die inmitten der internationalen Destinationen fehl am Platz wirkten. Dieses Sammelsurium war die einzige Spur von Individualität in einem ansonsten völlig steril eingerichteten Haus.

»Die gehen auf meine Kappe«, sagte Ted, der Emilias Verwirrung offenbar erkannte. »Der erste war nur ein Scherz. Ich war geschäftlich in Italien und habe dir einen mitgebracht. Dann wurde eine kleine Tradition daraus. Immer wenn ich ohne dich irgendwohin gefahren bin, habe ich dir einen Magneten mitgebracht.«

Emilia streckte die Hand aus, um einen der Magneten abzunehmen. »Lieber nicht«, sagte Ted rasch, und sein Lächeln geriet in Schieflage, als er sie bei der Hand fasste, um sie aufzuhalten. »Einige sind schon kaputt und würden wahrscheinlich auseinanderfallen, wenn du sie abnimmst.«

Emilia nickte. »Dürfte ich mir den Rest des Hauses allein ansehen?«, fragte sie. »Das ist gerade alles ziemlich viel auf einmal. Deswegen wäre ich jetzt gern ein bisschen für mich.«

»Natürlich. Lass dir Zeit. Ich bin solange im Büro. Das ist unten im ... na, du wirst es schon finden.«

Als Ted gegangen war, machte sich Emilia allein auf einen Rundgang durch das Haus. Erst betrachtete sie die abstrakten Gemälde, die an den hohen weißen Wänden hingen, dann nahm sie die Skulpturen und Deko-Objekte in die Hand, die auf Sideboards drapiert waren. In einem Ankleidezimmer voller Kleider, Schuhe und Handtaschen roch sie an verschiedenen Parfüms. In dem Audiosystem scrollte sie durch Playlists und inspizierte schließlich die Vorräte in der Speisekammer. Dann atmete sie tief durch und ließ den Geruch von Beton, Mörtel und Holz in ihre Lungen sickern, und schließlich betrachtete sie in den deckenhohen Regalen die Sammlung von Büchern. Zwischen Dutzenden Fachbüchern aus Medizin und Chemie sowie Bildbänden über Architektur und Kunst stand eine in Leder gebundene Ausgabe von Shakespeares Bühnenwerken.

Emilia hielt inne. Etwas in ihr erwachte zum Leben. Sie sah sich selbst, wie sie in einem Geschäft stand, in dem die Tische mit elektronischen Geräten übersät waren. Sie befand sich in einer abgelegenen Ecke, von der aus sie den Eingang aber noch im Blick hatte, und nahm ein Tablet zur Hand.

Sie loggte sich im Forum von ReadWell ein, aber das Bild war so unscharf, dass sie nicht erkennen konnte, was sie genau tippte. Als laute Schritte näher kamen, reagierte sie sofort. Sie hob den Arm und schlug dem Unbekannten mit der Faust ins Gesicht. Er rang nach Luft, doch im nächsten Augenblick rammte sie ihm einen Ellbogen in den Magen, drehte sich rasch um, hakte einen Fuß unter sein Bein und brachte ihn zu Fall. Dann zog sie einen langen, silbernen, scharfen Gegenstand aus der Gesäßtasche, setzte dem Angreifer ein Knie auf die Brust und hielt ihm den Gegenstand vors Gesicht.

»Nein, bitte nicht!«, brachte er röchelnd hervor. Emilia zögerte. Blut lief ihm von der Nase in den Mund und über das Kinn und tropfte auf sein weißes T-Shirt. Dort trug er ein Namensschild: »Timothy – Verkaufsberater«. Keiner von beiden bewegte sich, beide waren von Emilias Reaktion ganz verblüfft.

Das Bild der Erinnerung, falls es denn eine war, wurde schwarz und verschwand, wie am Ende eines Films. Doch bevor Emilia weiter darüber nachdenken konnte, spürte sie ein Vibrieren am Oberschenkel. Eine Textnachricht auf dem Handy, das Ted ihr gegeben hatte. Sie kam von ihm und lautete nur: »Ich liebe dich.«

Wie kannst du mich denn lieben?, dachte Emilia. Du hast doch keine Ahnung, wer ich bin. Das weiß ich ja nicht mal selbst.

Sie sah nach der Uhrzeit. Eine Stunde war vergangen, und auch ihr Hab und Gut hatte ihr nicht den geringsten Hinweis darauf gegeben, wer sie gewesen war. Sie ging eine Treppe hinunter und im Erdgeschoss vorbei an einem Fitnessraum, bis sie vor dem einzigen Zimmer stand, das sie noch nicht betreten hatte, Teds Büro. Hinter der Tür waren zwei gedämpfte Stimmen zu hören. Anstatt zu klopfen, legte sie das Ohr an die Tür.

»Passen Sie auf sie auf«, sagte Ted. »Lassen Sie sie nicht aus den Augen. Und achten Sie darauf, dass sie das Anwesen nicht allein verlässt.«

»Glauben Sie, dass sie wieder davonläuft?«

»Ich weiß es nicht. Das hängt davon ab, woran sie sich erinnern kann.«

»Und wenn ihr auf einmal alles wieder einfällt?«

»Dann müssen wir sie vielleicht wieder sedieren.«

Emilia drehte sich der Magen um. *Wieder sedieren?* Wann und wo war sie denn zuvor schon sediert worden? Hatte Ted irgendetwas mit dem Ort zu tun, an dem sie das erste Mal aufgewacht war?

Als die Stimmen lauter wurden, entfernte sich Emilia und ging durch eine Tür hinaus in den Garten. Als sie die Zufahrt entlanghastete, überkam sie ein Gefühl der Übelkeit. Plötzlich hörte sie das Bellen von Hunden und sah zwei fuchsrote Labradore auf sich zu laufen, die beide den Schwanz in Drohhaltung kerzengerade nach oben reckten. Sie versuchte, sich an die Namen zu erinnern, doch sie fielen ihr nicht ein.

»Na, ihr beiden?«, sagte sie in das Knurren der Hunde hinein. »Habt ihr mich vermisst?«

Doch dann schnupperten die Hunde nur kurz an ihr und zogen wieder ab. Sie konnten genauso wenig mit ihr anfangen wie sie mit ihnen.

Emilia brauchte Ruhe, um über das nachzudenken, was sie in Teds Büro gehört hatte. Sie sah sich um. Hinter ihr lag das Haus, vor ihr die gemähten Rasenflächen. Saß sie in der Falle? Wurde sie hier gefangen gehalten und hatte es nur noch nicht bemerkt?

Sie ging in Richtung des Wäldchens, bis sie außer Sichtweite des Hauptgebäudes war, und folgte dann einem flachen Weg, der sich zwischen Kiefern und Eschen hindurchschlängelte. Nach einer Weile kam sie an eine kleine Tür. Als sie weiter darauf zuging, tauchte plötzlich wie aus dem Nichts Josef auf. Emilia erschrak.

»Kann ich Ihnen irgendwie helfen?«, fragte er.

»Verfolgen Sie mich?«

»Suchen Sie etwas Bestimmtes?«

»Ich komme schon klar, vielen Dank.«

»Wenn Sie das Gelände verlassen müssen, können wir das für Sie organisieren.«

»Warum kann ich es denn nicht einfach verlassen, wann und wie ich will?«

»Wäre es nicht besser, wenn Sie zuerst mit Ihrem Mann darüber sprechen?«

»Ist das eine Frage oder ein Befehl?«

Als Josef nicht antwortete, wusste Emilia, wie er es gemeint hatte.

Sie wandte sich um und ging langsam zurück. Nachdem sie das Wäldchen verlassen und die Rasenfläche erreicht hatte, blieb sie stehen. Vor ihr lag das Haus. Hinter den Fenstern des Wohnzimmers stand der Mann, der behauptete, ihr Ehemann zu sein, und sah sie an.

25

Bruno, Exeter

»Hören Sie auf, bitte. Ich kann Ihnen alles geben, was Sie wollen«, sagte der Mann flehentlich.
»Das kann ich mir nicht vorstellen«, erwiderte Bruno. Vor seinem geistigen Auge sah er sich selbst und Louie in ihrem alten Haus.
»Wollen Sie das Geld, das wir Ihnen vorenthalten haben? Das kann ich besorgen. Nur verschonen Sie mich. Es tut mir leid, wirklich.«
Unter dem Blut, das Augenbrauen, Wangen und Mund bedeckte, war die Miene des Mannes kaum zu erkennen. Bruno hätte nicht sagen können, ob die Entschuldigung aufrichtig gemeint war oder der Angst entsprang. Als er vor ihn trat, zog der Mann die Schultern zusammen und wandte sich ab, um sich zu schützen. Eine Geste der Hilflosigkeit. Aus den tiefen Schnittwunden in seinem nackten Rücken hingen Fetzen von rotem und violettem Muskelfleisch. Unter den Sohlen von Brunos Stiefeln knirschten Glassplitter, Überreste der Fensterscheiben, durch die er den Kopf des Mannes zweimal gerammt hatte. Wie sein erstes Opfer in der Toilette einer Autobahnraststätte hatte er auch den zweiten Namen auf seiner Liste überrumpelt.

»Ich habe Familie«, sagte der Mann schluchzend. »Ich habe einen Sohn.«

»Ich hatte auch mal einen Sohn«, erwiderte Bruno tonlos, und als er Louie jetzt wieder vor sich sah, flog seine Faust wie von selbst auf den Mann zu, und er schlug ihn mehrmals in die Nierengegend. »Und ihr habt ihn mir genommen.«

Bruno betrachtete das Seil, das um den Hals seines Opfers lag und dessen anderes Ende an eine der Metallstreben gebunden war, die das gewölbte Dach des Gewächshauses trugen. Schließlich waren solche Schmarotzer wie dieser hier schuld daran, dass er von seinem Sohn getrennt worden war.

Während der Mann nach Atem rang, dachte Bruno daran zurück, wie er Louie das letzte Mal gesehen hatte. Das war jetzt fast fünf Monate her. Mit tief empfundener Freude hatte er Louie dabei zugesehen, wie er barfuß auf dem Kunstrasen der Pflegeeinrichtung tanzte. Wenn er jetzt an ihn dachte, war er traurig und wütend zugleich. Louie hatte nun weder Mutter noch Vater, und das war allein Brunos Schuld. Dafür hasste er sich. Noch einmal schlug er auf den Mann ein, und heiße Tränen der Wut rannen ihm über die Wangen.

Kurz bevor das Programm begonnen hatte, hatte Bruno den Anwalt Robert Graph schon einmal in dessen Landhaus aufgesucht. Die Adresse war leicht herauszufinden gewesen, und damals hatte Bruno nur mit ihm reden und ihm erklären wollen, dass Graph und sein Kollege Jacob O'Sullivan angelogen worden waren, wodurch er selbst dann alles verloren hatte. Er war unangekündigt vor Graphs Tür aufgetaucht und hatte ihn angefleht, seine Mandanten dazu zu bringen, noch einmal über alles nachzudenken. Graph hatte ihm nur ins Gesicht gelacht und gesagt, die Wahrheit interessiere ihn nicht. Dann hatte er ihm mit der Polizei gedroht und ihm die Tür vor der Nase zugeschlagen.

Heute aber hatte Bruno ihm keine Chance gelassen. Als er die Tür geöffnet hatte, hatte Bruno ihn zurück ins Haus gestoßen und ihn mit einem Hammer brutal niedergeschlagen. Dann hatte er den bewusstlosen Graph ins Gewächshaus geschleift und seinen Kopf durch ein Fenster gestoßen, hatte das mitgebrachte Seil an einer Strebe befestigt und Graph so weit nach oben gezogen, dass er auf der Trittleiter, die Bruno ihm untergeschoben hatte, gerade noch Halt fand.

»Es ist ganz allein Ihre Schuld«, sagte Bruno. »Durch Sie bin ich zu einem Mann geworden, der ich eigentlich gar nicht bin. Und jetzt sind Sie dran, im Namen aller Männer, Frauen und Kinder, deren Leben Sie zerstört haben, ohne sich einen Scheiß darum zu kümmern.«

Er holte mit dem Fuß aus und verpasste der Leiter einen so heftigen Tritt, dass sie scheppernd umfiel. Graph sackte in die Tiefe, jedoch nicht so weit, dass sein Gewicht ihm sofort das Genick brach. Stattdessen schnürte ihm das Seil die Adern ab, die sein Gehirn mit Blut versorgten, wodurch es keinen Sauerstoff mehr bekam und sich sein Tod in die Länge zog. Seine Beine zuckten, und er griff nach dem Seil um seinen Hals und versuchte verzweifelt, es zu lockern. Nach zehn Minuten war er schließlich tot. Bevor Bruno verschwand, drückte er ihm in jede Augenhöhle eine Ein-Pfund-Münze.

Als Bruno über eine schmale Landstraße zurück zu seinem Auto ging, sangen in den Baumkronen die Vögel. Er konnte sich nicht erinnern, wann er das letzte Mal Vogelgezwitscher gehört hatte. Meist überlagerte das Plappern der Echos in seinem Kopf alle Geräusche der Umgebung. Jetzt aber versuchten die Stimmen nicht mehr, sich gegenseitig zu übertönen. Vielleicht fand Brunos Gehirn allmählich zu seiner neuen Gestalt. Vielleicht war es aber auch das Morden, das die Toten zum Schweigen brachte.

Er hatte noch gut in Erinnerung, wie die Echos zum ersten Mal aufgetaucht waren. Das war einige Tage nach der Operation gewesen, als er sich noch immer ein wenig schwach gefühlt hatte. Vor der Tür des Aufwachraums hatten einige Ärzte zwar flüsternd miteinander gesprochen, doch keiner von ihnen war hereingekommen. Nach einer Weile war Bruno aufgestanden und hatte auf den Korridor hinausgesehen. Er war leer, die Stimmen waren jedoch weiter zu hören gewesen. Voller Panik hatte er Karczewski davon erzählt, der ihm gesagt hatte, er solle sich keine Sorgen machen; das sei ein vorübergehendes Phänomen, das so lange anhalten würde, wie sein angereichertes Gehirn brauchte, um die neu eingebrachten Informationen zu integrieren.

Doch schon bald war aus der Handvoll Stimmen eine solche Menge geworden, dass Bruno schnell den Überblick verlor. Es war, als höre er sämtliche Radiostationen der Welt gleichzeitig, ohne auch nur eine davon ausschalten zu können.

Weil er Angst bekam, den Verstand zu verlieren, hatte er beschlossen, einer seiner betreuenden Psychologinnen davon zu erzählen. Gerade als er sie in ihrem Büro aufsuchen wollte, hatte die Tür halb offen gestanden und er hatte hören können, wie sie mit Karczewski über Patient 0157 sprach. Das war seine Nummer. Er hatte die Echos so weit wie möglich unterdrückt, indem er die Zähne zusammenbiss und die Fäuste ballte, und gespannt zugehört.

»Ich habe meine Bedenken, was ihn angeht«, hatte die Psychologin gesagt. »Die Muster der physiologischen Prozesse in seinem Gehirn sind zu sprunghaft, genauso wie seine Gedanken. Dabei sollte sich das längst reguliert haben. Er entwickelt sich nicht wie die anderen.«

Die anderen, hatte Bruno gedacht. Wie viele Wächter gab es denn noch?

»Er hat alle Trainingslevel absolviert und sämtliche Tests bestanden, ohne Ausnahme«, hatte Karczewski erwidert. »Von anderen Probanden wissen wir, dass die Echos irgendwann von selbst verschwinden. Wir haben seinen Dopaminspiegel auf einem höheren Niveau stabilisiert und seinen Noradrenalinspiegel gesenkt, damit er seine Ängste besser in den Griff bekommt. Ich weiß, dass seine Adrenalinwerte höher sind, als wir uns das wünschen, was darauf hinweist, dass er zu Jähzorn neigt. Aber bis jetzt hat sich das noch nicht negativ geäußert, was wiederum dafür spricht, dass er seine Wut unter Kontrolle hat. Warum machen Sie sich dann solche Sorgen?«

»Ich habe einfach kein gutes Gefühl dabei, Edward. Er hat zwar das Puzzle am schnellsten gelöst, aber die Synästhesie ist bei ihm am schwächsten ausgeprägt. Und bei dem Programm geht es ja nicht einfach nur darum, dass ein Gehirn einen eingepflanzten Fremdkörper assimiliert. Sondern auch darum, dass man ein normales Leben führen kann und sich selbst und die Daten schützt. Was beim letzten Mal passiert ist, darf sich auf keinen Fall wiederholen.«

»Wir haben Korrekturen vorgenommen, die sicherstellen, dass so etwas nicht wieder geschieht«, hatte Karczewski in verändertem Tonfall entgegnet.

»Können wir es wirklich riskieren, ihn mit all dem, was er weiß, wieder in die Welt zu entlassen? Können Sie mir garantieren, dass er den Dienst an seinem Land über alles andere stellt?«

Diese Frage hatte Karczewski offenbar erstaunt. »Sie kennen doch die ersten Ergebnisse. Jemanden mit seinen Fähigkeiten nehmen wir nur dann aus dem Programm, wenn es wirklich nicht anders geht.«

Bruno hatte sich so leise davongeschlichen, wie er gekommen war, und beschlossen, niemandem von dem Anschwellen der Echos zu erzählen. Lieber lebte er mit ihnen, als zu riskieren, aus dem Programm abgezogen zu werden und damit die Finanzierung für Louies Pflegeeinrichtung zu verlieren.

Was das Ausmaß seiner Wut anging, so hatte Karczewskis Kollegin recht gehabt. Nach dem Eingriff hatte er oft gespürt, dass der Zorn in ihm hochkochte und wie Lava aus einem Vulkan auszubrechen drohte. Doch er hatte sich antrainiert, ihn zu unterdrücken und so vor den Laboranten zu verbergen, die ihn mithilfe von Elektroden an Kopf und Körper überwacht hatten.

Erst als er zurück in die Welt entlassen worden war, hatte er seiner Raserei freien Lauf gelassen und sie gegen jene gerichtet, die es verdient hatten, so wie O'Sullivan und heute Graph. Und auf seiner Liste standen noch vier weitere, die sein Zorn ereilen würde.

26

Flick, Aldeburgh, Suffolk

Flick saß kerzengerade im Bett. Ihr ganzer Körper war von einer dünnen, heißen Schweißschicht bedeckt. Im diesigen Licht der Morgendämmerung warf sie die Bettdecke von sich, sodass diese auf dem Boden landete. Flick stand auf und ging zum Fenster, schob die Riegel zur Seite und öffnete es so weit wie möglich. Kurz darauf schmeckte sie auf den Lippen die frische Nordseeluft, die nun ins Zimmer wallte und sie am ganzen Körper kühlte. Langsam beruhigte sich ihr rasender Puls und näherte sich wieder der Normalfrequenz.

Während sie geschlafen hatte, war das Wissen, das sie in sich trug, wieder einmal in ihr Unbewusstes gedrungen und hatte ihre Träume geformt. Doch sie hatte nicht nur einen einzigen Traum gehabt, sondern eine ganze Reihe, die einander überlagerten und alle gleichzeitig abliefen. Und in jedem hatte ein anderes der Geheimnisse, die sie zu beschützen hatte, eine Rolle gespielt. Sie fragte sich, ob diese Träume als Ventil dienten, um den Druck in ihrem Inneren zu verringern. Und wenn das tatsächlich so war, welche Folgen hätte es dann, wenn sie irgendwann nicht mehr träumte?

Es war kurz nach fünf Uhr morgens. Flick war hellwach, und ihr Gehirn arbeitete auf Hochtouren. Ihre Gedanken schossen in alle Richtungen, als wäre in ihrem Kopf ein Feuerwerk gezündet worden. »Das sind temporäre Angstzustände, die auftreten können, während Sie schlafen«, hatte Karczewski ihr erklärt, als sie so etwas zum ersten Mal erlebt hatte. »Unsere Untersuchungen haben gezeigt, dass das mit der Zeit vorübergeht. Sie können diesen Prozess allerdings beschleunigen, indem Sie die Umgebung, in der Sie sich befinden, verlassen und einen anderen Ort aufsuchen. Wenn Ihr Gehirn andere visuelle Eindrücke bekommt, werden die Traumbilder dadurch verdrängt.«

Flick zog ihre Jogginghose, ein langärmeliges T-Shirt und ihre Turnschuhe an, schlich über den Flur, bedacht darauf, Grace nicht zu wecken, dann stieg sie die mit Teppich ausgeschlagene Treppe hinunter und ging aus dem Haus. Sie stapfte ein Stück den Kiesstrand entlang und setzte sich schließlich neben eine große Stahlskulptur, die eine Muschel darstellte. Sie zog die Knie an die Brust und schlang die Arme darum, wie um selbst eine undurchdringliche Schale zu bilden und sich zu schützen.

Ihr Job hinter dem Tresen des Pubs Fox & Hounds ließ sie die Last ihres Wissens häufig vergessen. Doch sie musste immer wieder äußerst sorgfältig darauf achten, was sie im Gespräch mit anderen sagte. Das war manchmal geradezu kräftezehrend, denn zum Job einer Barkeeperin gehörte es nun einmal, mit den Gästen zu sprechen. Ihr Gehirn arbeitete dabei oft in rasendem Tempo, und sie dachte über alles, was sie sagen wollte, lieber zweimal nach, bevor sie den Mund aufmachte. Nach der Schicht war sie jedes Mal geistig völlig erschöpft.

Als sie jetzt wieder auf die Uhr sah, war es fast Viertel vor sieben. Sie war überrascht, dass sie schon so lange hier gesessen hatte. In der wirklichen Welt verging die Zeit viel schneller als in der Einsamkeit ihrer Londoner Wohnung, wo sie die Zeit anhand gerauchter Zigaretten und des Fernsehprogramms gemessen hatte. Auf dem Weg zu einer Bäckerei, in der sie für sich und Grace etwas Gebäck fürs Frühstück holen wollte, fiel ihr auf, dass sie heute Morgen noch gar nicht an Christopher gedacht hatte. Zu Hause war höchstens eine Stunde vergangen, bis ihr wieder sein Gesicht oder das eines seiner Opfer vor dem geistigen Auge erschienen war. Hier dagegen hatte sie einen Alltag entwickelt, der vor allem aus Laufen und Yoga bestand, aus Fahrradtouren, Treffen mit Bekannten und der Arbeit am Abend, und der keinen Raum für Gedanken an ihn ließ. Sie war jetzt seit zwei Monaten in Aldeburgh, und sie war sicher, dass dies die beste Entscheidung ihres Lebens gewesen war.

Nachdem sich die Busladung Gäste aus der Bar zurückgezogen hatte, blieb nur noch eine einzelne Gestalt auf einem Barhocker übrig. Flick kannte den Mann nicht. Er hielt ein Notizbuch auf dem Schoß und kritzelte darin herum. Vor ihm stand ein leeres Glas, also hatte ihn vermutlich Mick, der Wirt, schon vorher bedient, als Flick auf der Toilette gewesen war.

Sie konnte es nicht genau benennen, aber irgendetwas an ihm war ungewöhnlich. Das taillierte T-Shirt, die Jeans, die Markenturnschuhe und das etwas klobige silberne Armband hatten überhaupt nichts Angeberisches an sich, aber die Kombination aus all diesen Dingen erschien keineswegs zufällig. Es machte den Eindruck, als wolle er sich unkenntlich machen, obwohl er von Natur aus einen viel zu stark ausgeprägten Charakter hatte, um mit seiner Umgebung zu verschmelzen. Aus den kaum sichtbaren Linien um die Augen herum und auf der Stirn schloss Flick, dass er etwa so alt war wie sie. In seinem hellbraunen Haar schimmerten graue Strähnen, und aus dem etwas dunkleren Bart ragten am Kinn ein paar weiße Büschel. Seine Augen waren tiefblau, und Flick fragte sich, ob er farbige Kontaktlinsen trug. Aber wenn er so eitel war, hätte er sich wahrscheinlich auch die Fältchen glätten lassen.

Als Flick bemerkte, dass sie ihn anstarrte, sah sie sofort weg, doch ihr Blick kehrte immer wieder zu ihm zurück. Er dagegen hatte noch kein einziges Mal zur ihr hingesehen. Irgendwann hielt sie es vor Neugier nicht mehr aus und ging zu ihm.

»Möchtest du noch was trinken?«, fragte sie, nahm das leere Glas und stellte es in die Spülmaschine. Sie war überrascht, wie ängstlich sie klang. Er sah auf und lächelte sie an.

»Ich wollte eigentlich noch ein Adnams, aber du hast mir ja gerade mein Glas weggenommen.«

Flick errötete und schenkte ihm ein neues ein.

»Darf ich dich auf eins einladen?«

Sie lehnte höflich ab, wollte aber das Gespräch nicht einfach so beenden. »Bist du von hier?«

»Ja, ich wohne unten am Strand. Aber vor Kurzem habe ich eine Zeit lang in London gelebt.«

»Wo denn?«

»Meistens im Westen, Kensington, Notting Hill und so. Kennst du die Gegend?«

»Ein bisschen«, gab Flick ausweichend zurück. Sie stammte vom südlichen Ufer der Themse, hatte aber schon viel Zeit in Notting Hill verbracht und war vor allem durch das Viertel gestreift, in dem Christopher gewohnt hatte, um ein Gefühl für ihn zu bekommen. »Ich hab da studiert«, behauptete sie einfach.

»Und was?«

»Wirtschaft.«

Karczewski hatte ihr versichert, dass, sollte es irgendjemand überprüfen wollen, ihr Name in den Akten des London Institute for Business and Finance verzeichnet war, mitsamt Punktzahlen, Beurteilungen der Dozenten und gefälschten Fotos.

»Wirtschaft? Lass mich raten: Du warst Börsenmaklerin, hast dabei ein Vermögen verdient und dich jetzt früh zur Ruhe gesetzt.«

»Wenn ich steinreich wäre, würde ich wohl kaum hier hinter dem Tresen stehen.«

»Ich bin Elijah«, stellte er sich plötzlich vor und reichte ihr die Hand. Der Name gefiel ihr. Er hatte etwas Ermutigendes, ja Biblisches.

»Was schreibst du denn da?«, fragte sie und sah auf sein Notizbuch. Es war ungewöhnlich, dass jemand mit Papier und Stift hantierte anstatt mit Tablet und Touchpen. Er klappte das Notizbuch zu.

»Nichts von Bedeutung.«

»Ziert sich da jemand?«, fragte sie scherzhaft.

»Wenn ich dir schon keinen Drink ausgeben darf, könnte ich dich dann wenigstens mal zum Essen einladen?«, erkundigte er sich.

Flick fühlte sich überrumpelt. »Also ... danke, aber ... nein, danke«, sagte sie.

»Du lässt dir nicht mal eine Ausrede einfallen, um mich nicht ganz so brutal abblitzen zu lassen?«, fragte er erheitert. »Zum Beispiel so was wie: ›Ich hab grad eine schwierige Trennung hinter mir‹, oder: ›Ich bin seit kurzer Zeit frisch verliebt‹?« Einfach bloß ein Nein und sonst nichts?«

Plötzlich fühlte Flick sich schuldig. Sie fand ihn attraktiv, aber sie wusste nicht das Geringste über ihn. Hinter seiner Fassade konnte sich alles Mögliche verbergen, und ohne seinen vollen Namen zu kennen und ohne ein elektronisches Gerät, mit dem sie einen kompletten Hintergrundcheck hätte machen können, war alles Weitere viel zu riskant. Außerdem waren im Rahmen des Programms emotionale Bindungen zu anderen Menschen strengstens verboten.

»Genau. Einfach nur ein Nein und sonst nichts. Tut mir leid.«

Elijah hob sein Glas. »Auf die Ehrlichkeit«, sagte er und nahm einen Schluck.

Am anderen Ende des Tresens standen ein paar neue Gäste, und Flick ging zu ihnen, um sie zu bedienen. Während sie bezahlten, sah Flick sich verstohlen nach Elijah um. Enttäuscht stellte sie fest, dass der Barhocker leer war. Doch auf dem Tresen lag ein Stück Papier. Flick ergriff es und faltete es auf. Es war ein Porträt von ihr. Die Zeichnung war unfassbar detailliert und zeigte sogar die Sommersprossen, die in einer Linie über ihre Nase verliefen und von denen sie geglaubt hatte, das Make-up würde sie verdecken. Und sogar die kleine Kerbe im rechten Ohrläppchen, die von einem Piercing aus ihrer Jugend stammte, hatte Elijah gesehen.

Als sie die Zeichnung wieder zusammenfaltete und in die Tasche steckte, durchströmte sie ein ungewohntes Gefühl der Wärme.

27

Charlie, Manchester

»Alter, was hast du denn mit deinem Bein gemacht?«, fragte Milo und starrte auf die rote Wunde, die quer über Charlies Oberschenkel verlief. Charlie hatte am Morgen vergessen, die Wunde mit einem Verband zu verdecken, und hatte sie auch nicht beachtet, als er sich die Fußballklamotten für das Match sieben gegen sieben angezogen hatte. Er wandte sich von Milo ab, hin zu der gefliesten Wand der Duschen.

»Ach, nichts«, sagte er beiläufig. »Ich hatte einen Fahrradunfall und bin im Stacheldraht gelandet.«

»Wo denn?«

»Auf dem Weg, der am Kanal entlangführt, da, wo keine Häuser mehr stehen. Weiß nicht, wie die Gegend heißt.«

»Sieht krass aus. Vielleicht solltest du dir eine Tetanusspritze holen.«

»Nein, ist schon okay so.« Charlie wollte unbedingt das Thema wechseln und zog die Sache ins Scherzhafte. »Sag mal, kann es sein, dass dich das nur interessiert, weil du mir auf den Schwanz starren willst?«

»Hättest du wohl gern«, sagte Milo und lachte. »Träum weiter, Alter.«

In Wahrheit hatte es keinen Stacheldraht gegeben, nur eine Scherbe des Glases, das Charlie ein paar Wochen zuvor versehentlich zerschlagen hatte. Er hatte sie aufgehoben und schnitt sich seitdem immer wieder damit. Er stellte sich in die Badewanne, nahm die Scherbe in die Hand und wartete, ob die Aussicht auf das, was gleich geschehen würde, irgendein Gefühl in ihm hervorrief. Doch in seinem Inneren blieb alles taub. Keine Beklommenheit, keine Erregung, keine Angst und auch kein Gefühl der Erleichterung, wenn das Blut sein Bein hinabrann und sich in der Porzellanwanne sammelte.

Dennoch trieb ihn irgendetwas dazu, es alle paar Tage wieder zu tun. Der Charlie von heute konnte den Charlie von früher zwar nicht leiden, aber insgeheim fragte er sich, ob nicht doch noch irgendwo Spuren seiner alten Persönlichkeit vorhanden waren. Das hätte ihm die Gewissheit gegeben, dass er noch immer ein Mensch war.

»Leihst du mir dein Shampoo?«, fragte Milo, und Charlie gab es ihm. »Wo hast du eigentlich immer diese Dinger her? Hast du ein Hotel ausgeraubt, oder was?«

Bisher hatte Charlie noch keinem seiner neuen Freunde anvertraut, dass er im La Maison du Court wohnte. Dass jemand, der gerade mal so viel verdiente, dass es zum Leben reichte, seine Nächte im teuersten Hotel der Stadt verbrachte, hätte einer ausführlichen Erklärung bedurft. Charlie hatte deswegen jedoch kein schlechtes Gewissen. Manchmal fragte er sich, ob er überhaupt noch ein Gewissen besaß. Eine Woche lang musste er noch den Mund halten, dann wurde ein Zimmer in einer WG mit zwei Kollegen frei. Vielleicht würden gewöhnlichere Lebensumstände für mehr Normalität sorgen.

Nach dem Spiel ging die ganze Truppe noch in einen Pub neben dem Indoor-Sportzentrum, in dem sie sich einmal die Woche zum Kicken trafen. Charlie ließ den ganzen Abend seine Bierflaschen absichtlich irgendwo stehen oder schüttete sie aus, und wenn er einmal eine nicht beseitigen konnte, ging er, sofort nachdem er sie geleert hatte, aufs Klo und übergab sich dort, bevor das Anti-Alkohol-Implantat ihn dazu brachte, das in aller Öffentlichkeit zu tun.

»Hast du eigentlich 'ne Freundin?«, fragte Andrew, ein anderer von Charlies neuen Kumpels.

»Nee. Bin grad solo.«

»Und was ist so dein Typ? Groß, klein, mager, mollig, Männlein, Weiblein?«

»Ich hab eigentlich keinen Typ«, antwortete Charlie. »Na ja, Mädels, natürlich.«

»So natürlich ist das nicht«, sagte Andrew. »Und du, Milo, was bist du eigentlich? Pansexuell? Bi? Bei dir wirkt das jeden Monat anders.«

»Schließe niemals eine Tür, bevor du sie geöffnet hast«, sagte Milo mit einem Augenzwinkern.

»Warum willst du das eigentlich wissen?«, fragte Charlie nach.

»Wenn du Lust auf ein Date hast, ohne dass Match Your DNA im Spiel ist – die Cousine meiner Freundin ist wieder Single.« Er klappte sein Handy auf und zeigte Charlie ihr Instagram-Profil. Sie war eine gut aussehende Frau mit dunkelbraunen Haaren, stark ausgeprägten Wangenknochen und tiefbraunen, gesprenkelten Augen, die von dichten Brauen überwölbt waren.

»Danke, im Moment nicht«, gab Charlie zurück. Es war nicht so, dass er Alix nicht attraktiv fand, doch schon seit einiger Zeit übte eigentlich niemand mehr einen Reiz auf ihn aus. Einige Tage zuvor war ihm aufgefallen, dass er sich nicht mehr erinnern konnte, wann er zum letzten Mal eine Erektion gehabt, geschweige denn masturbiert hatte. Sein sexuelles Verlangen hatte sich vollständig in Luft aufgelöst.

»Ich hol die nächste Runde. Nochmal dasselbe für alle?«, fragte er und erntete allseitige Zustimmung.

»Ich helf dir«, sagte Milo und kam mit zur Bar. An der Art, wie Milo die Hände rang, erkannte Charlie, dass ihn etwas beschäftigte. Niemand aus der Mannschaft stand Milo so nah wie er, jedenfalls oberflächlich betrachtet.

»War ein klasse Spiel heute Abend«, begann Milo. »Auch ein ... also ... ein tolles Ergebnis.«

»Was ist los, Großer?«

»Es ist ... na ja ... es ist mir ein bisschen unangenehm.«

»Sag's einfach.«

»Die Schnittwunde an deinem Bein. Die geht mir nicht aus dem Kopf, und ich finde, sie sieht aus wie, also, ich weiß auch nicht, sie sieht einfach nicht nach Stacheldraht aus. Dazu ist sie zu schmal und zu gerade.«

»Ah, ach so«, sagte Charlie und nickte. Er sah Milo mit hochgezogenen Augenbrauen an, fast ein bisschen streitlustig. Aber dann neigte er versöhnlich den Kopf. »Findest du?«

Milo nickte und räusperte sich. »Das sieht aus, als wäre es ... na ja ... als wäre es nicht zufällig passiert. Und immer wieder höre ich, wie du dich auf dem Klo übergibst. Auch heute wieder.«

»Erst starrst du mir in der Dusche auf den Schwanz, und jetzt läufst du mir auch noch aufs Klo nach«, scherzte Charlie. »Das schmeichelt mir ja, aber du bist leider nicht mein Typ.«

»Ich wollte nur sagen, dass Reden manchmal hilft.«
»Reden worüber?«
»Über alles. Über alles in deinem Leben, womit du vielleicht Schwierigkeiten hast. Ich weiß, du bist lieber für dich, und vielleicht liege ich ja auch falsch ...«
»Ganz sicher«, unterbrach ihn Charlie.
»Aber ich würde es mir nie verzeihen, wenn mit dir irgendwas passieren würde, und ich hätte einfach weggeschaut.«
»Danke, Milo, ich weiß das sehr zu schätzen, ehrlich. Aber mir geht's gut. Wirklich. Und ich verspreche dir, wenn ich mal mit irgendwas nicht klarkommen sollte, erzähle ich es dir. Okay?«
»Okay«, antwortete Milo, aber Charlie sah ihm an, dass er nicht überzeugt war.
»Und jetzt muss ich pissen«, sagte Milo, versuchte zu lächeln und klopfte Charlie auf die Schulter.
»Soll das eine Einladung sein?«, fragte Charlie augenzwinkernd.

Lage entschärft, dachte er. Früher wäre er für so viel Anteilnahme dankbar gewesen. Seine alten Freunde hatten nie so viel Mitgefühl gezeigt. Und jetzt empfand er es als lästig.

Als er später in sein Hotelzimmer zurückgekehrt war und sich auszog, fiel sein Blick wieder auf die Wunde. Er strich mit dem Daumen darüber. Sie war purpurfarben und war leicht gewölbt. Weil Milo sie jetzt im Blick behalten würde, konnte er sie nicht nochmal aufschneiden. Er musste seine Gefühlstaubheit auf andere Weise auf die Probe stellen.

Plötzlich dachte er an das Profil von Alix, das Andrew ihm gezeigt hatte. Rein äußerlich war sie ziemlich genau sein

Typ, und früher hätte er sich die Gelegenheit, eine solche Frau kennenzulernen, keinesfalls entgehen lassen. Vielleicht war er mit seiner Ablehnung etwas zu voreilig gewesen.

Morgen würde er zu Andrew gehen und ihm sagen, dass er seine Meinung geändert hatte. Vielleicht konnte Alix ihm helfen, das wiederzufinden, was er verloren hatte.

28

Sinéad, Edzell, Schottland

Sinéad saß am Ufer der Esk im Gras. Sie betrachtete die Blätter und Zweige, die vorübertrieben, sich in kleinen Strudeln verfingen oder plötzlich im Wasser verschwanden. Der Sturm von letzter Nacht hatte den Schlick des Flussbetts aufgewirbelt, sodass das Wasser ein trübes Rot angenommen hatte und der Grund nicht mehr zu sehen war. Vorsichtig tauchte Sinéad einen Fuß hinein. Weil ihre Schmerzrezeptoren betäubt waren, konnte sie die eisige Kälte zum Glück ohne Weiteres ertragen. Sie krempelte die Hosenbeine bis über die Knie hoch und watete langsam in die Mitte des Flusses. Dann nahm sie aus der Tasche, die sie über der Schulter trug, sechs Halbliterflaschen aus Plastik. Jede enthielt einen handgeschriebenen Brief, einen für jeden Menschen, von dem sie sich nicht hatte verabschieden können, bevor sie Bristol verlassen hatte.

Eine ihrer betreuenden Psychologinnen hatte ihr dazu geraten – das war eine symbolische Handlung, mit der sie sich endgültig von der Vergangenheit verabschiedete. Drei der Briefe galten ihren ehemals besten Freundinnen, Imani, Cally und Leanne. Daniel hatte ihr schon bald zu verstehen gegeben, dass er es nicht gern sah, wenn sie mit ihnen Zeit verbrachte. Er hatte die Mädelsabende verabscheut, nach denen Sinéad nach Alkohol und Fast Food riechend nach Hause kam. Auch über Telefonate und Videonachrichten hatte er die Nase gerümpft. Und als er einmal Sinéads Mails durchgesehen und dabei einen Witz über ihr Sexleben entdeckt hatte, war er explodiert. Um den Frieden wiederherzustellen, hatte sie einem gemeinsamen E-Mail-Account zugestimmt und ihren eigenen gelöscht.

Weil ihre Freundinnen immer häufiger Anlass zu Streit wurden, hatte sich Sinéad irgendwann gegen sie und für ihre Ehe entschieden. Diese Entscheidung zu erklären, wäre ihr peinlich gewesen, weshalb sie einfach die Anrufe und Nachrichten der anderen ignoriert hatte. Das war leichter gewesen als zuzugeben, dass ihr Mann immer mehr Kontrolle über ihr Leben gewann.

Als sie gestern Abend am Esstisch ihres Hauses die drei Briefe geschrieben hatte, hatte sie an die sorglosen Stunden zurückgedacht, die sie mit ihren Freundinnen verbracht hatte. In den Briefen dankte sie ihnen für ihre treue Freundschaft und versicherte ihnen, dass sie Besseres verdient hatten als das, was Sinéad ihnen gegeben hatte.

Der vierte Brief richtete sich an ihre Eltern, deren plötzlicher Tod im Tsunami von Mumbai zehn Jahre lang Sinéads Leben geprägt hatte. In dieser Zeit hatte sie die Liebe gesucht, die sie ihr gegeben hatten, doch an den falschen Orten.

Der fünfte Brief galt Daniel und war ihr am leichtesten gefallen. Darin erläuterte sie, wie er sie emotional missbraucht und welches Leid er ihr dadurch zugefügt hatte, warum sie ihn verlassen hatte, und dass sie ihm mittlerweile nicht mehr die alleinige Schuld daran gab. Auch sie selbst hatte dazu beigetragen, dass er so viel Macht über

sie gewonnen und sie sich nicht schon früher von ihm befreit hatte.
An den Inhalt des sechsten Briefs konnte sie noch nicht wieder denken. Ihn zu schreiben, war eine Qual gewesen, trotz der Bewältigungsstrategien, die sie dabei angewandt hatte.
Die Briefe trugen weder die Namen der Adressaten noch Anschriften, und Sinéad hatte sie auch nicht unterschrieben. Außerdem hatte sie in jede der biologisch abbaubaren Flaschen ein Loch gebohrt, damit Wasser eindrang, die Tinte verwischte und sie zu Boden sanken. Falls doch irgendjemand sie einmal finden und lesen sollte, wäre nicht nachzuvollziehen, wer die Verfasserin und wer die Adressaten waren.
Eine nach der anderen ließ Sinéad die Flaschen auf die Wasseroberfläche fallen und sah zu, wie sie von der Strömung fortgetrieben wurden und irgendwann außer Sichtweite gerieten, bis sie nur noch eine einzige in der Hand hielt. Sie umfasste sie fester als die anderen. Schließlich steckte sie sie, mit Tränen in den Augen, in ihre Tasche zurück. Sie war noch nicht so weit, sie ganz gehen zu lassen. Lilly, ihre Tochter.

Das Häuschen mit seinen zwei Zimmern war leer und unmöbliert gewesen, als Sinéad den Mietvertrag unterschrieben hatte. Die Wohnung, in der sie mit Daniel gewohnt hatte, war mit nagelneuen Möbeln und modernster Technik ausgestattet gewesen, einer Waschmaschine und einem Geschirrspüler, die sich automatisch einschalteten, und einem Kühlschrank, der online selbstständig Lebensmittel nachbestellte. Ihr neues Zuhause dagegen richtete sie nur mit

Dingen ein, die gebraucht waren oder aus Altholz bestanden und nicht mit dem Internet verbunden waren. Schon bald ähnelte es dem Haus, das sie sich immer gewünscht hatte.

Hin und wieder besuchte sie Doon zu den Wein-und-Film-Abenden, dann wieder kam Doon zu ihr und sie aßen gemeinsam zu Abend. Doon war so etwas wie die Mutter, nach der Sinéad sich anderthalb Jahrzehnte lang gesehnt hatte. Möglicherweise fühlten sie sich auch deshalb einander so verbunden, weil Doon ihr einziges Kind verloren hatte. Jede füllte eine Lücke im Leben der anderen. Doch diese Nähe machte es Sinéad noch schwerer, über die wahren Umstände des Todes von Doons Tochter Isla zu schweigen. Sie hätte ihrer Freundin so vieles sagen können, was ihr die Schuldgefühle genommen hätte, doch das wäre gegen alle Vorschriften gewesen. Manchmal hasste Sinéad es, Geheimnisse für sich behalten zu müssen.

Ihre Tage waren so randvoll wie ihre Garage. Darin lagerten das Kopfteil eines Bettes, ein Esstisch, zwei Kommoden und eine Anrichte, die Gail allesamt bei Onlineauktionen erstanden hatte. Mit Schmirgelpapier, Kalkfarbe, Lasur, Beize und Lack hauchte Sinéad ihnen neues Leben ein. Anschließend verkaufte Gail sie, und dann teilten sie sich den Gewinn. Weil Sinéad kein Einkommen brauchte, spendete sie ihren Anteil der Neugeborenenstation des Krankenhauses Royal Infirmary in Edinburgh.

Gail besuchte Sinéad jeden zweiten Tag und brachte dabei oft ihre Tochter Taylor mit, womit Sinéad nur schwer zurechtkam. Sie fühlte sich unwohl, wenn sie mit einem Kind allein war, vor allem wenn es sie keine Sekunde aus den Augen ließ. Taylor folgte ihr mit abwartendem, fast argwöhnischem Blick, als wolle sie sagen: *Ich weiß, was du getan hast.*

Auch das Verhältnis zwischen Gail und Taylor verursachte Sinéad ein leichtes Unbehagen. Beide widmeten ihr mehr Aufmerksamkeit als einander. Gail erledigte zwar all die Handgriffe, die eine Mutter zu erledigen hatte, aber Sinéad las aus ihrem Verhalten eine gewisse Entfremdung ab. Nie erwähnte Gail voller Stolz irgendwelche großen Entwicklungsschritte Taylors, und wenn sie Sinéad besuchte, beachtete sie Taylor kaum. Sie hatte nicht einmal Fotos von ihr auf dem Handy. All das waren Kleinigkeiten, doch zusammengenommen ergaben sie ein Bild, bei dem Sinéad sich fragte, ob Gail nicht an einer postnatalen Depression litt. Vielleicht lag es auch an Anthony. Vielleicht verunsicherte er sie, weil er sie für unfähig hielt, sich ausreichend um ihr Kind zu kümmern.

»Hilft dir Anthony eigentlich mit Taylor?«, hatte Sinéad vor ein paar Tagen beiläufig gefragt, als sie Gail eine Tasse Kaffee eingeschenkt hatte. Gails Miene hatte sich verhärtet.

»Er tut, was er kann.«

»Wenn auf einmal ein Kind da ist, stellt das eine Ehe bestimmt ganz schön auf die Probe.«

»Leicht ist es nicht.«

»Wenn du ... also, wenn du mal über irgendetwas reden möchtest: Ich kann gut zuhören.« Gail hatte die Arme verschränkt. Eine typische Abwehrhaltung. Sinéad hatte genauso reagiert, wenn Freunde sie nach ihrer Beziehung zu Daniel gefragt hatten.

»Uns geht's bestens, danke«, hatte Gail geantwortet, als wolle sie einen Schlusspunkt setzen. Sinéad hatte nicht weiter nachgehakt.

An diesem Nachmittag stand das Garagentor weit offen. Sinéad hatte sich eine Schutzmaske übergezogen und schliff die Beine eines Küchentischs ab. Aus den Lautsprechern der Stereoanlage waren die Songs von Musiklegenden aus ihrer Jugend zu hören, wie etwa Katy Perry, Rihanna und Justin Bieber, und hin und wieder hielt sie inne, um ihrem synästhetischen Erleben freien Lauf zu lassen. Jede Melodiephrase sah sie wie ein Bündel von Primärfarben vor sich, das wie Luftballone im Wind durch die Garage flog. Je höher die Tonlage, desto heller wurden die Farben. Wenn Taylor Swift sang, war Sinéad von Rot und leuchtendem Orange umgeben, und bei Coldplay von Hellblau und Lila. Als Daniel noch ein Teil ihrer Welt gewesen war, hatte sie nie so farbenfroh geleuchtet.

»Da hat aber jemand richtig Spaß«, war plötzlich eine Stimme zu hören.

»Mein Gott!«, rief Sinéad und fuhr herum. In dem offenen Garagentor stand Gail, neben ihr Taylor im Kinderwagen.

»Na, du bist ja ein schreckhaftes Huhn«, sagte sie belustigt.

Sinéad lachte, ohne es lustig zu finden. Vielmehr ärgerte sie sich insgeheim, dass sie ertappt worden war. »Ich dachte, du wolltest morgen kommen«, sagte sie und zog die Maske herab.

»Ich wollte dich um was bitten. Könntest du ein paar Stunden auf Taylor aufpassen?«

Sinéad zuckte zusammen. »Wann denn?«

»Jetzt gleich. Ich habe auf Ebay einen Schaukelstuhl aus den 1990ern ergattert, aber ich muss ihn sofort in Fettercairn abholen, weil der Verkäufer morgen in Urlaub fährt.«

»Hat Anthony denn keine Zeit?«

»Nein, er ist im Restaurant.«
Plötzlich tat sich ein Graben zwischen ihnen auf. Gail schien Sinéads ablehnende Haltung zu spüren, ließ aber nicht locker. »Sie ist total brav, und wahrscheinlich wird sie eh die meiste Zeit schlafen.«
»Ich wollte eigentlich noch mit dem Tisch fertig werden, und der ganze Staub hier drin tut einem Baby bestimmt auch nicht gut.«
»Der Tisch hat keine Eile. Der Käufer rechnet erst am Wochenende damit.«
Sinéads Mund wurde trocken. Jetzt hatte sie keine Ausrede mehr. »Ich ... es tut mir leid, aber das geht wirklich nicht«, murmelte sie. »Ich muss drinnen noch etwas fertig machen. Bis bald.«
Sie ließ das Schmirgelpapier auf den Boden fallen, hastete ins Haus, ohne ihre verwunderte Freundin noch einmal anzusehen, und schloss die Tür hinter sich. Als sie bald darauf hörte, wie der Kinderwagen aus der Einfahrt geschoben wurde, atmete sie ein paar Mal tief durch und fuhr sich durch die Haare.
Verdammt nochmal, dachte sie. Das hatte sie ordentlich vergeigt. Sie griff in ihre Tasche, die an einem Haken an der Wand hing, und zog eine kleine Plastikflasche heraus. Sie umschloss sie fest mit einer Hand und dachte dabei, dass Gail sie niemals um diesen Gefallen gebeten hätte, wenn sie gewusst hätte, dass Sinéad schuld am Tod ihrer eigenen Tochter war.

29

Emilia

»Ich muss hier raus«, murmelte Emilia. Sie stand vor dem Wohnzimmerfenster und sah auf die grünen Hügel hinaus, die sich jenseits des Anwesens erstreckten. In der Scheibe spiegelte sich Ted, wie er vom Sofa aufstand, und als er ihr den Arm um die Hüfte legte, zuckte sie leicht zusammen. Er musste es gespürt haben, denn er zog den Arm sofort wieder zurück.

»Wenn du Lust hast, könnten wir heute Abend essen gehen«, schlug er vor. »In der Stadt gibt es ein erstklassiges Thairestaurant. Da sind wir früher oft hingegangen. Vielleicht hilft dir das ja, dich zu erinnern.«

»Ich würde gern allein rausgehen«, sagte Emilia und sah ihn an. »Ich glaube, das würde mir guttun.«

»Dabei hätte ich kein gutes Gefühl. Dafür ist es noch zu früh.«

Wobei hättest du denn ein gutes Gefühl? Wenn ich sediert und eingesperrt wäre?, wollte sie schon fragen, hielt sich aber zurück. Noch immer kannte sie weder Teds Beweggründe noch wusste sie, wie gefährlich es für sie werden könnte, wenn sie sich ihm entgegenstellte. Also unterdrückte sie den Frust, der in ihr aufstieg.

»Einer der Schränke da oben ist voller Sportkleidung.

Offenbar habe ich viel Sport gemacht. Ich würde gern laufen gehen.«

»Das ist doch eine gute Idee. Im Fitnessraum steht ein Laufband mit Virtual-Reality-Headsets und Gurten. Da lassen sich alle möglichen Settings auswählen, Berge, Wüste und so weiter. Ich komme mit, das wird bestimmt lustig.«

»Nein. Ich will nach draußen.«

»Auf dem Gelände gibt es sicher ein paar Ecken, die du noch nicht kennst. Du könntest einen Spaziergang mit den Hunden machen.«

»Du hörst mir nicht zu«, sagte Emilia und seufzte. »Ich will raus, und zwar raus aus diesem Anwesen. Ich möchte die Gegend sehen, in der ich offenbar einmal gelebt habe. Hier drin drehe ich durch.«

»Es wäre zu gefährlich, wenn du allein rausgehst. Was ist, wenn du einen Rückfall hast, die Orientierung verlierst und unser Haus nicht mehr findest?«

»Dann bitte ich jemanden um Hilfe. Außerdem ist das unwahrscheinlich, denn ich kann mich an alles erinnern, was passiert ist, seitdem ich aufgewacht bin. Nur nicht an die Zeit davor.«

Emilia schauderte, als sie wieder an den Raum dachte, in dem sie ins Leben zurückgekehrt war. Noch immer hatte sie nicht die geringste Ahnung, was das für ein Raum gewesen war, wo er sich befand und wie sie dorthin gelangt sein mochte. Er verfolgte sie in ihren Träumen, so wie die schwangere Frau, die behauptet hatte, Ted sei nicht ihr Ehemann. Emilia hatte alles, was Ted in den zwei Wochen seit ihrer Entlassung aus dem Krankenhaus gesagt hatte, kritisch durchdacht. Auf der Suche nach Widersprüchen hatte sie ihre Gespräche bis ins kleinste Detail analysiert.

Am meisten beschäftigte sie, dass er nicht wollte, dass sie allein das Anwesen verließ, sowie das, was er hinter verschlossener Tür in seinem Büro gesagt hatte. Neben der Tatsache, dass sie sich weder an ihren Ehemann noch an das Haus erinnern konnte, das sie angeblich gemeinsam entworfen hatten, gab es noch andere Dinge, auf die sie sich keinen Reim machen konnte. Mindestens ein Dutzend Paar Schuhe ihrer umfangreichen Sammlung waren ihr eine halbe Nummer zu klein. Sie war sicher, dass sie Auto fahren konnte, aber nichts deutete darauf hin, dass sie einen Wagen besaß. In ihrem Handy und in ihrem Tablet gab es jeweils nur einen einzigen Kontakt in der Adressliste, nämlich Ted. Offenbar besaß sie weder Kreditkarten noch Bankkonten. Selbst die Hunde, die sie gekauft hatten, als sie noch klein gewesen waren, schienen nicht das Geringste mit ihr anfangen zu können.

Doch Ted schien einfach für alles eine Erklärung zu haben. Wenn ihr ein Paar Schuhe nicht passte, dann hatte sie – so sagte er – sich aus modischen Gründen hineingezwängt. Nach einem Unfall sollte sie sich nicht mehr getraut haben, sich hinters Steuer zu setzen, und war lieber mit dem Zug nach London zur Arbeit gefahren. Die elektronischen Geräte hatte er angeblich erst kürzlich gekauft, und als Emilia verschwunden gewesen war, hatte er natürlich ihre Zugänge zu sämtlichen Konten gesperrt. Und die Hunde schenkten ihre Treue nun einmal dem Menschen, der sie fütterte, und in den letzten Monaten war das eben ausschließlich er gewesen.

»Ich möchte nicht mehr, als nur ein paar Stunden da draußen allein sein«, bat sie ihn. »Vertraust du mir denn nicht?«

Kurz darauf war Emilia zum ersten Mal seit Wochen fast eine freie Frau. In T-Shirt, Jogginghose und Turnschuhen trabte sie allein die Wege zwischen den Bäumen entlang, und als sie diesmal an das rückwärtige Tor kam, hielt niemand sie davon ab hinauszugehen. Doch als sie außerhalb der Mauer ein paar hundert Meter den Gehsteig entlanggelaufen war, spürte sie, dass sie keineswegs allein war. Auf der anderen Seite der Mauer waren das Knacken von Zweigen und das Knirschen von Schritten auf Kies zu hören. Jemand ging mit ihr gleichauf.

Ted ließ ihr nachspionieren.

Wutentbrannt lief Emilia über die Straße, die ein Waldstück durchschnitt, rannte zwischen Bäumen hindurch und schlug sich durchs Gestrüpp. Weil sie sich wochenlang kaum bewegt hatte, brannten die Muskeln in ihren Waden und Oberschenkeln, doch sie rannte so lange weiter, bis sie sicher war, dass sie den oder die Verfolger abgeschüttelt hatte. Dann beugte sie sich nach vorn, stützte die Hände auf die Knie und rang nach Atem. Wenn das, was Ted behauptete, nicht stimmte, nämlich dass es zu gefährlich sei, wenn sie allein hinausging, dann log er sie wahrscheinlich auch noch in anderer Hinsicht an. Als ihr das klar wurde, traf sie eine Entscheidung.

Sie zog die Visitenkarte hervor, die ihr die Unbekannte im Park des Krankenhauses gegeben hatte. Darauf stand nur eine Telefonnummer. Mit zitternden Fingern wählte sie sie, und schon nach dem ersten Läuten meldete sich jemand.

»Gehen Sie einfach weiter geradeaus durch den Wald, bis Sie auf eine Lichtung kommen«, sagte eine nüchterne Frauenstimme. »Folgen Sie dann dem Reitweg bis ins nächste

Dorf. Ich erwarte Sie in einem privaten Speisezimmer im Pub *Old House at Home*. In etwa fünfzehn Minuten müssten Sie dort sein.«

Emilia wollte gerade antworten, doch die Verbindung war bereits unterbrochen und die Nummer vom Display verschwunden.

30

Bruno, Oundle, Northamptonshire

Bruno las noch einmal den Eintrag im Forum von ReadWell, den er gerade geschrieben hatte.

> @Cominius: Seid ihr auch in euer altes Leben zurückgekehrt, um die Menschen auszulöschen, die euch fertiggemacht haben? Bin ich der Einzige, der einen solchen Hass auf die Leute hat, die ihn dazu gebracht haben, das alte Leben aufzugeben? Bin ich der Einzige, der findet, dass sie dafür zahlen müssen? Oder habt auch ihr die Dinge selbst in die Hand genommen und seid zurückgekehrt, um denen das Licht auszublasen? Werdet ihr auch von Echos verfolgt? Oder haben die es nur auf mich abgesehen, weil sie mich für schwach halten?

Sein Finger schwebte über dem »Senden«-Button. Er überlegte, welche Folgen es haben könnte, wenn er eine so rebellische Nachricht abschickte. Dann drückte er die Löschtaste und sah zu, wie jedes Wort, Buchstabe für Buchstabe, verschwand.

Wie Bruno schon bald festgestellt hatte, zog das Morden eine unerwartete Folge nach sich: einen Heißhunger auf ungesundes Essen. Es fühlte sich an, als fordere sein Körper die Kohlenhydrate zurück, die er während des Tötens verbraucht hatte. Dann zog es ihn jedes Mal in billige Imbissläden, wo Mahlzeiten serviert wurden, die vor Fett nur so troffen und überreich an Kalorien waren. Weil Lokale, die ungesundes Essen verkauften, schwindelerregend hohe Steuern zahlen mussten, gab es davon kaum noch welche, aber irgendwann hatte er, hinter einer Autowerkstatt am Stadtrand, eine Kaschemme entdeckt, die hauptsächlich von Fernfahrern besucht wurde und all das im Angebot hatte, was ihm nicht guttat. Innerhalb von vierzehn Tagen war er nun schon zum dritten Mal hier. Jedem seiner Besuche war ein Mord vorausgegangen.

Nummer drei und vier auf seiner Liste – nach den Anwälten – waren zwei von Zoes Mitarbeitern gewesen, die ihr nach ihrem Tod sexuelle Belästigung vorgeworfen hatten. Bruno war fest überzeugt, dass sie aus opportunistischen Motiven gelogen und mit ihren haltlosen Anschuldigungen dazu beigetragen hatten, dass er jetzt von Louie getrennt war. Einen der beiden hatte er in dessen Garage durch einen einzigen Hieb mit dem Hammer auf den Kopf erledigt, den anderen vor der Tür zu seiner Wohnung mit drei schnellen Schlägen.

Und heute am frühen Morgen hatte er den vorletzten Namen ausgelöscht. Jaxon Davies war der Rugbyspieler gewesen, der Zoe gefilmt hatte, wie sie in einem autonomen Firmenwagen Sex mit einem Kollegen gehabt hatte. Er hatte das Video auf einer Pornoseite hochgeladen und jedes Mal daran verdient, wenn es angeklickt wurde. Es war so oft angesehen und geliked worden, dass Davies mit dieser Veröffentlichung von Zoes Fehltritt Tausende von Pfund verdient haben musste.

Bruno hatte Davies' Adresse schon ausfindig gemacht, bevor das Programm begonnen hatte, ebenso wie die der Anwälte O'Sullivan und Graph. Eigentlich hatte er vorgehabt, Davies zur Rede zu stellen, an sein Gewissen zu appellieren und ihn dazu zu bewegen, das Video aus dem Netz zu nehmen. Die Vorstellung, dass die Mutter seines Sohnes zur sexuellen Befriedigung benutzt wurde, war für Bruno unerträglich. Doch noch bevor er Davies hatte sprechen können, hatte Louie schon das Puzzle gelöst, und das Training hatte begonnen. Und als Bruno dann wieder in die Welt zurückgekehrt war, hatte es ihn nicht mehr interessiert, ob Davies ein Gewissen besaß oder nicht.

Im Dämmerlicht des frühen Morgens hatte er einen Stein durch ein Fenster in der Rückseite von Davies' Haus geworfen und im Garten gewartet. Kurz darauf war Davies herausgekommen und hatte sich ratlos umgesehen. Im nächsten Moment hatte Bruno ihn erschlagen, mit demselben Hammer, mit dem er auch die anderen getötet hatte. Und so wie bei den anderen steckten anschließend auch bei Davies in dem, was von den Augenhöhlen übrig war, Ein-Pfund-Münzen.

Auf dem Weg zurück nach Oundle dachte Bruno darüber nach, wie er von dem Witwer und hingebungsvollen Vater zu einem kaltblütigen Killer geworden war, und fragte sich, ob die Neigung zu einem solchen Verhalten schon immer in ihm geschlummert und nur auf einen Anlass gewartet hatte hervorzutreten. Waren seine Taten eine Reaktion auf das, was Zoe getan hatte, und darauf, dass er sein Haus und seinen Sohn verloren hatte? Oder hatte ihn die Operation aus dem Lot gebracht, die Betäubung der Schmerzrezeptoren und die Regulierung der chemischen Vorgänge, die seinen Gefühlshaushalt bestimmten?

Er erinnerte sich wieder daran, wie er schon kurz nach dem Eingriff der Faszination der Daten erlegen gewesen war, die er in sich trug, vor allem der anschaulichen Berichte von vertuschten Morden und Auftragstötungen. Gebannt hatte er erfahren, wie Regierungen, hochrangige Persönlichkeiten des öffentlichen Lebens und Privatpersonen immer wieder so manches Blutvergießen gerechtfertigt hatten, das angeblich politischen und gesellschaftlichen Zwecken gedient hatte. Tausende Menschen waren aus weniger schwerwiegenden Gründen zu Tode gekommen als jene auf der Liste, die er damals zu erstellen begonnen hatte, und das half ihm, sein Tun zu rechtfertigen. Jetzt, Monate später, war nur noch ein Name übrig.

Nachdem er seine blutverschmierte Kleidung ausgezogen und heiß geduscht hatte, stärkte er sich mit einem üppigen englischen Frühstück. Es erinnerte ihn daran, wie er und Zoe einmal in einem Diner am Las Vegas Boulevard gegessen hatten. Auf ihren Tellern hatten sich riesige Portionen Pfannkuchen getürmt, die sie kaum zu einem Drittel geschafft hatten.

Für ihre Hochzeitsreise hatten sie einen Jeep gemietet und waren von Los Angeles über Las Vegas, den Grand Canyon und den Yosemite-Nationalpark nach San Francisco gefahren. Es war eine traumhafte Reise gewesen. Und in den ersten Jahren ihrer Ehe hatten sie sich jedes Jahr mindestens drei Auslandsreisen gegönnt. Bis Louie zur Welt kam.

Durch pränatale Diagnostik konnte Autismus mittlerweile schon vor der Geburt nachgewiesen werden, und entsprechende Tests hatten ergeben, dass bei Louie vermutlich eine Autismus-Spektrum-Störung vorlag. Obwohl Zoe sich mit

Zweifeln trug, hatte sie die Schwangerschaft nicht abgebrochen. Erst um Louies zweiten Geburtstag herum hatte sich gezeigt, in welchem Ausmaß er betroffen war. Fliegen wurde problematisch, weil ihn der Lärm und die Vibrationen der Motoren nervös machten. In der unvertrauten Umgebung von Hotelzimmern bekam er Angst und schlug sich immer wieder mit der Faust auf den Hinterkopf. Die Musik aus den Lautsprechern am Pool oder im Restaurant löste sogar Schreikrämpfe aus, die für sie alle eine zu große Belastung darstellten.

Daher hatten Bruno und Zoe irgendwann auf die weiten Reisen verzichtet und jeweils ein Wohnmobil gemietet, das sie mit Dingen vollstopften, mit denen Louie vertraut war, und die Britischen Inseln bereist. Bruno war es egal, wohin sie fuhren, solange er nur seine Familie um sich hatte. Doch manchmal, wenn das Wohnmobil selbstständig von einem Ort zum nächsten fuhr, hatte er Zoe beobachtet, wie sie sehnsüchtig aus dem Fenster und auf die vorüberziehende Landschaft sah. Dann hatte er sich besorgt gefragt, ob sie so glücklich war wie er.

Einige Zeit später war sie befördert worden. Weil sie dadurch deutlich mehr verdiente als er, hatte er seinen Beruf aufgegeben, um sich ganz um Louie zu kümmern, während Zoe noch weniger zu Hause war als zuvor. Es hatte ihn irritiert, dass ihr das nichts auszumachen schien, doch er hatte beschlossen, sie nicht darauf anzusprechen. Jetzt fragte er sich, welche anderen Risse in ihrer Ehe er wohl noch ignoriert hatte.

Mit einer dicken Scheibe Weißbrot wischte Bruno die Reste seines Frühstücks auf und schob dann Messer und Gabel an den Rand des Tellers. Während ihm eine Bedienung Tee nachschenkte, zog er ein zweites Handy aus der Tasche. Er hatte es gerade eben gekauft, und es war nicht registriert. Er stellte sicher, dass er Standortbestimmung, Cookies, E-Mails und Textnachrichten deaktiviert hatte, und steuerte über das WLAN des Cafés die Website an, die er besuchen wollte.

Ein Echo, eine Frauenstimme mit südafrikanischem Akzent, trug ihm implementierte Daten vor, aus denen hervorging, wie man verschlüsselte Passwörter umgehen konnte. Nachdem er die Website aufgerufen hatte, ließ er sich die Bilder der Überwachungskameras aus dem Inneren anzeigen. Er sah sie nacheinander durch und überprüfte jeden Raum, bis er gefunden hatte, was er suchte.

Louie saß in seiner Wohngruppe am Küchentisch und rührte gerade in einer Schüssel. Seit sechs Monaten hatte Bruno seinen Sohn jetzt nicht mehr gesehen, und schon der erste Anblick verursachte ihm ein Gefühl der Enge ums Herz. Louie wirkte vollkommen ausgeglichen, und nachdem ein Betreuer ihm geholfen hatte, den Inhalt der Schüssel auf ein Backblech zu geben, strich er, ohne dass ihn jemand anleitete, den Teig mit einem Holzlöffel glatt und schob das Blech schließlich in den Ofen.

Bruno war glücklich und traurig zugleich. Er wollte nicht, dass ein Fremder seinem Sohn etwas Neues beibrachte; das wollte er selbst machen. Doch Louie wuchs nun ohne ihn heran.

»Offenbar können die nach ein paar Monaten schon besser mit ihm umgehen als du nach zwölf Jahren«, spottete ein zweites Echo. »Für deine Frau warst du nicht gut genug, und mit deinem Sohn ist es anscheinend nicht anders.«

»Hau ab«, murmelte Bruno. Die Boshaftigkeit des Echos hatte seine Freude darüber, Louie zu sehen, fast wieder zunichtegemacht. »Hast du ihn jemals so zufrieden gesehen?«, fuhr das Echo fort. »Wenn man es nicht besser wüsste, könnte man ihn für einen ganz normalen Jungen halten.« Bruno ballte die Fäuste und konzentrierte sich, so gut er konnte, um die Kontrolle über seine Gedanken zurückzugewinnen. Er würde sich die Wirklichkeit nicht entreißen lassen.

»Was wäre wohl aus Louie geworden, wenn du ihn irgendwann in Ruhe gelassen hättest? Zoe hat sich wenigstens nicht eingebildet, sie könnte ihm irgendwie helfen.« Das Echo ließ ein kehliges Lachen hören. »Ja, Mann. Mit deiner Frau hast du's schon versemmelt, und mit diesem Spasti lief es dann genauso.«

Bruno sprang auf und schlug mit den Händen so fest auf den Tisch, dass Teller und Besteck klapperten. »Verpisst euch und lasst mich in Ruhe!«, schrie er. »Alle miteinander! Verpisst euch!«

Schlagartig herrschte Stille im ganzen Lokal, und aller Augen waren auf ihn gerichtet. Als er hinausstürzte, wusste er nicht, ob die anderen Gäste wirklich waren oder auch nur eingebildet.

31

Flick, Aldeburgh, Suffolk

»Aber ich versteh doch gar nichts von Kunst!«, antwortete Flick.
»Halt still«, erwiderte Grace. »Und schließ die Augen.« Sie holte einen Pinsel aus ihrem Make-up-Täschchen und trug auf Flicks Augenlider grauen Lidschatten auf.
»Du brauchst auch gar nichts von Kunst zu verstehen, um dich zu amüsieren. Wir müssen da nicht am Ende einen Test machen oder so.«
»Außerdem weiß ich nicht, was ich anziehen soll.«
»Ich hab dir was von meinen Sachen rausgelegt. Schuhe stehen auch ein paar dabei. Such dir einfach was aus, das dir gefällt. So, jetzt kannst du gucken. Wie findest du dich?«
Flick hatte Schwierigkeiten, sich in der Frau wiederzuerkennen, die sie aus dem Spiegel des Schminktisches von Graces Mutter ansah. Schon seit einer halben Ewigkeit verwendete sie höchstens Lippenstift oder ein bisschen Foundation. »Ganz passabel, oder?«
Es war lange her, dass Flick eng mit einer Frau befreundet gewesen war. Fast alle ihrer Freundinnen und Freunde hatten ebenfalls in der Gastronomie gearbeitet, und die meisten von ihnen waren Männer gewesen. Doch mit Grace konnte sie wieder einmal die Nähe zu einer Frau genießen. Sie gin-

gen in Graces Schlafzimmer, und Flick entschied sich für ein gelb-weißes Sommerkleid mit Blumenmuster und ein paar legere Schuhe mit Kitten-Heel-Absatz.

»Wie kannst du nur mit so wenig Sachen auskommen?«, fragte Grace mit einem Blick auf Flicks fast leeren Kleiderschrank. »Wenn ich von A nach B will, brauche ich einen Trupp Sherpas.«

»Ich reise nicht gern mit viel Gepäck.«

»Emotional oder physisch?«

Flick antwortete nicht.

»Also beides«, sagte Grace. »Ich weiß, du redest nicht gern über die Vergangenheit, aber ...«

»Ja, ich blicke lieber nach vorn.«

»Okay. Andeutung verstanden.«

Flick wusste es zu schätzen, dass Grace sich um sie sorgte. Und sie wollte schon einen Scherz darüber machen, hielt sich dann aber zurück, weil sie Grace nicht verletzen wollte.

»Und wer ist jetzt der Andy Warhol von Aldeburgh, für den wir uns so in Schale schmeißen?«

»Elijah Beckworth.«

»Elijah?«, wiederholte Flick und sah Grace an. »Hast du Elijah gesagt?«

»Ja, wieso?«

»Ich glaube, der war letzte Woche im Pub. Dunkelblonde Haare, Bart ...«

»... funkelnde blaue Augen und ein Lächeln, das einen Eisberg zum Schmelzen bringen könnte? Ja genau, das ist er.«

»Und das heute Abend ist seine Show?«

»Es ist eine Ausstellung. Eine Show ist so was wie *Les Misérables*.«

»Okay. Also eine Ausstellung.«

»Ganz genau.«
»Als er im Pub an der Bar saß, hat er mir was gezeichnet.«
»Heb das gut auf. Seine Sachen sind ein Vermögen wert.«
Grace redete noch weiter, aber Flick hörte nicht mehr zu. Sie war viel zu nervös bei dem Gedanken, dass sie Elijah wiedersehen würde.

32

Emilia

Als Emilia vorsichtig das private Speisezimmer am hinteren Ende des fast leeren Pubs betrat, erwarteten sie dort zwei Personen. Instinktiv prägte sie sich alle möglichen Fluchtwege ein, bevor sie die Tür hinter sich schloss. Doch noch immer wusste sie nicht, ob das, was sie da tat, klug oder verrückt war.

Der Mann und die Frau saßen nebeneinander an einem Holztisch. Der Mann war Mitte vierzig, hatte ein langes, kantiges Kinn, eine hohe Stirn und dunkle, ausdruckslose Augen. Die Frau war jünger als er, hatte dunkelbraune Haut und hohe Wangenknochen. Als sie Emilia sah, wirkte sie neugierig, aber auch zufrieden.

»Setzen Sie sich«, sagte die Frau und zeigte auf einen Stuhl. »Wahrscheinlich haben Sie eine Menge Fragen.«

»Wer sind Sie?«

»Das spielt keine Rolle«, erwiderte die Frau mit einer wegwischenden Geste.

Dass sie diese Frage so leichthin abtat, verwirrte Emilia.

»Für mich schon.«

»Nächste Frage.«

»Wer bin ich?«

»Das kann ich Ihnen nicht sagen.«

»Die Frau, die mir Ihre Nummer gegeben hat, hat behauptet, Ted sei nicht mein Ehemann. Wer ist er dann?«
»Auch das kann ich Ihnen nicht sagen.«
»Warum bin ich dann hier, verdammt noch mal?«, sagte Emilia wütend.
»Weil es da draußen Leute gibt, die Ihre Fragen beantworten können. Aber das sind nicht wir.«
»Wer sind diese Leute? Wo finde ich sie?«
»Alles zu seiner Zeit, Emilia.«
»Das bringt doch nichts.« Emilia stand ruckartig auf und schob den Stuhl zurück. »Wenn Sie auch nicht wissen, wer ich bin, hat das hier keinen Sinn.«
»Wir können Ihnen nur sagen, was wir uns zusammengereimt haben. Wir wissen sicher, dass Sie und Ted nicht verheiratet sind und dass Sie nie etwas miteinander zu tun hatten, bevor er bei Ihnen im Krankenhaus aufgetaucht ist.«
»Er hat mir aber Fotos und Videos von unserer Hochzeit gezeigt.«
»Und bestimmt auch welche von der Hochzeitsreise. Außerdem Dokumente von Ihrem Universitätsabschluss, Bilder von Ihnen, wie Sie nach der Schule ein Jahr um die Welt gereist sind, und wie Sie für Ihr Haus den ersten Spatenstich gesetzt haben. Stimmt's?«
»Ja ... ja, so war es.«
»Er hat Ihnen ein perfektes Leben angeboten. Ein sorgenfreies Dasein, das die meisten Menschen wohl annehmen würden, ob sie sich nun daran erinnern können oder nicht. Eine bewährte Technik. Manche sagen Gehirnwäsche dazu, andere Zwangsüberredung, Geisteskontrolle, Gedankenmanipulation, Umerziehung, was auch immer. Egal, wie

man es nennt, es ist immer dasselbe. Wenn er es oft genug wiederholt und Ihnen regelmäßig Anreize liefert, werden Sie irgendwann glauben, was er Ihnen einredet.«

Emilia wurde eng um die Brust. »Warum sollte ich Ihnen mehr trauen als ihm, wenn Sie mir nicht einmal sagen, wer Sie sind?«

»Empfinden Sie etwas für Ted?«

Emilia wollte etwas entgegnen, wusste aber nicht, was.

»Lieben Sie ihn? Spüren Sie zumindest eine körperliche Anziehung? Eine Vertrautheit, die Sie nicht genau beschreiben können, die aber dennoch da ist?«

»Nein, aber das liegt daran, dass ich mein Gedächtnis verloren habe.«

»Sie haben Ihr Gedächtnis nicht verloren, Emilia.«

»Doch, das habe ich. Ich habe unzählige Tests gemacht, Spezialisten haben mich untersucht. Das Ergebnis ist eindeutig.«

»Durch entsprechende Bezahlung kann man auch Fachleute dazu bringen, nur eine oberflächliche Diagnose zu stellen. Das gilt auch für Ihren behandelnden Arzt, Dr. Fazul Choudary, der seltsamerweise kürzlich eine nicht unbeträchtliche Hypothek tilgen konnte. Dass Sie sich an nichts mehr erinnern können, liegt nicht daran, dass Sie Ihr Gedächtnis verloren haben, sondern an dem, was sie mit Ihnen gemacht haben.«

»›Sie‹? Wer soll das denn sein? Und was haben ›sie‹ mit mir gemacht?«

Die Frau wandte sich zu ihrem Kollegen. »Adrian?«

Er sprach abgehackt, mit tiefer, volltönender Stimme. »Mit Ihnen ist etwas passiert, das dazu geführt hat, dass Ihre Vergangenheit weggesperrt ist, und weder Sie noch wir kennen den Zugang. Aber wie Bianca gesagt hat: Es gibt fünf Menschen, die Ihnen helfen können. Sie kennen Sie noch von früher. Sie müssen nur herausfinden, wer diese Menschen sind und wo sie sich aufhalten.«

»Und wo sind sie?«

»Vier von ihnen sind über das ganze Land verstreut. Sie leben an unterschiedlichen Orten, führen ganz unterschiedliche Leben, jeder mit einer eigenen fingierten Identität. Der fünfte ist der Mann, mit dem Sie zusammenleben.«

»Ted?«, fragte Emilia ungläubig. »Was genau weiß er?«

»Das interessiert uns ebenso sehr wie Sie. Er hätte alle Möglichkeiten gehabt, Ihnen zu helfen, hat sich aber dazu entschieden, Ihnen eine andere Geschichte aufzutischen. Wenn Sie versuchen, die Wahrheit herauszufinden, unterstützen wir Sie dabei, so gut wir können.«

»Und was verlangen Sie dafür von mir?«

»Unsere Quellen haben uns informiert, dass Ted in der nächsten Woche in die Schweiz reisen wird. Wir würden gern über ein geschäftliches Vorhaben mit ihm ins Gespräch kommen.«

»Und wenn ich nicht mitmache? Wenn ich jetzt einfach gehe, was passiert dann?«

»Wie Sie möchten. Niemand wird Sie aufhalten. Aber irgendetwas an Ihrem perfekten Leben ist doch seltsam, oder? Es fühlt sich alles so unwirklich an. Sie sind hier, weil Sie nicht länger in einer Welt der Ungewissheit gefangen sein wollen. Ohne uns werden Sie jedoch auf absehbare Zeit dort bleiben. Oder so lange, bis Ted entscheidet, dass es nun reicht, und Sie umbringen lässt.«

33

Flick, Aldeburgh, Suffolk

Noch immer hatte Flick keinen Schluck von dem Champagner genommen, den man ihr gereicht hatte, als sie die High Street Gallery in Aldeburgh betreten hatte. Unter den rund hundert Anwesenden erkannte sie einige Stammgäste des Pubs. Alles, was sie über Kunst wusste, stammte aus den geheimen Informationen, die sie in sich trug und mit niemandem teilen durfte. Sie kannte das Schicksal angeblich verschollener Kunstwerke, die die Nazis während des Zweiten Weltkriegs jüdischen Familien geraubt hatten und die sich jetzt im Besitz britischer Aristokraten befanden. Und sie wusste, welche Werke alter Meister, die angeblich zerstört worden waren, die Regierung ausländischen Staatsoberhäuptern als Gegenleistung für Gefälligkeiten geschenkt hatte.

Auch mit ihrem ungeschulten Auge erkannte Flick, dass Elijahs Arbeiten etwas Besonderes waren. Die Ausstellung bestand aus einer Reihe von Ölgemälden, die vom Boden bis zur Decke reichten, und einigen Linolschnitten, die detailreich und von kleinerem Format waren und Gesichter zeigten. Flick war beeindruckt, mit welcher Akribie Elijah alle Einzelheiten erfasste und wie genau er seine Modelle traf. Jede Falte, jedes Muttermal, jede Pore, jede abstehende

Augenbraue, jedes Ohrhaar und jeder schiefe Zahn waren deutlich zu sehen, wodurch die Porträts nicht nur treffend, sondern auch schonungslos waren. Die Zeichnung, die Elijah in der Bar von Flick angefertigt hatte, wirkte dagegen geradezu schmeichelhaft.

Eines der Porträts faszinierte Flick besonders. Es zeigte einen älteren Mann mit einer von tiefen Falten zerfurchten Stirn, fleckiger Haut und blauen Augen, die sich trotz des fortgeschrittenen Alters ihr Leuchten bewahrt hatten. Flick vertiefte sich in seinen Anblick und malte sich aus, welche Geschichten dieses wettergegerbte Gesicht wohl zu erzählen hatte. Doch etwa in der Mitte der linken Gesichtshälfte brach die Zeichnung plötzlich ab.

»Das ist Jacob«, sagte eine Stimme in Flicks Rücken. Im selben Moment bekam sie Gänsehaut auf den Armen.

Sie drehte sich um. Hinter ihr stand Elijah, und allein sein Lächeln wirbelte die schlafenden Schmetterlinge in ihrem Bauch gründlich auf. Er trug ein elegantes schwarzes Hemd, dessen obere drei Knöpfe offen standen und den Blick auf einen leichten Ansatz von Brusthaar freigaben. Flick musste an sich halten, um ihm das Hemd nicht auf der Stelle vom Leib zu reißen. »Wer ist denn Jacob?«, fragte sie beiläufig.

»Ein Einheimischer. Er hat sein ganzes Leben hier verbracht.«

»Und wo ist er jetzt?«

Elijah blickte an die Decke und zu Boden und zuckte dann mit den Schultern. »Er war ein verschrobener Kerl. Schwer zu sagen, welche Richtung er genommen hat. Er war der freundlichste Mensch auf der Welt oder der schlimmste Albtraum, den man sich vorstellen kann, je nachdem, wie der Wind stand. Und außerdem ein interessantes Modell.«

»Was ist mit ihm passiert?«

»Er ist auf seinem Fischkutter gestorben. Er war Hummerfischer von Beruf, und eines Tages ist er vom Meer nicht mehr zurückgekommen. Die Küstenwache hat ihn gefunden. Er lag zusammengesackt in der Kabine, mausetot. Herzinfarkt.«

»Was für eine schöne Art zu sterben«, sagte Flick. »Bei dem, was er am liebsten getan hat.« Sie verscheuchte das Bild des brennenden Christopher aus ihren Gedanken, das plötzlich aufgetaucht war. Auch er war bei dem gestorben, was er am liebsten getan hatte: Töten. »Warum ist das Bild unvollständig?«

»Ich hätte es vervollständigen können, aus dem Gedächtnis oder anhand der Fotos, die ich bei den Sitzungen gemacht habe, aber ich glaube, der Charakter des Unvollendeten verleiht ihm mehr Gewicht. Die Dinge werden interessanter, wenn man nicht alles über sie weiß.«

»Sprichst du von deinem Onkel Jacob?«, schaltete sich jetzt Mick ein, der Wirt des Fox & Hounds. »Ein komischer Kauz.«

Flick sah Elijah fragend an. Warum hatte er nicht erwähnt, dass der Porträtierte sein Onkel war? »Das Bild ist das beste Beispiel dafür«, fuhr er fort, bevor Flick etwas sagen konnte. »Am neugierigsten sind wir immer auf das, was wir von einem Menschen *nicht* wissen. Kommst du mit raus, ein bisschen frische Luft schnappen?«

»Aber das hier ist deine Ausstellung.«

»Genau. Und deswegen kann ich hier machen, was ich will. Wenn du uns bitte entschuldigen würdest, Mick.«

Als sie hinausgingen, kam Grace aus einem anderen Raum und konnte Flick gerade noch zuzwinkern. Flick folgte Elijah einen Gang entlang in ein Hinterzimmer und von dort in einen Hof mit Garten, der von Eisenbahnschwellen und Blumenbeeten gesäumt war. Er wies auf einen Tisch und ein paar Stühle in einer Ecke und bat Flick, sich zu setzen.

»Die Bilder haben gar keine Preisschilder«, sagte Flick und fragte sich im selben Augenblick, warum sie als Erstes ausgerechnet auf Geld zu sprechen kam.

»Willst du eins kaufen?«

»Die Preise haben wahrscheinlich ein paar Nullen mehr als mein Monatsgehalt.«

»Die Arbeiten haben keine Preise, weil sie nicht zum Verkauf stehen.«

»Aber warum zeigst du sie dann?«

»Ich habe meine Sachen schon immer ausgestellt, und ich bin Traditionalist. Als Erstes zeige ich meine Arbeiten in meinem Heimatort und beobachte, welche Bilder bei den Leuten gut ankommen und welche nicht. Dann entscheide ich, welche davon ich in meinen großen Ausstellungen zeige. Die nächste ist in ein paar Wochen in Birmingham. Ich finde übrigens, dass du mir mal Modell sitzen solltest.«

»Hab ich doch schon. Im Pub, an der Bar. Nur dass du mir vorher nichts davon gesagt hast.«

»Nein, ich meine, richtig Modell sitzen. Das im Pub war nur Gekritzel.«

»Für mich reicht es.«

»Ist das ein Nein?«

Flick lachte. »Ich fühle mich wirklich geschmeichelt, vielen Dank, aber es bleibt beim Nein.« Es war nicht ratsam, unnötig Aufmerksamkeit auf sich zu ziehen, und sei es auch nur durch ein Porträt.

»Das ist jetzt schon die zweite Abfuhr innerhalb einer Woche«, hakte Elijah nach.

»Zu sagen ›Nein, vielen Dank‹ ist doch keine Abfuhr.«

»Als du die Einladung zum Abendessen ausgeschlagen hast, war das also keine Abfuhr?«

Flick schüttelte den Kopf. »Nein. Das war einfach nur ein ›Nein, danke‹.«

Belustigt zuckte Elijah mit den Schultern. »Also, wenn mich nicht alles täuscht, ist da irgendetwas zwischen uns, aber du bemühst dich nach Kräften, es kaputt zu machen.«

Flick sah zu Boden. »Es ist alles etwas kompliziert.«

»Bist du verheiratet?«

»Nein.«

»Bist du Single?«

»Ja.«

»Findest du mich attraktiv?«

Obwohl sie gewollt hätte, konnte Flick auf diese Frage nicht die Unwahrheit sagen. Sie versuchte, den Gedanken daran zu verscheuchen, wie Elijahs Lippen wohl schmeckten. »Bist du immer so direkt?«, erwiderte sie.

»Du lenkst vom Thema ab, also: ja. Aber irgendjemand hat dich so sehr verletzt, dass es dir schwerfällt, anderen Menschen zu vertrauen.«

Darauf brauchte Flick nicht zu antworten. Der Blick, den sie ihm zuwarf, genügte.

»In Ordnung. Ich kann warten.«

»Ich glaube, wir sollten wieder reingehen.«

»Müssen wir?«

»Ja.«

»Okay. Aber irgendwann überrede ich dich.«
»Was wäre dir denn lieber: dass ich dir Modell sitze oder dass wir zusammen Essen gehen?«
»Das lässt sich auch kombinieren. Ich male dich, während du isst.«
»Auch in diesem Punkt: nein, danke.«
»Du bist wirklich ein zäher Brocken.«
Elijah legte ihr die Hand auf den Rücken und führte sie zurück in die Galerie, wo sie sich trennten. Grace hakte sich bei Flick ein, zog sie in eine ruhige Ecke und schnappte sich unterwegs vom Tablett eines Kellners noch ein Glas Champagner. »Erzähl mir alles«, sagte sie.
»Da gibt's nichts zu erzählen.«
»Du verschwindest zwanzig Minuten lang mit Elijah Beckworth und kommst zurück, als wäre nichts gewesen, hast aber ein Grinsen im Gesicht, das breiter ist als die Mündung der Themse.«
»Wir haben uns nur unterhalten. Du weißt, dass ich nicht auf der Suche bin.«
»Und genau dann, wenn man nicht sucht, findet man. Willst du ihn wiedersehen?«
Flick konnte nicht bestreiten, dass sie Elijah näher kennenlernen wollte. Sie sagte sich, dass das daran lag, dass Karczewski sie ermutigt hatte, mit der neuen Umgebung zu verschmelzen, wozu auch gehörte, dass sie sich auf Beziehungen einließ. Jedoch nur, wenn sie sicher sein konnte, dass keine Gefühle im Spiel waren und sie von heute auf morgen verschwinden konnte, falls ihr das angeordnet wurde. Sie versuchte sich einzureden, dass nicht mehr dahintersteckte.
Die Nachwirkungen der Vergangenheit ließen sie daran zweifeln, ob sie Elijah traute. Sie erkannte, wie paradox es

war, dass sie von anderen Ehrlichkeit erwartete, während sie selbst nicht ehrlich sein konnte.

»Vielleicht ist das der Grund, warum du hier bist«, fuhr Grace fort. »Trotz allem, was vorher passiert ist, bist du jetzt diejenige, die du sein sollst. Und Elijah ist derjenige, der zu dir gehört.«

34

Charlie, Manchester

»Andrew!«, sagte Vicky aufgebracht. »Jetzt reicht's! Du musst entschuldigen, Charlie, mein Verlobter mag vielleicht ein guter Life Coach sein, aber er sollte vielleicht ein paar Stunden nehmen, in denen er anständige Tischkonversation lernt.«
»Kein Problem, das kenn ich schon. Wir kicken immerhin seit ein paar Wochen zusammen«, sagte Charlie und zwinkerte Andrew zu.

In Wahrheit hatte Charlie keine Ahnung, wofür Vicky sich entschuldigt hatte. Schon den ganzen Abend war er dem Gespräch nur mit einem Ohr gefolgt. Es hatte ihn einfach nicht interessiert, was sein Kollege oder dessen Zukünftige zu sagen hatten. Das Letzte, was er mitbekommen hatte, war, wie Andrew von einer Klientin erzählte, die mithilfe seiner Stimme mehr als nur ihr Bedürfnis nach Coaching befriedigte.

»Das wird sich sowieso alles bald erledigt haben«, sagte Andrew. »Über kurz oder lang wird sich die KI um solche Freaks kümmern. Das maschinelle Lernen entwickelt sich immer weiter, und das heißt, dass wir in spätestens zwei Jahren durch Beratungsroboter und Chatbots ersetzt werden, so wie es auch mit Buchhaltern, Immobilienmaklern, Reiseleitern und Autoverkäufern passiert ist.«

Charlie nickte und sah zu Vickys Cousine Alix hinüber. Er ertappte sie dabei, wie sie ihn anstarrte, woraufhin sie rasch den Blick abwandte.

Kurz nachdem er einem Treffen zu viert zugestimmt hatte, hatte Vicky einen Tisch in einem Restaurant reserviert. Charlie hatte einen scharfen Blick für die Körpersprache anderer Menschen, vor allem für die minimalen Regungen in der Mimik, die sich nur schwer unterdrücken oder fingieren ließen. Wie Alix ihn aus ihren großen, schokobraunen Augen ansah und den Kopf neigte, wenn sie ihm zuhörte, sprach dafür, dass sie ihn attraktiv fand.

Früher wären ihm bei Alix vermutlich alle Sicherungen durchgebrannt. Doch damals hätte er es nicht im Kreuz gehabt, sie um ein Rendezvous zu bitten. Jetzt war sein Problem nicht mehr mangelnde Selbstsicherheit, sondern Gleichgültigkeit. Er hätte nicht sagen können, welche Frauen »sein Typ« waren, einfach weil er sich zu niemandem mehr hingezogen fühlte. Doch um den Abend gut über die Runden zu bringen, hörte er ihr zu, zeigte sich interessiert an dem, was sie sagte, und fragte sie nach bestimmten Aspekten ihres Lebens. Sich auf jemanden näher einzulassen, passte gut in das Bild eines normalen jungen Mannes, das er abgeben wollte.

»Andrew hat erzählt, dass du kürzlich nach Salford gezogen bist«, sagte Vicky. »Dann wohnst du ja ganz in der Nähe von Alix.«

»Ja, ich hab da ein Zimmer in einer WG, in einem Haus mit ein paar Jungs von der IT«, antwortete Charlie. »Ist ganz okay.«

»Bist du schon lange in Manchester?«, fragte Alix.

Charlie erzählte die Geschichte, die er sich gemeinsam mit Karczewski ausgedacht und dann gründlich einstudiert hatte: Seine Eltern waren Soldaten, er war in der Garnison

Aldershot zur Welt gekommen, und die Familie war, als er klein war, kreuz und quer durch Europa gezogen.

»Das war bestimmt nicht leicht für dich, wenn du immer deine Freunde zurücklassen musstest«, sagte Alix mit aufrichtigem Mitgefühl.

»Ja, manchmal ist das schon schwer gewesen«, bestätigte er. »Kaum hatte ich mich an einen Ort gewöhnt, mussten wir schon wieder umziehen. Aber wenn man es nicht anders kennt, empfindet man es nicht als so schlimm.«

»Und wo sind deine Eltern jetzt?«

»In Australien. Sie sind vor ein paar Jahren ausgewandert, als sie in Ruhestand gegangen sind.«

»Wolltest du nicht mit?«

Charlie deutete auf seine blassen Arme. »Mit *der* Haut? Da wäre ich doch innerhalb einer Stunde verbrannt.«

»Erzähl Charlie doch mal, was du beruflich machst, Alix«, warf Vicky ein. Sie klang, als müsste Charlie gleich schwer beeindruckt sein.

»Ich bin Kindergärtnerin«, sagte Alix fast schüchtern. »Nichts Aufregendes.«

»Sie kann total gut mit Kindern«, sagte Vicky, »du solltest sie mal sehen. Sie hat eine ganz natürliche Art. Sehr mütterlich.«

»Jetzt mach mal halblang«, murmelte Andrew, und Vicky blitzte ihn aus den Augenwinkeln an.

»Ich will damit nur sagen, dass meine Cousine eine ausgesprochen fürsorgliche Frau ist«, bemerkte Vicky und wandte sich dann an Charlie. »Möchtest du denn Kinder haben, Charlie?«

»Heute Abend jedenfalls nicht mehr«, versuchte er zu scherzen.

»Und später?«

Er hielt sich wieder an seine Rolle. »Wenn ich irgendwann die Richtige kennenlerne, dann ja, dann wäre das schon ein Thema.«

»Hast du den Test von Match Your DNA gemacht?«, fragte Vicky weiter. Jetzt starrte Alix ihn gebannt an.

»Nein«, behauptete er. »Ich mag es lieber, wenn sich die Sachen natürlich entwickeln, und nicht nur wegen der Chemie. Aber das muss wirklich jeder für sich selbst wissen. Was ist denn mit dir, Alix? Hast du den Test gemacht?«

»Ja. Aber mein Match ist ein achtundachtzigjähriger Urgroßvater aus Zentralpakistan.«

Andrew lachte auf, und Vicky knuffte ihn mit dem Ellbogen in die Seite.

»Ist schon in Ordnung«, sagte Alix. »Ich find's ja selbst ein bisschen komisch. Der Mensch, der angeblich aus biologischen Gründen für mich bestimmt ist, wird demnächst neunzig. Wir haben zwar jeder die Kontaktdaten des anderen, aber keiner hat sich bis jetzt bei seinem Match gemeldet.«

»Trotzdem, man weiß doch nie. Vielleicht ist er ja Millionär und würde nichts lieber tun, als auf dem Sterbebett sein gesamtes Vermögen seiner hübschen jungen Braut zu vermachen«, frotzelte Andrew.

»Ich glaube, ich sehe mich lieber anderweitig um«, entgegnete Alix mit einem kurzen Blick auf Charlie. »Die Entscheidung, mit wem ich mein Leben teile, würde ich gern dem Schicksal überlassen.« Als Vicky sich deutlich hörbar räusperte, korrigierte sich Alix. »Okay: dem Schicksal und der Kupplerin da drüben.«

Während das Gespräch weiter dahinplätscherte, wusste Charlie, dass er eigentlich der glücklichste Mensch der Welt hätte sein sollen. Doch als Alix und er sich zum Abschied auf die Wangen küssten und sich für das folgende Wochenende verabredeten – diesmal nur sie beide –, hatte er anschließend nicht das Gefühl, dass gerade etwas Neues und Aufregendes begonnen hatte.

Später am Abend lag er in seinem WG-Zimmer auf dem Bett, schob die Hand in die Unterhose und stellte sich vor, wie er Alix auszog, sie langsam an jeder Stelle ihres Körpers küsste und sie schließlich miteinander schliefen. Er war erregt, doch so sehr er sich auch bemühte, er konnte nicht kommen. Seine Erektion war eine bloße biologische Reaktion auf mechanische Stimulierung, mehr nicht. Hätte er seinen Penis nicht berührt, hätte er sich nicht bewegt. Alix erregte ihn nicht, weil niemand ihn erregte. Das ärgerte ihn nicht, und es enttäuschte ihn auch nicht. Er fragte sich nur, wie weit er gehen musste, um *überhaupt* wieder etwas zu empfinden.

35

Sinéad, Edzell, Schottland

»Ich muss mich bei dir entschuldigen«, sagte Sinéad. Sie stand vor Gails Tür und blickte verlegen auf den kleinen Strauß Wildblumen in ihrer Hand, den sie am Vormittag bei einem Waldspaziergang gepflückt hatte. Jetzt kam ihr diese Geste kindisch vor.

Eine Woche war vergangen, seitdem die beiden Freundinnen sich zuletzt gesehen hatten. Danach war Gail noch zweimal bei Sinéad gewesen, und beide Male hatte sich Sinéad hinter der Küchentür versteckt und die Klingel ignoriert. Doch dann war ihr klar geworden, dass sie damit ein Muster von früher wiederholte. Sie sonderte sich ab und behandelte Gail so, wie sie ihre Freundinnen nach ihrer Hochzeit mit Daniel behandelt hatte. Selbst auf einen Besuch von Doon hatte sie nicht reagiert, aus Furcht, dass sie von ihrem Verhalten wusste und sie darauf ansprechen wollte.

»Kann ich reinkommen und dir alles erklären?«, fragte Sinéad. »Es dauert auch nicht lange.« Gail zögerte, trat dann aber zur Seite. Sinéad folgte ihr in die Küche, in der sie so oft aromatisierten Kräutertee getrunken und stundenlang miteinander gesprochen hatten. Gail bot Sinéad ihren Stammplatz am Küchentisch an, legte den Blumenstrauß auf das

Abtropfbrett und füllte einen mosaikbesetzten Teekessel mit Wasser.

»Letzte Woche ... als du mich gefragt hast, ob ich auf Taylor aufpassen kann ...«, sagte Sinéad. »Ich hätte es wirklich gern gemacht, aber ich konnte einfach nicht.«

»Und warum nicht?«

Sinéad überlegte kurz, ob sie ihre fiktive Vorgeschichte abwandeln sollte, aber hier ging es um *ihre* Geschichte. Und die gehörte nicht zu den Dingen, die sie aus Gründen der nationalen Sicherheit geheim halten musste. Ihr Gehirn war so vollgestopft mit den Lügen anderer Menschen, dass sie sich nicht auch noch selbst welche ausdenken konnte. Jetzt war es an der Zeit, ehrlich zu sein.

»Bevor ich hierhergekommen bin, war ich verheiratet«, begann sie und sah an Gail vorbei in den Garten hinaus. »Wir haben einfach nicht zusammengepasst, und erst nachdem ich mich von ihm befreit hatte, ist mir klar geworden, wie vergiftet unsere Beziehung eigentlich gewesen ist. Nachdem wir ein paar Jahre verheiratet waren, bin ich schwanger geworden. Zuvor hatte ich schon einige Fehlgeburten gehabt, und wenn man das ein paar Mal erlebt hat, rechnet man immer mit dem Schlimmsten. Aber dann trat das Schlimmste einmal nicht ein.«

Sie hielt inne und spürte die Wärme von Gails Hand auf ihrem Arm. Aus dem Babyphon drang leise Taylors gleichmäßiger Atem. Sinéad spürte einen Kloß im Hals.

»Lilly kam an einem Montagmorgen um sechs Uhr siebenundvierzig zur Welt, im Krankenhaus. Die Geburt hat achtundzwanzig Stunden gedauert. Sie war unser kleines Wunder, *mein* kleines Wunder. Ein winziges Wesen von viereinhalb Pfund, ein traumhaftes Baby. Und auf den Tag genau fünf Wochen, nachdem sie auf die Welt gekommen war, hat sie sie wieder verlassen.« Sinéad brachte die Worte nur mühsam hervor.

»Das tut mir leid«, sagte Gail. Sie stand auf, trat hinter Sinéad und legte ihr die Arme sanft um die Schultern. Nach Lillys Tod hatte niemand sie auf diese Weise getröstet. Weder Daniel, noch die Sanitäter, noch die Polizei. Plötzlich wurden sie durch das Geräusch der Haustür unterbrochen. Kurz darauf trat Anthony in die Küche. Als er sah, wen seine Frau zu Gast hatte, verzog er das Gesicht. Rasch korrigierte er seine Miene, doch Sinéad war sein anfängliches Missfallen nicht entgangen. Eine ähnliche Ablehnung hatte sie auch bei Daniel oft erlebt. Sie war in diesem Haus nicht willkommen, so wie vermutlich keine von Gails Freundinnen.

»Ich wusste nicht, dass du Besuch hast«, bemerkte Anthony.

»Ich habe sie überfallen«, erklärte Sinéad. »Ich war gerade in der Gegend und dachte mir, ich könnte mal kurz vorbeischauen.«

»Ist alles in Ordnung?«, wandte sich Anthony an Gail.

»Kannst du uns bitte noch fünf Minuten allein lassen?«, fragte Gail.

»Warum?«

»Wir müssen noch etwas besprechen.«

Anthony richtete sich auf, als glaube er, es gehe zwischen den beiden Frauen um ihn. Gail schwieg eine Weile, warf dann Sinéad einen entschuldigenden Blick zu und nahm Anthony mit ins Wohnzimmer, wo Taylor schlief. Sie schloss die Tür hinter sich, aber durch das Babyphon konnte Sinéad ihre Unterhaltung mithören.

»Darf ich mich jetzt nicht mal mehr in meinem eigenen Haus frei bewegen?«, blaffte Anthony.

»Wir haben gerade über etwas sehr Persönliches gesprochen ...«

»Das haben wir beide heute Morgen auch. Und dann bist du einfach gegangen. Ist das, was sie dir erzählt, etwa wichtiger als unsere Probleme?«

»Bitte, Anthony, nicht jetzt.« Gail klang erschöpft, als hätten sie diese Diskussion schon öfter geführt.

»Was hast du ihr von uns erzählt?«, beharrte Anthony.

»Nichts.«

»Ich möchte nicht, dass du mit einer Fremden über unsere privaten Angelegenheiten sprichst.«

»Und ich kann meine Entscheidungen sehr gut allein treffen, auch ohne deine Zustimmung«, erwiderte Gail.

»Was ich davon halte, ist dir also egal? Interessiert es dich überhaupt noch in irgendeiner Weise, was ich denke?«

Gail murmelte etwas Unverständliches. Dann war plötzlich das unverkennbare Geräusch einer Ohrfeige zu hören. Sinéad schreckte hoch.

Anthony hatte gerade seine Frau geschlagen.

Sie wollte schon ins Wohnzimmer stürzen, sich ihre Nahkampffähigkeiten zunutze machen und Anthony die Hand brechen, mit der er ihre Freundin geschlagen hatte. Aber dann hörte sie in ihrem Inneren Karczewskis Stimme: »Begeben Sie sich nicht unnötig in gefährliche Situationen«, hatte er ihr nahegelegt. »Je mehr Sie Ihre eigene Sicherheit gefährden, desto mehr gefährden Sie das Programm.«

Daniel hatte zwar nie körperliche Gewalt ausgeübt, dafür aber Sinéads Willen nach und nach gebrochen, bis nichts mehr davon übrig war. Konnte sie es da verantworten, tatenlos zuzusehen, wie eine andere Frau schikaniert wurde?

An erster Stelle steht das Programm, sagte sie sich. *Und deswegen musst du jetzt gehen.*

Widerwillig folgte sie ihrem Pflichtgefühl. Leise öffnete sie die rückwärtige Tür und ging durch den Garten, nahm eine Abkürzung über den Zaun und lief über ein Feld mit hoch aufragenden Windrädern zurück nach Hause. Mit jedem Schritt ärgerte sie sich mehr darüber, dass sie sich zurückgehalten hatte.

Als sie wieder zu Hause war, schaltete sie das Radio ein, um ihre Schmach zu übertönen. Sie drückte auf den Knöpfen herum, bis sie einen Sender gefunden hatte, der Classic Pop spielte, und drehte so laut wie möglich auf. Die Farben, die die Musik darstellten und Sinéad umgaben, waren weitaus weniger bunt als sonst. Schon lange hatte sie nicht mehr so viel stumpfes Grau, Schwarz und Braun durch den Raum schweben sehen.

Sie machte sich um die kleine Taylor Sorgen, die in einer Familie aufwuchs, in der häusliche Gewalt offenbar an der Tagesordnung war. Von Taylor wanderten ihre Gedanken zu Lilly. Noch immer stand ihr jede einzelne Pore in dem wunderschönen Gesicht ihrer Tochter vor Augen.

Lilly war kein problemloser Säugling gewesen. In der ersten Woche war noch alles reibungslos verlaufen. Sinéad hatte sie regelmäßig gestillt, und Lilly hatte jeden Tag mit Unterbrechungen achtzehn Stunden geschlafen und nur geschrien, wenn ihr Bauch nach warmer Milch verlangte. Doch in der Mitte der zweiten Woche begann die Routine, an die Sinéad sich allmählich gewöhnte, schon wieder zu bröckeln. Lilly schrie mit besorgniserregender Regelmäßigkeit, oft stundenlang und ohne erkennbaren Grund. Nichts konnte sie besänftigen; Liebkosungen, Stillen, Dunkelheit, Spaziergänge im Park, frische Windeln oder das leichte Vibrieren von Sinéads Auto – nichts half. Sinéad war überzeugt, dass sie auf irgendeine Weise krank war, und drängte den Arzt zweimal dazu, Lilly zu untersuchen. Doch er fand nichts Unauffälliges.

Nach drei Wochen mit wenig bis gar keinem Schlaf war Sinéad so entkräftet, dass sie Daniel, der sich bis dahin herausgehalten hatte, um Hilfe bat. Statt ihr die Unterstützung anzubieten, die sie so dringend gebraucht hätte, warf er ihr vor, dass sie nicht wie andere Mütter in der Lage sei, die Bedürfnisse ihres Babys zu erkennen. Außerdem verwies er darauf, dass er, da Sinéad ja noch stille, wenig beitragen könne. Schließlich überzeugte er sie, dass sie und Lilly besser zueinander finden könnten, wenn sie im Kinderzimmer schliefen.

Es war Daniel, der an jenem Neujahrsmorgen den leblosen Körper seiner Tochter fand. Lilly lag noch immer im Arm ihrer Mutter, den Kopf nach oben gewandt und die Lippen um Sinéads Brustwarze. Sinéad war aufgewacht, als Daniel aufgeschrien und Lilly an sich gerissen hatte. Sie war in ihrem Sessel eingeschlafen, während sie Lilly gestillt hatte.

Sie hatte nicht begriffen, was passiert war, und bekniete die Sanitäter, die den kleinen Brustkorb mit Herzdruckmassage bearbeiteten, ihre Tochter zurück ins Leben zu holen. Doch es war schon zu spät. Laut dem vorläufigen Bericht des Gerichtsmediziners war Lilly vermutlich an der Milch ihrer erschöpften Mutter erstickt.

»Egal, was die Untersuchung ergibt, wir sagen, es war plötzlicher Kindstod«, erklärte Daniel. »Niemand braucht zu wissen, dass du sie umgebracht hast.«

Diese Worte trafen Sinéad ins Mark. Daniel bestand darauf, dass sie allein zu den zuständigen Behörden ging, um

Lillys Tod zu melden. Er behauptete, dass es ihr dadurch leichter fallen würde, ihre Schuld einzugestehen. Doch Sinéad wusste auch so ganz genau, was sie getan hatte. Und nachdem die Beerdigung vorüber war – eine private Zeremonie, an der nur sie beide teilgenommen hatten –, weigerte er sich rundheraus, auch nur ein weiteres Wort über seine Tochter zu verlieren.

Sinéad dagegen hatte an nichts anderes mehr denken können, als dass ihr Kind durch unglückliche Umstände, noch dazu in ihren Armen, ums Leben gekommen war. Es gab keine Selbsthilfegruppen für Frauen, die Ähnliches erlebt hatten, keine Internetforen, in denen sie mit anderen über ihre Schuldgefühle hätte sprechen können. Stattdessen durchforstete sie das Internet nach Berichten über Menschen, die ihr Kind ebenfalls versehentlich, aber auf andere Weise umgebracht hatten. Immer wieder kratzte sie am Schorf ihrer Wunde. Unablässig verschlang sie Geschichten über Großeltern, die ihre Enkel mit dem Auto überfahren hatten, über Kinder, die in Swimmingpools oder Schwimmbädern verunglückt waren, über falsch dosierte Medikamente und über Babys, die an heißen Sommertagen in Autos vergessen worden waren. Sie selbst war keinen Deut besser als all diese Leute.

Kurz nach Lillys Tod hatte sie damit begonnen, zwanghaft an ihren Wimpern zu zupfen. Und immer wenn sie glaubte, taub für Schmerzen geworden zu sein, riss sie sich ein paar Wimpern aus, um zu erleben, dass sie sehr wohl noch Schmerz verspüren konnte, sofern sie nur tief genug grub. Aus einem gezielten Vorgehen wurde rasch eine Gewohnheit, und jeden Morgen und jeden Abend betrachtete sie sich im Spiegel und hielt nach nachwachsenden Wimpern Ausschau. Je tiefer eine Wimper verwurzelt war, desto stechender war der Schmerz und desto größer die Befriedigung. Bald stellte sie fest, dass sie mit dieser Angewohnheit keineswegs allein war; viele Menschen reagierten in dieser Weise auf Stress. Auf der Website der nationalen Gesundheitsbehörde fand sie dafür sogar eine Fachbezeichnung: Trichotillomanie.

Der Kummer angesichts von Lillys Tod verblasste mit der Zeit, die Schuldgefühle jedoch blieben. Daniel weigerte sich nach wie vor, die Last mit Sinéad zu teilen, und so hielt sie an ihrer Angewohnheit so lange fest, bis eines Tages ihre Wimpern überhaupt nicht mehr nachwuchsen. Immer wieder merkte Daniel an, sie sähe dadurch wie ein Reptil aus, das jeden Augenblick losheulen würde. Das stimmte zum Teil sogar, denn weil ihre Augen beim Zwinkern nicht mehr vor Staub und Schmutz und Pollen geschützt waren, tränten sie ständig.

Sie bat Daniel, die Wohnung zu verkaufen, was er jedoch ablehnte. Als Kompromiss schlug er vor, dass eine Umzugsfirma, tagsüber, wenn sie beide außer Haus waren, alles abholen sollte, das Kinderbett, den Wickeltisch, die Kommode, den Tragekorb, die Kleidung und auch die Kuscheltiere. Nichts sollte mehr an Lilly erinnern.

Noch viele Monate lang hatte Sinéad in den Geschäften von Wohltätigkeitsorganisationen gestöbert und nach Dingen gesucht, die einmal ihrem Baby gehört hatten. Doch vergebens. Und selbst jetzt noch, Hunderte Meilen von ihrem früheren Zuhause entfernt, in Edzell, konnte sie an keinem solchen Laden vorübergehen, ohne durch das Schaufenster einen kurzen Blick auf den Ständer mit der Babykleidung zu werfen.

36

Emilia

Die Sprachnachricht stammte von einer unterdrückten Nummer und traf kurz nach Mitternacht ein. Emilia stellte ihr Telefon leiser und presste es sich ans Ohr. Sie wollte sichergehen, dass Ted im Raum nebenan nichts mitbekam.

Der Anrufer war ein Mann und sprach mit britischem Tonfall, aber frei von regionalem Akzent. Emilia war sicher, dass es sich um eine synthetische Stimme handelte. Solche computergenerierten Stimmen besaßen eine nahezu perfekte Aussprache, verrieten sich aber durch ihre Intonation. Emilia erkannte jedoch den Teufel, der hier im Detail steckte, auch wenn sie nicht wusste, woher sie dieses Wissen hatte.

»Heute Abend um neun Uhr am Leuchtturm von Les Pâquis«, sagte die Stimme. Emilia suchte sofort im Internet, wo genau dieser Leuchtturm lag.

Sie hatte all ihre Überredungskünste aufbringen müssen, damit Ted sie auf seine Geschäftsreise mitnahm. Weil er eingewandt hatte, eine längere Reise so kurz nach ihrem Unfall könnte sich negativ auf ihre Gesundheit auswirken, hatte sie sich von einem unabhängigen Arzt eine schriftliche Reiseerlaubnis und eine Flugtauglichkeitsbescheinigung ausstellen lassen, um ihm das Gegenteil zu beweisen. Danach hatte er keine Ausrede mehr gehabt und ihr ein Ticket gebucht.

Am frühen Morgen hatten sie den ersten Flug von London-Luton nach Genf genommen, hatten die Zollkontrolle passiert, waren von Security-Leuten des Flughafens zu einem bereitstehenden autonomen Auto gebracht worden und fuhren jetzt zu ihrem Hotel am Ufer des Genfer Sees. Ted war in sein Tablet und in die Liste der bevorstehenden Meetings vertieft, während Emilia angespannt ihren Teil der Vorbereitung des Planes leistete.

»Nervt dich das nicht, dass du andauernd unter Beobachtung stehst?«, fragte sie und drehte sich zu dem Auto um, in dem Teds Personenschützer saßen.

»Doch, manchmal schon. Aber das gehört nun mal zu meinem Job.«

»Was genau machst du da eigentlich? Wenn ich dich danach frage, speist du mich immer mit irgendwelchen vagen Erklärungen ab.«

»Das musst du verstehen. Biochemie-Technik ist heutzutage ein hochsensibles Feld, vor allem, wenn man bedenkt, in welche Richtung sich die Welt entwickelt. Informationen sind nur schwer unter Verschluss zu halten und gelangen leicht in falsche Hände.«

»Vertraust du mir etwa nicht?«

»Natürlich vertraue ich dir, aber die Regierungen müssen sich darauf verlassen können, dass mein Wissen geschützt bleibt.«

»Soll das heißen, du arbeitest für die Regierung?«

»Ich gehe dorthin, wohin meine Arbeit mich führt. Und wenn ich dabei in Kauf nehmen muss, dass diese beiden Riesen hinter uns mich auf Schritt und Tritt verfolgen, ist das ein geringer Preis.«

Das, was Bianca und Adrian von ihm wollen, muss irgendetwas mit Biochemie zu tun haben, dachte Emilia. Obwohl sie noch einmal nachgefragt hatte, hatten sich die beiden nicht näher dazu äußern wollen, für wen sie arbeiteten oder welches übergeordnete Ziel sie verfolgten. *Sind sie Spione? Oder ist Ted ein Spion? Wäre das so abwegig? Wollen Bianca und Adrian ihn auf neutralem Terrain treffen, weil sie die Absicht haben, ihn zum Überlaufen zu bringen?* Wieder einmal fragte sich Emilia, worauf sie sich einließ, wenn sie ihn zum Leuchtturm lockte, doch dann rief sie sich in Erinnerung, dass sie ihm nicht zu Loyalität verpflichtet war. Er hatte sie angelogen. Also blieb ihr keine Wahl.

»Sehen wir uns heute überhaupt noch?«, fragte sie. »Wie lange dauern denn deine Besprechungen?«

»Wahrscheinlich bis weit in den Abend hinein.«

»Wie wär's denn dann, wenn wir uns zum Abendessen treffen?«

»Dazu wird wahrscheinlich keine Zeit sein.«

»Aber ihr müsst doch irgendwann auch mal Pause machen. Zumindest kurz. Dann könnten wir wenigstens ein bisschen frische Luft schnappen. Komm schon, das wird dir bestimmt guttun. So ein kleiner Spaziergang lüftet schließlich das Hirn durch.«

»Ich werde schauen, was sich machen lässt«, antwortete er zwar, doch er klang nicht so, als meine er es wirklich ernst.

»Die Stadt sieht wunderschön aus«, sagte Emilia. »Wie der ideale Ort für ... ich weiß auch nicht ... vielleicht für einen Neuanfang.«

»Wie meinst du das?«, fragte Ted und sah sie zum ersten Mal an, seit sie in dem Auto saßen.

Emilia lächelte verschämt. Noch nie zuvor hatte sie angedeutet, dass sie auf diese Weise an Ted interessiert sein könnte. »Warten wir ab, was der Abend bringt, einverstanden?« Sie sah auf das Armaturenbrett. Noch zwei Minuten bis zum Grand Hotel Kempinski Geneva. »Stehen bleiben«, wies sie das Auto an. »Komm, wir gehen den Rest zu Fuß.«

Offenbar freudig überrascht von dem Sinneswandel seiner Frau, stimmte Ted zu. Flankiert von seinem Team machten sie sich auf den Weg. Emilia hakte sich bei ihm ein und spielte weiter die Komödie, dass sich in ihr etwas veränderte. Als sie seine Haut auf ihrer spürte, rollte unvermittelt eine Welle der Wärme durch ihre Adern. Das Gefühl war ihr irgendwie ... vertraut.

Doch dann verdrängte sie den Gedanken und sah sich um. Das Seeufer wurde von Gebäuden gesäumt, die höchstens sechs Stockwerke hoch waren. Links erstreckte sich der silbern-grün schimmernde Genfer See, und in der Ferne erhoben sich die schneebedeckten Gipfel der Alpen. Unter anderen Umständen wäre es eine durchaus romantische Szenerie gewesen.

Nachdem sie kurz gesucht hatte, entdeckte sie am Ende einer steinernen Mole den Leuchtturm von Les Pâquis. Er war nicht bemannt und sah wie ein Meeresleuchtturm aus, nur kleiner. Wenn alles nach Plan verlief, würde sie Ted heute Abend dorthin lotsen, und Bianca und Adrian würden ihr dann helfen, die Wahrheit zu erfahren: wer sie war und was Ted ihr verschwieg.

Sie gingen ins Hotel und checkten ein, und weil Ted den Rest des Tages beschäftigt war, vertrieb sich Emilia die Zeit mit einem Schaufensterbummel durch das Stadtzentrum.

Als auch das die Gedanken an die bevorstehenden Ereignisse nicht verscheuchen konnte, ging sie zurück ins Hotel und sah aus dem Fenster hinaus auf den See, wobei ihr Bangen angesichts des bevorstehenden Abends noch lauter dröhnte als der Fernseher im Hintergrund.

37

Flick, Aldeburgh, Suffolk

»Da hat jemand Post bekommen«, säuselte Grace und ließ ein elfenbeinfarbenes Kuvert in Flicks Schoß fallen.

»Was, für mich?«, fragte Flick und betrachtete ungläubig den Umschlag.

»Nein, für Queen Catherine, was glaubst denn du?«

Flick nahm das Kuvert in die Hand, ohne es vorerst zu öffnen. Sie war argwöhnisch. »Wurde persönlich zugestellt«, berichtete Grace, als sie mit einem Tablett voll Toast und zwei Tassen Tee zurück auf den Balkon kam.

Auf der Vorderseite stand in goldener Schrift Flicks Name. Behutsam löste sie die Lasche. Der Umschlag enthielt eine Postkarte. Auf der einen Seite war das unfertige Porträt von Elijahs Onkel zu sehen, auf der anderen stand:

Komm am Mittwoch zu mir und hilf mir.
Zieh was an, was schmutzig werden darf x

Darunter eine Adresse. In Flicks Innerem flogen die Funken.

»Kommt das von dem, von dem ich es vermute?«, fragte Grace. Flick reichte ihr die Einladung, und Grace las sie, mit neugierigem und liebevollem Blick. Dann legte sie sich eine Hand aufs Herz. »Ich würde es euch beiden so sehr wünschen.«

»Du weißt genau, dass ich nicht auf der Suche bin.«

»Aber ihr passt perfekt zueinander! Ich weiß, dein Ex war ein Griff ins Klo, aber Elijah, der könnte dein Traumprinz sein.«

Flick verdrehte die Augen. »Mein Leben ist kein Disney-Film«, sagte sie, aber Grace beachtete sie gar nicht.

»Vielleicht ist er ja auch dein DNA-Match! Du musst ihm einfach nur ein bisschen Speichel abluchsen, indem du ihn dazu bringst, was abzulecken ...« Sie beendete den Satz mit einem lasziven Augenzwinkern.

Der Gedanke an DNA ließ Flick frösteln. »Nein, das ist er nicht«, sagte sie entschieden.

»Glaubst du nicht daran?«

»Ich weiß, wer mein Match ist, und er war nicht so, wie ich ihn mir vorgestellt hatte.«

»Oh, entschuldige. Ich dachte immer, wenn man sich mal gefunden hat, dann war's das. Dann hat man für den Rest seines Lebens Ruhe.«

»Nicht unbedingt.«

Grace sah Flick an, als erwarte sie eine Erklärung. Aber für Flick war das Gespräch beendet. Sie hatte schon mehr von sich preisgegeben, als sie gewollt hatte.

38

Emilia

Emilia sah auf die Uhr. Sie war zehn Minuten zu früh dran. *Gleich,* dachte sie, *gleich erfahre ich, wer ich bin.* Doch in ihre Aufregung mischte sich zunehmend ein gewisses Unwohlsein. Sie verließ das Hotel, überquerte die Straße und ging in Richtung des kalkweißen Leuchtturms. Es war ein lauer, angenehmer Abend. Auf der einen Seite lagen, am Ufer vertäut, kleine Boote. Die Masten waren zwar aufgerichtet, aber die Segel herabgelassen, außerdem waren sie mit farbenfrohen Planen bedeckt. Auf der anderen Seite tummelte sich eine Schar Schwäne beim Fressen. Bis auf einen bildeten sie jeweils ein Paar. Emilia betrachtete den Einzelgänger und fühlte sich ihm irgendwie verbunden.

Am frühen Abend hatte sie Ted eine Nachricht mitsamt Kartenausschnitt geschickt und ihm Ort und Zeit für ein Treffen in seiner Pause vorgeschlagen. Er hatte mit einem einfachen »Ja« geantwortet.

> Lebe gefährlich – und lass deine Gorillas zu Hause.

> Ich glaube, das wird nicht gehen.

> Tu's für mich. Lass uns wenigstens mal für eine Viertelstunde ein normales Paar sein. Du wirst es nicht bereuen.

> Okay. Ich liebe dich. ♥

Selbst jetzt spielst du noch immer deine Rolle, dachte Emilia. Und für einen kurzen Moment stellte sie sich vor, dass er es ernst meinte.

Sie ging die menschenleere Mole entlang, setzte sich auf eine der fünf grünen Bänke und betrachtete den *Jet d'eau*, eine Fontäne im See, die hundertvierzig Meter in die Höhe schoss. Ein schwacher Wind lenkte die Wassersäule ab und trieb einen kühlenden Schleier auf Emilias leicht erhitztes Gesicht.

Schon bald hörte sie das Geräusch weicher Sohlen auf Beton, und Ted setzte sich neben sie. Als er sie auf die Wangen küsste, lagen ihre Nerven blank.

»Entschuldige bitte, dass ich zu spät bin«, sagte er. »Ich habe auch nicht lange Zeit. Aber ich freue mich, dich zu sehen, wirklich.«

Hätte sie es nicht besser gewusst, sie hätte sich von seiner Aufrichtigkeit blenden lassen.

»Wo sind deine Aufpasser?«

»Hab ich zu Hause gelassen«, antwortete er augenzwinkernd. »Ich habe ihnen gesagt, ich würde ins Hotel gehen, um zu duschen, und bin dann durch den Notausgang abgehauen. Du bist einfach kein guter Umgang für mich.«

»Wer bin ich, Ted?«, fragte Emilia unvermittelt. »Denn ich weiß, dass du mich angelogen hast.«

Ted wurde blass. »Wie kommst du denn darauf? Ist etwas passiert? Fühlst du dich nicht wohl?«

Aus den Augenwinkeln sah Emilia eine Frauengestalt. Es war nicht Bianca, sondern eine junge Mutter mit einem Kleinkind an der Hand. *Wo bleiben sie denn?*, dachte Emilia. Vereinbart war, dass sie Ted hierherlocken sollte, und dann sollten Bianca und Adrian kommen und ihn ausfragen. Trotzdem ließ sie nicht locker.

»Ich weiß inzwischen, dass ich mein Gedächtnis nicht verloren habe. Und ich weiß, dass du nicht der bist, der zu sein du behauptest.«

»Ich habe dir alles gesagt, was ich weiß«, beteuerte Ted.

»Hast du das, Ted? Wirklich?«

»Ja, natürlich!«

»Warum hast du mich angelogen und behauptet, wir seien verheiratet?«

Ted zögerte so lange, dass sie ihm nicht mehr hätte glauben können, wenn er sich verteidigt hätte.

Gerade als er zu einer Antwort ansetzte, sah Emilia etwas aufblitzen. Ein langer, metallischer Gegenstand zischte durch die Luft und bohrte sich tief in Teds Schädel.

Er kippte zur Seite und rutschte von der Bank auf den Boden. Entsetzt schrie Emilia auf und fuhr hoch, verlor dabei aber das Gleichgewicht und stürzte ebenfalls zu Boden. Auf allen vieren kroch sie rückwärts, bis sie gegen das Absperrgitter stieß.

»Ted!«, stieß sie hervor und starrte mit offenem Mund die junge Mutter an, die die Mordwaffe zurück in die Manteltasche steckte. Emilia erkannte den Gegenstand. In dem immer wiederkehrenden Traum, in dem sie den Mitarbeiter eines Elektrogeschäfts attackierte, hielt sie selbst so etwas in der Hand. Aber in dem Traum hatte sie damit nie das getan, was die Frau gerade getan hatte. Jetzt ging die Fremde wieder ihres Weges, so beiläufig, wie sie gekommen war, das Kleinkind noch immer an der Hand.

Emilia betrachtete Teds Leiche. Die Wunde war nur wenige Millimeter breit, doch die Waffe hatte sich wie ein Spieß tief in seinen Schädel gebohrt. Blut lief aus der Wundöffnung, rann an der Seite des Schädels hinab und sammelte sich wie ein purpurfarbener Heiligenschein auf dem Boden. Aus seinem Mund quollen schaumige Bläschen, und die Augäpfel mit der dunkelbraunen Iris waren nach hinten in die Augenhöhlen gerollt, sodass nur noch zwei weiß schimmernde Ovale zu sehen waren.

All das war ihre Schuld. Zwar hatte sie nicht selbst die Mordwaffe geführt, aber sie hatte Ted dazu gebracht, auf seinen Personenschutz zu verzichten. *Er ist tot, er ist tot, er ist tot...*, dachte sie. *Was um alles in der Welt habe ich getan?*

39

Flick, Aldeburgh, Suffolk

Elijahs Haus lag direkt am Meer und hob sich durch seine moderne Bauweise deutlich von den Nachbargebäuden ab.
Vom Strand aus betrachtete Flick das langgestreckte, mit schwarzem Wellblech verkleidete Haus. Hier am Ortsrand, wo früher ein Parkplatz gewesen war, standen nur wenige Neubauten. Und Elijahs Haus stach aus allen anderen heraus. Ein hüfthoher Drahtzaun schloss den grünen Rasen ab, davor verlief ein Pfad, der das Anwesen vom Kiesstrand trennte. Die Glasfront, die sich über beide Etagen zog, war so breit, dass Flick selbst aus der Entfernung durch das Haus hindurch auf die andere Seite sehen konnte. Es wäre der ideale Ort für sie gewesen, um sich in aller Öffentlichkeit zu verstecken.
Sie ging auf das Haus zu und fragte sich zum wiederholten Mal, warum sie Elijahs Einladung angenommen hatte. Sie rätselte, was er von ihr wollte, und versuchte, sich die Sympathie, die sie für ihn verspürte, auszureden. Dabei fiel ihr wieder ein Artikel ein, den sie in einem Online-Magazin gelesen hatte und der beschrieb, wie die Gesellschaft Singles in vier Kategorien teilte. Wie Flick sich eingestehen musste, gehörte auch sie zu einer dieser vier Gruppen.

Wie Studierende der Anthropologie an der Universität Brighton ermittelt haben, sind Menschen, die kein DNA-Match haben, entweder Touristen, Wartende, Verweigerer oder Pechvögel.

Touristen: haben zahlreiche Affären, bevor sie sich irgendwann bei Match Your DNA registrieren.

Wartende: sind bei Match Your DNA registriert und weiterhin sexuell aktiv, während sie auf ihr Match warten.

Verweigerer: finden ihr Glück lieber auf traditionelle Weise und ohne biologische Unterstützung oder verbleiben in bestehenden Beziehungen, ohne sich testen zu lassen.

Pechvögel: haben ein Match, können oder wollen aber aus den unterschiedlichsten Gründen nicht mit ihrem Partner zusammen sein, etwa wegen Krankheit, räumlicher Entfernung, unüberwindlichem Altersunterschied oder mangelnder Bereitschaft, sich auf eine andere Religion oder sexuelle Orientierung als die eigene einzulassen. Werden oft verleumdet und verachtet, weil sie es nicht schaffen, der Liebe freien Lauf zu lassen.

Flick gehörte zu den Pechvögeln, und dass Christopher ein Serienkiller gewesen war und nicht mehr lebte, änderte nichts daran. In den Augen der meisten Menschen würde ihr für immer ein Makel anhaften. Doch zu welcher Gruppe gehörte Elijah? Wollte er sich nur ein bisschen mit ihr vergnügen, bis er sein Match fand? Ihr Instinkt ließ sie vermuten, dass er ein Verweigerer war. Und wenn sie jetzt bei ihm klingelte, schuf sie sich in ihrem ohnehin schon komplizierten Leben vielleicht noch ein paar zusätzliche Probleme.

»Ich dachte schon, du traust dich nie«, war seine weiche Stimme durch die Gegensprechanlage zu hören.

Flicks Herz machte einen Sprung. »Hast du mich beobachtet?«, fragte sie und spürte, wie sie errötete.

»Erst seit etwa zehn Minuten.« Sie hatte nicht bemerkt, dass sie schon so lange vor seiner Tür stand.

Als der Türsummer ertönte, atmete Flick tief durch und trat vorsichtig ein. Langsam folgte sie einem Flur, bis sie Elijah sah. Er stand am oberen Ende einer Treppe aus durchsichtigem Acrylglas, in einem mit Farbflecken übersäten T-Shirt, Shorts und alten, beigen Chucks. Seine Hände und Handgelenke waren mit einem feinen Pulver bedeckt.

»Komm rauf«, sagte er.

»Ich soll mit jemandem nach oben gehen, den ich überhaupt nicht kenne? Ist das dein Ernst?«

»Wenn ich vorhätte, dich rumzukriegen, hätte ich mir vorher zumindest die Hände gewaschen. Es ist, wie ich dir geschrieben habe: Ich brauche deine Hilfe.«

Flick suchte ihre Umgebung nach möglichen Gefahrenquellen ab, stieg dann zu Elijah hinauf und folgte ihm durch einen offenen Durchgang in einen Raum, der fast das ganze obere Stockwerk einnahm. Im Hintergrund lief Rap, an den Wänden lehnten unfertige Gemälde, und Blenden verhinderten, dass das Sonnenlicht durch das Schrägdach aus Glas direkt in den Raum fiel.

»Ich bin gerade dabei, etwas Neues auszuprobieren«, erklärte er und reichte ihr eine Schutzbrille. Sie setzte sie auf, und er drückte ihr einen Meißel in die Hand und führte sie in die Mitte des Raumes, wo auf einem Tisch ein Marmorblock lag. Er hatte die Form eines Kopfes, und die Gesichtszüge waren mit Kalk vorgezeichnet. »Setz den Meißel hier an«, sagte Elijah, »dann hole ich den Schlägel.« Er nahm ihre Hände und führte sie an den Scheitel des Kopfes. Ihr Puls begann zu rasen.

Als er wieder zurück war, stellte er sich hinter sie, und instinktiv umfasste sie den Meißel fester, für den Fall, dass sie ihn als Waffe verwenden musste. Als er mit dem Schlägel leicht daraufklopfte, spannte sich Flicks ganzer Körper an. Wie Granatsplitter flogen die Marmorbröckchen in alle Richtungen. Am Hals und auf den Wangen spürte Flick Elijahs warme Haut. Sie war sicher, dass er das absichtlich tat, doch es kümmerte sie nicht.

»Was machst du da eigentlich?«, fragte sie und versuchte, sich von ihrer Erregung abzulenken.

»Was machen *wir* da?«, verbesserte er sie. »Eine Skulptur.«

»Ich bin vielleicht eine Kunstbanausin, aber dass das eine Skulptur ist, das sehe ich. Wer ist das denn?«

Elijah korrigierte die Position des Meißels, und sie spürte seine kräftige Brust an ihrem Rücken.

»Sie soll eine Vielzahl von Menschen zeigen, und deswegen soll sie auch von einer Vielzahl von Menschen hergestellt werden. Sie wird sich aus Teilen der Gesichter einiger Menschen zusammensetzen, die ich kenne.«

Für einen kurzen Moment war Flick enttäuscht, dass auch andere Leute mitmachen sollten.

»Aber du bist die Erste«, fuhr Elijah fort, und seine Lippen streiften ihre Ohren.

»Und welcher Gedanke steht dahinter?«

»Es geht um die menschliche Gemeinschaft und darum, dass wir alle aus den Menschen bestehen, mit denen wir uns umgeben. Kein Mensch ist eine Insel, egal, wie viel Wasser zwischen uns liegt. Auch du nicht.«

»Ich?«
»Du.«
»Ich weiß nicht, was du damit meinst.«
»Doch, das weißt du sehr wohl. Ich habe dich nämlich durchschaut.«
»Du hast mich ›durchschaut‹?«, fragte Flick verärgert. »Aber du kennst mich doch gar nicht.«
»Ich weiß genug von dir, um zu sehen, dass wir uns ähnlich sind. Wir geben beide gerade so viel von uns preis, dass uns alle für ihre besten Freunde halten können, geben uns ansonsten aber bedeckt und vermeiden es, uns wirklich auf etwas einzulassen.«
»Das sind eine Menge Vermutungen, Elijah.«
»Denen du nicht widersprichst.«
Flick hätte ihm erklären können, dass sie niemanden brauchte und hervorragend allein zurechtkam. Doch sie tat es nicht. Stattdessen trat sie näher zu ihm und legte ihre Lippen auf seine. Während sie sich küssten, schoss eine Energie durch Flick, die sie seit einer Ewigkeit nicht mehr gespürt hatte. Kurz darauf drückte sie Elijahs nackten Körper gegen den kühlen Marmor – das Abbild der Stadt, die ihn geformt hatte und die nun auch an ihr zu nagen begann.

40

Emilia

Emilia schrie um Hilfe, doch außer der Mörderin war niemand zu sehen. Durch die salzige Luft über dem Genfer See wehte der bittere Geruch des Todes. Er hatte einen herben, metallischen Geschmack, der sich hinter der Zunge festsetzte, wie bei einer frischen Amalgamfüllung. Bei jedem Atemzug kämpfte Emilia mit aller Kraft gegen eine Welle von Übelkeit, doch irgendwann wurde ihre Panik so groß, dass sie sie nicht mehr unterdrücken konnte. Sie zitterte am ganzen Leib, während ihr der Schweiß ausbrach. Sie war in die Falle gegangen. Ted war tot, und sie war schuld.

Plötzlich tauchten vier Gestalten auf – zwei Männer und zwei Frauen – und eilten an der Frau und dem Kind vorbei, die jetzt in die entgegengesetzte Richtung gingen. Die vier waren leger gekleidet, mit Baseballcaps mit Aufnähern, T-Shirts und Jeans, was überhaupt nicht zu ihrem entschlossenen Schritt und ihren ausdruckslosen Mienen passte. Kurz darauf begann, vor den Wellen, die sanft ans Seeufer schlugen, die Aufräumaktion.

Einer der Männer sagte auf Deutsch etwas in sein Headset und blickte auf das Wasser hinaus. Dann näherte sich geräuschlos ein weißes Schnellboot, das wie ein ganz normales Freizeitboot aussah, und hielt vor dem Leuchtturm am Ende der Mole, wo die vier warteten. Zwei Gestalten stiegen aus dem Boot und standen knietief im Wasser, während eine dritte am Steuer blieb.

Mit der Geschwindigkeit und der Präzision eines Boxenstopps in der Formel 1 hievten sie die Leiche in das Boot und stiegen wieder an Deck. Dann machte das Boot kehrt und fuhr so rasch und unauffällig wieder davon, wie es gekommen war. Es nahm Kurs auf die Kette der weißen Berggipfel, und nur die Wellen in seinem Kielwasser ließen ahnen, dass es je dagewesen war.

Emilia drehte sich ruckartig um und sah, wie zwei der Gestalten eine Flüssigkeit auf den Boden schütteten, die das Blut auf der Stelle beseitigte, während eine andere eine Überwachungskamera an einem Laternenmasten wieder an ihre Kabel anschloss.

Plötzlich wurde sie an beiden Armen gepackt und weg vom Schauplatz des Mordes zurück in Richtung Hauptstraße gezerrt. Dort standen am Straßenrand zwei Geländewagen, deren Fenster so schwarz wie die Karosserien waren.

Jetzt bringen sie mich um, dachte sie.

Bei diesem Gedanken schoss das Adrenalin durch ihren Körper, ihr Herz schlug schneller und ihre Muskeln spannten sich an. Die tief in ihrem Inneren verschüttete Erinnerung an ein früheres Dasein erwachte, sie entriss ihre Arme dem fremden Zugriff und ihre Faust raste in die Kehle des kleineren ihrer beiden Gegner. Während er noch nach Luft rang, packte Emilia ihn am Hals, zog seinen Kopf nach unten und rammte ihm ein Knie in den Magen. Sie war von der Gejagten zur Jägerin geworden und erwartete nun den Angriff des zweiten Gegners. Als er sich auf sie stürzte, ließ sie sich zu Boden fallen und trat ihm mit gestrecktem

Bein vors Knie. Im selben Moment waren ein brutales Knacken und ein Schrei zu hören.

Emilia rappelte sich auf und rannte so schnell sie konnte zu den beiden Autos, die nur noch etwa hundert Meter entfernt waren. Sie musste sich rasch entscheiden. Welche Richtung sollte sie einschlagen? Nach rechts ging es aus der Stadt hinaus, was ihr mehr Möglichkeiten zur Flucht eröffnen würde. Links lag das Stadtzentrum, wo mehr Menschen und damit auch mehr potenzielle Augenzeugen unterwegs waren. Außerdem würde sie dort leichter einen Unterschlupf finden, wo sie sich verstecken und überlegen könnte, wie sie weiter vorging. Doch als sich die Türen der beiden Fahrzeuge öffneten, stellte sich die Frage nicht mehr.

Jetzt standen ihr sechs Widersacher gegenüber, jeder mit einer Schusswaffe in der Hand. Dass sie das hier überleben würde, war so gut wie ausgeschlossen. Mitten im Lauf hielt sie inne und versuchte, zu Atem zu kommen. Was nun geschehen würde, konnte sie nicht mehr beeinflussen.

»Steigen Sie ein, Emilia«, war eine Stimme aus einem der Autos zu hören. Die Innenbeleuchtung ging an. In dem Wagen saß Bianca.

»Sie werden mich umbringen, oder?«, sagte Emilia keuchend.

»Wenn das Teil des Planes gewesen wäre, würden wir jetzt nicht miteinander sprechen, sondern Sie lägen tot im Park des Krankenhauses.«

Emilia warf einen Blick zurück auf die beiden Angreifer. Ihr blieb keine Wahl. Als der Wagen davonraste, holte Bianca aus der Armlehne einen Flachmann und reichte ihn Emilia.

»Ein leichter Stimmungsaufheller. Das wird Sie entspannen. Sie stehen unter Schock.«

»Ich muss nicht sediert werden.«

»Die Vitalparameter auf Ihrer Smart Watch sagen da etwas anderes. Ihre Pulsfrequenz ist erhöht, ebenso Ihr Blutdruck, Sie schwitzen, und Ihr Atem geht auch ziemlich schnell.«

»Wundert Sie das etwa?« Emilia riss sich die Uhr vom Handgelenk und schleuderte sie zu Boden. »Warum haben Sie Ted umgebracht? Er hätte mir gesagt, wer ich bin.«

»Eher wäre die Hölle zugefroren, als dass Edward Karczewski zugegeben hätte, dass er die Wahrheit über Sie weiß.«

Teds vollständiger Name irritierte Emilia. Sie selbst hatte Ted nie so genannt, sondern immer nur die Kurzform gebraucht. Als Bianca ihn jetzt aussprach, kam er Emilia allerdings vertraut vor – als hätte sie ihn schon oft gehört.

»Sein Tod«, fuhr Bianca fort, »ist außerdem eine Botschaft an die anderen. Sie sollen wissen, dass uns keiner entkommen wird. Diejenigen, die Ihre wahre Identität kennen, Emilia, haben sich ziemlich tief verkrochen, und Teds Tod wird sie wieder hervorlocken. Unser Angebot gilt noch immer. Wir wollen Ihnen helfen, die vier Verbliebenen zu finden, damit Sie von einem von ihnen die Wahrheit erfahren. Tief in Ihrem Inneren wissen Sie, wie Sie sie finden und entlarven können.«

»Wie soll ich diese Leute denn finden, wenn ich nicht einmal weiß, wer ich bin, verdammt noch mal?«, sagte Emilia genervt.

»Wir sind zuversichtlich, dass es Ihnen gelingen wird.«

»Und warum sollte ich das überhaupt wollen? Wie soll ich denn damit klarkommen, dass ich sie ihrem sicheren Tod entgegenführe? Denn Sie werden sie doch genauso umbringen, oder? Warum machen Sie das?«

»Diese vier Menschen sind sogenannte Wächter. Sie beschützen etwas, das ihnen nicht gehört.«

»Und das wäre?«

»Vertrauliche Informationen, mit denen Sie überhaupt nichts anfangen könnten – und wir übrigens auch nicht –, ohne die die Welt aber eine bessere wäre, als sie es heute ist.«

»Wer sagt das?«

»Leute, die wissen, was für unser Land am besten ist.«

»Sie arbeiten aber nicht für unsere Regierung oder die eines anderen Staates?«

Biancas Lippen verzogen sich zu einem Lächeln. »Nein, Emilia. Das ganz sicher nicht.«

Emilia stockte der Atem, als sie begriff. »Jetzt weiß ich, wer Sie sind! Während ich im Krankenhaus war, habe ich etwas über Sie gelesen. Sie sind Terroristen. Sie sind das Hackerkollektiv!«

»Wie bereits erwähnt, es kann für Sie völlig ohne Belang sein, wer wir sind. Sie helfen uns lediglich, die vier zu finden, und wenn Sie wollen, können Sie dann versuchen, ihnen zu entlocken, wer Sie sind. Danach sind aber wir an der Reihe. Wenn sie uns geben, was wir wollen, lassen wir sie am Leben.«

»Ich will da nicht mitmachen.«

Bianca zuckte mit den Schultern. »Wie ich Ihnen schon bei unserem ersten Treffen in dem Pub gesagt habe, Sie können jederzeit gehen.«

»Einfach so?«

»Einfach so.«

Emilia suchte nach der Türöffnertaste. »Tut mir leid, dass es nicht geklappt hat«, fügte Bianca hinzu. »Ich wünsche

Ihnen alles Gute da draußen. Bedauerlich ist es allerdings schon. Sehen Sie hier.«

Sie blickte auf die Frontscheibe, und auch Emilia sah nach vorne. Bianca betätigte eine Taste, und die Scheibe wurde zu einem Bildschirm, in dem links oben »LIVE« stand. Zu sehen waren ein steiler Abhang und im Hintergrund ein Rasensportplatz.

»Hineinzoomen und Bildschirm teilen«, befahl Bianca, woraufhin die Kamera zwei Mädchen inmitten einer Gruppe von Jugendlichen in bunter Fußballkleidung heranholte. Sie sahen sich zum Verwechseln ähnlich: dasselbe zum Pferdeschwanz gebundene, erdbeerblonde Haar und derselbe entschlossene Gesichtsausdruck. Nur ihre Schuhe hatten verschiedene Farben.

»Ihre Töchter«, sagte Bianca unvermittelt, »Cassie und Harper. Und der Mann an der Grundlinie, mit dem Hund, das ist Ihr Ehemann Justin.«

Emilia rang nach Atem. Ihr Blick jagte zwischen dem schlanken, rothaarigen Mann und den Mädchen hin und her. Sie hatte Angst zu blinzeln, weil sie fürchtete, sie würden ebenso schnell wieder verschwinden, wie sie aufgetaucht waren.

»Können Sie sich noch daran erinnern, wie Ted Ihnen gesagt hat, die Wunde auf ihrem Bauch stamme von dem Messerangriff einer Mitarbeiterin?«, fragte Bianca. »Diesen Angriff hat es tatsächlich gegeben, aber Sie waren nicht darin verwickelt. Sie haben auch nicht in einer Bank gearbeitet. Diese Wunde stammt von einem Kaiserschnitt.«

Emilia versuchte fieberhaft, sich an ihre Familie zu erinnern, doch nichts wollte sich einstellen. Sie war jedoch davon überzeugt, dass sie etwas mit diesen Menschen verband. Tief in ihrem Inneren *wusste* sie, dass sie ihre Familie vor sich sah. So deutlich, wie sie ihren Mutterinstinkt spürte, konnten diese Bilder kein Betrug sein. Sie hatte Kinder und einen Ehemann.

»Ziel anvisieren«, sagte Bianca, und auf den Köpfen der Mädchen und des Mannes erschien jeweils ein roter Punkt. »Heckenschützen«, erläuterte Bianca. »Ein Wort von mir, und alle drei kommen ums Leben, jetzt und hier, vor Ihren Augen. Wie sieht es aus? Gehen Sie oder bleiben Sie?«

41

Bruno, Oundle, Northamptonshire

Sie ging von Zimmer zu Zimmer, ohne Bruno auch nur im Geringsten zu bemerken.

Bruno hatte neben ihrem Haus geparkt und beobachtete sie jetzt vom Auto aus. Im Vergleich zu seiner Einzimmerwohnung war das Anwesen geradezu herrschaftlich. Es war das Paradebeispiel eines freistehenden, dreistöckigen viktorianischen Gebäudes und bis ins Kleinste ausgezeichnet renoviert. In der Einfahrt parkte ein autonomes Auto, die jüngste Ausführung eines Modells der Oberklasse. Bruno wurde wütend, als er überschlug, wie viel ihr materieller Besitz wert war. *Aber innen drin bist du garantiert so leer wie ich,* dachte er.

Karen Watson war der sechste und letzte Name auf seiner Liste. Und am Ende des Abends wäre auch sie tot.

Bruno war ihr an diesem Tag schon einmal begegnet, und dabei war er ihr noch näher gekommen als jetzt. Für ein benachbartes Tierheim führte er ehrenamtlich einen Hund aus, und durch seine vorangegangenen Erkundungen hatte er erfahren, wann er Watson wo antreffen würde. Sie hatte feste Gewohnheiten und ging jeden zweiten Tag mit ihrem Golden Retriever spazieren. Jedes Mal machte sie dabei auf derselben Bank am Ufer des Nene Pause.

»Los, zeig mal, was du kannst«, hatte Bruno dem Hund Oscar ins Ohr geflüstert und die Leine losgelassen. Kaum hatte Oscar den anderen Hund bemerkt, war er auf ihn zugesaust. Der Retriever war aufgestanden, und aufgeregt hatten die beiden Tiere einander im Kreis gejagt, sodass ihre Leinen sich ineinander verfingen.

Bruno hatte in seiner Jackentasche nach dem Hammer getastet. Er hatte gehofft, dass der Hund nicht aggressiv war und er ihn nicht ebenfalls würde töten müssen.

»Entschuldigen Sie bitte«, hatte er gesagt, als er auf Watson zugegangen war. Er hatte darauf gesetzt, sie mit Oscar ablenken und so leichter zuschlagen zu können. Doch dann waren zwei Spaziergänger langsam Arm in Arm in ihre Richtung geschlendert und hatten seinen Plan durchkreuzt. Also hatte er warten müssen.

»Luna, hierher!«, hatte Watson ihren Hund gerufen, der jedoch nicht gehorcht hatte. Schon bald hatten sich die Leinen so sehr verheddert, dass sich keiner der Hunde mehr bewegen konnte.

»Für mich ist das alles noch neu«, hatte Bruno erklärt. Während er Oscars Leine entwirrte und dabei versuchte, Zeit zu gewinnen, hatte er so getan, als sei ihm das alles furchtbar peinlich. »Er ist aus einem Tierheim, und ich führe ihn nur aus.«

Dabei hatte er sie zum ersten Mal aus der Nähe gesehen und länger betrachten können. Sie war ein paar Jahre älter als er, das hatte er schon herausgefunden, wirkte jedoch jünger. Sie war schlank und hatte ein freundliches Lächeln. Während der paar Male, als er ihr in einem gewissen Abstand gefolgt war, hatte er nicht bemerkt, wie attraktiv sie war. Er zwinkerte, um diesen Gedanken zu verscheuchen.

»Das ist doch ein schönes Hobby«, hatte sie gesagt, nachdem sie ihren Hund endlich befreit hatte. »Luna ist jetzt sechs, benimmt sich aber noch immer wie ein Welpe.«
Plötzlich war Bruno verlegen um Worte gewesen. Watson war nicht wie die anderen auf seiner Liste. Nicht, weil sie die einzige Frau war, sondern weil sie ... anders war, auch wenn er es nicht näher hätte beschreiben können. *Sie ist eine wunderschöne Frau.* Genauer konnte er es nicht sagen.

Als das Paar an ihnen vorübergegangen war und gegrüßt hatte, hatte er zurückgegrüßt. Hätte er Watson jetzt umgebracht, hätten ihn die beiden möglicherweise identifizieren können. Und als dann auch noch eine Schulklasse mit ihrer Lehrerin angerannt gekommen war, hatte er gewusst, dass diese Chance vorbei war.

»Wir müssen dann mal wieder nach Hause«, hatte Watson gesagt und ihn angelächelt. Er hatte zurückgelächelt und sie kurz darauf aus den Augen verloren.

Ich weiß, wo dieses Zuhause ist, hatte er gedacht. Und genau dort war er jetzt.

»Hey.«

Das Echo ließ ihn aufschrecken. Er fuhr herum und sah auf der Rückbank seines Autos einen Jungen sitzen, dem der Unterkiefer fehlte. Warren Hobbs war das Opfer eines sadistisch veranlagten britischen Aristokraten aus dem achtzehnten Jahrhundert gewesen. Auch das wurde der Welt verschwiegen. »Was ist denn mit dir los?«

»Wieso?«, erwiderte Bruno und versuchte, sein Unwohlsein zu verbergen.

»Weil du neben dir stehst«, sagte der Junge. »Die Frau da in dem Haus. Die hat was mit dir gemacht.« Er mochte zwar aussehen wie ein Kind, hatte jedoch die Stimme eines Erwachsenen.

»Natürlich hat sie das. Ich bringe doch nicht wahllos Leute um.«

»Das mein ich nicht. Ich kenn dich doch. Wir alle kennen dich, weil wir ein Teil von dir sind. Jeder Einzelne von uns. Sie hat etwas in dir ausgelöst.«

Die dünnen Härchen in Brunos Nacken stellten sich auf.

»Wie lange wollt ihr mich eigentlich noch belästigen?«

Die Antwort kam von einem zweiten Echo, diesmal vom Beifahrersitz. Dort saß jetzt eine Frau in hochhackigen Schuhen und einem grauen Anzug im Stil der 1940er-Jahre. Bruno erkannte in ihr Ingrid Barford, eine britische Schauspielerin und Oscarpreisträgerin, die im Dienst der Regierung russische Agenten zu ihren Liebhabern gemacht und dann ausspioniert hatte. »Wir werden so lange bleiben, wie du es willst, mein Lieber. Das kann noch lange dauern. Es hängt ganz von dir ab.« Sie zuckte mit den Schultern, lächelte liebenswürdig und fing an, sich die Lippen nachzuziehen.

»Aber ich will euch nicht.«

»Wenn du dir das weiterhin einredest, lügst du dir nur selber in die Tasche, Schätzchen. Wir würden dir fehlen.« Sie zwinkerte und sah zu dem Haus hinüber.

Bruno konnte nicht zulassen, dass ihn seine ungebetenen Gäste weiter ablenkten. Er musste sich voll auf Karen Watson konzentrieren.

»Jetzt mach schon«, sagte Hobbs aufgeregt. »Bring's hinter dich. Mach sie fertig.«

Bruno reagierte nicht. Sich jetzt an ihr zu rächen, wäre das einzig Richtige, denn solange er es nicht erledigt hätte, bliebe er zwischen zwei Leben gefangen. Aber durch das kurze Gespräch, das sie geführt hatten, hatte er ihre menschliche Seite kennengelernt. Damit hatte er nicht gerechnet, und diese Erfahrung drohte ihn nun zu hemmen.

Dunkelheit legte sich über die Stadt, und plötzlich verspürte Bruno das Bedürfnis, wieder einmal nach Louie zu sehen. Es war schon eine ganze Weile her, dass er auf die Kameras zugegriffen hatte, die für die Sicherheit seines Sohnes sorgten. Das widersprach zwar sämtlichen Anweisungen, die Karczewski ihm gegeben hatte, verblasste aber im Vergleich zu den Verbrechen, die er seit Beginn des Programms begangen hatte. Aus einer Tasche, die zu Füßen von Ingrid Barford stand, zog er eines von mehreren fabrikneuen, nicht registrierten Mobiltelefonen und unternahm dieselben Schritte wie die letzten Male auch.

Der Anblick Louies, der schlafend in seinem Bett lag, beruhigte und quälte ihn zugleich. Im Nachtsichtmodus konnte Bruno unscharf den Tyrannosaurus Rex aus Plüsch erkennen, den Zoe ihm bei einem Ausflug ins Naturgeschichtliche Museum von London gekauft hatte. Kurz nach ihrem Tod hatte Louie sich angewöhnt, ihn mit ins Bett zu nehmen.

Louie zurückzulassen, ohne sich von ihm zu verabschieden, war das Schlimmste in Brunos Leben gewesen. Und schuld daran waren solche Raffzähne wie Karen Watson, also Menschen, die nur ihre Gier stillen wollten und denen es lediglich darum ging, den anderen möglichst viel wegzunehmen.

Sie lebt hier im Luxus, und ich habe meinen Sohn seit Monaten nicht gesehen, dachte er. *Scheiß auf den Plan. Sie muss für das zahlen, was sie getan hat, und zwar jetzt.* Innerhalb von Sekundenbruchteilen explodierte seine Wut.

Er holte den Hammer aus dem Fach in der Armlehne. Doch gerade als er die Tür öffnen wollte, ging das Licht auf der Veranda an und kurz darauf die Beleuchtung entlang der Zufahrt. Dann öffnete sich die Haustür, und Karen Watson trat heraus. Bruno verspürte einen Anflug von Sympathie. *Nein,* sagte er sich. *Nein.*

»Jetzt mach schon«, drängte Hobbs und lächelte mit der verbliebenen oberen Hälfte seines Kiefers. »Ein gezielter Schlag, und das Miststück geht zu Boden wie ein nasser Sack. Und bevor noch irgendjemand sie entdeckt, ist sie schon verblutet.«

Als Bruno die Autotür öffnete, näherte sich ein Kleinbus und blieb vor dem Haus stehen. Bruno lockerte den Griff um den Hammer und drückte sich in den Sitz, obwohl die Autofenster verdunkelt waren. Karen Watson kam auf die Straße heraus und stand jetzt nur wenige Meter vor ihm.

Der Fahrer des Kleinbusses stieg aus und grüßte. Kurz darauf fuhr ein Mädchen in einem elektrischen Rollstuhl über eine Rampe aus dem Wagen, und Watson umarmte und küsste sie. Dann verschwanden die beiden im Haus, die Türen schlossen sich und die Außenbeleuchtung erlosch. Der Kleinbus wendete und fuhr wieder weg. Das Logo an seiner Seite verriet, dass er zur Freizeit- und Ferienorganisation All Bodies gehörte.

»Wer ist denn die Kleine?«, fragte Ingrid Barford, und ein Dutzend Echos wiederholte die Frage. Bruno hatte viel über Karen Watson herausgefunden, doch nichts hatte darauf hingedeutet, dass sie Kinder hatte.

»Ich weiß es nicht«, sagte er.

»Wahrscheinlich hat sie die Haustür noch nicht abgesperrt«, sagte Barford. »Für einen kräftigen Kerl wie dich wäre es doch ein Kinderspiel, sie aufzubrechen und das zu tun, was zu tun ist. Also was ist jetzt, Süßer? Wie wär's, wenn du das erledigst, damit wir alle es hinter uns haben?«

Bruno antwortete nicht. Bevor er Watsons Schicksal besiegelte, musste er herausfinden, was es mit dem Mädchen auf sich hatte.

42

Sinéad, Edzell, Schottland

Als sie Gails Auto erkannte, bremste Sinéad scharf. Feuerrote Land Rover waren in Edzell nicht gerade alltäglich. Sie war gerade auf dem Rückweg aus der Kreishauptstadt Forfar, wo sie für das bevorstehende Dorffest Genehmigungen für den Verkauf von Speisen und Getränken und das Bühnenprogramm abgeholt hatte, als sie plötzlich Gails Auto entdeckte. Seit sie mitbekommen hatte, wie Anthony Gail geschlagen hatte, herrschte zwischen ihnen beiden Funkstille. Dass sie damals nicht eingeschritten war, belastete ihr Gewissen noch immer.

Während die Glocken der Kirche von Edzell läuteten, bog Sinéad auf den Parkplatz ein. Sie dachte daran zurück, wie ihre Freundinnen versucht hatten, auf ihre Beziehung mit Daniel Einfluss zu nehmen. Sie hatte sie entrüstet zurückgewiesen. Warum sollte Gail also anders reagieren? Dennoch konnte Sinéad sich nicht einfach heraushalten und zulassen, dass hier ein zweiter Daniel eine andere Frau unterjochte.

Sie ging über die Wiese zu dem Spielplatz, wo Gail auf einer Bank saß. Neben ihr stand, von ihr abgewandt, der Kinderwagen. Auch jetzt wirkten Mutter und Tochter wie isoliert voneinander. Gail sah Sinéad nicht kommen und starrte gedankenverloren auf ein Klettergerüst. Sinéad wurde nervös und musste dem Drang widerstehen, an ihren Wimpern zu zupfen. »Hallo«, sagte sie unsicher. »Na, alles gut?« Sie hatte erwartet, dass Gail wenigstens ein bisschen überrascht wäre, sie zu sehen, aber falls dem so war, verbarg sie es geschickt.

»Ja, alles in Ordnung, danke«, antwortete Gail kurz angebunden.

»Sicher?«

»Ja, warum denn nicht?«

»Na ja, es kommt mir ein bisschen so vor, als würdest du mir aus dem Weg gehen.« Als Gail nicht reagierte, wusste Sinéad, dass sie äußerst behutsam vorgehen musste. »Dir braucht das alles nicht peinlich zu sein.«

»Es war nicht das, wonach es sich angehört hat.«

»Doch, das war es.«

»Tut mir leid, dass du das mitgekriegt hast. Es war das erste Mal.«

»Das braucht dir nicht leid zu tun, Gail. Ich habe genau dasselbe durchgemacht. Und erst nachdem ich meinen Mann verlassen hatte, habe ich erkannt, in welchem Ausmaß er mich emotional missbraucht hat.«

Gail schüttelte den Kopf. »Bei uns ist das anders. Anthony ist nicht so. Er ist nicht das Problem. *Ich* bin das Problem. Er ist ein guter Ehemann und ein guter Vater ...«

»Das passiert alles ganz unterschwellig. Ich habe doch gehört, wie herablassend er mit dir spricht. Er dreht es so hin, dass alles, was zwischen euch schiefläuft, deine Schuld ist. Ich kenne dieses Vorgehen. Daniel hat das mit mir genauso gemacht ...«

»Hör auf, bitte«, unterbrach Gail sie. »Nur weil deine Ehe gescheitert ist, heißt das nicht, dass ich das bei meiner auch zulasse.«

Aus Gails Worten sprach eine Feindseligkeit, die Sinéad noch nie an ihr erlebt hatte. Sie betrachtete Gails Hände. Die Nägel waren bis zum Nagelbett abgekaut, und die umliegende Haut war fleckig. Doch Sinéad ließ nicht locker. »Du kannst einen Menschen nicht dazu zwingen, sich zu verändern. Und denk an Taylor. Willst du wirklich, dass sie im Haus eines Tyrannen aufwächst?« Gail wurde rot. »Ich weiß, wovon ich rede, glaub mir. Eine Freundin hat mir damals gesagt, auf mich würde ein Leben ohne meinen Ehemann warten. Ich habe es gefunden. Und du musst dein Leben ohne Anthony finden. Sonst zermahlt er dich zu Staub.«

Gail nickte langsam, und Sinéad spürte, wie eine Woge der Erleichterung sie durchströmte. Vielleicht würde ihr gelingen, was so viele ihrer früheren Freundinnen nicht geschafft hatten. Vielleicht brauchte Gail nur jemanden wie sie, die ihr die Augen öffnete.

Gail stand auf, fuhr sich durch die lockigen Haare, löste die Bremsen des Kinderwagens und sah Sinéad an. »Ich sag dir das nur einmal: Lass mich in Ruhe und steck deine dreckige Nase nicht in mein Leben.«

43

Flick, Aldeburgh, Suffolk

Als Flick in der einsetzenden Abenddämmerung nach Hause ging, konnte sie ein Lächeln nicht unterdrücken. Sie dachte an die Vorbereitungen für das Programm zurück. Sie hatte zugestimmt, dass ihr ein Implantat mit einem Verhütungsmittel eingesetzt wurde, das eine Schwangerschaft unmöglich machte. Außerdem sollte es das sexuelle Begehren dämpfen. In dieser Hinsicht hatte es allerdings schon beim ersten Test versagt. Den ganzen Nachmittag und bis in den frühen Abend hinein war Elijahs Atelier bis unter die Decke von ihrer Lust erfüllt gewesen.

Erleichtert stellte sie fest, dass Grace nicht zu Hause war. Die Fragen ihrer Freundin hätte sie jetzt auch nur schwer ertragen. Sie setzte sich auf die kleine Terrasse und genoss die letzten Sonnenstrahlen auf ihrem Gesicht. Im Radio lief Musik, und Flick gab sich ganz dem Gefühl der Sorglosigkeit hin, bis sie nach ein paar Minuten von den Nachrichten in ihrer Ruhe erschüttert wurde.

»Bei einem Bootsunfall in der Schweiz ist heute Morgen der hochrangige Regierungsberater Edward Karczewski ums Leben gekommen«, war die Stimme des Nachrichtensprechers zu hören. »Die Leiche wurde am Südende des Genfer Sees an Land getrieben, wo Anwohner sie im Morgengrauen entdeckt haben. Karczewski, der von seinen Freunden nur Ted genannt wurde, war bereits als vermisst gemeldet worden, nachdem Fischer sein Schnellboot gefunden hatten, das leer auf dem Wasser trieb. Die Polizei geht derzeit nicht von einem Verbrechen aus.«

Flick erstarrte, nur ihr Herz raste wie verrückt. Sie hastete zum Radio und versuchte vergebens, einen anderen Kanal zu finden, der diese Meldung ebenfalls brachte. Sie war hin und her gerissen, ergriff aber dann doch Grace' Tablet, das auf dem Küchentisch lag. Die Benutzung elektronischer Geräte war den Teilnehmern des Programms strengstens untersagt, doch in Flicks Augen rechtfertigte diese Ausnahmesituation, dass sie im Internet nach mehr Informationen suchte. Sie klickte sich so schnell wie möglich durch verschiedene Seiten, um nicht länger online zu sein als nötig, und fand schließlich ein Video, das zeigte, wie Karczewskis Leiche in einen schwarzen Leichensack gepackt und in einen bereitstehenden Krankenwagen gehoben wurde.

Sie suchte weiter und entdeckte bald ein Amateurvideo, das den Vorgang aus einer anderen Perspektive zeigte, einschließlich einer Nahaufnahme des Gesichts. Der Tote war ohne Zweifel ihr Kontaktmann. Doch etwas an seinem Kopf war auffällig. Weil das Video in Ultra-HD aufgenommen war, konnte Flick weit in das Bild hineinzoomen. An einer Stelle des Schädels befand sich, zum Teil von den Haaren verdeckt, eine vereinzelte Wunde.

Flick versuchte sich einzureden, dass die Lage der Wunde nur Zufall war. Vielleicht war Karczewskis Leiche gegen einen Felsen geschlagen, bevor sie an Land gespült worden war. Doch es wäre ein zu großer Zufall gewesen, wenn der

Leiter des Programms an einer Kopfverletzung gestorben wäre, die sich genau an der Stelle befand, an der den Wächtern die Daten implantiert worden waren.

Das musste eine Warnung sein. Wenn sie Karczewski hatten treffen können, dann war es auch möglich, dass sie Flick fanden.

44

Charlie, Manchester

»Das Taxi ist da!«, rief Milo von der Haustür aus. Die Jungs zogen ihre Jacken an und gingen hinaus zu dem wartenden Fahrzeug.

»Vicky sagt, sie wollen uns nachher in der Stadt noch auf einen Absacker treffen«, sagte Andrew, während er auf seinem Handy eine Nachricht abhörte. »Und Alix ›freut sich sehr darauf, dich schon bald wiederzusehen‹. Wie oft habt ihr euch jetzt eigentlich schon getroffen?«

»Keine Ahnung, ich zähl nicht mit«, antwortete Charlie. Doch er zählte sehr wohl mit. Drei Mal hatten sie sich nach dem gemeinsamen Abend mit Andrew und Vicky nun bereits zu zweit getroffen. Beim ersten Mal waren sie in die Manchester Art Gallery gegangen und hatten eine Installation angesehen, die die großen Weltreligionen zum Thema hatte. Alix war fasziniert gewesen, Charlie weniger.

»Glaubst du an Gott?«, hatte sie ihn gefragt, was er mit einem Kopfschütteln beantwortet hatte. »Bist du Atheist oder Agnostiker?«

»Ich glaube, ich weiß nicht mal, was da der Unterschied ist«, hatte er geantwortet.

»Atheismus heißt nicht glauben, und Agnostizismus heißt nicht wissen.«

»Dann bin ich keins von beiden«, hatte er etwas zu hastig gesagt. In seinem Kopf befanden sich Erkenntnisse über Gottheiten, Religionen und Glaubenslehren, die er jedoch mit niemandem teilen konnte.

»Und an was glaubst du dann?«, hatte Alix nachgehakt. Auf diese Frage hatte er rasch eine Antwort. »Ich glaube an das Gute im Menschen. Ich glaube an die Hoffnung, dass sich die Dinge in unserer entzweiten Welt zum Besseren wenden werden. Ich glaube daran, dass man sich auch ohne ein gemeinsames Stück DNA verlieben kann ... und natürlich an den Weihnachtsmann.« Dann hatte er das Gespräch mit einem Kuss beendet.

Beim zweiten Mal waren sie in einem etwas außerhalb gelegenen Pub etwas trinken gegangen, und beim dritten Mal hatte Alix bei sich zu Hause gekocht. Charlie war erst am nächsten Morgen wieder gegangen.

»Sag ihr, ich freu mich auch«, sagte Charlie jetzt zu Andrew. Er wünschte, er würde sich tatsächlich darauf freuen, doch in Wahrheit ließ ihn diese Aussicht vollkommen kalt.

»Wenn du dir endlich ein Handy kaufen würdest, das man nicht vor Gebrauch aufziehen muss, könntest du ihr das auch selbst sagen.«

»Ich lehne moderne Technologien ab ...«

»Aber mit deinen Klienten redest du über ein Virtual-Reality-Headset – und dann auch noch in Gestalt eines Avatars.«

Als sie auf dem Fußweg angekommen waren, betrachtete Charlie das fahrerlose Taxi.

»Na, was ist? Keine Lust auf 'ne Kneipentour?«, fragte Milo und legte Charlie beide Hände auf die Schultern. Doch Charlie zögerte.

»Ich dachte, wir hätten eins mit Fahrer bestellt«, sagte er.
»Gab keins mehr. Außerdem ist so eins billiger.«
»Ich hätte die Differenz bezahlt.«
»Jetzt kommt schon!«, rief jemand aus dem Wageninneren. Milo ging weiter auf das Auto zu, doch Charlie blieb stehen. »Ist alles in Ordnung?«, fragte Milo.
»Ja, alles gut. Wir sehen uns dann in der Stadt.«
»Red keinen Scheiß. Komm, steig ein.«
»Nein, ich brauch ein bisschen frische Luft. Wir sehen uns im Pub.«
»Du brauchst frische Luft, bevor du durch die Pubs ziehst?«
»Ja, heute schon«, sagte Charlie. »Außerdem traue ich ihnen nicht.«
»Wem, den Jungs?«
»Nein, fahrerlosen Autos.«
»Kommt jetzt wieder dieser Neo-Ludditen-Quatsch?«, sagte Milo. »Du weißt doch selbst, dass die Dinger sicher sind.«
»Aufzüge sind auch sicher. Und trotzdem scheinst du einen grundlosen Hass auf sie zu haben und nimmst immer die Treppe.«
»Lenk nicht vom Thema ab. Autos können heutzutage nicht mehr gehackt werden, falls es das ist, was dir Sorgen macht.«

Charlie wusste, dass das nicht stimmte. Doch er behielt für sich, dass es in den Root-Verbindungen noch mindestens zwei Schwachstellen gab, die Hacker ausnutzen konnten. Die Regierung wusste von diesen Lücken, aber selbst ihren besten Programmierern war es bisher nicht gelungen, sie zu schließen und das Netzwerk sicher und stabil am Laufen zu halten. »Nein, aber die mit Fahrer sind mir einfach lieber.«

Milo kam auf ihn zu. »Jetzt mal im Ernst. Wo liegt das Problem?«

»Es gibt kein Problem.«

»Du kannst es mir wirklich sagen. Mein Angebot gilt noch immer. Wenn du jemanden zum Reden brauchst: Ich bin für dich da.«

»Ist alles in Ordnung, wirklich. Und jetzt steig ein, sonst kommt ihr noch zu spät.«

Charlie winkte seinen Freunden hinterher, bis das Taxi aus der Straße bog und er allein war. Milo achtete mehr als die anderen auf das, was in seiner Umgebung passierte, und nachdem er angedeutet hatte, dass Charlie sich selbst verletzt haben könnte, wollte Charlie ein wenig auf Distanz zu ihm gehen. Das war allerdings nicht ganz einfach, immerhin arbeiteten sie in derselben Firma und hatten einen gemeinsamen Freundeskreis. Im Büro oder wenn sie alle gemeinsam ausgingen, sah Milo ihn manchmal mit durchdringendem Blick an, als wolle er herausfinden, wer Charlie vor seiner Ankunft in Manchester gewesen war. Warum nur? War Milo ihm freundschaftlich verbunden oder wollte er etwas anderes von ihm? Milo gab seine sexuelle Orientierung nicht zu erkennen, und seine Körpersprache und seine Mikromimik ließen alle Möglichkeiten offen.

Als sich Charlie auf den halbstündigen Weg in die Stadt machte, sah er wieder seine Freunde von früher in einem autonomen Taxi vor sich. Es war nun schon über drei Jahre her, und noch immer konnte er sich an jeden Augenblick dieses Tages erinnern. Zum ersten Mal nach Monaten hatte er sie wieder einmal alle zusammengetrommelt und einen Minivan gemietet, mit dem sie nach Southampton zu einem Auswärtsspiel des FC Portsmouth fahren wollten.

Vor Sorge, ob auch alles glattgehen würde, hatte Charlie schon morgens angefangen zu trinken. Doch sobald die anderen bei ihm zu Hause eingetroffen waren, war die Nervosität dem Ärger gewichen. Sie alle waren wenig daran interessiert, das Wiedersehen zu feiern, sondern hingen lieber an ihren Handys und verfolgten einen Terrorangriff, über den live in den sozialen Medien berichtet wurde. Erst als Charlie eine Runde Tequila verteilt hatte und das Taxi vor der Tür stand, ließen sie von den Displays ab, und er konnte sie in den Wagen bugsieren. Als sie dann während der Fahrt lachten und Witze rissen, verflog Charlies Anspannung, und es machte ihm auch nichts aus, dass keiner daran dachte, dass es sein Geburtstag war. Sie waren wieder zusammen, so wie früher, und nur das zählte.

Als sie die Vororte von Southampton erreicht hatten, war Charlie flau im Magen geworden. Eine kaputte Klimaanlage, die Ausdünstungen von sieben Männerkörpern in einem beengten Raum und der Alkohol hatten dazu geführt, dass er gerade noch das Fenster öffnen konnte, bevor er sich übergeben musste. Und es hatte gar nicht mehr aufhören wollen. Die anderen hatten sogar noch scherzhaft sein Elend bejubelt, bis Stelfox dem Auto befohlen hatte anzuhalten, und Charlie hinaus auf die Böschung neben der Straße gestürzt war und sich erneut erbrochen hatte.

Während er sich mit dem Handrücken den Mund abgewischt hatte, hatte er gehört, wie sich die hydraulischen Türen des Minivans schlossen. »Wahnsinnig komisch«, hatte er genervt gesagt und war zu dem Wagen zurückgegangen. »He, Jungs«, hatte er gerufen, als das Taxi losfuhr. Er war in den Laufschritt verfallen und, sehr zur Erheiterung der anderen, neben dem Wagen hergerannt, der auf dem Standstreifen inzwischen Fahrt aufnahm. Stelfox hatte mit den Schultern gezuckt, wie um zu signalisieren, dass er zwar nichts dafür konnte, es aber dennoch komisch fand.

Jetzt, während die Lichter des Zentrums von Manchester näher rückten, erinnerte sich Charlie fast mit einer gewissen Distanz an das, was dann geschehen war. Er fragte sich, wie viele seiner alten Freunde durch ihn abgelenkt gewesen sein mochten und daher den Sattelschlepper nicht bemerkt hatten, der auf der falschen Fahrbahnseite gefahren und kurz darauf in den Minivan hineingerast war.

Durch die Wucht des Zusammenstoßes waren Teile aus Plastik und Metall in alle Richtungen geschleudert worden, und Charlie hatte sich auf den Boden geworfen und die Hände zum Schutz über dem Kopf verschränkt. Er hatte sich wie am Set eines Hollywoodfilms gefühlt. Die beiden geborstenen Fahrzeuge hatten sich ineinandergeschoben und waren dagestanden wie eine makabre Skulptur.

Als Charlie auf die Wracks zugelaufen war, war ein weiteres Fahrzeug ausgebrochen und hatte die Leitplanke auf dem Mittelstreifen gerammt. Weiter entfernt waren andere Autos die Böschung hinabgeschossen oder miteinander kollidiert.

Doch nichts war so schockierend gewesen wie das, was er im Inneren des zerstörten Minivan vorgefunden hatte. Erst hatte er nur Blut und abgerissene Gliedmaßen gesehen. Baileys tätowierter Arm hatte neben seiner Schulter gelegen, und Mark hatte die untere Hälfte des Gesichts gefehlt. Stelfox hatte noch geatmet, doch er war bewusstlos gewesen und hatte keine Beine mehr gehabt.

»Halt durch«, hatte Charlie ihn angefleht. »Bitte, halt durch.«

Mit zitternden Händen hatte er sein Handy aus der Tasche gezogen und den Notruf gewählt, doch unerklärlicherweise war die Leitung belegt gewesen. Er hatte mehrmals die Taste für Wahlwiederholung gedrückt, bis er begriffen hatte, dass keine Hilfe kommen würde. In diesem Augenblick hatten seine Beine nachgegeben, und er war auf die Knie gesunken. Fast vier Stunden später waren dann endlich Krankenwagen und die Feuerwehr gekommen.

Wie oft er in den folgenden Monaten auch zu seiner Therapeutin gegangen war, wie sehr sie auch versucht hatte, ihn durch positive Verstärkung zu unterstützen, wie hoch auch die Dosen der Medikamente gewesen waren, die seine posttraumatische Belastungsstörung abschwächen sollten – es half alles nichts. Die einzige Stimme, der er glaubte, war die von Julia, Stelfox' Witwe. Als der Sarg ihres Mannes ins Krematorium gebracht wurde, hatte sie Charlie unter den Trauergästen entdeckt.

»Das ist alles nur deine Schuld!«, hatte sie durch die Stille des Saales gerufen. »Du wolltest einfach nicht akzeptieren, dass sie nichts mehr mit dir zu tun haben wollten. Wegen dieses Wiedersehens hast du ewig auf sie einreden müssen. Und sie haben nur mitgemacht, weil du ihnen leidgetan hast. *Du* solltest in diesem Sarg liegen, und nicht einer von ihnen.«

Bevor er in das Programm aufgenommen worden war, hatte Charlie die Erinnerung an seine Freunde am Leben erhalten, indem er immer wieder die gespeicherten Sprachnachrichten abgehört und, wenn England spielte, ihren angestammten Tisch reserviert hatte. Doch mit der Zeit hatte er sich Julias Hass zu eigen gemacht. Ihre Worte verfolgten und quälten ihn genauso wie die blutüberströmten Leichen in dem Taxi.

Erst nachdem ihm die Staatsgeheimnisse implantiert worden waren, hatte er erkannt, wie sehr sie recht hatte. Viele der Autos, die miteinander kollidiert waren, hatte das Hackerkollektiv danach ausgewählt, wer daran beteiligt gewesen war, den Einsatz autonomer Fahrzeuge in der Öffentlichkeit zu propagieren. Charlies Schuld hatte nicht darin bestanden, dass er den Wagen gemietet hatte, vielmehr hätte es ihn treffen sollen, weil er als Grafikdesigner eine Werbekampagne der Regierung mitgestaltet hatte, die die Vorteile autonomer Fahrzeuge anpries.

Die Ergebnisse der Ermittlungen, die das zutage gefördert hatten, waren jedoch vor der Öffentlichkeit geheim gehalten worden, weil die Verantwortlichen der Ansicht waren, es sei niemandem damit gedient zu wissen, dass man für den Tod so vieler Menschen mitverantwortlich gewesen war.

Charlie kehrte mit seinen Gedanken wieder in die Gegenwart zurück. Der Pub, in dem er seine neuen Freunde treffen wollte, war noch etwa fünf Minuten entfernt, doch er hatte jetzt keine Lust auf ihre Gesellschaft. Er schlug einen Umweg entlang des Rochdale Canal ein und setzte sich dort auf eine Bank, um vor der bevorstehenden lärmenden Nacht noch einmal zur Ruhe zu kommen. Die Skyline war mit mindestens einem Dutzend beleuchteter Kräne gesprenkelt, die jeweils Gebäude in verschiedenen Stadien der Fertigstellung überragten. An den Wänden der Bürogebäude liefen Videos, größtenteils Werbeclips, doch Charlies Aufmerksamkeit fiel auf einen Fernseher in einem der Boote, die vor ihm am Ufer vertäut lagen.

Auf dem Bildschirm war Edward Karczewski zu sehen. Charlie fragte sich, ob er sich nicht täuschte. Er stand auf, ging näher an das Boot heran und sah durch das Fenster. Die Bildunterschrift lautete: *Regierungsberater bei Bootsunfall tödlich verunglückt.* Auch ohne den Nachrichtensprecher zu hören, wusste Charlie, dass sein Leben damit wieder einmal eine einschneidende Wendung nahm.

45

Sinéad, Edzell, Schottland

»Ich glaube, ich habe gerade eine Riesendummheit gemacht«, sagte Sinéad, nachdem Doon die Haustür geöffnet hatte. Es war später Vormittag, aber Sinéad fragte Doon nicht, warum sie noch im Schlafanzug war.

»Komm rein«, sagte Doon, ohne eine Regung zu zeigen. Sie gingen ins Wohnzimmer, das Sinéad schon von den wöchentlichen Wein-und-Film-Abenden kannte. »Was ist denn passiert?«

Sinéad ging auf und ab, um ihre Gedanken zu ordnen, und erzählte Doon, wie sie mitbekommen hatte, wie Anthony Gail geschlagen hatte, und wie Gail reagiert hatte, als sie ihr Hilfe angeboten hatte.

»Vielleicht solltest du sie ein paar Tage in Ruhe lassen und sie dann noch einmal darauf ansprechen«, schlug Doon vor. »Entschuldige dich dafür, dass du so auf sie eingeredet hast, und versichere ihr, dass du für sie da bist, wenn sie jemanden braucht.«

»Aber ich habe das doch alles selbst durchgemacht«, sagte Sinéad. »Ich weiß aus eigener Erfahrung, dass ein Satz von einer Freundin genügen kann, damit du dein Leben in völlig anderem Licht siehst.«

»Ja sicher, das *kann* genügen. Aber so ist es nicht immer«, entgegnete Doon schmallippig. »Bei dir war es vielleicht so, aber das heißt nicht, dass das für alle gilt. Du bist damals empfänglich gewesen für das, was deine Freundin gesagt hat, aber Gail ist noch nicht so weit.«

Sinéad seufzte und sah sich in dem Raum um. Erst jetzt fiel ihr auf, dass die Vorhänge noch geschlossen waren. »Ist alles in Ordnung?«, fragte sie und betrachtete Doon genauer. Ihre Wangen waren eingefallen und ihre Augen rot unterlaufen, als hätte sie in letzter Zeit wenig geschlafen. »Bist du krank?«

Doon schwieg eine Weile, räusperte sich dann und sagte: »Heute ist der Todestag meiner Tochter. Ist immer eine schwierige Zeit.«

»Das tut mir leid, Doon«, sagte Sinéad. »Es muss furchtbar für dich sein.«

»Am schlimmsten ist die Vorstellung, wie sehr Isla gelitten haben muss, bevor sie sich umgebracht hat. Ihr Vater und ich hatten sie ein paar Wochen zuvor besucht. Uns hätte auffallen müssen, dass etwas nicht stimmte. Ich bin ihre Mutter, und als Mutter muss man so etwas doch merken.«

Sinéad spürte ein leichtes Ziepen im Kopf, als zöge jemand an einem Wundfaden. Ihr Gehirn blätterte durch die Archive, bis es die Akte von Islas Fall fand. Was Sinéad darüber wusste, ließ die beiden Welten, in denen sie lebte, kollidieren, und sie wusste nicht, ob ihr das Sorgen bereiten sollte oder ob es ihr die einmalige Gelegenheit verschaffte, einem Menschen, der ihr nahestand, Trost zu spenden. »Es gibt nichts, wofür du dich schuldig fühlen müsstest«, sagte sie.

Doon schluckte. »Du kannst dir nicht vorstellen, wie es sich anfühlt, wenn dein geliebtes Kind der Überzeugung ist, der Tod sei besser als das Leben, das du ihm geschenkt hast. Glaub mir, Sinéad, es gibt nichts, was mehr wehtut. Ich hätte für sie da sein müssen.«

Sinéad wollte etwas sagen, besann sich aber eines Besseren und schwieg.

»Es ist meine Schuld, dass sie nicht mehr lebt«, fuhr Doon fort. »Ich habe nicht erkannt, dass sie mich gebraucht hätte. Damit muss ich jetzt leben, und manchmal, so wie heute, weiß ich einfach nicht, wie lange ich das noch aushalte.«

Doon setzte sich aufs Sofa, vergrub das Gesicht in den Händen und schluchzte, und Sinéad setzte sich neben sie und legte ihr den Arm um die Schulter. Sie dachte wieder an die Bilder der luxuriösen Hotelsuite, in der Isla ums Leben gekommen war. Deutlich sah sie die bleiche, halbnackte junge Frau vor sich, die Totenflecken auf ihrer Haut und das getrocknete Blut um ihre Lippen. »Du darfst dir nicht länger die Schuld an etwas geben, was du nicht verhindern konntest«, sagte sie.

»Natürlich hätte ich es verhindern können«, sagte Doon unter Tränen. »Ich hätte ihr das Leben retten können, ganz sicher.«

In diesem Augenblick löste sich der imaginäre Wundfaden an Sinéads Kopf, und sie wusste, was sie zu tun hatte. Dieses eine Mal war ihr das Programm egal. Wenn sie Doon die Wahrheit sagte, würde sie damit niemandem schaden. Bei dem Gedanken daran verknotete sich ihr Magen. Sie ergriff Doons Unterarme und sah ihr in die Augen. »Ich muss dir etwas sagen«, begann sie. »Etwas über Isla. Ich weiß bestimmte Dinge, Doon. Ich kann dir zwar nicht sagen, woher ich sie weiß, aber ich kann dir versichern, dass ich Kenntnis von vertraulichen Informationen habe.«

Doon richtete sich auf. »Was weißt du?«

Sinéad atmete tief durch. Jetzt konnte sie nicht mehr zurück. »Isla hat sich nicht umgebracht. Sie wurde ermordet.«

Doon befreite sich aus Sinéads Händen. »Nein, das stimmt nicht. Ich bin bei der Obduktion dabei gewesen. Ich weiß, was passiert ist.«

»Deine Tochter ist in Zimmer 46 des Loughborough Hotels am Russell Square gestorben, am sechsten Juli vor acht Jahren, nicht wahr?«

»Ja. Woher weißt du das?«

»Das steht in den öffentlich zugänglichen Unterlagen. Was dort jedoch nicht steht, ist, dass die Freundinnen, mit denen sie dort war, semiprofessionelle Mädchen waren. Sie haben als Escort-Damen gearbeitet und sich ihr Studium finanziert, indem sie reichen Ausländern Gesellschaft geleistet haben.«

»Soll das heißen, sie waren Prostituierte?«, fragte Doon ungläubig.

»Isla war an diesem Abend für einen wohlhabenden Scheich aus Saudi-Arabien gebucht, der den Auslandsgeheimdienst regelmäßig mit wertvollen Informationen versorgt und der dafür bekannt ist, dass er Frauen Gewalt antut. Er ist verantwortlich für Islas Tod.«

»Nein«, sagte Doon entschieden. »Das glaube ich nicht.«

»Es tut mir wirklich leid, Doon. Unsere Geheimdienste haben den Vorfall unter den Teppich gekehrt, weil ihnen der Scheich nur als freier Mann etwas nützt. Wenn sie ihn ausliefern müssen oder wenn er hinter Gittern sitzt, bringt er ihnen nichts mehr.«

Doon schüttelte den Kopf und wurde immer erregter. »Warum erzählst du mir so etwas?«

»Weil es die Wahrheit ist. Und als deine Freundin kann ich nicht zulassen, dass du für den Rest deines Lebens glaubst, an Islas Tod schuld zu sein, obwohl sie sich gar nicht umgebracht hat.«

Die Ohrfeige kam wie aus dem Nichts.

»Du lügst!«, schrie Doon. »Wie kannst du behaupten, dass Isla eine Prostituierte war? Meine Tochter war keine Hure! Du bist doch krank! Krank bist du!«

»Ich will doch nur, dass du weißt, dass ...«

»Was glaubst du eigentlich, wer du bist?«, schrie Doon weiter, jetzt völlig außer sich. »Du kommst hier in unser Dorf, willst eine von uns sein, tust so, als wärst du von allen die beste Freundin, aber erst mischst du dich in Gails Leben ein und dann auch noch in meins. Du bist grausam und herzlos, und wir wollen dich hier nicht haben. Und jetzt raus aus meinem Haus!«

Hastig stand Sinéad auf. Sie wollte sich unbedingt verteidigen, aber das Glühen in Doons Augen ließ sie erkennen, dass sie die Situation völlig falsch eingeschätzt hatte. Alles, was sie jetzt sagen konnte, würde die Sache nur noch schlimmer machen. Die Vorstellung, dass Isla ermordet und der Mord vertuscht worden war und der Täter wohl nie zur Rechenschaft gezogen würde, belastete Doon noch mehr als der Glaube, sie sei am Tod ihrer Tochter schuld, denn diese Erklärung würde ihr nie erlauben, zur Ruhe zu kommen. Daher war es leichter für sie, sich selbst die Schuld zu geben.

»Entschuldige«, murmelte Sinéad, ging hinaus und ließ die schluchzende Doon zurück. Ihr Versuch, jemand anderem zu helfen, indem sie ihre Geheimnisse teilte, war kolossal gescheitert. Nicht alle Menschen wollten die Wahrheit hören. Für manche war es weitaus besser, wenn sie nicht alles wussten.

46

Emilia

Als Emilia zurückkehrte, war das Haus, von dem Ted behauptet hatte, sie hätten es gemeinsam entworfen, menschenleer. In der Auffahrt standen keine Autos, in keinem der Zimmer brannte Licht, und niemand kam heraus, um Emilia zu begrüßen. Zaghaft schloss sie die Haustür auf, trat in den Flur und ging mit leisen Schritten ins Wohnzimmer. Sie achtete aufmerksam auf Geräusche anderer Menschen, doch offenbar war sie allein.

Am Morgen hatten Adrian und Bianca sie auf der kürzlich eröffneten Strecke des Eurostar von der Schweiz nach Frankreich und dann weiter nach London begleitet. Vor dem Bahnhof St. Pancras hatte ein Auto auf sie gewartet, das sie aus der Stadt und nach Hause gebracht hatte. Ein paar hundert Meter vor Teds Haus hatte es gehalten.

Emilia hatte dafür gesorgt, dass sie noch vor Sonnenaufgang eintraf, weil sie hoffte, dadurch eine Weile allein zu sein, bevor das Personal kam. Damit blieb ihr Zeit, um nach Hinweisen darauf zu suchen, wo Ted die vier Menschen versteckt hatte, die die Wahrheit über sie kannten.

»Er wusste als Einziger, wo sie sich aufhalten«, hatte Bianca ihr während der Autofahrt erklärt. »Diese Information ist zu wichtig, als dass sie mit ihm gänzlich verschwunden sein kann. Sie muss irgendwo aufbewahrt worden sein, und Sie müssen sie finden. Und machen Sie schnell, denn seine Leiche ist schon an Land gespült worden.«

Wieder sah Emilia den raschen und grausamen Mord an Ted vor sich. Trotz all seiner Lügen hatte er nicht verdient zu sterben, und schon gar nicht durch die Hand von Terroristen. Sie spielte kurz mit dem Gedanken, der Polizei alles zu erzählen, was sie wusste. Aber was wusste sie denn schon? Wie hätte sie beweisen können, dass es diese Leute überhaupt gab und für wen sie – und jetzt auch Emilia selbst – arbeiteten? Ihre Gedanken kamen ihr wie das Gerede einer Verrückten vor, die ihr Erinnerungsvermögen verloren hatte. All das konnte ebenso gut ihrer Einbildungskraft entsprungen sein.

Sie dachte auch darüber nach, welche Seiten an ihr hervorgetreten waren, als sie mit den Männern gekämpft hatte, die sie zu Biancas Auto gebracht hatten. Wo und unter welchen Umständen mochte sie diese Kampftechniken erlernt haben?

»Wir wissen, dass – und wo – für die vier anderen sichere Rückzugsorte vorbereitet worden sind«, hatte Bianca hinzugefügt. »Sie müssen sie nur dazu bringen, dorthin zu gehen.«

Als Erstes suchte Emilia in Teds Büro. Wie fast alle Räume des Hauses war auch dieser minimalistisch ausgestattet. Das einzig Farbige war eine Regalwand voller Schallplatten. Weit und breit war nur ein Foto zu sehen, ein gerahmtes Bild, das Ted ihr nie gezeigt hatte und auf dem sie beide vor einem Altar standen. Darauf trug sie ein schlichtes weißes Kleid, Ted ein Hemd und eine Krawatte, und sie standen sich gegenüber, während eine Frau die »Trauung« vollzog. Es wirkte überzeugend.

Auf dem Schreibtisch mit der Rauchglasplatte lagen weder ein Computer noch ein Tablet, und er hatte auch keine Schubladen, die Emilia hätte durchsuchen können. Sie blätterte durch eines der beiden Notizbücher, die auf dem Tisch lagen, fand jedoch nichts. Im zweiten lag ein Lesezeichen, doch die Seite, die es markierte, war leer. Als sie noch einmal hinsah, erkannte Emilia, dass das Lesezeichen eine Magnetkarte war, auf der der Name Edward Karczewski stand. Daneben befand sich ein Foto von Ted und rechts unten war eine kleine schwarz-weiße Zeichnung mit den Konturen des Parlamentsgebäudes zu sehen. *So viel zum Thema Biochemietechnik,* dachte Emilia. *Wer war er wirklich?* Adrian und Bianca spielten mit dem Feuer, wenn sie einen Regierungsbeamten ermordeten. Und Emilia hing nun auch mit drin.

In dem Raum standen weder Aktenschränke noch Regale, noch gab es andere Stellen, an denen man Unterlagen hätte aufbewahren können. Als Letztes suchte Emilia in einigen der Plattenhüllen, fand jedoch auch dort nichts. Die Hüllen enthielten nicht einmal Platten.

Auch in Teds Schlafzimmer entdeckte sie nichts. Sie suchte in allen Jacken- und Hosentaschen, außerdem in drei Aktentaschen und in zwei Kommoden. Sie durchstöberte jedes Zimmer, bis hin zu dem deckenhohen Bücherregal, das eine ganze Wand einnahm. Zum Schluss stand sie in der Küche und hatte den Inhalt der Schränke auf dem Boden verteilt. Wie sie befürchtet hatte, fand sich nirgendwo ein Hinweis darauf, wer die vier Unbekannten waren oder wo sie sich aufhielten.

Sie sah aus dem Fenster und stellte erleichtert fest, dass sie offenbar noch immer allein im Haus war. Weil sie Kopfschmerzen bekam, nahm sie zwei Schmerztabletten aus einer Packung und dazu noch eine Flasche Wasser aus dem Kühlschrank. Als sie die Tür wieder schloss, fiel ihr Blick auf die Sammlung von Deko-Magneten, deren Entstehung Ted ihr erklärt hatte. Dass jemand, der in einer so minimalistischen Umgebung lebte, solche Dinger sammelte und auch noch zur Schau stellte, kam ihr eigenartig vor. Eine Micky Maus aus Plastik aus Disney City in Indien, ein bunter Koala aus Australien und dann noch der Schiefe Turm von Pisa – sie alle ließen erkennen, dass Ted offenbar viel und weit gereist war. Die Magneten aus britischen Regionen fielen da irgendwie aus dem Rahmen. Es waren nur eine Handvoll, und Emilia fragte sich, warum Ted sie gekauft hatte, wo sie doch für Gegenden standen, die so nah lagen. Ihr fiel wieder ein, was er bei einem ihrer ersten Gespräche im Krankenhaus gesagt hatte: »Und auch wenn das dämlich klingt, die Anziehung zwischen uns war vom ersten Moment an wie magnetisch.«

Als sie damals einen der Magneten hatte abnehmen wollen, hatte Ted sie davon abgehalten und behauptet, er würde leicht kaputt gehen. Als sie ihn jetzt von der Kühlschranktür löste und näher betrachtete, fühlte er sich ziemlich robust an. Er stellte eine Kirche dar, und wenn man eine Plastikglocke im Turm berührte, ertönte eine Synthesizer-Version des Chorals *In the Secret of His Presence*.

Schlagartig verstand Emilia. Während der Choral erklang, sah sie wieder die Gesichter der vier Personen vor sich, die sie schon in dem Raum, in dem sie aufgewacht war, auf den Bildern der Überwachungskameras gesehen hatte. Sie hatten, jede in einem eigenen Zimmer, an Tischen gesessen. Es waren zwei Männer und zwei Frauen gewesen, und Emilia konnte sich an ihre Gesichter so deutlich erinnern, als stünden sie leibhaftig vor ihr. Ohne zu überlegen, trennte sie die vier Magnete aus Großbritannien von denen aus dem Rest der Welt. Auf allen stand der Name eines Ortes: Manchester, Edzell, Oundle und Aldeburgh. Intuitiv wusste sie, dass das die vier Orte waren, die Bianca unbedingt erfahren wollte. Aber sie wusste nicht, wer sich wo aufhielt.

Unter den restlichen Magneten war einer, dessen Form ihr bekannt vorkam. Sie musste sie heute schon einmal gesehen haben. Kurz darauf fiel es ihr wieder ein: Es war das Profil einer Marmorbüste von William Shakespeare. Sie ging zurück zu dem großen Bücherregal, in dem die in Leder gebundenen Einzelausgaben seiner sämtlichen Stücke standen. Auf dem Rücken jedes Bandes prangte das Profil des Dramatikers, und alle waren nach links gewandt, bis auf eines.

Diese Ausnahme war *Die beiden edlen Vettern*. Emilia erkannte den Titel sofort. In ihrer bruchstückhaften Erinnerung tippte sie, bevor sie den Mitarbeiter in dem Elektronikgeschäft angriff, diese Worte ins Suchfeld des Forums von ReadWell ein.

Sie zückte ihr Handy und suchte hastig nach dem Titel, doch er wurde auf ReadWell nur wenige Male erwähnt, und die letzten Posts waren auch schon mehrere Jahre alt. Was mochte es mit diesem Stück auf sich haben? In einer Beschreibung erfuhr sie, dass es sich dabei um Shakespeares letztes Werk handelte. Das schien ein weiteres Mosaiksteinchen zu sein. Das Stück war ohne Zweifel ein Hinweis darauf, dass etwas zu Ende ging. Vielleicht war damit das Ende einer Mission gemeint? *Das ist es,* dachte sie. *Auf diese Weise kommunizieren sie miteinander.*

Nervös vor Aufregung und in Erwartung dessen, was passieren würde, erstellte Emilia einen neuen Post. Sie musste den Text mehrmals tippen, weil ihre Finger zitterten und sie andauernd Fehler machte. Schließlich drückte sie die Return-Taste.

Die beiden edlen Vettern.

Sie drückte das Handy an die Brust, doch ihre freudige Erregung verflog schon im nächsten Augenblick, als im Haus Stimmen zu hören waren. Ruhig ging sie ins Erdgeschoss und durch eine zweiflügelige Tür in einen Innenhof. Dann lief sie zu dem Wäldchen hinüber, hinter dem das rückwärtige Tor lag, durch das sie würde entkommen können.

Als sie sich umsah, entdeckte sie mehrere Gestalten, die sie verfolgten. Sie konnte allerdings nicht erkennen, wie viele es genau waren, aber das war auch nicht weiter wichtig. Sie rannte schneller und schneller, bis sie ihre Verfolger so weit hinter sich gelassen hatte, dass sie sie unmöglich noch einholen konnten. Doch je weiter sie zurückfielen, desto lauter wurden ihre Stimmen. Emilia konnte sich das nicht erklären. Sie verstand einfach nicht, was sie sagten, und ihr undeutliches Gerede jagte ihr mehr Angst ein, als wenn sie sie klar gehört hätte. Das Gemurmel dröhnte weiter in ihrem Kopf, und irgendwann musste sie sich die Ohren zuhalten, damit die Stimmen sie nicht mehr erreichten.

Als sie durch das Tor geschlüpft war und die Straße entlang zu Biancas Auto lief, verstand sie eines der Worte, die sie riefen.

Verräterin.

47

Bruno, Oundle, Northamptonshire

Bruno lehnte an dem Geländer vor dem Eingang des Sandsteingebäudes und wartete darauf, dass sich die automatische Schiebetür öffnete. Zwanzig Minuten zuvor war er Karen Watson und dem Mädchen im Rollstuhl von ihrem Haus hierhergefolgt. Er war erst aus seinem Auto gestiegen, als sie schon in dem Gebäude verschwunden waren. Den Hammer, mit dem er alle Namen auf seiner Liste einen nach dem anderen ausgelöscht hatte, hatte er im Handschuhfach zurückgelassen. Diese Waffe war ihm lieber als ein Messer oder eine Pistole. Das Morden wurde dadurch persönlicher und außerdem zerstörerischer – um damit auszuholen und zuzuschlagen, musste man mehr Kraft aufwenden, als wenn man einfach nur eine Klinge im Fleisch eines Menschen versenkte. Es war auch schmutziger, aber Bruno war immer sehr vorsichtig gewesen und hatte darauf geachtet, dass weder Zeugen noch Überwachungskameras in Sichtweite waren und er keine Spuren hinterließ.

Als er Karen Watson sah, schlug sein Puls kaum merklich schneller. Sie war jetzt allein und kam durch das Foyer in Richtung des Ausgangs. Bruno zog sein Handy aus der Tasche, und als er an ihr vorüberging, tat er so, als sei er abgelenkt, weil er gerade etwas las. Er rempelte sie gezielt an und ließ dabei das Handy zu Boden fallen.

»Entschuldigung«, sagte er und hob das Telefon wieder auf.

»So eins hab ich ja schon seit Jahren nicht mehr gesehen«, sagte Karen Watson mit Blick auf das Klapphandy.

Bruno tat überrascht. »Ach, Sie sind das. Hallo«, sagte er und schickte ein Lächeln hinterher.

»Hallo«, grüßte sie zurück. Ihre höfliche Antwort und ihre Miene ließen erahnen, dass sie ihn zwar kannte, aber nicht wusste, woher.

»Neulich am Fluss hat mein Hund schon Ihren über den Haufen gerannt, und jetzt renne ich Sie über den Haufen.«

»Ja, ich erinnere mich«, sagte sie. Offenbar war der Groschen gefallen. »Ich dachte erst, Sie wären auch einer von den Eltern.«

Auch, dachte Bruno. *So wie sie. Also ist das Mädchen ihre Tochter.*

Die Wärme, die von ihrem Lächeln ausging, zog ihn an. Er mochte die leise und deutliche Art, wie sie sprach.

»Na ja, ich könnte tatsächlich bald der Vater eines Schülers hier sein«, sagte er. »Mein Sohn zieht demnächst zu mir nach Oundle, und deshalb schaue ich mir schon mal die Schulen hier an. Haben Sie Kinder, die auf diese Schule gehen?«

»Ja, meine Tochter Nora.«

Bruno sah auf das Schild neben der Tür, auf dem *Oundle Academy* stand. »Und wie lange schon?«

»Seit knapp einem Jahr, seit wir hierhergezogen sind. Und sie ist hellauf begeistert. Ich hatte mir auch ein paar öffentliche Schulen angesehen, mich dann aber für eine private entschieden. Die haben einfach ein breiteres Angebot.«

»Ich bin schon bei zweien in Peterborough und bei einer in Stamford gewesen. Aber woher soll man wissen, welche Schule für das eigene Kind die beste ist? Sie erzählen einem alles Mögliche, und man fragt sich andauernd, ob das wirklich stimmt oder ob sie einem nur das Geld aus der Tasche ziehen wollen.«

»Die Academy kann ich jedenfalls nur wärmstens empfehlen.«

»Vielleicht haben Sie ja Lust, mir bei Gelegenheit ein bisschen mehr darüber zu erzählen?«

Sie zögerte mit einer Antwort. Wahrscheinlich fragte sie sich, ob das eine Einladung zu einem Date war oder ob Bruno wirklich Auskünfte über die Schule einzuholen wünschte. Sie schien keinen Fehler begehen zu wollen.

»Haben Sie jetzt etwas vor? Ich wollte gerade mit dem Hund eine Runde drehen. Wenn Sie wollen, kommen Sie doch mit.«

»Aber nur, wenn es Ihnen nichts ausmacht.« Er hätte es nicht besser einfädeln können.

Karen Watson öffnete die Heckklappe ihres Wagens, und ihr Hund Luna sprang heraus und schnüffelte an Brunos Fußgelenken. Dann gingen sie gemeinsam durch das Dorf, über die weitläufigen Anlagen der benachbarten Schule von Oundle und über einen Friedhof, und sprachen dabei über das Zusatzangebot der Oundle Academy für Kinder, die etwas mehr körperliche oder pädagogische Unterstützung brauchten. Schließlich landeten sie in einem Café in der Hauptstraße. Als sie sich gesetzt hatten, behauptete Bruno, er wisse ja noch gar nicht, wie sie heiße, und sie stellten sich einander vor.

»Wo wohnt Ihr Sohn denn zurzeit?«, fragte sie und nippte an ihrem Kaffee.

»Ich wollte ihn nicht aus der gewohnten Umgebung reißen. Deshalb ist Louie im Augenblick bei seinen Großeltern in Bath, bis ich hier eine passende Schule für ihn gefunden habe. Aber diese Woche ist er mit All Bodies auf einer Freizeit in Schottland.« Bruno war überrascht, wie leicht ihm diese Lüge von den Lippen ging.

»Du hast seinen Namen erwähnt«, flüsterte ein Echo. »Louie. Du hast seinen Namen erwähnt.« *Scheiße*, dachte Bruno. Das stimmte. Watson ließ etwas in seinem Inneren aufbrechen. Es war Monate her, dass er mit jemandem über seinen Sohn hatte sprechen können, der aus Fleisch und Blut war und sich nicht aus irgendwelchen Datensätzen gebildet hatte.

»Ach ja? Nora ist letzte Woche auch dort gewesen«, sagte Watson. »Eine sagenhafte Organisation, finden Sie nicht auch? Nora spricht seitdem von nichts anderem mehr.«

»Warum geht sie denn auf die Academy, wenn ich fragen darf?«

»Sie hat das Münchmeyer-Syndrom, eine sehr seltene Krankheit, die etwa einen von zwei Millionen Menschen betrifft. Das ist eine genetische Störung, bei der, vereinfacht gesagt, der Körper fortschreitend versteinert. Weiches Gewebe wie Muskeln, Sehnen und Bänder verhärtet mit der Zeit und wird zu Knochen.«

»Ist das heilbar?«

»Nein. Und wenn man das Knochengewebe operativ entfernt, produziert der Körper sogar noch mehr davon. Aber geistig ist Nora hellwach und für ihre elf Jahre erstaunlich weit entwickelt. Wenn sie die richtige Pflege erhält, kann sie vierzig Jahre alt werden, aber es kann natürlich auch ganz anders kommen, denn sie ist besonders anfällig für Infektionen ...«

Karen verstummte, wandte den Blick von Bruno ab und sah auf die Straße hinaus. Bruno unterdrückte den Impuls, ihre Hand zu ergreifen.

»Hat sie Geschwister, die diese Krankheit auch haben?«, fragte er.

»Nein. Es gibt nur sie und mich.« Weiter sagte sie nichts über ihre Familienverhältnisse. Doch Bruno wusste, was sie ihm verschwieg. Er wusste alles über ihren Ehemann.

»Meine Frau ist verstorben, deswegen sind Louie und ich jetzt zu zweit«, sagte er.

Watsons Uhr piepte und unterbrach das Gespräch. »Um Gottes willen, schon so spät?«, sagte sie. »Es tut mir leid, aber ich muss um zwölf beim Zahnarzt sein.« Sie öffnete ihr Portemonnaie, um eine Karte hervorzuholen, aber Bruno machte eine abwehrende Geste.

»Lassen Sie nur, ich erledige das schon«, sagte er. »Und vielen Dank für die Infos über die Academy.«

»Nein, das kann ich nicht annehmen.«

»Dann geht eben der nächste Kaffee auf Sie.« Einen Moment lang sahen sie einander in die Augen, und Brunos Magen schlug mehrere Saltos rückwärts. Watson schien zu überlegen und schließlich all ihren Mut zusammenzunehmen.

»Wenn Sie am Mittwochnachmittag noch nichts vorhaben ... Ich habe Nora versprochen, dass wir picknicken gehen, da, wo wir uns neulich begegnet sind«, sagte sie. »Kommen Sie doch mit. So gegen vier?«

»Ja, sehr gern«, antwortete er. Und er musste sich eingestehen, dass er es genau so meinte, wie er es sagte. »Dann bis Mittwoch«, fügte er hinzu.

Watson beugte sich zu ihm, um ihm die Hand zu geben, doch er interpretierte die Bewegung falsch und streckte den

Kopf vor und küsste sie auf die Wange. Sie wollte den Kuss erwidern, erwischte jedoch versehentlich seine Lippen. Für eine Sekunde waren beide verunsichert, dann nahm Watson Luna bei der Leine und ging hinaus. Eine Zeit lang sah Bruno ihr nach, wie sie die Straße entlangging.

»Was bist du nur für ein kolossaler Idiot.« Bruno drehte sich um. Vor ihm stand Roger McAllister, der verstorbene Vorstandsvorsitzende eines Pharma-Unternehmens, dem bedeutende Fortschritte bei der Entwicklung zielgenauer Medikamente gegen Krebs gelungen waren. Die Forscher sequenzierten die Genome von Tumorzellen, was eine weit präzisere Behandlung ermöglichte. Die Medikamente hierfür entwickelten sie ebenfalls. McAllister hatte jedoch dafür gesorgt, dass die Forschungsergebnisse nicht an die Öffentlichkeit gelangten, weil die Firma an Langzeitbehandlungen wesentlich besser verdiente als an Kurzzeitbehandlungen. Und die Regierung hatte keinerlei gesetzliche Handhabe, ihn zur Herausgabe der Ergebnisse zu zwingen. »Grins nicht so dämlich«, fuhr McAllister fort. »Warum ist sie noch nicht tot? Du hättest sie schon oft genug erledigen können, du erbärmlicher Schlappschwanz.«

Bruno überlegte. In letzter Zeit widersprachen sich die Echos immer öfter. Einige unterstützten das, was er mit Watson vorhatte, andere waren dagegen. Doch je besser er Watson kannte, desto weniger verachtete er sie für das, was sie getan hatte. Er konnte sie nicht mehr aus so tiefer Überzeugung umbringen wie zuvor. Deswegen entwarf er bereits einen alternativen Plan, doch damit der gelang, brauchte er noch ein wenig Zeit, um die Details auszuarbeiten. »Ich habe da etwas vor«, sagte er. »Aber das wird noch ein bisschen dauern.«

McAllisters eisiger Atem strich ihm übers Gesicht. »Du bist nur aus einem einzigen Grund hier. Also beweg deinen Arsch und mach sie fertig.«

Als Bruno Nora in ihrem Rollstuhl vor sich sah, wusste McAllister, was er dachte. »Bei den beiden Anwälten, die du erschlagen hast, hast du dich doch auch nicht um ihre Familien geschert«, fuhr er fort. »Was ist denn mit diesem Rugbyspieler? Hat der Kinder?«

»Keine Ahnung.«

»Du weißt es nicht, weil du dir gar nicht erst die Mühe gemacht hast, es herauszufinden. Du wolltest immer nur, dass sie alle tot sind. Aber jetzt schwächelst du. Und das nur deshalb, weil sie – wie du – ein behindertes Kind hat. Deswegen soll sie aber nicht verschont werden. Hörst du mir überhaupt zu?«

McAllister verschwand, ohne Brunos Antwort abzuwarten.

Als Bruno wieder zu Hause war, ging er in den Raum, den er Louies Zimmer in ihrem alten Haus nachempfunden hatte, legte sich aufs Bett und rollte sich zusammen. Er stellte sich vor, dass das Bettzeug nach Louie roch und Louie schlafend in seinen Armen lag. Bald würde es dunkel werden, und die fluoreszierenden Deko-Sterne, die er an der Decke angebracht hatte, würden anfangen zu leuchten.

»Wenn die Sterne an der Decke aufgehen, dürfen wir uns was wünschen«, hatte er oft zu Louie gesagt. Er selbst hatte seit Langem nur einen einzigen Wunsch: die Stimme seines Sohnes zu hören und sei es nur ein einziges Mal.

Er zog sein Handy aus der Tasche, loggte sich zum ersten Mal in dieser Woche im Forum von ReadWell ein und suchte nach »Die beiden edlen Vettern«. Er hatte nicht damit gerechnet, dass die Suche ein Ergebnis bringen würde, und vor allem nicht dieses.

48

Flick, Aldeburgh, Suffolk

Die beiden edlen Vettern.

Die beiden edlen Vettern.

Die beiden edlen Vettern.

Seit der Titel des Stücks vor drei Tagen gepostet worden war, konnte Flick an nichts anderes mehr denken. Die Nachricht bedeutete, dass die Sicherheit der Wächter unmittelbar bedroht war. Die Anweisungen sahen vor, dass sich die Wächter, sobald sie den Post gelesen hatten, unverzüglich an einen sicheren Rückzugsort in Northamptonshire begeben sollten. Sieben Tage lang wurde jeden Tag dieselbe Nachricht gepostet. Damit hatten alle genug Zeit, sie zu lesen und zu bestätigen, dass sie umgehend zurückkehren würden, und entsprechende Vorkehrungen zu treffen. Warum sie zurückbeordert wurden, sollten sie erst in dem Unterschlupf erfahren.

Seit Karczewskis Ermordung hatte Flick bereits mit dem Befehl zur Rückkehr gerechnet. Doch es verunsicherte sie, dass sie nicht wusste, wie weit die anderen Wächter mit ihren Vorbereitungen waren, ja nicht einmal, wie viele es außer ihr noch gab.

Weil Grace für zwei Tage eine ehemalige Studienfreundin besuchte und Flick die Nacht nicht allein im B&B verbringen wollte, hatte sie Elijah gefragt, ob sie bei ihm übernachten konnte. Elijah schlief tief und fest, während sie selbst immer wieder nur vorübergehend einnickte. Ein intensiver Traum jagte den anderen, bis sie die Hoffnung auf eine erholsame Nacht irgendwann aufgab und ins Wohnzimmer umzog. Sie wickelte sich in eine Decke mit Schottenkaro und setzte sich im Schneidersitz aufs Sofa. Als die Sonne über der Nordsee aufging, verstand sie, warum Elijah in sein Haus Panoramafenster hatte einbauen lassen. Es kam ihr vor, als verschmelze sie mit einem lebendigen Kunstwerk; die Farben, die sich am Horizont auffächerten, gaben ihr das Gefühl, Teil eines Gemäldes zu sein. Die wenigen Minuten waren eine zwar kurze, aber willkommene Ablenkung von der Wirklichkeit.

Und die Wirklichkeit bestand darin, dass Flick hin und her gerissen war. Sie hatte die Chance bekommen, ein neues Leben anzufangen, und als Gegenleistung dafür musste sie die Sicherheit ihres Landes über ihre eigenen Bedürfnisse stellen. Doch es kostete sie Kraft, dieses zweite Leben, das sie aus ihrem ersten gerettet hatte, fortwährend auszublenden. Und jetzt hatte sie nicht mehr viel Zeit.

Denk nach, sagte sie sich, *denk nach. Es muss noch einen anderen Weg geben.* Zum zweiten Mal in dieser Woche ignorierte sie die Regeln des Programms und griff auf technologische Hilfsmittel zurück. Sie befahl dem Computersystem des Hauses, den Wandbildschirm anzuschalten und nach den neuesten Informationen über Karczewskis Tod zu suchen. Zu ihrer Überraschung lieferte er kein einziges Ergebnis – weder Meldungen über neue Erkenntnisse noch Hintergrundberichte. Auch als sie selbst noch weitersuchte, fand sie weder Hinweise auf Karczewskis Tod noch Anhaltspunkte dafür, dass er überhaupt je gelebt hatte. Auch der Twitteraccount, der Videomaterial vom Auffinden der Leiche gepostet hatte, war deaktiviert worden. Verwirrt sank Flick aufs Sofa zurück.

Sie holte ihr Handy hervor und las noch einmal die Nachricht, mit der sie zur Rückkehr aufgefordert wurde. Dabei fiel ihr etwas ins Auge, ein winziges Detail, das ihr zuvor entgangen war. Sie sah ganz genau hin, um sicherzugehen, dass ihr die Müdigkeit keinen Streich spielte. Doch sie hatte richtig gelesen.

In der ersten Nachricht stand zwischen »beiden« und »edlen« ein zusätzliches Leerzeichen. In den anderen befand sich dort jeweils nur ein Leerzeichen.

Flick konnte sich genau daran erinnern, wie Karczewski ihr erklärt hatte, dass solche Nachrichten von einem gesicherten Computeralgorithmus generiert wurden und daher absolut identisch waren. War dieses zusätzliche Leerzeichen eine Computerpanne? Das war kaum vorstellbar. *Stimmt hier wirklich etwas nicht, oder bilde ich mir das nur ein?*, fragte sie sich. Falls sie mit ihrer Vermutung richtig lag, dann wurde der einzige Kommunikationskanal der Wächter von Dritten gestört.

Panisch loggte sie sich aus und legte das Handy weg. Sie zögerte ein paar Minuten, dann nahm sie es wieder zur Hand und loggte sich erneut ein. Das zusätzliche Leerzeichen war noch immer da. Ein Algorithmus machte aber keine Fehler. Irgendetwas musste hier faul sein. Ihr Herz raste wie wild, als sie zum ersten Mal eine Nachricht in dem Forum postete.

> @Ariel: Werde Die beiden edlen Vettern nicht zu Ende lesen. Brauche ein bisschen freien Raum, fange daher mit Julius Caesar an.

Der Verweis auf die tragische Geschichte Caesars, der hinterhältig ermordet wurde, sollte die anderen warnen, dass die Zurückbeorderung mit Vorsicht zu genießen war. Flick hoffte inständig, dass sie mit ihrer Vermutung recht hatte und nun nicht wegen eines technischen Fehlers ihrer aller Leben gefährdete.

Als sie hörte, wie Elijah die Treppe herunterkam, versteckte sie ihr Handy unter einem Kissen und wechselte am Bildschirm vom Internet auf einen Musikkanal. Elijah trat hinter das Sofa, beugte sich über sie und küsste sie auf den Kopf.

»Was ist das denn?«, fragte er und strich mit den Fingern über die Stelle, an der er sie geküsst hatte. »Fühlt sich an wie eine Beule.«

Da bin ich operiert worden und man hat mir Informationen über all das eingepflanzt, von dem die Regierung nicht will, dass du es erfährst, wollte Flick sagen. *Und jetzt versucht jemand, mich aus der Reserve zu locken, um an genau diese Informationen zu gelangen.*

»So eine Art Kriegsverletzung«, antwortete sie. »Als einziges Mädchen mit vier Brüd...« Sie hielt inne. *Verdammt nochmal,* dachte sie und hätte am liebsten auf die Kissen eingedroschen.

»Du hast vier Brüder?«, fragte Elijah. »Das hast du nie erwähnt, obwohl ich dich schon oft nach deiner Familie gefragt habe.«

Flick musste dieses Thema schnell beenden, konnte aber keinen klaren Gedanken mehr fassen. Ihr fiel nichts Besseres ein, als mit den Schultern zu zucken. »Erzähl ich dir ein andermal.«

Doch sie fürchtete, dass es dafür nicht mehr viele Gelegenheiten geben würde.

49

Charlie, Manchester

Erst als Charlie sein Virtual-Reality-Headset abnahm, sah er, dass ein Bote eine schlichte weiße Schachtel auf seinem Schreibtisch abgestellt hatte. Er wusste, was sie enthielt; es war das erste Mal, dass er sich etwas ins Büro hatte liefern lassen. Als Milo zu ihm kam, stellte er sie auf den Boden und schob sie mit dem Fuß unter den Schreibtisch. Das Paket ging Milo nichts an.

»Kommst du mit zum Mittagessen?«, fragte Milo.

»Nein. Ich hab noch ein paar Sachen zu erledigen«, sagte Charlie ausweichend.

»Okay. Und wie ist es mit morgen? Wir könnten zu dem neuen Mexikaner im Trafford Centre gehen.«

»Ja, gern.«

Schon seit mehreren Tagen waren sie nicht mehr gemeinsam Essen gegangen, und Charlie fragte sich, ob Milo auffiel, dass er versuchte, ihn auf Distanz zu halten. Doch es war egal, ob Milo etwas bemerkte, denn wahrscheinlich würde Charlie Manchester in den nächsten Tagen ohnehin verlassen und sich an einen sicheren Rückzugsort begeben. Er tastete nach der Schachtel. Sie stand neben dem Notfallrucksack, den er unter seinem Schreibtisch versteckt hatte. Als die Nachricht mit der Zurückbeorderung zum ersten

Mal eingetroffen war, hatte er einen solchen Rucksack an seinem Arbeitsplatz deponiert, einen in seiner Hotelsuite und einen im Gebüsch an einer verlassenen Stelle am Ufer eines Kanals. Ein vierter lag in einem Schließfach im People's History Museum. Alle enthielten eine Grundausstattung, die ihm die Flucht aus Manchester erleichtern würde. Er hatte jedoch noch nicht bestätigt, dass er die Anweisung befolgen und zurückkehren würde, sondern wartete erst noch darauf, dass andere Wächter schrieben, dass sie sich auch auf den Weg machten. Er würde nur dann gehen, wenn es absolut unvermeidbar war. Es gab hier zu viel, was er hätte aufgeben müssen.

Kurz darauf holte er, versteckt in einer Toilettenkabine, das Testkit von Match Your DNA aus der Schachtel, nahm das Wattestäbchen aus dem Plastikröhrchen, strich sich damit über die Zunge und die Innenseiten der Wangen, steckte es wieder zurück und klebte ein Etikett darauf. Später würde er die Schachtel in der Poststelle abgeben, sodass sie am nächsten Morgen ihr Ziel erreichte.

Bevor er die Toiletten wieder verließ, loggte er sich im Forum von ReadWell ein, um zu sehen, ob die vierte von sieben Rückrufnachrichten schon eingetroffen war. Doch stattdessen stand da ein anderer Post, von jemandem namens Ariel.

Ratlos strich sich Charlie über die Bartstoppeln am Kinn. Wenn ein anderer Wächter auf Julius Caesar anspielte, konnte das nur bedeuten, dass er eine Falle vermutete. Doch es machte einen gewaltigen Unterschied, ob bloß der Verdacht im Raum stand oder ob es tatsächlich einen Hinterhalt gab. Daran entschied sich, ob Charlie wegging oder blieb und die Folgen auf sich nahm. In einer solchen Situation hätte er zumindest eine gewisse Unruhe verspüren müssen. Doch er empfand rein gar nichts.

Er vermied Milo und dessen Adleraugen, schlich sich aus dem Gebäude und ging in ein kleines Café in einer Seitenstraße, um dort allein zu Mittag zu essen. Während er auf seine Bestellung wartete, verscheuchte er den Gedanken an Ariels Warnung, indem er sich vorstellte, wie der DNA-Test ausfallen könnte. Sein früheres Benutzerkonto war mit Beginn des Programms gelöscht worden. Gestern war er etliche Stunden vor seinen Kollegen ins Büro gekommen und hatte sich an einem nicht benutzten Computerarbeitsplatz in ein virtuelles privates Netzwerk eingewählt. Dort hatte er eine verschlüsselte E-Mail-Adresse angelegt und mit dieser ein neues Benutzerkonto, an das das Ergebnis geschickt werden würde.

Es war Alix gewesen, die in ihm wieder das Interesse daran geweckt hatte, ob er ein Match hatte. Je mehr Zeit sie miteinander verbrachten, desto mehr erkannte Charlie, dass Alix für ihn die perfekte Frau gewesen wäre, wenn seine Lebensumstände andere gewesen wären. Wenn *er selbst* ein anderer gewesen wäre. Sie besaß alle Eigenschaften, die er sich hätte wünschen können, sie war warmherzig, geistreich, attraktiv, klug, eine angenehme Gesprächspartnerin, mütterlich und hatte Ziele im Leben. Aber all das reichte nicht aus. Vielleicht hatte sich die einzige Person, die in Charlie Gefühle hervorrufen konnte, bei Match Your DNA angemeldet, während er selbst dort nicht registriert war. Vielleicht wartete sie nur auf ihn, und er würde schon bald diesen mitreißenden Liebesrausch erfahren, von dem so viele Menschen schwärmten.

Überrascht stellte er fest, dass er Alix und seinen neuen Freundeskreis wahrscheinlich kaum vermissen würde, falls er zurückbeordert würde und sie über Nacht aus seinem Leben verschwänden. Er würde einfach weitermachen, neue Freunde finden und sich ihnen emotional genauso wenig verbunden fühlen.

Er loggte sich wieder bei ReadWell ein und las Ariels Nachricht noch ein paar Mal. Was wollte er damit sagen? »Brauche ein bisschen freien Raum«, las er laut, und beim vierten Mal fiel ihm auf, dass zwischen »freien« und »Raum« zwei Leerzeichen waren. Er las noch einmal die drei Rückrufnachrichten. In der ersten standen zwischen »beiden« und »edlen« ebenfalls zwei Leerzeichen. Eine computergenerierte Nachricht hätte keinen solchen Fehler enthalten.

Jetzt verstand er, dass Ariel ihn und die anderen warnen wollte. Eine völlig fremde Person, die er wahrscheinlich niemals kennenlernen würde, hatte ihm gerade das Leben gerettet.

Am Abend fand Charlie nur schwer zur Ruhe, doch irgendwann musste er eingeschlafen sein, denn am nächsten Morgen wachte er auf, weil Alix etwas die Treppe heraufrief. »Wo sind denn die Geschirrtücher?«, wollte sie wissen.

»Keine Ahnung«, antwortete er gähnend.

»Du wohnst hier seit drei Wochen. Hast du in der Zeit noch nie abgetrocknet? Also, wenn wir mal zusammenziehen, ist das das Erste, was sich ändern wird.«

Als sie kurz darauf mit zwei Teetassen ins Schlafzimmer zurückkam, hatte sie einen roten Kopf. »Das soll jetzt nicht heißen, dass ich das plane«, erklärte sie. »Nicht dass du glaubst, ich bin so eine, die nach ein paar Wochen schon das Hochzeitskleid und die Farben fürs Kinderzimmer aussucht.«

Charlie schlug die Decke zurück, und Alix kam ins Bett. »Das hab ich auch nicht befürchtet«, sagte er. Er befürchtete überhaupt nichts. Denn wie auch immer seine Beziehung mit Alix jetzt aussah, sie würde ohnehin nicht halten. Er war nicht mehr zur Liebe fähig, und früher oder später würde Alix das auch erkennen. Doch im Augenblick spielte er die Rolle als verliebter Freund absolut überzeugend.

Bis auf Weiteres würde er Manchester nicht verlassen, aber er behielt immer im Kopf, dass irgendjemand versucht hatte, die Wächter in den Unterschlupf zu locken. Er wusste nicht, warum, aber ziemlich sicher nicht aus einem Grund, über den er sich gefreut hätte.

Seit sie zusammen waren, hatten Alix und er so gut wie jede Nacht miteinander verbracht. Sie schien regelrecht vernarrt in ihn. Er fand ihre Gegenwart nicht unangenehm, aber wie bei allem anderen fühlte er sich weder zu ihr hingezogen noch von ihr abgestoßen. Sie hatte sich nicht über das beschwert, was er ihr im Bett zu bieten hatte, und dem Mangel an sexueller Begierde konnte er mit entsprechenden Mitteln abhelfen. Er kam, weil sein Körper stimuliert wurde, doch ohne dabei emotional erregt zu sein. Und nicht einmal ein Orgasmus verschaffte ihm das typische Lustgefühl.

Alix' Telefon pingte. »Schau mal hier«, sagte sie und hielt es ihm hin. »Schweden bereitet sich auf mögliche Lösegeldforderungen seitens des Hackerkollektivs vor. Mein Vater meint, wir sollten unsere Sparkonten leer räumen, weil Großbritannien als Nächstes dran ist.«

»Aber bei uns werden sie keinen Erfolg haben«, sagte Charlie leicht abschätzig.

»Warum nicht?«

Weil alles, was die Regierung geheim halten will, im Gehirn von deinem Freund versteckt ist, dachte er. »Die Regierung hat doch bestimmt vorgesorgt. Die werden uns nicht erpressen.«

»Hoffentlich. Wenn ich daran denke, was sie damals mit den autonomen Autos angerichtet haben. Eine Kollegin von mir hat die Kontrolle über ihren Mini verloren und ist gegen einen Ampelmasten gefahren. Das Ergebnis war ein Schleudertrauma.«

Und meine Freunde wurden von einem Lastwagen überfahren, ihnen wurden die Beine abgerissen, und sie sind verblutet, wollte Charlie sagen, hielt sich aber zurück.

Er wartete, bis Alix unter der Dusche war, und loggte sich erneut bei ReadWell ein. Weder Ariel noch jemand anderes hatte in der Zwischenzeit etwas gepostet. Dafür hinterließ nun er eine Nachricht.

@Bassanio: Julius Caesar klingt gut. Danke für den Tipp.

Charlie würde genau dort bleiben, wo er war. Und so wie bei allen Dingen, die ihm eigentlich hätten Sorgen bereiten sollen, hatte er auch bezüglich der Zukunft keinerlei Ängste. Vielmehr nahm er sich vor, bis zum Äußersten zu gehen, um herauszufinden, wer er jetzt, in der Gegenwart, war.

50

Sinéad, Northamptonshire

»Northampton 5 Meilen«, stand auf dem elektronischen Wegweiser am Straßenrand. Sinéad warf einen Blick auf den Tachometer. Sie war noch unterhalb der Begrenzung. Weil Autobahnen und Superhighways durchgehend mit Kameras zur Geschwindigkeitskontrolle und Anlagen zur Kennzeichenerfassung bestückt waren, hatte sie die bisherigen 438 Meilen vorsichtshalber ausschließlich auf Nebenstraßen zurückgelegt. Sie hoffte, auf diese Weise eine Begegnung mit der Polizei zu vermeiden und dennoch den Unterschlupf, zu dem die Nachricht im Forum von ReadWell sie gerufen hatte, so schnell wie möglich zu erreichen. Allerdings hatte die Fahrt von Schottland in die Midlands dadurch auch über fünfzehn Stunden gedauert. Erst als die Müdigkeit sie schon fast überwältigt hatte, war sie in die dunkle Ecke eines Supermarktparkplatzes gefahren und hatte dort kurz geschlafen, um wieder zu Kräften zu kommen.

Als sie aufgewacht war, hatte sie an Doon gedacht und sich gefragt, wie es ihr jetzt wohl ging. Sie hatte erkannt, dass sie sich ungewollt dazu hatte hinreißen lassen, Doon die Wahrheit über den Mord an ihrer Tochter zu erzählen. Sie hatte geglaubt, die Wahrheit würde Doon erlösen, doch so war es nicht gewesen. Sie hatte sie aus einem Gefängnis befreit und im selben Augenblick in ein anderes gesperrt.

Sinéad dachte daran zurück, wie sie sich gefühlt hatte, als sie durch ihre implantierten Daten erfahren hatte, dass der Tsunami von Mumbai, bei dem ihre Eltern ums Leben gekommen waren, durch Frackingarbeiten ausgelöst worden war, die von der britischen Regierung verheimlicht wurden. Nicht ein Seebeben, sondern Gier und die Interessen der Industrie hatten ihre Eltern getötet. Es gab keine Strafverfolgung, und das Fracking in der Region wurde fortgesetzt. Seit Sinéad die Wahrheit kannte, war sie so wütend wie machtlos, denn das Programm erlaubte ihr nicht, ihr Wissen auf irgendeine Weise zu verwenden. Und nun hatte sie Doon in eine ähnliche Lage gebracht. Sie hatte die Folgen ihres Handelns auf fatale Weise falsch eingeschätzt und war deshalb in gewisser Hinsicht froh, dass sie gerade jetzt zurückbeordert wurde. Vielleicht war dieses neue Leben doch nicht das richtige für sie. Und nun würde es erst einmal noch deutlich härter werden, bevor es dann vielleicht wieder besser wurde.

Sie zupfte an einer Wimper, und der Stich, den sie spürte, als sie die Wurzel ausriss, verschaffte ihr kurzzeitig Erleichterung. Als der Schmerz nachließ, riss sie die nächste Wimper aus, so wie sie es in den letzten Stunden häufig getan hatte. Die ausgerissenen, halbkreisförmigen Wimpern platzierte sie sorgfältig auf ihrem Bein.

Sie warf einen Blick in den Rückspiegel auf ihre schlafende Mitfahrerin und atmete tief durch. Sie wusste, dass sie in Schwierigkeiten steckte. Aber sie hatte nicht den geringsten Zweifel daran, dass es richtig gewesen war, die kleine Taylor zu entführen.

Sinéad, Edzell, Schottland

Tags zuvor hatte Sinéad nach dem ersten Schock begriffen, dass ihr neues Leben ein vorzeitiges Ende finden würde. Die Nachricht, die sie zurückbeorderte, hatte sie zwar überrascht, aber sie hatte sie nicht angezweifelt. Und sie hatte gewusst, dass sie so schnell wie möglich aufbrechen musste. Doch bevor sie Edzell verließ, wollte sie noch an zwei Orten Halt machen.

Als Erstes hatte sie eine symbolische Handlung vollführt. Zu Fuß war sie zu der Stelle an der Esk gegangen, an der sie einige Zeit zuvor fünf Flaschenpostbriefe ins Wasser geworfen hatte. Jetzt war sie bereit, auch den sechsten Brief auf die Reise zu schicken. Er war der wichtigste von allen. Er richtete sich an ihre Tochter Lilly. Sinéad entschuldigte sich darin aufrichtig dafür, dass sie ihr nicht die Mutter gewesen war, die sie verdient hatte. Sie hatte eine halbe Ewigkeit gebraucht, um ihn fertigzustellen, und jedes Wort hatte geschmerzt wie ein Schlag in die Magengrube, während ihr noch einmal alle Augenblicke jener Nacht vor Augen gestanden hatten, in der ihr Baby gestorben war. Mit Tränen in den Augen kniete sie am Ufer im Gras und ließ die Flasche los, und mit ihr all ihre Schuldgefühle. Niemals würde sie die kostbaren Wochen vergessen, in denen das Kind, das sie sich so sehr gewünscht hatte, ihr so viel Wonne geschenkt hatte. Jetzt aber war es für sie an der Zeit, sich selbst zu verzeihen.

Als sie sich erhob, hörte sie ein platschendes Geräusch. Ihr Handy war ihr aus der Tasche gerutscht und ins Wasser gefallen. Hastig fischte sie es wieder heraus, rieb es an ihrem Ärmel trocken und schaltete es an. Nichts geschah. »Mist«, fluchte sie. Jetzt konnte sie nicht mehr im Forum nachsehen, wie viele andere Wächter Vorbereitungen für die Abreise trafen.

Kurz darauf parkte sie ihren Wagen vor dem letzten Haus des Ortes. In der Einfahrt stand nur Gails rotes Auto, also war Anthony vermutlich nicht da. Das Haus lag an der einzigen Straße, die durch Edzell führte, in einer gewissen Entfernung zu den nächsten Anwesen. Weit genug, dachte Sinéad, dass die Nachbarn von der häuslichen Gewalt, die sich darin abspielte, nichts mitbekamen.

Sie blieb im Auto sitzen und ging in Gedanken noch einmal durch, wie sie Gail ansprechen wollte. Sie dachte an das Debakel mit Doon zurück und fragte sich, ob es nicht klüger war, umzudrehen und wieder wegzufahren. Doch sie war es ihrer Freundin schuldig, ihr klarzumachen, dass es ihr ohne Anthony besser gehen würde. Sinéad konnte ihr genug Geld geben, um umzuziehen und ein Leben ohne Unterdrückung zu führen. Sie sammelte ihre Gedanken und stieg aus.

Auf dem Weg zum Haus hörte sie, wie Taylor laut schrie. Durchs Wohnzimmerfenster sah sie die Kleine, festgeschnallt in einem Kindersitz, der wacklig auf einem Beistelltischchen stand. Sie beobachtete sie und wartete, und weil Gail nicht auftauchte, fragte sie sich, ob sie Taylor etwa allein gelassen hatte. Beim Anblick des roten und zerknautschten Gesichts erwachte ein lange vergessenes Bedürfnis in ihr, ein überbordendes Verlangen, das Baby zu beruhigen und zu trösten, seinen Kopf auf ihrer Schulter zu fühlen und an ihrem Hals den warmen, milchigen Atem zu spüren.

Als Gail ins Wohnzimmer kam, trat Sinéad vom Fenster zurück. Gerade als sie sich abwandte, war wieder ein Schrei zu hören, lang und durchdringend, doch diesmal war es der

Schrei eines Erwachsenen. Sie sah wieder durch das Fenster. Gail hatte sich über ihre Tochter gebeugt und schrie das verschreckte Baby aus vollem Hals an.

Sinéad reckte den Kopf nach vorn. Sie konnte nicht glauben, was sie da sah. Doch sie täuschte sich nicht. Statt Taylor zu trösten, machte Gail sich über sie lustig, schob ihr Gesicht ganz nah an sie heran und schrie im Einklang mit ihr. Dann hämmerte sie mit den Fäusten gegen die Seiten des Kindersitzes, was Taylor nur noch mehr unter Stress setzte. »Halt endlich dein Maul!«, schrie sie. »Halt endlich dein verdammtes Maul!« Daraufhin schrie die verängstigte Taylor nur noch lauter, und dann sah Sinéad mit Entsetzen, wie Gail ihr ins Gesicht schlug. Schließlich rannte sie hinaus und schlug die Tür krachend hinter sich zu. Kurz darauf dröhnte aus einem Zimmer im ersten Stock laute Musik.

Fassungslos starrte Sinéad ins Wohnzimmer. Wie hatte sie ihre Freundin so falsch einschätzen können? Entweder war Gail ungewöhnlich geschickt darin, ihr wahres Wesen zu verbergen, oder Sinéad hatte nur das gesehen, was sie hatte sehen wollen. Lange hatte sie vermutet, die Entfremdung zwischen Mutter und Tochter sei die Folge einer postnatalen Depression, doch ein solcher Zustand führte nicht dazu, dass Mütter gewalttätig wurden oder ihr Kind vernachlässigten. Jetzt fiel ihr wieder ein, wie Gail ihren Mann in Schutz genommen und sich selbst die Schuld an ihren Eheproblemen gegeben hatte. Nur allzu gern hatte Sinéad Anthony als den Bösewicht betrachtet, und nicht seine Frau. Vielleicht war es ja damals umgekehrt gewesen, und Gail hatte Anthony geschlagen, und nicht er sie?

Doch es gab jemanden, um den sie sich dringender kümmern musste als um Gail und Anthony mit ihrer kaputten

Beziehung: Taylor. Auf keinen Fall würde Sinéad zulassen, dass sie auch nur eine Sekunde länger in einem Haus blieb, in dem sie dieser Gewalt ausgesetzt war.

Sie würde kein zweites Mal ein Kind im Stich lassen.

Ohne über die Folgen nachzudenken, ging sie mit klopfendem Herzen am Haus entlang, öffnete leise die Tür und trat in den Flur. Oben dröhnte noch immer Musik, wahrscheinlich, um Taylor zu übertönen, die weiterhin schrie. Sinéad ging ins Wohnzimmer und ergriff den Kindersitz, in dem Taylor saß. Als ihr der Geruch einer vollen Windel entgegenschlug, hastete sie in die Küche und raffte ein paar Windeln zusammen, lief dann zurück zu ihrem Auto, schnallte Taylor auf der Rückbank fest und fuhr los.

Aufgewühlt fuhr sie quer durch das ganze Dorf bis zum Dalhousie Arch, der die Straße am Ortsausgang überspannte, und ließ Edzell hinter sich. Erst als sie drei Stunden später die englische Grenze erreichte, fiel die Anspannung von ihr ab.

Während der Fahrt hatte sie oft angehalten, um Taylor zu wickeln und feuchte Tücher und selbsterhitzende Babymilch zu kaufen. Es war Jahre her, dass sie das letzte Mal ein Baby gefüttert hatte, und wenn sie jetzt Taylor im Arm hielt und ihr mit zitternden Händen das Fläschchen gab, wurde sie immer wieder in schwarz-weißen Bildern von der Erinnerung an Lilly eingeholt. Als Erstes erlebte sie noch einmal den Moment, in dem sie erkannt hatte, dass Lilly tot war, als sie ihre fahle Haut gesehen und gespürt hatte, wie kalt ihr Kopf war, erlebte, wie sie ihr über die Haarbüschel gestrichen und sie angefleht hatte, ins Leben zurückzukehren.

Doch als Taylor trank, nahmen Sinéads Erinnerungen wieder Farbe an. Sie sah Lillys rote Lippen vor sich, die einer

Rosenknospe glichen, ihre hellen Wimpern und ihre rosa Stupsnase, die zuckte, während sie nuckelte, und sie erinnerte sich an die plötzlichen sanften Fußtritte und Klapse mit den Händchen. Statt an die Lilly, die sie verloren hatte, dachte sie an die Lilly, die sie umsorgt hatte.

Sinéad, Northamptonshire

»Ich glaube, jetzt ist es nicht mehr weit«, sagte Sinéad zu Taylor, als sie an einer roten Ampel anhielt.

Sie verließen das Zentrum von Northampton und kamen ihrem Ziel immer näher. Sinéad fragte sich, was wohl passieren würde, wenn sie in dem Unterschlupf eintraf. Was würden Karczewski und die anderen Wächter dazu sagen, dass sie ein fünf Monate altes Baby dabeihatte? Ihre Argumente würden nichts zählen; so etwas verstieß gegen sämtliche Regeln. Doch das einzig Wichtige war, dass Taylor nicht mehr bei Gail und Anthony sein musste. Sie konnte nur hoffen, dass Karczewski verstand, dass sie keine Wahl gehabt hatte.

Kurz darauf fuhr sie eine steile Straße hinauf, die um das Dorf Great Houghton herumführte, und dann einen Privatweg hinab zu einer Ansammlung landwirtschaftlicher Gebäude. Vor einem Tor blieb sie stehen und drückte auf eine Taste. Ein grünes Licht blinkte, doch keine Stimme war zu hören. Stattdessen schaltete sich ein Bildschirm ein, und sie wurde aufgefordert, ihre Augen zu scannen und einen fünfzehnstelligen Code einzugeben. Erst danach öffnete sich das Tor und gab die Zufahrt auf den Hof frei.

Sinéad parkte vor einem Stall, neben einem blank polierten Geländewagen, der so gar nicht zu dem matschigen Boden passte. Sie betrachtete das Hauptgebäude des Hofes, aber die verspiegelten Fensterscheiben und die kompakten Türen aus Metall ließen keinen Einblick in das Innere zu.

»Hier bist du in Sicherheit, versprochen«, sagte sie zu Taylor, mit einer Überzeugung, die sie selbst nicht wirklich empfand. Automatisch öffnete sich die Haustür, und Sinéad ging, den Kindersitz auf dem Arm, vorsichtig hinein. Ein kühler Luftzug fuhr ihr über das Gesicht und in die Augen, sodass sie blinzeln musste. Als sich die Tür hinter ihr schloss, schaltete sich die Beleuchtung an. Im Inneren wirkte das Haus wie ein Einfamilienhaus in einem Vorort und nicht wie die Hightech-Kommandozentrale, die sie hinter dem traditionellen Äußeren des Gebäudes erwartet hatte.

»Hallo?«, rief sie, doch eine Antwort blieb aus. Durch das schwach erhellte Wohnzimmer gelangte sie in einen Essbereich. Sämtliche Möbelstücke und Wände waren mit Plastikfolien geschützt. Dahinter lag eine Küche, an die sich eine altmodische Speisekammer anschloss. Auch dort war alles mit staubdichten Abdeckungen überzogen.

»Offenbar sind wir die Ersten«, sagte Sinéad und versuchte, ein Fenster zu öffnen, damit der muffige Geruch abziehen konnte. Doch der Griff saß fest, und sie kannte den Code für das digitale Schloss nicht. Als Taylor anfing zu quengeln, sah sie auf die Uhr. Vermutlich war es wieder Zeit, sie zu füttern. Sie stellte den Kindersitz auf den Küchentisch, rieb sich die juckenden Augen und drehte den Wasserhahn auf, um sich die Hände zu waschen, doch die Leitung war trocken. Sie öffnete den Kühlschrank, in der Hoffnung, dort

Wasserflaschen zu finden, doch er war leer und nicht einmal eingeschaltet.

»Warum ist das hier alles so verlassen, wo sie uns doch zurückbe...«

Sie konnte den Satz nicht beenden. Jemand packte sie von hinten an den Haaren, riss ihren Kopf zurück und stieß ihr etwas Spitzes in den Hals. Der Raum vor ihren Augen begann, sich zu drehen, und sie sank zu Boden.

51

Emilia

Als die Wirkung des Betäubungsmittels nachließ, zuckte die Frau mit dem Kopf. Sie stöhnte, und Speichel rann ihr aus dem Mundwinkel und das Kinn hinab. Sie war etwa eine Stunde lang bewusstlos gewesen, was Emilia ausreichend Zeit gegeben hatte, zusammen mit Bianca, Adrian und einigen anderen Personen, die ihr nicht vorgestellt worden waren, zu dem Bauernhof zu fahren. Dort hatten sie ihr Opfer mit Fixiergurten aus Plastik an einen Stuhl gefesselt. An den Handgelenken, am Hals, an den Fingerspitzen und auf der Brust trug sie transparente transdermale Pflaster, die ihre Vitalparameter maßen.

Bianca, Adrian und ihr Team warteten draußen im Hof bei ihren Autos. Emilia war jetzt allein mit Sinéad Kelly, wie sie laut ihrem Personalausweis hieß, doch Adrian hatte Emilia darauf hingewiesen, dass das ziemlich sicher nicht ihr richtiger Name war. Ihre wahre Identität war vermutlich schon seit langer Zeit ausgelöscht.

Sinéad war bis jetzt als Einzige der vier Emilias Aufforderung zur Rückkehr gefolgt. Sie war entdeckt worden, als sie sich einem der Unterschlupfe näherte, die Biancas Überwachungsteam ausfindig gemacht und mit Drohnen und Kundschaftern observiert hatte. Emilia hatte für sich behalten, dass sie die Gesichter der drei anderen kannte und wusste, wo sie sich aufhielten. Etwas in ihr warnte sie davor, ihre Karten schon jetzt auf den Tisch zu legen.

Sie betrachtete Sinéads Erscheinung. Das einzig Auffällige an ihr waren die nackten Augenlider. Ansonsten wirkte sie so unscheinbar und gewöhnlich, dass Emilia sich schon fragte, was sie getan haben mochte oder was sie wohl auszeichnete, dass Bianca und Adrian ihrer unbedingt habhaft hatten werden wollen. Auch mit Bezug auf sich selbst hatte sie sich das schon oft gefragt. Wer war sie gewesen, dass Terroristen jetzt ihre Hilfe brauchten? Und wollte sie tatsächlich in ihr altes Leben zurückkehren, wenn das alles hier vorbei war?

Weder Adrian noch Bianca hatten ihr je erklärt, warum sie Sinéad und die drei anderen unbedingt finden wollten. Emilia konnte für Sinéad nur hoffen, dass sie ihnen alles sagen würde, was sie wissen wollten.

Plötzlich flatterten Sinéads Lider, dann öffnete sie die Augen. Sie wirkte erschrocken. Emilia drückte den Ohrhörer mit Mikrofon, den man ihr gegeben hatte, tiefer in den Gehörgang. Sinéad versuchte vergeblich, sich zu bewegen.

»Wo ist das Baby?«, fragte sie.

»Draußen bei den anderen. Es geht ihr gut.«

»Ich möchte sie sehen.«

»Tut mir leid, aber das geht jetzt nicht. Noch nicht.«

Die beiden Frauen sahen sich an. Plötzlich huschte ein Flackern über Sinéads Gesicht. Sie schien Emilia erkannt zu haben.

»Du weißt, wer ich bin, oder?«, fragte Emilia und sah Sinéad eindringlich an. Sinéad antwortete nicht. »Ich sehe doch, dass du mich erkennst.« Wieder blieb Sinéad still. »Ich brau-

che dringend deine Hilfe, Sinéad. Du musst mir sagen, wer ich bin und was du über mich weißt.« Sinéad zeigte keine Regung. »Tut mir leid, dass es so weit gekommen ist. Aber ich hatte keine andere Wahl.«
Jetzt sah ihr Sinéad in die Augen. »Wir haben immer eine andere Wahl. Wir können immer frei entscheiden. Und du hast dich für den Verrat entschieden.«
Diesen Vorwurf hörte Emilia nun schon zum zweiten Mal. Das erste Mal von den Gestalten, die sie auf Teds Anwesen verfolgt hatten, und jetzt von Sinéad.
»Für den Verrat? Aber an wem denn?«
»An dir selbst und an deinem Land.«
Emilia trat einen Schritt zurück. »Ich habe keine Wahl«, sagte sie. »Diese Leute sind abgrundtief böse Menschen. Ich habe selbst miterlebt, wozu sie fähig sind. Also bitte hilf mir, auch um deiner selbst willen. Ich möchte nicht, dass jemand anderes zu Schaden kommt.« Doch Sinéad hatte den Blick abgewandt. Emilia kniete sich vor ihr hin, um auf Augenhöhe zu sein. »Mit mir ist irgendetwas passiert, das dazu führt, dass mein Erinnerungsvermögen nur drei Wochen zurückreicht. Ich weiß aber, dass ihr mir sagen könnt, wer ich bin – du und die anderen drei Menschen. Und wenn du es mir sagst, dann kann ich es bestimmt erreichen, dass sie dich gehen lassen. Sind wir uns schon einmal begegnet?«
»Nein.«
»Aber du weißt, wer ich bin.«
»Ja. Und ich weiß auch, was du getan hast.«
Emilias Magen zog sich zusammen. Sinéads rätselhafter Tonfall hielt sie fast davon ab, weiter zu fragen. »Was habe ich denn getan?«

Als Sinéad schwieg und nur den Kopf schüttelte, erzählte Emilia ihr alles, was sie herausgefunden hatte, seitdem sie aufgewacht war, und erwähnte auch, dass ihre Familie in Gefahr war, wenn sie nicht kooperierte. Sinéad zeigte keine Regung.

»Wem gehört das Baby, das du dabeihast?«, fragte Emilia. »Ich weiß, dass es nicht deines ist. Wenn ich dir beweisen kann, dass sie in Sicherheit ist, sprichst du dann mit mir?«

Sinéad sah Emilia an und nickte fast unmerklich. »In Ordnung«, sagte Emilia. »Warte einen Moment.« Sie verließ das Haus, zog die Tür hinter sich zu und ging zu Adrian, der vor dem leeren Stall wartete. In der Zwischenzeit waren drei weitere schwarze Fahrzeuge eingetroffen.

»Wo ist das Baby?«, fragte sie.

»Wird gerade von einem Arzt untersucht«, antwortete Adrian.

»Ich habe Sinéad gesagt, wenn sie mit mir redet, kann sie sie sehen.«

»Das habe ich gehört. Aber das geht nicht.«

»Warum?«

»Ihre Methode funktioniert nicht, Emilia. Sie wird nicht einknicken. Schauen Sie sich ihre Werte an.« Adrian deutete auf einen Monitor, der Sinéads Stress- und Angstwerte anzeigte. Sie lagen weit unter den Normalwerten und sanken sogar noch mit jedem Herzschlag. Es war, als schalte Sinéad sich selbst ab, um sich gegen etwas Unausweichliches zu wappnen.

»Sie haben nicht gesehen, wie sie mich angeschaut hat, als ich ihr gesagt habe, dass sie das Baby sehen kann. Damit könnten wir sie kriegen.«

»Das führt doch alles zu nichts. Wir verschwenden hier nur unsere Zeit.«

»Ich war erst ein paar Minuten da drin. Sie können nicht von mir verlangen, dass ich jetzt schon aufgebe. Hier geht es um mein Leben.«

»Emilia«, sagte Adrian mit Nachdruck. »Wir müssen uns entscheiden. Und wir haben beschlossen, dass wir diese Sache jetzt beenden.«

»Aber Sie haben doch gesagt, ich bekomme so viel Zeit, wie ich brauche.«

»Manchmal revidieren wir unsere Entscheidungen. So auch in diesem Fall.«

»Bitte, nur noch ein bisschen.«

Sie ließ Adrian stehen und fand das Baby in dem Auto, mit dem sie selbst gekommen war. Sie nahm es in den Arm, drückte es an ihre Brust und ging zurück zum Haus. Als sie sich Sinéad von hinten näherte, wurde die Kleine unruhig und fing an, mit Armen und Beinen zu rudern.

»Schau, Sinéad, sie ist gesund und munter, wie ich dir versprochen habe«, sagte Emilia. »Aber was dich angeht, kann ich für nichts garantieren. Ich flehe dich an, bitte sag mir, was du über mich …«

Emilia versagte die Stimme, als sie die Blutspur auf dem Holzboden entdeckte. Sie führte zu Bianca, die etwas entfernt im Halbdunkel stand, eine geisterhafte Erscheinung mit durchbohrendem Blick. In einer Hand hielt sie ein Teppichmesser, in der anderen einen dünnen, silbernen Gegenstand.

52

Bruno, Oundle, Northamptonshire

Während Bruno den Feldweg entlang auf die Wiese zuging, wo er Karen Watson und ihre Tochter treffen wollte, versuchte er, den Grund für seine wachsende Anspannung zu ignorieren. Doch in seinem Inneren wusste er bereits, dass er sich nicht nur wegen der Aussicht auf Rache magnetisch zu Watson hingezogen fühlte.

Die Aufforderung zur Rückkehr hatte ihm für sein Vorhaben eine Frist gesetzt. Heute war Donnerstag, also blieb ihm nur noch bis zum Wochenende Zeit, um sich Zugang zu ihrem Haus zu verschaffen oder auf seinen ursprünglichen Plan zurückzugreifen. Und er hatte ernsthafte Zweifel daran, ob er sie so wie die anderen würde umbringen können.

Ein vorzeitiger Abbruch des Programms hätte einen enormen Vorteil. Er und sein Sohn wären dann viereinhalb Jahre früher als geplant wieder vereint, und vertragsgemäß wären sie bis ans Lebensende finanziell versorgt.

Als er die Stelle am Ufer des Nene erreichte, wo sie picknicken wollten – ganz in der Nähe der Bank, an der er Watson das erste Mal getroffen hatte –, überprüfte er die Umgebung. Um ihn herum lagen saftige grüne Wiesen, außerdem waren kleine Wäldchen zu sehen. In der einen Hand hielt er eine Plastiktüte, in der anderen die Leine von Oscar, dem

Hund aus dem Tierheim, den er ehrenamtlich spazieren führte. Er hoffte, der Hund ließ ihn in Karens Augen als anständigen und fürsorglichen Menschen erscheinen. Insgeheim fragte er sich, ob er das im Grunde nicht auch noch war. Denn es war lange her, dass er sich so gefühlt hatte.

Als er um eine Ecke bog, entdeckte er sie. Sie kniete auf einer Picknickdecke und öffnete Tupperdosen. Er blieb kurz stehen und betrachtete sie. Eine lange verschüttete Erinnerung an Zoe tauchte wieder auf, Zoe, wie sie genau dieselben Handgriffe machte.

»Denk an das, was Watson dir angetan hat«, sagte ein gesichtsloses Echo, und kurz darauf erklang ein Chor bekräftigender Stimmen. »Vergiss nie, dass sie alles, was ihr bevorsteht, verdient hat.« Bruno wartete ab, bis die Echos verklungen waren und er sich ihr ungestört nähern konnte.

»Hallo ...«, sagte er zögernd, wusste aber nicht, wie weiter, und brachte den Satz mit einem verlegenen Lächeln zu Ende.

»Oh, hallo«, grüßte Watson zurück und stand auf. »Schön, dass Sie gekommen sind.« Diesmal ging bei den Küssen auf die Wangen nichts schief.

»Ich wusste nicht, was ich mitbringen soll, also habe ich einfach alles Mögliche dabei«, sagte Bruno und hielt die Plastiktüte hoch.

Sie deutete auf die Picknickdecke hinter ihr, auf der Tüten des Supermarktes standen, in dem auch Bruno gewesen war. »Da scheinen wir etwas gemeinsam zu haben.«

Neben Watson saß ihre Tochter in ihrem Rollstuhl. Ihr Lächeln war so breit und aufrichtig wie das ihrer Mutter. Auf dem Schoß hatte sie ein illustriertes Bestimmungsbuch für Wasservögel, und neben ihr lag der Hund Luna im Gras. Als Luna Oscar entdeckte und an ihrer Leine zerrte, ließ

Bruno Oscar los, und die beiden Hunde beschnupperten sich eifrig, wie alte Bekannte.

Bruno reichte Nora die Hand, doch sie war in ihren Bewegungen eingeschränkt. Also streckte er den Arm weiter aus, um sie zu erreichen. Er fragte sie nach ihrem Buch und kam dabei nicht umhin, sie näher zu betrachten. Sie wirkte wie eine zerbrechliche Porzellanfigur, wenn auch mit südländischem Teint und olivgrünen Augen. Sie schien das vollkommene Gegenteil ihrer Mutter zu sein. Ihr Oberkörper war leicht nach links gebeugt, ihr Hals nach rechts, ihre Arme und Beine waren kurz und von eigenartigem Wuchs, und hätte Bruno nicht gewusst, dass sie elf Jahre alt war, hätte er ihr Alter nicht einmal ungefähr schätzen können. Ihr elektrischer Rollstuhl hatte geländetaugliche Reifen, und sie bediente ihn über eine Fernsteuerung, die an ihrer Hand festgeschnallt war.

»Wär doch ein Klacks, sie in den Fluss zu schubsen, oder?« Das Echo kam aus heiterem Himmel. Es hatte eine fiese Stimme mit deutschem Akzent. Hinter Nora erschien die Gestalt eines älteren Mannes mit eingefallenen Wangen und weißem Bart, der einen altmodischen OP-Kittel und eine Maske trug. Bruno erkannte in ihm Claude Zimmerman, einen bedeutenden Kinderarzt, der aus Nazi-Deutschland nach England geflohen war. Erst viele Jahre später hatten Untersuchungen von britischer Seite ergeben, dass er aktives Parteimitglied gewesen war und Versuche an jüdischen Kindern durchgeführt hatte. Seine Vergangenheit wurde jedoch geflissentlich ignoriert, da er mit seinem barbarischen Tun nützliche Ergebnisse erzielt hatte. Bruno erschauderte, als Zimmerman die Hände auf Noras Rollstuhl legte.

»Nur ein leichter Stoß, und sie liegt auf dem Grund des Flusses und erstickt am Schilf.«

Du bist nicht echt, du bist nicht echt, redete Bruno sich ein. Aber Zimmerman machte keine Anstalten, wieder zu verschwinden. »Du weißt doch, dass ich recht habe«, fuhr er fort. »Wenn du die Mutter wirklich für ihr Vergehen bestrafen willst, dann musst du die Tochter bestrafen.«

»Alles in Ordnung?«, fragte Nora und drehte sich um, um zu sehen, was Brunos Aufmerksamkeit fesselte. Er sah wieder zu ihr, und Zimmerman verschwand.

»Ja. Ich habe nur Heuschnupfen und dachte, ich müsste gleich niesen«, sagte Bruno. »Bist du genauso hungrig wie ich?«

Sie nickte, und Bruno packte die Sachen aus, die er mitgebracht hatte: frisches Gemüse, kalten Braten, Salat, Dips und Bauernbrot. Während sie aßen, sprachen sie über die Schule, die Freizeit, an der Nora teilgenommen hatte, und die jüngsten Ereignisse in der Stadt. Jetzt erst merkte Bruno, wie sehr ihm diese Art der normalen Unterhaltung gefehlt hatte. Manchmal vergaß er dabei sogar alles um sich herum.

»Kann ich mit den Hunden spazieren gehen?«, fragte Nora.

»Ist dein GPS an?«, fragte Watson zurück. Nora drückte auf ihr Handgelenk, bis ein kleines hellgrünes Licht aufleuchtete. »In Ordnung. Aber geh nicht so nah ans Wasser. Dein Rollstuhl kann eine Menge, aber schwimmen gehört nicht dazu.«

Bruno sah ihr nach, wie sie losfuhr, die beiden Hunde an der Leine, und erschrak dann plötzlich, als Zimmerman wieder auftauchte, gerade als sie um eine Ecke bog. Er trat hinter einem Baum hervor, winkte Bruno zu und folgte ihr.

Du bist nicht echt. Du bist nicht echt.

»Haben Sie schon entschieden, auf welche Schule Sie Louie schicken wollen?«, fragte Watson.

Sie erinnert sich an seinen Namen. Es war eine Ewigkeit her, dass er gehört hatte, wie ein anderer Mensch Louies Namen aussprach. Und mit einem Mal überkam ihn das Bedürfnis, über seinen Sohn zu sprechen. Er erklärte Watson, worin Louie eingeschränkt war und was er gut beherrschte, was ihn zum Lächeln brachte, wie er ohne Worte kommunizierte und was er, Bruno, durch Louie über sich selbst gelernt hatte. Zweimal musste er dabei kurz innehalten, weil er einen Kloß im Hals verspürte.

Er hasste sich dafür, doch er fühlte sich von Watson angezogen. Einen Moment lang fragte er sich sogar, ob sie unter anderen Umständen eine gute Stiefmutter gewesen wäre.

»Ich würde ihn gern auf die Oundle Academy schicken, aber ich fürchte, das könnte meinen Geldbeutel sprengen«, sagte er.

»Ja, die Schule ist ziemlich teuer«, sagte Watson und dippte ein Stück Sellerie in ein Schälchen mit Hummus. »Ich könnte mir das auch nicht leisten, wenn nicht ...« Sie unterbrach sich und schien zu überlegen, wie viel sie von sich preisgeben wollte. Bruno wusste, wie der Satz enden würde. Aber er hatte keinen Grund, es ihr leichter zu machen, indem er das Thema wechselte. Also wartete er. »... wenn mein Mann nicht ums Leben gekommen wäre«, sagte sie schließlich.

»Das tut mir leid. Was ist denn passiert?«

»Es war an dem Tag, als die autonomen Fahrzeuge gehackt wurden. Das Auto, in dem Mark saß, ist gegen einen Brückenpfeiler gefahren. Nur dass er dabei nicht allein war. Er war mit einer Frau zusammen.«

Brunos Herz hämmerte, als sie das sagte und er wieder Zoe und Watsons Mann vor sich sah, wie sie in dem Auto Sex miteinander hatten, in dem sie kurz darauf ums Leben gekommen waren. Er hatte erwartet, Watsons Schmerz auskosten zu können, doch er empfand nichts dergleichen, als sie jetzt über ihre alte Wunde sprach. Dennoch hakte er nach.

»Wussten Sie von der anderen Frau?«

Watson schüttelte den Kopf. »Nein. Mark und ich hatten uns auseinandergelebt, aber Höhen und Tiefen gibt es ja in jeder Beziehung. Ich hatte immer geglaubt, wir würden das wieder hinkriegen. Aber ich hätte mich wohl mehr darum bemühen müssen.«

»Nora weiß vermutlich nichts davon, oder? Mit so etwas will man seine Tochter ja nicht unbedingt belasten.«

»Nein, sie kennt die Geschichte nicht. Und sie ist auch nicht meine leibliche Tochter. Sie stammt aus Marks erster Ehe. Ihre Mutter ist kurz nach der Geburt gestorben, und Mark und ich haben uns kennengelernt, als sie schon zwei war. Ich habe sie nie offiziell adoptiert, aber nach Marks Tod stand für mich außer Frage, dass sie bei mir bleiben würde. Ich würde alles tun, um sie zu schützen und ihre Zukunft zu sichern.«

Bruno ließ sich seine Überraschung nicht anmerken. Deshalb also hatte er bei seinen Nachforschungen keinen Hinweis darauf gefunden, dass Watson eine Tochter hatte.

Unversehens war ein raues Lachen zu hören. »Soll ich einen Geiger engagieren?«, raunte ihm Zimmerman ins Ohr. »Bestimmt findet sich einer, der *Cry me a River* spielt, während Nora im Fluss ertrinkt.«

Erleichtert sah Bruno, wie Nora unversehrt mit den zwei Hunden zurückkam. Doch den ganzen restlichen Nachmittag musste er daran denken, dass sie schon beide leibliche Eltern verloren hatte. Der alternative Plan, den er für Watson hatte, würde ihre Tochter genauso hart treffen, wenn nicht noch schlimmer.

»Können Bruno und Oscar am Wochenende mal zum Essen kommen, Mummy?«, fragte Nora. Bruno versuchte, sich seine Freude nicht zu sehr anmerken zu lassen. So bekäme er Zugang zu ihrem Haus – genau das, was er brauchte.

Watson wurde rot. »Ich bin sicher, Bruno hat am Wochenende Besseres zu tun.« Sie sah ihn an, als hoffe sie, damit falsch zu liegen.

»Ehrlich gesagt, nein«, antwortete er mit einem schwachen, aber aufrichtigen Lächeln.

Sie vereinbarten eine Uhrzeit, und als sie später die Reste des Picknicks aufräumten und langsam zurück zu ihren Autos gingen, stellte Bruno sich vor, dass Louie bei ihnen war und er ihn an der Hand hielt. Er sah Watson dabei zu, wie sie erst ihrer Tochter und dann Luna in den Wagen half, und zückte dann seinen Schlüssel, um sein eigenes Auto zu starten.

Doch erst zog er sein Handy hervor, um nachzusehen, ob es bei ReadWell neue Posts gab. Irritiert sah er, wie rechts oben auf dem Display ein kleiner roter Kreis blinkte. Eigentlich hätte das Handy keine eingehenden Nachrichten empfangen dürfen.

Der kalte Atem der Echos, die sich auf der Rückbank versammelt hatten, wurde noch frostiger, als sie näher zusammenrückten und sich vorbeugten, um zu sehen, was sich hinter dem Icon verbarg. Zögernd tippte Bruno darauf, und ein Video wurde abgespielt.

Zu sehen war das Gesicht einer geknebelten Frau. Sie starrte in die Kamera, während ihr jemand mit einem Messer den Namen »Sinéad« in die Stirn ritzte. Während ihr das Blut über die Wangen rann, erschien ein silberner Gegenstand im Bild, etwa zwei, drei Zentimeter von ihrem Kopf entfernt. Dann wurde ein Auslöser betätigt, und so schnell, dass man es mit bloßem Auge nicht verfolgen konnte, schoss etwas in ihren Schädel. Sie riss die Augen auf, ohne sie wieder zu schließen. Bruno spielte das Video noch zwei Mal ab, um sicherzugehen, dass die Aufnahme echt und er nicht dem Wahnsinn verfallen war.

Hastig loggte er sich im Forum ein und entdeckte dort im nächsten Augenblick die Nachricht von Ariel. Sofort verstand er, dass sie eine Warnung darstellte. Die Aufforderung zur Rückkehr war ein Fake. Es war eine Falle, und eine von ihnen – von den Wächtern – war hineingetappt und ermordet worden. Nun musste Bruno die Hoffnung aufgeben, schon bald wieder mit Louie vereint zu sein. Ernüchtert sank er in seinen Sitz.

Doch im Handumdrehen wandelte sich seine Enttäuschung in Wut, und er sah nur noch die sechs Menschen vor sich, die ihn von seinem Sohn getrennt hatten. Für sie alle hatte er nichts als Verachtung übrig. Jeder von ihnen hatte es verdient zu sterben. Auch Watson.

Er sah zu ihrem Auto hinüber. Sie war noch nicht losgefahren. Sie war ihm ausgeliefert. Er brauchte nur zuzuschlagen. Er holte den Hammer aus dem Handschuhfach und stieg aus. *Scheiß auf den neuen Plan,* dachte er. *Hier und jetzt ist Schluss.* Er schloss den Griff um den Hammer fester und ging zu Watsons Auto.

53

Flick, Aldeburgh, Suffolk

Eine Stunde, nachdem sie die Aufnahme des Mordes an Sinéad gesehen hatte, ließ Flick Aldeburgh hinter sich. Als das Video sie erreichte, stand sie im Pub hinter dem Tresen. Die Arbeit dort war eine willkommene Ablenkung von der gefälschten Aufforderung zur Rückkehr. Wenn Flick sich täuschte und die Aufforderung doch echt war, dann lebte sie von nun an auf Abruf. Nur die Tatsache, dass sie nicht allein war, beruhigte sie ein wenig. Nach der Warnung, die sie verschickt hatte, hatten zwei andere Wächter, die sich nach Shakespeare-Figuren Bassanio und Cominius nannten, zu verstehen gegeben, dass sie gleichfalls nicht zurückkehren würden.

Während sie über ihre Situation nachdachte, fiel ihr plötzlich auf, dass sie, falls der Rückruf doch echt war, völlig mittellos wäre. Sie schenkte sich ein Glas Mineralwasser ein und hielt ihre Kreditkarte vor das Lesegerät, um zu bezahlen. Die Karte wurde akzeptiert. Jetzt war Flick erst recht davon überzeugt, dass die Anweisung zur Rückkehr ein Hoax war. Aber wer mochte derjenige sein, der sich in die geheime Welt der Wächter hatte einschleichen können?

»Ich mach mal Pause«, sagte sie zu Mick, dem Wirt, und setzte sich in einer Ecke des Lokals an einen leeren Tisch.

Sie sah zum Fenster hinaus. Über dem Meer hingen dunkle Wolken, und der Wind peitschte den Regen gegen die Sonnenschirme im Garten des Pubs. Das Wetter schien so aufgewühlt wie Flicks Inneres. Vielleicht, so fürchtete sie, kündigte es aber auch an, dass alles noch schlimmer kommen würde.

Gerade als sie diesem Gedanken noch nachhing, vibrierte ihr Handy. Auf dem Display leuchtete ein roter Kreis, ein Symbol, das sie nie zuvor gesehen hatte. Vorsichtig blickte sie sich um, um sicherzustellen, dass niemand in der Nähe war, und tippte auf den Kreis. Kurz darauf drehte sich ihr der Magen um, als sie sah, wie die erste der Wächter gefesselt, verstümmelt und ermordet wurde.

Ohne auch nur eine Sekunde lang nachzudenken, eilte sie aus dem Pub, lief ins B&B und holte ihren Notfallrucksack. Die vom Sturm gereinigte Luft drang ihr tief in die Lungen, während sie durch den rückwärtigen Garten hastete, von dem aus ein Tor auf eine schmale Gasse führte. Doch bevor sie es erreicht hatte, fing Grace sie ab. Sie musterte Flick und sagte, mit Blick auf den Rucksack, den sie über der Schulter trug:

»Gehst du weg?«

Flick nickte.

»Ich hab immer gedacht, du wärst hier glücklich.«

»Bin ich auch. Also, war ich auch«, sagte Flick. »Aber jetzt ist es Zeit, dass ich weiterziehe.«

»Und warum?«

»Weil ... es ist einfach so.«

»Das glaubst du doch selbst nicht.« *Wenn du wüsstest,* dachte Flick. »Komm, wir gehen wieder rein. Vielleicht kann ich dir helfen.«

»Nein, tut mir leid. Das geht nicht.«

»Ist es wegen Elijah? Hat er dir wehgetan?«

»Nein, es ist nichts in der Richtung«, sagte Flick und umarmte Grace. »Ich habe dir so viel überwiesen, dass das Zimmer bis zum Ende des Sommers bezahlt ist. Damit du nicht in Schwierigkeiten kommst«, sagte sie mit zitternder Stimme. »Pass auf dich auf.« Dann wandte sie sich von ihrer Freundin ab und verließ den Garten durch das rückwärtige Tor.

Als sie das fahrerlose Robotaxi erreichte, das sie bestellt hatte und das einige Straßen entfernt auf sie wartete, warf sie ihren Rucksack auf die Rückbank. Und als der Wagen losfuhr, kamen ihr die Tränen bei dem Gedanken an das Leben, das sie zurückließ. Sie hatte immer mit der Unsicherheit gelebt, es möglicherweise von jetzt auf gleich aufgeben zu müssen, doch als es nun so weit war, tat es fast unerträglich weh. Sie dachte an Elijah und an das, was sie in der kurzen Zeit miteinander erlebt hatten. Sie würde ihm nie erklären können, warum sie weggegangen war. Sie konnte nur hoffen, dass Grace ihm versichern würde, dass es nicht an ihm lag, und ihm erzählte, wie schwer es Flick gefallen war wegzugehen.

Erinnerungen an ihr Leben vor dem Programm schossen ihr durch den Kopf, daran, wie sie wegen der Person, mit der sie über ihre DNA verbunden war, ihren Beruf und viele geliebte Menschen vernachlässigt hatte. Drei Jahre lang war sie in Kummer versunken, hatte sich von der Welt zurückgezogen und war in einer Depression vor sich hin gedämmert. Die Vorstellung, wieder so zu werden und wieder in ein solches Dasein zurückzufallen, rüttelte sie plötzlich auf.

»Nein«, sagte sie. »Kein zweites Mal.« Sie durfte nicht noch einmal zulassen, dass andere Menschen sie erst vereinnahmten und dann fallen ließen. Sie würde nicht zweimal denselben Fehler begehen.

Als sie zurück zum B&B kam, saß Grace im Garten. »Hast du was vergessen?«, fragte sie und sah Flick mit leuchtenden Augen an. Flick schüttelte den Kopf. »Soll das heißen, du bleibst?«

»Ja, das heißt es«, antwortete Flick und stellte den Rucksack auf den Boden. Grace nahm sie fest in die Arme und ging dann voraus in die Küche.

»Was ist denn passiert?«, fragte sie und schenkte Flick eine Tasse Tee ein.

»Ich kann dir das nicht erzählen«, sagte Flick. »Und bitte frag nicht weiter. Ich möchte dich nicht anlügen müssen.«

»Hat es mit der Sache zu tun, wegen der du aus London weg bist?«

Flick nickte.

»Bist du in Gefahr?«

»Ja, möglicherweise. Und ich habe Angst, dass es, wenn ich hierbleibe, auch für dich und Elijah gefährlich werden könnte.«

»Ich kann auf mich aufpassen«, sagte Grace beschwichtigend. Aber weder sie noch Flick wussten, wer es überhaupt war, gegen den sie sich würden verteidigen müssen.

»Wenn ich weiter hierbleibe, musst du mir unbedingt sagen, falls jemand nach mir fragt.«

»Und wer könnte das sein?«

»Das ist eben das Problem. Ich habe keine Ahnung, ehrlich.«

Grace nickte. »Ich sag das noch ein paar anderen Leuten. Dann sollen sie auch die Augen offen halten.«

»Aber sie werden wissen wollen, warum.«

»Dann sag ich ihnen einfach, du hast einen durchgeknallten Ex-Freund oder so was. Die Leute hier mögen dich. Und in dieser Stadt passt man aufeinander auf.«

Diese wenigen beruhigenden Worte genügten, damit Flick wusste, dass sie die richtige Entscheidung getroffen hatte. Welcher Bedrohung sie auch ausgesetzt sein mochte, ihre Chancen, sich zu behaupten, waren größer, wenn sie nicht allein war.

54

Emilia

»Anhalten«, sagte Emilia.
»Was?«, fragte Bianca, ohne von ihrem Tablet aufzusehen.
Das autonome Auto fuhr weiter geradeaus.
»Anhalten. *Sofort.*«
»Sparen Sie sich die Mühe.«
»Wenn Sie das Auto nicht sofort anhalten, schlage ich jedes Fenster einzeln ein.«
»Viel Glück. Die sind gepanzert.«
Emilia kochte vor Wut. Seit dreißig Minuten saß sie nun schon in diesem Auto fest, und sie bekam die Bilder von Sinéads verstümmeltem Körper einfach nicht aus dem Kopf. Sie musste dringend hier raus.

Bianca seufzte und gab Adrian ein Zeichen, der daraufhin auf den Bildschirm des Armaturenbretts tippte. Das Auto wurde langsamer und hielt schließlich auf einem Lkw-Parkplatz. Emilia drückte auf einen Knopf, um die Tür zu öffnen. Diese gab jedoch erst nach, als Bianca den Hauptschalter betätigt hatte. Emilia wurde wieder daran erinnert, welche Macht die beiden über sie hatten.

Als sie draußen stand, stützte sie sich mit beiden Händen an der Wand eines Sattelschleppers ab, senkte den Kopf und atmete ein paar Mal tief durch.

»Emilia«, sagte Bianca, die hinter sie getreten war. »Wenn es einen anderen Weg gegeben hätte ...«

Ohne nachzudenken fuhr Emilia herum, holte mit der rechten Hand aus und schlug Bianca mitten ins Gesicht. Danach versetzte sie ihr mit der linken einen Hieb auf die Brust, stieß dabei jedoch auf etwas Hartes, vermutlich eine Panzerweste. Jetzt war Bianca kurz im Vorteil. Sie traf Emilia in der Magengrube und dann noch zweimal an der Seite. Emilia ging zu Boden. Sie war zwar angeschlagen, aber noch nicht erledigt. Sie trat Bianca vor den Knöchel, die daraufhin laut aufschrie. Als sie den anderen Knöchel anvisierte, packte jemand sie unter den Achseln und zog sie über den Asphalt von Bianca weg. »Es reicht«, fuhr Adrian sie an.

»Was soll der Scheiß?«, schrie Bianca. Zum ersten Mal erlebte Emilia, dass sie die Fassung verlor.

»Sie hätten Sinéad nicht umbringen müssen!«, rief sie.

Bianca kniff sich in die Nase, um den Blutfluss zu stoppen. »Sie hätte Ihnen nie etwas gesagt, und wenn Sie noch so sehr gebettelt hätten. Wir haben nur unsere Zeit mit ihr verschwendet.«

»Oder Sie hatten Angst, dass sie mir alles erzählt und ich Ihnen dann nicht mehr helfe, die anderen drei zu finden.«

»Sie *werden* uns helfen, die anderen zu finden. Sie wollen doch Ihre nette kleine Familie wiedersehen, oder?«

»Woher soll ich überhaupt wissen, dass das meine Familie ist?«, sagte Emilia. »Die Bilder können genauso gut ein Fake sein.«

»In dem Moment, als Sie sie gesehen haben, haben Sie gewusst, dass das Ihre Familie ist«, erwiderte Bianca. »Auch wenn Sie sich nicht an sie erinnern, haben Sie in Ihrem

Inneren einen Stich gespürt. Das habe ich an Ihren Augen gesehen.«

»Aber warum haben Sie Sinéad ihren Namen in die Stirn geritzt? Warum?«

»Als unmissverständliches Signal an die anderen, dass wir ihnen allen auf der Spur sind.«

»Aber damit erreichen Sie doch nur das Gegenteil. Sie werden sich bloß noch besser verstecken.«

»Oder die Wespen fliegen aus ihrem Nest, wenn wir hineinstechen.«

»Oben am Kopf hatte Sinéad eine Wunde. So wie Ted. Was haben Sie mit ihnen gemacht?«

»Tun Sie, was wir Ihnen sagen, und hören Sie auf, Fragen zu stellen.«

»Warum heißen sie eigentlich Wächter? Worauf passen diese Leute auf?«

»Haben Sie nicht gehört, was ich gesagt habe? Lassen Sie endlich diese Fragerei sein, oder ich …«

Erst als sich Emilia wieder beruhigt hatte, lockerte Adrian den Griff. Sie rappelte sich auf und wischte sich die feuchten Augen trocken. Plötzlich hörte sie hinter sich die Stimme eines Mannes.

»Alles okay?«, fragte ein bärtiger Fahrer durch das offene Fenster seines Lastwagens. Er richtete sich nur an Emilia. Adrian und Bianca verstummten.

»Ja, alles in Ordnung«, sagte Emilia, was den Mann allerdings nicht zu überzeugen schien. »Aber danke der Nachfrage«, fügte sie hinzu, und der Lastwagen fuhr davon.

Emilia wandte sich an Bianca. »Ich kann so nicht weitermachen. Ich will nicht schuld am Tod von noch mehr Menschen sein. Ich bin keine Mörderin – wie Sie.«

»Sie haben nicht die geringste Ahnung, wer Sie sind«, blaffte Bianca. Adrian ergriff ihren Arm, als wolle er sie zurückhalten. Doch sie ignorierte ihn. »Aber eines verspreche ich Ihnen: Wenn Sie noch mal aufmucken, dann mache ich Ihre Familie fertig, ein für alle Mal. Und Sie werden es live mit ansehen.«

Emilia würde Zeit brauchen, um all das, was passiert war, zu verarbeiten. Und sie beschloss, so lange nichts von dem zu verraten, was sie über die verbliebenen Wächter wusste, bis sie einen Weg gefunden hätte, dieses Wissen zu ihrem eigenen Vorteil zu nutzen und es nicht Bianca und Adrian zu überlassen.

»Bianca«, sagte Adrian plötzlich und hielt sich einen Finger ans Ohr, als würde er konzentriert auf etwas lauschen. Hastig sah er sich in alle Richtungen um, während auf seiner Smart Lens eine Abfolge von Bildern erschien. »Anhand der Beschreibung, die Emilia von dem Park gegeben hat, in den sie durch den Tunnel gelangt ist, haben die Suchtrupps bei der Überprüfung des entsprechenden Gebiets mehrere Regenwasserkanäle aus viktorianischer Zeit entdeckt. Nur einer davon führt irgendwohin: unter einer Straße hindurch und zu einem Gebäude. Wir haben Leute hingeschickt, um es zu untersuchen, aber es steht leer. Mithilfe der Aufnahmen der Überwachungskameras der benachbarten Gebäude hat unser Team alle Leute ermittelt, die in den letzten zwölf Monaten das Gebäude betreten oder verlassen haben. Ein Abgleich mit dem Verzeichnis der Personalausweise hat ergeben, dass vier dieser Menschen verschwunden sind. Sie tätigen keine Bankgeschäfte mehr, verwenden keine Kundenkarten, haben Strom- und Gasverträge gekündigt, kaufen nicht mehr online ein, gehen auch nicht mehr zum Arzt, zahlen keine Krankenkassenbeiträge und so weiter. Sinéad war eine von ihnen. Von den anderen dreien haben wir jetzt Fotos.«

Verdammt noch mal, dachte Emilia. Aber immerhin wussten sie nicht, wo sich die drei aufhielten. Jedenfalls noch nicht.

Und das bösartige Grinsen, zu dem sich Biancas Lippen verzerrten, ließ ahnen, was ihnen drohte, wenn sie entdeckt wurden.

55

Charlie, Manchester

Es fühlte sich an, als dringe ihm der beißend kalte Wind durch die Haut bis tief in die Knochen. Er zerzauste ihm das Haar, und Charlie spürte ihn auf der Zunge, als er die zitternden Lippen öffnete. Doch trotz der Kälte fühlte er sich nicht unwohl.

Erst zog er Jacke und Sweatshirt aus, dann T-Shirt, Turnschuhe, Hose und Unterwäsche und stand schließlich völlig nackt auf dem Dach des größten Hotels von Manchester. Er zitterte am ganzen Körper, spürte aber weiterhin weder Angst noch Schmerz. Also musste er einen Schritt weiter gehen.

Er beugte sich über den Rand des Daches. Die Straßen von Manchester, die zweiundfünfzig Stockwerke tief unter ihm lagen, wirkten von hier oben wie eine bunte Spielzeugwelt. Direkt unterhalb der Dachkante hing eine Gondel für Fensterputzer. Vorsichtig stieg Charlie in den Metallkorb, der bei jedem Windstoß schwankte und gegen die Fassade schlug. Dann kletterte er auf das schmale Geländer, klammerte sich mit den Zehen an den Rand und hielt sich mit einer Hand an den Stahlkabeln fest, an denen die wacklige Apparatur hinauf- und hinabgezogen wurde. Jetzt war er nur noch eine Bö vom Tod entfernt. Er schloss die Augen und stellte sich vor, wie er erst in die Tiefe stürzte, dann hinauf in den Nachthimmel segelte und in Richtung Horizont entschwand.

Charlie hatte seine Suite im La Maison du Court behalten, auch nachdem er das WG-Zimmer bezogen hatte. Es war sicher nicht falsch, einen Rückzugsort zu haben, falls er einmal von der Bildfläche verschwinden musste. Umso mehr, als eine der Wächter umgebracht worden war. Am Nachmittag hatte er im Büro auf der Toilette die Nachricht geöffnet, die auf seinem Handy eingetroffen war, und zugesehen, wie Sinéad hingemetzelt wurde. Seine eigene Sicherheit sah er dadurch jedoch nicht bedroht. Vielmehr hatte ihn, während er sich die Aufnahme wieder und wieder ansah, vor allem Sinéads unbeteiligte Miene fasziniert. Wie würde er selbst sich fühlen, wenn er wusste, dass er im nächsten Moment sterben musste?

Der Mord an Sinéad hatte ihn dazu getrieben, vor dem Personalaufzug des Hotels auf einen Mitarbeiter zu warten, mit ihm einzusteigen und dann bis zum Dach des Gebäudes zu fahren. Dort hatte er sich durch das Dickicht von Masten und Antennen bis zum Rand des Daches vorgetastet. Neben der Angst vor fahrerlosen Autos, dem Tod und der Einsamkeit hatte ihn früher die Höhenangst am meisten gequält. Und an der Kante eines Hausdaches zu stehen, das war etwas anderes, als den Kopf gegen das Fenster in seiner Suite zu drücken. Erst wenn er an der Kante stand, so hatte er geglaubt, wüsste er wirklich, wie viel von seinem früheren Selbst noch übrig war.

Jetzt wartete er darauf, dass ihm das Adrenalin durch die Adern schoss oder die Panik ihm den Magen umdrehte. Doch nichts geschah. Nicht einmal die eisigen Klauen des Windes drangen in sein Inneres. Es war tatsächlich so: Er empfand keine Angst, weil er überhaupt nichts mehr empfand. Damit würde er von nun an leben müssen.

»Alter, was machst du denn da?« Von irgendwo hinter ihm trug der Wind eine Stimme heran. Er drehte sich um und sah, wie jemand auf ihn zukam.

»Milo?«

»Egal, was los ist, es gibt garantiert eine bessere Lösung«, brachte Milo keuchend hervor.

»Warum bist du so außer Atem?«

»Ich bin gerade zweiundfünfzig Stockwerke hochgelaufen. Du weißt doch, dass ich in Aufzügen Panik kriege.«

»Und was willst du hier?«

Milo streckte ihm eine Hand entgegen und hielt ihm etwas hin. »Du hast gestern deine Schlüsselkarte bei mir vergessen. Gerade als ich sie an der Rezeption abgeben wollte, habe ich gesehen, wie du den Personalaufzug zum Dach genommen hast.«

»Ich hab hier einen Nebenjob«, sagte Charlie ungerührt.

»Hast du nicht.«

»Was soll das heißen?«

»Ich bin in deinem Zimmer gewesen. Da liegen überall deine Sachen. Ich hab deine Turnschuhe erkannt. Wie kannst du dir so ein Hotelzimmer leisten?«

»Ich stehe nackt auf dem Dach eines Hotels, und du fragst mich ausgerechnet *das*?«

»Weil ich nicht weiß, was ich sonst machen soll«, sagte Milo schulterzuckend. »Ich wäre gern dein Freund, aber du hältst uns ja alle auf Distanz.«

»›Uns‹? Wem hast du noch von dem Zimmer erzählt?«

»Niemandem, ehrlich. Von mir aus kannst du gern auf meinem Handy nachschauen. Also, was ist los? Was machst du hier oben?«

Charlie sah Milo an und dachte nach. Mit ihm würde er reden können. Er war freundlich, großzügig, besonnen und unvoreingenommen. Vielleicht konnte er ihm helfen, auch wenn Charlie ihm natürlich nie die ganze Wahrheit sagen könnte. »Ist dir das schon mal passiert, dass du ... nichts mehr empfindest?«, fragte er ihn.

»Wie meinst du das?«

»Na ja, dass dein Kopf so voll mit allen möglichen Sachen ist, mit Erfahrungen, mit so viel Mist, dass dein Hirn einfach nicht mehr kann und ... aufhört zu arbeiten?«

»Wir haben doch alle mal schlechte Tage.«

»Nein, ich meine nicht bloß einen schlechten Tag, eine schlechte Woche oder einen schlechten Monat. Ich meine ein schlechtes Andauernd, das du nur überlebst, wenn du dich ausschaltest.«

»Ist das nicht normal? Dass man Wege sucht, irgendwie mit dem Leben klarzukommen?«

Charlie lachte, allerdings ohne amüsiert zu sein. »Nimm's mir nicht übel, Milo, aber du hast keine Ahnung, worum es im Leben geht. Und du hast auch keine Ahnung, wie es ist, wenn man einer der wenigen ist, die das wissen.«

»Wie wär's denn, wenn du dich wieder anziehst und wir runtergehen und in Ruhe über alles reden?«

»Wenn ich dir alles erzähle, müsste ich dich anschließend wahrscheinlich umbringen.«

»Von mir aus«, sagte Milo und lächelte. »Das Risiko gehe ich ein. Fangen wir doch damit an, dass du wieder zurück aufs Dach kommst.«

»Glaubst du vielleicht, ich wollte springen?«
»Ganz ehrlich? Ja. Warum wärst du sonst hier oben?«
»Ich wollte wissen, wer ich früher gewesen bin. Bevor ich alles hinter mir gelassen habe.«
»Wer du warst? Warum hast du denn ›alles hinter dir gelassen‹?«
»Ich bin ein trauriger und unglücklicher Mensch gewesen, Milo. Ich habe ein einsames Leben geführt, hatte niemanden, der mich liebt, und war auch selbst nicht besonders liebenswert. Ich war ein Niemand. Aber trotz all dieser Schwächen bin ich innerlich nicht tot gewesen. Ich habe zumindest noch etwas empfunden. Jetzt habe ich genauso viele Gefühle wie die künstliche Intelligenz, die uns bald unseren Job wegnehmen wird.«
»Und warum willst du wieder so unglücklich sein wie früher?«
»Weil ich damals wenigstens wusste, wer ich war. Jetzt bin ich völlig leer. Und am schlimmsten ist, dass mir das egal ist.«

Ein plötzlicher Windstoß rüttelte an der Gondel, und Charlie hielt sich mit beiden Händen fest. Als er sich dem Spalt zwischen der Gondel und dem Dach näherte, kam er kurz aus dem Gleichgewicht. Milo sprang ihm bei, griff nach dem Kabel und stabilisierte den schwankenden Korb, sodass Charlie unbeschadet zurück aufs Dach steigen konnte.

»Danke«, sagte er, und ohne weiter nachzudenken beugte er sich zu Milo und küsste ihn. Für kurze Zeit versanken sie ineinander. Es war das erste Mal, dass Charlie einen Mann küsste, und er tat es nicht aus Begierde, sondern weil er verzweifelt etwas suchte, das irgendein Gefühl in ihm auslöste. Milo verweigerte sich dem Kuss zwar nicht, erwiderte ihn aber auch nicht. Nach einer Weile ließ Charlie von ihm ab.

»Also ... ich will gar nicht bestreiten, dass da irgendetwas zwischen uns ist«, sagte Milo. »Aber heute will ich einfach nur als Freund für dich da sein. Einverstanden?«

Charlie nickte. »Einverstanden. Bekomm ich jetzt meinen Schlüssel wieder?«

Milo zog die Schlüsselkarte aus der Tasche und gab sie Charlie. Charlie nahm sie mit einer Hand entgegen und hielt kurz inne, als wöge er Vor- und Nachteile dessen ab, was nun gleich folgen würde. Dann nahm er all seine Kraft zusammen, versetzte mit der anderen Hand seinem nichtsahnenden Freund einen Stoß und sah ihm nach, wie er über die Dachkante zweiundfünfzig Stockwerke in die Tiefe fiel.

56

Bruno, Oundle, Northamptonshire

Als Bruno die Veranda erreicht hatte, blieb er stehen und sah sich um. Die Echos hatten ihn auf dem ganzen Weg von seinem Haus hierher begleitet. Heute waren sie ausgesprochen hartnäckig, ständig hörte er Geflüster und huschende Schritte. Im Nachbargarten erkannte er schemenhaft eine Ansammlung von Gestalten. Er schüttelte den Kopf darüber, wie absurd es war, dass er von Wesen seiner eigenen Einbildung verfolgt wurde.

In der Hand eine Flasche italienischen Weißwein, drückte er die Klingel, woraufhin drinnen eine Art Glockenläuten zu hören war. Er dachte wieder daran zurück, wie einige Tage zuvor seine Wut mit ihm durchgegangen war und er mit gezücktem Hammer Karen Watson in ihrem Auto hatte erschlagen wollen. Ihr hatte schon der sichere Tod bevorgestanden, als er, zwei Meter von ihrem Wagen entfernt, gehört hatte, wie sie und ihre Tochter einen Song aus einem Musical mitsangen, der gerade aus den Lautsprechern kam. Er hätte alles in der Welt dafür gegeben, so etwas mit Louie zu erleben.

Er war einen Schritt zurückgetreten und hatte sich gesammelt. Watson umzubringen, würde ihm nur eine vorübergehende Befriedigung verschaffen. Und obwohl er kaum noch Skrupel besaß, war er nicht fähig, eine Mutter vor den Augen ihres Kindes zu ermorden. Also würde er auf seinen Plan B zurückgreifen und Watson heute Abend das wegnehmen, was sie ihm weggenommen hatte.

Eine Kamera surrte und drehte sich, bis sie Bruno im Visier hatte. »Einen Moment«, sagte Watson durch die Gegensprechanlage.

Hinter dem Milchglas erschien ihre größer werdende Silhouette, und die Tür öffnete sich. »Hallo«, sagte sie. Sie schien verwirrt. Sie war nicht geschminkt, hatte das Haar zu einem Pferdeschwanz zusammengebunden und trug zerknautschte Kleidung. Als Bruno sie so unverstellt sah, flatterten die Schmetterlinge durch seinen Bauch.

»Alles in Ordnung?«, fragte er. »Unsere Verabredung zum Abendessen, das ist doch heute, oder?«

»Ja, aber erst in ein paar Stunden.«

»O Gott, entschuldigen Sie bitte. Als Nora gesagt hat, ich soll um fünf Uhr kommen, fand ich das auch ein bisschen früh. Da habe ich mich wohl verhört.«

»Ja, gemeint war sieben«, sagte Watson, als wolle sie sich entschuldigen, obwohl die Schuld gar nicht bei ihr lag. »Nora ist noch im Samstagsunterricht. Ich muss sie gleich abholen.«

»Okay, kein Problem. Ich gehe noch mal nach Hause und komm dann später wieder.«

»Sind Sie nicht mit dem Auto da?«

»Nein. Bei dem schönen Wetter hatte ich Lust, zu Fuß zu gehen. Es ist nicht weit, nur eine halbe Stunde. Ich gehe einfach ins *The Ship*, trinke was und komm dann wieder.«

»Nein, das kann ich nicht zulassen. Außerdem wird dann der Wein warm.« Watson trat zur Seite und bat Bruno hinein. Sie schloss die Tür hinter ihm und ging in eine große offene Küche voraus. Eine Glasfront aus Falttüren gab den Blick auf einen ausgedehnten, akkurat gepflegten Garten frei. Das Innere des Anwesens war nicht weniger prächtig, als sein Äußeres vermuten ließ.

»Aber ich muss Sie kurz allein lassen, während ich Nora abhole.«

»Kann ich für das Abendessen noch irgendetwas vorbereiten?«

»Nein, das ist alles schon fertig. Das Wohnzimmer ist hier rechts. Machen Sie es sich gemütlich und nehmen Sie sich aus dem Kühlschrank etwas zu trinken«, sagte Watson und hängte ihre Schürze an einen Wandhaken.

»Dann habe ich ja genug Zeit, das ganze Haus leerzuräumen und zu verschwinden, bevor Sie wieder da sind.«

»Nur zu. Die Goldbarren liegen im Keller, und die Diamanten sind im Safe hinter dem Picasso. In einer halben Stunde bin ich wieder da.«

Als Watson das Haus verlassen hatte, ging Bruno ins Wohnzimmer und sah sich um. Der Raum war weitläufig, aber ansprechend und gemütlich eingerichtet, und er erinnerte Bruno an das Haus, in dem er mit seiner Familie gelebt und das er letztlich wegen solchen Leuten wie Watson verloren hatte. Die Regale waren mit Büchern vollgepackt, zwei ausladende Sofas standen vor einem Kamin, und an einer Wand hing ein großer Fernseher. Hier hätte er mit Louie sicher glücklich leben können.

Versteckt hinter einem Fensterladen wartete er, bis Watson weggefahren war. Er war absichtlich zu früh gekommen. Er wusste, dass Nora am Samstagnachmittag in der Schule war, und hatte darauf spekuliert, dass Watson ihm vertraute und ihn allein im Haus lassen würde. Sie sah in den Menschen immer zuerst das Gute, doch in Bruno hatte sie sich getäuscht.

Eilig suchte er in allen Räumen nach einem Tablet oder einem Computer. Nach einer Weile entdeckte er ein Tablet, ein papierdünnes Gerät, das am Kühlschrank befestigt war. Mit Techniken und Kniffen, die er seinen implantierten Daten entnommen hatte, umging er die biometrische Nutzeridentifikation und verschaffte sich Zugang zu dem Gerät und zu sämtlichen Programmen. Als Erstes rief er Watsons Bankkonten auf, was genauso leicht war, wie das Tablet zu knacken. Sie hatte drei Konten: ein Sparkonto, ein Girokonto und eines, das auf Noras Namen lief. Der gesamte verfügbare Betrag lag bei knapp zwei Millionen Pfund.

Das ist das Geld, das sie mir gestohlen hat.

Watson und Anwälte wie O'Sullivan und Graph – Brunos erste Opfer – hatten dafür gesorgt, dass er nach Zoes Tod leer ausgegangen war. Den beiden Mitarbeitern, die Zoe nach ihrem Tod sexuelle Nötigung vorgeworfen hatten, hatte die Firma jedoch beträchtliche Summen gezahlt, damit nichts davon in die Öffentlichkeit geriet. Die Firma zählte zu den fünf besten Arbeitgebern des Landes und wollte ihr Renommee um jeden Preis schützen.

Weil Watsons Ehemann eine Affäre mit Zoe gehabt hatte, hatte er gegen den Ethikkodex der Firma verstoßen. Dadurch wäre seine Familie ebenfalls leer ausgegangen. Watson hatte jedoch im Fahrwasser der beiden anderen Mitarbeiter behauptet, Zoe hätte auch Mark sexuell genötigt, und berichtet, er hätte ihr mehrfach gesagt, er fürchte um seinen Job, wenn er Zoes Forderungen nicht nachgab. Bruno verstand zwar nicht, warum die Firma das für wahr gehalten hatte. Alle kannten doch das Video, in dem die beiden Sex miteinander hatten, und es war offensichtlich, dass Mark mehr als nur bereitwillig mitgemacht hatte. Trotzdem hatten sie Watson geglaubt, dass er genötigt worden war, und hatten sich auch ihr Schweigen mit einer hohen Summe erkauft.

Um diese Verluste auszugleichen, hatten sie finanzielle Ansprüche gegen Zoe geltend gemacht und den Prozess gewonnen. Wie ein Schwarm Geier, die einen Kadaver abknabbern, waren sie über das hergefallen, was von Brunos Leben noch übrig war. Kurz darauf war er dann pleite gewesen.

Watson ahnte nicht, dass der Mann, den sie in ihr Haus gelassen hatte, ihr das erschlichene Vermögen wieder entreißen und auf eines seiner alten Konten transferieren würde. Später am Abend würde er das Geld auf neu eröffneten Konten verstecken, die über die ganze Welt verstreut waren und die Watson nie finden würde. Schon bald würde sie am eigenen Leib erfahren, wie es sich anfühlte, kein Geld und keine Hoffnung mehr zu haben.

57

Flick, Aldeburgh, Suffolk

Kerzengerade saß Flick im Bett. Das Zimmer drehte sich wie ein aus der Verankerung geratenes Karussell. Sie hielt sich an der zusammengeknüllten Bettdecke fest und wartete darauf, dass das Bild der blutverschmierten Sinéad wieder verschwand.

Als ihr am späten Nachmittag plötzlich übel geworden war, hatte sie sich bei Elijah ins Bett gelegt. Nachdem sie etwa eine Stunde geschlafen hatte, hatten die quälenden Träume begonnen, und sie war, von Panik ergriffen, aufgewacht. Sie lehnte den Kopf gegen das Kopfteil des Bettes, bis der Raum aufhörte sich zu drehen.

Sinéad war ermordet worden, und zahllose Fragen wirbelten durch Flicks Gedanken. Wer hatte sie getötet? Warum wollte der Mörder, dass die anderen Wächter wussten, dass er eine von ihnen ausfindig gemacht hatte? Hoffte er, sie würden dadurch in Panik verfallen und Fehler machen? Hatte Sinéad Fehler gemacht, aus denen Flick lernen konnte? Und warum war im Internet nirgendwo mehr etwas über den Mord an Karczewski zu lesen?

Flick holte ihr Handy unter dem Kopfkissen hervor und ging mit unsicheren Schritten ins Bad. Leise schloss sie die Tür, damit Elijah sie in seinem Atelier nicht hörte, sank zu

Boden und übergab sich so lautlos wie möglich. Sie hielt sich einen feuchten Waschlappen auf die heiße Stirn, der ihr jedoch keine Kühlung verschaffte. Also zog sie T-Shirt und Slip aus und setzte sich in der Dusche unter einen Strahl lauwarmes Wasser.

In den Tagen und Nächten nach Sinéads Tod hatte sie versucht, trotz allem weiterhin ein normales Leben zu führen. Sie verbrachte Zeit mit Grace, arbeitete im Pub oder war bei Elijah. Ihr tägliches Laufpensum und die einsamen Stunden, in denen sie am Strand den Sonnenaufgang beobachtet hatte, gehörten der Vergangenheit an. Ihr neuer Alltag ließ ihr zwar keine Freiräume mehr, gab ihr jedoch auch Sicherheit.

Sie drehte das Wasser ab, trocknete sich mit einem Handtuch ab, ging hinunter in die Küche und nahm eine Flasche Cranberry-Saft aus dem Kühlschrank.

Die Benommenheit war verflogen, aber die Übelkeit war noch immer da. Im nächsten Augenblick beugte sie sich über die Spüle und erbrach sich erneut. Während sie sich den Mund ausspülte, traf es sie wie der Blitz.

»Nein«, sagte sie keuchend. »Um Gottes willen, nein.«

58

Bruno, Oundle, Northamptonshire

Bruno blieben noch etwa zwanzig Minuten, bis Karen Watson zurückkehren würde. Doch gerade als er ihr durch das Antippen eines Buttons ihr gesamtes Vermögen entziehen wollte, entdeckte er auf dem Hauptbildschirm ein Icon mit dem Titel »Familienfotos«. Neugierig blätterte er durch den Ordner. Neben zahlreichen Fotos fand sich dort auch ein Video von Nora, als sie noch klein war. Ihr Körper war damals noch beweglicher gewesen, sie hatte in ihrem ersten elektrischen Rollstuhl gesessen und kicherte, während sie ihre Kreise zog und ihre Eltern ihr aus dem Off zuriefen, sie solle vorsichtig sein.

Ein anderes Video jüngeren Datums zeigte, wie Watson ihre Tochter durch das neue Haus führte und ihr die umfangreichen baulichen Veränderungen erklärte, durch die es rollstuhlgerecht gemacht worden war. An einer Stelle ruhte die Kamera ein paar Augenblicke auf Watson. Sie sah Nora und Luna dabei zu, wie sie gemeinsam den Garten erkundeten, und war offenbar tief bewegt. Bruno glaubte, geradezu Stolz in ihrer Miene zu erkennen. Auch er hatte seinem Sohn immer wieder einfach nur zugesehen, egal wobei. Jetzt vermisste er Louie so sehr, dass ihn die Sehnsucht kurzzeitig zu überwältigen drohte.

Plötzlich stieß er unter den Aufnahmen auch auf ein Foto von Watsons Ehemann. Bis jetzt hatte er vermieden, Bilder von dem Mann anzusehen, mit dem Zoe geschlafen hatte und ums Leben gekommen war. Er kannte nur das Video, das die beiden durch das Dachfenster des Autos beim Sex zeigte. Mark war ganz anders, als Bruno ihn sich vorgestellt hatte. Kein Mann von fataler Schönheit à la Mr. Darcy, der wie aus dem Nichts auftaucht und unglücklich verheiratete Frauen im Sturm erobert. Er war eher klein gewesen, von durchschnittlichem Äußeren, und hatte einen leichten Bauchansatz gehabt.

»Jetzt kommen dir allmählich Zweifel, oder?« Die Gruppe von Echos war von dem benachbarten Garten in Watsons Küche hereingewandert. Ein junger Mann in einer blauen Uniform der Royal Navy trat nach vorn. Die beiden Ärmel seines Jacketts und ein Hosenbein waren vom Feuer versengt, und die Haut auf seinen Armen war verkohlt oder verbrannt. »Es ist doch keine Schande, wenn sich das alles nicht mehr richtig anfühlt.«

Bruno schüttelte den Kopf, obwohl er tatsächlich hin und her gerissen war. »Wenn ich jetzt aufhöre, dann ist alles umsonst gewesen.«

»Du hast fünf Menschen getötet. Hat dir das deine Frau oder deinen Sohn zurückgegeben?«

»Nein.«

»Die Befriedigung, die dir diese Morde verschafft haben – wie lange hat sie angehalten?«

»Nicht lange.«

»Was erreichst du, wenn du Watson und Nora alles wegnimmst, was sie haben?«

»Gerechtigkeit für Louie.«

»Die erreichst du nicht, indem du diese Familie zerstörst. Zwei Menschen haben einen ziemlich dummen Fehler gemacht, und du, Louie, Watson und Nora, ihr habt doch schon alle dafür zahlen müssen. Zoe hat dich so tief verletzt, wie sie es sich nie hätte vorstellen können. Du aber handelst mit Absicht. Du musst dieses Leben endlich loslassen und dir ein neues aufbauen.«

»Und wie soll das gehen, ohne die beiden Menschen, die ich dabei um mich haben will?«

Er wandte sich wieder dem Tablet zu. Dort wurden noch weitere Ordner angezeigt, einer davon mit dem Titel »Prozess«. Bruno öffnete ihn. Er enthielt Watsons Korrespondenz mit ihren Anwälten. Privatdetektive hatten im Auftrag der Kanzlei E-Mails und Textnachrichten ausfindig gemacht, die Zoe und Mark gewechselt hatten. Dieses Material hatte Bruno nie zu Gesicht bekommen.

In den Nachrichten fanden sich keine Liebesbeteuerungen oder Pläne für eine gemeinsame Zukunft. Es war nicht das körperliche Begehren, das sie miteinander verbunden hatte, sondern die Behinderungen ihrer Kinder. Sie hatten sich darüber ausgetauscht, dass sie sich im Vergleich zu ihren Partnern, die sich dabei besser schlugen, als unfähige Eltern fühlten. Zoe fühlte sich von der »Jungsbande« ausgeschlossen, die Louie und Bruno bildeten, und Mark kam sich in seinem eigenen Haus wie ein Ersatzteil vor. Hier nötigte nicht eine Frau einen Mann zum Sex, sondern hier führten zwei Menschen eine Beziehung.

Bruno sah sich die Erstellungsdaten der Dokumente an. Watson hatte das Material gekannt, als sie die Schadensersatzklage wegen sexueller Nötigung eingereicht hatte. Und sie hatte daran festgehalten, obwohl sie wusste, dass der

Vorwurf haltlos war. Sie hatte den Prozess gewonnen und eine Entschädigung zugesprochen bekommen, die Bruno in den Ruin gestürzt hatte. Aber jetzt, da er sie näher kannte, verstand er, dass sie nur die besten Absichten verfolgt hatte. Sie hatte ihrer bedürftigen Tochter finanzielle Sicherheit verschaffen wollen. Hätte er für Louie nicht dasselbe getan? Die Zerstörung seiner Familie war ein Kollateralschaden, den Watson unwissentlich verursacht hatte. Es fühlte sich an, als sei eine Nebelmaschine abgestellt worden und als hätte er nun zum ersten Mal klare Sicht. Auch die Verachtung, die er bis jetzt für Zoe und Mark empfunden hatte, war verflogen, und Mitleid trat an ihre Stelle. Er selbst war noch am Leben. Und er hatte einen Sohn. Die beiden hatten gar nichts mehr.

Kurzerhand traf er eine Entscheidung. Er löschte die geplanten Transaktionen und loggte sich aus Watsons und seinen Konten wieder aus. Dann wischte er sich die Augen trocken, ohne sich vor den Echos für seine Tränen zu schämen.

Er musste von hier weg. In zehn Minuten käme Watson zurück. Dann wäre er schon nicht mehr da. Aber bevor er sich davonmachte, wollte er noch das WLAN des Hauses nutzen und durch die Überwachungskameras des Pflegeheims einen Blick auf Louie werfen. Er sah, wie ein Pfleger seinen Sohn in sein Zimmer brachte. Und anders als sonst, als sich ihm das Herz zusammengezogen hatte, wenn eine fremde Person bei Louie war, war er jetzt dankbar dafür, dass Louie dank der Opfer, die er brachte, bestmöglich versorgt wurde.

Als Louie im Bett lag, nahm ihm der Pfleger sein Lieblingsspielzeug aus dem Arm, den grünen Tyrannosaurus Rex, den seine Mutter ihm gekauft hatte. Dann schleuderte er ihn ohne Vorwarnung durch das Zimmer. *Das ist ja ein seltsames Spiel,* dachte Bruno.

Verwundert sah er zu, wie Louie aufstehen wollte, der Pfleger ihn aber an den Schultern packte und zurück ins Bett schubste.

»Lass ihn in Ruhe«, grummelte Bruno, als er mitansehen musste, wie seinem Sohn der Gegenstand vorenthalten wurde, der ihm am meisten Trost verschaffte. Zwei weitere Male wollte Louie den Plüschsaurier noch holen, und beide Male hinderte ihn der Pfleger daran. Als Louie daraufhin das Gesicht verzog und zu schreien anfing, schlug ihm der Pfleger drei Mal heftig auf den Kopf und ging aus dem Zimmer.

Bruno saß wie versteinert da. Spielte sein beschädigtes Denken jetzt völlig verrückt? Er sah sich nach den Echos um. Sie waren genauso perplex wie er. Er versuchte, die Aufnahme zurückzuspulen, doch diese Möglichkeit bot das Programm nicht.

»Nein, Bruno«, sagte der verbrannte Matrose. Doch Bruno hörte nicht auf ihn. »Nein«, wiederholte er, diesmal mit Nachdruck. »Tu es nicht. Du musst weitermachen. Es gibt kein Zurück. Du musst uns beschützen.«

»Das bildest du dir nur ein«, sagte darauf eine andere Stimme. Es war der Junge ohne Unterkiefer. »Er ist in Sicherheit.«

Doch Bruno wurde mit jeder Sekunde wütender. Er stand auf, und in diesem Augenblick bemerkte er in der Tür eine Gestalt. Auf die Entfernung wirkte sie zunächst wie ein Echo. Bis sie etwas sagte.

»Was machst du denn da mit Mamas Tablet?«, fragte Nora und sah ihn an.

59

Emilia

Emilia rieb sich die Augen und gab dann einige Tropfen einer beruhigenden Lotion hinein, die sie in einer Apotheke gekauft hatte. Ihre Sehkraft litt, wenn sie so lange auf ihr Tablet starrte.

Ihr Auto war schon Stunden vor der Verabredung auf dem Parkplatz eingetroffen. Die Fahrt zu der Raststätte an einer viel befahrenen Schnellstraße in der Nähe von Luton hatte nicht lange gedauert. Sie hatte etwas abseits geparkt, neben einer Hecke und mit freier Sicht auf das Gebäude. In dem Lokal saßen rund zwanzig Familien und Paare bei einem späten Frühstück oder einem frühen Abendessen.

Adrians Einladung war aus heiterem Himmel gekommen. Er hatte die Koordinaten des Lokals an Emilias Navi geschickt und angekündigt, dass sie, wenn sie kommen würde, besser verstehen würde, wer sie war und warum sie nicht auf ihr Gewissen hören durfte, wenn sie die Wahrheit aufdecken wollte.

Während sie darauf wartete, dass sie kamen, blätterte sie weiter durch die Hunderte digitaler Seiten mit Dokumenten, Fotos und Daten über jeden einzelnen der Wächter, die das Team von Bianca und Adrian aufgespürt hatte. In ihrer Ahnungslosigkeit hatte sie bis vor Kurzem geglaubt, dass

Daten, die aus dem Netz entfernt wurden, nie wieder aufzufinden seien. »Nichts verschwindet für immer«, hatte Bianca dann jedoch so beiläufig gesagt, als müsste Emilia das wissen. »Den Begriff ›gelöscht‹ gibt es nicht mehr. Alles ist jetzt irgendwo ›abgelegt‹ und kann jederzeit wieder verwendet werden.«

Die Daten über die Wächter enthielten auch Informationen darüber, wo sie am häufigsten einkauften und wo sie am liebsten Urlaub machten, über ihre Krankengeschichten und ihre Familienverhältnisse. Emilia versuchte, sich anhand der Details jeweils ein Bild ihrer Person zu machen, und sie hielt Ausschau nach Hinweisen darauf, wer sich an welchem der Orte aufhielt, die sie ermittelt hatte. Noch wusste sie das nicht, und sie hatte gewiss nicht vor, Adrian oder Bianca zu sagen, dass sich die drei verbliebenen Wächter in Aldeburgh, Manchester und Oundle befanden.

Sie hatte auch die Profile der drei in den sozialen Netzwerken überflogen, und hätte sie es nicht besser gewusst, so hätte sie glauben können, dass sie alle über die ganze Welt verstreut waren. Sie schwelgten an langgestreckten Sandstränden im Luxus, wanderten mit dem Rucksack durch Südamerika, halfen auf australischen Farmen bei der Ernte oder jagten im Pazifik auf dem Surfbrett den Wellen hinterher. Illustriert wurde all das durch künstlich erzeugte, aber täuschend echt wirkende Videos.

Nachdem Adrian und Bianca neben ihr geparkt hatten, stieg Emilia aus. Bianca warf ihr eine dunkelblonde Perücke und eine schwarze Brille zu. »Setzen Sie die auf«, sagte sie, und widerwillig gehorchte Emilia. Kurz darauf saßen sie in dem Lokal, und Emilia registrierte es nur flüchtig, als die Bedienung sie nach ihrer Bestellung fragte. Sie hatte lediglich Augen für ihre Töchter Cassy und Harper und ihren Ehemann Justin, die gerade den Raum betraten. Sie wollte schon aufspringen, doch Adrian packte sie am Arm und zog sie wieder auf ihren Stuhl.

»Sehen Sie mich an und wenden Sie den Blick nicht ab, bis ich es Ihnen erlaube«, sagte er. Emilia zögerte. Er packte fester zu und fuhr dann fort: »Wenn Sie irgendetwas tun oder sagen, womit Sie sich zu erkennen geben, bringe ich alle drei auf der Stelle um.« Er hob das Revers seines Jacketts und zeigte ihr die Pistole, die er im Holster trug.

Aus den Augenwinkeln sah Emilia, wie ihre Familie das Lokal betrat und an dem Tisch direkt hinter ihr Platz nahm. Ihr Puls ging schneller, während sie angespannt zuhörte, wie sich die Mädchen voller Aufregung auf der Karte etwas aussuchten.

»Ich möchte Waffeln mit Sirup und einen Erdbeermilchshake«, sagte die eine.

»Ich auch, aber einen Milchshake mit Himbeere.« Das war die andere.

Regungslos saß Emilia da und hörte zu. Sie fürchtete, etwas von dem Gespräch zu verpassen, wenn sie sich auch nur einen Millimeter bewegte. Ihre Kinder und ihr Mann unterhielten sich über die Schule, die Hausaufgaben und einen Kinobesuch, den er ihnen versprochen hatte. Erst als das Essen kam, wurden sie stiller.

Emilia, Adrian und Bianca ignorierten die Bedienung, die noch einmal kam, um die Bestellung aufzunehmen. Als sie, etwas Unverständliches murmelnd, wieder wegging, versuchte Emilia, sich daran zu erinnern, wie es sich angefühlt hatte, zwei heranwachsende Leben in ihrem Inneren zu tragen.

Und für den Bruchteil einer Sekunde glaubte sie, das Strampeln der beiden zu spüren, zusammen mit dem rhythmischen Pulsieren ihrer Herzen.

»Woher wussten Sie, dass sie hier sind?«, flüsterte sie.

»Sie kommen immer an demselben Wochentag nach der Schule hierher. Sie sind gern hier, weil das Lokal sie an Sie erinnert. Als die Mädchen noch klein waren, waren Sie nach dem Fußballtraining regelmäßig mit ihnen hier. Justin hat seinen Freunden gesagt, dass er glaubt, es ist besser, wenn er möglichst viele Gewohnheiten beibehält, nachdem die Familie Sie verloren hat.«

»Glauben sie, dass ich tot bin?«

»Sie können jetzt entweder weiter Fragen stellen oder zuhören. Und sehen Sie immer geradeaus, sonst ...« Er formte mit den Fingern eine Pistole und hielt sie sich an die Schläfe.

Begierig nahm Emilia jedes einzelne Wort ihrer Familie auf. Doch es zerriss ihr das Herz, mitanhören zu müssen, wie sie auch ohne sie ihre Freude hatten. Und nach einer Weile schoben sie das schmutzige Geschirr zur Seite, gingen zurück zu ihrem Auto und lebten ihr Leben weiter, ohne eine Mutter oder eine Ehefrau.

Kaum hatte sich die Tür hinter ihnen geschlossen, erschien auf ihren Hinterköpfen jeweils ein kleiner roter Punkt, so wie damals, als Emilia sie in dem Video zum ersten Mal gesehen hatte. »Nein!«, stieß sie hervor. »Bringen Sie sie nicht um. Ich flehe Sie an!«

»Ein Wort, Emilia. Ein einziges Wort genügt. Ich möchte das auch nicht, aber ich werde es tun, wenn Sie uns weiterhin Informationen vorenthalten. Sie können Ihre Familie wiederhaben. Schon bald können Sie mit den Mädchen wieder bei Waffeln und Milchshakes an einem Tisch sitzen, bei einer Gelegenheit wie dieser. Sie müssen nur noch diese drei Leute finden, dann bekommen Sie alles, was Sie wollen. Also: Wo sind sie?«

Emilia begriff nicht, wie Adrian und Bianca davon erfahren haben konnten, dass sie die Aufenthaltsorte der Wächter kannte. Ihr blieb nichts anderes übrig, als ihnen das mitzuteilen, woran die Kühlschrankmagnete in Teds Küche sie erinnert hatten, und damit ihren einzigen Trumpf aufzugeben. Die roten Punkte verschwanden so schnell, wie sie aufgetaucht waren.

Adrian und Bianca verließen das Lokal nun ebenfalls. Emilia blieb, am ganzen Leib zitternd, allein zurück. Sie war auf Tuchfühlung mit ihrer Familie gewesen und hatte dadurch eine Ahnung davon bekommen, wie ihr Leben eines Tages wieder aussehen könnte. Doch sie wollte dieses Leben jetzt gleich zurückhaben.

In diesem Moment verspürte sie nur noch Wut, Verbitterung und Sehnsucht. Sie ballte die Hände zu Fäusten und spannte die Füße an, so heftig, dass sie fürchtete, Finger und Zehen würden gleich aus den Gelenken springen. Jeder Muskel in ihrem Körper war angespannt und pulsierte, und sie musste alle Kräfte zusammennehmen, um nicht alles, was ihr zwischen die Finger kam, durch den Raum zu schleudern. Es wäre ihr ganz gleich gewesen, wen sie damit getroffen hätte. Sie wollte nur anderen denselben Schmerz zufügen, den sie selbst verspürte.

Doch statt um sich zu schlagen, lenkte sie ihre negativen Gefühle in ihr Inneres um. Wenn sie diese Sache hier überstehen wollte, musste sie genauso stark und skrupellos wie Bianca sein. Sie musste ihr eigenes Gewissen ignorieren, so wie die Mitglieder des Hackerkollektivs es auch taten, um ihre Ziele zu erreichen. Und wenn die verbliebenen Wächter ihr nicht das gaben, was sie wollte, würden sie dafür zahlen müssen. Denn an erster Stelle stand für Emilia ihre Familie, und nicht das Wohlergehen der Wächter.

60

Bruno, Oundle, Northamptonshire

Bruno starrte Nora an. Ihre Mutter musste jeden Moment ebenfalls im Wohnzimmer auftauchen. Nora war für ihr Alter schon ziemlich reif und sah ihn mit dem misstrauischen Blick einer Erwachsenen an.
»Wo ist deine Mutter?«, fragte er. »Ich dachte, sie wollte dich von der Schule abholen.«
»Der Fahrdienst hat mich gebracht. Warum schnüffelst du in ihren Sachen herum?«
»Tu ich doch gar nicht.«
»Doch, tust du.«
»Wie kommst du denn darauf?«
»Mein Handy ist kaputt. Deswegen habe ich mir heute Morgen Mummys Ersatzhandy ausgeliehen. Nur für den Notfall.« Sie deutete auf das Display. »Und da steht, dass sich jemand auf einem anderen Gerät in ihre Bankkonten eingeloggt hat. Und du hast ihr Tablet in der Hand.«
»Mein Handy ist auch kaputt. Ich hab nur meine E-Mails gecheckt.«
Nora verzog das Gesicht. »Erzähl keinen Unsinn. Du hast in ihren Finanzen rumgeschnüffelt und genauso in Fotos von Daddy.«
Verzweifelt suchte Bruno nach einer plausiblen Erklärung.

»Sie hat mich gebeten, etwas für sie zu erledigen«, sagte er zögernd. Nora lenkte den Rollstuhl ein wenig zurück, ließ Bruno jedoch nicht aus den Augen, als warte sie auf eine bessere Erklärung. Er versuchte es mit Ablenkung. »Wie war's denn in der Schule? Wie kommt es überhaupt, dass du am Samstag Unterricht hast?«

Nora antwortete nicht. Aus der Menge der Echos, die sich noch immer im Haus befanden, drang jetzt die Stimme des Nazi-Arztes Zimmerman. »Sag ihr, sie soll sich um ihren eigenen Scheiß kümmern«, befahl er. »Erklär ihr, was mit kleinen Mädchen passiert, die das nicht tun.«

»Ich ruf Mummy an«, sagte Nora und befahl ihrem Handy, Karens Nummer zu wählen. Bruno stürzte auf sie zu und riss ihr das Telefon aus der Hand. Als Nora ihn verschreckt anstarrte, kniete er sich hin, um mit ihr auf Augenhöhe zu sprechen. Doch noch bevor er etwas sagen konnte, machte sie mit ihrem Rollstuhl kehrt und fuhr in vollem Tempo zur Haustür. Bruno hatte keine Wahl. Er rannte ihr nach und warf sich mit seinem ganzen Gewicht gegen den Rollstuhl, sodass er gegen eine Wand fuhr. Bruno hatte jedoch nicht bedacht, wie leicht der Rollstuhl war. Er kippte um, und im nächsten Augenblick lag Nora ausgestreckt auf dem Boden. Das eindeutige Geräusch eines brechenden Knochens war zu hören.

»Um Gottes willen!«, stieß er hervor und hob Nora hoch. Sie war leicht wie eine Feder und sah ihn mit großen Augen an. Kurz darauf breitete sich auf seinem Arm etwas Warmes aus. Nora machte sich vor Schreck in die Hose. Im nächsten Moment war sie in Ohnmacht gefallen.

Bruno stand im Flur, und Zimmermans Lachen dröhnte ihm in den Ohren. Panisch wandte er sich zur Haustür, überlegte es sich dann aber anders, lief zurück in die Küche und ergriff Noras Handy, um den Notruf zu wählen.

»Wenn du das machst, bist du erledigt«, sagte Zimmerman. »Sobald sie aufwacht, hast du die Polizei am Hals. Du musst Zeit gewinnen. Sperr sie in das Sommerhäuschen im Garten. Wenn Watson sie findet, bist du schon längst über alle Berge.«

»Sie hat sich etwas gebrochen. Sie ist verletzt.«

»Und was ist mit deinem eigenen Kind? Was soll aus ihm werden, wenn du hinter Gittern sitzt?«

Damit hatte Zimmerman recht. Bruno blieb keine Wahl. Er brachte Nora, die noch immer bewusstlos war, in das Sommerhäuschen, legte sie dort auf ein Sofa und deckte sie mit einer Decke zu.

»Deine Mutter ist bald wieder da«, sagte er sanft. »Alles wird gut, das verspreche ich dir. Es tut mir wirklich leid.« Er stellte den Rollstuhl neben das Sofa, versperrte die Tür von außen mit dem Schlüssel, der darin steckte, und lief davon.

Das letzte Mal hatte er eine ähnliche Schuld verspürt, als er Louie im Pflegeheim zurückgelassen hatte. Doch damals hatte er wenigstens den Trost, dass es zu Louis Bestem gewesen war. Was er jetzt getan hatte, fühlte sich weitaus schlimmer an.

61

Charlie, Manchester

Die Tage nach Milos Tod verlangten Charlie alles ab. Er musste sämtliche Schauspielkünste aufbringen, um den von Gram gebeugten Freund zu geben.

Pflichtgemäß besuchte er die Trauerfeier in der reformierten jüdischen Gemeinde von Manchester und das anschließende Begräbnis, und auch für ein Gedenkmatch mit seiner Fußballmannschaft in der kommenden Woche hatte er zugesagt. In ihrem Freundeskreis verbrachten sie jetzt mehr Zeit miteinander als zuvor, spendeten sich gegenseitig Trost, erinnerten sich gemeinsam oder warfen sich vor, nicht erkannt zu haben, dass Milo Probleme gehabt haben musste.

Niemand wusste, dass Charlie in dem Hotel, von dessen Dach Milo gestürzt war, ein Zimmer gemietet hatte, oder dass die Polizei ihn vernommen und gefragt hatte, ob er an jenem Abend etwas Auffälliges gehört oder gesehen hatte. Weil das Hotel großen Wert darauf legte, die Privatsphäre seiner Gäste zu schützen – unter denen zahlreiche Prominente waren, die in derselbe Etage wie Charlie oder den beiden Etagen darüber wohnten –, gab es keinerlei Überwachungskameras. Der desinteressiert wirkende Kriminalbeamte hatte Charlie nicht einmal gefragt, ob er den Verstorbenen gekannt hatte, und von sich aus hatte Charlie nicht darüber gesprochen. Charlie hatte den Eindruck gehabt, dass die Untersuchung, weil es keinen Hinweis auf Fremdeinwirkung gab, eher routinemäßig ablief.

»Er war der besonnenste Mensch, den ich kannte«, hatte Andrew unter Tränen zu Charlie gesagt. »Ich versteh das einfach nicht. Er hatte doch alles, was man sich wünschen kann.«

»Man weiß nie, was in einem Menschen wirklich vorgeht«, hatte Charlie erwidert. »Auch wenn man glaubt, man wüsste es. Wir alle verheimlichen doch etwas.«

Keine dreißig Minuten, nachdem er Milo umgebracht hatte, hatte Charlie in einem heißen Bad gelegen. Er sah noch einmal Milos konsterniertes Gesicht vor sich, in dem Moment, als er ihn in den Tod gestoßen hatte. Charlie hatte impulsiv gehandelt und damit auch sich selbst überrascht. Wäre er zu Empfindungen fähig gewesen, wäre er vielleicht sogar neidisch auf seinen Freund gewesen, der wie ein herabstürzender Vogel federleicht in die Tiefe gesegelt war.

Der Mord an Milo war grausam und durch nichts zu rechtfertigen. Ein menschliches Leben, einfach so verschwendet. Doch für Charlie erfüllte er einen wichtigen Zweck. Weder trauerte er noch bereute er seine Tat oder hatte ein schlechtes Gewissen. Jetzt konnte er sicher sein, dass er nie wieder der Mensch sein würde, der er früher gewesen war. Damit musste er nun leben.

Er hatte gehört, dass Milos Vater eine Stiftung gründen wollte, die den Namen seines Sohnes tragen und eine Anlaufstelle für junge Männer sein sollte, in der sie offen über ihr emotionales Wohlbefinden sprechen konnten. Charlie nahm sich vor, anonym eine großzügige Summe zu spenden. So hätte es der alte Charlie auch gemacht, und an diese

Person, die er früher gewesen war, hielt er sich in letzter Zeit immer öfter, um sich in seinem neuen Leben orientieren zu können.

Wenn er die Zeit nicht mit seinen Freunden verbrachte, war er entweder in der Arbeit und coachte seine Klienten oder war mit Alix zusammen. Seit Milos Tod war sie die Aufmerksamkeit in Person, und er fragte sich, ob sie ihm helfen wollte oder ob sie sich Sorgen machte, dass auch er sich mit schwarzen Gedanken trug, ohne darüber zu sprechen. Schwarze Gedanken hatte er tatsächlich, aber nicht solche, von denen er irgendjemandem hätte erzählen können.

Doch Milos Tod war nicht das Einzige, worüber er nachdachte. Nicht weniger beschäftigten ihn die Morde an Karczewski und an Sinéad. Er hatte sich angewöhnt, gebrauchte Tablets zu kaufen, mit denen er sich dann an öffentlichen Orten über die Verbindungen anderer Leute einmalig Zugang zum Internet verschaffte. Anschließend warf er die Geräte wieder weg und hinterließ auf diese Weise so wenig digitale Spuren wie möglich.

Mehrmals täglich loggte er sich an verschiedenen Orten in das Forum für Verschwörungstheorien ein und suchte dort nach Theorien bezüglich Karczewskis Tod. Es gab eine Menge Vermutungen zu der Frage, warum die Berichterstattung über den Mord an seinem Kontaktmann so abrupt abgebrochen war, doch keine davon konnte Charlie überzeugen.

Jetzt saß er in Alix' Wohnung, nutzte die ungesicherte WLAN-Verbindung des Nachbarn und überflog noch einmal das Forum. Bevor er sich ausloggte, warf er einen Blick auf die anderen Themen.

#Pandemien – menschengemacht
Ich habe Beweise: Die Seuchen sind alle künstlich verursacht,
um die Menschheit zu kontrollieren.
Warum wollen die Regierungen das nicht wahrhaben?

#Die Wahrheit über Stonehenge
Das Heiligtum wurde von einem heute
ausgestorbenen Volk von Riesen erschaffen,
den Nephilim

#Illuminaten – es gibt sie wirklich. Hier ist der Beweis.
Der Orden wurde gegründet,
um eine geordnete Welt ins Chaos zu stürzen

#Hackerkollektiv wird von der Regierung gelenkt
Das HK ist Teil eines staatlichen Planes
zur ethnischen Säuberung

#Match Your DNA ist ein Riesenbetrug
Ein moderner Pseudo-Kult,
um die Menschheit zu kontrollieren

Die würden über Leichen gehen, um das zu erfahren, was ich weiß, dachte Charlie. Einen Moment lang schwebten seine Finger über der Tastatur, und er war versucht, die Wahrheit über alles zu verkünden, über Pädophile, die von der Regierung gedeckt wurden, über patentierte Viren, UFO-Sichtungen und die Beamten eines Staates im Staat, die die wirklichen Machthaber im Land waren.

Das Geräusch der Wohnungstür schreckte ihn auf. Alix war von der Arbeit zurück. Er klappte das Tablet – von dem sie nichts wusste – zusammen und schob es unter das Sofakissen.

»Wie wär's, wenn wir übers Wochenende wegfahren?«, fragte sie und setzte sich neben ihn. »Meine Mutter hat in einem Preisausschreiben ein Wochenende in einem Landhotel gewonnen, allerdings hat sie gerade keine Zeit dafür. Und nach allem, was passiert ist, würde uns ein Tapetenwechsel doch ganz gut tun, oder?«

Charlie verspürte sofort einen deutlichen Widerwillen. Jedes Mal, wenn er sich an einen neuen Ort begab, musste er ihn minutiös überprüfen und sicherstellen, dass dort keine Gefahr lauerte. »Ich glaube, ich bin im Moment kein besonders angenehmer Umgang«, antwortete er. »Willst du nicht lieber mit einer Freundin fahren?«

»Nein, ich möchte mit dir fahren. Und dir tut es bestimmt auch gut, mal ein bisschen rauszukommen. Ich weiß doch, wie sehr dir Milos Tod zusetzt. Immer wenn davon die Rede ist, siehst du aus, als würdest du dich schuldig fühlen.«

»Schuldig?«, wiederholte er.

»Ja. Aber du musst dir keine Vorwürfe machen. Niemand kann was dafür, dass er sich das Leben genommen hat, weder du noch sonst irgendjemand. Komm schon, lass uns für ein paar Tage abhauen. Nur wir beide, du und ich.«

Charlie nickte und nahm sich vor, künftig weniger »schuldig« zu wirken. »Einverstanden. Wenn du dir das wünschst.«

Alix verschränkte die Arme. »Du platzt ja gleich vor Begeisterung«, sagte sie patzig.

»Ich freu mich drauf, wirklich.«

»Manchmal werd ich einfach nicht schlau aus dir. Du machst alles richtig, aber du wirkst, als hättest du einen Ratgeber darüber gelesen, wie man sich in einer Beziehung verhalten soll, und jetzt machst du einfach bloß das, was da drinsteht.«

Ganz genau so ist es, dachte Charlie.

»Mir ist schon klar, dass die letzten Wochen nicht leicht für dich waren«, fuhr Alix fort. »Aber manchmal frage ich mich, ob du überhaupt noch mit mir zusammen sein möchtest.«

»Doch, das will ich. Ehrlich. Nur weil ich nicht besonders gut darin bin, meine Gefühle auszudrücken, heißt das nicht, dass ich dich nicht gernhabe.«

»*Gernhast?*«, fragte sie. »Dass du mich *gernhast?* Seine Kumpels hat man vielleicht gern, oder seinen Hund, aber doch nicht seine Freundin. Fehlt nur noch, dass du sagst, dass ich ›nett‹ bin.«

»Du weißt schon, was ich meine. Es ist natürlich mehr als nur gernhaben. Aber ich brauche einfach viel mehr Zeit als du.«

Er legte ihr einen Arm um die Schultern und küsste sie auf die Wange. »Hab Geduld mit mir«, bat er sie. »Es lohnt sich. Versprochen.«

Insgeheim wusste er, dass es sich nicht lohnen würde. Aber es war ihm auch egal, ob Alix ihm glaubte oder nicht.

62

Bruno, Exeter

Die Echos fielen durch ihre Abwesenheit auf. Nachdem sie monatelang so gut wie allgegenwärtig gewesen waren, waren sie heute ganz plötzlich verschwunden. Bruno hatte sich an sie gewöhnt, und wenn sie jetzt auf einmal schwiegen, half ihm das nicht, sich zu konzentrieren. Es machte ihn vielmehr nervös.

Die letzten beiden Wochen hatte er größtenteils in einem billigen Hotel in Exeter verbracht, das direkt gegenüber von Louies Pflegeheim lag. Auf Wegwerfhandys hatte er ununterbrochen die Aufnahmen der Überwachungskameras verfolgt, um herauszufinden, ob der Pfleger Louie regelmäßig misshandelte oder ob er sich den Vorfall, den er glaubte gesehen zu haben, vielleicht nur eingebildet hatte. Das alles war möglicherweise nicht mehr als ein Produkt seiner Fantasie, so wie die Echos. Er hatte beschlossen, Louie vorerst in dem Heim zu lassen, ihn jedoch aufmerksam zu beobachten. Den Pfleger hatte er nie wieder zu Gesicht bekommen, was ihn noch stärker an seiner Wahrnehmung der Realität zweifeln ließ.

Er hatte Vorbereitungen getroffen, um Louie jederzeit ganz schnell aus dem Heim herausholen zu können. Weil ihm nach seinem Angriff auf Nora wahrscheinlich die Polizei auf den

Fersen war, konnte er nicht einfach zum Empfang gehen und sagen, dass er seinen Sohn wieder mitnehmen wollte. Als er das Heim ausgekundschaftet hatte, hatte er auch einen Notausgang entdeckt, der ganz in der Nähe von Louies Schlafzimmer lag und in dessen Tür ein Glasfenster eingelassen war. Sollte Louie noch einmal misshandelt werden, könnte er die Scheibe mit ein paar gezielten Hammerschlägen einschlagen, die Tür öffnen und Louie zu sich ins Auto holen. Das würde weniger als eine Minute dauern, und wenn die Polizei davon erfuhr, wären er und Louie schon längst in weiter Ferne. Bruno hatte sich noch nicht überlegt, wohin sie dann fliehen könnten, doch zumindest wären sie wieder vereint.

»Das werde ich nicht zulassen können«, sagte jetzt ein Echo durch die Stille im Inneren des Autos. Bruno kannte die Stimme. Leicht irritiert drehte er sich um. Auf der Rückbank saß Karczewski. Er trug einen dunklen Anzug, hielt eine Hornbrille in der Hand und hatte die Beine übereinandergeschlagen.

»Sind *Sie* das?«, fragte Bruno überrascht. Karczewski nickte. »Seit wann sind Sie schon da?«

»Immer wieder mal, seit Sie Oundle verlassen haben.«

»Aber Sie wurden mir nicht wie die anderen ins Gehirn implantiert. Bilde ich Sie mir vielleicht nur ein?« Karczewski nickte noch einmal. »Spricht durch Sie mein Gewissen?«

»Ja. Ich verschaffe Ihnen sozusagen einen Moment der Klarheit«, fuhr Karczewski fort. »Wenn Sie noch länger hierbleiben, werden Sie alles und jeden in Gefahr bringen: das Programm, Ihr Wissen, die Sicherheit unseres Landes und nicht nur Ihr Leben, sondern auch das Ihres Sohnes. Sie haben doch gesehen, was mit Sinéad passiert ist. Würden Sie es mitansehen können, wie die Terroristen Louie foltern, um Ihnen Informationen zu entlocken?«

»Kein Vater könnte das mitansehen.«

»Welche Informationen würden Sie dann preisgeben, um Louie zu retten? Was würden Sie für Louies Leben eintauschen?« Bruno antwortete nicht, worauf Karczewski die Augen schloss. »Und genau das macht mir Sorgen. Ich bin ein großes Risiko mit Ihnen eingegangen, Bruno. Viele haben an Ihnen gezweifelt, aber ich habe immer allen versichert, dass Sie in der Lage wären, noch einmal ganz von vorn anzufangen und Ihre Vergangenheit und Ihren Sohn hinter sich zu lassen. Doch schon kurz darauf haben Sie Ihren Rachefeldzug begonnen, und jetzt lassen Sie Ihren Sohn nicht mehr aus den Augen.«

»Ich hätte nie in das Programm aufgenommen werden dürfen. Louie ist es gewesen, der das Puzzle gelöst hat, nicht ich.«

»Aber jetzt tragen Sie die Daten nun einmal in sich. Das Ausmaß Ihrer Synästhesie ist grenzwertig, was wahrscheinlich auch der Grund dafür ist, dass die Echos bei Ihnen so massiv auftreten. Trotzdem erschienen Sie mir geeignet, weil Sie, neben vielem anderen, entschlossen und loyal wirken und außerdem in der Lage sind, sich selbst zu schützen. Und jetzt können Sie die Situation sofort entschärfen, indem Sie Ihr Hotelzimmer verlassen und dann ganz einfach in Ihr Auto steigen und den Anlassknopf drücken.«

»Und was ist mit Louie? Soll ich zulassen, dass er weiter misshandelt wird?«

»Sie können nicht sicher wissen, was wirklich passiert ist. Aber Sie haben die Möglichkeit, diesen Ort zu verlassen und damit das zu tun, was am besten für Louie und für Ihr Land ist.«

Bruno war vieles, vor allem aber Vater. »Nein«, antwortete er ruhig. »Nicht, bevor ich nicht weiß, dass Louie in Sicherheit ist.«

Schulterzuckend setzte Karczewski seine Brille auf. »Ich hoffe, Sie ändern Ihre Meinung noch. Zum Wohle aller«, sagte er und verschwand.

Einige Stunden später tauchten die Echos wieder auf, eines nach dem anderen. Manche waren deutlicher zu hören als die anderen und flehten ihn an wegzufahren, andere dagegen beschimpften ihn. Eines wollten jedoch alle: überleben. Und das konnten sie nur mit Bruno.

Am späten Nachmittag fing sein Magen an zu knurren. Ohne das Handy aus den Augen zu lassen, verließ er das Hotelzimmer, um zu dem Supermarkt zu gehen, der zwei Straßen entfernt lag. Durch ein Fenster des Hotelflurs sah er, wie der Pfleger, der Louie misshandelt hatte, aus einem Bus stieg, stehen blieb und etwas in seiner Tasche suchte. Bruno rannte durch das Hotel, vorbei an der Rezeption, über einen Parkplatz und die Straße entlang, bis er nur noch wenige Meter von dem Mann entfernt war.

Er war weitaus größer und kräftiger, als er auf den Bildern der Überwachungskamera gewirkt hatte, doch Bruno ließ sich davon nicht einschüchtern. Mit dem ersten Hammerschlag traf er ihn im Nacken. Der Schlag war so heftig, dass der Mann auf die Knie sank.

Dann versetzte er ihm ein paar kurze, heftige Hiebe gegen die Rippen, woraufhin der Mann ganz zu Boden ging. Bruno drehte ihn auf den Rücken, kniete sich auf ihn, packte seinen Kopf mit beiden Händen und hämmerte ihn gegen die Bordsteinkante aus Beton.

»Aufhören, bitte«, flehte der Mann schwer atmend. Als Bruno ihm den Hammer vor das Gesicht hielt, versuchte er, sich mit einem Arm zu schützen.

»Ich hab gesehen, was du ihm angetan hast«, fuhr Bruno ihn an. Spritzer seines Speichels landeten auf dem Gesicht des anderen.

»Ich hab niemandem was angetan!«

»Aber ich erkenn dich doch!«

»Ich bin nur eine Aushilfe. Heute ist mein erster Tag. Ehrlich!«

»Lüg mich nicht an! Ich hab genau gesehen, wie du meinen Sohn geschlagen hast. Auf den Bildern der Überwachungskameras. Er ist doch noch ein Kind.«

»Ich weiß doch nicht mal, wer Louie ist.«

»Woher weißt du dann, wie er heißt?«

Als der Mann seinen Fehler erkannt hatte, hielt er sich die Hände vors Gesicht, und Bruno schlug noch zwei Mal zu. Jetzt hörte er Schritte hinter sich. Sein imaginäres Publikum scharte sich um ihn. Auch ein letztes verzweifeltes Flehen um Gnade würde er nicht erhören.

»Nein, warte!«, rief der Mann.

»Worauf soll ich denn warten? Was sollte mich denn davon abhalten, dich umzubringen?«

»Ich bin dafür bezahlt worden.«

Bruno hielt inne. »Von wem?«

Der Mann sah an Bruno vorbei, als hätte er die Echos entdeckt. Doch als Bruno sich umdrehte, stand da nur eine einzige Person, und die war keine Einbildung.

»Von ihr«, sagte der Mann.

63

Emilia

Bruno und Emilia saßen einander gegenüber und sahen sich in die Augen. Keiner wollte als Erster Schwäche zeigen und den Blick abwenden.

Bruno war an Armen und Beinen mit Handschellen an der Rückbank des Autos festgekettet, das Bianca Emilia überlassen hatte. Er hatte sie sich selbst angelegt, während Emilia eine geladene Pistole auf ihn gerichtet hatte, die sie nach dem Mord an Sinéad aus einem der Autos vor dem Unterschlupf hatte mitgehen lassen.

Die Zeit war knapp. Emilia blieben nur wenige Minuten, um Bruno zu befragen, bevor Bianca und Adrian eintreffen würden. Was anschließend außerhalb dieses Autos mit ihm geschehen würde, war leicht zu erahnen.

»Kennst du mich?«, fragte sie, nachdem sich die Türen geschlossen hatten. Sie sprach jetzt selbstsicherer als damals mit Sinéad. Bruno musterte sie.

»Ich kenne eine Menge Leute«, erwiderte er.

»Du musst mir helfen. Ich glaube, du weißt, wer ich bin. Du musst es mir sagen.«

Er ging nicht auf ihre Bitte ein. »Ich werde das hier nicht überleben, oder?«, fragte er. »Sie werden nicht zulassen, dass ich meinen Jungen noch einmal sehe.«

»Ich habe keine Wahl, Bruno.«

Bruno verdrehte die Augen. »Damit habe ich mich auch eine Zeit lang rausgeredet ... Hab immer gesagt, dass die anderen an dem schuld sind, was ich tue, weil ich dachte, sie würden mich dazu zwingen. Aber wir beide sind hier wegen der Sachen, die wir selbst zu verantworten haben, und nicht irgendjemand sonst. Wenn Sie mich umbringen, sind Sie dafür verantwortlich. Sie allein. Das sollten Sie akzeptieren.«

Emilias Verzweiflung nahm zu. Sie fuhr sich mit der Hand durch das Haar und rieb sich die Augen. »Ich habe keine Zeit für dein Geschwafel aus der Selbsthilfegruppe. Du musst mir sagen, was du über mich weißt.«

»Und wenn nicht? Bin ich dann ein toter Mann?«, sagte Bruno und lachte kurz auf. »Der Zug ist ja wohl abgefahren, oder?«

Die Uhr tickte. Bianca und Adrian hatten ihr zehn Minuten gegeben, um Bruno die Wahrheit zu entlocken. Dann würden sie die Sache selbst in die Hand nehmen. Wie genau, hatten sie Emilia noch nicht erklärt. Emilias einziges Faustpfand war Brunos Sohn Louie. Nachdem sie Bruno ausfindig gemacht hatten, waren sie nach einigen Nachforschungen auch auf seine Achillesferse gestoßen: sein Sohn, ein autistischer Junge, der in einem Heim in Exeter lebte. Sofort hatte Emilia überlegt, wie sie Louie benutzen könnte, um Bruno aus der Reserve zu locken.

»Wie haben Sie mich eigentlich gefunden? Nur so aus Interesse.«

»Mit den Aufnahmen der Überwachungskameras eines Gebäudes in London, vermutlich der Ort, wo du dein Training erhalten hast. Wir haben ermittelt, welche Personen erst dort ein- und ausgegangen und dann vom Erdboden verschwunden sind. Nachdem wir danach deinen Sohn gefunden hatten, habe ich mich in deine Lage versetzt und mir vorgestellt, dass du es wahrscheinlich nicht schaffst, den Kontakt gänzlich abzubrechen. Am unauffälligsten war es, die internen Kameras zu verwenden. Dabei haben wir festgestellt, dass sich jemand in das Netzwerk eingeschlichen hatte. Höchstwahrscheinlich bist du das gewesen. Dich dann hierherzulocken, war eine Kleinigkeit.«

»Und Sie finden es in Ordnung, zu diesem Zweck ein behindertes Kind zu schlagen?«

Jetzt war es Emilia, die nicht antwortete. »Ich habe nicht die leiseste Erinnerung daran, wer ich früher war«, sagte sie stattdessen. »Ich weiß nur, dass ich einen Mann und zwei Töchter habe, zu denen ich zurück möchte. So wie du zu Louie zurück möchtest. Du kannst mir helfen, mich selbst wiederzufinden.«

»Das mache ich. Wenn ich vorher meinen Sohn sehen darf.«

Emilia seufzte. »Dazu haben wir keine Zeit. Und es steht auch nicht in meiner Macht.«

»Dann tue ich Ihren Kindern einen großen Gefallen und sage Ihnen nichts. So sind sie nämlich sicher vor Ihnen.«

Emilia versagte fast die Stimme. »Das kannst du nicht machen. Das ist nicht fair.«

»War es fair, Sinéad umzubringen?«

»Ich habe niemanden umgebracht. Das waren Bianca und die Leute vom Hackerkollektiv.«

Bruno schüttelte den Kopf und lachte. »Sie sind eine klasse Schauspielerin, das muss ich Ihnen lassen!«

»Was soll das heißen?«

Aber Bruno konnte vor Lachen schon nicht mehr antworten.

»Hör auf«, sagte Emilia. Vor Frust kamen ihr die Tränen. Dass sie weinte, schien Bruno noch mehr zu amüsieren, und sein Lachen wurde lauter und lauter.

»Hör auf, verdammt noch mal!«, rief sie und hämmerte mit den Fäusten gegen den Sitz. »Hör auf, mich auszulachen!« Doch Brunos Gelächter schwoll zu einem ohrenbetäubenden Dröhnen an. Jetzt war auch noch ein anderes Geräusch zu hören. Draußen erhoben sich flüsternde Stimmen. Doch Emilia verstand kein einziges der gezischelten Worte.

Durch die Frontscheibe fiel ihr Blick auf eine kleine Gruppe von Leuten, die ein paar Häuser weiter in einem Garten standen. Es waren vier. Alles in ihr spannte sich an. »Lasst mich in Ruhe!«, schrie sie. »Lasst mich verdammt noch mal in Ruhe!«

Sie hielt sich die Ohren zu, um das Durcheinander der Stimmen abzuwehren, was ihr jedoch nur kurze Zeit gelang. Das durchdringende Flüstern und Brunos Gelächter kulminierten in einer Geräuschexplosion, außerhalb Emilias und zugleich in ihrem Inneren. Fast platzte ihr der Kopf.

Und dann geschah es. Wie aus dem Nichts erwachte eine neue Emilia zum Leben, ohne Gewissen und ohne Vorbedacht.

64

Bruno, Exeter

In dem Metallgegenstand, der auf ihn herabsauste, sah Bruno sein Spiegelbild, und dann hörte er ein Knirschen, als das Ding in seinen Schädel eindrang.

Die Frau, die ihn attackiert hatte, sah ihn an und zog den Gegenstand genauso ruckartig wieder heraus, wie sie damit zugestoßen hatte. Sie neigte den Kopf, als versuchte sie, seine Gedanken zu lesen. Erst als sie sich abwandte, bemerkte Bruno, dass außer ihnen beiden noch jemand in dem Auto war. Auf dem Beifahrersitz konnte er eine Gestalt ausmachen.

Es war Louie.

Bruno wollte die Hand ausstrecken und ihn berühren, doch nur die Spitzen seiner Finger bewegten sich.

»Es tut mir leid«, flüsterte er. »Es tut mir leid, dass deine Mutter und ich uns nicht mehr um dich gekümmert haben.«

»Schon in Ordnung, Dad«, sagte Louie und lächelte. »Ihr braucht euch um mich keine Sorgen mehr zu machen. Ich komm schon zurecht.«

In den zwölf Jahren, die sie miteinander verbracht hatten, war Louie praktisch stumm gewesen. Nicht einmal in Brunos Träumen hatte er ein Wort gesagt. Und jetzt, als er mit dem Tod rang, fantasierte Bruno, dass sein Sohn seine

Stimme gefunden hatte. Nach keiner Stimme sehnte er sich mehr, und der Trost, den sie spendete, war unermesslich.

Durch das Fenster erkannte er, wie sich hinter dem Auto, in dem er dem Tod entgegensah, die Echos sammelten. Sie trafen einzeln ein, dann in Paaren und schließlich auch in größeren Gruppen, bis der Parkplatz voll mit Leuten war, mit denen er gesprochen oder über die er etwas erfahren hatte. Manche brachten ihre Anteilnahme zum Ausdruck, andere weinten und wieder andere zeigten sich wütend. Jede der Gestalten hielt eine andere an der Hand.

Bruno spürte, wie die Frau ihn ansah. Dann beugte sie sich zu ihm herab. »Du siehst sie auch, oder?«, fragte sie.

Bruno wollte nicken, doch die Wunde war so tief, dass er nicht einmal mehr die einfachsten Bewegungen ausführen konnte. »Was wollen sie?«, fragte die Frau weiter, doch Bruno konnte nicht mehr antworten.

Kurz darauf versanken Louie, die Echos und die Reste der wirklichen und der imaginierten Welt im Dunkel. Bruno wusste, was geschehen würde, nachdem er seinen letzten Atemzug getan hätte. Er hatte seinen Frieden mit sich gemacht und sich seine Fehler verziehen. Und vor dem Unbekannten hatte er mit Sicherheit weniger Angst als die Frau, die ihn umgebracht hatte.

65

Flick, Aldeburgh, Suffolk

Flick ließ das Plastikstäbchen ins Waschbecken fallen. Dann holte sie noch eines aus der Schachtel, wiederholte die Prozedur und legte es umgedreht neben die ersten drei. Während sie wartete, bis die Minute vorbei war, saß sie auf dem Toilettendeckel und rieb sich mit den flachen Händen über das Gesicht. *Wie kann das sein?*, dachte sie. *Wie kann es verdammt noch mal sein, dass ich schwanger bin?*

Die Wächter mussten während der fünf Jahre, für die sie sich zur Teilnahme an dem Programm verpflichtet hatten, nicht sexuell enthaltsam leben, aber – sowohl Männer wie Frauen – ein Implantat mit einem Verhütungsmittel tragen. Die Faktoren, die dazu führen konnten, dass ein Wächter Entscheidungen eher aus emotionalen Beweggründen denn aus Gründen des Selbstschutzes traf, mussten so weit wie möglich eliminiert werden. Und an erster Stelle stand dabei eine Schwangerschaft.

Flick hatte sich regelmäßig gegen alle bekannten sexuell übertragbaren Krankheiten impfen lassen, und weil sie schon seit sieben Monaten nicht mehr ihre Tage hatte, war sie davon ausgegangen, dass das Implantat, das sie vorübergehend sterilisieren sollte, seinen Dienst tat. Daher hatte sie es als überflüssig angesehen, dass sie und Elijah verhüteten. Sie drehte das vierte Teststäbchen um. Das Ergebnis war dasselbe. Sie war definitiv schwanger.

Sie ging hinaus und warf die Teststäbchen in die Feuertonne für Gartenabfälle, wo sie in wenigen Sekunden schmolzen. Nie hatte sie ein stärkeres Bedürfnis nach einer Zigarette oder einer Freundin verspürt, der sie sich hätte anvertrauen können, doch ihr stand weder das eine noch das andere zur Verfügung. Ihr Leben erweiterte sich um einen Aspekt, den sie – wie so vieles andere – würde für sich behalten müssen. Grace sprühte geradezu vor Begeisterung, was Flick und Elijah anging, und wollte andauernd wissen, ob Flick darin etwas Langfristiges sah. Flick antwortete regelmäßig ausweichend, nicht weil sie sich nicht hätte binden wollen, sondern weil sie von Tag zu Tag lebte und unmöglich ihr ganzes restliches Leben überblicken konnte. Die Morde an Sinéad und Karczewski hingen wie dunkle Wolken über möglichen Plänen für die Zukunft. Und sie wusste, dass Grace sie dazu drängen würde, das Baby zu behalten. Doch Flick hatte ihre Entscheidung bereits getroffen.

Sie ging in die Küche, schmierte sich zwei Marmite-Toasts und setzte sich an den Tisch. Die Frage, wie sie mit Elijah umgehen sollte, bedrückte sie. Natürlich hatte er ein Recht darauf zu wissen, dass sie schwanger war, aber sie würde es ihm nie sagen können. Sie genoss die Zeit mit ihm, aber sie musste ihm so vieles verheimlichen, dass sie niemals eine aufrichtige Beziehung würden führen können. Er hatte etwas Besseres verdient.

Dann ertappte sie sich dabei, wie sie sich mit den Händen über den Bauch rieb, und ließ auf der Stelle die Arme hängen. Sie würde nicht zulassen, dass sie Gefühle für einen Zellhaufen entwickelte, den sie gar nicht hatte haben wollen.

Zu keiner Zeit ihres Lebens hatte Flick darüber nachgedacht, ob sie Kinder wollte. Während ihre Freundinnen in andere Städte gezogen waren – manche sogar in andere Länder –, um mit ihren DNA-Matches zu leben, hatte Flick sich ganz auf ihr Restaurant konzentriert. Sie war immer davon ausgegangen, dass Kinder dann kommen würden, wenn sie ihr Match gefunden hätte, aber nachdem sich herausgestellt hatte, dass ihr Match ein toter Serienkiller war, hatte sich diese Hoffnung zerschlagen. Schon lange hatte sie sich damit abgefunden, dass dieses Thema für sie erledigt war.

Je länger ihre Schwangerschaft dauern würde, desto stärker wäre sie dadurch beeinträchtigt und in ihrer Wahrnehmung eingeschränkt und würde damit bloß das Programm gefährden. Die Daten und die geheimen Informationen, die sie in sich trug, waren wichtiger als der Mann, für den sie etwas empfand, und das Baby, das sie nicht wollte.

Seit den Morden an Sinéad und Karczewski war sie ununterbrochen auf der Hut. Das zehrte an ihren Kräften. Daher verbrachte sie den Rest des Tages mit Achtsamkeitsübungen und Selbsthypnose oder saß einfach nur am Strand und versuchte, sich ganz dem Augenblick hinzugeben. Doch nichts von all dem verschaffte ihr Beruhigung. Sie war noch immer so nervös wie in dem Augenblick, als sie das Ergebnis des ersten Tests gesehen hatte. Ob es ihr helfen würde, wenn sie Aldeburgh verließ, und sei es nur für ein Wochenende?

Als Grace nach Hause kam, hatte sie eine Idee.

66

Emilia

In dem Licht, das durch das Seitenfenster des Autos fiel, entdeckte Emilia den Fleck. Erst als sie ihre Armbanduhr näher betrachtete, erkannte sie, dass es Brunos Blut war. Sie nahm ein Tuch aus dem Handschuhfach, gab etwas Wasser aus einer Flasche darauf und wischte den Fleck damit weg.

Dann untersuchte sie ihre Fingernägel. Auch unter ihnen fanden sich Spuren von Brunos Blut. Sie feuchtete ihre Fingerspitzen an und kratzte die Reste mit einer Büroklammer weg. Während sie immer tiefer bohrte, dachte sie daran zurück, wie Bruno gestorben war. Nachdem sie ihm das Metallinstrument in den Schädel gerammt hatte, hatte sie bemerkt, dass er den Blick auf irgendetwas in der Ferne richtete. Sie hatte sich umgedreht und festgestellt, dass er dieselben Leute sah wie sie. Die Erleichterung darüber, dass er ebenfalls die vier Gestalten sah, die ihr schon seit Wochen folgten, war so groß gewesen, dass sie am liebsten geweint hätte. Also waren sie keine Einbildung.

»Du siehst sie auch, oder?«, hatte sie Bruno gefragt, und er hatte kaum merklich genickt. »Was wollen sie?«, hatte sie weitergefragt, aber Bruno war schon zu weit auf der anderen Seite gewesen, um noch antworten zu können.

Sie hatte ihn aus Wut über sein Gelächter getötet sowie darüber, dass er ihr nicht hatte sagen wollen, was sie wissen musste. Wenn sie jetzt über ihre Reaktion nachdachte, kam es ihr vor, als hätte sich ein Dämon aus der Vergangenheit in der Gegenwart manifestiert und von ihr Besitz ergriffen.

Was muss ich damals für ein Mensch gewesen sein, wenn es mir heute so leicht fällt, jemanden zu töten?, fragte sie sich. Aber dies war nicht der richtige Zeitpunkt, über die Vergangenheit oder die Gegenwart nachzudenken. »Sie dürfen nicht auf Ihr Gewissen hören, wenn Sie die Wahrheit aufdecken wollen«, hatte Adrian gesagt, und diesem Rat folgte sie jetzt.

Bianca hatte als Erste gesehen, was Emilia getan hatte. Sie hatte die Autotür geöffnet und mit verschränkten Armen hineingeblickt. »Da hat offenbar jemand kapiert, worum es geht«, hatte sie mit zufriedenem Lächeln gesagt. »Sie lernen schnell.«

Dann hatte sie zwei Männer herbeigewunken, die Brunos Leiche mit wenigen Handgriffen in einen bereitstehenden Transporter gehievt hatten. Als die Seitentür des Wagens aufgegangen war, hatte Emilia im Inneren eine zweite Leiche erkannt, die des Pflegers, dem sie Geld gegeben hatte, damit er Louie schlug.

Das Gefühl von etwas Feuchtem, Warmem holte sie in die Gegenwart zurück. Sie hatte zu tief unter ihre Fingernägel gekratzt, und jetzt vermischte sich ihr eigenes Blut mit dem von Bruno. Sie drückte ein Tuch darauf, um die Blutung zu stoppen, und spürte dabei, wie die Spannung in ihrem Inneren zunahm.

Sie schaltete die Fenster auf Sichtschutz, sodass niemand sie von außen beobachten konnte. Dann atmete sie tief ein und schrie so laut, wie ihre Lungen es erlaubten. Sie krümmte sich nach vorn, um auch noch den letzten Rest Luft aus sich herauszupressen. Als sie sich ganz leer fühlte, schrie sie noch einmal.

Ihr Hals und ihre Lungen brannten, als schlucke sie kochendes Wasser, aber sie hörte nicht auf. Obwohl der Schmerz unerträglich wurde, reichte die Anstrengung nicht aus, um den Dämon aus ihrem Inneren zu vertreiben.

67

Flick, Leicestershire

Graces Auto fuhr eine halbkreisförmige Zufahrt entlang, die zu einem Landhotel mit Luxus-Spa-Ressort in Leicestershire führte, und blieb vor dem Eingang stehen. Ein Concierge von androgyner Gestalt, mit öligem, zurückgekämmtem Haar und in eleganter weißer Uniform, nahm das Gepäck aus dem Kofferraum, lud es auf ein Wägelchen und programmierte als Ziel ihre Zimmer ein. Graces Auto fuhr davon und parkte sich selbst, und sie hatten Zeit, sich umzusehen.

Nachdem sie Graces Computer aufgefordert hatte, für das Wochenende ein Wellnesshotel auf dem Land zu buchen, hatte Flick noch gar nicht bemerkt, was für ein luxuriöser Kurzurlaub ihnen hier bevorstand. »Wow. Ich fass es nicht«, sagte Grace leise, als sie das Hotel betraten und in einem mehrere Etagen hohen, mit grauem Neolith verkleideten Foyer standen. Beide waren von der Pracht überwältigt.

Nachdem sie in ihrer Doppelsuite die Koffer ausgepackt hatten, zogen sie Hausschuhe und Morgenmantel an und buchten die Termine für die folgenden beiden Tage. Dann schlenderten sie durch die Anlage des Hotels. Eine Gruppe von Gästen übte auf einem perfekt getrimmten Rasen Tai-

Chi, andere spielten Tennis, Schach auf einem riesigen holografischen Brett oder Golf auf dem Achtzehn-Loch-Platz.

»Ich glaube, ich möchte hier nie wieder weg«, sagte Grace und sah sich mit großen Augen um. »Es geht mich ja nichts an, aber wie gibt dein Gehalt als Bedienung so was eigentlich her?«

»Ich habe ein bisschen was auf die Seite gelegt«, sagte Flick zurückhaltend.

»Ein bisschen was?«

»Ausreichend.«

»Aber wieso arbeitest du dann in dem Pub? Und warum wohnst du in einem plüschigen kleinen B&B, wenn du dir ein Zimmer im Ritz leisten könntest?«

»In Aldeburgh gibt's kein Ritz.«

»Du weißt schon, was ich meine.«

»Ich bin einfach lieber unter ... Leuten.« Flick wog ihre Worte sorgfältig ab. »Bevor ich nach Aldeburgh gekommen bin, hatte ich mich ziemlich lange von der Welt zurückgezogen. Deswegen ist das für mich wie ein Neuanfang. Aber jetzt genug davon. Ich muss noch rausfinden, wo das Bikram Yoga stattfindet.«

»Glaubst du, das ist eine gute Idee, in deinem Zustand?«, fragte Grace.

Flick konnte sich gerade noch bremsen zu verraten, dass sie die Dame am Empfang unter vier Augen gefragt hatte, ob das Bikram Yoga für Schwangere unbedenklich war. »Wie meinst du das, in meinem Zustand?«, fragte sie zurück.

»Na ja, so als Superreiche«, sagte Grace und kicherte. »Pass auf, dass die Goldmünzen in deiner Yogahose nicht schmelzen.«

»Ach so«, sagte Flick und bemühte sich zu lächeln.

Als sie später allein vor dem Yogastudio saß und darauf wartete, dass ihr Kurs anfing, ertappte sie sich schon wieder dabei, wie sie sich die Hände auf den Bauch legte. Zum ersten Mal nahm sie sie nicht sofort wieder weg. Während sie die anderen Gäste beobachtete, fiel ihr ein Mann auf, der ihr gegenübersaß und eine Zeitschrift las. Sie war sich zwar sicher, ihn noch nie gesehen zu haben, doch er kam ihr trotzdem irgendwie bekannt vor. Eine Tür öffnete sich, und ein Therapeut steckte den Kopf heraus und rief den Mann auf.

Als er schon aufgestanden war und dem Therapeuten folgte, bemerkte Flick, dass sein Handy auf dem Sofa lag. Es musste ihm aus der Tasche gerutscht sein. »Entschuldigung!«, rief sie ihm hinterher und griff nach dem Telefon.

Ihr stockte der Atem. Sie sah den Mann an, zog ihr Handy aus der Tasche und hielt es neben seines. Die No-Name-Telefone, beides silberne Klapphandys, glichen sich wie ein Ei dem anderen. Sie beide waren zwar nicht die einzigen Menschen auf der Welt, die dieses Modell benutzten, aber der Mann entlarvte sich durch seinen Gesichtsausdruck. Als er die beiden Telefone sah, biss er sich auf die Unterlippe und sah Flick durchdringend an. In diesem Augenblick wussten beide, dass sie einem anderen Wächter gegenüberstanden.

»Wenn Sie mir bitte folgen würden«, bat der Therapeut und führte den Mann in einen Behandlungsraum.

»Danke«, murmelte er, als Flick ihm das Handy gab. Während er wegging, sahen sie sich noch lange wie gebannt an.

68

Charlie, Leicestershire

Die Frau, die dasselbe Handy hatte wie er, schien nicht überrascht, ihn zu sehen, als sie die Tür ihrer Suite öffnete. Sie grüßten sich mit einem Kopfnicken und schwiegen, bis Charlie das Zimmer betreten hatte. Sie warf einen prüfenden Blick durch den Flur, schloss die Tür und sperrte ab.

Ihr Zimmer lag im zweiten Stock in der Mitte des Hotels. Nebenan, darüber und darunter befanden sich ebenfalls Gästezimmer. Charlie hatte für sich und Alix beim Check-in ein ähnliches Zimmer ausgesucht. Wer in der Menge unterging, konnte nicht so leicht entdeckt werden.

Nachdem er sich anfangs noch gegen ein gemeinsames Wochenende mit Alix gesträubt hatte, war er nun froh, dass er nachgegeben hatte. Als er und die Frau sich jetzt in der Suite einander gegenüber positionierten, suchte er den Raum nach möglichen Gefahrenquellen ab. Die Stelle, an der sie stand, kam ihm seltsam vor. Er selbst war in der Nähe der Tür geblieben, aber sie hatte sich nicht vor die Balkontür gestellt, dorthin, wo Charlie sich platziert hätte, wäre das sein Zimmer gewesen. Stattdessen stand sie vor der Minibar. Doch als er den Eiskübel mitsamt der Zange sah, den sie damit in Reichweite hatte, verstand er. Er umfasste das Messer, das er in der Tasche trug, etwas fester.

»Wo ist deine Freundin?«, fragte er.

»In ihrem Zimmer. Sie ist früh ins Bett gegangen.«

»Soll das heißen, du hast ihr was in ihren Drink gemischt?«

Sie sah zu Boden. »Also habe ich richtig vermutet«, fuhr er fort. »Du bist auch eine.«

Sie nickte. »Und was machen wir jetzt?«, fragte sie. »Sagen wir uns, wie wir heißen?«

»Nein, das ist, glaube ich, keine gute Idee ... Wir müssen uns was einfallen lassen. Ich habe im Training nicht gelernt, was ich machen soll, wenn ich einen anderen Wächter treffe.«

»Ich auch nicht. Sprechen wir nach Möglichkeit nicht über Persönliches. Dann haben wir weniger, das uns verbindet. Das macht es leichter. Wer ist dein Kontaktmann?«

»Karczewski. Und deiner?«

Sie nickte. »Weißt du, dass er tot ist?«

»Ja. Und du hast vermutlich auch gesehen, was mit Sinéad passiert ist.«

Wieder nickte sie. »Mir wird noch immer ganz schlecht, wenn ich daran denke. Wenn ich dieses zusätzliche Leerzeichen in der Aufforderung zur Rückkehr früher entdeckt hätte, wäre sie vielleicht noch am Leben.«

»Mir hast du damit das Leben gerettet. Vielleicht ist ihr irgendein Fehler unterlaufen, von dem wir nichts wissen. Das passiert schnell. Obwohl wir dieses Zeug im Hirn haben, sind wir immer noch Menschen. Dass mir zum Beispiel das Handy aus der Tasche gerutscht ist, das war dämlich.«

»Ich hätte beinahe einmal etwas verraten«, sagte sie kleinlaut. »Bei einem Pubquiz.«

»Was denn?«

»Prinzessin Diana.«

»Der Tunnel oder der zweite Fahrer?«

»Weder noch. Der Ort, an dem sie begraben ist.«
»Ah«, sagte Charlie und nickte. »Ich hätte meiner Freundin fast mal gesagt, warum ich weder Agnostiker noch Atheist bin.«
»O mein Gott«, sagte sie und lachte kurz.
»Welchen meinst du?«
Diesen Witz verstanden nur sie beide. Sie ging zum Kühlschrank und bedeutete ihm, sich auf das Sofa zu setzen. Er nahm Platz und lockerte den Griff um das Messer, und sie setzte sich ihm gegenüber und schenkte aus einem Krug roten Fruchtsaft in zwei Gläser. Er wartete, bis sie den ersten Schluck genommen hatte, bevor auch er trank.
»Heute ist so ein Tag, an dem ich einen echten Drink gebrauchen könnte«, sagte er.
»Und ich würde jemanden für eine Marlboro Light umbringen. Hast du seit der OP mal Alkohol getrunken?«
»Ja, aber das ging jedes Mal schief. Wenn ich dich was fragen darf ... hast du dich sehr verändert, ich meine im Gegensatz zu der, die du früher warst?«
Sie schien nachzudenken. »Ja. Ich glaube, das geht auch gar nicht anders. Bei dem, was wir hier machen, wirst du einfach ein anderer Mensch. Irgendwann ist mir klar geworden, dass das, was ich weiß, immer eine Kluft zwischen mir und dem Rest der Welt schaffen wird. Aber das heißt nicht, dass ich mich komplett zurückziehen muss. Ich kann trotzdem ein normales Leben führen. Also, ein halbwegs normales.«
»Ja, ein Scheißleben.«
Sie schien von so viel Direktheit überrascht.
»Entschuldige«, sagte er. »Das war nicht fair.«
»Nein, wahrscheinlich hast du recht. Es stimmt schon, ich muss mich häufig verstellen oder sogar lügen. Aber das

Leben, das ich jetzt habe, ist immer noch besser und aufrichtiger als mein altes. Jetzt habe ich ein Ziel, also etwas, das mir wichtig ist, und außerdem spüre ich mich selbst. Ich bin ... glücklich. Meistens jedenfalls. Oder zumindest war ich es.«

Das war nicht die Antwort, die Charlie sich erhofft hatte. Er wollte hören, dass es ihr so ging wie ihm, dass sie nichts mehr empfand, gleichgültig, wie stark der Auslöser war. Aber sie war das genaue Gegenteil.

Sie sprachen eine Weile über die geheimen Informationen, die sie in sich trugen, sowie darüber, was davon sie am meisten schockiert und erschreckt hatte. Sie sprachen auch über das Programm, die Behandlung, der sie unterzogen worden waren, das Training und die Nebenwirkungen. Charlie glaubte, einen Anflug von Enttäuschung in ihrem Blick zu sehen, als er erzählte, dass er nicht unter den gleichen nächtlichen Panikattacken und vielgestaltigen Träumen wie sie litt. Den Verlust seines Mitgefühls ließ er jedoch unerwähnt, und er verschwieg ihr auch, wie weit er gegangen war, um seine Emotionen zu entfachen ... und dass er dafür Milo umgebracht hatte.

»Ich war früher ein bisschen in Sachen Verschwörungstheorien unterwegs«, sagte er.

»Dann muss das für dich ja traumhaft sein, mit allem, was du jetzt weißt.«

»Ja, könnte man meinen. Aber traumhaft ist das hier ja nun wirklich nicht, oder?«

»Nein, das ist es nicht. Hast du schon mal darüber nachgedacht, was wir jetzt tun sollen, wo unser einziger Kontaktmann tot ist und die Unterschlupfe auch nicht mehr sicher sind?«

»Es muss irgendeinen Notfallplan geben«, sagte Charlie.
»Karczewski hat bestimmt dafür gesorgt, dass in so einem Fall seine Stellvertreter oder höherrangige Leute, die von uns wissen, das Steuer übernehmen. Ich glaube, wir können im Moment nur warten.«

»Ich weiß nicht, ob ich das viereinhalb Jahre lang durchhalte, ohne zu wissen, was los ist.«

»Spätestens nach fünf Jahren lösen sich die Kapseln auf. Und mit ihnen verschwinden auch sämtliche geheimen Informationen. Auch wenn wir bis dahin im Ungewissen bleiben, wird es irgendwann vorbei sein. Aber ich glaube nicht, dass es so lange dauern wird. Karczewski hat oft gesagt, dass das Programm nur eine Überbrückungsmaßnahme ist, bis die Server und Bunker der Regierung absolut sicher geschützt sind. Sobald das erreicht ist, erhalten wir unsere Freiheit zurück und sitzen den Rest unseres Lebens auf Barbados am Strand und süffeln Rum.«

Ein Geräusch hinter der Verbindungstür zwischen den Suiten unterbrach ihr Gespräch. Sie schwiegen, bis sie die Toilettenspülung hörten.

»Was weiß sie von dir?«, flüsterte Charlie.

»Das, was alle anderen auch wissen. Dass ich nicht gern über meine Vergangenheit spreche.«

»Gibt es noch jemanden, mit dem du näheren Kontakt hast?« Bei dieser Frage wirkte sie plötzlich schuldbewusst.

»Ich bin der Einzige, dem du nichts vormachen musst«, fügte er hinzu.

»Ich habe einen Freund, und das hat jetzt zu einer unerwarteten Komplikation geführt … ich bin schwanger.«

»Ach du Scheiße. Haben sie dich nicht vorübergehend sterilisiert?«

»Doch, aber entweder reagiert mein Körper nicht darauf oder irgendetwas anderes ist schiefgelaufen.«

»Du weißt, dass du es wegmachen lassen musst, oder?«

»Das ist kein ›es‹«, blaffte sie.

»Entschuldige. Ich wollte dich nicht verletzen.«

»Schon gut. Ich hätte dich nicht anschnauzen sollen. Ich bin nur grad ein bisschen durcheinander.«

»Willst du es behalten? Ich meine, das Baby.«

Sie schüttelte den Kopf. »Und du? Mit der Frau, mit der ich dich vorhin gesehen habe, ist das was Ernstes?«

»Nein.«

»Weiß sie das?«

Diese Frage erwischte Charlie auf dem falschen Fuß. »Nein, ich glaube nicht.«

»Sieht aus, als würden wir es schaffen, alle Leute um uns herum zu verletzen, oder?«

Wie als Antwort auf diese rhetorische Frage nippten sie beide an ihren Drinks.

»Jetzt wissen wir also voneinander. Und wie machen wir nun weiter?«, fragte Charlie.

»›Gemeinsam ist man stärker‹, so heißt es doch. Aber das dürfte für uns wohl nicht gelten.«

»Dann sehen wir uns vielleicht, wenn die fünf Jahre vorbei sind.«

»Ja«, sagte sie. »Dann gibst du mir auf Barbados einen Rum aus.«

Charlie stand auf und ging zur Tür. Als plötzlich ihre Handys vibrierten, blieb er stehen. Sie sahen sich an. Sie wussten, was das zu bedeuten hatte. Sie trat neben ihn, und er tippte auf den roten Kreis in einer Ecke des Displays.

Das Video war offenbar in einem Auto aufgenommen worden. Es zeigte zwei Menschen, einen Mann, der irgendwie gefesselt schien, und eine Frau, die nur von hinten zu sehen war. Der Mann sah aus, als würde er lachen. Die Frau hielt sich erst die Ohren zu und explodierte dann regelrecht. Nach wie vor mit dem Rücken zur Kamera rammte sie ihm einen langen, spitzen Gegenstand in den Schädel, woraufhin ein dünner Blutstrahl hervorschoss, wie Öl aus einer frisch angezapften Quelle. Kurz darauf ritzte sie ihm, während er sich noch bewegte, mit dem scharfen Gegenstand den Namen »Bruno« in die Stirn. Dann wurde die Kamera auf den Namen gerichtet, und der Bildschirm erlosch.

Die andere Wächterin packte Charlie am Arm und starrte ihn an. Angesichts dessen, was sie gesehen hatte, war sie entsetzt. Charlie jedoch nicht. Er musste so tun, als ob.

»Du gehst jetzt besser«, sagte sie, ging zur Tür und öffnete sie. Charlie folgte ihr, doch bevor er das Zimmer verließ, hielt sie ihn noch einmal auf.

»Pass auf dich auf«, flüsterte sie ihm ins Ohr und umarmte ihn fest. Als er sich von ihr löste und umdrehte, stand jemand in der offenen Tür.

69

Charlie, Leicestershire

Alix raffte ihre Kleidung aus der Kommode und dem Schrank und warf sie in ihren Koffer.

»Bitte, mach jetzt keine Szene«, sagte Charlie, doch er hörte selbst, wie unbeteiligt er klang.

»Wer ist sie?«, fragte Alix.

»Das tut nichts zur Sache.«

»Ich hab euch im Wellnessbereich zusammen gesehen, dann verbringst du eine Stunde in ihrem Zimmer, und jetzt sagst du, das ›tut nichts zur Sache‹?«

»Das war keine Stunde.«

»Und ob das eine Stunde war! Ich hab nämlich eine geschlagene Stunde auf dem Flur gestanden und darauf gewartet, dass mein Freund wieder zu dieser Tür rauskommt!«

»Sie ist eine entfernte Bekannte.«

»Sag mal, für wie blöd hältst du mich eigentlich?«

Charlie hielt Alix nicht im Geringsten für blöd, aber er wollte, dass sie zu schreien aufhörte. Er musste in Ruhe darüber nachdenken, was der Mord an Bruno bedeutete, und über das, worüber er mit der anderen Wächterin gesprochen hatte und was sie sich erzählt hatten.

»Sie ist dein DNA-Match, oder?«, fragte Alix weiter. »Und

du hast es so eingefädelt, dass ihr euch hier treffen könnt, du verlogenes Arschloch.«

»Mein DNA-Match? Wie kommst du darauf? Ich hab überhaupt kein Match.«

»Das hier sagt mir aber was anderes.« Sie zog ein Tablet aus ihrer Tasche. »Der Mann, der von sich behauptet, der Technologie zu misstrauen, und der nicht einmal eine Mailadresse oder ein normales Handy hat, versteckt ein Tablet unter seinem Sofa. Derselbe Mann, der sich zu den sogenannten Verweigerern zählt und sich ›lieber auf den Instinkt als auf die Chemie‹ verlassen will, um eine Partnerin zu finden, hat eine E-Mail bekommen, in der steht, dass er den Test gemacht hat und ein Match hat.«

»Ich habe ein Match?«

»Du gibst es also zu!«, schrie Alix und schleuderte ihm das Tablet mit solcher Wucht entgegen, dass er es gerade noch mit einer Hand abwehren konnte, damit es ihn nicht mitten ins Gesicht traf. »Ich wünsch euch alles Gute. Habt Spaß miteinander. Mit mir hättest du echt ein gutes Leben haben können, aber du hast es verschissen. Ich hab was Besseres verdient als einen Mistkerl wie dich, der emotional völlig am Arsch ist!«

Dann schloss sie ihren Koffer und zog ihn zur Tür.

»Warte doch noch, bis ich auch gepackt habe, dann können wir auf der Rückfahrt darüber reden«, sagte Charlie. Aber er meinte es nicht so. Er wollte nur eines: wissen, was in der Mail stand.

»Du glaubst doch nicht im Ernst, dass ich dich nach Hause fahre? Sobald ich hier raus bin, wirst du mich nie wieder sehen.«

Charlie erwiderte nichts mehr, und noch bevor die Tür zuschlug, hob er das Tablet vom Boden auf. »Match gefunden«, stand im Betreff der Mail.

Er atmete tief durch. Zum ersten Mal in seiner Zeit als Wächter regte sich wieder etwas in ihm.

70

Flick, Ipswich

Flick starrte auf die Wand gegenüber. In der Hand hielt sie einen Touchpen, und auf ihrem Schoß lag ein digitales Klemmbrett. Noch hatte sie nicht mehr als ihren Namen eingetragen. Sie betrachtete die anderen Frauen in dem Warteraum der Privatklinik. Manche waren hier allein – so wie sie –, andere in Begleitung einer Freundin, des Partners oder der Eltern. Alle vermieden es, die jeweils anderen anzusehen. Dabei wollten alle dasselbe: ihre Schwangerschaft abbrechen. Doch mit Sicherheit hatte keine dafür denselben Grund wie Flick.

Seitdem sie die Aufnahmen von dem Mord an Bruno gesehen hatte, war sie zum ersten Mal allein. Die Bilder seines blutüberströmten Gesichts und seiner Stirn mit dem eingeritzten Namen geisterten noch immer durch ihre Gedanken. Am meisten hatte sie irritiert, dass er keine Angst gehabt zu haben schien. Er hatte nicht geweint, er hatte sein Gegenüber nicht einmal beschimpft und auch keine abschließenden, bedeutungsschweren Worte gesagt. Vielmehr hatte er sich anscheinend ganz in sein Schicksal gefügt und sogar gelacht, bis ihm seine Mörderin das Licht ausgeknipst hatte.

In den Wochen danach hatte Flick den zweiten Mord an einem Wächter als Ausrede benutzt, um sich nicht mit dem Problem beschäftigen zu müssen, das in ihr heranwuchs. Bis heute Morgen. Als sie aufwachte, war ihr klar geworden, dass sie in der zehnten Woche war und dass damit die gesetzliche Frist für eine straffreie Abtreibung, die kürzlich auf achtzehn Wochen reduziert worden war, schon zu mehr als der Hälfte verstrichen war. Sie hatte sich Graces Auto ausgeliehen und war zu einer Klinik ins nahe gelegene Ipswich gefahren, um die Komplikation entfernen zu lassen, die sie in sich trug.

Einige Tage zuvor war sie in einem Moment der Schwäche in die Bücherei von Aldeburgh gegangen und hatte dort in einem Schwangerschaftsratgeber gelesen. Dabei hatte sie erfahren, dass der Zellhaufen in ihrem Inneren mittlerweile die Größe einer Erdbeere erreicht hatte. Es gab schon Auswüchse, aus denen sich später die Extremitäten entwickeln würden, und obwohl das Baby sie noch nicht hören konnte, sprach sie schon regelmäßig mit ihm. Während der Lektüre des Buches hatte sie erkannt, dass sie bereits so etwas wie Zuneigung zu dem Ungeborenen entwickelte. Sie musste es loswerden, bevor es zu spät war.

Sie hielt den Touchpen über das Feld, in das sie ihre medizinische Vorgeschichte eintragen sollte. Sie fragte sich, ob sie wahrheitsgemäß antworten oder sich lieber etwas ausdenken sollte, damit sie nicht mit der alten Flick in Verbindung gebracht werden konnte. Der Wächter, dem sie in dem Wellnesshotel begegnet war, war seit langer Zeit der erste Mensch gewesen, zu dem sie hatte ehrlich sein können. Bis dahin hatte sie gar nicht gewusst, wie sehr ihr das fehlte.

Doch letztlich war die Frage auch gar nicht von Bedeutung. Denn so sehr sie sich auch bemühte, sie konnte kein einziges Wort mehr schreiben. Also löschte sie mit zitternden Händen das Dokument und gab das Klemmbrett wieder an der Rezeption ab.

Danach verließ sie die Klinik wieder. Zu zweit, nicht allein.

71

Flick, Aldeburgh, Suffolk

Aus allen Boxen in Elijahs Haus dröhnten hämmernde Beats. Rap war nicht gerade Flicks Lieblingsmusik – sie hörte lieber Pop –, aber sie störte sich auch nicht daran, denn sie wusste, dass das Elijah half, sich auf seine Arbeit zu konzentrieren. Während er oben noch letzte Hand an die Marmorskulptur legte, die er bei seiner Ausstellung zeigen wollte, räumte Flick die Küchenschränke auf und sortierte die Lebensmittel aus, die sich ihrem Verfallsdatum näherten.

Sie wusste nicht genau, warum sie das tat, zumal der Reinigungsdienst, der zweimal in der Woche kam, erst gestern da gewesen war. Zuvor hatte sie schon den Kühlschrank geputzt und sämtliche Kissenbezüge gewaschen. Sie hielt inne und fragte sich laut: »Baue ich hier etwa ein Nest?« Und zum ersten Mal empfand sie die Schwangerschaft nicht als etwas Negatives. Sie schob die Frage zur Seite. Es war viel zu früh, als dass sich dieser Instinkt schon hätte zeigen können.

Dass sie ein Kind erwartete, hatte aber längst die unterschiedlichsten Gefühle in ihr hervorgerufen. Unter anderem dachte sie auch wieder an ihre Familie in London, von der sie sich abgewandt hatte, und stellte sich vor, wie sehr sich jetzt alle für sie freuen würden. Wenn sie durch die

Fotos auf ihrem Facebook-Profil scrollte, die vorspiegelten, dass sie fröhlich mit dem Rucksack um die Welt reiste, fragte sie sich, was ihnen wohl durch den Kopf ging. Sie bedauerte nur eines: dass sie sich nicht von ihnen verabschiedet hatte.

Noch immer lastete die Frage auf ihr, wie sie sich Elijah gegenüber verhalten sollte. Lange würde sie ihm jedenfalls nicht mehr verheimlichen können, dass sie schwanger war. Ihr Bauch verhärtete sich allmählich, und in ein paar Wochen würde er sich vorwölben. Elijah hatte ein Recht darauf zu erfahren, dass er Vater wurde, aber was sollte er über die Frau wissen, die sein Kind erwartete?

Die Musik verstummte, und kurz darauf kam Elijah die Treppe herunter. »Ich fahr schnell rüber zu Snape und kauf ein paar Rollen Leinwand«, sagte er und küsste Flick auf die Wange.

»Jetzt?«, fragte sie. Es schauderte sie bei der Vorstellung, allein zu sein. Seit dem Mord an Karczewski und den beiden anderen Wächtern war sie permanent in Alarmbereitschaft.

»In spätestens zwei Stunden bin ich wieder da.«

»Wenn du willst, kann ich mitkommen.«

Elijah sah sie fragend an. »Ich weiß, ich frage dich das jetzt schon zum hundertsten Mal, aber ist … wirklich alles in Ordnung?«

»Ja, warum?«

»Weil du in letzter Zeit so angespannt wirkst. Wenn wir zusammen auf dem Sofa liegen, zuckst du andauernd mit den Beinen oder beißt dir auf die Innenseite der Wangen. Die meisten Leute sind relaxed, wenn sie von einem Wellnesswochenende zurückkommen, aber du sitzt wie auf glühenden Kohlen. Und das jetzt schon seit Wochen.«

Elijahs treffende Beobachtungen kamen unerwartet. »Nein, alles in Ordnung«, sagte Flick. »Mir geht's gut.«

»Hat es irgendetwas mit der Vernissage morgen zu tun? Du hast gesagt, dass du dich in großen Menschenansammlungen nicht wohlfühlst. Wenn du nicht mitkommen magst, nehm ich dir das nicht übel.«

»Nein, natürlich komme ich mit. Das ist doch ein wichtiger Abend für dich. Solange ich mich nicht fotografieren oder filmen lassen muss, geht das schon.«

»In Ordnung. Wir brauchen auch nur ein paar Stunden in Birmingham zu bleiben. Dann können wir zurück ins Hotel und uns einfach ein schönes Wochenende machen.«

»Und das, woran du in deinem Atelier in der alten Kirche arbeitest, bekomme ich bis dahin nicht zu sehen?«

»Nein, aber ich bin schon wahnsinnig gespannt, was du dazu sagen wirst.«

Elijah zwinkerte ihr zu und ging hinaus. Noch bevor sein Auto die Zufahrt verlassen hatte, versperrte Flick eigenhändig alle Türen des Hauses, schloss die Fenster und schaltete den Alarm für das gesamte Anwesen ein. Erst danach war sie einigermaßen beruhigt. Sie legte sich aufs Sofa, zog die Knie an und sah aufs Meer hinaus. *Hier ist ein guter Ort für dich,* sagte sie in Gedanken zu ihrem Baby. *Ich hätte nichts dagegen, wenn wir den Rest unseres Lebens hier verbringen würden.*

Ihr Blick fiel auf eine Frau, die sie noch nie zuvor gesehen hatte. Sie stand auffällig lange auf dem Sandweg herum, der Elijahs Haus von dem Kiesstrand trennte. Und sie betrachtete das Haus mehr als nur flüchtig. Sie trug Jeans, ein blaues T-Shirt und eine verspiegelte Sonnenbrille und hatte die dunklen Haare zu einem Pferdeschwanz zusammengebunden. Sie hielt ihr Handy in Richtung des Hauses, als würde sie es filmen. Flick setzte sich auf. »Haus, Sichtschutz aktivieren«, befahl sie, woraufhin die Fensterscheiben opak wurden.

Jetzt hielt sich die Fremde das Telefon ans Ohr und deutete auf das Haus. Flick wurde zunehmend nervös, als ein Mann neben die Unbekannte trat, der für die milden Temperaturen viel zu warm angezogen war, mit dunkler Hose, Hemd und Jacke. Ratlos sah Flick zu, wie er an einer Jackentasche herumtastete, als wolle er sich ihres Inhalts vergewissern.

Dass die beiden sich so übermäßig für das Haus interessierten, beunruhigte Flick. Sie spürte die Anspannung im ganzen Körper – und hatte das Gefühl, dass sie sich so schnell wie möglich aus dem Staub machen sollte. Sie stand auf, zog sich ihre Turnschuhe an und holte von der Arbeitsplatte in der Küche ihr Telefon und ein Küchenmesser, das sie im Bund ihrer Jeans versteckte.

Sie verließ das Haus durch den Vordereingang. Auf der gegenüberliegenden Rasenfläche standen zwei große Geländewagen mit getönten Scheiben. Flick war sicher, dass sie zuvor noch nicht dort gewesen waren. Eines der Fenster war ein Stück weit heruntergelassen, als würde jemand sie aus dem Auto heraus beobachten.

Sie war umzingelt.

72

Charlie, Manchester

Durch die Jeans hindurch strich Charlie mit dem Finger über die Wunde auf seinem Oberschenkel. Nachdem er sie wochenlang nicht geöffnet hatte, war dort eine Art Wulst entstanden. Er drückte die Verdickung mit den Fingerspitzen flach und presste sie in die Wunde hinein. Körperlich verspürte er nichts, doch emotional hatte sich unbestreitbar etwas in ihm verändert. Er war empfindlicher geworden.

Aber das war nicht die einzige Veränderung. Er empfand Furcht, aber auch Freude, wie er sie schon seit Ewigkeiten nicht mehr erlebt hatte. Die Nachricht von Match Your DNA stellte alles auf den Kopf. Eine einzige E-Mail hatte den Charlie von früher wieder zum Leben erweckt, allerdings ohne die lähmende Angst. Morgen würde er dem Menschen persönlich begegnen, auf den er sein ganzes Erwachsenenleben gewartet hatte.

Er nahm ein frisches weißes Hemd aus der Verpackung und zog es an, steckte Manschettenknöpfe aus Platin an und schlüpfte in ein Paar Chelsea-Stiefel aus schwarzem Leder. Dann betrachtete er sich im Spiegel. Er war zufrieden mit der Wahl seiner Kleidung.

Er hatte nicht lange darüber nachgedacht, was er verloren

hatte, als Alix an jenem Abend wutentbrannt aus seinem Leben gestürmt war. Stattdessen hatte er auf den Link in der E-Mail geklickt, die ihn darüber informierte, dass er ein Match hatte, hatte die Gebühr bezahlt und fast im selben Moment die Daten von Rosemary Wallace erhalten. Sie war neunundzwanzig Jahre alt, Krankenschwester und lebte im County Louth in Irland. Erst als er nach Manchester zurückgekommen war, hatte er mit einem neuen Wegwerf-Handy und einer neuen Mailadresse Kontakt zu ihr aufgenommen. Schon bald darauf waren die Nachrichten nur so hin und her geflogen. Rosemary ging gern auf Reisen, interessierte sich für Verschwörungstheorien und hatte das Gefühl, dass ihre Freundinnen, die ihr Match längst schon gefunden hatten, jetzt nichts mehr mit ihr zu tun haben wollten. Es klang, als läse sie Charlie aus seinem eigenen Leben vor. Das hatte ihn misstrauisch gemacht.

Er hatte alles, was sie sagte, überprüft, in ihren Profilen in den sozialen Medien, im Internet, im Wählerverzeichnis und auch beim Institut für Kinderpflege und Geburtshilfe in Dublin, und dabei darauf geachtet, ob sie die Unwahrheit sagte oder übertrieb, oder ob es Anzeichen dafür gab, dass das Ganze eine Falle war. Erst als er überzeugt war, dass sie ihm nichts vormachte, freundete er sich mit dem Gedanken an, dass er vielleicht tatsächlich sein Match gefunden hatte.

Einige Tage und Dutzende E-Mails später hatte Charlie als Erster ins Spiel gebracht, dass sie sich einmal persönlich treffen könnten. Weil sie als Krankenschwester nur wenig verdiente und er das Land nicht verlassen konnte, hatte er ihr angeboten, ihr den Flug zu buchen und zu bezahlen, wenn sie ihn besuchen wollte. Sie hatte akzeptiert.

Charlie zog sich aus und hängte die Kleidung bis zu dem vereinbarten Date ordentlich in den Schrank. Er dachte über die zurückliegende Woche nach. Er hatte beschlossen, sich ins La Maison du Court zurückzuziehen und das Leben, das er sich in Manchester eingerichtet hatte, zu beenden. Seine Freunde, sein Job, die WG, die Frau, die ihn geliebt hatte – all das hatte er abgelegt, wie aus der Mode gekommene Kleidungsstücke. Wenn er die Zukunft erreichen wollte, von der er immer geträumt hatte, musste er diese Kapitel ein für alle Mal abschließen.

Nur noch gelegentlich dachte er an seine Kumpel und fragte sich, ob sie ihn in ihrem Leben vermissten, vor allem jetzt, wo sie vor Kurzem Milo verloren hatten. War er lange genug Teil dieses Freundeskreises gewesen, um dort Spuren zu hinterlassen? Anders als bei seinen Freunden aus Kindertagen hatte er bei dieser Gruppe das Gefühl, dass er den anderen wirklich wichtig war, auch wenn er diese Haltung nicht hatte erwidern können. Für einen kurzen Moment spielte er mit dem Gedanken, sich mit Andrew in Verbindung zu setzen und ihm zu sagen, dass bei ihm alles in Ordnung war, entschied sich dann jedoch dagegen.

Auch bei Alix hatte er sich nicht mehr gemeldet und sich für sein Verhalten entschuldigt. Das löste ein Gefühl aus, das er ebenfalls lange Zeit vermisst hatte: Schuld. Doch es wäre zu kompliziert gewesen, ihr zu erklären, warum er in dem Wellnesshotel aus dem Zimmer einer anderen Frau gekommen war, ohne ihr noch mehr Lügen aufzutischen. Da war es leichter, sie in dem Glauben zu belassen, er hätte sie betrogen, und einen glatten Schlussstrich zu ziehen. Vielleicht würde er sich irgendwann einmal bei ihr entschuldigen können.

Charlie schlüpfte in eine Trainingshose und einen Kapuzenpullover und verließ das Zimmer. Er war es dem Programm schuldig, auf der Hut zu bleiben, also ging er nun schon zum dritten Mal in den Pub in Chinatown, in dem er Rosemary treffen wollte. Er hatte ihn bereits aus der Ferne überprüft, und heute wollte er einen Tisch reservieren, der von außen nicht einzusehen war. Er hatte auch schon mögliche Fluchtwege ausfindig gemacht und auf der Toilette in einem Spülkasten eine Waffe versteckt.

Er wünschte sich nichts sehnlicher, als dass sein Match echt war, aber der Mord an Bruno stand ihm noch immer deutlich vor Augen. Bruno und Sinéad mussten Fehler gemacht haben, die dann zu ihrem Tod geführt hatten. Das würde ihm nicht passieren. Er hatte etwas, wofür es sich zu leben lohnte.

73

Flick, Aldeburgh, Suffolk

Höchst alarmiert rannte Flick ins Haus zurück, verschloss die Tür und überlegte fieberhaft, was sie tun konnte. Wenn sie Elijah jetzt anrief und um Hilfe bat, würde sie ihn damit vielleicht in Gefahr bringen, falls ihre Verfolger ihm auflauerten. Und wenn sie die Polizei anrief, würde es ein Einsatzprotokoll geben, und sie würde in offiziellen Dokumenten auftauchen, was sie unbedingt vermeiden wollte. Aber wenn sie einfach im Haus abwartete, war sie ja praktisch zum Abschuss freigegeben. Ihr blieb keine Wahl: Sie musste als Erste zuschlagen.

Während sie durch die Terrassentür hinaustrat, legte sie sich ihren Angriffsplan zurecht. Als Erstes würde sie mit einem Schlag auf die Kehle oder einem Tritt in die Leisten den Mann außer Gefecht setzen. Dann würde sie ihn mit dem Messer am Oberschenkel verletzen, und wenn sie Glück hatte, traf sie dabei die Arterie und er verblutete schon, während sie dann seine Komplizin überwältigte. Ein Stich in ihren Hals könnte unappetitlich werden, Flick aber Zeit verschaffen, um zu entkommen, bevor Verstärkung eintraf. Sie könnte bis zum Campingplatz von Aldeburgh laufen, an dessen Ende in die aufgelassene Eisenbahnstrecke einbiegen und dann wieder nach Norden laufen. Auf halbem Weg nach Thorpeness hatte sie schon vor Wochen unter einer Hecke ein Tarnzelt und einen Schlafsack versteckt. So ausgerüstet, könnte sie über die umliegenden Felder aus der Stadt fliehen.

»Warum starren Sie das Haus so an?«, blaffte sie, als sie auf die beiden zuging. »Das ist Privatbesitz.«

Der Mann steckte die Hand in die Tasche, und seine Komplizin kam näher. *Jetzt oder nie,* dachte Flick. Sie holte aus und traf ihn genau dort, wo sie ihn treffen wollte, mitten auf die Kehle. Er fasste sich an den Hals, und als er einen Schritt zurück machte, um einem zweiten Schlag auszuweichen, geriet er ins Taumeln und stürzte zu Boden. Ohne nachzudenken, zog Flick das Messer aus dem Hosenbund und hielt es ihm vors Gesicht. Die Frau schrie auf.

»Bitte nicht«, stöhnte der Mann.

»Er hat die Kontrolle über die Drohne verloren«, sagte die Frau flehentlich.

Erst jetzt erkannte Flick, dass er sein Handy aus der Tasche gezogen hatte. Es lag neben ihm, und das Display zeigte das Abbild einer Drohne mit Richtungspfeilen für die Fernsteuerung.

»Warum fliegt dieses Ding über meinem Haus herum?«, schrie Flick. »Wer bezahlt Sie dafür?«

»Niemand. Er macht bloß Aufnahmen für seinen YouTube-Kanal über Luxusanwesen«, sagte die Frau.

»Das dürfen Sie nicht.«

»Ich habe den Mann gefragt, der vor ein paar Minuten das Haus verlassen hat«, erklärte der Drohnenbesitzer. »Er hat gesagt, es wäre in Ordnung, solange ich die Anschrift nicht nenne.«

Flick trat zwei Schritte zurück und sah nach oben. Im Schornstein hatte sich tatsächlich eine Drohne verkeilt. Der

Mann und die Frau stellten also keine Gefahr für sie dar. Sie hatte die Situation völlig falsch eingeschätzt.

Angezogen durch den Lärm hatten sich in einiger Entfernung mehrere Schaulustige versammelt. Flick machte kehrt und eilte ins Haus zurück. Als sie es von innen wieder verschlossen hatte, warf sie das Messer zu Boden und hastete nach oben. Sie konnte nicht mehr klar denken, fühlte sich verletzlich und hätte sich am liebsten wie ein Kind im Bett verkrochen und sich die Decke über den Kopf gezogen, bis Elijah zurück war. Dann hätte sie ihm alles erzählen können: wer sie war, was sie wusste, dass sie schwanger war und dass sie für sich selbst, für andere und für ihr gemeinsames Baby eine Gefahr darstellte. Elijah war der Einzige, der ihr helfen konnte.

Als sie sein Atelier erreicht hatte, blieb sie ganz plötzlich stehen. In einer getäfelten Wand des Raumes befand sich eine Tür, die sie bislang noch nie bemerkt hatte. Sie stand offen. Neugierig trat Flick in den dahinterliegenden Raum und tastete die Wand ab, bis sie einen Lichtschalter fand.

Der Schieferboden des Nebenraums war mit Schrammen und Farbflecken übersät, und an den Wänden lehnten alte und neue Bilder. Flick sah sie nacheinander durch. Darunter waren zwei frühe Skizzen zu dem unfertigen Porträt von Elijahs Onkel sowie Variationen verschiedener Arbeiten, die sie noch von der Ausstellung in Aldeburgh in Erinnerung hatte.

Weiter hinten standen noch weitere unfertige Gemälde, darunter eine Sammlung von Porträts von Frauen. Sie kamen Flick bekannt vor, doch sie hätte nicht sagen können, woher. Manche dieser Frauen waren blutverschmiert, andere hatten angstverzerrte Gesichter. Ihr Anblick war beunruhigend. Bei dem letzten Bild, dem Porträt einer jungen Frau mit Nasenpiercing, erstarrte Flick vor Schreck.

Diese junge Frau war Kelly, die Bedienung, die in Flicks Restaurant gearbeitet hatte und die von deren DNA-Match Christopher ermordet worden war.

Flick schlug die Hand vor den Mund und sah noch einmal hastig alle Porträts durch. Erst jetzt erkannte sie die Frauen, und zwar jede Einzelne. Es waren Christophers Opfer. Also war Elijah der anonyme Künstler, von dem sie vor Monaten im Fernsehen gehört hatte und der mit seiner Ausstellung, bei der er Christophers widerwärtige Gewalttaten ausschlachtete, eine landesweite Kontroverse ausgelöst hatte.

Sie hatte ein Monster durch ein anderes ersetzt.

VERSCHLUSSSACHE

TOP SECRET: NUR BRITEN ZUR KENNTNIS, GEHEIMHALTUNGSSTUFE »A«

DIESES DOKUMENT IST EIGENTUM DER REGIERUNG IHRER MAJESTÄT

PROTOKOLL DER ASSESSMENT-SITZUNG 11.6
DES GEMEINSAMEN KOMITEES
FÜR CYBERSPIONAGE UND GEHEIMDIENST

»DRINGLICHKEITSSITZUNG ZUM THEMA:
EIN ALTERNATIVER ANSATZ ZUR SPEICHERUNG
VERTRAULICHER DOKUMENTE«

Hinweis: Der folgende Text gibt das Protokoll der o. g. Sitzung wieder. Um Sicherheitsrisiken zu vermeiden, wurden einige Abschnitte sowie die Namen einiger Teilnehmer unkenntlich gemacht.

ORT:
███████████, ████████

TEILNEHMER (MITGLIEDER):
Dr. Sadie Mann, Leiterin Psychiatrische Begutachtung

Dr. Sandra White, Stellvertretende Abteilungsleiterin Neurowissenschaft

▇▇▇▇ ▇▇▇▇ , Verteidigungsministerium (VM); Porton Down

▇▇▇▇ ▇▇▇▇, MI5

William Harris, Minister für geheimdienstliche Angelegenheiten

TEILNEHMER (NICHTMITGLIEDER):
Premierministerin Diane Cline
Kronanwalt Barry Hunt, persönlicher Anwalt von Premierministerin Diane Cline

----

KRONANWALT BARRY HUNT: Diane, als Ihr Anwalt und Ihr Freund möchte ich Sie noch einmal darauf hinweisen, dass es Ihnen möglicherweise zum Nachteil gereicht, wenn Sie von den Dingen wissen, die hier im Folgenden besprochen werden. Wollen Sie nicht doch meinem Rat folgen und die Sitzung verlassen?

PREMIERMINISTERIN: Vor acht Wochen ist die Leiche von Edward Karczewski am Genfer See an Land gespült worden, und jetzt wurde eine zweite Person, von der wir glauben, dass sie ebenfalls an dem Programm beteiligt war, tot aufgefunden. Was machen wir, wenn der oder die Täter auch die anderen Teilnehmer aufspüren, bevor wir sie erreichen können?

▇▇▇▇ ▇▇▇▇ ▇▇▇▇, VM: Entsprechende Notfallpläne liegen vor ...

PREMIERMINISTERIN: Ich will ja nicht unhöflich sein, ███████, aber ich pfeife auf Ihre Notfallpläne. Es geht hier um *mein* Land und *meine* Führungsstärke. Wenn die Öffentlichkeit erfährt, dass ich gebilligt habe, dass wir unsere vertraulichen Informationen offline nehmen und sie in die Gehirne von vier menschlichen Versuchskaninchen pflanzen, dann jagen mich die Leute mit Mistgabeln und brennenden Fackeln aus der Downing Street.

KRONANWALT BARRY HUNT: Wenn Sie die Sitzung jetzt verlassen, können wir uns notfalls immer noch auf glaubhafte Abstreitbarkeit zurückziehen und behaupten, dass Sie das alles erst im Nachhinein erfahren haben.

PREMIERMINISTERIN: Barry, das Kind ist doch schon längst in den Brunnen gefallen. ███████ ███████ ███████, ich muss wissen, was mit den sensiblen Daten passiert, wenn wir die verbliebenen Wächter nicht ausfindig machen und in Sicherheit bringen können.

███████ ███████ ███████, VM: Dann besteht die Möglichkeit, dass ein gewisser Teil der Informationen für immer verloren geht.

PREMIERMINISTERIN: Und wie viel ist »ein gewisser Teil«?

███████ ███████ ███████, VM: Im schlimmsten Fall ... achtzig Prozent. Im besten Fall ... um die vierzig Prozent.

PREMIERMINISTERIN: Moment mal, nur damit ich das richtig verstehe: Es gibt keine Sicherheitskopien, keine Ausdrucke, die irgendwo gelagert werden, und auch keine DNA, die in so einer verdammten Petrischale schwimmt und darauf wartet, dass wir sie jemand anderem ins Gehirn pflanzen?

DR. SANDRA WHITE: Nein, jedenfalls nicht in unseren Laboren.

WILLIAM HARRIS: Ich muss gestehen, dass ich mich frage, ob sich das letztlich nicht sogar als ein Segen erweisen würde. Die Welt ist in den letzten Jahren buchstäblich auf den Kopf gestellt worden, und wir leben in schwierigen Zeiten. Wäre es da wirklich ein so großer Schaden, wenn die schlimmsten Teile unserer Geschichte ausgelöscht würden?

███████ ███████ ███████, VM: Ja, ich glaube, das wäre es.

PREMIERMINISTERIN: Deswegen habe ich Ihnen damals, als ich erfahren habe, dass Sie diesen Plan hinter meinem Rücken entwickelt hatten, auch gesagt, dass ich das für ein lächerliches und gefährliches Vorgehen halte. Ich kann Ihnen gar nicht sagen, wie maßlos ich mich darüber ärgere, dass ich mich dazu habe überreden lassen. Aber wie holen wir die verbliebenen Wächter jetzt wieder zurück?

WILLIAM HARRIS: In das Internetforum, das wir für eine Aufforderung zur Rückkehr genutzt hätten, hat sich jemand eingeschlichen, also wäre es zu gefährlich, darauf zurückzugreifen. Und die Unterlagen mit den Angaben über die Teilnehmer hat Karczewski mit ins Grab genommen. Allerdings wussten die Leute, die ihn umgebracht haben, nicht, dass auch er Daten in sich trug.

PREMIERMINISTERIN: Im Obduktionsbericht wird davon aber nichts erwähnt.

WILLIAM HARRIS: Teile des Berichts sind bearbeitet worden. Der oder die Täter hatten also keinen Grund zu der Annahme, dass Karczewski Informationen in sich trug. Die Verletzung am Kopf war als Signal an uns und an die Wächter gedacht. Karczewski trug die Namen und Fotografien aller Wächter in sich, auf einem Chip, der in seinen Wadenmuskel eingepflanzt war.

PREMIERMINISTERIN: Und wie kommen wir jetzt an sie ran?

WILLIAM HARRIS: Es gibt ein mögliches Vorgehen, das wir Ihnen vorschlagen möchten. Allerdings ist das ein ausgesprochen radikales Verfahren. Es ähnelt dem, das wir für den Fall geplant haben, dass einer der Wächter aus dem Programm ausschert. Und ein Element der Strategie besteht darin, die gesamte britische Öffentlichkeit in die Irre zu führen.

74

Flick, Aldeburgh, Suffolk

Flick lag auf ihrem Bett. In dem Zimmer war es vollkommen still. Wenn sie im B&B schlief, ließ sie normalerweise das Fenster einen Spalt weit offen, sodass sie von dem entfernten Rauschen der Wellen, die an den Strand schlugen, in den Schlaf gewiegt wurde. Heute hatte sie es jedoch fest geschlossen. Das Leben, das sie sich zusammenfantasiert hatte, war vorbei.

Nicht nur war ihr jemand auf den Fersen, der sie umbringen wollte, noch dazu hatte der Mann, von dem sie schwanger war, fragwürdige ethische Wertvorstellungen. Wie hatte sie ihn nur so katastrophal falsch einschätzen können?

Auf die Entdeckung, dass Elijah Christophers Opfer für seine Kunst missbrauchte, reagierte sie genauso wie damals, als sie erfahren hatte, dass Christopher ihr DNA-Match war. Sie zog sich zurück und schottete sich von der Welt ab. Jetzt hatte sie sich in ihrem Zimmer im B&B eingesperrt, um Zeit zum Nachdenken zu gewinnen.

»Ich habe irgendwas mit dem Magen«, hatte sie Grace gegenüber behauptet. »Am besten gehe ich dir und den anderen Gästen aus dem Weg, damit ich euch nicht anstecke.«

Sie hatte Elijah nicht auf seine Bilder angesprochen und ihm damit auch nicht die Möglichkeit gegeben, sie zu erklären. Doch es war ohnehin egal, wie er sie rechtfertigen würde, denn Flick hatte sich ihre Meinung schon gebildet. Mit jemandem, der Kapital aus Mordopfern schlug, wollte sie kein Kind großziehen. Elijah war nicht der Mann, für den sie ihn gehalten hatte, und vielleicht war sie selbst daran nicht einmal ganz unschuldig. Sie hatte zu hohe Erwartungen gehabt. Schon bald wäre sie aus seinem Leben verschwunden und würde sich einen neuen Ort suchen, an dem sie sich allein durchschlagen würde.

Während Flick eine Krankheit vorschützte, traf Elijah letzte Vorbereitungen für die Ausstellung. Er arbeitete rund um die Uhr, sowohl in seinem Atelier zu Hause als auch in der nahe gelegenen alten Kirche, die er gemietet hatte. So gewann Flick Zeit, um einen Plan zu schmieden.

Weil sie nicht schlafen konnte, ging sie in den unbeleuchteten Garten vor dem Haus und warf, bis auf den Satz Kleidung, der in ihrem Schrank hing, all ihre Habseligkeiten in die Feuertonne. Dann drückte sie auf einen Knopf, und alles ging in Flammen auf. In einiger Entfernung war das Neonkreuz auf dem Turm der Kirche zu sehen. Es leuchtete, also war Elijah mitten in der Nacht noch dort und arbeitete.

Als sie wieder zurück in ihrem Zimmer war, fiel ihr Blick auf das Porträt, das er an dem Abend von ihr gezeichnet hatte, als sie sich im Pub zum ersten Mal begegnet waren. Sie knüllte es zusammen und ließ es auf der Kommode liegen.

Sie sah auf die Uhr: halb drei. In rund achtzehn Stunden würde sie alles hinter sich lassen, und ein neues Abenteuer würde beginnen.

75

Charlie, Manchester

Charlie saß in dem Pub in Chinatown und sah sich um, während er ungeduldig auf sein DNA-Match wartete. Es war kurz vor zwei Uhr nachmittags, und von seinem Tisch am Ende des Raumes aus hatte er alle anderen Gäste im Blick. Es waren etwa ein Dutzend, und jeder von ihnen nutzte das Lokal als Büro. Sie beugten sich über ihre Laptops und tranken Kaffee aus Mehrwegbechern. Obwohl Charlie keine Anzeichen einer drohenden Gefahr erkennen konnte, wollte sich die Anspannung in seinem Inneren nicht legen.

Bald würde Rosemary vor ihm stehen. Er genoss die Schmetterlinge im Bauch, ein Gefühl, das er monatelang vermisst hatte. Die Vorstellung, ihr persönlich zu begegnen, machte ihn fast ein wenig übermütig. Er musste sich zusammenreißen, um nicht loszulachen.

Er nahm einen Schluck von seiner Cola, sowohl, um sich die trockene Kehle zu befeuchten, als auch, um seinen unruhigen Fingern eine Beschäftigung zu geben. Dabei entdeckte er in einer Wandfliese sein Spiegelbild. Er war elegant gekleidet, aber nicht zu sehr; es sollte nicht so aussehen, als hätte er sich übertrieben viel Mühe gegeben, obwohl er genau das getan hatte. Es war nicht leicht, das rechte Maß zu finden, wenn man die Frau traf, die das eigene Leben für immer verändern würde.

Charlie versuchte sich vorzustellen, wie es sich anfühlen würde, wenn sie sich gegenüberstanden, und fragte sich, ob sich die Hochstimmung bei ihnen im selben Augenblick einstellen würde oder zeitversetzt. Würde es ihn auf der Stelle wie der Blitz treffen oder erst mit ein paar Stunden Verzögerung? Nach dem, was er gehört hatte, war es bei allen Paaren unterschiedlich. Er hoffte aber, er würde es auf der Stelle spüren. Schließlich hatte er lange genug darauf gewartet.

Auf dem Handy, das er nicht hätte besitzen sollen, überprüfte er die Zeiten von Rosemarys Flug. Vor einer Stunde war sie am Alan Turing International Airport gelandet. Die App, mit der er ihr ein Robotaxi in die Stadt gebucht hatte, zeigte ihm an, dass sie unterwegs war. In wenigen Minuten musste sie im Pub eintreffen. Als Charlie sein Glas austrank, ertönte aus allen Handys und Laptops im Raum ein Pingen. Sein eigenes war ein Wegwerfhandy ohne nachverfolgbare Nummer, also konnte es keine News Alerts empfangen. Er fragte sich, was passiert sein mochte.

Dann hob er die Hand, um der Bedienung zu signalisieren, dass er noch etwas bestellen wollte. Sie starrte jedoch gebannt auf ihr Handy und sprach dabei mit einem Kollegen. Plötzlich sahen sie ihn an. Beiden stand dasselbe ins Gesicht geschrieben: Misstrauen. Sie gingen zu dem Mann hinter der Bar, der genauso reagierte. Das alles fühlte sich ganz und gar nicht gut an.

76

Flick, Birmingham

Die Reise zur Vernissage von Elijahs Ausstellung verlief für Flick ruhig. Im Hubschrauber sprach Elijah die meiste Zeit mit seiner Galeristin Jenna über den bevorstehenden Abend oder ging schon mal mithilfe eines Virtual-Reality-Headsets durch die Ausstellungsräume und gab der Kuratorin und den Technikern letzte Anweisungen, wie sie die Arbeiten hängen sollten.

Flick sagte während des einstündigen Fluges kaum etwas, sondern sah durch das Fenster nach unten, wo die grünen Flächen immer weniger wurden und der Beton-Dschungel immer dichter.

Elijah ergriff ihre Hand und drückte sie sanft. »Ich glaube, ich muss mich bei dir entschuldigen«, sagte er.

»Wofür?«

»Dafür, dass ich nicht für dich da war, vor allem in letzter Zeit, als es dir nicht so gut ging. Ich brauche nur noch den heutigen Abend hinter mich zu bringen, dann wird sich alles wieder beruhigen. Und ich danke dir für deine Geduld. Ich bin wirklich gespannt, was du dazu sagen wirst.«

Er beugte sich zu ihr, fasste sie am Kinn und küsste sie. Flick musste sich eingestehen, dass sie seine Zärtlichkeiten vermissen würde. Doch seitdem sie entdeckt hatte, dass er mit einer anonymen Arbeit Christophers Morde ausgeschlachtet hatte, konnte sie ihm nicht mehr vertrauen. Und wenn sie ihn verließ, musste sie auch Aldeburgh verlassen. Gestern hatte sie kurzzeitig mit dem Gedanken gespielt, die Notfallausrüstung zu holen, die sie außerhalb des Ortes versteckt hatte, und dann das Weite zu suchen. Weil jedoch keine akute Gefahr bestand, schien es ihr sinnvoller, noch einen Tag zu warten, bis sie in Birmingham war. Die drittgrößte Stadt des Landes lag so zentral, dass ihr von dort aus alle Richtungen offenstanden.

Flick sah dem bevorstehenden Abend mit Unbehagen entgegen. Als das Auto, das sie vom Heliport abgeholt hatte, vor der im Zentrum gelegenen Mary Russell Gallery hielt und sie als Letzte ausgestiegen war, kam ein Fotograf auf sie und Elijah zu. »Geh schon mal rein«, sagte sie zu Elijah und wandte sich von der Kamera ab. »Ich komme in ein paar Minuten nach.«

Elijahs Lächeln fiel in sich zusammen. »Ich hatte gehofft, du machst heute mal eine Ausnahme, und wir gehen zusammen hinein. Also noch immer: ›Keine Fotos‹?«

»Ich werde rechtzeitig da sein.«

Elijah nickte und küsste sie auf die Stirn. Sie wartete, bis er die Galerie betreten hatte, dann ging sie die Betonstufen hinauf und zeigte dem Türsteher ihre Einladung. In dem Ausstellungsraum, in dem sich die Gäste bereits drängten, entfalteten Elijahs Arbeiten eine atemberaubende Wirkung. Hier, an den hohen weißen Wänden und im Licht von Deckenstrahlern, erschienen die Porträts weitaus eindrücklicher als in den engen Räumen der Galerie in Aldeburgh. Viele der Bilder kannte Flick aus der Ausstellung dort oder aus dem Atelier in Elijahs Haus, andere waren ihr neu.

Angesichts von Elijahs Erfolg verspürte sie einen ungekannten Stolz. Als sie den Marmorkopf betrachtete, an dem sie mitgewirkt hatte, erkannte sie unter den verschiedenen Bestandteilen mehrerer Gesichter auch ihre eigenen Augen. Als ihr die Tränen kamen, wusste sie nicht, ob das daran lag, dass Elijahs Arbeit sie emotional so stark berührte, oder an den Schwangerschaftshormonen.

Sie trocknete sich die Augen mit einer Serviette, die sie sich vom Tablett einer Servicekraft geschnappt hatte, als es still wurde und die Anwesenden in den Hauptraum der Galerie gebeten wurden. Dort stellte Jenna, begleitet von Applaus, Elijah vor und überreichte ihm dann das Mikrofon. Die Wand hinter ihm war von einem großen Vorhang verdeckt. Während die Gäste Elijah mit ihren Handys und Smart Glasses filmten, zog sich Flick immer weiter in eine Ecke zurück.

Elijah räusperte sich. »Wer mich kennt, weiß, dass ich meine Kunst lieber für sich sprechen lasse, also werde ich mich kurz fassen.« Er ließ den Blick über das Publikum schweifen, als suche er jemanden. »Was Sie jetzt gleich sehen werden, ist das Ergebnis eines langen, mühevollen Prozesses, bei dem mir ziemlich viele Menschen geholfen haben. Vor allem möchte ich einer bestimmten Person danken – sie weiß, dass sie gemeint ist. Sie war es, die mich zu diesem ersten Schritt in die Multimediakunst angeregt hat. Sie hat es ohne Murren ertragen, dass ich oft nicht zu Hause war und mich bezüglich dieses Projekts in Schweigen gehüllt habe, und obwohl sie das Stadtleben nicht ausstehen kann, ist sie heute Abend hier, um das Werk zu erleben, zu dem sie mich inspiriert hat. Und ich möchte ihr dies Eine sagen: Diese Arbeit widme ich dir.«

Im nächsten Augenblick trat Elijah zur Seite, der Vorhang fiel und gab den Blick auf eine etwa einen Meter hohe, dreidimensionale holografische Darstellung einer Person frei. Flick schlug die Hand vor den Mund, als sie erkannte, dass die Gestalt niemand anderes war als sie selbst.

Die Figur wurde rasch größer, und jetzt erschien hinter ihr eine zweite, die ebenfalls ein Abbild Flicks war. Und kurz darauf eine dritte. Die erste war inzwischen mindestens zwei Meter groß, fing an, sich zu bewegen, und bahnte sich, gefolgt von der zweiten, ihren Weg durch das stürmisch applaudierende Publikum. Hinter den beiden kamen derweil immer neue Versionen von Flick zum Vorschein.

»Was ist *das* denn?«, stieß sie atemlos hervor.

Weil sie ganz außen stand, war sie die Letzte, durch die die Figuren hindurchgingen, bevor sie nacheinander in der Wand verschwanden und dann an einer anderen Stelle des Raumes wieder auftauchten. Voller Entsetzen trat sie zur Seite, doch weil die Prozession unaufhaltsam kreuz und quer durch den Raum wanderte, gelang es ihr nicht, sich selbst auszuweichen. Für die anderen Gäste bedeutete die Vorführung ein eindrucksvolles Erlebnis; sie versuchten, die Figuren zu berühren oder sie wie Seifenblasen zum Platzen zu bringen. Sie filmten, fotografierten und machten Selfies.

Was Flick sah, war furchtbarer, als der schlimmste Albtraum je hätte sein können. Mit einem Schlag war ihre Anonymität dahin. Stolz lächelnd kam Elijah auf sie zu. Offenbar rechnete er mit einer anerkennenden Reaktion.

»Stell das sofort ab!«, rief sie ihm durch das lärmende Stimmengewirr entgegen.

»Aber warum denn?«, fragte er.

»Stell das ab, das sind doch lauter Bilder von mir! Schalt es aus, jetzt, sofort!«

»Aber das ist der Höhepunkt des Abends!«, widersprach er.

»So was kannst du nicht machen, ohne meine Zustimmung. Ich bitte dich, Elijah, stell das ab, und zwar auf der Stelle!«

Er sah sie mit einer Mischung aus Unverständnis und Enttäuschung an und machte dann eine Geste, mit der er dem Techniker, der die Vorführung steuerte, zu verstehen gab, dass er sie anhalten sollte. Doch noch während die letzten Hologramme verschwanden, lief Flick schon zum Ausgang.

77

Charlie, Manchester

Nervös starrte Charlie auf sein Handy, wo die App lief, mit der er das Taxi für Rosemary bestellt hatte. Sie war nur noch fünf Minuten entfernt. Dann sah er wieder zu den Bedienungen und dem Barmann hinüber. Sie behielten ihn noch immer im Blick, aber er hatte keine Ahnung, warum. Langsam wurde ihm mulmig.

Er war hin und her gerissen zwischen dem, was er tun *wollte*, und dem, was er als Wächter eigentlich hätte tun *sollen*. Als ihm wieder die Bilder der Leichen von Bruno und Sinéad in den Sinn kamen, rang er sich eine Entscheidung ab. *Ich muss hier raus,* dachte er.

Er nahm seine Jacke von der Stuhllehne und ging, so unauffällig wie möglich und ohne sich noch einmal umzudrehen, zur Tür. Als er hörte, wie hinter ihm jemand »Hey!« rief und sich trappelnde Schritte näherten, wusste er, dass er in Schwierigkeiten steckte.

Als er draußen war, rannte er los. Er schlängelte sich durch den Verkehr, überquerte die Mosley Street und lief in Richtung Booth Street. So würde er auf einem leichten Umweg das Arndale Centre erreichen. In diesem früher sehr belebten Einkaufszentrum war mittlerweile nur noch wenig Betrieb, aber dennoch hoffte Charlie, dort sicherer zu sein als allein auf offener Straße. Fieberhaft versuchte er zu verstehen, was eigentlich los war. *Vielleicht habe ich überreagiert, und die Bedienungen haben mich gar nicht angesehen?*, fragte er sich. Aber er war darin ausgebildet worden, das Verhalten anderer Menschen zu deuten, und wusste daher, dass die drei ihn nicht ohne Grund angestarrt haben konnten.

Nach einer Weile drehte er sich um und stellte erleichtert fest, dass er den Verfolger aus dem Pub abgeschüttelt hatte. Er ging langsamer, zog sein Handy aus der Tasche und rief wieder die Taxi-App auf. Rosemarys Taxi fuhr in diesem Moment vor dem Pub vor. Bei dem Gedanken, dass sie allein in dem Lokal saß und auf ihn wartete, verspürte er einen Stich im Herzen. Er überlegte kurz, ob er zurückgehen könnte, um zu versuchen, von der anderen Straßenseite durch das Fenster auf sich aufmerksam zu machen. Aber dann fiel ihm wieder ein, dass er mit Absicht einen Tisch reserviert hatte, der von außen nicht zu sehen war.

Stattdessen schrieb er ihr auf seinem Wegwerfhandy eine E-Mail, in der er behauptete, zu spät dran zu sein, und bat sie, auf ihn zu warten. Dadurch würde er ein wenig Zeit gewinnen, um einen anderen Ort ausfindig zu machen, an dem sie sich treffen könnten. In der Hektik achtete er nicht auf den Weg und stieß mit einem Passanten zusammen. Dabei fiel ihm das Handy aus der Hand, und das Display zersplitterte. Er hob es auf und tippte wie verrückt darauf herum, aber es hatte den Geist aufgegeben.

Er drehte sich nach dem Mann um, mit dem er kollidiert war und der schon, zusammen mit zwei anderen, weitergegangen war. »Du Idiot!«, rief Charlie ihm hinterher. »Sieh doch, was du angerichtet hast!«

Der Mann blieb stehen und drehte sich um. »*Du* hast *mich* über den Haufen gerannt, mein Lieber«, sagte er. Dann sah er Charlie argwöhnisch an und sagte zu seinen Begleitern: »Hey, das ist er doch, oder?« Dabei zeigte er auf etwas in Charlies Rücken.
»Ja, klar!«, antwortete einer der beiden. »Der Terrorist!« Charlie folgte ihrem Blick und drehte sich um. Auf einer riesigen Videowand an einem Gebäude, die aktuelle Nachrichten zeigte, war sein Gesicht zu sehen. Darunter stand:

```
GESUCHT: Charlie Nicholls —
Kopf einer Terrorzelle, die in ganz
Großbritannien Gräueltaten plant.
Belohnung für Gefangennahme (lebend):
500.000£. Wenn Sie wissen,
wo er sich aufhält, benachrichtigen
Sie umgehend die Polizei.
```

»Ach du Scheiße«, stieß Charlie hervor. Im selben Augenblick hatten ihn die drei Männer gepackt. Er ging sofort zum Gegenangriff über, wand sich und krümmte sich und konnte sich tatsächlich rasch aus ihrem Griff befreien. Seinen Nahkampffähigkeiten waren sie nicht gewachsen. Er hatte gelernt, schnell und gerissen zu kämpfen, und schon nach wenigen sorgfältig platzierten Schlägen, Tritten und Kopfstößen floh er wieder wie ein Irrer durch die Straßen von Manchester.

Er lief weiter in Richtung Arndale Centre, drängte sich durch die Menge der Passanten, stieß dabei manche zu Boden und wurde von anderen mit Flüchen bedacht. Mittlerweile schienen alle Videowände in der ganzen Stadt riesige Bilder seines Gesichtes zu zeigen, und darunter die Prämie, die auf ihn ausgesetzt war. Jetzt verstand er, warum in dem Pub alle elektronischen Geräte gleichzeitig gepingt hatten. Die Fahndung nach ihm lief landesweit.

»Haltet ihn auf!«, schrie schon wieder jemand hinter ihm. Er sah sich um. Die drei Männer, die er gerade zu Boden geschlagen hatte, hatten die Verfolgung aufgenommen. »Das ist der Terrorist!«

Charlie hörte das Blut in seinen Adern pochen, während er weiter durch das Gewirr aus belebteren und ruhigeren Straßen rannte, in dem er jede Ecke kannte. Weil es im Arndale Centre jetzt zu gefährlich gewesen wäre, schlug er den Weg zu einem verlassenen Lagerhaus an den Piccadilly Gardens ein, in dem sich ausschließlich Drogenabhängige und Alkoholiker herumtrieben.

Durch eine mit Graffitis beschmierte Tür gelangte er ins Innere des Gebäudes. Dort zog er sich in eine ruhige, dunkle Ecke zurück und schöpfte Atem. Durch sein eigenes Keuchen hindurch hörte er, wie ein paar Betrunkene sich zankten und andere schnarchend ihren Rausch ausschliefen. Die Fenster waren mit Brettern vernagelt, und durch die schmalen Ritzen konnte er kaum erkennen, was draußen vor sich ging. Weil das Display seines Handys gesplittert war, versuchte er, per Sprachsteuerung eine E-Mail zu schreiben, aber das Gerät reagierte nicht.

Doch plötzlich pingte das Telefon. Also hatte er eine Mail erhalten. Nur ein Mensch hatte seine Adresse: Rosemary. Aus lauter Frust hämmerte er gegen die Bretter vor den Fenstern, bis seine Fingerknöchel mit Schrammen überzogen waren.

Er dachte an die Videowände. Wer prangerte ihn da in aller Öffentlichkeit an? Falls die Regierung dahintersteckte, handelte sie gegen die Regularien. Karczewski hatte ihm zwar gesagt, dass er wie ein Staatsfeind behandelt werden würde, wenn er die Aufforderung zur Rückkehr, die insgesamt sieben Mal gesendet würde, nicht las oder ignorierte. Aber er hatte auch gesagt, dass man dabei dezent vorgehen würde. Was jetzt passierte, ergab keinen Sinn. Der Rückruf war gefälscht, und die Anzeigen auf den Videowänden versprachen eine Belohnung, wenn man Charlie lebend ergreifen würde.

Bevor er weiter darüber nachdenken konnte, klingelte sein Handy. Charlie hielt das Telefon in der Hand, konnte jedoch die Nummer nicht sehen. Ihm blieb nichts anderes übrig, als an der Seite des Gerätes die Taste zur Gesprächsannahme zu drücken.

»Charlie«, war eine Frauenstimme zu hören. Er antwortete nicht. »Bleiben Sie, wo Sie sind. Wir sind in zwei Minuten bei Ihnen.«

»Wer sind Sie?«

»Mein Name ist Dr. Sadie Mann. Ich leite die Abteilung für psychiatrische Begutachtung. Ich bin eine Kollegin von Edward Karczewski.«

»Warum präsentieren Sie mich der gesamten Öffentlichkeit?«, fragte er wutentbrannt. »An jeder Ecke der Stadt ist mein Gesicht zu sehen.«

»Das war die einzige Möglichkeit, Sie aus der Reserve zu locken. Wir schicken jemanden, der Sie abholt.«

»Und das soll ich Ihnen glauben? Zwei andere Wächter sind doch schon tot, oder?«

»Ja, das wissen wir. Deswegen mussten wir Sie zurückholen, und es wäre einfach nicht anders gegangen. Sie befinden sich gerade in einem verlassenen Gebäude in der Parker Street, nicht wahr?«

»Woher wissen Sie das?«

»Halten Sie Ausschau nach einem dunkelgrauen Mercedes.«

Charlie überlegte fieberhaft. Er wusste, wie er sich aus dem Staub machen konnte, aber nicht, wenn das ganze Land hinter ihm her war. Er fragte sich, wie weit er kommen würde, wenn er es allein versuchte.

»Charlie?«, fragte die Frau. »Sind Sie noch da?«

»Ja.«

»Bleiben Sie, wo Sie sind, und warten Sie auf uns.«

»Den Teufel werde ich tun«, sagte er und schleuderte das Handy gegen die Wand. Dann schnappte er sich einen Mantel, der vor ihm auf dem Boden lag, trat durch die Tür hinaus und rannte um sein Leben.

78

Flick, Birmingham

Flick suchte die Skyline von Birmingham ab, bis sie die silbern glänzende Kuppel des Bullring Shopping Centre entdeckte. Als sie das Centre erreicht hatte, ging sie direkt zu dem Schließfach, an das sie die kleine Auswahl praktischer Kleidung hatte liefern lassen, die sie gestern heimlich online über den Account von Grace bestellt hatte. Der Bahnhof New Street war nur fünf Gehminuten von hier entfernt. Von dort würde sie mit dem Zug nach Gloucester fahren, und von da aus mit dem Bus weiter nach Bristol. Dort würde sie wieder den Zug nehmen und nach Trowbridge fahren, wo sie ein Auto kaufen würde, mit dem sie dann nach Cornwall ans Meer fahren wollte. Weil diese Region bei Urlaubern und Surfern sehr beliebt war, gab es dort eine Unmenge an Ferienunterkünften, sodass sie bestimmt leicht ein Plätzchen fand, wo sie sich verstecken und in Ruhe überlegen könnte, wie sie weiter vorging.

»Flick, bleib stehen!«, war plötzlich Elijahs Stimme hinter ihr zu hören. Mit ihm hatte sie nicht gerechnet. Sie ging weiter, ohne sich umzudrehen. »Was ist denn los?«

Sie wollte kein Wort von ihm hören. Unzählige Male hatte sie ihm erklärt, wie wichtig ihr ihre Privatsphäre war, und jetzt hatte er ihr Vertrauen missbraucht und ihre Person der größtmöglichen Öffentlichkeit präsentiert. Und damit hatte er nicht nur sie, sondern auch ihr gemeinsames Baby in Lebensgefahr gebracht.

»Bitte!«, rief er. »Bleib stehen!« Flick wusste, dass er nicht lockerlassen würde, bis sie seiner Bitte nachkam.

»Was hast du dir dabei nur gedacht?«, sagte sie, nachdem sie sich zu ihm umgedreht hatte. Sie sah ihn hitzig und wutentbrannt an. »Wer hat dir erlaubt, aus mir ein Kunstwerk zu machen?«

»Ich dachte, es würde dir gefallen. Die Leute sind ganz hin und weg davon.«

»Ich bin aber nicht ›die Leute‹! Wenn du auch nur die leiseste Ahnung hättest, wer ich bin, dann wüsstest du, dass das so ziemlich das Letzte ist, was ich brauchen kann. Und jetzt geh zurück zu deiner Party und lass mich in Ruhe.«

Als sie sich abwandte, packte Elijah sie am Arm. Bevor ihr bewusst wurde, was sie tat, hatte sie ihn schon gegen ein Bushäuschen gedrückt, presste ihm einen Arm auf die Kehle und holte mit der anderen Hand aus, wie um zuzuschlagen. Im nächsten Moment ließ sie ihn, verwirrt und beschämt, wieder los.

»Wer bist du, Flick?«, fragte er und sah sie ungläubig an.

Für einen kurzen Augenblick verspürte sie das dringende Bedürfnis, ihm alles zu erzählen. Doch sie hielt sich zurück, und es schien ihr für sie alle das Beste zu sein.

»Du hast alles kaputt gemacht«, blaffte sie ihn an. »Warum hast du nicht jemand anderen genommen? Grace oder irgendeine von den unzähligen anderen Frauen, die alles dafür geben würden, dir Modell zu sitzen?«

»Weil keine von ihnen eine solche seelische Tiefe hat wie du. Die Installation zeigt sämtliche Facetten deiner

Person. Die, die ich jeden Tag erlebe, und die, die du versteckst.«

»Damit hast du mich furchtbar verletzt, Elijah.«

»Dann sag mir, wer du bist, und hör auf, ein Geheimnis aus dir zu machen.«

Flick lachte auf. »Ein Geheimnis aus mir zu machen? Das sagt der Richtige. Sag du mir doch mal, wie viel Geld du mit den Opfern der Londoner Mordserie verdient hast.« Elijah sah sie mit offenem Mund an, antwortete aber nicht. »Ich weiß, dass du der anonyme Künstler bist. In dem Lagerraum in deinem Haus habe ich die Entwürfe zu den Bildern entdeckt. Wahrscheinlich hast du gewusst, dass so was nicht in Ordnung ist, und hast deshalb deinen Namen aus der Öffentlichkeit herausgehalten. Du hast sie auch nicht in Aldeburgh gezeigt, obwohl du dort doch sonst alles zuerst zeigst, oder? Du hast diese armen Frauen ausgenutzt, um damit Geld zu machen. Haben ihre Familien nicht schon genug durchgemacht? Musstest du da noch mal draufhauen?«

Elijah schüttelte den Kopf und lief rot an. »Es ging mir darum, die Opfer von den Verbrechen zu entkoppeln. Und ich habe das Werk anonym veröffentlicht, weil die Frauen im Mittelpunkt stehen sollten und nicht der berühmte Künstler, der sie zum Gegenstand seiner Bilder macht.«

»Und warum hast du sie nicht so gezeigt, wie sie vor den Morden ausgesehen haben? Sondern in dem Zustand danach, misshandelt und blutüberströmt?«

»Ich weiß, dass ein solches Sujet polarisiert, aber schließlich ist es die Aufgabe von Kunst zu provozieren. Und verdient habe ich damit übrigens keinen einzigen Penny. Der ganze Gewinn, über eine halbe Million Pfund, ging an ein Frauenhaus in Sussex. Als ich noch ein Kind war, haben meine Mutter und ich einmal ein Jahr in einer solchen Einrichtung verbracht, um uns vor meinem gewalttätigen Vater zu verstecken. Und da wollte ich etwas zurückgeben.«

»Jetzt war es Flick, die leicht irritiert war. Sie zauderte, wollte aber keinen Rückzieher machen. »Ich finde nur, du hättest dein Anliegen auch deutlich machen können, ohne die Morde zu verherrlichen. Es ist aus mit uns, Elijah.«

»Aus? Einfach so? Du nimmst das als Ausrede, um mich zu verlassen, so mir nichts, dir nichts? Das sieht ja aus, als hättest du nur auf einen Anlass gewartet. Na, da hast du ja Glück gehabt.«

»Du weißt nicht, wovon du sprichst.«

»Nein, das weiß ich wirklich nicht. Es gibt nämlich noch eine ganze Menge, was du vor mir verheimlichst.«

»Was meinst du damit?«

»Damit meine ich, dass ich im Grunde überhaupt nichts über dich weiß. Über deine Familie, über dein früheres Leben, über den Menschen, der du warst, bevor du nach Aldeburgh gekommen bist. Wer bist du, Flick? Was ist es, das ich nicht wissen soll?«

Als Flick sich von ihm abwandte, sah sie es. Ein digitaler Bildschirm, der sich über die gesamte Seite eines Busses erstreckte, zeigte ein Foto von ihr, dazu die Worte »Gesucht« und »Terroristin«. Sie erstarrte und versuchte fieberhaft, sich einen Reim darauf zu machen. Dahinter mussten die Mörder der beiden anderen Wächter stecken. Sie zerrten Flick ins Licht der Öffentlichkeit.

Sie sah sich rasch nach Elijah um, in der Hoffnung, dass er die Anzeige nicht gesehen hatte. Doch kaum war der Bus weggefahren, kamen zwei weitere mit identischen Bildschirmen. Jetzt sah Elijah hin. Fassungslos starrte er auf die Anzeige, und Flick verspürte das brennende Bedürfnis, ihm alles zu erzählen, sie wünschte sich, er würde sie in den Arm nehmen und ihr sagen, dass sie bei ihm sicher war. Doch im selben Moment rief sie sich in Erinnerung, dass ihr ein solches Verhalten nicht mehr entsprach. Sie war jetzt ein autarkes System und darauf trainiert, für sich selbst zu sorgen.

»Um Gottes willen!«, stieß Elijah hervor, doch noch bevor er weitersprechen konnte, atmete Flick tief durch, ließ sich auf die Knie fallen und sah zu einer Gruppe Männer hinüber, die gerade die Straße überquerten. Ihr Schrei war markerschütternd.

»Hilfe! Bitte helfen Sie mir!«, rief sie und tat so, als würde sie auf allen vieren fliehen. Sie schrie noch einmal um Hilfe und hielt dabei eine Hand vors Gesicht, damit die Männer sie nicht erkannten. Doch sie sprangen ihr sofort zur Seite. Einer half ihr auf die Beine, und fünf andere umzingelten Elijah, der nicht wusste, wie ihm geschah. »Er wollte mich entführen«, sagte Flick schluchzend. »Schaffen Sie ihn fort.«

Ohne weiter nachzufragen nahmen sie ihre Behauptung für bare Münze, beschimpften Elijah und schlugen auf ihn ein, während die Frau, die er liebte, das Weite suchte, dem nächsten Neuanfang entgegen.

79

Charlie, Manchester

Charlie musste sich rasch entscheiden. Die riesigen digitalen Videowände, die überall im Stadtzentrum hingen und jetzt alle sein Gesicht zeigten, hatten seinen Plan vereitelt, sich in aller Öffentlichkeit zu verstecken. Daher machte er sich jetzt auf den Weg zum People's History Museum. Dort hatte er vor einiger Zeit in einem Schließfach einen Rucksack deponiert, der ein paar Waffen enthielt, eine kugelsichere Weste, ein Tarnzelt, ein Wegwerfhandy und Landkarten. Hätte er diese überlebensnotwendigen Dinge erst jetzt gekauft, hätte er mehrere Geschäfte aufsuchen und sich dadurch länger in der Öffentlichkeit aufhalten müssen.

Vom Museum aus wollte er weiter zum Alexandra Park. Der Landschaftspark aus viktorianischer Zeit war mittlerweile von einem ganzen Wirrwarr aus Zelten überzogen, in denen die Zuwanderer hausten, die es noch nach Großbritannien geschafft hatten, bevor das Land vor einem Jahr seine Grenzen dicht gemacht hatte. Selbst die Bewohner der Slums im bettelarmen indischen Kalkutta hatten ein besseres Leben als die Menschen, die sich in diesem Park drängten. Charlie hoffte, dort im Schutz seines eigenen Zeltes sicher zu sein, zumindest bis zum Einbruch der Dunkelheit.

Er klappte den Kragen des Mantels, den er in dem Lagerhaus angezogen hatte, nach oben, sodass er Kinn und Mund bedeckte. Der Gestank nach altem Schweiß und Urin, der sich in den Stoff gefressen hatte, brachte ihn zum Würgen. Während er im Laufschritt dahintrabte, dachte er wieder an Rosemary. Er quälte sich mit der Frage, ob sie in Sicherheit war. Der einzige Lichtblick in diesem ganzen Schlamassel war, dass er ihr kein Foto von sich geschickt hatte. So würde sie nie erfahren, wer ihr Match wirklich war. Sie würde glauben, er hätte sie sitzen lassen, ohne zu wissen, dass er in Wahrheit der meistgesuchte Mann des Landes war. Wahrscheinlich war das zwar das kleinere Übel, aber dennoch fühlte sich Charlie, als würde ihm jemand in seine Brust greifen und das Herz auspressen.

Mit gesenktem Kopf erreichte er Shudehill, eine Straße hinter dem Arndale Centre. Wenn er das Tempo hielt, wäre er in fünf Minuten am Museum. In einem Moment der Unachtsamkeit hob er den Blick und sah einer Passantin in die Augen, die einen Kinderwagen schob. Kurz darauf hörte er sie schreien: »Das ist er! Das ist der Terrorist!«

Ohne sich noch einmal nach ihr umzudrehen, rannte Charlie los, drängte sich durch Menschenmengen und Verkehrsströme und lief quer über Straßen, sodass Autos abrupt bremsen mussten. Doch je länger er rannte, desto mehr Aufmerksamkeit zog er auf sich, und die Schritte und Stimmen, die ihn verfolgten, wurden immer lauter. Wenn er es noch um ein paar Straßenecken schaffte, könnte er sich vielleicht in einer größtenteils unsanierten Gegend in der Nähe des Flusses verstecken, bis die Meute seine Spur verloren hätte.

Plötzlich rempelte ihn jemand von der Seite an, sodass er in hohem Bogen durch die Luft flog. Als er auf dem Boden aufschlug, hörte und spürte er, wie sein Schlüsselbein und sein Handgelenk brachen. Sein Schädel knallte mit einem dumpfen Geräusch auf den Beton. Er verspürte keinen Schmerz, verlor jedoch kurzzeitig die Orientierung. Als er nach oben sah, prasselten Faustschläge auf ihn herab. Kurz darauf verdunkelte sich der graue Himmel, Leute beugten sich über ihn und schoben sich vor die Wolken.

»Lass ihn am Leben«, sagte jemand. »Dafür gibt's 'ne halbe Million Belohnung.«

»Interessiert mich nicht«, schrie jemand anderes. »Das is'n Scheißterrorist, der hat's verdient, dass man ihn totschlägt.«

Erst spürte Charlie, wie seine Nase brach, dann folgten schnelle, heftige Tritte gegen den Kopf, schließlich lösten sich seine Zahnimplantate und rutschten ihm in den Hals. Fäuste sausten ihm auf die Augen, und er konnte kaum noch etwas sehen. Er rang um Atem, während er weiter Tritte in den Magen und gegen die Rippen bekam, vermochte aber trotzdem noch immer klar zu denken. Er war sicher, dass er nicht mehr lange leben würde.

Das ist jetzt die Rechnung für das, was ich meinen Freunden und Milo angetan habe, dachte er. *Ich wollte zu viel, und ich hab's nicht anders verdient. Tut mir leid, Rosemary. Ich sterbe, wie ich gelebt habe: Ich verletze die Menschen, die mir wichtig sind.*

Es fühlte sich an, als würde ihm der linke Arm ausgerissen und das Fußgelenk ausgekugelt. Jene, die es auf einen Teil der Belohnung abgesehen hatten, kämpften gegen jene, die Charlie tot sehen wollten. Immer wieder packten sie ihn und zerrten an ihm, sodass er das Gefühl hatte, in Stücke gerissen zu werden.

Plötzlich war das Dröhnen einer Autohupe zu hören, Reifen quietschten, Menschen schrien panisch durcheinander, und Charlie konnte erkennen, dass sich das Dunkel lichtete, bis nur noch eine Gestalt neben ihm stand.

»Lasst ihn in Ruhe!«, befahl jemand. Charlie zuckte zusammen, als Schüsse zu hören waren und kurz darauf Menschen in alle Richtungen davonrannten. »Aufstehen!«, war die Stimme wieder zu hören, aber Charlie verstand nicht, dass das Kommando ihm galt, bis er am Arm gepackt wurde.

»Wir haben keine Zeit.« Im selben Moment fiel wieder ein Schuss, und wieder waren Schreie zu hören. Jetzt wurde er über den Asphalt geschleift, dann hochgezogen und mit dem Gesicht nach unten auf die Rückbank eines Autos gelegt. Mit letzter Kraft schob er sich hinein, woraufhin sich die Türen schlossen.

»Ich hab doch gesagt, ich will Ihre Hilfe nicht«, sagte er keuchend. Doch er bekam keine Antwort.

»Zur M62«, sagte die Stimme. »Geschwindigkeitsbegrenzungen ignorieren.«

Als das autonome Auto den blutrünstigen Mob hinter sich ließ, prasselten noch eine ganze Weile Gegenstände auf die Karosserie herab.

»Ich hab gesagt, ich brauche Ihre Hilfe nicht!«, sagte Charlie noch einmal. Weil ihm ein Schneidezahn fehlte, lispelte er. Dann versuchte er sich aufzusetzen. »Was ist passiert? Warum diese Fahndung? Die hätten mich fast umgebracht.«

»Mach die Augen auf.«

»Sehen die so aus, als könnte ich sie aufmachen?«, blaffte Charlie. »Die sind im Arsch, so wie alles andere an mir auch.«

Ein Rascheln war zu hören, dann wurde etwas aufgerissen, und kurz darauf lagen kühle Kompressen auf seinen Augen. Charlie blinzelte vorsichtig, und nach einer Weile sah er ein Gesicht, erst verschwommen, dann immer schärfer. Eine ausdruckslose Miene, als wolle sein Gegenüber erst abwarten, wie Charlie reagierte.

»Sie?«, sagte er schließlich. »Ich dachte, Sie wären tot.«

80

Emilia

Emilia beobachtete genau, wie Charlie reagierte, und versuchte, in ihrer Antwort möglichst keine Gefühle mitschwingen zu lassen.

»Du erkennst mich also«, sagte sie herausfordernd. Charlie zwinkerte und sah sie durch die Schlitze seiner Augen an. Sein Gesicht war blutüberströmt. »Wer hat behauptet, ich sei tot?«

»Das steht in den Dokumenten hier«, sagte Charlie und tippte sich an die Stirn. »Warum holen Sie mich wieder zurück?«

Emilia war bis in die letzte Faser gespannt. Sie wollte Charlie unbedingt in dem Glauben lassen, sie wüsste, wovon er sprach. Ob es am Schock oder am Adrenalin lag, Charlie war mit seinen Gedanken blitzschnell und sprang von einem Thema zum nächsten.

»Sie haben mich über das Handy gefunden, oder?«, sagte er. »Als ich in dem Pub saß. Alle, die da drin waren, waren mit demselben Handymasten verbunden. Sie haben mit einem IMSI-Catcher die Nummern und die Nachrichten ausgelesen, und dann im Ausschlussverfahren ermittelt, welches von den Handys meins ist.«

Emilia nickte.

»Wusste ich's doch. Dann haben Sie eine Drohne losgeschickt und rausgefunden, wo ich genau war.«

Wieder bestätigte Emilia Charlies Vermutung. »Bevor wir weitersprechen, Charlie, musst du mir sagen, wer ich deiner Meinung nach bin, und warum du geglaubt hast, ich sei tot.«

Charlie wirkte brüskiert. »Soll das ein Scherz sein? Wenn Sie und Ihre Leute mich nicht der gesamten Öffentlichkeit präsentiert hätten, wär ich jetzt nicht in dieser beschissenen Lage.«

»Das ist nur eine Vorsichtsmaßnahme. Sobald du mir gesagt hast, was ich wissen muss, kann ich dich in Sicherheit bringen.«

Charlie schien unter der Mischung aus frischem und getrocknetem Blut zu erbleichen, als würde ihm allmählich etwas dämmern. »Was für ein Auto ist das?«

»Ein ... Ich glaube, es ist ein Audi.«

Er sah nach vorn auf die Motorhaube. »Ein grauer Audi«, sagte er. »Die Frau, die mich angerufen hat, hat gesagt, sie kommen mit einem grauen Mercedes.«

Emilia musste schlucken. Irgendwelche Leute hatten Charlie also vor ihr entdeckt. Wahrscheinlich waren sie ihnen auf den Fersen.

»Sie arbeiten gar nicht für die Regierung, stimmt's?«, fragte Charlie.

Er richtete sich auf, und Emilia konnte ihm gerade noch ausweichen, als er sie in die Rippen treten wollte.

»Lass das, Charlie«, sagte sie bestimmt, doch als sie versuchte, ihn zu bändigen, ging er erneut zum Angriff über. »Nein, hör mir zu.«

Er fuchtelte mit den Fäusten herum, doch er war so geschwächt und mit blauen Flecken übersät, dass er seine Bewegungen nicht koordinieren konnte, und Emilia war es leicht möglich, ihm auszuweichen.

»Ich war das nicht«, sagte sie, während sie seine hilflosen Schläge abwehrte. »Ich habe dich nicht der Öffentlichkeit präsentiert. Aber ich kann dir helfen. Sag mir, was ich wissen muss, dann sorge ich dafür, dass du in Sicherheit kommst.«

Als Charlie zu einem linken Haken ausholte und sie mitten ins Gesicht traf, war Emilia nicht schnell genug, und ihr Kopf wurde gegen das Fenster geschleudert. Mit neu erwachter Kraft stürzte er sich auf sie und prügelte überall dort auf sie ein, wo er sie treffen konnte. Doch ihrer Geschmeidigkeit und ihrer Kraft war er nicht gewachsen. Sie versetzte ihm einen Schlag in die Überreste seiner gebrochenen Nase, zog die Pistole aus dem Bund ihrer Jeans und hielt sie ihm an die Stirn. Charlie gab auf, und beide versuchten, wieder zu Atem zu kommen.

Im selben Moment leuchtete das Display von Emilias Handy auf. Nur Bianca und Adrian hatten ihre Nummer. Sie hatte ihnen nicht gesagt, was sie vorhatte, aber wenn in ihrem Telefon und in dem Auto Peilsender eingebaut waren, würden sie bald vor ihr stehen, genau wie die Leute von der Regierung, und eine der beiden Seiten würde ihr Charlie wegschnappen, bevor er ihre Fragen beantwortet hatte.

»Wir können uns gegenseitig helfen«, sagte sie keuchend. »Ich kann mich nicht erinnern, wer ich früher gewesen bin, aber du kannst es mir sagen. Wahrscheinlich sind sie schon hinter uns her. Aber ich bin in der Lage, dich in Sicherheit zu bringen.«

Charlie sagte nichts, sondern musterte nur hastig ihr Gesicht. Offenbar suchte er nach Anzeichen dafür, dass sie log. Doch Emilia sagte die Wahrheit. Wenn sie bekam, was sie wollte, würde sie ihn am Leben lassen.

»Warum haben Sie die anderen Wächter umgebracht?«, fragte er.

»Das war ich nicht. Ehrlich nicht.«

Emilia konnte förmlich spüren, wie nah sie ihrem Ziel war. Nur noch ein kleiner Schritt, und Charlie würde reden.

»Lügen Sie mich nicht an. Ich hab's doch gesehen.«

»Wir sitzen im selben Boot«, sagte sie fast schon flehentlich. »Wir sind beide in einer aussichtslosen Lage. Irgendetwas ist passiert, das dazu geführt hat, dass ich mich nur an die letzten Wochen meines Lebens erinnern kann und an nichts davor. Sag mir, wer ich bin und was du über mich weißt, dann bringe ich dich zurück zu dem Pub, in dem du Rosema...« Sie hielt abrupt inne. Charlie starrte sie an.

»Woher wissen Sie von Rosemary«, fragte er langsam. »Oder dass wir in dem Pub verabredet waren?«

Emilia reagierte nicht schnell genug, und außerdem hatte Charlie es ohnehin schon kapiert. »Rosemary gibt es gar nicht, oder? *Sie* sind Rosemary«, sagte er und schien in sich zusammenzusacken.

Es war knifflig gewesen, Charlie in einer Stadt mit dreieinhalb Millionen Einwohnern aufzuspüren. Doch irgendwann war ihr ganz plötzlich eine Idee gekommen. »Charlie ist fünfundzwanzig und Single«, hatte sie zu Adrian gesagt. »Ich würde wetten, dass er bei Match Your DNA registriert ist, wie fast alle, die damit aufgewachsen sind.«

Kurz darauf hatte Adrians Team die Antwort gefunden. »Es gibt zwei Accounts, die auf verschiedene Namen laufen, deren DNA aber identisch ist. Und beide haben kein Match.«

»Wie hoch ist die Wahrscheinlichkeit?«, hatte Bianca gefragt.

»Neun zu siebzig Billionen. Selbst Zwillinge haben keine identische DNA.«

Nachdem sie Charlie identifiziert hatten, hatten sie mithilfe von Algorithmen die mehreren zehntausend Seiten seiner Internethistorie durchforstet, um seine Vorlieben und Abneigungen kennenzulernen und sich ein Bild von seiner Persönlichkeit zu machen. Dann hatten sie eine fiktive Frauenfigur entworfen, mitsamt Lebenslauf und Profilen in den sozialen Netzwerken, und sie Rosemary genannt, nach einem uralten Song von Lenny Kravitz, der auf Charlies Streaming-Playlisten unter den Favoriten stand. Und schon wenige Tage, nachdem sie ihn benachrichtigt hatten, dass er ein »Match« hatte, hatte er geantwortet.

Im Chat hatte er sich anfangs zurückhaltend gegeben, und Emilia hatte keinerlei Druck ausgeübt. Doch schon nach kurzer Zeit hatten sie sich regelmäßig geschrieben, und er hatte ihr den Flug von Irland nach Manchester bezahlt. Doch dann hatte heute Morgen die Regierung völlig unerwartet sein Foto veröffentlicht und damit Emilia und das Hackerkollektiv überrumpelt. Sie hatten ihn nicht wie geplant im Pub dingfest machen und mitnehmen können, sondern er war ihnen entkommen, und sie hatten ihn suchen und verfolgen müssen.

Als sie sich jetzt in die Augen sahen, erkannte Emilia, wie niedergeschlagen er war. »Es tut mir leid«, sagte sie schließlich, und ein bisschen meinte sie das sogar ernst.

»Ich glaube Ihnen, dass Sie nicht wissen, wer Sie sind«, entgegnete Charlie. »Ich werde es Ihnen sagen. Nicht, weil ich Ihnen helfen möchte oder mir erhoffe, dass Sie mich dann in Sicherheit bringen, sondern weil Ihnen die Wahrheit genauso wehtun wird, wie Sie mir gerade wehgetan haben.«

Plötzlich waren draußen zwei Geräusche zu hören, die wie Schüsse klangen.

Emilia schrie auf, und noch bevor sie die Ursache herausfinden konnte, waren zwei weitere kleine Explosionen zu hören. Was auch immer da passierte, das Auto wurde davon aus der Spur gedrängt. Es schlingerte über die Fahrbahn, rammte die Leitplanke auf dem Mittelstreifen und überschlug sich, sodass Emilia und Charlie wie Puppen herumgeschleudert wurden. Dann landete es wieder auf den Rädern, schrammte noch ein Stück über den Asphalt und kam zum Stehen.

Als Emilia sich zu orientieren versuchte und sich, eingeklemmt hinter den Vordersitzen, wieder aufrichtete, fuhr ihr ein stechender Schmerz durch den Rücken. Sie warf einen Blick durch die Heckscheibe, um zu sehen, was passiert war. In einiger Entfernung lag eine Nagelkette, die die Reifen zum Platzen gebracht hatte, dahinter näherte sich eine Gruppe von Menschen. Sie durfte nicht zulassen, dass sie Charlie in die Finger bekamen, nicht jetzt, wo sie fast am Ziel war.

Sie kletterte im Auto herum, bis sie auf dem Beifahrersitz ihre Pistole fand. Sie richtete sie auf die Heckscheibe, feuerte und hielt sich dabei die andere Hand vors Gesicht, um sich vor den herumfliegenden Glassplittern zu schützen. Der Schuss hatte den gewünschten Effekt. Die Menge zerstreute sich, und Emilia hatte sich und Charlie damit einen kleinen Vorsprung verschafft.

»Sie ziehen sich zurück«, sagte sie zu Charlie, während sie die Umgebung nach möglichen Fluchtwegen absuchte.

»Ich weiß nicht, wie lange ich sie noch auf Distanz halten kann, also sollten wir zusehen, dass wir von hier wegkommen. Kannst du die Tür aufmachen?«

Als Charlie nicht antwortete, drehte sie sich zu ihm um. »Reiß dich zusammen, Charlie. Kannst du die Tür aufmachen?«

Erst jetzt bemerkte sie, dass er bewusstlos auf dem Fahrersitz lag. »Verdammt noch mal«, murmelte sie und drehte seinen Kopf herum, um ihn mit ein paar Klapsen ins Gesicht wieder aufzuwecken. Seine Augen waren weit aufgerissen und der Kopf in einem unnatürlichen Winkel geneigt. Offenbar hatte er sich das Genick gebrochen. Charlie war tot.

»Nein!«, rief Emilia. Obwohl sie wusste, dass alle Mühe vergebens war, wollte sie ihn nicht kampflos aufgeben. Sie versuchte, seinen Puls zu fühlen, legte ihn quer über die Vordersitze und versuchte es mit Herzdruckmassage. Aber es war zu spät. Der gierige Mob hatte Charlie das Leben geraubt und ihr die Möglichkeit, die Wahrheit zu erfahren.

Der Ärger, den sie verspürt hatte, als Bruno ihr ins Gesicht gelacht hatte, war nichts im Vergleich zu der rasenden Wut auf Charlie, die jetzt in ihr ausbrach. Sie reckte die geballten Fäuste in die Höhe und hämmerte mit aller Gewalt auf seinen leblosen Körper ein. Schäumender Speichel trat ihr aus den Mundwinkeln, während sie vor Verzweiflung raste. Dann holte sie, ohne zu wissen, warum, aus dem Handschuhfach das silberglänzende Gerät aus Metall, mit dem sie Bruno getötet hatte, und jagte es Charlie an derselben Stelle in den Kopf. Doch dadurch verflog ihre Wut noch immer nicht. Es gab noch andere, die bestraft werden mussten.

Mit zwei Fußtritten hatte sie die verbeulte Tür geöffnet. Der Mob hatte sich inzwischen wieder gesammelt und kam auf das Auto zu, fest entschlossen, sich seinen Teil zu holen und sich die Belohnung zu sichern. Emilia sah ihre Gesichter. Jeder Einzelne von ihnen hatte verhindert, dass sie zurück zu ihrer Familie kam. Ohne zu überlegen ging sie auf die Menge zu, zog ihre Pistole und feuerte los. Auch als schon die Ersten schreiend davonliefen, feuerte sie bis zur letzten Kugel immer noch weiter und sah zu, wie ihre Körper, sobald sie getroffen waren, zu Boden sackten.

DRITTER TEIL

Zehn Wochen später

81

Flick, Cornwall

Das Regenwasser, das sich auf der Bank aus Metall sammelte, drang durch Flicks Jeans, sodass ihre Beine und ihr Po nass wurden. Sie zog ihre wasserdichte Jacke so weit hinab, bis sie darauf sitzen konnte, doch jetzt landete der Nieselregen auf ihrer Stirn.

In den Wochen seit ihrer Ankunft in Cornwall war das Wetter nie besonders gut gewesen, doch inzwischen hatte sie sich daran gewöhnt. Sie riss die Verpackung eines Sandwichs auf, das sie in einem Tearoom gekauft hatte, an dem sie zu Beginn ihrer sechs Meilen langen Wanderung vorbeigekommen war. Die Regale waren fast leer gewesen, und die zwei dünnen Scheiben Mischbrot mit einem Hauch Schinken und einer Scheibe Schmelzkäse dazwischen waren noch das Beste in dem gesamten Angebot gewesen. »Tut mir leid«, sagte Flick zu ihrem Babybauch, wie um sich für die nährstoffarme Kost zu entschuldigen. Während sie das Sandwich aß, ließ sie den Blick über das Hügelland schweifen, durch das sich das Tal mit dem Fluss Tidna zog.

Sie fuhr sich mit der Hand durch das kurz geschorene, schwarz gefärbte Haar. Sie musste sich erst noch daran gewöhnen, ebenso wie an die gefärbten Kontaktlinsen und die getönte Brille. Durch die Schwangerschaft war nicht nur ihr Bauch runder, sondern auch ihr Gesicht fülliger geworden, wodurch sie kaum noch Ähnlichkeit mit der Terroristin hatte, nach der das ganze Land nach wie vor fieberhaft suchte. Sie versteckte sich hinter einem neuen Alter Ego – »Martine« –, und bislang war ihr zum Glück noch niemand auf die Schliche gekommen.

Sie holte den Zeitungsartikel aus der Tasche, den sie vor Wochen in einer Bibliothek ausgedruckt hatte. Sie hatte ihn schon so oft gelesen, dass das Papier ganz zerknittert und verschmutzt war.

ZERSTÜCKELTE TERRORISTEN-LEICHE GEFUNDEN

Von Louise Beech

Nach Aussage der Polizei handelt es sich bei den Körperteilen, die in Manchester in einem Auto gefunden wurden, um die Überreste der Leiche des Terroristen Charlie Nicholls. Bei der Obduktion konnte nicht ermittelt werden, wie genau der meistgesuchte Mann Großbritanniens zu Tode gekommen war, da »zahlreiche der hierzu erforderlichen Körperteile fehlten«.

Ein an den Untersuchungen Beteiligter sagte der *Online Post*: »Offenbar hat ein wütender Mob zuerst sein Auto von der Straße gedrängt und ihn dann in Stücke gerissen. Vermutlich erhofften sich die Täter, etwas von der Belohnung von 500 000 Pfund zu bekommen, die die Regierung auf ihn ausgesetzt hatte.

Die Füße, der Oberkörper und eine Hand wurden der Polizei übergeben, aber der Kopf, die Beine, ein Arm und die Finger werden noch gesucht.«

Bei einer Schießerei, die sich am selben Nachmittag ereignete, kamen neun Menschen ums Leben. Die Polizei vermutet dahinter eine Auseinandersetzung zwischen rivalisierenden Banden von Kopfgeldjägern.

Auch jetzt noch, bei der x-ten Lektüre, war Flick von der Art und Weise erschüttert, wie er ums Leben gekommen war. Und auch diesmal kamen ihr die Tränen, wenn sie an den einzigen Wächter dachte, dem sie je begegnet war.

Flicks neuestes Zuhause war ein gemieteter Wohnwagen auf einem Campingplatz in der Nähe des Ortes Bude. Sie hatte sich gezielt einen ausgesucht, der etwas abseits von den anderen feststehenden Wohnwagen stand, hatte die Fenster und Türen mit elektronischen Schlössern gesichert und auch noch eine Alarmanlage eingebaut. In jedem der vier Räume und sogar in der Toilette lag jeweils griffbereit ein Jagdmesser mit gezackter Klinge. Außerdem hatte sie in der näheren Umgebung des Wohnwagens mögliche Fluchtrouten identifiziert und parkte ihr Auto regelmäßig in einer nahegelegenen Straße, die sie aus fünf verschiedenen Richtungen erreichen konnte. Sie hatte alles tun wollen, was möglich war, um sich selbst, ihre Geheimnisse und ihr Baby zu schützen.

Aus einer Flasche nahm sie einen Schluck Fruchtsaft, steckte die Hände in die Jackentaschen und streichelte ihren Bauch. Noch vor Kurzem wäre sie wegen so viel Zuneigung zu ihrem Baby hart mit sich ins Gericht gegangen. Jetzt empfand sie eine solche Geste als normal und hoffte, dass sie ihm oder ihr genauso guttat wie ihr selbst. Sie war jetzt im fünften Monat, ihr Bauch war schon deutlich sichtbar und wuchs so, wie es die Ratgeber in der Bibliothek für diese Phase der Schwangerschaft beschrieben. Aufgrund ihres unsteten Lebens und weil sie vor allem zurückschreckte, was mit Öffentlichkeit zu tun hatte und wo sie Spuren hinterlassen könnte, hatte sie sich noch immer nicht zu Vorsorgeuntersuchungen angemeldet oder Kontakt zu einer Hebamme aufgenommen.

Weiter unten brandeten die Wellen gegen die Steilküste. Das Meer war hier aggressiver als in Aldeburgh, und Flick vermisste das beruhigende Rauschen der Nordsee. Sie versuchte, nicht an die Menschen zu denken, die sie zurückgelassen hatte, und auch nicht daran, wie sehr sie Elijah verletzt hatte. Doch die Einsamkeit verschaffte ihr viel Zeit zum Nachdenken, und so fiel es ihr schwer, die Gedanken in eine andere Richtung zu lenken. Durch den zeitlichen Abstand sah sie jetzt klarer. Was sie Elijah angetan hatte, war unverzeihlich, und sie hoffte inständig, dass er keine allzu schweren Verletzungen davongetragen hatte. Doch damals hatte sie nun einmal keinen anderen Ausweg gesehen. Elijah hatte den Preis für ihre Panik zahlen müssen. Sie fragte sich, wie er jetzt über sie dachte und ob er sie ebenso sehr verabscheute wie sie sich selbst. Auch zu Grace kehrten ihre Gedanken immer wieder zurück. Sie hatten nur wenig Zeit miteinander verbracht und waren sich dabei doch sehr nahegekommen.

Trotz des brutalen Mordes an Charlie war Flick zu dem Schluss gekommen, dass sie in Freiheit sicherer war, als wenn sie sich einer Regierung stellte, die eine Belohnung auf ihren Kopf ausgesetzt hatte. Sie würde so lange wie möglich draußen bleiben, zumindest jedoch noch die paar Monate, bis ihr Kind auf der Welt war. Wenn sie jetzt den Kontakt zu den Behörden suchte, wäre ihr Baby nicht mehr sicher.

Obwohl sie die Abgeschiedenheit Cornwalls und ihr einsames Leben dort genoss, sehnte sich Flick nach Aldeburgh zurück. Sie gestand sich ein, dass sie sich dort eine künstliche, unechte Wirklichkeit geschaffen hatte, doch ihre Gefühle für den Ort und die Menschen waren echt. In Cornwall hatte sie sich inzwischen eine Art Alltagsroutine eingerichtet. Tagsüber machte sie lange Wanderungen und vermied dabei jede Art von Menschenansammlungen, und die Abende verbrachte sie mit Büchern, die sie schon immer einmal hatte lesen wollen. Doch das schien ihr kaum ein besseres Leben zu sein als jenes damals in London, als sie sich in ihrer Wohnung eingegraben hatte.

Flick zog sich die Kapuze ins Gesicht und stapfte weiter durch die feuchten und grasbewachsenen Straßen von Morwenstow. Als der Regen dichter wurde, ging sie zu ihrem Auto zurück. Am Rand des Parkplatzes hielt sie kurz inne und nahm erst die anderen Fahrzeuge in den Blick, bis sie sicher war, dass sie ungefährdet zu ihrem eigenen gehen konnte. Sie tastete den Unterboden, die Radkästen und die Schweller nach Peilsendern ab, überzeugte sich, dass im Navi keine Memory Card steckte, und startete den Motor.

Plötzlich vibrierte ihr Handy. Das war bisher erst drei Mal passiert, und immer hatte dieses Signal ein Video angekündigt, auf dem der Mord an einem der Wächter zu sehen gewesen war. Das letzte hatte Charlie gezeigt, der aber wohl schon tot gewesen war, bevor ihm das silberne Ding, mit dem auch die anderen getötet worden waren, in den Schädel raste. Und sein Name war ihm nicht in die Stirn geritzt worden.

Das lag mittlerweile zehn Wochen zurück. Flick konnte nur mutmaßen, dass jetzt wieder ein Wächter umgebracht worden war. Wie viele waren überhaupt noch übrig? Mit klopfendem Herzen stellte sie den Motor ab und zog das Handy aus der Tasche. Wie sie befürchtet hatte, leuchtete rechts oben wieder ein roter Kreis, der ein neues Video ankündigte. Ohne nachzudenken tippte sie ihn an.

Diesmal sah die Aufnahme anders aus. Das Bild wackelte, was verriet, dass der Mörder sich bewegte. Der Ort war nicht zu erkennen, weil die Kamera auf einen Kiesweg gerichtet war, der irgendwann an einer Veranda endete. Als eine Haustür ins Bild kam, die sie nur allzu gut kannte, blieb ihr die Luft weg. Es war das Haus von Grace.

Voller Entsetzen musste sie zusehen, wie der Finger einer Hand auf die Klingel drückte. Kurz darauf öffnete sich die Tür, und Grace kam zum Vorschein. Sie bemerkte nicht, dass sie gefilmt wurde. »Hi«, sagte sie. »Kann ich Ihnen helfen?«

Die Stimme, die jetzt zu hören war, gehörte einer Frau. Flick kannte sie nicht. »Hallo. Sagen Sie, hätten Sie noch ein Zimmer frei?«

»Sag nein, sag nein, sag doch bitte nein«, flüsterte Flick.

»Ja, klar«, antwortete Grace. Flick hielt den Atem an. Grace öffnete die Tür und bat die Frau freundlich herein. »Bitte, kommen Sie doch rein. Wir haben drei verschiedene Zimmer«, erklärte Grace, mit dem Rücken zu der Frau, »zwei mit eigenem Bad und eins …«

Grace brachte den Satz nicht einmal zu Ende. Hilflos musste Flick zusehen, wie ihr jemand einen Elektroschocker an den Hals setzte und sie mit Hunderten Volt zu Boden streckte.

82

Emilia

Ausgestreckt lag Grace auf dem Boden und atmete kurz und flach. Der Stromstoß, der kurz zuvor durch ihren Körper gefahren war, hatte sie vollständig außer Gefecht gesetzt. Ihre Augen standen offen, doch sie blinzelte kaum.

Der Unterschied zwischen der Emilia, die eines Tages verschreckt aufgewacht war und nicht gewusst hatte, wer sie war, und der Frau, die sie jetzt war, hätte nicht größer sein können. Auch wenn Bruno es anders gesehen hatte – sie hatte keine Wahl gehabt, sie war zu all dem gezwungen worden. Nur durch das, was andere getan hatten, war sie zu einer erbarmungslosen Jägerin geworden. Grace war lediglich ein weiteres Kollateralopfer bei Emilias Suche nach der Wahrheit.

Mithilfe der Magneten an Karczewskis Kühlschrank hatte Emilia im Ausschlussverfahren ermittelt, dass Flick sich zuletzt in Aldeburgh aufgehalten hatte. Nachdem die Regierung ihre Identität enthüllt hatte, waren alle Einwohner des kleinen Küstenortes zu Amateurdetektiven geworden. Der Pub, in dem sie gearbeitet hatte, das Gemeindehaus, in dem sie Sport getrieben hatte, das Haus ihres Ex-Freundes und das Bed and Breakfast, in dem sie gewohnt hatte, wurden jetzt von Neugierigen überrannt, die alle hofften, sie aus ihrem

Versteck zu zerren. Doch sie war noch immer auf freiem Fuß.

Vor zehn Wochen hatte Emilia das Städtchen schon einmal abgesucht und sich in der Bevölkerung umgesehen, jedoch erfolglos. Aber sie war sicher, dass Flick, wo auch immer sie sich jetzt aufhalten mochte, nicht ewig dort bleiben würde. Sie hatte in Aldeburgh einen Job gehabt und Freunde gefunden und in gewisser Weise dort Wurzeln geschlagen. Also hatte sie sich vermutlich Hals über Kopf und eher unfreiwillig davonmachen müssen. Möglicherweise, so hatte Emilia überlegt, gab es einen Weg, sie zur Rückkehr zu veranlassen.

Zum Glück war der Eifer der Öffentlichkeit bei der Suche nach Flick abgeebbt, nachdem die Regierung unter dem Eindruck von Charlies Tod die ausgesetzte Belohnung zurückgezogen hatte. Emilia hatte daraufhin Bianca und Adrian dazu gedrängt, ein Team loszuschicken, das die Stadt noch einmal absuchen und nach Hinweisen Ausschau halten sollte, die ihnen beim ersten Mal vielleicht entgangen waren. Bianca hatte Emilia wegen der Schießerei nach Charlies Tod überhaupt nicht mehr dabeihaben wollen. Sie sei offenbar »emotional instabil« und stelle »eine Gefahr für sich selbst und alle in ihrer Umgebung« dar. Als Emilia die beiden schließlich überzeugt hatte, war die Stadt schon deutlich leerer gewesen.

Nach einer Weile hatten sie Emilias Versicherung endlich Glauben geschenkt, dass ihr damals nichts anderes übrig geblieben war, als so drastisch zu reagieren. Daraufhin hatte man ihr die Waffen abgenommen und sie nach Aldeburgh gebracht, in Begleitung der beiden erfahrenen Agenten Gardiner und Lago.

Als sie eingetroffen waren, waren gerade die dreitägigen Karnevalsfeiern in Gang gewesen. Tausende Touristen hatten die Straßen bevölkert, was es Emilia leichter gemacht hatte, unbemerkt zu bleiben. Bunt dekorierte Umzugswagen fuhren kreuz und quer durch die Stadt, gefolgt von einer Sambagruppe aus mehreren Dutzend in Rot, Weiß und Blau gekleideten Trommlern. Während die Musik dröhnte, hatte Emilia sich oben an der Hauptstraße positioniert, ihre Smart Glasses aufgesetzt und den Fernglasmodus eingeschaltet. Mit einer Gesichtserkennungssoftware hatte sie die Schaulustigen überprüft, die die Straßen säumten, soweit das Auge reichte. Von Flick war nichts zu sehen gewesen.

Anschließend hatten sich die drei getrennt, um sich in Geschäften und Lokalen nach Flick zu erkundigen. Doch überall war man ihnen mit Argwohn begegnet. Die Leute in Aldeburgh hatten allmählich genug von der Sache und wollten ihre Ruhe. Sie hatten nichts erfahren, was sie nicht schon wussten. Erst als Emilia sich später die Gespräche angesehen hatte, die die beiden anderen mit ihren Bodycams aufgenommen hatten, war ihr die junge Frau aufgefallen, die das B&B betrieb. Offenbar war sie daran gewöhnt – und davon genervt –, dass Fremde sich bei ihr nach der meistgesuchten Frau des Landes erkundigten. Doch in bestimmten, kaum merklichen Veränderungen ihrer Gesichtszüge hatte Emilia intuitiv noch etwas anderes erkannt: Enttäuschung. Sie vermutete, dass die Frau und Flick nicht nur Vermieterin und Gast gewesen waren, sondern auch Freundinnen. Und noch immer, Wochen nach Flicks plötzlichem Verschwinden, versuchte diese Grace, damit klarzukommen, wer Flick wirklich gewesen war. Sie sollte der Köder sein, mit dem Emilia Flick aus ihrem Versteck locken wollte.

Während in der Stadt die Feierlichkeiten des Nachmittags in die abendliche Party übergingen, stand Emilia neben Grace, die noch immer zitternd und zuckend vor ihr auf dem Boden lag. Jetzt streckte sie langsam die Finger aus und bewegte die Hände, als wolle sie davonkriechen. Doch sie hatte keine Chance. Emilia trat ihr mit dem Stiefelabsatz auf die Finger.

»Vergiss es«, sagte Emilia ruhig. »Das hier ist erst der Anfang.«

83

Flick, Aldeburgh, Suffolk

Flicks Hände zitterten, als sie die Smart Glasses aufsetzte. Durch Bewegungen der Augen zoomte sie das fünfzig Meter entfernte Anwesen heran. Die Vorhänge hinter allen drei Fenstern waren zugezogen und das Licht ausgeschaltet. Nur die Haustür stand einen Spalt weit offen.

Sie schaltete den Wärmebildmodus ein, in der Hoffnung, erkennen zu können, wie viele Menschen sich in dem Haus befanden. Aber die Brille, das einzige Modell, das es an der Autobahnraststätte gegeben hatte, taugte nicht viel. Im ersten Stock war ein schwach leuchtender gelber Punkt zu sehen, was darauf schließen ließ, dass sich dort jemand aufhielt.

Am liebsten wäre Flick über die Straße gerannt und in das B&B gestürmt, um sich selbst ein Bild davon zu machen, was genau Grace widerfahren war. Aber sie war sicher, damit in eine Falle zu laufen. Also widerstand sie dem Impuls und stellte sich unter das Vordach eines unbewohnten Hauses, um sich vor dem Regen zu schützen.

Als sie in Aldeburgh angekommen war, hatte die Dämmerung bereits eingesetzt, und jetzt war die Nacht fast ganz heraufgezogen. Am Abendhimmel leuchteten die bunten Farben eines Jahrmarkts mit seinen Karussells und Buden. Flick hatte nicht bedacht, dass heute der letzte Tag des Karnevals war. Die ganze Stadt war auf den Beinen, was es ihr erschweren würde, unentdeckt zu bleiben. Das Regenwetter, das sie am Morgen in Cornwall durchnässt hatte, war ihr quer durch das ganze Land gefolgt, doch es hielt die Menschen nicht davon ab, zu Hunderten über die nahe gelegene Hauptstraße zu flanieren. Dabei trugen sie farbenfrohe Lampions und waren auf dem Weg zum Strand, wo die Feierlichkeiten am späteren Abend mit einem Feuerwerk zu Ende gehen sollten.

Flick drückte die Wirbelsäule durch und legte die Hände auf eine Stelle am unteren Rücken, wo sie ein schmerzloses Pochen verspürte. Sie wusste nicht, ob die Muskelverhärtung eine Folge der Schwangerschaft oder der langen Reise war. Während der siebenstündigen Fahrt nach Aldeburgh hatte sie genug Zeit gehabt, um darüber nachzudenken, wie sie Grace in dieser schlimmen Lage beistehen könnte. Ihr Gewissen erlaubte ihr nicht, untätig zu bleiben, doch, was wesentlich wichtiger war, sie hatte beschlossen, nicht länger vor der Person davonzulaufen, die sie umbringen wollte. Es war schlicht unmöglich, die nächsten viereinhalb Jahre ständig auf der Hut zu sein und gleichzeitig dafür zu sorgen, dass ihr Kind in Sicherheit aufwuchs.

Ihre Widersacherin hatte erreicht, was sie wollte. Sie hatte Flick aus der Reserve gelockt, zurück in die Öffentlichkeit. Doch wenn sie sie umbringen wollte, würde Flick ihr das nicht leicht machen.

Durch ihre Brille visierte sie noch einmal das B&B an. Dann zog sie ein Jagdmesser aus der Tasche, steckte es in ihren rechten Jackenärmel und probierte ein paar Mal aus, wie schnell sie es durch ein ruckartiges Umknicken des Handgelenks herausrutschen lassen konnte.

Sie näherte sich dem Anwesen von der rückwärtigen Seite und umrundete es, bis sie auf der Straße vor dem Haus stand. Sie tastete die Torpfosten nach Sensoren ab, die ihre Feindin hätten warnen können, fand jedoch nichts. Auch entlang des Weges durch den Garten waren keine Laseralarmanlagen installiert.

Als sie vor der Haustür stand, wurde ihr flau im Magen. Erst dachte sie, sie sei nervös, doch dann erkannte sie, dass es das Baby war, das sich bewegte. Sie strich sich über den Bauch, wie um sich bei ihm zu entschuldigen, und hoffte, dass sich der Stress, unter dem sie in diesem Augenblick stand, nicht auf ihr Kind übertrug. Wieder einmal kamen ihr Zweifel, ob sie das Richtige tat. Aber das hier war Neuland für sie. Es gab kein Richtig und kein Falsch, nur das Recht des Stärkeren.

Flick klemmte einen Stein in die Haustür, betrat vorsichtig den Flur und ging weiter in Richtung Wohnzimmer. Ihre Brille zeigte ihr an, dass niemand darin war, ebenso wenig wie im gemeinschaftlichen Esszimmer, in der Küche, im Hauswirtschaftsraum und im Bad. Das Gleiche galt für die Gästezimmer im ersten Stock, mit Ausnahme des Zimmers, in dem sie damals gewohnt hatte. Während sie sich diesem Zimmer näherte, wurde der gelbe Punkt, den die Thermosensoren auf ihren Brillengläsern erzeugten, größer. Wenn das, was sie sah, Grace war, dann gab sie Wärme ab. Also war sie noch am Leben.

Flick schluckte den sauren Geschmack von Galle hinunter, der ihr die Kehle hinaufstieg. Sie spürte die kalte Spitze des Jagdmessers auf ihrem Handgelenk, als sie den Knauf drehte und langsam die Tür öffnete. Als Erstes schlug ihr ein Hitzeschwall entgegen. Nur stammte die Hitze nicht von einem menschlichen Körper, sondern, wie auch der runde gelbe Punkt zeigte, von einem Heizstrahler. Dann entdeckte sie eine Gestalt, die auf dem Bett lag.

»Grace?«, flüsterte sie. »Grace, bitte wach auf.« Sie trat näher an das Bett heran und tastete nach einer Stelle am Hals, an der sie ihr den Puls fühlen konnte. Als sie etwas Feuchtes spürte, zog sie die Hand zurück. Panisch griff sie nach der Nachttischlampe und richtete sie auf Grace. In ihrem Hals klaffte eine tiefe Schnittwunde.

Hastig musterte Flick ihre Freundin. Ihre Haut war grauweiß, und ihre weit aufgerissenen Augen starrten an die Decke. Ihr T-Shirt und das Bettzeug hatten sich mit dem Blut vollgesogen, das aus der Wunde getreten war. Der Heizstrahler hatte für ein irreführendes Wärmebild gesorgt und das Blut so weit getrocknet, dass es inzwischen braun war. Grace war zwar an Händen und Füßen gefesselt, doch nicht geknebelt worden. Flick schauderte es bei dem Gedanken, welches Ausmaß an Schrecken und Schmerzen sie in ihren letzten Augenblicken vermutlich hatte erdulden müssen.

Ihre Gefühle drohten, sie zu überwältigen. Sie sank auf die Knie, ergriff Graces Hand und entschuldigte sich wieder und wieder. Jetzt konnte sie die Galle nicht mehr hinunterschlucken, und sie schaffte es gerade noch zum Waschbecken, bevor sie sich übergeben musste.

Als sie Grace die Augen schloss, entdeckte sie etwas im Mundwinkel ihrer toten Freundin. Behutsam öffnete sie ihr den Mund und zog ein zusammengeknülltes Stück Papier heraus. Während sie es glatt strich, erkannte sie die Zeichnung, die Elijah an dem Abend von ihr – Flick – gemacht hatte, an dem sie sich kennengelernt hatten.

Sie begriff sofort. Sie hatte die ganze Zeit nur an Grace gedacht und keinen einzigen Gedanken daran verschwendet, wen die Killerin sonst noch als Lockvogel verwenden könnte. *Elijah.*

Der Regen peitschte Flick ins Gesicht, während sie durch Nebenstraßen und Gassen zu der Straße rannte, die parallel zum Strand verlief. Sie hatte sich die Kapuze tief in die Stirn gezogen, um sich gegen das Wetter zu schützen und nicht von den Karnevalsbesuchern erkannt zu werden, die mit ihren Lampions zum Strand gingen.

Sie war so verwirrt, dass sie sich gedanklich nicht auf das vorbereiten konnte, was sie möglicherweise in Elijahs Haus erwartete. Als sie dort eintraf, war der Sichtschutz der Fenster bereits aktiviert, sodass nicht zu erkennen war, was drinnen vor sich ging. Hatte sie Graces B&B erst noch ausgekundschaftet, so zögerte sie jetzt keine Sekunde. Sie gab den Sicherheitscode ein, und während sich die Haustür mit einem Klick öffnete, umfasste sie den Griff des Jagdmessers, um jeden Moment zum Angriff übergehen zu können.

Die Lampen im Flur warfen ein flackerndes Licht auf die Treppe aus Acryl. Rap-Musik mit den typischen wummernden Bässen, wie Elijah sie so gern bei der Arbeit hörte, dröhnte durch das ganze Haus und ließ Flick hoffen, dass die Killerin noch nicht bis zu ihm vorgedrungen war. Sie setzte ihre Smart Glasses auf und ging durch den Flur zu der offenen Küche mit dem anschließenden Wohnbereich, die im Dunkeln lag. Von Elijah war keine Spur zu sehen, auch nicht auf den Wärmebildern.

Wieder spürte sie ein Ziepen im Rücken, ignorierte es jedoch. Sie ging in den ersten Stock und stand vor der geschlossenen Tür zum Atelier. *Bitte, sei am Leben,* dachte sie und drückte die Klinke.

Im nächsten Moment kam aus dem Atelier eine Gestalt auf sie zugerast. Instinktiv duckte sich Flick, zog das Messer hervor und ließ die Klinge durch die Luft sausen. Die Gestalt war so schnell wieder verschwunden, wie sie aufgetaucht war.

Verwirrt sah sich Flick nach ihr um, als am anderen Ende des Raumes eine zweite Gestalt auftauchte. Sie raste ebenfalls auf sie zu und verschwand, als Flick mit dem Messer nach ihr ausholte. Als sich ihr eine dritte Gestalt näherte, erkannte sie, wer sie da angriff: sie selbst. Die Gestalten waren die wandernden Hologramme, die Elijah für seine Ausstellung geschaffen hatte. Verärgert betrachtete sie die seelenlosen, leeren, geistergleichen Erscheinungen und fragte sich, ob sie ihr wirklich so unähnlich waren.

Plötzlich änderten die Figuren ihre Laufrichtung und traten vor ein breites Fenster, dessen Glas aufgrund des aktivierten Sichtschutzes opak war. Dort stellten sie sich in einer Reihe der Größe nach auf, wie russische Matrjoschkas. Es sah aus, als hätten sie etwas Bestimmtes im Auge.

»Computer, Musik aus und Sichtschutz deaktivieren!«, rief Flick. Im Raum wurde es still, und die Sicht nach draußen wurde frei. Ihr Blick fiel auf ein etwas entfernt liegendes Gebäude. Auf dem Turm leuchtete ein gelbes Kreuz, und durch die Fenster drang ein schwacher Lichtschein. Es war die alte Kirche, die Elijah als zweites Atelier nutzte. Dort hielt die Killerin ihn also fest, dort würde Flick sie beide finden. Und dort würden vielleicht sie selbst, Elijah, ihr Baby und die Geheimnisse, die sie in sich trug, ihr Ende finden.

84

Emilia

Emilia schüttete sich Wasser ins Gesicht, bis sie ein wenig Abkühlung verspürte. Dann roch sie kurz an ihren Achseln, denen ein leicht säuerlicher Geruch entstieg. Sie hatte heute noch keine Zeit gehabt, die Kleidung zu wechseln oder sich frisch zu machen. Sie zog ihr Oberteil aus, wusch sich unter den Armen mit Wasser und Seife und wärmte die feuchten Stellen des Stoffs unter dem Handtrockner.

Als sie von der Toilette der Sakristei zurück in das hallende Hauptschiff der steinernen Kirche ging, sah sie nach oben. Der Raum war so hoch, dass sie das Gemälde an der Decke nur schemenhaft im Halbdunkel ausmachen konnte. Sie betrachtete eines der Buntglasfenster, das einen Heiligen darstellte, auf den Pfeile herabregneten. Auch sie wusste, wie es war, von anderen gequält zu werden.

Bald ist es vorbei, dachte sie. Sobald sie aus Flick herausbekommen hätte, wer sie tatsächlich war, wäre sie das Hackerkollektiv los und könnte zu ihrem Mann und ihren Kindern zurückkehren.

Als ihr Ohrhörer piepste, atmete sie tief durch. Was jetzt kommen würde, hatte sie ausgiebig geprobt.

»Team Delta, den aktuellen Stand, bitte«, sagte Bianca. Emilia sah zu Gardiner und Lago hinüber. Alle drei schwiegen.

»Gardiner, Ihren aktuellen Status, bitte«, wiederholte Bianca. Doch die Antwort blieb aus. »Lago, Ihr Standort.« Diesmal dauerte es eine Weile, bis Bianca nachfragte. »Wo zum Teufel stecken Sie alle?«

Emilia räusperte sich. »Die Agenten, die Sie mir als Babysitter mitgegeben haben, sind gerade anderweitig beschäftigt«, sagte sie ruhig und sah lächelnd zu den beiden Männern hinüber. Die beiden verzogen keine Miene.

»Was soll das heißen? Wo sind sie?«

»Sie sind hier bei mir.«

»Dann sagen Sie ihnen, sie sollen mir antworten.«

Als Emilia nicht reagierte, schwieg Bianca erneut, als versuche sie, zwischen den Zeilen zu lesen. Dann fragte sie langsam: »Was haben Sie getan, Emilia?«

Wieder blickte Emilia auf Gardiner und Lago. Sie hatte Gardiner die Waffe abgenommen und damit alle beide niedergestreckt. Gardiner lag leblos über einer Kirchenbank. In der Schläfe hatte er eine Schusswunde, die schon nicht mehr blutete. Lago lag auf dem Boden aus Betonplatten, mit dem Gesicht nach unten, eine Austrittswunde direkt über dem Ohr.

»Sie haben ihren Zweck erfüllt. Ich bringe das hier allein zu Ende«, sagte Emilia.

»Ermitteln Sie ihre GPS-Daten«, sagte Bianca zu jemandem im Hintergrund. »Sie ist durchgedreht. Ich habe Ihnen ja gesagt, dass das passieren würde.«

»Bemühen Sie sich nicht«, sagte Emilia mit Blick auf die zerstörten Peilsender neben den Leichen.

»Emilia, Sie müssen mir sagen, wo Sie sich befinden. Wir müssen Sie auf der Stelle zurückholen. Sie dürfen unser Vorhaben nicht gefährden, indem Sie jetzt die Regeln brechen.

Nicht zu diesem Zeitpunkt, wo wir so knapp vor dem Ziel sind.«

»Ich muss das hier zu Ende bringen, und zwar auf meine Weise, damit ich wieder bei meiner Familie sein kann. Mir bleibt nur noch eine einzige Chance, und die kann jeden Augenblick hier sein.«

»Emilia«, sagte Bianca, und zum ersten Mal glaubte Emilia, in ihrer Stimme so etwas wie Panik zu hören. »Wir können Ihnen helfen. Aber erst müssen Sie mir sagen, wo Sie sind, damit wir zu Ihnen kommen können.«

Emilia zog den Ohrhörer heraus, ließ ihn zu Boden fallen und zertrat ihn. Dann nahm sie Gardiners Pistole vom Fensterbrett und jagte eine Kugel durch ihr Handy.

Sie drehte sich zu der Stelle um, wohin die Agenten Elijah auf ihr Drängen hin gebracht hatten, nachdem sie ihn zu Hause verprügelt und in den Transporter geschleift hatten. Seine Arme waren horizontal ausgestreckt, und an Handgelenken und Fußknöcheln war er an ein hölzernes Kruzifix gebunden. Auch sein Hals war mit einem Strick an dem Holz fixiert, und in seinem Mund steckte ein Knebel.

»Jetzt dauert es nicht mehr lange«, sagte Emilia. »Schon bald werden wir alle wissen, wer wir wirklich sind.«

85

Flick, Aldeburgh, Suffolk

Flick lehnte sich an einen Grabstein aus Granit und beugte sich vornüber. Sie hatte sich die Hände auf den Bauch gelegt und rang nach Atem. Von den Blättern der Eiche, die hoch über ihr aufragte, fielen Regentropfen herab und liefen ihr über Gesicht und Nacken.

In weniger als zehn Minuten war sie von Elijahs Haus zu der alten Kirche St. Paul's gerannt. Die Angst und das Adrenalin hatten sie angetrieben, dazu die verzweifelte Hoffnung, dass Elijah im Kampf zwischen ihr und der Frau, die ihr nach dem Leben trachtete, nicht ebenfalls zum Opfer geworden war. Doch die Schwangerschaft und der Stress der letzten vierundzwanzig Stunden hatten sie körperlich geschwächt. Außerdem hatte sie jetzt auch noch Seitenstechen, das sich vom Rücken bis zum Bauch zog.

Das helle Neonkreuz am Kirchturm, das wie die Laterne eines Leuchtturms strahlte, zog sie an und stieß sie zugleich ab. Es warnte sie vor der Gefahr, die sie erwartete, rief sie aber auch zu sich.

Durch die Buntglasfenster fiel ihr Blick in das schwach erleuchtete Innere der Kirche. Flick setzte die Brille auf, nahm das Messer fest in die Hand und trat vor die hohe hölzerne Tür. Sie zog an einem Metallring und stand kurz darauf in einem stockdunklen Windfang. Sie schaltete die Brille auf Nachtsichtmodus und fand so die Griffe der Tür, unmittelbar vor ihr. Dann aber ... nichts. Die Batterie war leer. Fluchend warf sie die Brille zu Boden.

Zum ersten Mal war sie in Elijahs zweitem Atelier. Über den ganzen Raum verteilt standen hölzerne Kirchenbänke, an denen großformatige Gemälde lehnten. Mit Farbspritzern übersäte Bretter lagen als Abdeckung über manchen Stellen des Fußbodens, und viele der Fenster waren mit breiten Stoffbahnen verhängt. An einer Wand stand eine Reihe von mindestens einem Dutzend Bildschirmen. Hier hatten Elijah und sein Team vermutlich die Hologramme entworfen. Am anderen Ende des Raumes erahnte Flick den Altar und dahinter ein Kreuz.

Ein Geräusch, das von dort kam, ließ sie aufhorchen. Es war ein Stöhnen oder Ächzen, das nach einem Menschen klang. Flick lief es kalt den Rücken hinab, während sie vorsichtig in Richtung Altar ging. Dann bewegte sich die Jesusfigur am Kreuz plötzlich. Flick trat rasch ein paar Schritte zurück. Jetzt erkannte sie durch das Halbdunkel, dass an das Kreuz ein Mensch gefesselt war.

»Elijah!«, schrie sie und stürzte auf ihn zu, blieb jedoch nach wenigen Metern abrupt stehen, als sie hörte, wie eine Waffe entsichert wurde.

»Normale Menschen wüssten wahrscheinlich nicht, was das für ein Geräusch war. Aber wir beide sind ja keine normalen Menschen, oder?«, war eine Frauenstimme zu hören.

Flick erkannte sie. Es war die Stimme der Frau, die Grace einen Elektroschock verpasst und sie dann umgebracht hatte. Die Erkenntnis traf Flick wie ein Schlag. Sie antwortete nicht und drehte sich auch nicht um, um zu sehen, wer auf sie zielte. Als Elijah erneut aufstöhnte, musste sie sich trotz der drohenden Gefahr zusammenreißen, um ihn nicht zu befreien. »Ist alles in Ordnung?«, rief sie ihm stattdessen zu. Die Frau lachte spöttisch auf. »Sieht er etwa so aus, als ob alles in Ordnung wäre? Er ist an ein Kreuz gefesselt und erstickt ganz langsam.«

Flick drehte sich um und versteckte dabei das Messer hinter ihrem Rücken. Im selben Moment begann draußen mit einem lauten Knall das Feuerwerk, und grellviolettes Licht fiel durch die Fenster herein auf die Frauengestalt. Eine Strebe eines Fensters warf ihren Schatten auf die Augen der Frau, die dadurch hohl wirkten. Aber Flick erkannte sie trotzdem.

»Ich dachte, Sie wären ...«, sagte sie.

»... tot«, ergänzte die Frau. »Ich weiß. Das glauben alle. Lass das Messer fallen.«

»Ich habe kein Messer.«

Ein noch lauterer Knall hallte durch das Kirchenschiff, und zunächst dachte Flick, es sei wieder das Feuerwerk. Erst als Elijah einen unterdrückten Schrei losließ, wurde ihr klar, dass es ein Schuss gewesen war. Die Frau hatte ihm eine Kugel in den Leib gejagt.

»Wenn du hier Schere, Stein, Papier, Messer und Pistole spielen willst, dann habe ich wahrscheinlich die besseren Karten«, sagte die Frau. »Lass es fallen.«

»Bitte, lassen Sie ihn frei«, sagte Flick flehentlich, als das Messer klappernd auf dem Boden aufschlug. Das Feuerwerk kam jetzt richtig in Fahrt und schickte gelbe und weiße Lichtstreifen durch den Raum. »Das hier geht nur Sie und mich etwas an. Elijah hat damit nichts zu tun.«

»Schau ihn an, wie er da am Kreuz hängt. Ich habe ihn zu einem Kunstwerk gemacht, so wie er mit den Hologrammen dich zu einem Kunstwerk gemacht hat. Ich könnte ihn ja der Tate Modern anbieten, die zahlen mir vielleicht einen Haufen Geld dafür. Warst du schon mal in der Tate Modern? Ich vielleicht schon, aber genau weiß ich es nicht.«

Das Seitenstechen schwächte Flick immer mehr, und sie musste alle Kräfte aufbringen, um nicht zusammenzubrechen. Sie wollte nicht, dass Emilia noch mehr Oberwasser gewann. Zum Glück verspürte sie keine Schmerzen. »Was wollen Sie von uns?«, fragte sie.

»Nicht von euch, nur von dir. Und du weißt genau, was ich von dir will.«

Sie schien gerade weitersprechen zu wollen, als sie plötzlich von etwas abgelenkt wurde. Sie riss den Kopf herum und richtete die Pistole an Flick vorbei auf etwas im Hintergrund.

Also war außer Elijah noch jemand in der Kirche.

86

Emilia

»Hallo, Emilia.«
Die körperlose Stimme kam aus dem Halbdunkel des Kirchenschiffs, von irgendwo hinter Flick. »Ich glaube, wir sollten uns mal unterhalten.«
Emilia erkannte die Stimme sofort. *Aber das ist doch nicht möglich,* dachte sie. Erst als die Gestalt sich bewegte und das weiße Licht einer Feuerwerksrakete ihr Gesicht erhellte, fand sie wieder zu Atem.
»Ted«, sagte sie und schluckte. Er lächelte schwach. »Du ... du lebst?«
»Manchmal trügt der Schein.«
»Aber ich habe doch gesehen, wie sie dich umgebracht haben!«
Er trat einen Schritt auf sie zu. Sie stützte die zitternde Hand, in der sie die Pistole hielt, mit der anderen und zielte weiterhin auf die geisterhafte Erscheinung.
»Ich will dir nichts Böses«, sagte er. Sie glaubte ihm. Er sprach so ruhig und besänftigend wie damals, als er ihr versichert hatte, dass er sich nach der Entlassung aus dem Krankenhaus um sie kümmern würde.
»Aber das verstehe ich nicht«, sagte Emilia. »Ich habe doch genau gesehen, wie die Frau auf dich eingestochen hat ...

und wie sie dann deine Leiche weggebracht haben. Wie kann es dann sein, dass du jetzt hier bist?«

»Weil du damals das gesehen hast, was du sehen wolltest«, antwortete er. »So wie jetzt.«

Emilia sah zu Flick hinüber. Sie starrte sie an und schien ebenfalls verwirrt.

»Was meinst du damit: Ich sehe das, was ich sehen will?«, fragte Emilia.

»Du sagst, du hast gesehen, wie ich zu Tode gekommen bin. Das stimmt. Ich bin jetzt das, was du früher ein ›Echo‹ genannt hast. Allerdings bin ich nicht aus deinen Daten entstanden, sondern ich bin jemand aus deiner Vergangenheit, der nun in deine Gegenwart einsickert.«

Emilia versuchte, aus seinen Worten schlau zu werden.

»Also bist du *doch* tot?«

»Ja, leider.«

Sie atmete tief durch und schloss die Augen. Als sie sie wieder öffnete, war er noch immer da. Ob er nun tot oder lebendig war – vor ihr stand ohne Zweifel Ted.

»Ich wollte das alles nicht, ehrlich«, sagte sie, wie um sich möglichst schnell zu rechtfertigen. »Aber du hast mich in jeder Hinsicht angelogen. Was dich selbst anging, unsere Ehe, meinen Beruf. Dabei wollte ich doch einfach nur die Wahrheit erfahren. Sie haben mir versprochen, wenn ich dich zu dem Leuchtturm lotse, würden sie dir die Wahrheit entlocken. Aber sie haben mir nicht gesagt, dass sie dich umbringen wollten. Ich wollte nie für das Hackerkollektiv arbeiten, aber ich hatte keine andere Wahl.«

»Du arbeitest nicht für das Hackerkollektiv.«

Emilia sah zu Boden. »Bis vor Kurzem schon. Dafür schäme ich mich.«

Ted schüttelte den Kopf. »Zugegeben, ich habe dir nicht die ganze Wahrheit gesagt. Ich war der Meinung, es wäre besser für dich, wenn du nicht alles erfahren würdest. Aber du hast dir auch selbst etwas vorgemacht. Du arbeitest nicht für das Hackerkollektiv, und an dem Abend, an dem ich zu Tode gekommen bin, befand sich auf der Mole am Genfer See niemand außer dir und mir.«

»Was? Das stimmt doch gar nicht!«, rief Emilia. Ted sah sie weiterhin unverwandt an. »Da war doch diese junge Frau mit dem Kind ... ein kleiner Junge ... sie ist von hinten auf uns zugekommen, und bevor ich kapiert habe, was sie vorhat, hat sie auf dich eingestochen. Dann sind die anderen mit den Autos und dem Boot gekommen und haben deine Leiche weggeschafft.«

»Du formst deine Erinnerungen so um, wie sie dir am besten passen. Die Leute, von denen du glaubst, sie hätten mich umgebracht, bildest du dir nur ein. Sie waren gar nicht da. Das waren alles Echos. *Du* hast mich umgebracht.«

Emilia schüttelte den Kopf. Sie sah es vor sich, als wäre es gestern gewesen: die Mörderin, das Säubern des Tatorts, dann Bianca und Adrian ... So war das alles abgelaufen.

Oder etwa nicht?

Als sie die Ereignisse jetzt noch einmal durchging und sich ihre Erinnerung dabei wandelte, überkamen sie Zweifel. Sie sah keine Mörderin mehr, kein Boot und auch keine Fremden, die versuchten, sie von der Mole wegzuzerren, sondern nur noch eine lange, spitze, silbern glänzende Nadel in ihrer Hand, einen sogenannten Shroder, ein chirurgisches Instrument, wie ihr jetzt wieder einfiel. Dann sah sie Ted vor sich, der nichts ahnend in die Ferne blickte. Sie ergriff die Gelegenheit und schob ihm die Nadel ohne Hast in den

Schädel. Dann rollte sie ihn an den Rand der Mole, ließ ihn ins Wasser fallen und lief zur Straße zurück, wo ihr eine Frau mit einem Kinderwagen entgegenkam.

»Nein«, sagte sie entschieden. »So war das nicht. Das behauptest du nur. Du bist sehr wohl noch am Leben und willst mir das nur einreden. Ich habe dich nicht umgebracht.« Sie richtete die Pistole auf Flick. »Sag du's ihm.«

»Wem?«, fragte Flick.

»Dem Mann, mit dem ich gerade rede! Sag Ted, dass ich ihn nicht umgebracht habe.«

»Aber Ted ist tot.«

»Nein, verdammt noch mal!«, schrie Emilia. »Schau doch hin, er steht doch direkt hinter dir! Was glaubst du denn, mit wem ich hier die ganze Zeit rede?«

Flick sah sich um und wandte sich dann wieder an Emilia. »Tut mir leid, aber ich sehe hier niemanden außer Ihnen.«

Wutentbrannt schwenkte Emilia die Pistole zwischen Flick und Ted hin und her und erhöhte den Druck auf den Abzug. Plötzlich kam ihr ein Gedanke. »Du weißt, wer Ted ist?«, fragte sie. Flick nickte. »Woher?«

»Wenn Sie Edward Karczewski meinen – er hat mich ausgebildet. Er hat uns alle ausgebildet. Auch Sie.«

»Wozu denn ausgebildet?«

»Sie waren eine von uns, von den Wächtern. Ted hat das Programm geleitet.«

»Was sind denn Wächter? Und was für ein Programm ist das?«

»Wächter sind Menschen mit besonders stark ausgeprägtem Wahrnehmungsvermögen. Wir wurden nach einem strengen Verfahren ausgewählt und haben dann ein spezielles Training durchlaufen, einschließlich einer medizinischen Behandlung. In unseren Gehirnen sind behördliche Daten der höchsten Vertraulichkeitsstufe gespeichert. Sie bleiben dort bis zu fünf Jahren, mindestens aber so lange, bis die Regierung unser Land gegen die Bedrohungen durch Hacker absolut sicher geschützt hat. Und unsere Aufgabe bringt es mit sich, dass wir für die Dauer des Programms den Kontakt zu allen Menschen abbrechen, auch zu denen, die uns am nächsten stehen.«

»So was Lächerliches habe ich ja noch nie gehört.«

Karczewski lachte. »Und mit einem Toten zu reden, ist nicht lächerlich? Oder sich nicht daran zu erinnern, dass man ihn umgebracht hat?«

»Wenn ich so eine bin wie sie, warum habe ich dann nichts mehr von diesen Daten im Kopf?«

»Dein Implantat wurde dir vor einem Jahr mitsamt allen Daten entfernt. Die Fähigkeiten, die du in der Ausbildung gelernt hast, sind dir zwar geblieben, aber eine Komplikation hat dazu geführt, dass du dich eine Zeit lang in einem hybrid-katatonischen Zustand befunden hast. Bei dem Eingriff wurde dein Gehirn beschädigt.«

Emilia kamen wieder die Aufnahmen in den Sinn, die sie zwölf Stunden vor dem Aufwachen gezeigt hatten. Mit Entsetzen hatte sie mitangesehen, wie Pfleger sie herumgeführt und gefüttert hatten, als wäre sie eine lebende Tote.

»Die Operation hat Narben und schwerwiegende Schäden hinterlassen«, fuhr Karczewski fort. »In den Monaten danach hast du nicht auf externe Reize reagiert, keinerlei psychomotorische Aktivität gezeigt und auch nicht mit deiner Umgebung interagiert. Dann aber, plötzlich, eines Tages, hat dein Gehirn wieder angefangen zu arbeiten. Du bist ins Leben zurückgekehrt. Und dann bist du verschwunden.«

Emilia trat von einem Fuß auf den anderen. »Du bist schuld an meinem Zustand. Das ist der Teil der Wahrheit, den du mir verschwiegen hast.«

»Die Wahrheit ist noch viel komplizierter. Dein wirklicher Name ist Dr. Megan Jane Porter, allerdings hast du dich immer MJ nennen lassen. Emilia ist der Deckname, den du verwendest, um mit den anderen Wächtern zu kommunizieren. Er stammt aus dem Shakespeare-Stück *Die beiden edlen Vettern*. Und für diese Version deiner selbst bist *du* verantwortlich, denn *du* bist die Neurowissenschaftlerin, die das Verfahren entwickelt hat, um dem menschlichen Gehirn DNA einzupflanzen, die Daten enthält.«

Emilia schnaubte verächtlich. »Ich? Und das soll ich dir glauben?« Doch dann hielt sie inne, als aus den Tiefen ihrer Erinnerung etwas auftauchte, ein Gemälde oder eine Grafik, die aus herumflirrenden geometrischen Formen, Zahlen, Noten und Wörtern bestand. »Ich ... ich ... ich hatte mich freiwillig gemeldet. Es stimmt, ich habe ein Puzzle gelöst ... ja, jetzt erinnere ich mich ... es war ein Puzzle, das nur sehr wenige Menschen lösen können.«

»Du hast es nicht gelöst, sondern entworfen. Du hast das Puzzle entworfen, und du hast das gesamte Programm entwickelt.«

»Quatsch! Das ist doch absoluter Blödsinn! Du lügst. Und ich bilde mir dich nicht ein. Du stehst hier, direkt vor mir, egal, was Flick sagt.«

»Dann schieß auf mich. Wenn ich echt bin, tötest du mich damit.«

Ohne zu zögern drückte Emilia ab. Flick suchte panisch Zuflucht hinter einer Kirchenbank, aber Karczewski zuckte nicht mit der Wimper. Emilia schoss noch zweimal, und beide

Male stand er danach ebenso aufrecht und unverletzt da wie zuvor. Sie trat einen Schritt zurück und starrte ihn mit offenem Mund und zitternden Händen an.

»Glaubst du mir jetzt?«, fragte er.

»Ja«, flüsterte sie. Ihre Gedanken rasten herum wie Hühner, in deren Stall ein Fuchs eingedrungen war. Nun gab es nichts mehr, dessen sie noch sicher sein konnte. »Wer bin ich, Ted?«

»Du bist eine der führenden Neurowissenschaftlerinnen des Landes. Wir haben gemeinsam für die Regierung gearbeitet, auf dem Gebiet der biochemischen Spionageabwehr. Deine Veranlagung zur Synästhesie hat dich auf die Idee zu dem Projekt der DNA-Speicherung gebracht. Die ersten Versuchsergebnisse waren jedoch, wie du mir einmal gestanden hast, wenig brauchbar. Gravierende Nebeneffekte waren aufgetreten, wie etwa der Verlust des Erinnerungsvermögens oder die Echos. Und sie drohten auch, das Programm scheitern zu lassen. Du warst aber der Überzeugung, das seien nur vorübergehende Effekte, die verschwinden würden, sobald sich das Gehirn den neuen Umständen angepasst hätte. Du hast die Ergebnisse der klinischen Studien manipuliert, damit sie so aussahen, wie sie aussehen sollten, und hast darauf bestanden, selbst eine der Wächter zu werden, um zu beweisen, dass dein Vorhaben funktioniert.«

»Welche Nebeneffekte habe ich noch verschwiegen?«

»Es gab Schübe von Schizophrenie, Halluzinationen, psychopathische Zustände, Paranoia ... Und während du verschwunden warst, haben wir für die zweite Runde der Kandidaten dann entsprechende Lösungen gefunden. Zumindest bei einigen.«

Emilia sah Ted fragend an. »Für die zweite Runde? Heißt das, die Wächter, die ich ausfindig gemacht habe, sind gar nicht die ersten?«

Karczewski schüttelte den Kopf. »Nein. Vier der fünf ersten sind während ihres Einsatzes ums Leben gekommen.«

»Was ist passiert?«

»*Du* bist passiert. Weil du nicht überwacht wurdest und es auch vonseiten des Instituts kein Sicherheitsnetz gab, das dich gebremst hätte, konnten dir die Echos einreden, die vier anderen Wächter wären Staatsfeinde und würden die Geheimnisse, die sie in sich trugen, an das Hackerkollektiv verkaufen. Damals waren die Wächter noch imstande, miteinander zu kommunizieren, und du hast ihr Vertrauen missbraucht und ihnen entlockt, wo sie sich aufhielten. Dann hast du sie einen nach dem anderen mit einem Shroder hingerichtet, einem Gerät, das genau die Stelle ermittelt, an der das Implantat sitzt, und es zerstört.«

Emilia sah Karczewski in die Augen und suchte nach Hinweisen darauf, dass er sie anlog. Doch nichts deutete darauf hin. Dann drehte sie sich zu der Stelle, an der Flick gestanden hatte. »Steh auf, oder ich schieß noch mal.«

Langsam stand Flick auf und kam hinter der Kirchenbank hervor.

»Stimmt das, was er gesagt hat?«

»Ich ... ich habe nicht gehört, was er gesagt hat.«

»Er hat gesagt, dass ich die erste Gruppe von Wächtern umgebracht habe. Stimmt das?«

»Ja, das steht so in dem Datenimplantat.«

Karczewski sprach weiter. »Nachdem die vier allesamt tot aufgefunden worden waren, bist du plötzlich im Institut aufgetaucht und hast mir erzählt, was du getan hattest. Du hast nie gesagt, warum du zurückgekommen bist. Ich habe dich im Institut versteckt und gehofft, mittels des Umkehrverfahrens, das du entwickelt hattest, die alte MJ zurückzubekommen. Aber das Verfahren hatte jede Menge Fehler, was dazu führte, dass du in einen temporären katatonischen Zustand gefallen bist. Irgendwann bist du dann wieder aufgewacht und hast dir noch einmal eine falsche Realität zusammenfantasiert. Diesmal hast du dir eingebildet, Bianca und Adrian würden dich benutzen, um den neuen Wächtern auf die Spur zu kommen. Aber Bianca und Adrian existieren gar nicht.«

»Natürlich existieren sie ... Mit ihnen hat doch alles angefangen. Und jetzt gerade suchen sie mich.«

»Bianca und Adrian sind die Pseudonyme von zwei Wächtern aus der ersten Gruppe. Auch das sind Namen aus Stücken von Shakespeare, genauso wie Gardiner und Iago. Dieses Team ist ein reines Produkt deiner Fantasie.«

»Du lügst!«, sagte Emilia trotzig. »Sie haben alle für das Hackerkollektiv gearbeitet. Und Gardiner und Iago habe ich erschossen, kurz bevor Flick aufgetaucht ist. Schau hier.« Sie sah zu der Stelle, an der die Leichen der beiden gelegen hatten, doch von ihnen war keine Spur mehr. »Wo sind sie? Was hast du mit ihnen gemacht?«

»Bianca, Adrian, Iago und Gardiner sind Gestalten, von denen du glaubst, sie würden dich verfolgen. Diese vier Echos sind aber in Wirklichkeit die ersten vier Wächter, die du umgebracht hast. Alle Figuren, von denen du geglaubt hast, sie würden dir helfen oder deine Pläne durchkreuzen, sind ausschließlich Produkte deiner Vorstellungskraft. Die Schwangere im Park des Krankenhauses, die dich vor mir gewarnt hat, die Frau, die mich umgebracht hat ... Aber du bist allein, und du warst auch immer allein.«

»Nein! Ich bin doch nicht verrückt!«, schrie Emilia. »Sag's ihm«, forderte sie Flick auf. Aber Flick stand nur still da, wie ein Hase im Scheinwerferlicht, der nicht weiß, in welche Richtung er laufen soll.

»Denk daran zurück, wie es war, wenn Bianca und Adrian da gewesen sind«, fuhr Karczewski fort. »Haben sie jemals mit jemand Drittem gesprochen, der nicht am Geschehen beteiligt war? Mit einer Verkäuferin, einem Polizisten, einer Passantin? Kann irgendjemand bezeugen, dass du bei deinen Unternehmungen nicht allein warst?«

Fieberhaft ging Emilia im Geiste alle Situationen durch, in denen sie mit den beiden zusammen gewesen war, aber abgesehen von ihr selbst und Bianca und Adrians eigenen Leuten hatte tatsächlich nie jemand mit ihnen gesprochen oder sie wahrgenommen. Ted hatte recht: Im Park des Krankenhauses war sie allein gewesen, auf der Mole am Genfer See, im Eurostar, und auch auf dem Lkw-Parkplatz, wo sie geglaubt hatte, sie würde Bianca angreifen. Der Lkw-Fahrer hatte sie nur gefragt, ob alles in Ordnung war, weil sie allein im Auto saß. Die Bedienung in dem Lokal, in dem sie ihre Familie gesehen hatte, hatte, nachdem Emilia sie ignoriert hatte, etwas vor sich hin gemurmelt, weil Emilia auch dort allein gesessen hatte.

»Aber meine Kinder!«, sagte sie plötzlich. »Ich habe doch meine Familie gesehen! Justin und die Mädchen, ich habe sie in der Schule gesehen, und in diesem Lokal habe ich hinter ihnen gesessen. Ich habe Videos von ihnen gesehen und Fotos, die uns zusammen zeigen. Dabei habe ich immer eine körperliche Verbindung gespürt. Und tief in mir drin das Verlangen, wieder bei meiner Familie zu sein.«

»Du hast dich nicht nach *ihnen* gesehnt«, sagte Karczewski überraschend einfühlsam. »Du hast dich nach dem gesehnt, was sie haben. Du und ich, wir haben versucht, Kinder zu bekommen, erst auf natürlichem Weg, dann durch künstliche Befruchtung. Insgesamt fünf Jahre lang, aber ohne Erfolg. Deine Sehnsucht danach, selbst Kinder zu haben, hat sich darin niedergeschlagen, dass du dir Gefühle für Kinder eingebildet hast, die du noch nie in deinem Leben gesehen hattest. Und ihr vermeintlicher Vater ist dein Ex-Freund aus Unizeiten. Er ist mittlerweile verheiratet, und die beiden Mädchen sind seine Töchter. Du hast sie mir mal auf Facebook gezeigt.«

»Aber ich habe doch eine Narbe von dem Kaiserschnitt ...« Sie zog ihr Oberteil hoch und sah auf ihren Bauch, auf dem jedoch keine Narbe zu sehen war. Ted schwieg, während Emilia sacken ließ, was er gerade gesagt hatte.

»Aber alles, was ich getan habe, die Leute, die ich umgebracht habe, das habe ich doch nur gemacht, um wieder bei meiner Familie zu sein«, sagte sie. »Wenn ich gar keine Familie habe, dann war das alles ... umsonst.«

»Es tut mir leid, MJ. Es tut mir wirklich leid.«

»Und wir beide ...«

»Alles, was ich dir über uns beide erzählt habe, ist wahr. Wie wir uns kennengelernt haben, und wie wir geheiratet haben. Deswegen habe ich, nachdem du die ersten vier Wächter umgebracht hattest, den Verantwortlichen verschwiegen, dass du zurückgekommen warst. Sie hätten es vertuscht und dich in eine geschlossene Abteilung gesteckt, ohne zu versuchen, dich zu behandeln. Das konnte ich unmöglich zulassen. Also habe ich behauptet, du seist ebenfalls tot, damit ich in Ruhe einen Weg finden konnte, dir zu helfen.«

»Aber wenn wir uns geliebt haben, warum wollte ich dann zu den Wächtern gehören? Flick hat gesagt, man muss sich für fünf Jahre von seinen Liebsten trennen. Warum habe ich das in Kauf genommen? Und warum hast du nicht versucht, mich davon abzuhalten?«

»Dass du keine Kinder bekommen konntest, hat deine Sicht auf die Ehe verändert. Du hast dich zurückgezogen, hast mich auf Abstand gehalten und dich ganz in das Projekt gestürzt. Als du mir gesagt hast, dass du selbst eine der fünf Wächter sein wolltest, habe ich dich angefleht, es nicht zu machen. Aber du hattest den Eingriff schon vornehmen lassen, ohne mir davon zu erzählen. Die DNA war längst in deinem Kopf. Als du dann von dem Auto angefahren wurdest, war ich so naiv zu glauben, das könnte eine zweite Chance für uns sein. Aber als sich dein Gehirn davon erholt hat, sind auch die Echos zurückgekommen.«

Das war fast zu viel für Emilia. Von all den aufblitzenden Erinnerungen an ihr früheres Leben, wie Karczewski es ihr beschrieb, und von dem, was sie getan hatte, wurde ihr ganz schwindlig. Sie wünschte, sie wäre damals vor etlichen Monaten seinem Rat gefolgt und hätte den Verlust ihres Erinnerungsvermögens als Chance begriffen, ein neues Leben anzufangen.

»Und was ist aus dem Baby geworden?«, fragte sie in drängendem Ton. »Dem kleinen Mädchen, das Sinéad mit in den Unterschlupf gebracht hat.«

»Du hast sie im nächstgelegenen Ort im Pub auf der Toilette zurückgelassen, bevor du weggefahren bist.«

»Geht es ihr gut? Ist sie in Sicherheit?«

»Woher soll ich das wissen? Ich weiß nur, was du weißt.«

»Und diese Geschichte von meiner angeblichen Mitarbeiterin, die vier ihrer Kollegen umgebracht hat – das alles ist zwar wirklich passiert, hat aber nichts mit mir zu tun, oder?«

»So ist es. Ich wollte vorsorgen, falls du dich wieder daran erinnern würdest, dass du die ersten vier Wächter umgebracht hast. Ich hatte gehofft, deine Erinnerung dadurch umzulenken, sodass du deine Tat mit einer anderen verwechseln und so vergessen würdest, was du wirklich getan hattest.«

Ratlos ging Emilia auf und ab und versuchte zu verstehen, was das alles für sie bedeutete. »Und was soll jetzt aus mir werden?«, sagte sie nach einer Weile. »Was soll ich denn jetzt machen?«

»Das liegt ganz bei dir«, sagte Karczewski, kam auf sie zu und legte ihr die Hände auf die Schultern. »Du musst dir klarmachen, MJ, dass das, was dein Gehirn getan hat, ein kleines Wunder darstellt. Nach einem massiven traumatischen Ereignis ist es wieder zum Leben erwacht. Für die Neurowissenschaft ist so ein Fall eine einmalige Gelegenheit. Du kannst deine Fehler wiedergutmachen, indem du dem Team hilfst, das früher einmal für dich gearbeitet hat.«

»Du hast doch gesagt, sie würden mich wegsperren und verrecken lassen.«

»Das hätten sie getan, als dein Gehirn sich noch nicht selbst repariert hatte. Aber jetzt bist du eine Ausnahmeerscheinung.«

»Ich bin eine Laborratte.«

»Du bist eine Fallstudie.«

»Ich bin eine Mörderin«, sagte Emilia und atmete tief und lautstark aus. Sie ließ ihre entkräfteten Arme hängen, hielt jedoch die Pistole weiter in der Hand. Sie hatte zwei Leben gelebt, und alles, wozu sie es gebracht hatte, war eine Reihe von Leichen und ein dröhnendes Sammelsurium von Stimmen in ihrem Kopf. Jetzt hatte sie die Antworten, die sie unbedingt hatte haben wollen. Doch es waren die falschen.

Ein Stöhnen riss sie aus ihren Gedanken. Sie sah nach vorn zum Kreuz. Ihr wurde klar, dass sie Elijah Beckworth allein und nur aus eigener Kraft daran festgebunden hatte. Sie sah zu Flick hinüber, die das Gesicht verzerrte und sich die Hände vor den Bauch hielt, als wolle sie etwas Kostbares beschützen. Als Emilia begriff, verzog sie die Lippen zu einem verbitterten Lächeln.

»MJ«, sagte Karczewski. »Leg die Pistole auf den Boden und geh. Mehr brauchst du nicht zu tun.«

»Und was, wenn ich zurück ins Institut gehe? Was, wenn es wieder passiert? Wenn ich noch mehr unschuldige Leute umbringe?«

»Das wirst du nicht.«

»Woher willst du das wissen? Du bist doch gar nicht echt. Du bist nur der eine Teil meines Gehirns, der mit dem anderen spricht. Ich weiß jetzt, wer ich gewesen bin und was aus mir geworden ist. Wie kann ich da das Risiko eingehen, wieder so zu werden? Ich glaube dir, dass du nur mein Bestes wolltest, aber indem du mich versteckt hast, hast du ermöglicht, dass das Monster in mir zurückkehrt. Du hast ermöglicht, dass es wieder Menschen umbringt, nur dass du ihm diesmal selbst zum Opfer gefallen bist. Das tut mir aufrichtig leid. Aber ich glaube, für mich ist die Reise an dieser Stelle zu Ende. Wenn ich mich jetzt noch einmal verliere, glaube ich nicht, dass ich jemals wieder zurückkehren kann.«

Mit einer raschen Bewegung setzte sie die Pistole auf die kleine Beule auf ihrer Schläfe, neigte sie leicht nach unten und drückte ab.

Sie war tot, noch bevor sie auf dem Boden aufschlug.

87

Flick, Aldeburgh, Suffolk

»Nein!«, schrie Flick und trat hinter der Kirchenbank einen Schritt zurück, als der Schuss durch den Raum hallte und das Mündungsfeuer aufblitzte. Emilia sank zu Boden und war nicht mehr zu sehen.

Flick drückte die Hände fester auf den Bauch, wie um ihr ungeborenes Kind vor den Schrecken zu beschützen, die in der Welt seiner Mutter tobten. Sie wartete ab, ob Dr. Porter oder MJ oder Emilia oder für wen auch immer sie sich hielt, von den Toten auferstehen und sich dann auf sie stürzen würde. Doch nichts geschah. Langsam ging Flick auf sie zu, und erst als sie die Blutlache sah, die sich unter MJs Kopf und Schultern ausbreitete, konnte sie sicher sein, dass sie tot war.

Das Ziehen im Rücken, das bis zum Magen reichte, war inzwischen stärker geworden, und obwohl es ihr noch immer keine Schmerzen verursachte, schwächte es sie, sodass sie sich nur mit Mühe auf den Beinen halten konnte.

Das Feuerwerk über Aldeburgh erreichte seinen Höhepunkt, überall donnerte und knallte es, und der ganze Himmel leuchtete in den buntesten Farben. Als es vorüber war, hörte Flick, wie Elijah nach Luft rang, und ihr fiel wieder ein, weshalb sie überhaupt in die alte Kirche gekommen war. Sie eilte zu ihm und riss ihm den Knebel aus dem Mund.

»Elijah«, hauchte sie verzweifelt. Als sie ein Ohr an seine Lippen hielt, hörte sie, wie er flach und kaum wahrnehmbar atmete. Sie ahnte, dass er nicht mehr lange zu leben hatte. Sie holte das Messer von der Stelle zwischen den Kirchenbänken, wo sie es hatte fallen lassen, und schnitt damit die Stricke durch, mit denen er an Handgelenken, Füßen und Hals am Kreuz festgebunden war. Er sackte herab, und als sie versuchte, ihn abzustützen, sanken sie ineinander verschlungen zu Boden.

»Elijah«, sagte sie noch einmal. Ihre Stimme war jetzt kaum mehr als ein Zittern. »Elijah, bitte sag was.«

Wieder reagierte er nicht. Sie tastete ihn ab und fand schließlich in seinem Oberschenkel eine blutverschmierte Schusswunde. Wenn die Kugel die Arterie getroffen hatte, musste Flick sich beeilen, sonst würde er in den nächsten Minuten verbluten. Sie zog seinen Gürtel aus den Schlaufen und legte ihm damit am Oberschenkel eine Aderpresse an. Sie verspürte das dringende Bedürfnis, sich um ihn zu kümmern, als Wiedergutmachung für das Leid, das sie ihm verursacht hatte.

»Bitte halt durch«, sagte sie und suchte in seinen Taschen nach einem Handy, doch er hatte keines dabei.

Sie sah sich in der düsteren Kirche nach einem Telefon um, wusste aber nicht, wo sie suchen sollte. Dann fiel ihr wieder ein, dass es in Aldeburgh noch eine Telefonzelle gab. Sie hatte sie bei einem ihrer zahlreichen Erkundungsgänge entdeckt, während derer sie sich die Anlage des Ortes eingeprägt hatte. Sie lag nur zwei Straßen entfernt. Flick rannte so schnell, wie ihre Füße sie trugen, stolperte immer wieder und hielt sich die Hände vor den Bauch, während sie sich durch den peitschenden Regen vorwärtskämpfte. In der Zelle wählte sie die Notrufnummer, teilte mit, ohne ihren Namen zu nennen, dass in der Kirche St. Paul's ein verletzter Mann und eine tote Frau lagen, hängte ein und ging zur Kirche zurück.

Als ihre Hand schon auf dem schweren Eisenring der Tür lag, zögerte sie. Ihr wurde klar, dass sie, so sehr sie es sich auch wünschte, nicht bei Elijah sein durfte, wenn der Krankenwagen und die Polizei kamen. Sie hätte zu viel erklären müssen. Wenn jetzt, wie sie hoffte, wirklich alles vorbei war, wäre es am besten für alle, wenn sie so still wieder in der Nacht verschwinden würde, wie sie gekommen war. Sie zog sich in die äußerste Ecke des Friedhofs zurück und versteckte sich hinter einem mannshohen Grabstein.

»Na los, jetzt macht schon«, murmelte sie ungeduldig vor sich hin und rang die Hände, während sie auf den Krankenwagen wartete. Jetzt verstand sie endgültig, warum Karczewski sie so eindringlich davor gewarnt hatte, emotionale Bindungen einzugehen. Alle Menschen, die näher mit ihr zu tun gehabt hatten, waren entweder tot oder verletzt. Sie verzehrte sich danach, in diesem Augenblick bei Elijah zu sein, ihn zu trösten und ihm zu sagen, wie sehr sie ihn liebte. Doch für Menschen wie Flick sah das Drehbuch kein Happy End vor.

Sie dachte über Dr. Porter nach. Sie war ihr noch nie zuvor begegnet, und als sie in das Programm aufgenommen worden war, war Dr. Porter lediglich ein Name in einem Ordner in ihrem Kopf gewesen. Die Morde an den ersten vier Wächtern waren vertuscht worden, man hatte daraus gelernt und die Verfahren verändert und verfeinert, damit so etwas nicht wieder passieren konnte. Aus den Daten ging hervor, dass Dr. Porter umgebracht worden war, doch offenkundig war das nicht der Fall gewesen. Die Welt war so voller Lügen, dass Flick sich nicht einmal mehr auf die Daten verlassen konnte, die in ihrem Gehirn gespeichert waren. Obwohl Dr. Porter die anderen Wächter und Grace so brutal behandelt hatte, empfand Flick auch Mitleid für sie. Als sie mit dem imaginären Ted gestritten hatte, hatten ihr die Verwirrung und die innere Unruhe unübersehbar im Gesicht gestanden. Flick hatte ihr zugehört, ohne ihr helfen zu können, während sie mit sich selbst debattierte und ihr Unbewusstes und ihre unterdrückten Erinnerungen mit ihrer Gegenwart kämpften, um die Wahrheit herauszufinden. Wenn Dr. Porter tatsächlich auf eigene Faust gehandelt hatte, dann drohte Flick jetzt von keiner Seite mehr Gefahr.

Endlich fuhr mit blau-rotem Warnlicht ein Einsatzwagen vor, kurz darauf traf ein Krankenwagen ein, gefolgt von zwei Polizeiautos. Wieder verspürte Flick ein Ziehen im Bauch, diesmal so plötzlich, dass sie in die Knie sank. Als sie die Hand aus der Unterhose zog und ihre roten Fingerspitzen sah, fürchtete sie das Schlimmste. Sie musste sich zurückhalten, um nicht die Sanitäter bei der drohenden Fehlgeburt um Hilfe zu bitten. Stattdessen wartete sie, bis Elijah mit einer Sauerstoffmaske über dem Gesicht auf einer Trage herausgebracht wurde. Dann ging sie unauffällig zu ihrem Auto zurück, in dem sie Stunden zuvor angekommen war.

Wieder einmal war Flick unterwegs – vermutlich die letzte lebende Wächterin aus beiden Programmen.

VIERTER TEIL

Drei Jahre später

VERSCHLUSSSACHE

TOP SECRET: NUR BRITEN ZUR KENNTNIS, GEHEIMHALTUNGSSTUFE »A«

DIESES DOKUMENT IST EIGENTUM DER REGIERUNG IHRER MAJESTÄT

PROTOKOLL DER ASSESSMENT-SITZUNG 11.7
DES GEMEINSAMEN KOMITEES
FÜR CYBERSPIONAGE UND GEHEIMDIENST

»EIN ALTERNATIVER ANSATZ ZUR SPEICHERUNG VERTRAULICHER DOKUMENTE«

Hinweis: Der folgende Text gibt das Protokoll der o. g. Sitzung wieder. Um Sicherheitsrisiken zu vermeiden, wurden einige Abschnitte sowie die Namen einiger Teilnehmer unkenntlich gemacht.

ORT:
■■■■■■■■■■, ■■■■■■■

TEILNEHMER (MITGLIEDER):
Finn Braxton, Leiter Operative Abwicklung
Dr. Sadie Mann, Leiterin Psychiatrische Begutachtung

Dr. Pascal Foley, Stellvertretender Abteilungsleiter Neurowissenschaft

███████ ███████ ███████, Verteidigungsministerium (VM); Porton Down

███████ ███████, MI5

William Harris, Minister für geheimdienstliche Angelegenheiten

TEILNEHMER (NICHTMITGLIEDER):
Premierministerin Diane Cline

PREMIERMINISTERIN: Ich würde mich freuen, wenn wir das heute kurz halten könnten. Was gibt es über das Programm zu berichten?

FINN BRAXTON: Das Programm mit den fünf Wächtern der dritten Generation läuft jetzt seit einem Jahr, ohne dass Komplikationen oder Nebenwirkungen aufgetreten wären.

PREMIERMINISTERIN: Verfolgen wir sie noch?

FINN BRAXTON: Ja, Frau Premierministerin. Der Kontakt über die sozialen Netzwerke ist auf ein Minimum reduziert, aber durch die transdermalen Pflaster, die sie tragen, und die bioresorbierbaren Implantate, die uns ihre Gesundheitsdaten übermitteln, wissen wir zu jedem Zeitpunkt, in welchem körperlichen und geistigen Zustand sich jeder und jede von ihnen gerade befindet.

███████ ███████ ███████, VM: Und weil sie alle ehemalige Angehörige von Spezialeinsatzkräften sind, gestatten wir ihnen, immer eine Waffe bei sich zu tragen, natürlich verdeckt. Doch bis jetzt ist noch keine Situation eingetreten, in der sich der Gebrauch der Waffe als notwendig erwiesen hätte.

PREMIERMINISTERIN: Meinen Berechnungen zufolge wird es noch dreizehn Monate dauern, bis sich die Kapseln dieser Generation und der letzten verbliebenen Wächterin der zweiten Generation auflösen. Ist das korrekt?

FINN BRAXTON: Ja. Aber unsere Programmierer sind dem Plan derzeit vier Monate voraus. Aller Wahrscheinlichkeit nach wird unser Land im März nächsten Jahres absolut sicher vor Hackerangriffen geschützt sein. Dann werden alle Wächter der zweiten und der dritten Generation zurückgerufen und ihre Daten rückübertragen.

PREMIERMINISTERIN: Wie wird dieses Zurückholen der Daten denn aussehen? Wir dürfen nicht riskieren, dass noch einmal dasselbe passiert wie bei Ihrer Vorgängerin Dr. Porter.

DR. PASCAL FOLEY: Wir haben ihre Methoden inzwischen weiterentwickelt und verbessert. Bis jetzt sind dabei keine Komplikationen aufgetreten.

PREMIERMINISTERIN: Gut. Eine Sache noch: Wenn Miss Kennedy zurückgerufen wurde und ihre Daten entfernt sind, würde ich sie gern einmal treffen. ███████, könnten Sie das dann bitte so bald wie möglich organisieren?

████████ ████████ ████████, VM: Halten Sie das für eine gute Idee, Ma'am?

PREMIERMINISTERIN: Diese Frau hat mehr Opfer für ihr Land gebracht als irgendjemand sonst in jüngster Zeit. Es ist beachtlich, mit welchem Überlebenswillen sie sich durch all die Widrigkeiten gekämpft hat, denen wir sie ausgesetzt haben.

WIILIAM HARRIS: Wenn das alles vorüber ist, wird sie dafür einen entsprechenden finanziellen Ausgleich erhalten.

PREMIERMINISTERIN: Geld kann keine fünf verlorenen Jahre ersetzen und auch nicht die Erfahrung tilgen, dass man mehrfach in Lebensgefahr geschwebt hat. Das Mindeste, was ich ihr schulde, ist ein Handschlag und ein persönlich ausgesprochenes Dankeschön. Hat es in letzter Zeit Kontakt zu ihr gegeben?

WILLIAM HARRIS: Wir wissen ungefähr, wo sie sich aufhält, aber direkten Kontakt gab es keinen.

PREMIERMINISTERIN: Das heißt, sie weiß gar nicht, wie hoch sie in unserer Anerkennung steht? Dann werde ich dafür sorgen, dass sie das erfährt. Und zwar so schnell wie möglich.

EPILOG

Flick

Die digitale Temperaturanzeige am Hochsitz des Strandwächters zeigte knapp zweiunddreißig Grad, so viel wie noch nie in dieser Hitzewelle Mitte April. Flick schmierte sich Gesicht und Arme mit einer Creme mit Lichtschutzfaktor 50 ein und genoss die leichte Brise, die vom Meer herüberwehte. Eine Markierung am Strand ließ erkennen, dass das Wasser in den letzten zwei Jahren um einen halben Meter vorgedrungen war. Die Erderhitzung führte dazu, dass die Küsten an vielen Stellen erodierten und zahlreiche am Wasser gelegene Orte, darunter auch Aldeburgh, Flächeneinbußen hinnehmen mussten. Die unansehnliche, drei Meter hohe Schutzmauer ein Stück weiter die Küste hinauf war nur eine provisorische Lösung. Flick fragte sich, wie viel von der Stadt, die sie so liebte, in fünfzig Jahren noch übrig wäre.

Je länger sie allein lebte – seit nunmehr dreieinhalb Jahren –, desto mehr dachte sie über die Zukunft nach sowie darüber, wie ihre eigene Zukunft verlaufen wäre, wenn sie sich anders entschieden und somit die Möglichkeit gehabt hätte, Mutter zu sein.

Sie nahm einen Schluck Wasser aus einer Flasche und steckte sie zusammen mit der Sonnencreme zurück in ihren

Rucksack. Dann tippte sie auf den Bügel ihrer Sonnenbrille und zoomte damit zwei Gestalten heran, die gerade in die Ausläufer der heranrollenden Wellen sprangen. Um sie herum tollte aufgeregt ein Labrador. Wie jedes Mal, wenn sie Elijah und ihrem Sohn Leo beim Spielen zusah, verspürte sie ein Kribbeln im Magen. Die beiden gingen ganz in ihrer kindlichen Freude auf.

Dass Leo gesund zur Welt gekommen war, hatte an ein Wunder gegrenzt. Das Ziehen im Rücken und im Bauch, das Flick in der Nacht geplagt hatte, in der Emilia sich umgebracht hatte und Elijah fast das Leben verloren hätte, hatte an ihren Kräften gezehrt. Kurz nachdem sie Aldeburgh verlassen hatte, war sie auf den Parkplatz eines Supermarkts gefahren und hatte sich in der Behindertentoilette eingesperrt. Weil sie so stark blutete, hatte sie schon damit gerechnet, ihr Baby zu verlieren. Doch dann hatten die Blutungen wieder nachgelassen. Sie hatte sich in den Supermarkt geschleppt, Slipeinlagen und ein Wegwerfhandy gekauft und die Symptome gegoogelt. Dabei hatte sie herausgefunden, dass sie nicht zwingend auf eine Fehlgeburt hinwiesen. Es kam vor, dass Blutungen auftraten, der Gebärmutterhals aber geschlossen blieb. Als sie am nächsten Morgen gespürt hatte, wie sich das Baby in ihrem Bauch bewegte, hatte sie eine Stunde lang geweint.

Jetzt ging ihr das Herz auf, während sie zusah, wie Elijah seinen Sohn umarmte. Auch wer die beiden nicht kannte, hätte sofort gesehen, wie nah sie sich waren. Flick spürte einen Anflug von Neid. Elijah war bislang die einzige Elternfigur, die der Junge hatte. Flick hatte Leo in einem Krankenhaus in Cheshire unter falschem Namen zur Welt gebracht und dann die Entbindungsstation allein verlassen, nachdem sie sich unter Tränen von ihrem Sohn verabschiedet und an seinem Strampler einen Zettel befestigt hatte, auf dem der Name, die Anschrift und die Telefonnummer seines Vaters standen. Den wertvollsten Schatz in ihrem Leben zurückzulassen, hatte ihr das Herz in tausend Stücke gebrochen. Aber sie wusste, dass es für Leo am besten war, wenn er in stabilen Verhältnissen aufwuchs. Und das war etwas, das sie ihm nicht bieten konnte.

Das einzige Erinnerungsstück an ihren Sohn war ein dunkelblauer Schlafanzug mit weißen Samtsternen auf der Brust. Sie hatte ihn Leo in der ersten Nacht angezogen und dann ausgetauscht, bevor sie gegangen war. Noch Wochen später, wenn die Sehnsucht sie auffraß und sie kaum noch etwas essen oder sich bewegen konnte, glaubte sie manchmal, auf ihren Armen, in denen sie ihn gehalten hatte, und auf den Lippen, mit denen sie ihn geküsst hatte, den Geruch ihres Sohnes zu riechen. Manchmal stellte sie sich auch vor, dass er noch immer in ihrem Bauch war, sich von einer Seite auf die andere drehte, mit den Füßen strampelte, Schluckauf hatte oder ein Kribbeln in ihrem Magen auslöste. Ohne Leo war sie verloren.

Abgesehen von Leo war nach Emilias Selbstmord in Flicks Leben kaum etwas passiert. Sieben Monate, nachdem die Regierung ihr Bild veröffentlicht und die Jagd auf sie eröffnet hatte, hatte sie gelesen, dass sie gefasst worden und zu Tode gekommen war. Sie hatte nie herausgefunden, was hinter dieser Nachricht steckte. Obwohl sie nun nicht länger fürchten musste, gesucht und entdeckt zu werden, war sie die meiste Zeit kreuz und quer durch das Land gereist und nur selten irgendwo länger als ein paar Monate geblieben. Es gab keinerlei Anzeichen dafür, dass jemand sie verfolgte, doch den Gedanken, dass das nicht gänzlich ausgeschlossen war, konnte sie nicht verdrängen. Sie lernte Leute kennen, schloss aber keine Freundschaften mehr, und niemandem vertraute sie sich so an, wie sie das damals bei Grace zugelassen hatte. Das Leben als letzte verbliebene Wächterin war ein Leben in selbst auferlegter Isolation.

Immer wieder hatte sie das Forum von ReadWell besucht, für den unwahrscheinlichen Fall, dass Regierungsmitarbeiter, die von dem Programm wussten, sie über das weitere Vorgehen informieren wollten. Vielleicht waren inzwischen auch neue Wächter ausgewählt und in den Einsatz geschickt worden und kommunizierten jetzt miteinander über denselben Kanal, den Flick und die anderen damals genutzt hatten. Doch sie hatte nie etwas entdeckt. Gestern Abend jedoch war etwas passiert, das alles verändert hatte.

Flick hatte in ihrem Motelzimmer den Fernseher eingeschaltet und einen Nachrichtenkanal ausgewählt. Kurz darauf war ihr Blick auf den Newsticker gefallen.

> Konkrete Gefahr eines Hackerangriffs auf Großbritannien – Premierministerin informiert das Parlament.

Seitdem Flick in das Programm aufgenommen worden war, hatte das Hackerkollektiv eine ganze Anzahl von Staaten angegriffen. Erst kürzlich waren Luxemburg und Belarus eingeknickt, Finnland, Spanien und Australien standen kurz davor.

Flick hatte lauter gestellt, um den Nachrichtensprecher besser zu hören. »Bei einer Fragestunde heute Nachmittag hat Premierministerin Diane Cline sowohl ihrer Partei als auch der Opposition versichert, dass das Vereinigte Königreich ›in einzigartiger Weise‹ auf jede Art von Cyberattacken vorbereitet sei. Sicherheitsvorkehrungen seien getroffen worden, und Großbritannien strebe nach wie vor an, als erstes Land der Welt immun gegen jede Art von Hackerangriffen zu sein. Den wiederholten Forderungen, entsprechende Beweise vorzulegen, kam sie nicht nach.«

Dann war die Premierministerin zu sehen gewesen, wie sie wenige Stunden zuvor am Rednerpult des Unterhauses gestanden und zu ihrer eigenen Partei und zur Opposition gesprochen hatte. »Die Freiheit unseres Landes ist so stark bedroht wie nie zuvor seit dem Zweiten Weltkrieg. In einer solchen Situation wäre es nichts weniger als fahrlässig, durch eine nähere Erläuterung der Abwehrmaßnahmen unsere Sicherheit aufs Spiel zu setzen. Ich appelliere daher an Sie alle, der Arbeit der Regierung zu vertrauen. Mein Dank gilt den tapferen Menschen hinter den Kulissen, die ihr früheres Leben, ihre berufliche Karriere sowie ihre Freunde und Familien aufgegeben haben, um unser Land vor dem Hackerkollektiv und allen anderen unsichtbaren Feinden zu schützen, die uns in die Knie zwingen wollen. Sie alle haben unser vollstes Vertrauen. Wir haben Sie nicht vergessen.«

Während anschließend im Studio Experten hitzig darüber diskutiert hatten, was die Premierministerin damit gemeint haben könnte, war Flick zu der Überzeugung gekommen, dass sich die Regierungschefin mit dieser verschlüsselten Botschaft an sie persönlich gerichtet hatte. Bei dieser Erkenntnis fiel ihr eine gewaltige Last von den Schultern. Also war das Programm nicht mit Karczewskis Tod eingestellt worden, und es gab immer noch Menschen, die von ihrer Existenz wussten. Solange das Kollektiv seine Aktivitäten fortsetzte und die neuen Sicherheitsmaßnahmen noch in der Entwicklungsphase waren, wurde Flick weiter gebraucht. Es hatte also seinen Sinn gehabt, dass sie sich von ihrem Baby getrennt hatte.

In einem Jahr war ihre Dienstzeit vorbei. Dann würde ihr die Kapsel mit den Daten entweder wieder entnommen werden oder sich mitsamt den gespeicherten Informationen auflösen. Bis dahin würde Flick noch in ihrer Abgeschiedenheit verharren und sich selbst schützen müssen, um auf diese Weise ihrem Land zu dienen.

Seitdem Leo auf der Welt war, kam sie etwa alle vier Monate nach Aldeburgh. Dabei gab sie sich jedes Mal ein anderes Äußeres, durch verschiedene Perücken, Baseballcaps, ein Make-up, das die Konturen betonte und ihre Knochen hervortreten ließ, durch Brillen oder farbige Kontaktlinsen. Sie ging immer zuerst zum Grab von Grace, brachte ihr frische Blumen und beobachtete dann aus einer gewissen Entfernung Elijahs Haus – dabei saß sie entweder in ihrem Auto mit den getönten Scheiben oder sie beobachtete es vom Strand aus. Sie hoffte immer, einen Blick auf ihr Kind zu erhaschen sowie auf das Leben, das ihr entging.

Manchmal hatte sie Glück und bekam die beiden kurz zu Gesicht, manchmal gab sie nach tagelangem Warten auf und tröstete sich mit dem Gedanken, dass Elijah aus beruflichen Gründen auf Reisen war und Leo mitgenommen hatte. Heute war einer der erfolgreicheren Tage. Rund eine

Stunde lang hatte sie den beiden zusehen können, wie sie mit dem Hund spazieren gingen und dann Ball spielten. *Du hast genau das Richtige getan,* sagte sie sich. *Sie sind in Sicherheit, und sie sind glücklich.*

Als sie auf das Haus und damit auf Flick zugingen, drehte sie sich um. Sie wollte abwarten, bis sie wieder zu Hause waren, und die Stadt dann für diesmal verlassen.

Als der Hund ihre Beine streifte, musste sie sich zusammenreißen, um sich nicht zu ihm hinunterzubeugen und ihn zu streicheln. Ihr schien, als könnte sie sich durch die Berührung seines Fells Zutritt in Elijahs und Leos Welt verschaffen. Kurz darauf hörte sie, wie Leo mit seinen kleinen Füßen über die Kiesel dem Hund hinterhertrippelte.

»Rupert«, rief er mit quiekender Stimme. »Zeit, heimzugehen.« Als er an ihr vorübergegangen war, sah sie ihm nach. Ihr Herz flatterte, als sie ihn so nah bei sich spürte, wie damals im Krankenhaus, als sie in der Nacht nebeneinander gelegen hatten. Wie damals konnte sie auch jetzt den Blick nur mit Mühe von ihm abwenden.

Plötzlich spürte sie, wie jemand anders sich näherte. Elijah stapfte mit weitaus schwereren Schritten über die Steine. Ein Schauer überlief sie, als er im Vorübergehen für einen kurzen Moment seinen kleinen Finger in ihren hakte.

»Nur noch ein Jahr«, flüsterte er, als er dicht neben ihr war. Flick spürte seinen warmen Atem auf ihrer Wange und schloss die Augen.

»Nur noch ein Jahr«, wiederholte sie und hätte am liebsten gleichzeitig gelacht und geweint.

Elijah hatte sie bereits bei ihrem zweiten Besuch erkannt, obwohl sie sich auch damals verkleidet hatte. Für seine künstlerische Arbeit musste er ihr Gesicht so gründlich studiert haben, dass ihn keine Verkleidung täuschen konnte, auch nicht auf die Entfernung. Und da hatte Flick sich über die Regeln hinweggesetzt und ihm alles erzählt.

Elijah drehte sich nicht noch einmal um, und Flick wartete, bis er und Leo in der Ferne verschwunden waren. Dann verließ sie die beiden wieder, und sie lebten ihr Leben ohne sie weiter. Zumindest noch eine Weile.

DANKSAGUNG

The Watchers ist mein siebter Roman, und noch nie war es eine solche Herkulesaufgabe für mich, ein Buch zu schreiben. Während ich die erste Fassung zu Papier brachte, kam unser Sohn zur Welt, zwei Monate zu früh, mit einem Gewicht von nur 1100 Gramm. Er hat den ersten Monat seines Lebens im Krankenhaus verbracht, und wir haben ihn so gut wir konnten umsorgt und alles dafür getan, dass er sich gut entwickelt. Dadurch hat sich allerdings die Fertigstellung des Buches verzögert. Ich hätte es nicht geschafft ohne die Hilfe, die Unterstützung und die Liebe (manchmal auch die liebevolle Strenge) meines Mannes John Russell und unseres wunderbaren Jungen. Mein größter Dank geht jedoch an Beccy Bousfield und das gesamte Team der Neonatologie des Calderdale Royal Hospital in Halifax. Ohne euch hätten wir vielleicht jetzt nicht so einen resoluten kleinen Burschen, der uns jeden Tag zum Lachen bringt und uns schon jetzt die Haare vom Kopf frisst.

Mit diesem Buch endet auch die gemeinsame Zeit mit meiner wunderbaren Lektorin Gillian Green, die zu neuen Ufern aufgebrochen ist. Die enge Zusammenarbeit mit ihr, erst an *The Passengers* und jetzt an diesem Buch, war einfach umwerfend. Auch meinem neuen Team bei Cornerstone, vor allem Ben Brusey und Sam Bradbury, möchte ich an dieser Stelle meinen Dank aussprechen.

Weiterhin gilt mein Dank all denen, die an der Entstehung dieses Buchs beteiligt waren, darunter die brillante Neurowissenschaftlerin Dr. Cindy Schroeder PhD, Kath Middleton, David Kerrigan und Karen Kemerson. Danke auch an meine ersten Leser*innen, Rosemary »Mother« Wallace (danke, dass ich mir deinen Namen ausleihen durfte), Carole Watson und Mark Fearn. Und wie immer geht auch ein Dankeschön an meine Schriftstellerkolleg*innen Louise Beech, Darren O'Sullivan und Claire Allan für eure nicht nachlassende Unterstützung und dafür, dass ihr mich immer bei Laune gehalten habt.

Wie so oft bin ich auch diesmal Buchclubs auf der ganzen Welt zu Dank verpflichtet, sowohl Onlinecommunitys als auch solchen in der realen Welt, die sich die Zeit nehmen, meine Sachen zu lesen. Danke an Tracy Fenton von THE Book Club, Wendy Clarke und den Fiction Café Book Club, den Rick O'Shea Book Club sowie an Lost in a Good Book. Ein Dankeschön auch an die zahllosen Blogger*innen, Instagrammer*innen und Podcaster*innen, die mich seit vielen Jahren unterstützen – ihr seid alle unbesungene Helden.

Und schließlich danke ich meiner Mutter Pamela für ihre unermüdliche Unterstützung sowie meinen Freunden Rhian und Richard Molloy. Ich hoffe, ihr kommt auch bei diesem Buch wieder auf eure Kosten.

Jens Lubbadeh

Transfusion

Sie wollen dich nur heilen

Ein Konzern, der für das ultimative Heilmittel über Leichen geht

Der Wissenschaftsjournalist Jens Lubbadeh nimmt seine Leser auf einen Ritt durch die Abgründe der Pharmaindustrie mit

»Eine krasse Idee – und höchst spannend.« *Andreas Eschbach*

978-3-453-32008-6

Leseprobe unter **www.heyne.de**

diezukunft.de

Das Magazin für die Welt von morgen in Science und Fiction

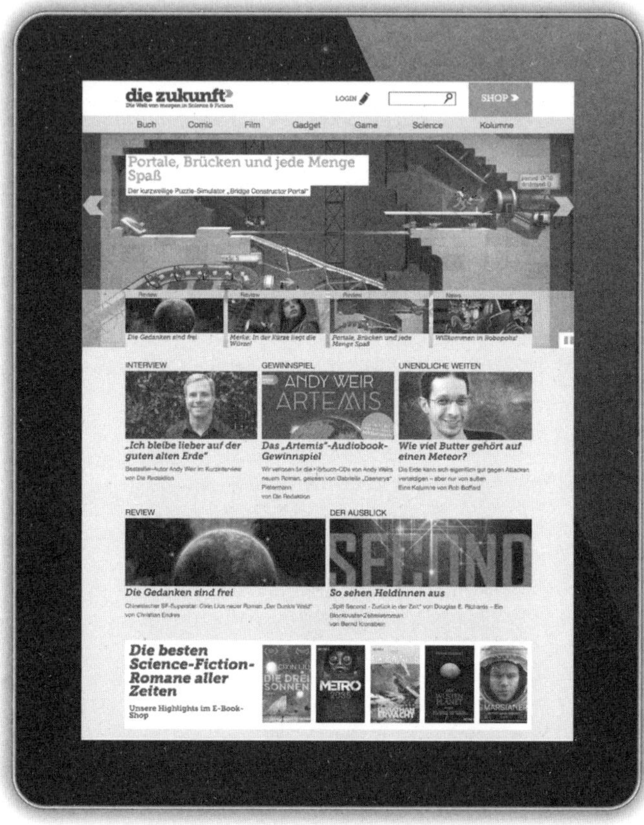

Täglich aktuelle News, Essays und Rezensionen
Science-Fiction-Romane und Storys aus über fünf Jahrzehnten
Exklusive E-Only-Klassiker im Shop
Bücher-, Comic- und Kinoticket-Verlosungen

Sie finden uns auch auf